잃어버린 시절을 찾아서 4

피어나는 소녀들의 그늘에서 2

마르셀 프루스트

잃어버린 시절을 찾아서 4

피어나는 소녀들의 그늘에서 2

이형식 옮김

펭귄클래식코리아

옮긴이 이형식

서울대학교 불어교육과를 졸업하고 파리대학에서 마르셀 프루스트에 대한 연구로 석사, 박사학위를 받았다. 현재 서울대학교 명예교수이다. 지은 책으로는 『마르셀 프루스트』, 『프루스트의 예술론』, 『작가와 신화-프루스트의 신화 세계』, 『프랑스 문학, 그 천년의 몽상』, 『그 먼 여름』이 있다. 옮긴 책으로는 『레 미제라블』, 『쟈디그·깡디드』, 『모빠상 단편집』, 『웃는 남자』, 『93년』, 『미덕의 불운』, 『사랑의 죄악』, 『중세의 연가』 등이 있다.

잃어버린 시절을 찾아서 4 피어나는 소녀들의 그늘에서 2

초판 1쇄 발행 2015년 11월 20일
초판 5쇄 발행 2022년 4월 18일

지은이 | 마르셀 프루스트 옮긴이 | 이형식

발행인 | 이재진 단행본사업본부장 | 신동해
편집장 | 김경림 마케팅 | 최혜진 이은미
홍보 | 최새롬 국제업무 | 김은정 제작 | 정석훈

브랜드 펭귄클래식 코리아
주소 경기도 파주시 회동길 20
문의전화 031-956-7066 (편집) 02-3670-1123 (마케팅)
홈페이지 http://www.wjbooks.co.kr
페이스북 www.facebook.com/wjbook
포스트 post.naver.com/wj_booking
발행처 ㈜웅진씽크빅
출판신고 1980년 3월 29일 제406-2007-000046호

펭귄클래식 코리아는 유리장 에이전시를 통해 펭귄북스와 제휴한 ㈜웅진씽크빅 단행본사업본부의 브랜드입니다.
펭귄 및 관련 로고는 펭귄북스의 등록 상표입니다. 허가를 받아야만 사용할 수 있습니다.
Penguin Classics Korea is the Joint Venture with Penguin Books Ltd.
arranged through Yu Ri Jang Literary Agency. Penguin and the associated logo
are registered and/or unregistered trade marks of Penguin Books Limited.
Used with permission.
이 책은 저작권법에 따라 보호받는 저작물이므로 무단 전재와 무단 복제를 금지하며,
이 책 내용의 전부 또는 일부를 이용하려면 반드시 저작권자와 ㈜웅진씽크빅의 서면 동의를 받아야 합니다.

한국어 판 ⓒ ㈜웅진씽크빅, 2015
ISBN 978-89-01-20501-4 04800
ISBN 978-89-01-08204-2 (세트)

* 잘못된 책은 바꾸어 드립니다.
* 책값은 뒤표지에 있습니다

차례

2부 고장들의 명칭—고장 · 9

옮긴이 주 · 468

피어나는 소녀들의 그늘에서
À l'Ombre des jeunes filles en fleurs

▶ 일러두기
1. 모든 외래어는 현지 발음에 가깝도록 표기하고, 라틴어는 추정되는 고전 라틴어 발음 규범을, 고대 그리스어는 에라스무스의 발음 체계를 따른다.
2. [f]음은 한글 음운 체계에 존재하지 않는지라, 혼동 여지의 유무, 인접한 철자와의 관련 및 관행 등을 고려하여 [ㅎ]음이나 [ㅍ]음으로 표기한다.
3. [th]음 또한 [f]음과 같은 기준으로 고려하여 [ㄸ]음이나 [ㅆ]음 혹은 [ㅌ]음으로 표기한다.
4. 특정 교단들이 변형시켜 사용하는 어휘들(수단, 가톨릭, 그리스도, 모세 등)은 원래의 발음에 가깝게 적는다(쏘따나, 카톨릭, 크리스토스, 모쉐 등).
5. 우리말 어휘들 중 많은 것들은 실제로 통용되는 형태로 적는다(숫소, 생울타리, 우뢰 등).

2부

고장들의 명칭—고장

두 해 후, 할머니와 함께 발백으로 떠났을 때에는, 질베르뜨와 관련하여 내가 거의 완전한 무관심에 도달해 있었다. 내가 새로운 얼굴이 발산하는 매력의 영향력 밑에 놓여 있었을 때, 그리하여 다른 소녀의 도움을 받아 고딕식 대교회당들과 이딸리아의 궁전들이나 정원들을 깊이 알게 되리라 기대하였을 때, 나는 우리의 연정이라는 것이, 특정 여인에게로 향한다는 그것의 특성상, 아마 실재하는 그 무엇이 아닐 것이라는 구슬픈 생각에 잠기곤 하였다. 왜냐하면, 유쾌한 혹은 괴로운 몽상들의 다양한 연상(聯想)이 한동안 그 연정을 어떤 한 여인과 연계시킬 수 있어, 심지어 우리들로 하여금, 그것이 필연적으로 그녀에 의해 우리에게 고취되었을 것이라고까지 생각하도록 하는 경우가 있는가 하면, 반대로 우리가 그 연상으로부터 의도적으로 혹은 자신도 모르게 벗어났을 경우, 그 연정이, 마치 자발적으로 우리 자신에서 비롯되는 듯, 스스로 다시 태어나 다른 여인에게로 향하니 말이다. 하지만 발백으로의 그 출발 순간에는, 그리고 그곳에 머물던 초기에는, 나의 무관심이 아직은 간헐적일 뿐이었다. 내가(우리의 삶이 하도 연대순에 따르지 않고, 연속되는 날들 속에서 날짜 착오를 일으키는지라), 떠나기 전날이나 그 전날보다 더 오래된, 질베르뜨를 사랑하던 날들 속에 처하는 경우가 빈번했다. 그러한 경우에는, 그녀를 더 이상 보지 못한다는 사실이, 그녀를 사랑하던 시절에 그랬을 것처럼 문득 괴로워졌다. 일찍이 그녀를 사랑하였던 나의 자아가, 이미 다른 하나의 자아로 거의 완전히 대체되었건만, 불쑥 다시 모습을 드러내곤 하였고, 그것이, 어떤 중요한 것보다는 하찮은 것에 의해 훨씬 더 자주 나에게 되돌려지곤 하였다. 예를 들어, 노르망디 지방에서의 체류에 대해 미리 이야기하거니와, 발백의 방파제 위에서 어느 날 나와 마주쳐 지나간 어떤 낯선 사람 하나의 입에서 '체신성 장관 비서실장 가족'이라는 말이 나오는 것을 들었다. 그런데(당시에는 그 가족이 나의 삶에 장차 끼칠 영향을 내가 전혀 모르고 있었으니), 그 말이 나에게는 하찮게 여겨졌을 것이 당연하건만, 오래전부터 대부분 파괴되어 사라진 나의 자아 하나가 느끼던, 질베르뜨와의 결별에 기인했던 격렬한 괴로움을 야기시켰다. 즉, 질베르뜨가 내 앞에서 자기의 아버지와 '체신성 장관 비서실장'의 가족에 대하여 나누던 대화를,[1] 내가 전에는 단 한 번도 다시 뇌리에 떠올린 적이 없었다. 그런데 사랑의 추억들도 기억의 보편적 법칙에서 예외적으로 벗어나지 않으며, 기억의 보편적 법칙 또한 습관의 더 보편적인 법칙에 종속되어 있다. 습관이라는 것이 모든 것을 약화시키는지라, 우리에게 하나의 존재를 가장 생생하게 상기시키는 것은 바로 우리가 망각한 것이다(그것이 하찮은지라 우리가 그것의 내재적 힘을 몽땅 그대로 내버려 두었기 때문이다). 그러한 연유로, 우리 기억의 가장 훌륭한 부분은 우리의 밖에, 빗줄기 오락가락하는 바람결 속에, 어떤 방의 곰팡이 냄새 혹은 모닥불이 처음 타오를 때 풍기는 냄새 속에, 우리들 자신 중 우리의 지성이 쓸모없다고 거들떠보지도 않던 것을, 그러나 우리 과거의 마지막 비축물이며 따라서 가장 소중한, 우리의 눈물이 고갈된 듯했을 때에도 우리로 하여금 아직 눈물을 흘릴 수 있도록 해줄 수 있는 그것을, 우리가 다시 발견하게 되는 모든 곳에 있다. 우리들 밖에? 더 정확히 말하자면 우리들 속에, 그러나 우리 자신의 시선에서 벗어나 비교적 연장된 망각 속에 숨겨진 마지막 비축물이다. 우리가 가끔 옛날의 우리를 다시 발견하고, 옛날의 그 존재가 그랬듯이 사물들과 마주하며, 그러면 우리가 더 이상 현재의 우리가 아니라 옛날의 존재이며, 따라서 지금은 우리에게 무관심한 것을 그 존재가 좋아하는지라, 우리가 다시 고통스러워할 수 있는 것은 오직 그 망각 덕분이다. 습관적인 기억의 밝음 속에서는 과거의 영상들이 차츰 창백해져 지워지고, 그것들 중 아무것도 남지 않아, 우리는 그 과거를 영영 다시 발견하지 못할 것이다. 혹은, 그렇게 하지 않을 경우 다시는 접할 수 없는 것이 되어버릴 위험이 있는 어떤 책 한 권을 국립도서관에 기탁하듯, 어떤 단어들이('체신성 장관 비서실장'과 같은) 정성스럽게 망각 속에 숨겨져 있지 않으면, 우리는 그 과거를 되찾지 못할 것이다.

하지만 질베르뜨에게로 향한 사랑의 괴로움과 그 사랑의 소생은 꿈속에서 겪는 것들보다 길지 않았고, 이번에는 반대로, 발백에 그것들을 지속시킬 옛날의 습관이 더 이상 없었기 때문이다. 그리고 혹시 습관의 그러한 효능이 모순적인 것처럼 보인다면, 그것은 습관이 다양하고 복잡한 법칙에 복종한다는 뜻이다. 빠리에서는 내가 습관 덕분에 점점 더 질베르뜨에 무심해졌었다. 그러나 발백으로 떠났을 때에는, 그 습관의 변화가, 즉 그 습관의 일시적인 중단이, 그 습관이 시작한 일을 완성시켰다. 습관은 모든 것을 약화시키되 그것들을 안정시키고, 붕괴를 초래하되 그 상태가 무한히 지속되게 한다. 나는 여러 해 전부터 날마다 전날의 기분을 틀로 삼아 그럭저럭 그날의 기분을 주조하였다. 하지만 발백에서는, 그 곁으로 아침마다 빠리의 것과는 다른 조반을 나에게 대령하는 새로운 침대가, 질베르뜨에 대한 내 사랑이 양식으로 삼던 사념들을 더 이상 지탱할 수 없게 되어 있었다. 칩거가 흐르는 날들을 정체시키는지라, 장소를 바꾸는 것이(상당히 드문 것은 사실이지만) 시간을 버는 최선의 방법인 경우가 있다. 나의 발백 여행은 외출을 감행하고서야 자기의 병이 치유되었음을 간파한 회복기 환자의 최초 외출과 같았다.

   그러한 여행을 오늘날에는, 그렇게 하는 것이 더 유쾌하다고 믿어, 틀림없이 자동차로 할 것이다. 여행이 그러한 식으로 이루어지면, 지표면의 변화를 보여주는 다양한 도정(道程)을, 더 가까이에서, 더욱 긴밀해진 친근감 속에서 따라가는지라, 어떤 의미에서는 그러한 여행이 심지어 더 진실할 수도 있음을 차후에 보게 될 것이다. 그러나 요컨대 여행 특유의 기쁨은, 피곤해졌을 때 중도에서 내려 멈추는 것이 아니라, 출발지와 도착지의 차이를 그런 식으로 분별할 수 없도록 만드는 대신 가능한 한 깊고 선명하게 부각시켜, 우리의 상상력이 도약하여 우리를 우리가 살고 있던 곳으로부터 열망하던 곳의 심장부로 단번에 옮겨 놓을 때 우리의 내면에 드러나는 그 상태대로, 즉 추호의 손상도 입지 않은 온전한 상태로 느끼는 데 있으며, 그러한 도약이 우리의 눈에 기적처럼 보이는 것은 일정한 거리를 건너뛰었다는 사실 자체 때문이기보다는, 그것이 지표면에 있는 서로 선명히 구별되는 두 개성을 결합시키고 우리를 하나의 명칭으로부터 다른 또 하나의 명칭으로 이끌어가기 때문인데, 그러한 도약을 도식으로 보여주는 것은(원하는 곳이면 아무데서나 하차할 수 있어 도착지라 할 수 있는 곳이 없는 자동차 여행보다 선명하게 보여주는) 기차역이라고 하는 특별한 곳에서 이루어지는 신비한 작용이며, 기차역들이란, 그것들이 대변하는 도시들에 거의 편입조차 되어 있지 않되,[2] 각 도시의 명칭을 달고 있는 역의 게시판처럼, 각 도시가 가지고 있는 개별성의 진수를 내포하고 있다.

그러나 모든 행동방식에 있어서 우리 시대는, 무엇이든 현실에서 그것들을 감싸고 있는 것과 함께 보여주려고 하는 편벽증을 가지고 있으며, 그리하여 본질적인 것을, 즉 그것들을 현실과 분리시킨 정신작용을 제거하려는 버릇을 드러낸다. 그리하여 흔히들 어떤 화폭을, 그것과 같은 시대의 가구들과 자질구레한 골동품들과 벽걸이 천들 가운데 '전시한답시고' 걸곤 하는데, 그러한 물건들은, 불과 얼마 전까지도 가장 무식했으되 이제는 고문서 보관소나 여러 도서관에서 여가를 보내는 오늘날 저택들의 안주인들이 뛰어난 솜씨를 발휘하여 조합해 놓은 진부한 치장으로, 우리가 만찬에 참석하여 식사를 하면서 바라보는 그것들 속에 있는 걸작품은, 미술관 전시실에서만 그것에게 요구해야 할 도취시키는 기쁨과 같은 기쁨을 우리에게 주지 못하며, 미술관의 전시실은 따라서 더욱, 그 헐벗음과 시선을 분산시키는 특징들의 부재(不在)로 인해, 창조하기 위하여 초연히 물러나 있던 예술가의 내면적 공간을 상징한다.

불행하게도, 우리가 먼 목적지로 떠나기 위하여 들어가는 역이라고들 하는 그 경이로운 곳은 비극적 장소이기도 하다. 왜냐하면, 그곳에서 일어나는 기적 덕분에 우리의 사념 속에만 존재하던 고장들이 장차 우리가 그 한가운데에 살 고장들로 변하겠지만, 바로 그러한 이유로 인해서, 대합실을 나서기만 하면 우리가 잠시 전까지 머물던 친숙한 방을 즉시 되찾을 수 있다는 기대를 버려야 하기 때문이다. 신비한 세계로 통하는 역한 냄새 가득한 동굴[3] 속으로, 가령 발백으로 떠나는 기차를 타기 위하여 내가 갔던 쌩-라자르 역과 같은 채색 유리창 끼워진 거대한 아뜰리에들 중 하나 속으로 진입하기로 한번 결단을 내리면, 집으로 돌아와 잠자리에 들 희망은 깨끗이 버려야 하는데, 쌩-라자르 역은 복부 갈라진 도시 위에 황량하며 비극적 홍조가 쌓여 무거워진 광막한 하늘을 펼쳐 놓고 있었으며, 그 하늘은 만떼냐나 베로네세가 빠리의 현대적 감각에 가까운 기법으로 그린 몇몇 하늘들[4]과 흡사했고, 그 하늘 아래에서는 기차역에서의 출발이나 십자가의 설치 등과 같은 무시무시하고 장엄한 일밖에 일어날 수 없을 것 같았다.

  내가 빠리의 푹신한 침대에 누워서 폭풍이 일으킨 포말 속에 휩싸인 발백의 페르시아풍 교회당을 언뜻 바라보는 것으로 만족하였던 동안에는, 그 여행에 대하여 나의 몸이 어떤 이의도 제기하지 않았다. 이의가 제기되기 시작한 것은 다만, 자기가 직접 여행에 휩쓸려들어, 목적지에 도착하는 날 저녁, 내가 자기에게는 낯설 '나의' 침실로 안내될 것이라는 사실을 나의 몸이 깨달았을 때였다.[5] 내 몸의 반발은, 노르뿌와 씨와 함께 에스빠냐로 떠나시게 되어 있던 아버지가 출발하실 때까지는 외무성을 한시도 벗어나실 수 없어, 빠리 근교에 집을 하나 빌리는 편을 택하신지라, 어머니가 우리와 동행하실 수 없게 되었음을 출발 바로 전날에 내가 알게 되어, 그만큼 더 심하였다. 하지만 발백을 관조하듯 구경하는 것이 괴로움이라는 대가를 요구한다 해서 나의 열망이 줄어들지는 않았으니, 그 괴로움이 반대로 내가 보기에는, 내가 찾으러 가려 하던 인상, 흔히들 같은 것이라 하던 어느 광경으로도 대체할 수 없던 인상, 편안한 나의 침대로 돌아와 자는 것을 방해 받지 않고 내가 구경하러 갈 수 있을 어떤 '파노라마'로도 대체할 수 없던 인상, 바로 그러한 인상의 실체를 체현(體現)하고 담보해 주는 것 같았기 때문이다. 사랑하는 이들과 쾌락을 취하는 이들이 같은 사람들이 아니라는 사실을 내가 감지한 것이 그때가 처음은 아니었다. 나는, 출발 당일 아침, 나의 슬픈 기색을 보고 놀라면서 다음과 같은 말을 나에게 한, 평소 나를 돌보던 의사 못지않게 깊이 내가 발백을 열망한다고 믿고 있었다.[6] "당신에게 장담하지만, 내가 혹시 해변으로 바람을 쐬러 가기 위하여 단지 일주일간의 여가만이라도 얻을 수 있다면, 나는 지체하지 않고 떠날 것이오. 경마와 요트 경기를 구경할 수 있으며, 정말 멋질 것이오." 하지만 나의 경우, 심지어 베르마의 공연을 관람하러 가기 훨씬 이전부터, 내가 좋아하게 될 것이 무엇일지라도, 그것이 고통스러운 추적 끝에야 도달할 수 있는 곳에 놓여 있으며, 그러한 추적이 진행되는 동안에는, 그 과정에서 즐거움을 찾는 대신, 우선 나의 즐거움을 그 지고의 보화에 희생시켜야 할 것이라는 점을 일찍이 깨달은 바 있었다.

할머니는 당연히 우리의 출발을 조금 다른 식으로 구상하셨고, 전과 다름없이 항상, 나에게 주어지는 선물들에게 예술적 성격 하나가 부여되기를 갈망하셨던지라, 나에게 그 여행의 부분적으로는 옛것인 '인쇄한 판화' 한 장을 선사하시기 위하여, 옛날 쎄비녜 부인이 빠리를 출발하여 숀느와 '뽕-오드메르'를 거쳐 '로리앙'까지 갔을 때 따랐던 도정을, 우리들 또한 반은 기차로 반은 마차로 다시 따라가기를 원하셨다. 그러나 지적인 이득을 취하기 위하여 여행을 그러한 식으로 구상할 경우, 기차를 놓치거나 짐을 분실할 뿐만 아니라 인후통에 시달리고 가벼운 벌금 등을 지불해야 하는 경우가 얼마나 많은지 잘 아시던 아버지의 반대 때문에, 할머니가 계획을 포기하실 수밖에 없었다. 그러시면서도 한편, 우리가 해변에 가려는 순간, 할머니가 귀하게 여기시는 쎄비녜 부인이 '마차 한 대분의 성가신 것들'[7]이라고 부르던, 방문객들의 불시 방문 때문에 방해를 받는 일은 없을 것이라며 기뻐하셨다. 르그랑댕이 우리들을 자기의 누이에게 소개하겠노라 선뜻 제안하지 않았던지라, 발백에서 우리가 그 누구와도 교류할 일이 없었으니 말이다. (르그랑댕의 그러한 회피 행위를 나의 두 숙모님[8] 쎌린느와 빅뚜와르는 할머니와 같은 시각으로 바라보지 않으셨는데, 두 분은 지난날의 친분을 표현하기 위하여, 혼인 전부터 알고 지내던 그의 누이를 그때까지 오직 '르네 드 깡브르메르'[9]라는 이름으로만 부르셨고, 침실이나 대화는 치장할 수 있으되 실제의 현실에는 부응하지 못하는 그녀의 선물들을 아직도 가지고 계셨지만, 그녀의 모친 르그랑댕 부인의 집에서는, 더 이상 그 딸의 혼인으로 얻은 호칭을 사용하지 않고, 그 집에서 나온 후 서로를 축하하듯 다음과 같은 말씀을 나누는데 그침으로써 우리가 받은 모욕에 복수한다고 믿으셨다. "너도 누구인지 알겠지만 그 인물 이야기는 꺼내지도 않았어. 장담하지만 '모두들' 깨달았을 거야.")

그리하여 우리는 오후 1시 22분 기차로 빠리에서 곧장 떠나기로 하였고, 매번 나에게 지극히 행복한 환상에 가까운 출발의 감동을 주던 그 시각 기차를 열차 시간표 속에서 내가 하도 오랜 기간 동안 즐겨 찾곤 하였던지라, 그 기차를 내가 잘 안다고 상상하지 않을 수 없었다. 어떤 행복이 우리의 상상 속에서 미리 규정되는 것은, 그 행복에 대하여 우리가 아는 정확한 사실들보다는 그것이 우리에게 불어넣는 열망들의 변함없는 유사성에 의해 좌우되는지라, 나는 그 행복의 세세한 부분까지 다 알고 있는 것으로 믿었고, 따라서 뜨겁던 한낮의 날씨가 시원해지기 시작할 무렵에는 열차 안에서 특별한 기쁨을 느낄 뿐만 아니라 특정 역이 가까워지면 그 고유의 특징을 완상할 수 있으리라는 것을 의심하지 않았으며, 그러한 나의 믿음이 어찌나 컸던지, 자신이 통과하는 오후 시각들의 빛으로 내가 감싸고 있던 같은 도시들의 영상을 나의 내면에 지속적으로 일깨우던 그 기차가 나에게는 다른 모든 기차들과 전혀 다른 것처럼 여겨졌다. 그리하여 나는 결국, 우리가 일찍이 단 한 번도 만난 적 없으되 그 우정을 얻었다고 즐겨 상상하곤 하는 어떤 사람의 모습을 뇌리에 떠올리며 자주 그러듯이, 자신이 가는 곳마다 나를 데리고 다녔을, 여행길에 오른 금발의 어느 예술가, 그리고 석양 어린 서쪽으로 그가 멀어져 가기 전에 쌩-로의 대교회당[10] 발치에서 내가 이별을 고했을 그 예술가에게, 고유의 변함없는 모습 하나를 부여하기에 이르렀다.

할머니께서 '단순히' 발백으로 직행할 수는 차마 없다고 하시며 중도에 어느 친구분 댁에서 스물네 시간 동안 머무시겠다고 하신지라, 나는 그 댁에 폐를 끼치지 않기 위하여 당일 저녁으로 그곳을 떠나기로 하였다. 또한 그렇게 함으로써, 새로 알게 된 사실이지만, 해변으로부터 상당히 멀리 떨어져 있어, 나의 해수욕 치료가 일단 시작되면 처음에는 쉽게 보러 갈 수 없을 발백의 교회당을, 다음 날 낮 동안에 내가 구경할 수 있을 것 같았다. 뿐만 아니라, 내 여행의 목적이었던 찬탄할 만한 대상을, 내가 새로운 거처로 들어가 그곳에 기거하기를 수락해야 할 그 잔인한 첫 날 밤보다 앞서 느끼는 것이, 아마 나에게는 덜 괴로울 것 같았다. 그러나 우선 이전의 거처를 떠나야 했다. 어머니는 그 당일에 쌩-끌루로 거처를 옮길 조치를 이미 취해 두셨고, 우리들을 역에 데려다 주신 후, 내가 발백으로 떠나는 대신 당신을 따라 돌아가겠노라고 할 염려가 있는 우리집에 들르시지 않고, 그곳으로 직행하실 만반의 준비를 해두셨다(혹은 그런 척하셨는지 모른다). 또한 심지어,

빌리신 집에 할 일이 많아 시간이 없다는 핑계를 대셨으나, 실제로는 나로 하여금 그러한 이별의 잔혹함이나마 면하도록 해주시기 위하여, 무기력하고 절대적인 깨달음의 황량한 순간 속에 몽땅 응결된지라 이미 그것을 더 이상 회피할 수 없게 되었는데, 직전까지도 분주히 오가며 서두르던 출발 준비의 부산함 속에 숨어 있던 견딜 수 없는 이별이, 불쑥 모습을 드러내는 순간까지는, 즉 기차가 출발하는 순간까지는, 우리와 함께 머물지 않겠노라 결단을 내리셨다.

나는 처음으로, 나의 어머니가 나 없이도 살아가실 수 있음을, 즉 나를 위한 것이 아닌 다른 삶을 영위하실 수도 있음을 감지하였다. 어머니가 바야흐로, 나의 좋지 않은 건강과 신경과민으로 인해 삶이 아마 조금 까다롭고 서글펐을 것이라 여기시던 아버지와 함께, 당신 나름대로의 삶을 영위하시려 하는 것 같았다. 그 이별이 나를 더욱 비탄에 잠기게 하였던 이유는, 그것을 어머니께서 아마, 일찍이 나에게 내색하시지 않았던 그리고 우리가 휴가를 함께 보내기 어렵게 만들 것이라 여기시던, 내가 당신께 안겨 드린 실망들의 연속선상에 찍는 종지부로 여기셨을 것이라는 생각, 그리고 아마 또한, 그 이별이, 아버지와 어머니가 연로해지심에 따라 체념하시고 받아들이셔야 할 미래의 삶, 내가 어머니를 더욱 띄엄띄엄 뵙게 되고, 나의 악몽 속에서조차 나타난 적이 없던 일이지만, 어머니가 이미 나에게도 조금은 낯선 여인으로 보일, 내가 더 이상 없을 집으로 홀로 들어가면서 건물 수위에게 혹시 나에게서 온 편지가 없느냐고 묻는 어느 노부인으로 보일, 그 미래의 삶을 시작하시려는 최초의 시도라는 생각 때문이었다.

나는 여행 가방을 옮겨주겠다고 하던 기차 승무원의 말에 대답도 제대로 하지 못하였다. 어머니는 나를 위로하시기 위하여 당신께서 가장 효과적일 것이라 여기시던 방법들을 동원하셨다. 그리고 나의 슬픔을 모르는 체하시는 것이 부질없다 여기셨음인지, 그것을 다정한 말씀으로 놀리셨다.

"그래, 이토록 불행한 기색으로 자기를 보러 갈 준비를 한다는 사실을 안다면 발백의 교회당이 뭐라고 할까? 러스킨이 이야기하는, 황홀경에 감싸인 여행자가 이럴까?"[11] 게다가, 비록 멀리 있어도, 나는 나의 작은 늑대[12]가 꿋꿋하게 견디었는지 훤히 알 거야. 네가 내일 엄마의 편지를 받을 것이다."

"나의 딸아, 네가 쎄비녜 부인처럼 지도 한 장을 앞에 놓고 우리들을 단 한순간도 떠나지 않는 모습이 벌써 눈에 선하구나."[13] 할머니가 말씀하셨다.

그런 다음 엄마는, 나의 기분을 전환시켜 주시려 애를 쓰시면서, 저녁 식사 때에는 어떤 음식을 주문할 생각이냐고 물으시는가 하면, 대고모님께서 착용하시던 커다란 새 모양 장식 얹혀 있던 모자와 보기에도 끔찍한 무늬들 및 흑옥(黑玉) 투성이 외투에 전에는 심한 혐오감을 느끼셨으련만, 그것들을 알아보지 못하셨는지, 프랑수와즈의 모자와 외투가 아름답다고 찬사를 보내시기도 하였다. 실은 대고모님께서 그 외투를 더 이상 입지 않으시자, 프랑수와즈가 사람을 시켜 그것을 뒤집어, 무늬 없고 색깔 고운 안감이 겉으로 나오게 하였다. 한편 새 모양의 장식은 이미 오래전에 망가져 내다 버렸다. 그리고 대중가요나, 문설주 위의 어울리는 지점에 흰색이나 유황색 장미가 피어나게 한 어느 농부의 집 전면 벽에서, 가장 성실하고 섬세한 예술가가 추구하는 세련미를 발견하며 놀라는 경우가 가끔 있는데, 프랑수와즈도, 샤르댕이나 휘슬러가 그린 초상화[14] 속에 놓였다면 사람들의 마음을 사로잡았을 벨벳 띠와 리본 매듭을, 소박하되 세련된 취향에 따라 모자에

붙였고, 그리하여 모자가 매력을 발산하였다.
　더 먼 옛날로 거슬러 올라가 이야기하자면, 우리의 늙은 하녀의 얼굴에 자주 고아함이 감돌게 하던 겸허함과 정직성이 그녀의 의복에까지 스며들었던지라, '자신의 신분과 처지'에 합당하게 처신할 줄 아는 조심성 있으나 비천하지 않은 여인으로서, 그녀가 우리와 함께 여행할 때면, 자신이 우리와 함께 있는 것을 누가 보더라도 어색하지 않되 자신을 드러내지 않도록 하기 위해서 그러한 복장으로 몸을 감싸곤 하였는데, 그러한 프랑수와즈가 외투의 바랜 버찌색 천과 모피 깃의 빳빳하지 않은 털에 감싸여 있는 것을 보면, 어느 옛 거장이 성무일도서(聖務日禱書) 속에 그린 안느 드 브르따뉴의 몇몇 모습이 떠올랐으며,[15] 그 그림들 속에서는 모든 것들이 어찌나 합당한 자리에 있던지, 조화의 감정이 구석구석에 어찌나 균등하게 퍼져 있던지, 의상의 호사스럽고 고색창연한 기이함이 눈과 입술과 손과 함께 경건한 장중함을 표현하고 있다.
　프랑수와즈와 관련시켜 사유(思惟)라는 것을 말할 수는 없었을 것이다. '아무것도 모른다'는 말을 '아무것도 이해하지 못한다'는 말과 완전히 대등한 의미로 사용한다면, 심정이 곧장 도달할 수 있는 매우 드문 진실들 이외에 그녀는 아무것도 몰랐다. 그녀에게는 사유라는 광막한 세계가 존재하지 않았다. 그러나 그녀의 시선에서 발산되는 빛, 그 코와 입술의 섬세한 선 등, 발군의 기품이나 탁월한 지성의 고결한 초연함을 표징(表懲)하였을, 숱한 교양인들에게 결여된 그 모든 증거들 앞에서, 영리하고 착한 어느 개가 인간이 가지고 있는 일체의 개념들에 생소하리라는 것을 알면서도 그 개의 시선 앞에서 그러듯, 누구든 심한 동요를 느꼈던지라, 그녀의 시선을 대하는 순간에는, 농사꾼들과 같은 신분 보잘것없는 우리의 다른 형제들 가운데 혹시, 지능 낮은 사람들의 세계 속에서처럼 우월하다고 할 만한 이들이 있는 것이 아닐지, 혹은 그보다는, 부당한 운명에 의해 지능 낮은 사람들 사이에서 광명을 모르는 채 살아가도록 단죄받았으되, 교육 잘 받은 대부분 사람들보다 더 자연스럽고 더 본질적으로 정예(精銳) 집단의 천성과 결연된, 신성한 가문에서 흩어져 나와 길을 잃고 지성과 접할 기회가 없던 그 가문의 구성원들, 가장 탁월한 지성의 친척이되 유아 상태에 고착된 이들, 그리하여―비록 그 무엇으로도 향하지는 않지만 그들의 눈 속에서 인식하지 못할 수 없는 섬광에서 볼 수 있듯―오직 지식이 없어서 재능을 발휘하지 못하는 이들이 있는 것이 아닐지, 스스로에게 묻지 않을 수 없었다.

내가 힘들여 눈물을 참는 것을 보시고 어머니가 나에게 말씀하셨다. "레굴루스는 중대한 상황에 처할 때마다[16]…… 그리고 이러면 네 엄마에게 착하게 구는 것이 아니야. 할머니처럼 쎄비녜 부인의 한 구절을 인용해보자꾸나. '너에게는 없는 용기를 내가 어쩔 수 없이 몽땅 동원해야겠구나.'[17]" 그러시더니, 다른 이에게로 향한 애정이 이기적인 슬픔으로부터 벗어나게 해준다는 사실을 상기하셨음인지, 쎙-끌루로 가는 여정이 순탄하리라 믿으시며, 돌려보내지 않고 대기시킨 삯마차가 마음에 들 뿐만 아니라 마부가 공손하고 마차 또한 편안하다고 하시면서, 내 마음을 기쁘게 해주시려 애쓰셨다. 나는 그 세세한 말씀에 미소를 지으려 노력하였고, 동의하며 만족스럽다는 기색으로 고개를 끄덕거렸다. 그러나 그 세세한 사항들이 엄마의 떠남을 더욱 생생하게 나의 뇌리에 떠올리는데 오히려 도움이 되었고, 그리하여 나는, 전원지역에 가시기 위하여 구입하신 둥근 밀짚모자를 쓰시고 한껏 달아오른 열기를 뚫고 장거리를 주파하셔야 하기 때문에 얇은 드레스를 입으신 엄마를 조마조마한 마음으로 바라보았으며, 그 모자와 드레스가 엄마를, 나는 볼 수 없을 엄마로, '몽트르뚜'의 별장에 이미 예속된 다른 엄마로 변형시키고 있었다.[18]

여행이 나에게 야기시킬 수 있는 호흡곤란 증세를 피하도록 하기 위하여 의사가 나에게 조언하기를, 기차가 출발할 즈음에 맥주나 꼬냑을 조금 과다하게 마시라 하였으며, 그것은 내가, 일체의 신경체계가 잠정적으로 덜 취약해지는 상태에, 즉 의사가 '유열(愉悅)'이라고 부르던 상태에 들어가도록 하기 위함이었다. 나는 의사의 그러한 조언대로 할 것인지 아직 단안을 내리지 못한 상태였으나, 내가 그러기로 결정할 경우, 할머니께서 적어도 나의 그러한 권리와 현명한 판단은 인정해 주시기를 원하였다. 그리하여 그 일에 관한 이야기를 꺼내면서, 내가 술을 역의 간이주점에서 마실 것인지 혹은 기차 식당칸에서 마실 것인지, 그 장소만을 아직 정하지 못한 것처럼 말하였다. 그러나 할머니의 얼굴에 나타난, 그러한 생각조차 하시기 싫다는 듯한 나무람의 기색을 본 나는, 술을 마시러 가기로 문득 결단을 내렸고, 그러겠노라는 단순한 말 한 마디가 저항에 봉착하였던지라, 나의 자유를 입증하기 위해서는 나의 결단을 실행하는 것이 필요하다고 여겨 내가 언성을 높였다. "도대체 무슨 말씀이에요? 나의 몸이 얼마나 불편하지, 그리하여 의사가 나에게 어떤 조언을 하였는지, 누구보다도 잘 아시는 할머니께서 나를 만류하려 하시다니요!"

내가 할머니에게 나의 몸이 얼마나 불편하지를 설명하자, 할머니께서 말씀하셨다. "그렇다면 서둘러 가거라! 그것이 네 몸에 이롭다고 여겨지면, 가서 맥주건 꼬냑이건 어서 마시거라." 그렇게 대꾸하시는 할머니의 기색이 어찌나 슬프고 다정한지, 나는 할머니에게 와락 달려들면서 할머니를 입맞춤으로 뒤덮었다. 그러고 나서도 내가 기차의 식당 칸에 가서 과음을 한 것은, 그러지 않을 경우 심한 발작성 호흡곤란 증세가 재발할 것 같았고, 그것이 할머니의 마음을 다시 아프게 해드릴 것 같았기 때문이다. 첫 번째 역에 도착하여 우리의 객차칸으로 돌아온 나는, 할머니에게 말씀드리기를, 발벡에 가게 되어 무척 기쁘고, 모든 일이 순탄하게 이루어질 것 같고, 내가 실은 엄마로부터 멀리 떨어져 있는 것에 익숙해질 것이고, 기차가 쾌적하고, 식당칸의 바텐더와 승무원들이 어찌나 매력적인지, 그들을 다시 볼 기회를 얻기 위해서라도 그 노선을 자주 이용하고 싶노라 하였다. 할머니는 그러나 그 좋은 소식에 나와 같은 기쁨을 느끼시는 것 같지 않았다. 그리고 애써 나를 외면하시면서 나의 말에 대꾸하셨다. "네가 잠시 잠을 청해 보도록 해야겠구나." 그런 다음 눈을 창문 쪽으로 돌리셨는데, 우리가 창문 차양막을 내렸으나 그것이 창틀을 완전히 가리지 못하여, 태양이 출입문의 밀랍 입힌 떡갈나무 목재 부분과 좌석의 천 위로(자연 속에서의 생활을 선전하는 일종의 광고전단 같은, 그러나 철도회사 측의 배려로 열차칸의 지나치게 높은 곳에 걸어 놓아 내가 그 지명들을 읽을 수 없었던 전원 풍경을 그려 넣은 광고전단들보다는 더 설득력 강한) 숲속 공터에서 낮잠을 즐기고 있던 미지근하고 잔잔한 바로 그 빛이 미끄러지듯 어리게 할 수 있었다.

그러나 나의 눈이 감겼다고 믿으셨는지, 내가 보자니, 할머니가 굵은 물방울무늬 찍힌 너울 밑으로 가끔 나에게로 시선을 던지셨다가 다른 곳으로 돌리셨고, 그러시더니 다시 같은 동작을 반복하시는데, 그것이 마치, 어떤 괴로운 동작에 익숙해지려 노력하는 사람의 거조와 같았다.[19]

그리하여 내가 할머니에게 다시 말씀을 건넸으나, 그것이 더 이상 마음에 들지 않는 기색이셨다. 하지만 반면 나에게는, 내 자신의 음성이, 내 몸의 가장 촉지할 수 없고 내밀한 움직임이 그러듯, 상당한 즐거움을 주었다. 그리하여 나는 그 움직임들이 지속되게 하려 애를 쓰면서, 내 억양들 각개가 각 단어 위에서 지체하도록 내버려 두었고, 내 시선들 또한, 자신이 우연히 내려앉은 곳을 편안히 여겨, 평소보다 더 오래 그곳에 머무는 것을 느꼈다.[20] "어서, 조금 쉬거라. 잠을 잘 수 없으면 무엇이든 읽어라." 할머니가 그렇게 말씀하시더니 쎄비네 부인의 서한집 한 권을 나에게 건네셨고, 내가 그것을 받아 들고 있는 동안[21] 할머니는 『보쎄르쟝 부인의 회고록』[22] 속으로 침잠하셨다. 할머니가 그 두 여인들 중 한 사람의 책을 한 권이나마 지니지 않고 여행길에 오르시는 일은 결코 없었다. 할머니가 특별히 좋아하시던 문인이 그 두 여인이었다. 그 순간 나의 머리통을 움직일 생각이 전혀 없었고, 한 번 취한 자세를 계속 유지하는 것이 나에게는 큰 즐거움이었던지라, 나는 쎄비네 부인의 책을 펼치지 않은 채 손에 들고만 있을 뿐 그것 위로 시선을 던지지 않았던지라, 나의 시선 앞에는 창문의 하늘색 차양밖에 없었다. 그러나 그 차양을 물끄러미 바라보는 것이 나에게는 찬탄할 만한 것처럼 여겨졌고, 따라서 혹시 누가 나의 관조하던 시선을 다른 곳으로 돌리려 하였다 해도, 나는 그것에 대꾸하는 수고를 하지 않았을 것이다. 차양의 하늘색이, 아마 그 아름다움으로는 아니로되 그 강렬한 선명함으로, 내가 태어나던 날부터 내가 결국 술을 삼켜 그것이 효력을 발휘하기 시작하던 순간까지 내 눈앞에 나타났던 모든 색깔들을 어찌나 깡그리 지워버렸던지, 차양의 그 하늘색에 비하면, 그 모든 색깔들이 나에게는, 맹인으로 태어났다가 뒤늦게 수술을 받아 드디어 색깔들을 보게 된 이들이 돌이켜 보는 어둠 못지않게 흐릿하고 무채색에 가까운 것 같았다. 늙은 승무원 하나가 와서 우리들에게 기차표를 보자고 하였다. 그의 제복에 달린 금속 단추들의 은빛 반사광에 내가 황홀해지지 않을 수 없었다. 나는 그에게 우리들 곁에 앉으라고 권하고 싶었다. 하지만 그가 어느덧 다른 칸으로 건너갔고, 그리하여 나는 일종의 그리움에 잠겨 철도 종사원들의 삶을 상상하기 시작하였으며, 그들은 항상 철도에서 지내는지라 단 하루도 그 늙은 승무원을 못 보는 날이 없을 것이라 생각하였다. 하늘색 차양을 바라보면서 그리고 나의 입이 반쯤 벌려져 있다고 느끼면서 내가 맛보던 즐거움이 드디어 감소하기 시작하였다. 내가 더 유연해져 몸을 조금 움직였고, 그리하여 할머니가 나에게 건네주셨던 책을 펼쳐서 뒤적거리며 대강 고른 페이지들 위로 나의 주의를 고정시킬 수 있었다. 그렇게 읽는 동안 나는, 쎄비녜 부인에게로 향한 나의 찬미가 점증되는 것을 느꼈다.

특정 시대나 사교계 생활에만 연관되어 있는 순전히 문체적일 뿐인 특징들에 속지 말아야 할지니, 그것들로 인하여 어떤 이들은, 다음과 같은 표현들을 사용하면서 자기들도 쎄비녜 부인처럼 글을 쓴다고 믿는다. "나의 착하신 부인이여, 나에게 통고(通告)해 주시오." "그 백작의 기지가 뛰어난 것 같았소." "베어 넌 목초를 뒤적여 말리는 것이 이 세상에서 가장 아름다운 일이오."[23] 이미 씨미안느 부인[24]도 다음과 같은 구절들을 편지에 쓰면서 자기가 할머니를 닮았다고 생각하였다. "라 불리 씨의 건강이 경이로울 지경이에요, 공이시여, 그리하여 자신의 부음(訃音) 소식에도 끄떡하지 않을 거예요." "오! 나의 다정한 후작님, 당신의 편지가 나에게 안겨 주는 그 기쁨! 답신을 쓰지 않을 방도가 없군요." 한술 더 뜨는 경우도 있다. "공이시여, 당신은 저에게 답신 하나를 빚지고 계시며, 저는 당신에게 베르가모따[25] 나무껍질을 내장재로 사용한 코담배 갑들을 빚지고 있는 것 같군요. 우선 그것들 여덟 개를 갚겠어요. 다른 것들이 뒤따를 거예요… 일찍이 그토록 풍성한 수확은 없었어요. 아마 당신을 기쁘게 해드리기 위해서인 듯합니다."[26] 또한 그녀는 같은 형태로 자락(刺絡)이나 레몬 등에 관한 편지들을 쓰면서, 그것들이 쎄비녜 부인의 편지들이라 상상하였다. 그러나 내면을 통해서, 그리고 당신의 혈족들과 자연에 대한 사랑을 통해서 쎄비녜 부인에게 다가가신 할머니께서는, 그 서한집 속에 있는 전혀 다른 진정한 아름다움들을 내가 좋아할 수 있게 해주셨다. 쎄비녜 부인이, 내가 얼마 후 발백에서 만나게 되어 있었고 사물을 바라보는 나의 시각에 그토록 깊은 영향을 끼친, 엘스띠르라는 화가와 같은 부류에 속하는 위대한 예술가였던지라, 그러한 아름다움들이 머지않아 그만큼 더 나에게 강한 인상을 주게 되어 있었다. 나는 그녀가 엘스띠르와 같은 방법으로, 즉 사물들의 원인을 가지고 먼저 설명하는 대신, 우리의 인지(認知) 순서에 따라 그것들을 우리들에게 보여준다는 사실을 발백에서 깨달았다. 그러나 이미 그날 오후, 그 열차칸 안에서, 달빛 이야기가 등장하는 편지의 다음 구절을 다시 읽으면서, 나는 얼마 후 내가 '쎄비녜 부인의 서한집'이 가지고 있는 도스또예프스끼적 측면(그녀 또한 그가 인물들의 성격 묘사하듯[27] 풍경들을 묘사하지 않는가?)이라고 불렀을 것에 황홀해졌다. "유혹을 견디지 못하여 필요하지도 않은 모자들과 겉옷들을 대강 걸치고 산책장으로 가니 그곳 공기가 나의 침실 공기 못지않게 좋은데, '희고 검은 수도사들, 회색 및 백색 수녀들, 여기저기 널브러져 있는 빨래들, 나무들 둥치에 묻힌 듯 바싹 붙어 서 있는 남자들' 등, 온갖 잡동사니들이 나타나는구나."[28]

저녁에, 할머니를 친구분 댁에 모셔다 드리고 몇 시간 동안 그곳에 머문 후 나 홀로 다시 기차를 탔을 때, 닥쳐올 밤이 적어도 괴롭게 여겨지지는 않았다. 조는 듯하면서도 나를 잠들게 하지 못할 감옥 같은 어떤 침실 속에서 내가 밤을 보내지 않아도 되었기 때문이다. 나는 기차의 모든 움직임들이 가지고 있는 진정제 같은 작용에 둘러싸여 있었으며, 그 움직임들이 나의 고독을 달래주거나 내가 잠들지 못할 때 나와 한담을 나누겠다고 자진하여 나서는가 하면, 꽁브레에서 종소리들을 가지고 그랬듯이 때로는 이 리듬에 때로는 저 리듬에(나의 환상에 따라, 처음에는 일정한 16분음넷을, 그러다가 4분음 하나에게로 맹렬하게 달려드는 16분음 하나를 들으면서)내가 짝지어 주던 자기들의 소음으로 나를 가볍게 흔들어 잠들게 하기도 하였다. 그리하여 그 움직임들은 나의 불면증이 가지고 있는 원심력에 반대 방향의 압력을 가하여 그것을 중화시켰고, 그러한 압력이 나를 균형 잡힌 상태로 유지시켜 주었던지라, 나의 부동성과 곧 이어 나타난 나의 졸음은, 내가 만약 한동안이나마, 바다 속에서 잠든 상태로 조류와 파도에 밀려 오락가락하는 어느 물고기나 폭풍이라는 유일한 받침대 위에서 날개를 활짝 펴고 있는 어느 참수리로 체현(體現)되었다면 자연과 생명의 근저에 있는 강력한 힘의 각성상태에 말미암은 일종의 휴식상태가 나에게 주었을 것과 같은 상쾌한 인상을 느끼면서, 자신들이 그 압력 위에 실려 가는 것을 감지하였다.

일출(日出) 또한, 삶은 계란이나 삽화 위주의 잡지, 카드놀이, 작은 쪽배가 애써 꿈지럭거리는 작은 하천들처럼, 먼 기차 여행에 빠질 수 없는 부수물이다. 내가 혹시 잠들었었는지 혹은 그렇지 않았는지를 판단하기 위하여, 앞서 흘러간 시간 동안 나의 뇌리를 가득 채우고 있던 사념들을 돌이켜 검토하던 어느 순간(그리고 나로 하여금 그러한 질문을 던지게 하던 의혹 자체가 나에게 잠들었노라는 답변을 주고 있는 동안), 창문 유리를 통해, 아직 검은색인 작은 숲 위로 초승달 모양으로 움푹 파인 구름 덩이들이 나타났고, 그것들의 부드러운 솜털은, 고정되고 죽은 분홍색, 그 색을 머금은 날개의 깃털이나 화가의 환상에 의해 크레용화에 칠해진 색채처럼, 더 이상 변하지 않을 분홍색을 띠고 있었다. 하지만 나는 반대로, 그 색깔이 무기력함도 변덕도 아닌 필요이며 생명이라고 느꼈다. 다음 순간 그 색깔 뒤로 빛의 비축분이 뭉게뭉게 피어올랐다. 색깔이 강렬해져 하늘이 선홍색으로 변하였고, 나는 눈을 아예 유리창에 접착시키면서 그것을 더 자세히 보려 애를 썼다. 그 선홍색이 자연의 유현(幽玄)한 존재와 관련이 있다고 어렴풋이 느꼈기 때문이다. 그러나 철로가 방향을 바꾸는 바람에 기차가 선회하였고, 창문에 나타났던 아침 정경이, 아직도 모든 별들이 흩뿌려져 있던 하늘 아래에서 달빛으로 인해 푸르스름한 지붕들과 밤의 오팔빛 자개가 때처럼 뒤덮고 있는 빨래터를 드러내고 있는 여전히 야간인 어느 마을로 대체되었다. 그리하여 나는 맞은편 창문에 나타난, 그러나 이번에는 붉어진, 나의 분홍색 하늘 띠를 잃은 것에 슬퍼하였으며, 철로의 두 번째 굴곡부에 이르자 그 하늘 띠가 맞은편 창문에서도 사라졌다. 그리하여 나는, 진홍색 어린 변덕스러운 내 아름다운 아침의 간헐적이고 서로 상반된 편린들을 가까이 접근시키고 그것들을 새 화포(畵布)에 옮겨, 아침의 총체적인 풍경과 일관성 있는 화폭을 얻기 위하여, 한 창문에서 다른 창문으로 뛰어다니면서 나의 시간을 보냈다.

지면의 기복이 심하고 사면이 가파른 듯하더니, 기차가 두 산 사이에 있는 작은 역에 멈추었다. 협곡 깊숙한 곳 물살 빠른 개울가에, 창문을 스칠 듯이 흐르는 냇물 속에 처박힌 듯한, 건널목지기의 집 한 채가 보이는 것의 전부였다. 만약 하나의 인간이 특정 토양의 산물이고 그 인간 속에서 토양 특유의 매력을 맛볼 수 있다면, 그러한 사람은, 내가 메제글리즈 방면 루쌩빌 숲 속에서 홀로 배회할 때 나타나기를 그토록 갈망하였던 그 지역 촌여인보다는, 그 개울가 집에서 나와, 떠오르는 태양이 비스듬하게 빛을 던지던 오솔길을 따라 우유 단지 하나를 가지고 역으로 오던 그 키 큰 소녀였음에 틀림없을 것이다. 높은 산들에 가려 나머지 다른 세상이 보이지 않던 그 계곡에서, 그녀가 볼 수 있던 사람들은, 기껏 한순간 멈추었다 다시 떠나는 기차 속 사람들뿐이었을 것이다. 그녀는 잠에서 깨어난 몇몇 여행자들에게 커피 탄 우유를 권하면서 열차칸들을 따라갔다. 아침 반사광에 붉게 물든 그녀의 얼굴은 하늘보다 더 짙은 분홍색을 띠었다. 나는 그녀 앞에서, 우리가 아름다움과 행복을 새삼스럽게 의식할 때마다 우리의 내면에 다시 소생하곤 하는, 살고자 하는 욕망을 느꼈다. 우리는 항상 그 아름다움과 행복이 개별적이라는 사실을 망각하며, 우리의 뇌리에서 그것들을, 일찍이 우리를 즐겁게 하였던 여러 다른 얼굴들이나 우리가 맛본 쾌락들 사이의 평균치를 도출하여 형성하는 관습적인 유형으로 대체하는지라, 우리들에게 남는 것은 추상적인 영상들뿐인데, 그것들이 따분하고 무미건조한 것은, 우리가 이미 경험한 것과는 다른 새로운 것의 성격이, 즉 아름다움과 행복에 고유한 바로 그 성격이, 그것들에게 결여되어 있기 때문이다. 또한 그리하여 우리는 삶에 대하여 비관적인 판정을 내리면서 그 판정이 옳다고 추측한다. 그것은 우리가, 행복과 아름다움을 그 판정에서 누락시킨 다음 그것들은 티끌만큼도 섞이지 않은 종합적 결론들로 그것들을 대체하였으면서도, 그것들을 고려대상에 포함시켰다고 믿었기 때문이다. 마찬가지로, 누가 새로 나온 '아름다운 책'에 대하여 이야기를 꺼내기가 무섭게, 어떤 학식 풍부한 사람은 아예 미리부터 권태롭다는 듯 하품을 하는데, 하나의 아름다운 책이란 독특하고 예측 불가능하며, 이미 세상에 나온 모든 걸작품들의 총화(總和)로 이루어진 것이 아니라 그 총화를 완벽하게 흡수하여 자기의 것으로 만든다 해도 탄생시키기에는 어림도 없는 그 무엇(그것이 그 총화의 밖에 있다는 바로 그 이유 때문에)으로 이루어졌건만, 그 사람은 이미 자기가 읽은 모든 책들이 모여 이루어진 일종의 복합체를 뇌리에 떠올리기 때문이다. 하지만 조금 전까지도 아무 흥미를 느끼지 못하던 그 사람이 실제로 그 새로운 작품을 접하면, 그 작품이 묘사하는 실체에 즉시 관심을 갖게 된다. 그러한 작품처럼, 내가 홀로 있을 때마다 나의 사념이 초벌 그림처럼 그리곤 하던 아름다움의 전형들과는 이질적인 그 아름다운 소녀가, 나에게 즉시, 특정 형태의 행복(우리로 하여금 행복의 맛을 알 수 있도록 해줄 항상 독특한 유일한 형태인)에 대한, 즉 그녀 곁에 살면 실현될 것 같은 행복에 대한, 욕구를 불어넣어 주었다. 그러나 그러한 일에 있어서도 '습관'의 잠정적인 멈춤이 커다란 작용을 하였다. 나는, 우유에 탄 커피를 팔던 소녀 정면에서 강렬한 쾌락을 맛볼 준비가 되어 있던 나의 전존재(全存在)를 몽땅 그녀에게 내맡기고 있었다. 우리는 일상 최소한으로 축소된 우리의 존재를 가지고 생활하며, 우리에게 있는 능력들의 대부분은 잠든 상태에 머물러 있다. 그것들이 습관 위에서 쉬고 있기 때문이며, 습관은 해야 할 일이 무엇인지 아는지라 그 능력들을 필요로 하지 않는다. 그러나 여행 중에 맞은 그날 아침에는, 내 존재적 타성의 중단과 장소 및 시각의 변화가 그 능력들의 출현을 불가결하게 만들었다. 항상 칩거하며 아침 일찍 일어나지 않는 나의 습관이 자리를 비우자, 나의 모든 능력들이, 가장 천한 것으로부터 가장 고상한 것에 이르기까지, 예를 들면 호흡과 식욕과 혈액 순환으로부터 감수성과 상상력에 이르기까지, 자기들끼리 열성을 경쟁이라도 하듯—마치 물결들처럼 일상적이 아닌 어느 수위까지 일제히 치솟으면서—몽땅 달려와 습관의 자리를 차지하였다. 그 고장의 야성적 매력이, 나로 하여금 그 소녀가 다른 여인들과는 같지 않다고 믿도록 하면서, 그녀의 매력을 증대시켜 주었는지는 모르나, 그녀가 그 고장의 매력을 증대시켜 주고 있었던 것은 분명하다. 내가 그녀와 나란히, 개울에도, 암소가 있는 곳에도, 기차가 서 있는 곳에도 가면서 항상 그녀 곁에 머물고, 그녀의 사념 속에 나의 자리가 있어 내가 그녀에게 알려져 있음을 느끼면서, 나의 생애를 매시간 그녀와 함께 보낼 수만 있다면, 삶이 나에게 감미롭게 보였을 것 같았다. 그녀가 나를 투박한 시골 생활과 새벽 시간에 입문시켰을 것 같았다. 내게로 와서 우유에 탄 커피를 달라고 내가 그녀에게 손짓을 하였다. 그녀의 눈에 띄고 싶은 욕구를 느꼈기 때문이다. 그녀가 나를 보지 못한지라 내가 그녀를 소리쳐 불렀다. 홀쩍 큰 그녀의 몸집 위로 보이는 얼굴의 색조에 어찌나 강렬한 황금빛과 분홍색이 감돌던지, 그녀가 마치 조명 받은 교회당의 그림 유리창을 통해 보이는 것 같았다. 그녀가 되돌아왔고, 나는, 우리가 응시할 수 있고 또 그리하여 자신을 가까이에서 바라보도록 내버려 두면서 그리고 우리의 눈을 황금빛과 붉은색으로 부시게 하면서 우리들 아주 가까이까지 다가올 어떤 태양과 같은, 점점 더 커지는 그녀의 얼굴에서 눈을 뗄 수가 없었다. 그녀가 꿰뚫는 듯한 시선을 나에게로 향하였다. 그러나 역의 고용원들이 기차의 승강구 문들을 닫았던지라 기차가 움직이기 시작하였다. 그녀가 역을 떠나 다시 오솔길로 접어드는 것이 보였다. 어느덧 대낮처럼 밝아졌고, 나는 여명으로부터 멀어져 가고 있었다. 나의 열광이 그 소녀로 인하여 발생하였건, 혹은 반대로, 내가 그녀 곁에서 느낀 즐거움의 가장 큰 부분이 나의 열광에 의해 야기되었건,

여하튼 그녀가 그 즐거움에 어찌나 깊숙이 연루되었던지, 그녀를 다시 보고자 하는 나의 열망은 그 무엇보다도, 그 흥분상태가 몽땅 소멸되도록 내버려 두지 않으려는, 즉 비록 자신은 몰랐다 하더라도 그 상태에 참여하였던 존재로부터 영영 분리되지 않으려는, 윤리적 열망이었다. 그것은 단지 그러한 상태가 유쾌했다는 뜻만은 아니다. 그것은 특히(어떤 현의 더 큰 팽창이나 어떤 신경 한 가닥의 더 빠른 진동이 다른 하나의 음색이나 색깔을 만들어내는 것처럼) 그 흥분상태가 나의 눈에 보이는 것에 하나의 다른 음색을 주어, 마치 배우가 그러듯, 그것이 나를 미지의 그리고 한없이 더 흥미로운 세계로 끌어들이고 있었다는 뜻이다. 기차의 속도가 점점 빨라지고 있던 동안에도 아직 나의 시야에 있던 그 아름다운 소녀는, 경계선에 의해 그것으로부터 분리된 내가 알고 있던 삶과는 다른 삶의 한 부분 같았고, 그 속에서는 사물들이 일깨우는 느낌들이 더 이상 같지 않을 것 같았으며, 이제 그 삶으로부터 빠져나온다는 것이 곧 나 자신과 영별하는 것과 같이 여겨졌을 것이다. 그러한 삶에 적어도 결부되어 있다는 감미로움이나마 느낄 수 있기 위해서는, 매일 아침 그 시골 소녀에게로 와서 우유에 탄 커피를 달라고 할 수 있도록, 내가 그 작은 역 가까이에 사는 것으로 충분할 것 같았다. 그러나 애석하게도 그녀는, 내가 그 순간 점점 빠른 속도로 향하고 있던 다른 삶에 영영 등장하지 않을 것이 분명했고, 나는 기껏, 훗날 같은 시각의 기차를 다시 타고 그 같은 역에 내릴 계획이나 대강 짜면서, 그 삶을 체념하듯 받아들이고 있었는데, 그러한 계획은 또한 타산적이고, 활동적이고, 실용적이고, 기계적이고, 게으르고, 핵심으로부터 도망치려 하는 성향에, 즉 우리들 대부분 사람들에게서 흔히 발견되는 오성의 성향에, 영양분을 공급하는 장점까지—우리의 오성이라는 것이, 우리가 받은 유쾌한 인상의 실체를 우리의 내면에서 보편적이고 무사무욕한 방법으로 철저히 규명하는데 필요한 노력을 회피하는 경향을 흔히 보이니 말이다[29]—가지고 있다. 그리고 다른 한편으로는 우리가 그 인상에 대해 계속 생각하기를 원하는지라, 우리의 오성은 그것을 미래 속에 놓고 상상하는 편을 택하여, 그것이 부활할 수 있도록 해줄 상황을 교묘하게 준비하지만, 그것이 그 인상의 본질에 대해서는 우리에게 아무것도 알려주지 못하고, 다만 그 인상을 우리의 내면에 재창조하는 수고나 면하게 해주면서 우리로 하여금 그러한 인상을 외부로부터 다시 받을 수 있으리라 기대하게 해준다.

베즐레나 샤르트르 혹은 부르주나 보베 등 특정 도시들의 명칭은 각 도시의 중심적인 교회당을 간략하게 지칭하는데 사용된다. 전체로 부분을 지칭하는 그러한 어법을 우리가 하도 빈번히 사용하여, 그것이 결국에는—우리가 아직 모르는 고장들에 관련되었을 경우—그렇게 사용되는 명칭을 몽땅 조각품으로 장식하기에 이르러, 그 명칭이 그 순간부터는, 우리가 그것에 그 도시 전체의 모습을—물론 우리가 일찍이 본적 없는 도시의 모습을—상상하여 담으려 할 때, 그 명칭에—하나의 주물틀이 그러듯—교회당의 것과 양식이나 조각술이 같은 작품들을 강제로 부여하여, 명칭 자체를 일종의 거대한 주교좌 교회당으로 만들어놓을 것이다. 그러나 거의 페르시아풍 서체처럼 보이던 하얀 글자들로 쓴 '발벡'이라는 명칭을 내가 읽은 것은, 어느 역의 간이 음식 판매대 위에 걸려 있던 하늘색 표지판에서였다. 나는 서둘러 역에서 나와 대로를 건넌 다음, 오직 교회당과 바다만을 볼 생각으로, 해변이 어느 쪽이냐고 사람들에게 물었다. 그러나 모두들 내가 무슨 말을 하는지 이해하지 못하겠다는 기색이었다. 내가 도착한 곳은, '구(舊)발벡'

즉 '내륙 발백'은, 해변도 항구도 아니었다. 물론, 내가 도착한 지점으로부터 불과 몇 미터 떨어진 곳에 있던 교회당의 그림 유리창에 그 유래가 그려져 있는, 기적을 일으킨다는 구세주를 (전설에 의하면) 어부들이 발견한 곳은 분명 바다였다. 또한 교회당의 중앙 신도석 및 종루의 석재가 채취된 곳도 틀림없이, 항상 파도가 와 부서지는 해안 절벽이었다. 하지만, 그러한 이유로 인해서 교회당의 그림 유리창 밑에까지 와서야 멈추리라고 내가 일찍이 상상하였던 그 바다가, 실은 그곳으로부터 오 리으 이상 거리에 있는 '해변 발백'에 있다고들 하였으며, 교회당의 둥근 지붕 옆에 있던 종각은, 그것 자체가 노르망디 해안 특유의 험한 절벽이어서, 바람에 날려 온 모래가 그 위에 쌓이고 새들이 주위를 선회한다는 이야기를 일찍이 책에서 읽었던지라, 내가 항상 사나운 물결의 마지막 포말이 그 주춧돌까지 밀려오리라 상상하던 바로 그 종각은, 두 전차 선로의 분기점이 있는 광장에, 그리고 황금색 글자들로 '당구'라고 쓴 간판이 걸려 있던 어느 까페 맞은편에 우뚝 서 있었고, 그리하여 지붕들 사이에 돛대 하나 섞이지 않은 집들 위로 자신을 뚜렷이 드러내고 있었다. 또한 교회당은—까페와, 내가 조금 전 길을 물었던 행인과, 내가 다시 돌아가려 하던 역 등이 나의 주의를 끄는 순간—나머지 다른 모든 것들과 일체가 되었고, 그날 오후의 끝자락에서 생긴 하나의 사고 즉 하나의 산물 같았으며, 그 순간 허공에 치솟아 있던 부드럽고 한껏 부푼 둥근 지붕은 하나의 과일 같았는데, 그 과일의 분홍색과 황금색 띤 말랑말랑한 껍질을, 마침 집들의 굴뚝들을 적시고 있던 바로 그 빛이 익히고 있었다. 그러나 그 주조된 조각상들을 트로까데로 박물관에서 본 적이 있는 사도들을 내가 알아보았을 때, 그리고 이제 교회당 정문 현관 깊숙한 공간에 있는 성처녀의 좌우에서 마치 나에게 경의를 표하듯 나를 기다리고 있던 그 사도들을 보았을 때, 나는 오직 그 조각상들에 내포되어 있는 영구불변의 의미 이외의 다른 것은 생각하고 싶지 않았다. 코 납작하고 부드러움 감돌며 너그러운 얼굴에 등 굽은 그들이, 아름다운 날씨에 바치는 〈할렐루야〉를 합창하면서, 환영한다는 기색으로 나를 마중하는 것 같았다. 하지만 그들의 표정이 죽은 사람의 표정처럼 꼼짝도 하지 않고, 다가간 사람이 그들 주위로 움직여야만 변한다는 사실을 이내 간파하였다. 나는 그 자리에 멈추어 서서 나 자신에게 말하였다. "여기야, 이것이 발백의 교회당이야. 이 교회당의 영광을 알고 있는 듯한 이 광장이, 발백의 교회당을 소유하고 있는 이 세상의 유일한 장소야. 내가 지금까지 본 것은 기껏, 이 교회당의 사진들과, 이 정문 현관에 있는 그토록 유명한 사도들과 성처녀의 복제품들일 뿐이야. 이제 내 앞에 있는 것들은, 교회당 그 자체, 조각상 그 자체, 즉 유례없는 것들이고 훨씬 월등한 것들이야."

그러나 복제품들보다 아마 못할 수도 있었다. 어떤 젊은이가 시험이나 결투 당일, 자신에게 주어진 문제나 자기가 발사한 실탄이, 자기의 비축된 지식이나 입증해 보이고 싶었던 용기에 비하면 정말 하찮다고 여기듯이, 전에 내가 본 복제품들로부터 교회당 정문의 성처녀를 구출해 내어, 복제품들을 언제든지 위협할 수 있는 일체의 변화가 그것에 미치지 못하게 하여, 비록 복제품들이 파괴되는 경우에도 그것만은 아무 손상 입지 않고, 하나의 보편적 가치를 지닌 이상형으로 남게 한 나의 오성은, 자기가 수천 번이나 거듭하여 나의 내면에서 조각하던 그 성처녀상이, 이제 선거 벽보 한 장과 나란히 서로 경쟁하듯 나의 지팡이 끝이 닿을 수 있는 자리에 석재 고유의 모습으로 초라하게 전락되어 있는 것을 보고 몹시 놀랐으며, 그것이 '까페'와 습합마차 회사 사무실에 있는 사람들의 시선을 피하지 못하고 석양의 햇살 중 반을—그리고 머지않아 몇 시간 후에는 가로등의 불빛을—얼굴에 받으면서(나머지 반은 저축은행 사무실이 받고 있었다) 대로와 분리될 수 없는 광장에 묶여 있었고, 과자 제조인의 부엌에서 발산되는 역한 냄새에 그 금융기관 지점과 함께 휩싸여 있었으며, 어떤 하찮은 녀석의 횡포에도 무방비 상태로 내맡겨져 있어, 내가 만약 그 돌덩이 위에 서명을 하고자 하였다면, 그녀가, 보편적 실재(實在)와 측지할 수 없는 아름다움을 구비하였을 것이라 그때까지 내가 믿었던 그 성처녀가, 유례없는(애석하게도 그 말은 단 하나라는 뜻일 뿐이었다) 그 발백의 성처녀가, 이웃한 집들의 것과 같은 그을음을 찌든 때처럼 뒤집어쓴 채, 그것을 털어내지 못하고, 자기를 경건히 응시하기 위하여 그곳에 온 모든 찬미자들에게, 내가 사용한 분필의 흔적과 내 이름의 철자들을 그대로 드러내 보여줄 지경에 처해 있었으며, 교회당 자체가 변한 것처럼, 그 높이를 측정하고 주름들의 수를 헤아릴 수 있을 만큼 키 작은 석재 노파로 변신한 상태로 내가 발견한 것은, 불후의 예술품이라 믿어 그토록 오랜 세월 동안 보기를 열망하던 그 성처녀상이었다. 어느덧 시간이 흘러, '해변 발백'으로 함께 가기 위하여 내가 할머니와 프랑수와즈를 기다리기로 되어 있던 역으로 돌아가야 했다. 나는 그 동안 내내, 전에 읽은 발백에 관한 글과 스완이 한 말을 뇌리에 다시 떠올렸다. "감미로운 곳이지요. 씨에나 못지않게 아름다워요." 그리하여 나의 실망을, 우발적인 사건들과 좋지 않았던 나의 심리적 상태, 나의 피로, 볼 줄 모르는 나의 무능력 등의 탓으로만 돌리면서, 나에게는 아직 손대지 않은 상태로 남아 있는 다른 도시들이 있어, 다음에는 아마 내가, 진주 소나기 속으로 들어가듯 깽뻬를레의 방울져 떨어지는 시원한 졸졸거림 속으로 침투하거나, 뽕-아밴을 감싸고 있을 초록색 기운 돌고 동시에 분홍빛 띤 반사광을 통과할 수 있으리라 생각하면서,[30] 나 자신을 위로하려 노력하였다. 그러나 발백의 경우, 내가 그곳에 들어서는 순간부터, 밀폐된 상태로 유지하여야 했을 명칭 하나를 내가 마치 살짝 연 꼴이었고, 그리하여 외부 압력과 압축공기에 의해 걷잡을 수 없이 떼밀린 전차, 까페, 광장으로 지나던 사람들, 저축은행의 지점 등이, 내가 자기들에게 조심성 없이 제공한 출구를 이용하여, 그때까지 그곳에 살던 모든 영상들을 축출하면서 발백이라는 명칭의 음절들 내부로 휩쓸려 들어왔고, 그것들 위로 다시 닫힌 음절들은 이제, 그것들이 페르시아풍 교회당의 정문을 틀처럼 감싸도록 내버려 둘 뿐만 아니라 그것들을 자신들 속에 내포하기를 더 이상 멈추지 않을 것이다.

우리들을 '해변 발백'으로 데려다 줄 지역 노선의 작은 기차에서 내가 할머니와 다시 만났으나, 할머니가 그곳에 홀로 계셨다. 모든 것이 미리 준비되도록, 할머니께서 프랑수와즈를 먼저 출발시킬 엉뚱한 생각을 하셨고(그러나 그녀에게 길을 잘못 가르쳐주셨던지라 전혀 다른 방향으로 출발하게 하셨다), 그리하여 나와 할머니가 다시 만났을 때에는, 그녀가 그 사실을 짐작조차 하지 못한 채 낭뜨 방향으로 한껏 달리고 있었으며, 아마 보르도에 도착해서야 잠에서 깨어나게 되어 있었다.[31] 곧 사라질 석양빛과 오후의 집요한 열기로 가득한 열차칸에 내가 겨우 자리를 잡았을 때(석양빛이 애석하게도, 오후의 열기가 할머니를 얼마나 지치시게 하였는지를, 할머니의 얼굴에 훤히 드러나게 하였다!), 할머니가 나에게 물으셨다. "그래, 발백이 어떻든?" 그러시면서 지으시던 미소가, 내가 느꼈을 것이라고 생각하시던 커다란 기쁨에 대한 기대로 어찌나 열렬하게 밝아져 있었던지, 나는 내가 느낀 실망감을 감히 불쑥 털어놓지 못하였다. 게다가, 나의 몸뚱이가 바야흐로 익숙해지도록 노력해야 할 새로운 곳이 가까워짐에 따라, 앞서 나의 오성이 열심히 찾던 인상은 점점 나의 관심 밖으로 벗어나고 있었다. 아직도 한 시간 이상 남았던 그 여정의 끝에 있을 발백 호텔의 지배인을 상상 속에 떠올리려 노력하면서, 그 순간에는 내가 존재하는지조차 모를 그 사람 앞에, 틀림없이 그에게 숙박료 할인을 부탁하실 할머니보다 더 명망 있는 사람과 함께 내가 나타날 수 있었으면 좋겠다고 생각하였다. 거만함 선명한 모습으로 그가 나의 눈앞에 어른거렸으나, 윤곽은 매우 흐릿했다.

그 작은 기차가 '해변 발백'으로 가는 도중 여러 역에서 자주 멈추었고, 그 역들의 명칭조차(앵까르빌, 마르꾸빌, 도빌, 뽕-아-꿀뢰브르, 아람부빌, 쌩-마르스-르-비으, 에르몽빌, 멘느빌 등), 그것들을 책에서 읽었다면 꽁브레 인근에 있던 특정 지점들의 명칭들과 어떤 관련이 있을 것이라 여겨졌으련만, 나에게는 기이하게 보였다. 그러나 음악가의 귀에는, 같은 음 여럿을 공유하는 두 소절일지라도, 그것들이 다른 화음이나 조화로 윤색되었을 경우 조금도 유사해 보이지 않을 수 있다. 마찬가지로, 모래와 지나치게 열려 텅 빈 공간과 소금으로 형성되었으며,[32] 그 위로 빌(ville)이라는 단어가 아이들이 외치는 '삐종-볼르'에서 들려오는 볼르(vole)처럼[33] 쉴새없이 튀어나오는 그 서글픈 명칭들이, 나에게 루쌩빌이나 마르땡빌과 같은 다른 지명들은 환기시키지 못하였는데, 그 두 지명들은, 식탁이나 '거실'에서 대고모님께서 그곳들에 관해 말씀하시는 것을 내가 하도 자주 들었던지라, 잼들의 맛이나 장작불과 베르고뜨가 지은 책의 종이에서 풍기던 냄새, 맞은편 집 사암 석재의 색깔 등에서 추출된 정수가 아마 섞였을 특정 형태의 침울한 매력을 일찍이 얻어 지녔고, 따라서 오늘날에도, 그 두 지명이 내 기억의 밑바닥으로부터 가스로 인해 발생한 기포(氣泡)처럼 다시 올라올 때에는, 기억의 표면에 도달하기 전에 거쳐야 할 서로 다른 여러 매개체들의 켜를 통과하면서도 자기들 특유의 효능을 간직하고 있다.

나에게 처음으로 자기들의 고객들을, 그러나 일상의 외면적인 모습으로—하얀 모자를 쓰고 테니스 경기 하는 사람들, 자기가 돌보는 위성류(渭城柳)와 장미 곁에 서 있는, 그곳에 거처를 정한 역장, 내가 영영 알지 못할 어떤 생활의 궤적을 어렴풋이 그리면서, 뒤처진 자기의 그레이하운드를 부르더니 이미 램프의 불빛이 밝혀진 자기의 별장으로 들어가는 '맥고 모자' 쓴 어느 부인 등—보여주었고, 그리하여 기이할 만큼 통상적이고 건방질 만큼 무람없는 영상들로, 모든 것들이 낯설기만 한 나의 시선과 외로운 나의 가슴에 잔인한 상처를 입힌 것은, 몇몇 별장들과 그것들에 잇닿아 있는 테니스 코트, 혹은 게양된 깃발이 선선하고 적막하며 불안한 바람에 펄럭이고 있는 카지노 등으로 구성되어 있으며, 자기들의 모래언덕 꼭대기에서 먼 바다를 내려다보거나, 처음 막 도착한 호텔 방 까나뻬의 형태처럼 그 형태 방자하고 거슬리는 초록색 띤 동산들 발치에서 벌써 밤을 맞고 있던, 소규모 휴양 시설들이었다. 그러나, 우리가 발백 그랜드-호텔의 로비에 도착하여 거대한 모조 대리석 층계 정면에 섰을 때, 그리고 할머니께서, 우리가 장차 어울려 지내야 할 낯선 사람들의 적대감과 멸시를 증대시키지 않을까 하는 염려 따위는 아예 떨쳐 버리신 듯, 얼굴과 음성에 흉터 수두룩하고(얼굴의 흉터는 무수한 여드름을 제거할 때 생긴 것들이고, 음성의 흉터는, 먼 지방 출신이거나 여러 나라를 떠돌아다닌 유년시절로 인해 생긴 억양의 제거로 인해 생긴 것들이었다), 사교계 인사들의 연미복을 입었으며, '승합마차'가 도착할 때마다 일반적으로 지체 높은 나리들은 불평꾼들로 여기는 반면 호텔 쥐들[34]을 지체 높은 나리들로 잘못 짚는 심리학자의 시선을 가진, 일종의 오뚝이 같은 매니저를 상대로, 소위 '조건들'이라는 것을 가지고 옥신각신하시는 동안, 나의 괴로움이 얼마나 더 깊어졌던가! 자신의 월급이 오백 프랑에 이르지 못한다는 사실을 틀림없이 망각한 듯, 그는 오백 프랑을, 아니 그가 말하듯 '이십오 루이'를, '거금'으로 여기는 사람들을 몹시 경멸하였고, 그들을 그 그랜드-호텔에 올 자격이 없는 최하층민 집단의 일원 취급하였다. 물론 그 '팰리스'[35] 안에도 매니저의 존경을 받되 많은 돈을 쓰지 않는 사람들이 있었는데, 그것은 그들이 가난해서가 아니라 인색해서 절약하는 것이라고 매니저가 확신하는 경우였다. 사실 인색함이라는 것이 어떤 이의 위신을 손상시킬 가능성은 추호도 없다. 그것이 하나의 악덕이며 따라서 사회의 모든 계층에서 발견될 수 있기 때문이다. 사회적 신분이 호텔 매니저의 유일한 관심대상이었다. 사회적 신분 자체보다는 그것이 높을 것이라 짐작할 수 있게 해주는 징후들, 예를 들자면, 호텔 로비에 들어서면서 모자를 벗지 않는다든가, 골프용 반바지나 몸에 꼭 맞는 반코트를 입었다든가, 매끈한 염소가죽 쌈지에서 자주색과 황금색 띠 두른 엽궐련 하나를 꺼낸다든가 하는 행위들(애석하게도 나에게는 그러한 유리한 조건들이 없었다!) 자체가 관심대상이었다.

 매니저가 모자도 벗지 않은 채 휘파람을 불면서 당신의 말씀을 듣건만, 조금도 언짢아하시지 않으면서, 부자연스러운 어조로, 할머니께서 그에게 하시는 말씀이 들려왔다. "그래, 당신이 요구하시는 가격이 얼마인가요? …오! 나의 빠듯한 경비로 감당하기에는 너무 비싸군요." 나는 긴 의자에 앉아서 기다리면서, 나 자신의 가장 깊숙한 곳으로 피신하여, 영원한 사념들 속으로 이주(移住)함으로써, 나의 몸뚱이―부상을 입었을 때 스스로를 억제하여 죽은 척하는 짐승들의 몸뚱이 표면이 그렇게 되듯 무감각해진—표면에 나의 아무것도, 살아 있는 그 무엇도 남기지 않으려 애를 썼고, 그것은, 바로 그 순간 호텔 매니저가 어떤 우아한 부인을 뒤따르고 있던 작은 개에게 한껏 친숙함을 보이면서 정중한 예의를 다하여 대하던 그 여인, 그리고 모자에 깃털을 꽂은 채 돌아오면서 자기에게 온 편지들이 없느냐고 묻던 어느 젊은 선멋쟁이 등, 모조 대리석 층계를 오르는 것을 곧 자기들의 '집'에 돌아오는 것으로 여기는 듯한 그 모든 사람들이 가지고 있는 것처럼 보이던 친숙한 습관을 접하는 순간, 나에게는 그것이 전혀 없음을 절감하게 해주던 그 장소에서 내가 지나친 괴로움에 시달리지 않기 위해서였다. 또한 같은 순간, '접대술'에는 별로 소질이 없으면서 '접수계 책임자'라는 직함을 가진 신사분들로부터 미노스와 아이아코스와 라다만투스의 시선이(나는 내 영혼을, 더 이상 아무것도 그것을 보호해 줄 수 없는 미지의 세계 속에 던져 넣듯, 벌거숭이 상태로 그 시선 속에 몽땅 맡겼다) 일제히 나에게 던져졌고,[36] 그곳으로부터 조금 떨어진, 닫힌 유리 칸막이 뒤에 있던 독서실에는 사람들이 편안히 앉아 있었는데, 그 광경을 묘사하기 위해서는, 그 속에서 태평스럽게 독서할 권리를 가지고 있던 선택된 사람들의 행복을 내가 뇌리에 떠올리느냐, 혹은 그러한 종류의 인상들 따위는 아예 무시하시고 할머니께서 나에게 독서실로 들어가라고 하셨을 경우, 할머니께서 나에게 안겨 주셨을 극도의 공포감을[37] 뇌리에 떠올리느냐에 따라, 내가 단떼의 작품 속에서 그가 낙원과 지옥에 차례로 부여하고 있는 색채들을 번갈아 골라야 했을 것이다.

나의 고적감이 잠시 후에는 더욱 증폭되었다. 내가 할머니에게, 몹시 불편하다고 솔직히 말씀드리면서, 우리가 어쩔 수 없이 빠리로 돌아가야 할 것 같다고 하였을 때, 할머니께서 다른 이견 내세우시지 않고, 다시 빠리로 돌아가든 그곳에 머물든, 여하튼 필요할 물건들을(나에게 필요할 물건들이 몽땅 프랑수와즈와 함께 있었던지라, 할머니가 말씀하시던 물건들이 모두 나를 위한 것들이었음을 얼마 아니 되어 알게 되었다) 사러 나가신다고 말씀하셨기 때문이다. 할머니를 기다리다가 나 역시 조금 걸으려고 밖으로 나섰는데, 길에 사람들이 북적거려 실내처럼 열기가 뜨거웠고, 그 시각까지도 이발소와 과자점이 열려 있었으며, 뒤게-트루앵[38]의 조각상 앞에 있던 과자점에서는 그 집 단골손님들이 아이스크림을 먹고 있었다. 그 조각상이 나에게, 어느 외과의사의 병원 대기실에서 화보 위주의 잡지에 실린 그 조각상의 사진이 주는 것과 거의 같은, 즐거움을 느끼게 해주었다. 시가지에서의 그러한 산책을 가리켜 하나의 기분전환이라고 하면서 호텔 매니저가 그것을 나에게 권할 만큼, 그리고 또한 새로운 거처라는 고문의 장소가, 물론 과장할 수는 있으되 고객들의 취향에 부응하며 그들을 위해 마련된 호텔의 광고 전단이 말하듯, 어떤 이들에게는 '즐거움의 장소'로 보일 수 있을 만큼, 나와는 상당히 다른 사람들이 있을 수 있다는 사실에 나는 몹시 놀랐다. 사실 그 광고 전단은, 고객들을 발백 그랜드-호텔로 끌어들이기 위하여, '감미로운 요리'와 '카지노 정원의 선경(仙景)'뿐만 아니라, '교양 있는 사람이라면 아무도 원하지 않을 보이오티아 사람[39]'이라는 칭호를 각오하지 않고는 결코 어기지 못할 유행 폐하의 칙령들[40]'까지 상세히 소개하고 있었다.

내가 환멸을 안겨 드리지 않았을까 하는 근심으로 인하여, 할머니를 즉시 뵙고 싶어졌다. 그러한 정도의 피곤도 견디지 못한다면 어떠한 여행도 나에게 이로움을 줄 수 없으리라 느끼셔서, 몹시 낙담하셨을 것 같았다. 나는 즉시 호텔로 돌아가 할머니를 기다리기로 마음을 정하였고, 홀에 들어서자 매니저가 다가와 손수 단추 하나를 눌렀다. 그러자 아직까지 내가 보지 못하였던, '리프트'라 고들 부르던(그리고 호텔의 가장 높은 곳에, 노르망디 지역 어느 교회당의 채광창이 있음직한 부분에, 사진기 감광판 뒤의 사진사 처럼 혹은 연주석의 오르간 연주자처럼 자리를 잡고 있던) 인물 하나가, 길들여지고 부지런하며 포로 신세인 다람쥐처럼 날렵하 게 나를 향해 내려오기 시작하였다. 그런 다음, 거대한 기둥을 따 라 미끄러지듯, 나를 이끌고 그 상업적 중앙 신도석[41]의 원형천장 을 향하여 다시 올라갔다. 각 층에는, 통로용 작은 층계 양편으로 어둑한 갤러리들이 부채 모양으로 펼쳐져 있었고, 긴 베개를 손에 든 객실 청소부 여인 하나가 그 갤러리들을 가로질러 가곤 하였 다. 나는 그럴 때마다, 어스름한 빛 때문에 흐릿해진 그 여인의 얼 굴에, 나의 가장 열렬한 몽상이 태동시킨 가면을 씌워주곤 하였으 나, 나에게로 향해 있던 그녀의 시선에서 읽을 수 있었던 것은, 나 의 보잘것 없음에 대한 혐오감이었다. 그러나 다른 한편으로는, 끊임없이 올라가는 동안, 시(詩) 결여되어 있고, 각 층에 단 하나 밖에 없는 화장실이 역할을 대신하고 있던 그림 유리창들[42]의 수 직 열을 통해서만 겨우 빛이 들어오던 그 미광(微光)의 신비[43]를 묵묵히 통과하며 내가 느끼던 죽을 듯한 고통을 해소하기 위하여, 나의 그러한 상승 여행을 담당하는 장인(匠人) 겸 내 포로상태의 동반자였던 그 젊은 오르간 연주자[44]에게 내가 말을 건넸고, 그는 자기 악기의 음전(音栓, 음마개)들을 당기다가는 다시 음관(音管) 들을 미는 동작만을 계속하였다. 나는 내가 그토록 많은 자리를 차지하고 그에게 그토록 큰 수고를 끼치게 되어 미안하다고 하면 서, 그러한 기예를 발휘하는데 있어서 혹시 내가 방해는 되지 않 느냐고 물었으며, 그 달인의 환심을 사기 위하여, 단순한 호기심 표현하는 것을 넘어, 그 기예에 대한 열렬한 애호를 고백하였다. 그러나 내가 한 말에 놀랐음인지, 자신의 일에 열중하였기 때문인지, 예절 때문인지, 귀가 어두웠음인지, 그 장소에 대한 존경심 때문인지, 위험에 대한 염려 때문인지, 지적 나태 때문인지, 혹은 그것이 매니저의 지시였는지, 그가 아무 대꾸도 하지 않았다.

우리와 무관한 것이 실재한다는 인상을 주는 것으로, 그것이 비록 어떤 하잘것없는 사람일지라도, 우리가 그를 알기 전과 후에 생기는, 우리와 관련되어 그의 위치에 발생하는 변화만 한 것은 아마 없을 것이다. 나는 그날 오후 막바지에 발벡의 지선 철도 기차에 오른 바로 그 젊은이였고, 내면에 같은 영혼을 간직하고 있었다. 하지만 그 영혼 속에, 즉 오후 여섯 시에는 호텔 매니저와 호화로운 호텔과 그곳 종업원들에 대한 상상의 불가능성과 함께, 내가 도착할 순간의 막연하고 불안해하는 기다림이 있던 그 자리에, 이제는 여러 고장을 떠도는(비록 그가 '루마니아적 독특성'[45]을—그가 항상, 그것들이 그릇되다는 사실도 알아차리지 못하고, 무작정 고상하다고 믿는 표현들 사용하던 습성에 따라 그렇게 말하던 것이지만—가졌음에도, 실은 모나꼬 국적을 취득하였다) 매니저의 얼굴에 있는 여드름 제거 흔적, 초인종을 눌러 리프트를 부르는 그의 몸짓, 리프트 그 자신 등, 그랜드-호텔이라는 그 판도라의 상자에서 꾸역꾸역 쏟아져 나온 부정할 수 없고 파기할 수 없으며, 실현된 모든 것들이 그렇듯, 감정을 고갈시키는, 꼭두각시 같은 인물들의 행렬 하나가 자리를 차지하고 있었다.[46] 그러나 내가 개입하지 않은 그 변화가, 나와 무관한 어떤 일이 발생하였음을 적어도 나에게 입증은 해주었으며—그 일이 자체로는 아무리 진부하더라도—따라서 나는, 길을 떠날 때 자기 앞쪽에 있던 태양이 자기 뒤쪽에 있는 것을 보고 여러 시간이 흘렀음을 알아차리는 나

그네와 같았다. 나는 피로로 기진맥진한 상태였고 신열에 시달렸으며, 그리하여 자리에 눕고 싶었으나, 그러기 위하여 필요한 것이 나에게 전혀 없었다. 내가 최소한 잠시나마 침대 위에 사지를 쭉 펴고 눕고도 싶었겠으나, 우리들 각자에게 있는, 질료적 몸뚱이는 아니라 하더라도, 의식을 가진 몸뚱이인 그 감각의 총합체로 하여금 휴식을 맛보게 해줄 수 없었으리니, 그리고 그 몸뚱이를 에워싸고 있던 낯선 물건들이, 몸뚱이로 하여금 자기의 지각 작용을 끊임없이 세심한 방어태세에 머물게 하도록 강요하면서, 나의 시선과 청각과 기타 모든 감각기관들을, 일어설 수도 앉을 수도 없을 만큼 좁은 우리 속에 갇혀 있던 라발뤼 추기경[47]의 자세만큼이나 제한되고 불편한(비록 내가 다리를 쭉 뻗었다 해도) 자세에 묶어두었으리니, 그것이 무슨 소용있었겠는가. 하나의 방 안에 물건들을 들여놓는 것은 우리의 주의력이고, 그것들을 밖으로 내보내 우리에게 자리를 마련해 주는 것은 습관이다. 그러한 자리가 발백의 내 방(명목상으로만 내 방이었던)에는 나를 위해 마련되어 있지 않았으니, 그 방에는, 나를 전혀 모르고, 내가 자기들에게 던진 경계하는 눈길을 나에게 되돌려 던지며, 내가 그곳에 있다는 사실은 전혀 고려하지 않은 채, 내가 자신들의 평온한 일상을 방해하였노라 증언하는 물건들만 가득했다. 추시계가—집에서는 내가 깊은 명상에서 벗어날 순간에나, 그것도 일주일에 단 몇 초 동안만, 나의 추시계 소리를 들었던 반면—단 한순간도 중단하지 않고, 미지의 언어로, 나의 마음을 상하게 할 말들을 계속 지껄여대는 것이 틀림없었으니, 폭 넓은 보라색 커튼들이, 아무 대꾸 하지 않으면서, 그러나 제삼자가 눈에 거슬린다는 듯이 어깨를 으쓱하는 사람들이 보이는 것과 유사한 태도로, 그 지껄임에 귀를 기울이고 있었으니 말이다. 그 커튼 폭들은, 천장 그토록 높은 그 방에,

그 방을 기즈 공작 암살에 적합한 장소로[48] 면모시킬 수 있을, 그리고 훗날 쿡 여행사의[49] 안내원이 줄줄이 몰고 올 관광객들의 방문에 적합할 그러나 내가 잠을 자기에는 전혀 그렇지 못한 곳으로 변모시킬, 거의 역사적인 성격을 부여하고 있었다. 벽을 따라 줄지어 배치한 나직하고 유리창 끼운 책장들 때문에 내가 고초를 당하였지만, 특히 한 구석을 비스듬히 막고 있던[50] 다리 달린 커다란 거울 하나가 나를 더욱 심하게 괴롭혔으며, 그것이 방을 떠나기 전에는 나에게 어떠한 휴식도 가능할 것 같지 않았다. 나는 나의 시선을—빠리의 내 방에 있던 물건들은, 그것들이 내 신체기관들의 부속기관 즉 내 자신의 확대 부분에 불과했기 때문에, 내 자신의 두 눈동자만큼도 방해하지 않던—호텔의 꼭대기에 자리 잡고 있어 할머니께서 나를 위하여 고르신 그 전망대의 유난히 높은 천장으로 끊임없이 보냈으며, 그러는 동안, 베띠베루[51] 냄새는 우리의 시각과 청각보다 더 내밀한 감각기관까지, 즉 우리가 냄새들의 질까지 느끼고 확인하는 구역까지, 나의 자아 거의 내면에 있는 나의 최후 방어선을 노리고 공격을 계속하였으며, 나는 피로를 감내하면서 다급하게 코를 킁킁거리는 것으로, 그 공세에 부질없으되 중단 없는 반격을 가하였다. 더 이상 나의 세계도 나의 방도 없는 데다, 나를 에워싸고 있던 적들의 위협을 받으면서, 신열이 뼈까지 침입하도록 내버려 두었던지라, 나는 고립무원이었고 죽고 싶은 생각에 사로잡혔다.[52] 바로 그 순간 할머니가 내 방으로 들어서셨고, 억눌려 있던 나의 심장이 확장되면서 무한한 공간이 즉시 활짝 열렸다.

할머니는 우리들 중 하나가 병이 났을 때 집에서 입으시던, 올 곱고 촘촘한 무명으로 지은 실내용 드레스 차림이셨으며(언제나 당신께서 하시는 일에 이기적인 동기를 부여하시면서, 그러한 차림이 더 편하다고 말씀하시곤 하던), 그 드레스가 곧, 우리들을 간호하고 돌보실 때 할머니가 사용하시던, 할머니만의 하녀용 혹은 간병인용 작업복이며 수녀복이었다. 그러나 하녀들과 간병인과 수녀들의 간호 및 그녀들의 친절, 그녀들의 공로, 그녀들로부터 입은 은혜 등이 오히려, 우리가 그녀들에게는 하나의 타인이며, 자신의 사념들과 살고자 하는 자신의 욕망 등을 스스로 감당해야 하는 외로운 존재라는, 우리를 엄습하는 그러한 인상들을 증대시키는 반면, 내가 할머니와 함께 있을 때에는, 내 속에 있는 슬픔이 아무리 크더라도 그것이 오히려 더 광대한 연민 속으로 받아들여질 것이고, 나의 근심들과 소망 등 모든 것들이, 할머니의 내면에서는, 내 생명의 보전과 성장에 대한, 내 자신이 가지고 있던 것과는 다른 식으로 강한, 하나의 열망에 의해 튼튼히 뒷받침되리라는 사실을 잘 알고 있었다. 또한 나의 사념들은, 어떠한 매개체나 어떤 사람도 거치지 않고 나의 뇌리로부터 할머니의 뇌리로 곧장 건너갔던지라, 그 어떤 변형도 겪지 않고 할머니의 내면으로 이어지곤 하였다. 그리하여—자신의 눈에 보이는 넥타이 끝이 자신의 손이 향하는 쪽에 있지 않다는 사실을 깨닫지 못한 채 거울 앞에서 넥타이를 매려 하는 사람처럼, 혹은 지면에 어린 어느 곤충의 춤추는 듯한 그림자를 쫓아다니는 개처럼—우리가 영혼들을 직접 인지할 수 없는 이 세상에서 흔히들 그러듯, 몸의 외양을 잘못 짚은 나는, 마치 그렇게 하면 할머니께서 나에게 열어주시던 무한한 가슴속으로 진입하기라도 하는 양, 할머니의 품으로 뛰어들어 내 입술을 할머니의 얼굴에 매달 듯 밀착시켰다. 그리고 할머니의 볼과 이마에 나의 입을 그렇게 부착시킨 다음, 내가 그 부분에서 어찌나 유익하고 영양 공급하는 무엇을 퍼올렸던지, 나는 젖 빠는 아이의 부동 상태와 진지함과 평온한 게걸스러움을 고수하였다.

그런 다음 나는, 붉게 타오르되 고요하며, 그 뒤에서 빛을 발산하는 자애로움이 느껴지는, 아름다운 구름 한 덩이처럼 윤곽 뚜렷한 할머니의 커다란 얼굴을 한없이 바라보았고, 그러면서 전혀 싫증을 느끼지 않았다. 또한, 비록 약하게나마 할머니의 감각을 조금이라도 간직하고 있는 모든 것, 그리하여 아직은 할머니의 것이라 할 수 있는 모든 것이 그 자애로움으로 인하여 즉시 어찌나 고결해지고 신성해진 듯 보였던지, 나는 겨우 희끗해진 할머니의 아름다운 머리채를, 마치 그 속에 스며 있는 자애로움 애무하듯, 공경스럽고 조심스러우며 다정하게 두 손바닥으로 쓰다듬었다. 할머니께서는 항상 나의 괴로움을 면하게 해주는 모든 노고에서 어찌나 큰 기쁨을 느끼셨던지, 그리고 나의 지친 수족을 위하여 내가 움직이지 않고 조용히 쉴 때에는 어찌나 감미로운 그 무엇을 느끼셨던지, 구두를 벗고 잠자리에 들려는 나를 도와주시려 함을 눈치챈 내가 할머니를 만류하면서 직접 옷을 벗기 시작하는 몸짓을 보였을 때, 할머니께서 애원하시는 듯한 눈빛으로 나를 바라보시면서, 나의 웃옷과 목구두의 첫 단추에 가 있던 나의 두 손을 제지하셨다. 그리고 나에게 말씀하셨다.

"오! 제발 부탁이다. 너의 할미에게는 큰 기쁨이란다. 그리고 특히 오늘 밤에 필요한 것이 있으면 잊지 말고 벽을 두드려라. 나의 침대가 너의 침대와 등을 맞대고 있으며, 벽도 아주 얇단다. 잠시 후, 잠자리에 든 다음, 우리가 서로 알아들을 수 있는지, 한 번 두드려 보거라."

그리고 실제로 그날 저녁 내가 세 번을 두드려 보았으며, 한 주일 후 내가 병석에 누웠을 때, 할머니께서 아침마다 일찍 나에게 우유를 가져다주시겠다고 하여, 며칠 동안 다시 벽을 두드렸다. 그 기간 동안, 할머니께서 잠에서 깨어나신 듯 여겨지면—기다리시지 말고 즉시 나에게 우유를 가져다주신 후 즉시 다시 잠드시도록—내가 조심스럽게, 약하게, 그러나 명확하게, 위험 무릅쓰듯 세 번을 두드리곤 하였다. 할머니께서 아직 주무시고 계신데 내가 잘못 들어 혹시 단 잠에서 깨어나시게 하지 않을까 염려하였던 반면, 할머니께서는 분명히 듣지 못하셨지만 나는 감히 다시 두드리지 못하여, 할머니가 계속 염탐하듯 애타게 기다리시게 되는 것 또한 원치 않았기 때문이다. 그리하여, 내가 두드리기 무섭게, 세 번 두드리는 소리가 들렸으며, 음높이 다른 그 소리에는 고요한 권위가 서려 있었고, 더욱 분명히 하기 위하여 다시 반복된 그 소리는 다음과 같은 뜻을 담고 있었다. "불안해하지 마라, 내가 들었으니. 잠시 후 가마." 그리고 정말 그 직후 할머니가 오셨다. 나는, 할머니가 혹시 듣지 못하시지 않았을까, 혹은 근처 다른 방에서 나는 소리라 믿으시지 않을까 근심하였노라 말씀 드렸다. 그러자 할머니가 크게 웃으시며 말씀하셨다.

"나의 가엾은 늑대[53]가 두드리는 소리를 다른 소리들과 혼동하다니! 천만에, 그의 할미는 수천의 다른 소리들 속에서도 그 소리는 즉시 알아듣지! 이 세상에 나의 늑대처럼 바보 같고, 그처럼 열에 들뜬 듯하며, 나를 깨울까 그리고 내가 알아듣지 못할까 그토록 근심하는, 다른 늑대들이 있다고 믿느냐? 하지만 벽을 살짝 긁기만 해도 누구든 그것이 자기의 어린 생쥐임을 즉시 알아차리고, 특히 나의 생쥐처럼 유례없고 가엾은 생쥐일 경우에는 더욱 그렇단다. 이미 조금 전부터 나의 생쥐가 머뭇거리고, 침대 속에서 뒤척이고, 온갖 잔꾀 부리는 소리를 듣고 있었단다."

할머니가 살덧창들을 여셨다. 호텔의 돌출한 부속건물 지붕에는, 일을 일찍 시작하는지라, 아직 자고 있는 도시를 깨우지 않기 위하여 조용히 작업에 착수하고 도시의 부동성으로 인하여 더욱 날렵해 보이는, 아침 일찍 일어나는 지붕 이음꾼처럼 태양이 벌써 자리를 잡고 있었다. 할머니께서 나에게, 몇 시나 되었는지, 날씨가 어떨지, 또한 내가 구태여 창문까지 갈 필요 없다고 하시면서, 안개가 바다 위에 펼쳐져 있고, 빵집이 벌써 열렸으며, 지나가는 소리 들리던 그 마차가 어떤 것인지 등을 나에게 말씀해 주셨다. 그것들은 한낮에 내가 프랑수와즈나 다른 사람들 앞에서, 새벽 여섯 시에 보이던 몹시 짙은 안개 이야기를 하면서, 내가 알게 된 사실들 자체보다는 오직 나만이 받은 애정의 징표가 자랑스러워, 흔쾌히 다시 언급할 보잘것없는 개막극, 아무도 참석하지 않는 그날 미사의 입당례(入堂禮), 우리 두 사람만의 것에 불과한 생활의 작은 편린이었다. 하지만 또한 그것은, 내가 두드리는 세 번의 소리로 이루어진 율동적인 대화에 의해 한 편의 교향곡처럼 전개되기 시작하던, 이른 아침의 감미로운 순간이었고, 그 대화에, 애정과 기쁨 깊이 스며들어 조화롭고 비질료적으로 변한 벽이, 천사들처럼 노래를 부르면서, 간절히 기다려지던 다른 세 번의 두드림을 두 번 반복하여 응답하였으며, 그 응답을 통하여 벽은, 전조(前兆)의 환희와 음악적 정확성으로, 할머니의 영혼을 몽땅 그리고 할머니가 오신다는 약속을 능숙하게 운반해 주었다. 그러나 우리가 도착한 그 첫 날 밤에, 할머니가 나의 곁을 떠나셨을 때, 나는 빠리에서 집을 떠나던 순간에 이미 괴로워하였던 것처럼 괴로움에 시달리기 시작하였다. 낯선 방에서 잠자리에 들면서 내가 느끼던 공포감, 다른 많은 이들도 느끼는 그 공포감은, 우리의 현재 생활 중 가장 좋은 부분을 구성하고 있는 것들이, 자기들의 흔적이 자취를 감춘 미래의 어떤 생활 방식을 우리가 생각으로나마 승낙하는 것에 맞서 대치시키는, 그 절체절명의 위대한 거부가 드러내는 가장 소박하고 미미하고 유기질적이고 거의 무의식적인 형태에 불과할지 모르는데, 그 거부란 또한, 나의 부모님이 언젠가는 돌아가실 수 있고, 삶의 이러저러한 불가피성이 나로 하여금 질베르뜨로부터 멀리 떨어져 살게 하거나, 혹은 그저 내가 나의 친구들을 다시는 영영 볼 수 없는 고장에 정착할 수도 있다는 등의 사념이 나에게 자주 안겨 주던 두려움의 깊숙한 밑바닥에 있던 거부이며, 내가 나 자신의 죽음이나 베르고뜨가 자기의 책들 속에서 사람들에게 약속하던 것과 같은 내세의 삶을—그 속으로 나의 추억들과 단점들과 고유 성격을 내가 모두 가지고 갈 수 없을 뿐만 아니라, 그것들 또한 자신들이 더 이상 존재하지 않는다는 생각을 체념하며 받아들이지 않았고, 나를 위해서도, 자기들의 자리가 더 이상 없을 테허나 영겁은 원하지 않았다—생각하려 노력하면서 겪던 어려움의 근저에도 잠복해 있던 거부이다.

내가 빠리에서 유난히 괴로워하던 어느 날, 스완이 나에게 말하였다. "당신은 아무래도 오세아니아의 매력적인 섬들로 여행을 떠나셔야 할 것 같소. 당신이 다시는 돌아오지 않을 것임을 알게 될 것이오." 그 말에 나는 이렇게 대꾸하고 싶었다. "하지만 그러면 제가 더 이상 댁의 따님을 볼 수 없을 것이고, 그녀가 단 한 번도 본 적 없는 사물들과 사람들 속에서 살게 될 것입니다." 그러나 한편 나의 이성은 나에게 다음과 같이 말하고 있었다. "그것이 자네에게 무슨 상관이겠는가? 그로 인해 자네가 몹시 슬퍼하지 않을 것이니. 자네가 돌아오지 않을 것이라는 스완 씨의 말씀에는 자네 또한 돌아오기를 원치 않을 것이라는 뜻이 담겨 있는데, 돌아오기를 원치 않을 것이라는 말은 곧 자네가 그곳에서 행복할 것이라는 뜻이야." 습관이—이제 나로 하여금 그 낯선 거처를 좋아하게 하고, 거울의 위치와 커튼들의 색조를 바꾸며, 추시계의 수다를 멈추게 하는 과업을 떠맡을 그 습관이—또한, 처음에는 우리의 마음에 거슬렸던 동료들과 친해지게 하고, 얼굴들에 다른 형태를 주며, 음성을 호의적으로 들리게 하여, 심정들의 성향을 변화시키는 일도 능숙하게 책임질 것이라는 사실을 나의 이성이 잘 알고 있었기 때문이다. 물론 새로운 장소들과 사람들에게로 향한 그 새로운 우정이 옛 우정의 망각이라는 골조를 내포하고 있음은 분명하다. 그런데 마침 나의 이성은, 내가 그 추억들을 상실하게 될 존재들로부터 영영 분리될 삶의 전망을 두려움 없이 대할 수 있다고 생각하였으며, 그리하여 나의 심정에게, 그것의 절망을 오히려 미칠 지경으로까지 몰고 갈 뿐인 망각의 약속을, 그것이 마치 하나의 위안이기라도 한 듯 제의하였다. 물론 이별이 완수되면 우리의 심정 역시 습관의 진통 효과를 느낀다는 점을 부정하는 것은 아니다. 그러나 그때까지는 심정이 괴로워하기를 계속할 것이다. 또한 우리가 오늘 우리의 가장 귀한 기쁨을 추출하도록 해주는 원천이, 즉 우리가 사랑하는 이들과의 만남과 대화가 우리들로부터 박탈될 어떤 미래에 대한 두려움은, 그러한 박탈로 인한 슬픔에 현재 우리에게 더욱 잔혹해 보이는 것이 추가될 것이라고, 다시 말해 슬픔을 슬픔으로 느끼지 못하고 무심해진다는 잔혹한 현상이 추가될 것이라고 우리가 혹시 생각할 경우, 그것이 해소되기는커녕 더욱 증폭된다. 왜냐하면, 그 잔혹한 현상이 추가될 경우, 우리의 자아가 변할 것이며, 우리 부모님과 연인들과 친구들에게서 발산되던 매력이 우리들 주위에 더 이상 머물러 있지 않을 뿐만 아니라, 오늘 우리 심정의 현저한 몫을 이루고 있는 그들에게로 향한 애정이 우리의 심정으로부터 하도 송두리째 뽑혀 나가, 오늘은 생각만 하여도 끔찍한, 그들로부터 격리된 삶을 우리가 결국 좋아하게 될 것이기 때문이며, 따라서 그것은 우리 자신의 진정한 죽음이기 때문이다. 물론 사실대로 말하자면 부활이 뒤따르는 죽음이기는 하나, 그것이 전혀 다른 자아 속에서의 부활인지라, 사형언도 받은 옛날 자아의 편린들이 그 새로운 자아의 사랑까지는 스스로 올라갈 수 없다. 숱한 반발의 형태로 질겁하며 말을 듣지 않는 것은—어떤 방의 크기나 분위기에 대한 어렴풋한 애착처럼 가장 연약한 것들까지도—그 편린들인데, 그 반발에서는 죽음에 대한 저항의, 괴사(壞死)하면 그 위에 새로운 세포들이 번식하는 우리 자신의 넝마같은 조각들을 매 순간 우리들로부터 떼어내면서 우리 생애 전 기간에 걸쳐 끼어드는 단편적이고 연속적인 죽음에 맞서는 필사적이고 일상적인 긴 저항의, 은밀하고 부분적이되 촉지할 수 있고 진실한 하나의 양상을 보아야 한다. 따라서 나처럼 신경 과민한 천성에게는(다시 말해, 중간 매개체인 신경들이 역할을 제대로 수행하지 못하여, 자아의 곧 사라질 가장 보잘것없는 요소들의 선명하고 지치게 하는 헤아릴 수 없고 괴로운 불평이 의식(意識)으로 향하는 것을 중도에서 막지 않고, 반대로 그곳에 도달하도록 내버려 두는 경우에 해당하는 이들에게는), 내가 그 낯설고 지나치게 높은 천장 밑에서 느끼던 안절부절 못하는 놀람이라는 것이, 나의 속에 살아남아 있던, 친숙하고 낮은 천장으로 향한 우정의 반발에 불과했다. 다른 우정이 자리를 차지하였으니 그 우정이 사라질 것은 의심할 나위 없었으나(그러면 죽음과, 그다음 새로운 삶이, '습관'이라는 이름으로 자기들의 이중적 과업을 완수하게 되어 있었다), 자신이 소멸될 때까지 그 우정은 저녁마다 괴로움에 시달렸으며, 특히 그 첫 날 저녁에는, 자신을 위한 자리는 더 이상 없는 이미 실현된 하나의 미래 앞에서 그 우정이 심하게 반항하였고, 나의 시선이, 자기에게 상처를 주는 것을 외면하지 못하는지라, 도달할 수 없는 천장에 닿으려 애를 쓸 때마다, 그 옛 우정이 자신의 비통한 탄식 소리로 나를 고문하였다.

그러나 다음 날 아침에는!─종업원 하나가 와서 나를 깨우고 따뜻한 물을 가져다준 후, 내가 세수를 한 다음 필요한 물건들을 찾으려고 여행가방을 뒤졌으나 나에게는 아무짝에도 쓸모없는 것들만 뒤죽박죽 쏟아져 나와 내가 헛수고를 하는 동안, 그러나 벌써부터 점심 식사와 산책의 즐거움을 생각하면서, 선실의 현창(舷窓)을 통해 보이는 것과 같은, 나신을 드러내고 나에게 어떤 의구심도 일으키지 않는, 그러나 가늘고 유동적인 선 하나가 경계선처럼 갈라놓은 면적의 반은 그늘 속에 있던 바다를, 내 방의 창문과 책장들의 모든 유리창 속에서 발견하는 것이, 또한 도약대 위에 있는 곡예사들처럼 차례대로 내닫는 물결들을 눈으로 따라가는 것이, 나에게는 얼마나 큰 기쁨이었던가! 나는, 호텔 명칭이 찍혀 있고 풀을 먹여 빳빳한, 그리하여 그것으로 얼굴의 물기를 닦으려는 것이 부질없는 노고였던, 수건을 손에 든 채 수시로 창문 곁으로 돌아가, 눈부시며 무수한 산들이 중첩된 듯한 그 광막한 곡예장 위로, 또한 여기저기 윤기 번쩍이고 반투명인 에메랄드 조각들로 이루어진 물결들의 눈 덮인 듯한 마루들 위로 시선을 던지곤 하였으며, 물결들은 태양이 덧붙여 주는 얼굴 없는 미소 한 가닥을 받고 있던 자기들의 경사면들이 눈사태처럼 무너져 내리도록 내버려 두면서, 온건한 난폭성과 사자 이마의 찌푸림을 드러내고 있었다. 그리하여 나는 그 이후, 역마차 속에서 잠들었던 사람이 다음 날 아침, 밤 사이에 갈망하던 산맥 가까이에 이르렀는지 혹은 갈 길이 아직 먼지를 보기 위하여 역마차 유리창 쪽으로 얼굴을 돌리듯, 아침마다 잠자리에서 일어나는 즉시 창문 앞에 서게 되었는데─그곳 바다가 만들던 동산들은, 춤을 추면서 우리들 쪽으로 다시 돌아오기 전에 어찌나 멀리 물러설 수 있던지, 먼 거리에 있던 그들의 최초 일렁임들을 안개 드리워지고 푸르스름하며 투명한 원경(遠景) 속에서, 또스까나 지방 원초주의 화가들이 그린 화폭들의 배경 속에 보이는 빙하들처럼[54] 내가 발견하던 것은, 까마득히 넓은 모래 평원 저 너머에서였던 경우가 잦았다. 그리고 어떤 때에는, 내 곁에 아주 가까이 다가와 있던 초록색 물결들 위에서 태양이 흔쾌히 웃고 있었으며, 물결의 초록색은, 알프스 지역 목초지에서(태양이 여기저기에, 얼마 아니 되어 경쾌하게 껑둥거리며 경사면들을 따라 내려올 거인처럼 널브러져 있는 산악지역에서) 토양의 습기보다는 빛의 액상(液狀) 유동성이 보존시켜 주는 초록색 못지않게 부드러웠다. 게다가, 그곳으로 빛을 통과시키고 또 빛을 그곳에 모으기 위하여 해변과 물결들이 그 동떨어진 세상 한가운데에[55] 뚫어놓는 돌파구에서는, 특히 빛이, 그것이 오는 그래서 우리의 눈이 따라가는 방향에 따라, 바다의 기복(起伏)들을 이동시키고 그것들의 위치를 설정해 준다. 조명의 다양성은, 여행 중 장시간에 걸쳐 실제로 답사하는 여정 못지않게, 어떤 곳의 방위(方位)를 변모시키며, 우리 앞에 새로운 목적지가 불쑥 나타나게 하여 우리로 하여금 그곳에 도달하고자 하는 열망을 품게 한다. 아침에 태양이, 바다의 지맥(支脈)들[56]이 있는 곳까지 환하게 조명된 모래사장을 내 앞에 훤히 드러내면서 호텔 뒤쪽으로부터 도래할 때에는, 그것들이 마치, 나에게 모래사장 너머에 있는 또 다른 경사면 하나를 가리키면서, 자기가 던지는 햇살들의 굴곡진 길을 따라, 시시각각 변하는 풍경 속의 가장 아름다운 지역들을 경유하는, 움직이지 않되 다양한 여정을 계속하라고 권하는 것 같았다. 또한 그 첫 날 아침부터 태양은, 어떤 지도에도 그 명칭이 없는 멀리 보이던 바다의 푸른 봉우리들을 미소 띤 손가락으로 나에게 가리키고 있었는데, 그것들의 도가머리 같은 능선과 눈사태로 인해 요란하고 혼란스러운 경사면 위에서의 장엄한 산책에 기인한 현기증 때문에 내 방으로 와, 어지럽게 흐트러진 침대 위에서 게으르게 버둥거리면서, 또한 물기 가시지 않은 세면대 위로, 그리고 자신의 화려함 자체와 엉뚱한 자리에 와 있던 자기의 사치품 때문에 오히려 무질서하다는 인상만이 증대된 열어놓은 여행가방 속으로, 자기의 재화를 인색하게 한 알씩 떨어뜨리면서 바람을 피하는 처지가 될 때까지 그러기를 계속하였다. 그러나 애석하게도, 바람에 대해 말하거니와, 한 시간 뒤, 커다란 식당 안에서—우리가 점심을 먹으면서 가자미 두 마리 위로 가죽 물주머니 같은 레몬에서 흘러 나오는 황금빛 액체 몇 방울을 뿌리고, 그리하여 가자미들이 순식간에 우리들의 접시에 깃털처럼 톱니꼴을 하고 키타라처럼 울리는 자기들의 가시 깃털 장식만을 남기는 동안[57]—투명하지만 꼭 닫힌 유리창 때문에 생기를 주는 바람의 숨결을 느끼지 못하는 것이 할머니에게는 잔인하게 보였고, 그 유리창들은 마치 진열대의 진열창처럼 우리들로 하여금 해변 전체를 바라보게 하면서도 우리들을 그것으로부터 완전히 격리시켰으며, 하늘이 식당 안으로 어찌나 온전히 들어와 있었던지, 창공의 그 푸른 빛이 곧 창문들의 색깔 같았고 떠 있던 구름 조각들은 창문 유리에 난 흠집 같았다. 나는 보들레르가 작품에서 언급하고 있는 '부두 위에' 혹은 '규방' 깊숙한 곳에 내가 앉아 있다고 확신하려 하면서, 그가 말하던 '바다 위에서 빛나는 태양'이[58] 혹시—파르르 떨리는 황금빛 화살처럼 단순하고 피상적인 저녁나절의 햇살과는 전혀 다른—그 순간 바다의 수면을 태워 황옥으로 만들고, 바다를 발효시켜 맥주처럼 황금색과 유백색을 띠게 하며 우유처럼 거품이 일게 하던 바로 그 태양이 아닐지 자문하였으며, 그동안에도 이따금씩, 어떤 신이 하늘에서 거울 하나를 움직여 재미삼아 옮겨 놓는 듯한 푸른색 띤 거대한 그림자들이 이리저리로 오락가락하고 있었다. 불행하게도, 완전히 노출되고 수영장의 물처럼 초록색 가득하며, 몇 미터 떨어진 곳에서 만조(滿潮)에 이른 바다와 한낮이 천상의 도시 앞에서처럼, 에메랄드와 황금으로, 파괴될 수 없고 유동적인 성벽 하나를 쌓고 있던 발벡의 그 식당이, 맞은편 집들 쪽으로 창문이 트인 꽁브레의 '식당'과 달랐던 것이 단지 그 외양에서만은 아니었다. 꽁브레에서는 우리가 모든 이들에게 알려져 있었던지라 나는 그 누구도 개의치 않았다. 그러나 해변 휴양지에서는 이웃들이 서로를 모른다. 그 시절 나는, 다른 이들의 환심을 사고 그들의 마음을 사로잡고 싶은 욕망을 포기할 만큼 성숙하지 않았고, 그러기에는 아직도 감수성이 너무 강했다. 나에게는, 식당에서 점심을 먹고 있던 사람들이나 방파제 위로 지나가던 젊은 남녀들에 대해 어떤 사교계 인사가 느꼈을 것보다 더 고결한 무관심이 없었고, 그 젊은이들과 함께 내가 소풍을 나갈 수 없으리라는 생각이 괴롭긴 했으나, 사교적 의례 따위는 아예 무시하시며 오직 나의 건강에만 관심을 쏟으시던 할머니께서 만약 그들에게, 나를 소풍 친구로 받아 달라는, 나에게는 모욕적이었을 부탁을 하셨다면, 그것이 아마 나를 더 괴롭혔을 것이다. 그 젊은이들이 어느 미지의 별장을 향해 돌아갈 때건, 어느 테니스장으로 가기 위하여 라켓을 들고 별장을 나설 때건, 혹은 그 발굽이 나의 심장을 짓밟곤 하던 말들을 타고 지나갈 때건, 나는 사회적 중요도가 뒤바뀌어 있던 그 해변의 눈부심 속에서 움직이고 있는 그들을 열렬한 호기심에 사로잡혀 응시하였고, 그토록 많은 빛이 안으로 들어오게 하던 그 유리 끼운 거대한 퇴창의 투명함을 통하여 그들의 모든 움직임을 눈으로 따라갔다. 그러나 그 퇴창이 바람을 차단하였고, 그 사실이 할머니가 보시기에는 하나의 흠절이었던지라, 내가 한 시간 동안 대기의 유익함을 상실해야 한다는 생각을 견디시지 못하여 창유리 한 장을 슬쩍 여셨으며, 그와 동시에 차림표와 신문들 및 점심을 먹고 있던 사람들의 베일과 모자 등이 일제히 날아올랐다. 그러나 할머니는, 머리카락 헝클어지고, 격노한 모습에, 경멸하는 기색 드러내던 관광객들이 나의 고적감과 슬픔을 증대시키면서 일제히 우리들에게 퍼붓던 욕설 한가운데서도, 천상의 숨결에 의지하신 듯, 성녀 블란디나[59]처럼 고요히 미소를 지으실 뿐이었다.

그 관광객들의 일정 부분은—그러한 현상이 발백에서는, 그런 유형의 호화 호텔에 몰려드는 보잘것없이 부유하고 뜨내기들인 집단에, 상당히 두드러진 지역적 성격을 부여하고 있었다—프랑스의 그 부분에서 주요 자치단체로 여겨지던 지역의 저명인사들, 예를 들면 깡 법원장, 쉐르부르 변호사 협회장, 르 망의 유명한 공증인 등으로 구성되어 있었고, 그들이 휴가철이면, 한 해 동안 내내 저격수들처럼 혹은 장기판의 졸들처럼 뿔뿔이 흩어져 있던 각자의 위치를 떠나 그 호텔에 와서 집결하곤 하였다. 그들은 항상 같은 방들을 확보하여 그곳에 투숙하였고, 귀족입네 하던 자기네의 처들과 함께 하나의 작은 동아리를 형성하였으며, 빠리에서 온 제법 유명한 변호사 하나와 의사 하나가 그들과 합류하곤 하였는데, 그 빠리 사람들이 돌아가는 날이면 그들에게 이런 말을 하였다.

"아! 정말 그렇군요, 저희들과 같은 기차를 타시지 않지요, 특혜 받으신 분들이십니다, 점심때에는 댁에 도착들 하시겠군요."

"특혜 받다니요, 그 무슨 말씀이십니까? 공들께서는 빠리라는 거대한 도시에, 이 나라의 수도에 사시는 반면, 저는 인구 겨우 십만인 초라한 도청 소재지에 삽니다. 최근의 인구 조사에 의하면 십이만인 것은 사실입니다. 그러나 이백오십만 인구를 헤아리는 도시에 사시며, 아스팔트와 빠리 사교계의 광휘로움 곁으로 돌아가시는 공들에 비할 수 있으리까?"

촌사람들처럼 'r'음을 굴리면서 하던 그들의 어조에는 씁쓸함이 전혀 없었다. 자기네 고장의 특출한 인물들이 다른 지방 사람들 못지않게 빠리에 진출할 수 있었으되—깡 법원장에게 수차례에 걸쳐 프랑스 최고 법원인 파기원이 재판관석 하나를 권한 적이 있었다—자기네 도시 혹은 은둔지, 혹은 향토에서 누리는 영광이 좋아서였는지, 혹은 그들이 반동적[60]이었기 때문이었는지, 그리하여 그 고장의 세습 귀족들과 가까이 지내는 것이 즐거웠던지, 그들이 자기네 고향에 남는 편을 택하였기 때문이다. 하지만 그들 중 자기네들의 도청 소재지로 즉시 돌아가지 않는 사람들도 여럿 있었다.

왜냐하면—발백 만(灣)이 더 큰 세상 한가운데에 있는 하나의 작은 나름대로의 독립된 세상, 다양한 날들과 연속적인 여러 달들이 옹기종기 모여 있던 하나의 꽃바구니였던지라, 발백을 먹구름이 뒤덮고 있는 동안에도 리브벨 해안을 바라보면, 여름날 폭우의 전조인 집들 위로 반짝이는 태양이 선명히 보일 뿐만 아니라, 발백에는 이미 추위가 몰려왔을 때에도 그 건너편 해안에서는 두세 달 동안의 추가된 여름 열기를 즐길 수 있으리라 확신할 수 있어—휴가가 늦게 시작되었거나 긴 그랜드-호텔 단골손님들은, 가을이 다가와 비가 잦아지고 안개가 짙어질 때면, 자기들의 여행가방들을 쪽배에 싣게 한 다음, 리브벨이나 꼬뜨도르에 있는 여름과[61] 합류하러 건너가곤 하였기 때문이다. 발백 호텔에 집결하던 그 작은 동아리에 속한 사람들은, 새로운 사람이 나타날 때마다 경계하는 듯한 기색으로 그를 주시할 뿐만 아니라, 겉으로는 무관심한 척하면서도 자기들의 친구인 우두머리 웨이터에게 일제히 그 사람에 관해 꼬치꼬치 묻곤 하였다. 그 웨이터가—에메가 그의 이름이었다—매년 한 철 돈벌이를 하기 위하여 그곳에 다시 와 그들의 식탁을 돌보던 같은 사람이었기 때문이며, 한편 그들의 마나님들은, 웨이터의 아내가 곧 출산한다는 말을 들었던지라, 식사를 마친 후 각자 배내옷이나 기저귀를 마름질하면서 할머니와 나를 자기들의 손안경을 통해 쏘아보곤 하였다. 그 지역에서는 진부하다는 평을 받아, 알랑쏭의 상류층 사회에서는 기피하던, 샐러드에 찐 계란 섞은 것을 우리가 자주 먹곤 하였기 때문이다.[62] 그 동아리에 속한 사람들은, 모두들 '전하'라고 부르며 실제로 원주민 몇 명뿐인 오세아니아의 어느 작은 섬에서 스스로 국왕임을 선포한 적 있는 어느 프랑스인에 대하여, 짐짓 경멸적으로 빈정거리는 듯한 태도를 보이곤 하였다. 그가 자기의 예쁜 정부와 함께 호텔에 묵고 있었으며, 그의 정부가 해수욕을 즐기러 갈 때면, 개구쟁이들이 그녀를 향하여 합창하듯 소리치곤 하였다. "왕비 전하 만세!" 그녀가 번번이 녀석들 위로 오십 쌍띰 주화를 뿌리곤 하였기 때문이다. 법원장과 변호사 협회장은 그녀를 아예 못본 척하였고, 혹시 친구들 중 하나가 그녀를 바라볼 경우에는, 그녀가 하찮은 일개 여직공임을 그에게 알려주는 것이 자기들의 의무라 생각하였다.

"하지만 사람들이 나에게 단언하기를, 그들이 오스텐더에서 열차의 탈의실 겸비한 객실을 이용하였다 하더이다."

"물론 그랬을 거요! 이십 프랑만 지불하면 누구든 빌릴 수 있으니까. 그것이 좋으시면 공께서도 그러한 객실을 사용하실 수 있소. 또한 내가 믿을만한 사람에게서 들어 알기로는, 그가 국왕[63]에게 알현을 청하였는데, 왕이 그에게 전언하기를, 자기는 그 꼭두각시 왕과 볼 일이 없다고 하였다 하오."

"아, 정말 재미있습니다! 여하튼 그러한 사람들이 오늘날에도 …!"

물론 그 모든 것들이 사실이었음은 틀림없다. 그러나 또한, 공증인과 법원장과 변호사 협회장 등이, 자신들이 '사육제의 우스꽝스러운 인형'이라고 부르던 '것'이 지나갈 때마다 그토록 화를 내며 큰 소리로 분개하였던 것은, 돈을 아끼지 않는 그 왕이나 왕비와 교분이 없는 자신들이, 많은 사람들의 눈에는 기껏 시골의 모범적인 평민들로밖에 보이지 않을 것이라 느껴져 마음이 상하였고, 자기들의 그러한 속내를 잘 알지만, 공인된 군주들보다 더 후한 그 자칭 군주 내외에게 좋은 낯을 하지 않을 수 없었던 자기들의 친구 즉 웨이터가, 군주 내외의 주문을 받으면서 다른 한편으로는 자기들에게 멀찌감치서 의미있는 듯한 눈짓을 보냈기 때문이기도 했다. 또한 아마, 날마다 새 양복 차림에 난초꽃 한 송이를 단춧구멍에 꽂고, 점심에 샴페인을 곁들이며, 창백하고 냉담한 얼굴로 입술에 무관심의 미소를 지으면서 카지노에 이르러, 바까라 게임[64] 테이블 위에 막대한 금액을 던지곤 하던, 그리고 어느 대기업가의 흥청거리기 좋아하며 폐병에 걸린 아들이었던, 그들이 '예쁘장한 신사!'라고 부르던 어느 꼴사나운 젊은이보다 자기들이 덜 '멋지다'고 사람들이 잘못 생각하지 않을까, 하지만 자신들이 더 멋지다고 설명할 수도 없을 처지에 놓이지 않을까 하는 근심도 조금 섞여 있었는데, 젊은이가 도박판에 내던지는 막대한 돈을 가리켜, 공증인이 내막을 잘 안다는 기색으로 법원장에게 말하기를, '젊은이가 탕진할 방법을 모르는' 돈이라고 하였으며, 법원장의 아내는, '확실한 출처로부터' 들은 이야기라고 하면서, 그 '세기말적' 젊은이로 인하여 그의 양친이 괴로움에 짓눌려 죽어가고 있다 하였다.

한편, 변호사 협회장과 그의 친구들은, 부유하고 귀족 작위 있는 어느 늙은 귀부인이 움직일 때마다 수종인들을 몽땅 대동한다 하여 빈정거리기를 그치지 않았다. 식사할 때 그 부인이 식당에 있는 것을 볼 때마다, 공증인의 처와 법원장의 처는, 마치 그 부인이, 명칭 화려하나 외양 수상하여 세밀한 관찰 끝에 얻은 부정적인 결과 때문에 냉랭한 몸짓과 더불어 역겹다는 듯 상을 찡그리면서 물리는 어떤 요리인 양, 손안경을 들고 세심하며 의구심 가득한 기색으로 그 부인을 무례하게 샅샅이 살피곤 하였다.

의심할 나위 없이 그녀들은,―늙은 귀부인이 누리는 특권이나 그녀와의 교분 등과 같은―자기들에게 결여된 것들이 있다면, 그것은 소유하지 못해서가 아니라 원하지 않기 때문이라는 것을 그런 식으로 단지 과시하고 싶었을 것이다. 그러나 결국에는 자신들이 정말 그렇게 믿기에 이르러, 그 여인들 내면에서 짐짓 꾸민 멸시와 부자연스러운 환희로 대체된, 일체의 욕망과 모르는 사람의 생활 형태에 대한 호기심과 새로 만난 사람들의 환심을 살 수 있으리라는 희망의 삭제가, 그녀들로 하여금 불쾌함을 만족스러움이라는 예절 밑에 감추어 자신에게 끊임없이 거짓말을 하게 하는 괴로움을 초래하였고, 그것이 곧 그녀들을 불행하게 만들 수 있었던 두 조건이었다. 하지만 그 호텔에 기거하던 모든 사람들이, 비록 그 양태는 서로 달랐다 하더라도, 그 여인들과 같은 식으로 처신하였음이 틀림없으며, 그리하여 어떤 미지의 삶에 스스로 휩쓸려드는 감미로운 내적 동요를, 자존심을 위해서는 아니라 하더라도 최소한 예절이나 지적 관습의 특정 원칙들을 위하여 희생시키고 있었다. 의심할 나위 없이, 그 늙은 귀부인이 그 속에 머물러 스스로를 고립시키고 있던 그 소우주가, 광기에 사로잡힌 듯 그녀를 비웃던 공증인의 처와 법원장의 처가 속해 있던 동아리처럼 적의 품은 실랄함으로 중독되어 있지는 않았다. 그 소우주는, 반대로, 섬세하고 고풍스러우나 못지않게 부자연스러운 향기에 감싸여 있었다. 왜냐하면, 사실 그 늙은 귀부인이, 새로운 사람들의 신비한 호감을 자극하여 그것이 자기에게 애착하게 하는(그리하여 스스로를 갱신시키면서) 것에서 필시 하나의 매력을, 자기 세계의 사람들만을 만나는 그러면서 그 세계가 가장 훌륭한지라 그것을 모르는 타인들의 비웃음은 무시해도 좋다는 사실을 상기하면서 느끼는 즐거움에는 결여된, 하나의 매력을 느꼈을 것이니 말이다. 그녀는 아마, 자신이 만약 익명의 상태로 발백의 그랜드-호텔에 도착할 경우, 자기의 검은색 모직 드레스와 유행 지난 모자 때문에, 호텔 앞 '흔들의자'에 앉아 있던 어느 방탕한 녀석 하나가 미소를 지으면서 '딱한 풀떼기로군!'[65]이라고 중얼거리거나, 특히 깡의 법원장처럼, 희끗희끗한 구레나룻 사이에 싱싱한 안색과 그녀가 좋아하는 유형의 총기 넘치는 눈 돋보이는, 어느 유능한 인사가 미소를 지으면서 즉시 그 기괴한 출현을 손안경 들고 있던 자기의 처에게 손가락으로 가리킬 것이라고 예감하였을 것이다. 또한 그리하여 아마, 그 귀부인이 하인 하나를 미리 보내 자기의 신분과 일상적 습관을 호텔 측에 알린 다음, 오만보다는 소심함이 더 짙게 느껴지는 간략함으로 지배인의 인사에 짧게 대꾸하면서, 기존의 것들을 치우고 새로 건 자기의 거튼들과, 병풍들, 사진들이, 그녀와 그녀가 적응할 수밖에 없었을 외부 세계와의 사이에, 그녀의 습관들로 구성된 칸막이를 하도 완벽하게 설치하여, 그녀 자신보다는 그녀가 일상 살던 그녀의 거처가 여행을 한 것 같은 인상을 주던 그녀의 방으로 곧장 올라간 것은, 짧지만—처음으로 물속에 거꾸로 뛰어드는 것처럼—못지않게 두려운 최초 순간에 대한 무의식적 공포감 때문이었을 것이다.

그 이후 부터는, 호텔 종업원들 및 필요한 물품을 조달하던 상인들과 자신 사이에, 자기 대신 그 새로운 군상들과 접촉하면서 주인 마님 주위에 익숙한 분위기를 유지시켜 주는 하인들을 배치하였고, 자신과 해수욕객들 사이에 자기의 온갖 편견들을 배치하였던지라, 자기의 친구들 또한 받아들이지 않았을 숱한 사람들에게 불쾌감을 주지 않을까 하는 것 따위는 전혀 근심하지 않고, 그녀가 친구들과 교환하던 서신들과, 추억과, 자신의 신분, 자기의 태도 및 예절의 질과 정확성에 대한 내밀한 의식 등에 의지하여 그녀가 일상생활을 유지하였던 것은, 그녀가 구축한 그녀의 세계 속에서였다. 그리고 날마다, 그녀가 자기의 사륜마차를 타고 바람을 쐬러 가기 위하여 호텔을 나설 때에는, 그녀의 물건들을 들고 뒤를 따르던 침실 하녀와 그녀의 앞에서 그녀를 마차로 인도하던 심부름꾼 하인이 마치, 어떤 나라의 깃발들이 펄럭이는 대사관 앞에서, 그 대사관이 타국 영토 한가운데서 누리는 치외법권적 특혜를 보호해 주는 초병들처럼 보였다. 우리가 도착하던 날, 그녀는 오후 중반이 될 때까지 자기의 방을 떠나지 않았고, 그리하여 우리는, 호텔 지배인이 우리들을 처음 도착한 손님들이라 하여, 하사관이 신병들에게 군복을 입히기 위하여 병참부 하사관에게 데려가듯, 점심시간에 식당으로 데려갔을 때 우리는 그곳에서 그녀를 보지 못하였다.[66] 그러나 반면, 잠시 후, 우리는 그곳에서 브르따뉴의 한미하지만 유서 깊은 가문 출신인 시골 귀족 스떼르마리아 씨와 그의 딸을 보게 되었는데, 그들이 저녁에나 돌아올 줄로 믿고 호텔 측에서 우리를 그들의 지정석에 앉게 한 것이 그 계기였다. 그 부녀(父女)가, 발백 인근에 사는, 전부터 교분을 맺은 성주들을 만나러 왔던지라, 그들이 식당에서 보내는 시간은, 외부의 초청을 수락하였을 때나 다른 사람들을 답방하였을 때를 제외한,

지극히 짧은 동안뿐이었다. 그 두 사람을 일체의 인간적 호감으로부터, 즉 그들 주위에 앉아 있던 이들에 대한 관심으로부터 보호해 주던 것은 두 부녀의 거만함이었으며, 그 사람들 한가운데서 스떼르마리아 씨는, 열차 간이식당에서, 일찍이 본 적도 없고 다시 볼 리도 없을, 그리고 더불어 식은 닭고기와 열차칸의 한 구석을 두고 다투는, 여행객들 속에서 흔히들 드러내는 냉랭하고 조급하고 경계하고 거칠고 까다롭고 악의 가득한 기색을 견지하고 있었다. 우리가 겨우 점심을 먹기 시작하였을 때, 스떼르마리아 씨의 분부라고 하면서 누가 우리에게 비켜 달라고 하였으며, 그때 막 도착한 스떼르마리아 씨는, 우리들에게 미안하다는 기미조차 보이지 않은 채, 자기가 '모르는 사람들이' 자기의 지정석에 앉는 것이 불쾌하니, 같은 실수가 재발하지 않도록 하라고 큰 소리로 우두머리 웨이터에게 말하였다.

또한 어느 여배우(오데옹 극장[67]에서 괄목할 만한 역을 맡았기 때문이기보다는 우아함과 뛰어난 재치와 소장하고 있던 도이칠란드산 도자기 수집품들 때문에 유명해진) 하나와, 그녀의 정인이었으며 그를 위하여 그녀가 자신의 교양을 쌓으려 노력하였던 어느 부유한 젊은이, 귀족 사회에서 크게 이목을 끌던 어느 두 남자 등, 그들로 하여금 일상 생활에서 자기들끼리만의 무리를 이루고, 자기들끼리만 여행을 하고, 발백 호텔에서 다른 사람들이 모두 식사를 마친 후에야 아주 늦게 점심을 먹고, 온종일 자기네들의 응접실에서 카드놀이를 할 수밖에 없도록 그들을 떠밀던 감정 속에, 어떤 악의가 섞여 있던 것이 아니라 다만, 대화중에 번득이는 기지의 특정 형태들이나 식도락의 정제됨을 추구하는 취향에 대한 까다로운 요구가 있었을 뿐인 것이 분명하며, 그러한 취향이 그들로 하여금, 자기들끼리 어울리고 식사를 하는 것에서만 즐거움을 느끼고, 그 취향에 입문하지 못한 사람들과의 공동생활을 견디지 못하게 하였을 것이다. 그들은 심지어 차려놓은 식탁이나 카드놀이용 탁자 앞에서조차, 마주 앉아 식사를 하는 사람이나 놀이 상대 속에, 빠리의 숱한 저택들이 '중세'의 혹은 '르네쌍스' 시절의 진품이라고 하면서 치장에 사용한 물건들이 실은 싸구려 잡동사니임을 알아보게 하는 유보되고 드러내지 않은 특별한 식견과, 매사에 있어 선과 악을 분별하게 해주는 그들만의 공통 판단기준이 잠재되어 있기를 원하였다. 물론 그 친구들이 어디에서든 잠겨 있고자 하던 특별한 생활방식이 표출되던 것이, 그러한 순간들에는, 기껏 식사나 카드놀이 도중의 조용함 속에 아주 가끔 돌출하는 재미있는 탄성, 혹은 젊은 여배우가 점심을 먹기 위해서나 포커 게임을 하기 위하여 입은 매력적인 새 드레스를 통해서였을 뿐인 것은 의심할 여지가 없었다. 하지만 그러한 생활방식이 그들과 친숙한 습관들로 그들을 그렇게 감쌌던지라, 그 생활방식이 그들을 그들 주위에서 펼쳐지던 다른 삶의 신비로부터 보호해 주기에는 충분했다.[68] 긴 오후 동안 내내 그들 정면에 바다가 멈추어 있었던 것은 부유한 독신자의 아늑한 거실 벽에 색채 상쾌한 화폭 하나 걸려 있었던 것과 다름없었으며, 그리하여 카드놀이를 하던 그들 중 하나가, 특별히 해야 할 더 나은 일도 없어, 이따금씩 바다 쪽으로 눈을 돌려 그것에서 날씨나 시각의 징후를 읽고, 다른 동료들에게 간식이 기다리고 있음을 상기시켜 주는 것이 고작이었다. 또한 저녁마다 그들은 호텔에서 식사를 하지 않았는데, 그곳에서는 전기 샘들[69]이 거대한 식당 안으로 빛을 펑펑 쏟아내어 식당이 광막하고 경이로운 하나의 수족관처럼 변하였고, 그것의 유리벽 앞에서는, 황금빛 소용돌이 속에서 천천히 일렁이는, 가난한 사람들의 눈에 물고기들과 이상한 연체동물들의 생태만큼이나 기이하게 보이던 그 속 사람들의 사치스러운 삶을 보기 위하여 발백의 노동자들과 어부들은 물론 중산층 사람들까지도, 어둠 속에 묻혀 보이지 않는 상태로 유리벽을 향해 몰려들곤 하였다(그 유리벽이 언제까지라도 경이로운 짐승들의 향연을 보호해 줄 것인지, 그리고 어둠 속에서 주시하고 있던 이름 없는 사람들이 수족관으로 몰려와 그들을 잡아서 먹어치우지 않을지, 그것을 아는 것이 하나의 커다란 사회적 문제이다). 어쨌든, 어둠 속에 멈추어 뒤섞인 그 군중 속에는 아마 어떤 문인이나 인간 어류학[70] 애호가도 끼어 있었을 것이고, 그는 삼킨 먹이 한 조각 위로 다시 닫히는 늙은 암컷 괴물[71]의 턱뼈들을 바라보면서, 그 괴물들을 종(種)에 따라, 선천적 특성에 따라, 그리고, 구강 돌기가 거대한 바다 물고기의 것과 같은 어느 늙은 쎄르비아 귀부인[72]으로 하여금, 어린 시절부터 쌩-제르맹의 담수(淡水) 속에서 살았던지라, 라 로슈푸꼬 집안[73]의 어느 여인처럼 샐러드를 자연스럽게 먹도록 한 후천적 특성에 따라, 분류하면서 즐거워하였을 것이다.

  그 시각이면 약식 야회복 차림을 한 세 남자가 아직 내려오지 않은 여인을 기다리는 모습이 보였고, 그 여인이 이윽고, 거의 매번 새로운 드레스와 자기 정인의 독특한 취향에 따라 고른 스카프 차림으로, 자기 층에서 리프트를 불러 내려온 다음, 마치 장난감 상자에서 나오듯 승강기에서 내리곤 하였다. 그러면, 발백에 자리잡은 국제적 호화 호텔이 그곳에 좋은 요리보다는 사치를 만연시켰다고 생각하던 네 사람이 일제히 마차 한 대 속으로 휩쓸려 들어가, 그곳으로부터 반 리으쯤 떨어진 곳에 있는 소문난 작은 음식점으로 가곤 하였고, 그곳에 도착한 다음, 식단의 구성과 조리 방법에 대하여 요리사와 끝없는 협의를 벌이곤 하였다. 그렇게 이동하는 동안, 발백과 그 식당을 이어주며 양편에 사과나무들이 심어진 그 길이, 그들에게는 우아한 작은 음식점에 도달하기 위하여 건너야 할 공간적 거리에—짙은 어둠 속에서는 까페 앙글레나 뚜르 다르장으로부터 그들의 빠리 거처들을 갈라놓던 거리와 거의 분별되지 않는—불과했고, 음식점에 도착한 후, 부유한 젊은이의 친구들이 그토록 멋진 의상 갖춘 정부를 둔 젊은이를 부러워하는 동안 여인의 스카프는 매번, 향기 감돌고 부드러운 그러나 그 소집단을 나머지 세상으로부터 격리시키는 너울처럼, 그 소집단 앞에 드리워지곤 하였다.

나의 평온을 위해서는 불행하게도, 나는 그 모든 사람들과 판이하게 달랐다. 그들 중 많은 이들에 대하여 나는 조마조마한 관심을 가지고 있었으며, 그리하여, 이마에 침울함 감돌고 회피하는 듯한 시선이 편견의 눈가리개와 예의범절 사이로 드러나던, 그 지역의 지체 높은 귀족이라고들 하는 어느 남자로부터 내가 무시당하지 않았으면 좋겠다고 생각하였는데, 그 사람이 다름아닌 르그랑댕의 매제였다. 그가 가끔 발벡을 방문하였고, 그의 아내와 함께 일요일이면 베풀던 주례(週例) 가든-파티로 인하여 호텔 투숙객들의 일부가 그날에는 호텔을 비우곤 하였는데, 그들 중 한두 사람만이 파티에 초대되었건만, 나머지 다른 사람들은 초대 받지 못하였다는 기색을 보이기 싫어 멀리 야유회를 떠나곤 하였기 때문이다. 하지만 그가 첫날에는 호텔에서 심한 홀대를 받았던 바, 꼬뜨 다쥐르에서 이제 막 그곳으로 온 종업원이 아직 그의 신분을 몰랐을 때였다. 그가, 올 성긴 백색 모직 정장 차림이 아니었을 뿐만 아니라, 프랑스의 전통 예절에 따라, 그리고 호화 호텔의 관행을 몰라, 여인들이 모여 있던 홀로 들어서면서 그 입구에서부터 정중히 모자를 벗었고, 그리하여 매니저가, 그를 틀림없이 가장 보잘것없는 가문 출신일 것이라 여겨, 자신이 '평민 출신'이라고 부르던 그러한 사람으로 여겨, 그의 정중한 거조를 보고도 자신이 모자에 손도 대지 않았다. 오직 공증인의 아내만이, 신분 높은 사람들의 점잔빼는 상스러움을 한껏 풍기는 그 새로 나타난 사람에게로 자신이 이끌림을 느껴, 르 망 지역 상류층 사회의 비밀을 샅샅이 아는 사람의 틀림없는 감식력과 반박의 여지없는 권위로 단언하기를, 그 새로 나타난 사람에게서는 완벽한 교육을 받고 발벡에서 마주치는 모든 것들과는—그녀는 자신이 상종하지 않으니 상종할 수 없는 것들이라 평하였다—뚜렷이 구별되는 존귀함이 느껴진다고 하였다. 그녀가 르그랑댕의 매제에 대하여 내린 그 호의적인 평가는 아마, 위압적인 것이라곤 전혀 없는 그 사람의 평범한 모습에, 혹은 교회당 관리인의 거조가 보이는 그 귀족 농사꾼에게서 그녀가 알아챈, 자신의 사제 지상주의를 드러내는 동종의 징후들에 기인하였을 것이다.

날마다 말을 타고 호텔 앞을 지나가던 젊은이들이 어느 의류 및 장신구 상점의 몹시 부정직한 주인의, 그리하여 나의 아버지께서는 결코 교분을 맺지 않으셨을, 그러한 사람의 아들들이었음을 알게 되었음에도 불구하고, '해변에서의 휴가'라는 것이 그들을 내 눈앞에 마치 반인반신(半人半神)들의 기마상처럼 우뚝 솟게 하였으며, 따라서 내가 한껏 기대할 수 있었던 것은, 호텔 식당에서 나와 보았자 고작 해변의 모래 위에나 가서 앉곤 하던 가엾은 소년이었던 나에게 그들이 결코 시선을 던지지 않는 것이었다. 나는 심지어 오세아니아의 어느 삭막한 섬에서 왕 노릇 하였다는 그 떠돌이, 그리고 방자한 외양 밑에 혹시 오직 나에게만 다정함이라는 보물을 아낌없이 베풀지도 모를 조심스럽고 인정 넘치는 영혼을 감추고 있으리라 내가 즐겨 상상하던 그 폐병 환자 젊은이가, 나에게 호감을 품었으면 좋겠다고까지 생각하였다. 게다가(흔히들 여행 중에 맺은 관계들에 대하여 하는 말과는 반대로), 가끔 다시 찾는 해변에서 특정 인물들과 어울리는 것이 눈에 띄었다는 사실이, 사교계에는 그 등가치가 없는 주관적 평가 요소를 우리에게 추가해 주는지라, 빠리 생활에서는 해변에서 맺은 우정만큼 사람들이 정성스럽게(그것을 멀리하는 것이 아니라) 돌보고 유지하는 것은 없다. 나는, 나 자신을 다른 이들의 입장에 놓고 그들의 정신상태를 상상해 보곤 하던 나의 버릇이 나로 하여금, 예를 들어 그들이 빠리에서 누리고 있을 그리고 매우 낮을 실제의 지위가 아니라 그들이 자기들의 것이라고 틀림없이 믿고 있었을 지위에(공동척도의 부재가 그들에게 일종의 우월성과 기이한 이점을 보장해 주던 발백에서는 솔직히 말해 실제로 그들의 것이었던 그 지위에) 올려놓게 한, 그곳의 일시적인 명사들이 나에 대하여 가질 수 있을 견해에 대하여 몹시 근심하고 있었다. 그러나 애석하게도, 나에게는 그들 중 그 어느 누구의 멸시도 스떼르마리아 씨의 멸시만큼은 괴롭지 않았다.

그가 식당 안으로 들어서는 순간부터 내가 그의 딸을, 창백하다 못해 거의 푸르스름한 그녀의 귀여운 얼굴을, 키 큰 그녀의 자태 속에, 그녀의 거조 속에 있으며, 내가 그녀의 가문 이름을 알고 있었던지라 그만큼 더 명료하게 또 당연하게 그녀의 유전적 특성과 그녀가 받았을 귀족적 교육을 나에게 상기시켜 주던, 그 특별한 것을 이미 간파한 적 있었기 때문이다. 그 모든 요소들은 마치, 미리 안내 소책자를 대강이나마 훑어본 청중에게 그들의 상상력이 옳은 방향으로 전개되도록 방향을 제시한, 재능 풍부한 음악가들에 의하여 고안되었으며 불꽃의 반짝임과 하천의 물결 소리와 전원의 평온을 찬란하게 그려내는 표현력 풍부한 주제들과 같았다. '혈통'이라는 것이, 스떼르마리아 아씨의 매력적인 요소들에 그것들의 원인임 직한 개념을 덧붙여 주어 그것들을 더욱 명료하고 완전하게 만들어주었다. 또한 그 혈통이 그녀의 매력적인 요소들에 접근하기 어려움을 예고하면서, 높은 가격이 우리의 마음에 드는 상품의 가치를 드높이듯, 그만큼 더 그 요소들을 갈망하게 만들었다. 그리고 유전적 줄기가, 정선된 즙들로 구성된 그녀의 안색에, 이국적 과일이나 명성 높은 포도주의 맛을 부여하였다.

그런데 우연한 사건 하나가 문득, 모든 투숙객들의 인기를 할머니와 나에게 집중시켜 줄 수 있을 수단을, 우리들 손에 쥐어주었다. 실은 우리가 처음 도착하던 날, 앞서 이야기한 그 늙은 귀부인이, 그녀의 앞에 서서 길을 인도하던 심부름꾼 시종, 그리고 책 한 권과 깜빡 잊었던 담요를 들고 종종걸음으로 그녀의 뒤를 따르던 침실 시녀 덕분에, 뭇사람들에게 강한 인상을 주면서, 또한 모든 사람들의 내면에—스떼르마리아 씨 역시 그 누구보다도 그것을 피하지 못하는 것이 역력했다—호기심과 존경심을 불러일으키면서 자기의 거처에서 내려오던 순간, 호텔 매니저가 할머니 쪽으로 상체를 숙이면서 그리고 친절하게(마치 페르시아의 군주[74]나 여왕 라나발로[75]를, 그 강력한 군주와는 물론 어떤 관계도 있을 수 없으되 그를 몇 걸음 밖에서 직접 보았다는 사실 자체를 큰 수확으로 여길 수 있을 어느 이름 없는 구경꾼에게 보여주듯) 할머니의 귀에다 소곤거렸다. "빌르빠리지 후작 부인이십니다." 바로 그 순간, 늙은 귀부인이 할머니를 보더니, 자신의 시선에 어리는 기쁜 놀라움을 억제하지 못하였다. 아는 이 아무도 없는 고장에서 스떼르마리아 아씨에게 다가갈 어떤 도움도 기대할 수 없던 나에게는, 자그마한 노파의 모습으로 둔갑한, 요정들 중 가장 강력한 요정의 급작스러운 출현도 그보다 더 큰 기쁨을 안겨 줄 수 없었으리라는 것은 누구든 짐작할 수 있을 것이다. 아무도 없었다는 말은 물론 실용적 관점에서 그랬다는 뜻이다. 미학적인 관점에서 말하자면, 인간 유형의 종류가 하도 한정되어 있어서, 우리가 어떤 곳에 가든, 스완이 그랬던 것처럼 구태여 옛 거장들의 화폭들 속에서 찾지 않더라도, 낯익은 사람들을 다시 만나는 기쁨을 맛보는 경우가 빈번하다. 그리하여 우리가 발백에 머물기 시작한 첫날부터, 르그랑댕과 스완 댁 수위와 스완 부인까지 내가 만나는 일이 생겼고, 첫 인물은 까페의 종업원으로, 두 번째 인물은 잠시 그곳에 들렀으되 내가 다시 보지 못한 어느 외국인으로, 그리고 마지막 인물은 수영 지도사로 둔갑해 있었다. 또한 용모나 사고방식의 특징들 중 어떤 것들은, 일종의 생명력이 그것들을 이끌다 서로 분리될 수 없도록 어찌나 단단히 고정시켜 주던지, 자연이 그렇게 어떤 인격체를 다른 하나의 육신 속에 이입시킬 때에도 그 인격체를 심하게는 훼손하지 않는다. 까페 종업원으로 변한 르그랑댕은 자기의 신장과 코의 윤곽과 턱의 일부를 고스란히 간직하고 있었다. 남성 속에, 그리고 수영 지도사의 신분 속에 있던 스완 부인은, 그녀의 일상적 용모뿐만 아니라 심지어 특유의 화법까지도 대동하고 있었다. 다만, 붉은 허리띠를 두르고, 너울성 물결이 조금만 일어도 수영 금지 신호로 사용되는 깃발을 치켜 올리던(수영 지도사들이란 모두 신중하고, 수영할 줄 아는 사람이 드문지라) 그녀가, 옛날 스완이 이트로의 딸에게서 그녀의 모습을 발견하였던 「모쉐의 생애」라는 벽화 속에서 스완에게 그랬던 것만큼 이상으로는 나에게 유용하지 않았다. 반면 그곳에 출현한 빌르빠리지 부인은 틀림없는 실제 인물이었고, 그녀로부터 그녀의 권능을 박탈하였을 마법의 희생물로 전락한 것이 아니라, 그 반대로, 마법 하나를 내 권능의 재량권에 맡겨 그 마법이 나의 권능을 백배로 증대시키도록 할 수 있었으며, 그 마법 덕분에, 마치 내가 전설적인 어느 새의

날개 위에 앉은 듯, 나를 스떼르마리아 아씨로부터 갈라놓고 있던
—최소한 발백에서는—광막한 사회적 간격을 바야흐로 순식간에
건너뛸 수 있게 되었다.

불행하게도, 이 세상 그 누구보다도 자기의 개인적인 세계 속에
만 갇혀 사는 이가 있을 수 있다면, 그 사람은 나의 할머니였다. 할
머니께서는, 당신께서 그 존재조차 알아차리시지 못하였고 그리
하여 그 이름도 기억하시지 못한 채 발백을 떠나실, 그러한 사람
들의 견해에 내가 중요성을 부여하고 어떤 이에게 관심을 갖는다
는 사실을 아셨다 하더라도, 나를 이해하시지 못하였던지라 나를
경멸조차 하시지 않았을 것이다. 그리하여 나는, 만약 그 사람들
이 빌르빠리지 부인과 이야기 나누시는 할머니를 보았다면 내가
무척 기뻤을 것이라고, 감히 할머니에게 고백하지 못하였다. 후작
부인이 호텔에서 명성 높은지라, 그녀와의 친분이 스떼르마리아
씨의 눈에 우리가 돋보이게 할 것이라는 사실을 내가 감지하고 있
었기 때문이다. 하지만 할머니의 친구분께서 나에게 귀족 계층의
한 인물로 보였던 것은 추호도 아니다. 아주 어렸던 시절, 집에서
어른들이 자주 말씀하시던 그 가문의 명칭을 들을 때, 즉 나의 오
성이 그 명칭에 관심을 갖기 훨씬 이전에, 나의 귀에 친근해진 그
명칭에 내가 이미 너무 익숙해졌으니 말이다. 또한 그리하여 그분
의 작위가, 레옹스-레이노 로 혹은 이뽈리뜨-르바 로 등과 같은 평
범한 명칭보다[76] 더 고상한 하등의 그 무엇도 가지고 있지 않은 로
드-바이런 로, 대중적이고 상스러운 로슈슈아르 로 혹은 그라몽
로 등의 명칭들 속에서처럼,[77] 흔히 사용되지 않는 인명(人名)이
그랬을 법한, 하나의 기이한 특징을 그 가문의 명칭에 추가해 주
었을 뿐이다. 빌르빠리지 부인이라는 호칭이, 그분의 사촌인 마
끄-마옹 이상으로, 그처럼 공화국 대통령이었던 까르노 혹은 프랑

수와즈가 피우스 11세의 사진에 곁들여 그 사진을 구입한 라스빠 이유 등과 내가 전혀 다르게 보지 않던 그 마끄-마옹 이상으로, 나로 하여금 어떤 특별한 세계 속에 있는 사람을 상상하게 하지는 않았다. 여행길에 오르면 교제를 번다하게 해서는 아니 된다는 것이 할머니의 원칙이었다. 사람들을 만나러 해변에 가는 것이 아니고, 그럴 여가는 빠리에서 언제라도 낼 수 있으며, 그런 사람들에게 예의를 차리는 등 진부한 일들 때문에 파도 앞에서 대기를 호흡하는 데 몽땅 바쳐야 할 귀중한 시간을 낭비할 수도 있다고 하셨다. 그리하여, 그러한 견해에 모든 사람들이 동감할 것이며, 우연히 같은 호텔에 머물게 된 오랜 친구들 사이에서는 짐짓 서로 모르는 척하는 것을 그러한 견해가 허용할 것이라 가정하는 것이 더 편하다 여기시어, 지배인의 입에서 나온 이름을 들으시자 눈을 다른 쪽으로 돌리실 뿐, 빌르빠리지 부인을 못보신 척 하셨으며, 할머니께서 아는 척 하시지 않으려는 의도를 간파한 빌르빠리지 부인 또한 다른 쪽으로 막연한 시선을 던졌다. 그런 다음 그녀가 우리들로부터 멀어져 갔고, 나는, 자기 곁으로 다가오는 것처럼 보이던 선박이 멈추지 않고 사라지는 것을 바라보는 조난자처럼, 내가 느끼던 고립감 속에 머물렀다.

  빌르빠리지 부인 역시 호텔 식당에서 식사를 하곤 하였다. 그녀는 호텔에 기거하는 사람들이나 그곳을 방문하는 사람들 중 그 누구와도, 심지어 깡브르메르 씨와도, 일체 교분이 없었다. 실제로, 그가 자기의 아내와 함께 변호사 협회장의 점심 초대를 수락하던 날 내가 보자니, 그는 빌르빠리지 부인에게 인사를 하지 않았고, 변호사 협회장은 자기의 식탁에 귀족을 초대하였다는 영광에 도취하여, 다른 날 함께 어울리던 친구들을 피하면서, 그것이 역사적인 사건임을 암시하기 위하여 그들에게 멀리서, 그러나 그것이 자기에게로 다가오라는 뜻으로 해석되지 않도록 상당히 조심스럽게, 눈짓을 하는 것으로 만족하였다.

"그러니 이제 모두 부러워하겠어요, 멋진 분이세요." 그날 저녁 법원장의 아내가 그에게 말하였다.

"멋지다니요? 그 무슨 말씀입니까?" 과장된 놀라움 밑에 자기의 기쁨을 감추면서 변호사협회장이 물었다. "제가 초대한 사람들 때문입니까?" 더 이상 시치미를 뗄 수 없음을 느껴 그렇게 말하였다. "하지만 친구들을 점심에 초대하는 것이 무슨 멋이겠습니까? 그들도 어디에서든 점심은 먹어야 하지 않겠습니까!"

"무슨 말씀이세요, 멋진 일이에요! 틀림없이 '드'[78] 깡브르메르 가문 분들이었지요? 그렇지 않아요? 저는 그들임을 분명히 알아보았어요. 그 여자는 후작 부인이에요. 게다가 진정한 후작이지요. 혼인을 통해 얻은 작위가 아니에요."[79]

"오! 아주 순박한 여인입니다. 매력적이며, 그녀처럼 티를 내지 않는 여인은 없을 것입니다. 저는 부인께서 저에게로 오실 것이라 생각하여 눈짓을 하였습니다만…. 부인을 그분들에게 소개하였으련만!" 일종의 가벼운 빈정거림으로 그러한 제안의 엄청남을 완화시키면서 그가 한 말은, 아하수에로스가 에스테르에게 다음과 같이 말할 때의 어조를 띠었다. "내 제국의 반을 그대에게 드려야 하리까?"[80]

"아니에요, 아니에요, 아니에요, 절대 아니에요, 저희들은 소박한 제비꽃처럼 숨어 있겠어요."

"하지만, 거듭 말씀 드리거니와, 잘못 생각하신 겁니다." 위기를 넘기자, 과감해진 변호사 협회장이 대꾸하였다. "그들이 두 분을 잡아먹지는 않았을 것입니다. 자, 이제 우리가 즐기는 베지그[81] 한 판 하실까요?"

"물론 좋아요, 이제는 후작 부인들을 접대하시는 분인지라, 저희들이 감히 제안하지 못하였지요!"

"오! 그런 말씀 마십시오, 그녀들이라 해서 그토록 특이한 것은 아닙니다. 제 말씀 들어보십시오, 제가 내일 그분들 댁에서 저녁을 먹기로 되어 있습니다. 저 대신 그곳에 가시겠습니까? 진심으로 드리는 말씀입니다. 솔직히 저는 이곳에 있어도 좋습니다."

"아니, 아니오…! 자칫 나를 반동분자라고 믿어 파면할지도 모르오." 자신이 한 농담에 눈물이 나도록 웃으면서 법원장이 소리쳤다. "하지만 공께서도 훼떼른느[82]에서 대접을 받으셨지요." 공증인 쪽으로 고개를 돌리면서 그가 덧붙였다.

"오! 저는 일요일에만 그곳에 갑니다. 한 문으로 들어가 다른 문으로 나오듯 신속하게 자리를 뜨지요. 하지만 그분들은 변호사 협회장님의 초대에만 응하시고 저의 초대는 사양합니다."

그날 스떼르마리아 씨가 발백에 나타나지 않아, 변호사 협회장이 매우 애석해하였다. 하지만 그가 은근한 어투로 우두머리 웨이터에게 말하였다.

"에메, 스떼르마리아 씨에게, 이 식당을 빛낸 귀족분이 그뿐만 아니라는 사실을 넌지시 일깨워 드리게. 오늘 나와 함께 점심을 드신 그 신사분 분명히 보았지? 그렇지? 짧은 코밑 수염에 군인 같은 기색 감돌던? 그래, 그분이 깡브르메르 후작일세."

"아! 정말입니까? 저도 짐작은 하였습니다!"

"그러면 자기만이 작위 가진 사람이 아니라는 것을 깨달을 걸세. 기회를 놓치지 말게! 알 낳은 암탉처럼 꼬꼬댁거리는 그 귀족들의 기를 한번 꺾어주는 것도 나쁘지는 않을 걸세. 하지만, 에메, 지금은 아무 말 하지 말게, 잘 아다시피, 내가 나를 위해 이런 말 하는 것은 아닐세. 게다가 그도 그 양반을 잘 아네."

그런데 다음 날, 변호사 협회장이 자기의 친구들 중 하나를 위하여 일찍이 변론을 맡은 적 있음을 알고 있던 스떼르마리아 씨가, 스스로 변호사에게 다가가서 자기를 소개하였다.

 "우리 두 사람 모두의 친구들이신 깡브르메르 공 내외분께서는 그렇잖아도 우리들을 한자리에 모이게 하실 생각이었으나, 우리들의 일정들이 합치하지 않아 그만, 여하튼 그런 사정 때문에…."
미미하지만(그것과 모순되는 하찮은 어떤 사실이 우연히 알려질 경우) 한 사람의 인품을 폭로하여 영영 신용을 잃게 할 수 있기에 충분한 사소한 사항은 아무도 확인하려 하지 않을 것이라 생각하는 많은 거짓말쟁이들처럼, 변호사 협회장이 그에게 말하였다.

 언제나처럼, 그러나 그녀의 부친이 변호사 협회장과 이야기를 나누기 위하여 그녀 곁을 떠나 있던 동안에는 더욱 수월하게, 내가 스떼르마리아 아씨를 유심히 바라보았다. 그녀가 두 팔꿈치를 식탁 위에 올려놓은 채 자기의 유리잔을 두 팔뚝 위로 치켜올릴 때처럼, 그녀의 자태에 나타나던 과감하고 항상 아름답던 특이함 못지않게, 순식간에 자취를 감추곤 하던 시선의 메마른 냉담함, 그녀 개인의 억양이 제대로 덮어 감추지 못하였고 따라서 나의 할머니를 놀라게 한 그녀 음성 깊숙한 곳에 있던, 타고난 즉 가문 특유의 준엄함, 한 번의 눈길이나 어조로 자기 고유의 생각 표현하기를 마치기 무섭게 그녀가 돌아가 다시 머물곤 하던 일종의 격세유전적 제동장치 등 또한, 그 모든 것들이, 그녀를 바라보는 이의 사념을, 그녀에게 인간적 온정의 불충분함과 감성의 공백과 어느 순간에건 결점을 드러내는 본바탕의 빈약함 등을 물려준 혈통 쪽으로 이끌어가곤 하였다. 그러나, 그녀 눈동자의 그토록 신속하게 냉담해지는 밑바닥 위로 지나가며, 그 속에서 감각적 쾌락에 대한 지배적인 취향이 가장 오만한 여인에게조차 부여하는 거의 공손함에 가까운 특이한 부드러움이 느껴지는 특정 시선들을—그러한 여인들은 머지않아 오직 단 하나만의 위세를, 즉 그녀가 보기에 자기로 하여금 감각적 쾌락을 느끼게 해줄 수 있는 사람의 위세만을 인정할 것이고, 그리하여 그가 희극배우이든 곡예사이든, 그를 위하여 언젠가는 아마 남편 곁을 떠날 것이다—접하였을 때, 혹은 비본느 개천에 피던 하얀 수련꽃들 심장부에 자기 고유의 담홍색이 두드러지게 하던 것과 유사한, 그녀의 창백한 볼에 피어나던 육감적이고 생기 발랄한 분홍색의 특정 색조를 접하였을 때, 나는 그녀가 브르따뉴에서 영위하던 그토록 시적인 삶, 그러나 너무 익숙해진 터라 혹은 타고난 기품 때문에 혹은 자기 혈족들의 가난이나 인색함 때문에 그녀가 큰 가치를 부여하지 않던, 그러나 자신의 몸 속에 갇힌 상태로 내포하고 있던 그 시적인 삶의 맛을, 내가 자기에게로 찾으러 가는 것을 선선히 허락할 것이라 막연히 느꼈다. 그녀에게 유전되어 그녀의 표정에 비겁한 무엇을 남긴 의지의 보잘것없는 비축분에서, 그녀가 아마 저항의 수단을 얻지 못하였던 것 같았다. 그리하여, 그녀가 식사 때마다 변함없이 쓰고 나타나던, 조금 구식이고 과장된 깃털 장식 꽂은 펠트 모자가, 그녀를 나의 눈에 더욱 사랑스럽게 보이도록 하였다. 하지만 그것은, 그 모자가 은색과 분홍색 어우러진 그녀의 안색과 조화를 이루었기 때문이 아니라, 나로 하여금 그녀가 가난하리라 추측토록 해주면서 그녀를 나에게로 가까이 이끌어다 주었기 때문이다. 자기의 부친이 계실 때에는 관습에 따르는 태도를 취할 수밖에 없었으되, 그러면서도 이미 자기 앞에 있던 사람들을 인지하고 분류할 때에는, 자기의 부친이 아닌 다른 원칙들을 도입하면서, 그녀가 아마 나에게서 보잘것없는 신분이 아니라 이성과 연령을 보았을 것이다. 만약 어느 날 스떼르마리아 씨가 그녀를 대동하지 않고 외출한다면, 그리고 특히 빌르빠리지 부인이 우리의 식탁으로 와서 앉음으로써 나로 하여금 과감히 그녀에게 접근하게 해줄 수 있을, 우리들에 대한 호의적인 견해를 그녀의 내면에 불러일으킨다면, 아마 그녀와 내가 몇 마디 이야기를 나누고 만나자는 약속을 하며 관계를 더 밀착시킬 수 있을 것 같았다. 또한 그녀의 양친이 아니 계신 몽환적인 성에 그녀가 홀로 한 달 동안을 머물러야 할 경우, 아마 우리들이 저녁나절, 물결들의 찰랑거림이 와서 부딪치는 떡갈나무 밑의 어둑해진 수면에서 분홍색 히스 꽃들이 더욱 고요히 반짝일 때, 황혼 속을 단 둘이서만 거닐 수 있을 것 같았다. 일찍이 스떼르마리아 아씨의 일상생활을 고이 간직하였고 그녀의 눈에 새겨진 기억 속에 안겨 있는지라, 나에게는 무수한 매력의 흔적이 남은 그 섬을, 우리가 함께 쏘다닐 수 있을 것 같았다. 왜냐하면, 그곳에서, 그토록 많은 추억들로 그녀를 감싸고 있던 그 장소들을 섭렵하지 않고는 그녀를 진정 나의 수중에 넣을 수 없을 것 같았기 때문인데―그 추억들은 곧 나의 욕망이 벗기고자 하던 장막, 그리고 자연이 남자들로 하여금, 그렇게 하면 여인을 더 송두리째 소유한다는 환상에 속아, 관능적 쾌락보다는 그들의 상상력에 더 유용하되 쾌락 없이 그들을 유인하기에는 불충분한, 여인이 살고 있는 경개(景槪)를 우선 점령하도록 강요하기 위하여 여인과 남자들 사이에 드리우는(자연으로 하여금 모든 인간들과 가장 강렬한 쾌락 사이에 번식행위를 놓아주고, 곤충들을 위해서는, 그것들이 운반해야 할 꽃가루를 꿀 앞에 놓아주도록 하는 것과 같은 의도로) 장막들 중 하나였다.

   그러나 나는 스떼르마리아 아씨로부터 나의 시선을 돌려야 했으니, 어느 중요한 인물과 수인사한다는 것을, 그 자체로 족하며, 그것이 내포하고 있는 모든 이점을 신장시키고자 한다 할지라도,

즉각적인 대화나 훗날의 약속 따위 없이 한 번의 악수와 예리한 눈길만을 요구하는 기이하고 간결한 행위로 간주하였음인지, 그녀의 부친이 벌써 변호사 협회장 곁을 떠나 자기의 딸에게로 돌아와 그녀와 마주 앉으면서, 마치 진귀한 무엇을 얻은 사람처럼 자기의 두 손을 비비고 있었기 때문이다. 한편 변호사 협회장의 경우, 그 회견의 최초 감동이 가라앉자, 여느 날처럼 우두머리 웨이터를 향해 이따금씩 목청을 높였고, 들려오던 그의 말은 이러했다.

"나는 왕이 아니라니까, 에메, 그러니 왕 곁으로 가게나…. 보시오, 법원장, 저 송어들 아주 맛있어 보이는데, 에메에게 저것을 좀 달라고 합시다. 에메, 저기 있는 작은 생선이 추천할 만해 보이네. 저것을 우리들에게 가져오게, 에메, 그리고 듬뿍."

그는 끊임없이 '에메'의 이름을 들먹였고, 하도 그러다 보니, 어떤 사람을 저녁 식사에 초대하였을 경우, 초대된 사람이 이렇게 말하곤 하였다. "이 식당에서 융숭한 대접을 받고 계시군요." 그리고 자신 또한, 함께 자리한 사람들을 모방하는 것이 재치있고 우아하다고 믿는 일부 사람들의 소심함과 상스러움과 멍청함 섞인 특이한 경향에 이끌려, 끊임없이 '에메'라는 이름을 들먹이는 것이 도리라고 믿곤 하였다. 변호사 협회장이 그 이름을 끊임없이 들먹이되 항상 미소를 곁들였던 바, 그가 우두머리 웨이터와 맺고 있던 좋은 관계뿐만 아니라 동시에 그와의 관계에 있어서 자기가 누리고 있던 우월성을 과시하고 싶었기 때문이다. 웨이터 또한, 자기의 이름이 들릴 때마다, 자신이 그 명예를 느끼고 농담을 이해한다는 점을 과시하면서, 감동한 그리고 자랑스러운 기색으로 미소를 짓곤 하였다.

대개 만원을 이루던 그랜드-호텔의 그 넓은 식당에서의 식사가 나에게는 항상 위압감을 느끼게 하였지만, 그 호화 호텔뿐만 아니라 프랑스 각 구석에 위치한 다른 일곱 혹은 여덟 개 호텔도 가지고 있으며, 그것들 사이를 정기적으로 오가면서 가끔 한 호텔에서 한 주간쯤 머문다는 호텔 주인(혹은 무슨 뜻인지는 모르지만 출자자 회의에서 선출된 대표이사라고 하는 그런 사람)이 와서 며칠 동안 머물 때에는, 그 마음의 불편함이 더욱 심해졌다. 그 기간에는, 런던이나 몬떼-까를로에서도 유럽의 최대 호텔업자들 중 하나로 알려졌다고들 하던, 키 작고 백발에 코 빨간, 그리고 경이롭게 냉담하고 예의 깍듯한 그 사람이, 매일 저녁 식사가 시작될 무렵 식당 입구에 나타나곤 하였다. 언젠가 한번, 내가 식사 직전에 잠시 나갔다가 돌아오면서 그의 앞을 지날 때, 물론 내가 자기의 업소에 왔음을 고하기 위하여 인사를 하였겠지만, 그 태도가 어찌나 냉랭한지, 나는 그 원인이 자기의 신분이 무엇인지를 잊지 않는 사람의 삼감인지 혹은 중요하지 않은 고객에 대한 멸시인지 분간할 수가 없었다. 나와는 반대로 매우 중요한 인사들 앞에서도 그 대표이사가 역시 냉담한 기색으로 인사를 하였으나, 허리를 더 깊숙이 숙였고, 마치 장례식장에서 죽은 여인의 부친이나 성체(聖體) 앞에서 그러듯, 일종의 조심스러운 경의의 표시로 눈꺼풀을 내렸다. 그 냉랭하고 드문 인사를 할 때 이외에는 그가 꼼짝도 하지 않았는데, 그것은 마치, 그의 얼굴에서 튀어나올 듯 보이는 형형한 두 눈이, 모든 것을 보고 모든 것을 조정하며, '그랜드-호텔에서의 만찬'을 전반적인 조화뿐만 아니라 그 마무리까지 책임진다는 점을 입증하려는 것 같았다. 그는 틀림없이 자신이 연출가나 교향악단의 지휘자 이상이라고, 진정한 총사령관이라고 느꼈을 것이다. 그는 강렬함의 절정에 이른 주시가 자기에게 모든 것이 완비되었고 혼란을 초래할 어떠한 실수도 일어나지 않게 담보해

주기에 충분하다고 판단하였던지라, 그리고 자기의 책무를 다하기 위하여, 어떠한 몸짓도 자신에게 허용하지 않음은 물론, 심지어 작전 전체를 총괄하고 이끌던, 긴장 때문에 돌처럼 굳은 그의 두 눈마저 움직이기를 삼가는 것 같았다. 나는 내 숟가락의 움직임조차 그의 눈을 피하지 못함을 느꼈고, 식사가 시작된 직후 그가 자취를 감추었건만, 그가 막 끝낸 열병식이 저녁 식사 동안 내내 나의 식욕을 끊었다. 반면 그의 식욕은 매우 왕성했다. 단순한 개인 자격으로, 식당에서 다른 사람들과 같은 시각에 점심을 먹는 그의 모습을 보면 알 수 있었다. 그의 식탁이 가지고 있던 단 하나의 특징은, 그가 먹는 동안 내내, 우리가 일상 보던 지배인이 식탁 옆에 서서 그와 대화를 나누곤 하였다는 점이다. 대표이사에게 종속되어 있었던지라, 지배인이 그를 몹시 두려워하였고, 그의 환심을 사고자 하였기 때문이다. 그렇게 점심을 먹는 동안에는 나의 두려움이 지배인이 느끼던 것보다는 작았다. 그 동안에는 대표이사가, 고객들 속에 섞여 있었던지라, 병사들도 있는 식당에서 장군이 그러듯, 자신이 고객들에게 신경을 쓰고 있다는 기색을 보이지 않으려 조심하였기 때문이다. 그렇건만, 제복 입은 종업원들 가운데 서 있던 수위가 나에게 다음과 같은 소식을 전하면, 나의 호흡이 더욱 자유로워지곤 했다. "그분께서는 내일 아침 디나르로 출발하십니다. 그곳으로부터 비아리츠로 가셨다가 다시 깐느로 가실 것입니다."[83]

호텔에서의 내 생활이, 내가 그곳에서 교분 맺은 사람이 없어서 서글펐을 뿐만 아니라, 프랑수와즈가 맺은 교분이 너무 많아서 성가시기도 했다. 그녀가 맺은 교분들이 우리들을 위해 많은 일들을 수월케 해주었을 것처럼 보일 수도 있다. 그 반대였다. 그곳 노동자들이 프랑수와즈로부터 지인 대접 받기 위해서는 상당한 어려움이 따랐고 또 그녀에게 극진한 예의를 표해야만 그러한 대접을 받을 수 있었던 반면, 일단 그녀의 지인이 되면, 그들이 프랑수와즈에게는 가장 중요한 인물로 변하였다. 그녀가 간직하고 있던 유구한 준칙이 그녀에게 가르치기를, 상전의 친구들에 대하여 그녀는 아무 책임지지 않으며, 따라서 그녀가 바쁠 때에는, 나의 할머니를 뵈러 온 어느 귀부인을 문전박대할 수 있다고 하였다. 그러나 그녀와 교분 맺은 사람들, 다시 말해 그녀의 까다로운 친분을 얻은 매우 드문 고용인들을 대함에 있어서는, 가장 정교하고 절대적인 의례 준칙이 그녀의 행동들을 통제하였다. 그리하여, 커피 담당 웨이터 및 어느 벨기에 귀부인을 위해 바느질을 해주던 어린 객실 담당 하녀와 친분을 맺은 프랑수와즈가, 점심 식사 후 할머니의 시중을 들기 위해 즉시 올라오지 않고 한 시간 후에나 오는 경우가 잦았는데, 커피 담당 웨이터가 커피 준비실에서 그녀를 위하여 커피 혹은 차 한 잔을 대접하겠다고 하였거나, 객실 담당 하녀가 그녀에게 자기가 바느질하는 것을 보러 오라고 하여, 그들의 청을 거절하기 불가능하고 또 그러는 법이 아니라고 판단하였기 때문이다. 어린 객실 담당 하녀를 프랑수와즈가 특별히 배려한 것은, 그 하녀가 고아였고 남의 집에서 자랐기 때문이었는데, 자기를 길러 준 사람들 집에 그녀가 가끔 돌아가 며칠 동안을 머물기도 한다고 하였다. 하녀의 그러한 처지가 프랑수와즈의 연민과 아울러 자비심 섞인 거만함을 자극하였다. 자기의 양친이 물려주신 작은 집 한 채와, 또 그곳에서 암소 몇 마리를 키우는 오라비 등, 가족이라고 할 만한 것을 가지고 있던 그녀가, 뿌리 뽑힌 한 여자를 자기와 동등한 사람으로 간주할 수는 없었다. 그리하여, 어린 하녀가 8월 15일에 자기의 은인들을 뵈러 갈 예정이라고 말한 것을 두고, 프랑수와즈는 자신을 억제하지 못한 채 다음과 같은 말을 거듭 반복하였다. "그녀가 저를 웃겨요. 글쎄 이러더군요. '15일에는 집에 갈 예정이에요.' 자기의 집이라고 하다니! 자기의 고향도 아니고 또 자기를 거두어 준 사람들일 뿐인데, 정말 자기의 집인 양 집에 간다고 하는군요, 가엾은 어린것! 자기의 집이라는 것이 무엇인지도 모르다니, 얼마나 불쌍한가요!" 그러나 만약 프랑수와즈가 고객들이 데려온 침실 하녀들 하고만 친분을 맺었다면—그녀들은 프랑수와즈와 함께 '시종들의 방'이라는 곳에서 식사를 하고, 그녀의 아름다운 레이스 달린 모자와 섬세한 용모를 보고, 그녀가 아마 어떤 사정 때문에 혹은 애착에 이끌려 할머니를 수종하게 된, 귀족 가문 출신일지도 모를 귀부인으로 여기기도 하였다—, 한마디로 프랑수와즈가 호텔에 속하지 않은 사람들 하고만 친분을 맺었다면, 그녀가 친분을 맺었건 맺지 않았건, 그들이 우리에게 봉사해야 할 경우가 전혀 없었던 것처럼 그들이 우리에게 봉사하는 것을 그녀가 막을 일도 없었을 것인지라, 그러한 사귐으로 인한 성가심은 그리 크지 않았을 것이다. 하지만 그녀가 포도주 담당자, 부엌에서 일하는 어느 남자, 어느 한 층의 총괄 책임자 여인 등과도 친분을 맺었다. 그리하여, 우리가 처음 도착하던 날, 즉 그녀가 아직 아무도 모를 때, 지극히 하찮은 일을 가지고도 또 할머니와 나는 감히 그럴 수 없었을 시각에, 초인종을 함부로 눌러대면서, 우리가 가볍게 나무라면 마치 자기가 지불하기라도 한 듯 '충분히 비싼 가격을 지불하였다'고 대꾸하던 프랑수와즈가, 이제 부엌의 어떤 사람과 친해진 이후에는, 그것이 우리의 편의를 위한 좋은 전조처럼 보였건만, 할머니나 혹은 내가 발이 시리다 해도, 또한 모두들 일할 시각임에도 불구하고, 감히 초인종을 누르지 못하는, 우리의 일상생활과 직결된 결과가 초래되었다. 그녀가 우리에게 단호하게 말하기를, 뜨거운 물을 달라고 하면, 화덕에 다시 불을 지펴야 한다든가 혹은 하인들이 식사하는 것을 방해하여 그들이 불만을 품게 되어, 우리들이 사람들의 눈밖에 날 것이라 하였다. 그리고 다음과 같은 선언으로 자기의 말을 맺곤 하였는데, 발음이 불분명했음에도 불구하고, 그로 인해 의미가 덜 명료했던 것은 아니며, 그것은 우리의 잘못이라는 뜻이었다. "사실인즉…" 우리는 더 이상 고집하지 않았다. 그보다 더 심한 다음과 같은 말을 듣는 것이 두려웠기 때문이다. "그것은 매우 중대한 일이라…!" 그러한 연유로, 간단히 말하자면 프랑수와즈가 물 데우는 사람의 친구가 되었기 때문에, 우리들은 더 이상 따뜻한 물을 얻을 수 없게 되었다.

결국에는 우리도, 할머니의 뜻에도 불구하고 그러나 할머니로 말미암아, 교분 하나를 맺었다. 어느 날 아침 할머니와 빌르빠리지 부인이 어느 출입구에서 마주쳐, 몰리에르의 몇몇 장면에서처럼, 우선 놀란 듯한 그리고 머뭇거리는 듯한 동작 교환하는 것 잊지 않고, 흠칫 놀라 뒤로 물러서며 의혹에 잠기는 듯하다가 드디어 한껏 예의를 표하고 기쁨 나누는 몸짓을 보이지 않을 수 없었기 때문인데, 몰리에르의 그 연극 장면에서는, 아직 서로를 발견하지 못한 것으로 추정되는 두 배우가 겨우 몇 걸음 떨어진 곳에서 각자 오래전부터 독백을 계속하다가, 문득 서로를 발견하고 자신들의 눈을 의심할 지경으로 놀라면서 급히 서두는 말로 상대방의 말을 끊다가, 서로 뒤섞이는 그들의 대화에 합창이 이어지면서 [84] 두 사람이 서로의 품으로 뛰어든다. 잠시 후 빌르빠리지 부인이 조심스럽게 할머니 곁을 떠나려 하였고, 이번에는 반대로 할머니가 점심때까지 그녀와 함께 있기를 원하였다. 그녀가 어떻게 우리들보다 우편물을 더 일찍 받는지, 그리고 좋은 고기구이를 어떻게 구할 수 있는지 등을 여쭈어보시고 싶어서였다(식도락가였던 빌르빠리지 부인이 호텔 음식을 매우 못마땅해 하였고, 할머니 또한, 항상 쎄비녜 부인의 한 구절을 인용하시면서, 그 음식을 가리켜 '굶어죽게 할 화려함'[85]이라고 하셨기 때문이다). 그리하여 후작 부인이 그 이후부터는, 자기의 음식이 준비되기를 기다리는 동안, 습관적으로 우리들 곁으로 와 앉아서 이야기를 나누게 되었고, 그럴 때마다 우리가 예의상 일어선다든가 하는 어떠한 격식도 차리지 못하게 하였다. 때로는 점심 식사가 끝난 후, 식탁용 칼들이 구겨진 수건들과 함께 식탁포 위에 어지러이 뒹구는 그 불결한 순간에,[86] 우리가 식탁 앞에서 대화를 나누며 자주 지체하는 경우가 고작이었다. 그동안 나는, 발백을 좋아할 수 있도록 내가 육지의 가장 먼 끝에 와 있다는 사념을 온전히 간수하기 위하여,[87] 더 멀리 시선을 던져 오직 바다만을 바라보며 보들레르가 묘사한 현상들을 찾으려 노력하든가, 식탁용 나이프와 포크와는 반대로, 생명이 대양에 몰려들기 시작하던 태초에도, 즉 킴메리에인들[88]의 시기에도 있었던 바다의 괴물 광어(廣魚)[89]류가 우리에게 제공되는 날에만 식탁 위로 시선을 던지곤 하였는데, 무수한 척추들[90]과 푸르고 분홍색인 힘줄들을 구비한 그 괴물의 몸뚱이는, 일찍이 자연에 의해, 그러나 어떤 건축 설계도에 입각하여, 바다의 울긋불긋한 대교회당처럼 축조되어 있었다.

자기가 특별히 존경하며 모시는 장교가 이제 막 들어선 어느 손님을 반기면서 그와 짧은 대화 한 마디를 나누는 것을 보고 그 두 사람이 같은 계층에 속함을 간파하며 기뻐할 뿐만 아니라, 자기의 업소에서 평범한 이발소의 속된 작업에 사회적인, 게다가 귀족적이기도 한, 즐거움이 추가됨을 아는지라, 면도용 비누 주발을 가지러 가면서 미소를 억제하지 못하는 어느 이발사처럼, 에메 또한, 빌르빠리지 부인이 우리들을 만나 옛 친분 되찾는 것을 보더니, 적절한 계기에 자리를 피할 줄 아는 어느 집 안주인의 자랑스러워하는 듯 겸손하고 능숙하게 삼가는 미소를 지으면서, 우리에게 입가심용 물을 가져다주겠다고 하면서 물러갔다. 자기의 식탁에서 맺어진 약혼의 행복을, 그것에 추호의 동요도 주지 않고 감시하는, 흐뭇해지고 감동한 어느 아버지 같기도 했다. 게다가, 어떤 사람이 '아무개 백작'이라는 말을 꺼내기만 해도 안색이 어두워지고 언사가 냉랭하며 무뚝뚝해지는 프랑수와즈와는 반대로, 에메는 누가 작위 가진 사람의 이름을 꺼내기만 하여도 행복한 기색을 보였다. 그렇다 하여 프랑수와즈가 귀족 신분을 소중히 여김에 있어 에메만 못했다는 뜻은 아니다. 오히려 그보다 더 귀족 신분을 귀하게 여겼다. 또한 프랑수와즈는, 다른 이들에게서 발견될 경우 그녀가 가장 큰 단점들 중 하나로 여기던 품성을 가지고 있었으니, 그것은 그녀의 자긍심이 강했다는 점이다. 그녀는 호감을 주며 순박한, 에메가 속해 있던 그런 부류의 사람이 아니었다. 에메와 같은 사람들은 누가 자기들에게 다소나마 자극적인, 그러나 널리 알려지지 않은, 즉 신문에 게재되지 않은 사건을 이야기해주면, 강렬한 기쁨을 느끼고 또 그것을 밖으로 드러낸다. 반면 프랑수와즈는 어떠한 이야기를 들어도 놀라는 기색을 보이려 하지 않았다. 혹시 어떤 사람이 그녀 앞에서, 그녀가 그 존재조차도 모르는 오스트리아의 황태자 루돌프[91]가, 흔히들 믿듯 죽은 것이 아니라 살아 있다고 말하였다면, 그녀는 마치 자기가 그것을 오래전부터 알고 있었다는 듯이 '그래요'라고 대꾸하였을 것이다. 뿐만 아니라, 자기가 그토록 겸허하게 자기의 주인님들이라 부르며, 자기를 거의 완전히 굴종시킨 우리들의 입에서 나오는 귀족이라는 말조차 치미는 노여움을 간신히 억누르면서야 듣던 것으로 보아, 그녀의 가문이 그 고향 마을에서는 상당히 넉넉하고 독립적인 지위를 누렸을 것이고, 그러한 지위가, 그녀와는 정반대인 에메 같은 사람을 어린 시절부터 하인으로 부렸거나 자비심에 이끌려 거두어 준 귀족들에 의해서만 흔들렸을 것이라고 생각할 수도 있었다. 따라서 프랑수와즈가 보기에는, 빌르빠리지 부인에게, 자신이 귀족인 사실에 대하여 용서를 구해야 할 의무가 있다고 여겨졌을 것이다. 하지만, 적어도 프랑스에서는, 용서 받는 것이 지체 높은 나리들과 귀부인들이 갖추어야 할 가장 중요한 수완일 뿐만 아니라 그들의 유일한 관심사이다.[92] 프랑수와즈는, 자기네 상전들과 다른 사람들의 관계에 대하여 끊임없이 단편적인 관찰사항들을 수집하여 그것들로부터―인간이 짐승들의 생태에 관하여 그러듯이―때로는 왜곡된 귀납적 결론을 이끌어내는 하인들의 경향에 이끌려, 걸핏하면 어떤 사람이 우리에게 '결례를 범했다'고 여기곤 하였는데, 그녀가 그러한 결론에 도달한 것은, 우리에게로 향한 그녀의 지나친 애정 못지않게, 그녀가 우리에게 불쾌감을 주면서 느끼던 즐거움에도 이끌렸기 때문이다. 그러나 빌르빠리지 부인이 우리에게는 물론 자기에게까지 베풀던 세심한 배려를 정확히 간파한 후에는, 프랑수와즈가 그녀의 후작이라는 신분을 용서하였고, 그녀 또한 그러한 프랑수와즈의 마음에 고마워하기를 멈추지 않았던지라, 프랑수와즈가 우리와 교분 맺은 모든 사람들 중 그녀를 가장 좋아하게 되었다. 프랑수와즈가 그랬던 것은 또한, 어떤 사람도 후작 부인만큼 한결같이 우리에게 친절하지 못하였기 때문이기도 했다. 빌르빠리지 부인이 읽던 책에 대하여 할머니께서 스치듯 가볍게 한 말씀 하시든가, 혹은 그녀가 어느 친구로부터 받은 과일들이 아름답다고 하시면, 그럴 때마다 한 시간쯤 후에는 그녀의 심부름꾼 시종이 우리들의 방으로 책이나 과일을 가지고 올라오곤 하였다. 그리고 우리가 그녀를 다시 만나 사의를 표하면, 어떤 유용성에서 자기 선물의 명분을 찾으려는 듯한 기색으로 다음과 같이 대꾸하는 것으로 그치곤 하였다. "걸작품은 아니지만, 신문들이 늦게 도착하니, 무엇이 되었건 읽을거리가 있어야 해요." "해변에서는 항상 믿을 수 있는 과일들을 준비해 두는 것이 신중하지요."

"그런데 뵙자니 굴은 전혀 잡숫지 않는 것 같더군요." 빌르빠리지 부인이 우리들에게 말하였다(그 말이, 내가 그 시각이면 느끼던 식욕부진 증세를 심화시켰는데, 굴의 살아 있는 살이 나에게 혐오감 안겨 주는 현상이, 해파리의 끈적거림이 발백 해변을 더럽히는 현상보다도 더 심했기 때문이다). "이 해안에서 나는 굴이 정말 감미로워요! 아! 저의 침실 시녀에게, 제 편지 가지러 가는 길에 부인의 편지도 함께 가져오라고 해야겠어요. 도대체 어떻게 따님께서는 '날마다' 부인께 편지를 쓰시나요? 두 분께서는 나누실 말씀을 도대체 어떻게 찾아내시나요?"

할머니가 그 말에 아무 대꾸 하시지 않았으나, 엄마에게 쎄비녜 부인의 다음 구절들을 자주 인용하시던 점을 감안하면, 그 말을 아예 무시하신 것으로 생각할 수도 있다. "네 편지를 받기 무섭게 너의 다른 편지가 기다려지는구나. 너의 편지를 받을 때만 내가 호흡하니 말이다. 내가 느끼는 것을 이해할 만한 인품 갖춘 이 거의 없단다."[93] 그리하여 나는, 할머니께서 쎄비녜 부인의 다음과 같이 맺는 말을 빌르빠리지 부인에게도 적용하시지 않을까 두려웠다. "나는 그 희귀한 사람들을 찾을 뿐, 다른 사람들은 피한단다." 할머니는 빌르빠리지 부인이 전날 우리에게 보낸 과일들에 대한 찬사로 대화의 방향을 바꾸셨다. 그 과일들이 정말 어찌나 아름다웠던지, 자기가 제공한 과일 접시들이 우리들에 의해 무시되어 마음이 상하였음에도 불구하고, 지배인이 나에게 다음과 같이 말하기도 하였다. "저 역시 손님처럼 다른 어떤 후식보다 과일을 좋아합니다." 할머니께서는 당신의 친구분에게, 호텔에서 식탁에 올리는 과일들이 하도 고약하여, 그만큼 보내주신 과일이 더 맛있었노라고 하시면서 다음 말씀을 덧붙이셨다. "우리가 어떤 변덕에 사로잡혀 저질 과일을 먹고 싶은 생각이 들더라도, 쎄비녜 부인처럼, 그것을 빠리에서 보내도록 할 수밖에 없다는 말은 제가 할 수 없지요."[94]—"아! 그렇지요, 쎄비녜 부인을 읽으시지요. 뵙자니 이곳에 도착하신 첫날부터 그녀의 『서한집』을 가지고 다니시더군요(그녀는 자기가 그 출입구에서 할머니와 마주치기 전에는 할머니를 본 적 없다는 사실을 망각하고 있었다).[95] 딸에 대한 그 근심이 조금 과장되었다고 생각되지 않으세요? 딸에 대한 근심이 너무 심하여 진실한 것 같지 않아요. 그녀의 어조에 자연스러움이 결여되어 있어요." 할머니는 토론이 부질없다 여기셨고, 따라서 이해하지 못하는 사람 앞에서 좋아하시는 것에 대하여 이야기하는 일을 피하시기 위하여 『보쎄르쟝 부인의 회고록』 위에 당신의 손가방을 넌지시 올려놓으시어 그것을 감추셨다.

아름다운 모자를 쓰고 많은 사람들의 시선을 끌면서 프랑수와즈가 '시종들의 방에서 점심을 먹기 위해' 내려가던 순간(프랑수와즈는 그 순간을 가리켜 '정오'라고 하였다), 빌르빠리지 부인이 혹시 그녀와 마주치면 그녀를 잠시 불러 세워 우리의 안부를 묻곤 하였다. 그러면 프랑수와즈가 후작 부인의 분부를 우리에게 다음과 같이 전하였다. "그분께서 말씀하셨어요. '나의 인사를 틀림없이 전하시게.'" 그녀는 빌르빠리지 부인의 말을 가감 없이 우리에게 전한답시고 부인의 음성까지 흉내내었지만, 플라톤이 쏘크라테스의 말을 혹은 성 요한이 예수의 말을 변형시킨 것 못지않게 그 말을 멋대로 변형시키곤 하였다.[96] 프랑수와즈는 물론 그러한 관심에 크게 감동하였다. 하지만 고작 그랬을 뿐, 할머니께서 빌르빠리지 부인이 전에는 고혹적으로 아름다웠노라고 하시자, 부유한 사람들끼리는 서로를 거드는 법이라 할머니께서 당신의 계층을 옹호하기 위하여 거짓말을 하신다고 생각하여, 그녀가 할머니 말씀을 믿지 않았다. 지극히 미약한 잔해만 존속하고 있었던 것은 사실이어서, 프랑수와즈 보다 더 예술적인 소양을 갖추지 못한 이상, 그것으로 파괴된 아름다움을 복원할 수는 없었을 것이다. 왜냐하면, 하나의 늙은 여인이 과거에 얼마나 아름다웠는지를 깨닫기 위해서는, 단지 바라보기만 해서는 아니 되며, 윤곽 하나 하나를 번역해야[97] 하기 때문이다.

"혹시 그녀가 게르망뜨 가문과 어떤 인척관계가 아닌지, 내가 혹시 잘못 본 것인지, 잊지 말고 한번 물어보아야겠다." 할머니께서 나에게 말씀하셨고, 나는 그 말씀에 분개하였다.[98] 하나는 일상적 경험이라는 천하고 수치스러운 문을 통하여, 다른 하나는 상상이라는 황금의 문을 통하여, 나의 내면으로 들어온 두 가문의 명칭들이 근원을 공유하고 있으리라고 내가 어찌 믿을 수 있었겠는가?

며칠 전부터, 그 고장에 휴양하러 온 키 크고 모발 적갈색이며 조금 우뚝한 코에 아름다운 뤽상부르 대공 부인이, 화려한 사륜마차를 타고 자주 지나가는 것이 사람들의 눈에 띄었다. 어느 날 그녀의 사륜마차가 호텔 앞에 멈추더니, 시종 하나가 지배인에게 와서 무슨 말을 한 후 마차로 돌아가, 경이로운 과일들(단 하나의 바구니 속에다 그곳 내포처럼 여러 계절을 모아놓고 있던)을 '뤽상부르 대공 부인'이라는 명함과 함께 지배인에게 가져왔고, 명함에는 연필로 몇 마디가 적혀 있었다. 그 순간 둥글게 부풀어 오른 바다의 풍만함이 그랬던 것처럼 청록색이고 반짝이며 둥근 오얏들과, 청명한 가을날처럼 마른 덩굴에 매달린 투명한 포도와, 천상의 군청색 배 등 그 과일들⁹⁹⁾이, 그 호텔에 익명으로 투숙하고 있던 어떤 왕족에게로 갈 것들이었을까? 대공 부인이 방문하고자 했던 인물이 할머니의 친구일 수는 없었으니 말이다. 하지만 다음 날 저녁, 빌르빠리지 부인이 우리에게 싱싱하고 황금빛 감도는 포도송이와 오얏들과 배들을 보냈고, 비록 오얏들은, 우리의 저녁 식사 시간에 바다가 그렇듯, 연보라색으로 변하였으며 배들의 군청색 위로는 분홍빛 띤 몇몇 구름 형태들이 부유하고 있었으되, 우리들은 그 과일들이 전날 보았던 것임을 알아차렸다. 며칠 후, 아침마다 해변에서 개최되던 교향악단 연주회가 끝났을 때, 연주회장에서 나오던 길에 우리는 빌르빠리지 부인과 마주쳤다. 내가 그곳에서 들은 작품들(『로헨그린』의 전주곡, 『탄호이저』 서곡 등)이 지고(至高)의 진리들을 표현하였으리라 확신한 나는, 그 진리들에 도달하려 노력하면서, 그것들을 이해하기 위하여, 그 시절 나의 내면에 은밀히 지니고 있던 가장 소중하고 심오한 것을 이끌어내 그것들에게 위임하고 있었다.

그런데 연주회장에서 나와 다시 호텔로 돌아가던 중, 우리들을 위하여, 즉 할머니와 나를 위하여, 호텔에 치즈 곁들인 햄샌드위치와 크림 곁들인 계란을 주문해 놓았다고 한 빌르빠리지 부인과 방파제 위에 잠시 멈추어 몇 마디 이야기를 나누고 있을 때, 자신의 늘씬하고 경이로운 몸뚱이에 특유의 가벼운 경사가 생기도록, 또한 어깨 처지고 등 치켜올려졌으며 엉덩이 홀쭉하고 다리 곧게 편 자기들의 몸뚱이로 하여금, 그 몸뚱이를 종으로 관통하였을 듯한 뻣뻣하고 비스듬하며 보이지 않는 막대 둘레에서 그것을 휘감으며 스카프처럼 부드럽게 일렁이도록 할 줄 알았던 제정 시절 미인들이 그토록 귀하게 여기던 그 아라베스크적 우아한 곡선을 자신의 몸뚱이가 그리도록, 양산에 살짝 의지한 채 우리들 쪽으로 오고 있던 뤽상부르 대공 부인이 멀리 내 눈에 띄었다. 그녀는 매일 아침나절, 모든 사람들이 해수욕을 마치고 점심을 먹으러 가던 거의 그 시각에 해변으로 산책을 나왔고, 점심은 한 시 반이나 되어야 먹는지라, 해수욕객들이 황량하고 햇볕에 이글거리는 방파제를 떠난 지 한참 후에나 자기의 별장으로 돌아가곤 하였다. 빌르빠리지 부인이 할머니를 그녀에게 소개한 다음 나를 소개하려 하였으나, 먼저 나의 성명을 물을 수밖에 없었다. 나의 성명을 기억하지 못하였기 때문이다. 그녀가 아마 나의 성씨를 아예 안 적도 없었거나, 혹은 여하튼, 나의 할머니께서 당신의 따님을 어떤 성씨를 가진 사람과 혼인시켰는지를 이미 여러 해 전부터 잊고 있었을 것이다. 내가 나의 성명을 말씀 드리자, 빌르빠리지 부인이 몹시 놀라는 기색이었다. 한편 뤽상부르 대공 부인이 우리에게 악수를 청하였고, 가끔, 후작 부인과 이야기를 나누는 중에도, 그녀가 고개를 돌려 할머니와 나에게 부드러운 시선을 던졌으며, 그 시선에는 유모와 함께 있는 아기를 향해 미소를 지을 경우 그 미소에 덧붙이는 입맞춤의 초기 징후가 어려 있었다. 심지어, 우리들보다 자기가 높은 권역에 군림한다는 인상을 주지 않으려는 자신의 의도에도 불구하고, 틀림없이 거리를 잘못 계산하였음인지, 그녀의 시선에 조절의 오류에 기인한 다정함이 어찌나 짙게 스며 들어 있었던지, 나는 그녀가 우리들을, 마치 불론뉴 숲 동물원에서 철책 사이로 그녀를 향해 머리를 내밀었을 두 마리의 붙임성 있는 짐승들에게 그러듯, 손으로 쓰다듬어 줄 순간이 다가오고 있다고 생각하였다. 또한 그 직후, 불론뉴 숲의 짐승들과 관련된 사념이 나에게는 더욱 확실해졌다. 행상인들이 과자와 사탕과 기타 작은 케익 등을 판다고 외쳐대며 방파제 위로 돌아다니는 시각이었다. 우리들에게 자기의 호의를 어떻게 표해야 좋을지 몰랐던지, 대공 부인이 제일 먼저 우리들 앞을 지나가던 행상인을 불러 세웠다. 그에게는, 사람들이 흔히 오리들에게 던져주는 것과 유사한, 호밀빵밖에 남지 않았다. 대공 부인이 그것을 집어 들더니 나에게 말하였다. "이것은 할머니 몫이에요." 그러면서도 미묘한 미소를 지으면서 그것을 나에게 내밀었고, 그 순간 다시 나에게 말하였다. "할머니에게 직접 드려요." 나와 짐승들 사이에 다른 중개자가 없으면 나의 즐거움이 더욱 완벽할 것이라고 생각하였던 모양이다. 다른 상인들이 다가왔고, 그녀가 작은 원뿔 모양의 와플, 럼주 가미된 카스테라, 보리사탕 등 그들이 가지고 있던 것들을 꾸러미째로 나의 주머니에 넣어주면서 말하였다. "이것들 먹고 할머니도 잡수시게 해요." 그런 다음, 어디엘 가든 그녀를 따라다니며 해변에서 사람들의 경탄을 자아내던, 붉은색 새틴 복장을 한 어린 검둥이로 하여금 상인들에게 물건 값을 지불하게 하였다. 그러고 나서 그녀가 빌르빠리지 부인에게 작별을 고하였고, 우리들을 자기의 친구 대하듯, 즉 친숙하게, 대하고 우리와 서먹한 거리를 두지 않을 의도로, 다시 우리에게 악수를 청하였다. 하지만 이번에는, 그녀가 우리들을 인간 사다리의 조금 덜 낮은 가로장 위에 올려놓았음이 틀림없었던 바, 그녀가 우리와 평등하다는 점이, 어느 개구쟁이에게 마치 어른에게 하듯 작별 인사를 할 때 아이에게 보내는, 다정하고 모성애 넘치는 미소를 동원한 대공 부인에 의해 할머니에게 전달되었으니 말이다. 하나의 경이로운 진전 덕분에, 할머니는 더 이상 한 마리 오리나 영양(羚羊)이 아니었고, 이미 스완 부인이 '베이비(baby)'라고 부르던 것이 되어 있었다. 이윽고 우리 세 사람 곁을 떠난 대공 부인이, 접어서 손에 들고 있던 하늘색 무늬 찍힌 하얀 양산에, 막대기를 휘감고 있는 뱀처럼 스스로를 얽어매고 있던 자신의 화려한 몸매를 일렁이게 하면서, 햇볕 내리쬐는 방파제 위에서 다시 산책길에 올랐다. 그녀가 내가 만난 첫 왕족이었으니, 그녀를 첫 왕족이라 하는 이유는, 이미 만난 적 있는 마띨드 공주가 외면적으로는 전혀 왕족의 태를 부리지 않았기 때문이다. 훗날 알게 되겠지만, 내가 만난 두 번째 왕족 여인 역시 그 호의로 나에게 못지않은 놀라움을 안겨 주게 되어 있었다. 군주들과 평민들 사이에서 호의적인 중개자 역할을 하는 지체 높은 나리들이 보이는 친절의 한 형태를, 다음 날 빌르빠리지 부인이 우리들에게 다음과 같은 말을 하였을 때, 내가 비로소 알게 되었다. "그녀가 두 분 모두 매력적이라 하더군요. 식별력 뛰어나며 인정 많은 여인이지요. 다른 숱한 여왕이나 왕족 여인들과는 같지 않아요. 진정한 자질을 갖춘 여인이에요." 그러더니, 확신에 찬 기색으로, 또한 우리에게 그 말 할 수 있는 것이 황홀하다는 듯, 한마디를 덧붙였다. "제가 믿거니와, 두 분을 다시 만나면 그녀가 무척 기뻐할 거예요."

하지만 바로 그날 오전, 뤽상부르 대공 부인이 우리들 곁을 떠난 직후, 빌르빠리지 부인이 나에게, 나를 몹시 놀라게 한 그리고 우리에 대한 친절과는 관련이 없는 말을 하였다.

"혹시 당신이 외무성 국장님의 아드님이신가요? 아! 부친께서 매력적인 분이신 모양이에요. 그분이 멋진 여행길에 오르셨지요."

그 며칠 전, 우리들은 엄마의 편지를 통해, 아버지와 여행 동료인 노르뿌와 씨 두 분이 여행짐을 잃어버리셨다는 소식을 들었다.

"그것들을 다시 찾았다는군요. 아니, 그것들을 잃어버린 것이 아니었다는군요." 어떻게인지는 모르되, 그 여행에 대하여 우리들보다 더 세세히 알고 있는 듯한 빌르빠리지 부인이 우리에게 말하였다. "부친께서는 귀국을 앞당겨 다음 주에 돌아오실 것 같아요. 알헤씨라스[100]에 가시는 것은 아마 포기하신 모양이에요. 하지만 하루쯤 일정을 연장하여 똘레도를 방문하시고 싶은 모양인데, 띠 치아노의 어느 제자가 그린 작품들을 무척 좋아하시기 때문이라는군요. 그 제자의 이름은 기억하지 못하지만, 그의 작품들을 그 곳에서만 볼 수 있다고 하더군요.[101]"

그리하여 나는, 빌르빠리지 부인이 자기가 아는 사람들의 무리가 시늉뿐이고 미미하며 모호하게 굼실거리는 것을 상당히 먼 거리에서 무심히 바라볼 때 사용하는 망원경 속에, 아버지의 모든 장점들과 아버지로 하여금 귀국하실 수밖에 없도록 한 우발적인 사건들과 아버지께서 세관에서 겪으신 귀찮은 일들과 그레꼬에 대한 아버지의 각별한 취향 등을 그토록 상세하게 부각시켜 그녀에게 보여주고, 그녀를 위하여 그 배율(倍率)이 스스로 바뀌어, 귀스따브 모로가 어느 가냘픈 여인 옆에 그려 놓은 초인적인 체구 가진 유피테르처럼,[102] 다른 미세한 모든 사람들 가운데에서 오직 홀로 거대한 그 남자를 그녀에게 보여주던 경이로운 확대경 유리 한 조각이, 도대체 어떠한 우연에 의해서[103] 렌즈의 그 지점에 끼어 있었는지 의아해하지 않을 수 없었다.

우리의 점심 식사가 준비되었다고 유리창을 통해 우리에게 신호를 보낼 때까지 호텔 앞에서 기다리면서, 잠시 대기를 더 호흡할 수 있도록, 할머니께서 빌르빠리지 부인과 헤어지셨다. 그때 떠들썩한 소리가 들려왔다. 해수욕을 마치고 점심을 먹기 위하여 돌아오던, 야만인들의 왕 노릇 하던 사람의 젊은 정부 때문에 생긴 소동이었다.

"정말이지 이건 재앙이야, 프랑스를 아예 떠나든지 해야겠어요!" 마침 우리들 곁을 지나던 변호사 협회장이 몹시 성난 목소리로 투덜거렸다.

그러는 동안에도 공중인의 아내는 휘둥그레진 눈을 그 엉터리 왕비로부터 떼지 못하고 있었다.

"저따위 사람들을 저렇게 바라보는 블랑데 부인이 나의 화를 얼마나 심하게 돋우는지, 이루 다 말씀드릴 수 없소이다." 변호사 협회장이 법원장에게 말하였다. "그녀의 따귀를 한 번 후려치고 싶은 심정이오. 사람들이 저따위 잡년[104]이 무엇인 양 관심을 갖는 것은 저러한 태도 때문이며, 저 잡년은 당연히 사람들이 자기에게 관심 갖기만을 바라는 것이오. 그러니 그녀의 남편에게 말씀하시어, 저러한 태도가 우스꽝스럽다고 그녀에게 경고하도록 하시오. 나는, 그 두 내외가 계속 저 엉터리들에게 관심 표하는 척하면, 더 이상 그 사람들과 어울리지 않겠소."

과일을 가져오던 날, 자기의 마차가 호텔 앞에 멈추어 서게 하였던, 뤽상부르 대공 부인의 방문 또한, 이미 얼마 전부터, 모두들 그토록 정중하게 대접하는 그 빌르빠리지 부인이라는 여자가 일개 뜨내기가 아니라 정말 후작 부인인지 알고 싶어 조바심하던, 공증인의 처를 비롯한 변호사 협회장의 처와 법원장의 처 등으로 이루어진 소집단의 눈을 피하지 못하였으며, 그 마님들께서는, 후작 부인이 그러한 대접 받을 자격이 없다는 말 듣고 싶은 마음에 안달을 하고 있었다. 그리고 빌르빠리지 부인이 홀을 가로질러 지나갈 때면, 자유분방한 여인들을 볼 때마다 코를 쿵쿵거리며 냄새를 맡으려 하던 법원장의 처가, 하던 일을 멈추고 코를 쳐들어 그녀를 응시하였으며, 그 쳐다보는 태도에, 같은 무리 여인들이 자지러지게 웃곤 하였다.

"오! 다들 아시다시피 저는 항상 못된 측면부터 생각하는 것으로 시작하지요." 그녀가 거만하게 말하였다. "저는 어떤 여자가 정말 결혼하였다고 하여도, 호적초본과 혼인증명서를 보아야만 인정해요. 여하튼 걱정들 마세요, 제가 넌지시 조사해 보겠어요."

그리하여 날마다 그 마님들이 웃으면서 그녀에게로 몰려와 말하곤 하였다.

"새로운 소식 들으러 왔어요."

그러나 뢱상부르 대공 부인의 방문이 있던 날 저녁에는, 법원장의 처가 자기의 손가락을 입술 위에 얹으며 말하였다.

"알려드릴 새로운 것이 있어요."

"오! 뽕쌩 부인, 정말 대단하세요! 당신 같은 분은 처음이에요…. 어서 말씀해 보세요, 어떤 것을 알아내셨어요?"

"좋아요, 노랗게 염색한 머리에 낯짝에는 루즈를 잔뜩 처바르고, 항상 그런 여자들이나 타고 다니는, 더러운 냄새가 일 리으나 길게 이어지는 마차를 탄 여자 하나가, 오늘 오후 그 자칭 후작 부인을 보러 왔지요."

"저런, 저런, 저런! 맙소사! 그것 보시오! 생각나지요, 변호사 양반, 우리가 본 바로 그 귀부인이오. 우리들도 매우 수상쩍다고는 생각하였지만, 그녀가 후작 부인을 보러 왔었다는 사실은 몰랐어요. 검둥이 하나를 대동한 여인 아닙니까?"[105]

"바로 그 물건이에요."

"아! 그렇군요. 혹시 그녀의 이름은 모르십니까?"

"물론 제가 알아냈지요. 실수를 가장해 그녀의 명함을 슬쩍 얹었는데, 내세운 칭호가 뢱상부르 대공 부인이더군요! 제가 의심하는 것이 당연하지 않나요? 여기에 와서 '앙주 남작 부인'[106]과 같은 부류와 잡거(雜居)하게 되었으니 정말 유쾌한 일이에요!"

변호사 협회장이 마뛰랭 레니에의 이름을 들먹이면서 법원장의 귀에 '마쎄뜨'라고 소곤거렸다.[107]

또한 그러한 오해가, 어느 통속적 희극의 제2막에서 발생하였다가 마지막 장면에서 해소되는 오해들처럼, 일시적인 것이라고 믿어서는 아니 된다. 잉글랜드 국왕 및 오스트리아 황제의 질녀인 뤽상부르 대공 부인이, 빌르빠리지 부인과 함께 마차를 타고 바람을 쐬러 나가기 위하여 후작 부인을 데리러 올 때마다, 그 두 귀부인이, 유명 휴양지에서 마주치지 않을 수 없는 퇴물 화류계 여인들 취급을 받았다. 쌩-제르맹 구역 귀족 남자들 중 사분의삼이, 중산층의 상당 부분 사람들의 눈에는, 방탕한 빈털터리인지라(개중에는 실제로 그런 사람들이 있는 것도 사실이다) 아무도 어울리려 하지 않는 이들로 보인다. 그러한 면에서는 중산층 사람들이 지나치게 고지식하다 할 수 있으니, 그 방탕한 귀족들의 흠절들로 인하여, 중산층 사람들은 결코 받아들여지지 않을 곳에서,[108] 그 귀족들이 환대를 받지 못하는 경우는 전혀 없을 것이니 말이다. 또한 귀족들은 중산층 사람들이 그러한 사실을 알고 있으리라 확신하는지라, 자신들의 흠절과 관련하여 천진스러울 만큼 솔직한 태도를 보이는 척할 뿐만 아니라, 유난히 '궁핍한' 자기들의 친구들을 비방하는 척하여, 중산층 사람들의 오해를 심화시킨다. 그리하여 상류 귀족 계급에 속하는 어떤 사람이, 매우 부유한지라 우연히 거대 금융회사를 이끌게 되어 혹시 중산층 사람들과 관계를 맺을 경우, 드디어 부유층 평민 자격 갖춘 귀족 하나를 발견하게 된 중산층 사람들은, 친절하게 굴수록 그만큼 더 소외될 것이라고 자기들이 생각하는, 파산한 노름꾼 후작 따위와는 그가 상종하지 않을 것이라 확신하게 될 것이다. 하지만 그들은, 거대 회사의 대표이사직에 있는 어느 공작이, 왕자로 하여금 공화국의 현직 대통령의 딸보다는 퇴위당한 왕의 딸을 아내로 맞게 하는 어느 군주처럼, 프랑스에서 가장 유구한 가문의 칭호를 가진 어느 도박꾼 후작의 딸을 자기 아들의 아내로 삼는 것을 보고 어리둥절하게 될 것이다. 그러한 현상은 다시 말해, 그 두 세계가 서로에게서 포착하는 경관이, 발백 만의 한쪽 끝에 위치한 해안에 사는 주민들이 다른 쪽 끝에 있는 해안에서 포착하는 경관 못지않게 순전히 공상적이라는 뜻이다. 예를 들어, 리브벨에서 바라보면 마르꾸빌-로르퀘이으즈[109]가 조금 보이지만, 바로 그러한 사실 자체가 착각을 유발하여, 마르꾸빌에서도 리브벨이 보일 것이라고 믿되, 그와는 반대로, 리브벨의 화려함 중 대부분은 보이지 않는다.

나의 몸에 발열이 심하여 부른 발백의 의사가, 더운 날 온종일 뙤약볕을 쬐며 해변에 머물면 아니되겠다고 하면서 몇 가지 약을 처방해 주었고, 할머니께서 공손히 처방전을 받아드셨지만, 나는 그 처방전대로 하시지 않으려는 할머니의 단호한 결심을 즉각 간파하였다. 할머니께서는 위생에 관한 의사의 조언은 참작하시면서도, 우리들을 마차에 태우고 바람을 쐬러 가겠다는 빌르빠리지 부인의 제안을 수락하셨다. 나는 점심 식사 전까지, 내 방과 할머니의 방 사이를 끊임없이 오락가락하였다. 할머니의 방은 나의 방처럼 직접적으로 바다에 면해 있지 않고, 방파제 한 귀퉁이와 내정(內庭) 그리고 들판 등 세 방향으로부터 햇빛이 들어왔으며, 가구들 또한 나의 방과는 달라, 안락의자들에는 가느다란 금속줄 무늬와 분홍색 꽃들이 수놓여 있어, 그 방에 들어서면서 느끼는 상쾌하고 신선한 냄새가 그 꽃들에서 발산되는 것 같았다. 또한, 마치 하루 중 각각 다른 시각에 비추듯 여러 방면으로부터 온 햇살들이, 벽과 벽 사이의 각(角)을 허물고, 해변의 반사광을 오솔길에 핀 꽃들처럼 알록달록한 임시제단과 나란히 서랍장 위에 놓고, 금방이라도 다시 날아오를 듯한 한 점 밝은 빛의 파르르 떠는 그리고 따스한 접힌 날개들을 칸막이 벽에 걸어 늘어뜨리고, 태양이 포도밭처럼 꽃무늬로 장식하고 있던 작은 안뜰 쪽으로 향한 창문 앞에 펼쳐진 시골풍 융단 한 조각을 목욕물인 양 덮히고, 안락의자들의 꽃무늬 비단을 벗기고 장식끈들을 떼어내는 척하여 치장용 가구들의 매력과 장식적 복합성을 증대시키고 있던 그 시각, 외출복으로 갈아입기 직전에 내가 가로지르곤 하던 그 방은, 마치 밖으로부터 들어온 빛의 색깔들이 분화되는 프리즘, 혹은 내가 맛보려 하고 있던 그날의 정수(精髓)가 해리(解離)되고 흩어져 나를 미리 도취시키며 가시적으로 변하게 한 벌통, 혹은 은빛 햇살과 장미 꽃잎들의 팔딱임 형태로 용해되고 있던 희망의 정원 등과 같았다.[110] 하지만 나는 다른 모든 일에 앞서, 그날 아침 해변에서 어느 네레이스[111]처럼 놀고 있을 바다의 상태가 어떤지 알고 싶어, 조바심에 사로잡힌 채 내 방의 커튼을 걷어 젖혔다. 그 바다들[112]이 단 하루도 머무는 일이 없었기 때문이다. 다음 날이면 다른 바다가 나타났고, 때로는 전날의 것을 닮기도 했다. 그러나 나는 똑같은 것을 본 적이 없다.

 그것들 중, 그 아름다움이 하도 희귀하여, 보는 순간 놀라움으로 인해 나의 희열이 더욱 증대되게 하는 것들도 있었다. 도대체 어떤 특전 때문에, 다른 날 아침이 아닌 어느 특정한 날 아침에만, 창문이, 스스로 살짝 열리면서, 경이로움에 휩싸인 나의 두 눈 앞에, 그 게으르고 나른하게 숨 쉬는 아름다움이 안개 서린 에메랄드의 투명함(그 투명함을 통해, 에메랄드에 색깔을 부여하던 무게 가늠할 수 있는 성분들이 나의 눈에 보였다)을 띠곤 하던 넘과 글로코노메[113]를 드러내놓았단 말인가? 그녀는, 나머지 다른 부분은 아예 다듬지도 않고 돌덩이 위에 조각가가 돋보이게 조각하는 여신상들처럼[114] 더욱 간략하고 인상적으로 변한 자기의 반투명성 표면에 마련된 빈 공간에 불과했던, 보이지 않는 안개 한 자락에 가려진 나른한 미소로 태양을 희롱하고 있었다. 그렇게, 자기의 독특한 색깔을 드러내면서, 그녀가 우리에게 내륙의 거친 촌길을 따라 산책을 나서라고 권하였으며, 우리들은, 빌르빠리지 부인의 사륜마차에 편안히 앉아, 그녀에게는 결코 도달하지 못한 채 그녀의 나른한 흔들림에서 발산되는 신선함을 멀리서 온종일 바라보게 될 참이었다.

빌르빠리지 부인은, 우리들이 쌩-마르스-르-베뛰나 께똘름므의 바위 언덕 혹은 다른 목적지 등, 비교적 느린 마차로 가기에는 상당히 멀어 꼬박 하루가 소요되는 곳까지 갈 수 있도록, 마차를 일찍 대기시키곤 하였다. 우리가 곧 떠날 먼 소풍길을 생각하며 즐거워진 나는, 얼마 전에 유심히 들어 두었던 곡 하나를 콧노래로 불렀고, 빌르빠리지 부인이 준비를 마칠 때까지 기다리면서 호텔 앞을 오락가락 하였다. 그것이 일요일일 경우, 호텔 앞에 그녀의 마차만 있었던 것은 아니다. 삯마차 여러 대가, 훼떼른느 성의 깡브르메르 부인 댁에 초대된 사람들뿐만 아니라, 발백에서는 일요일이 지루한 날이라고 하면서, 벌 받는 아이들처럼 그곳에 처박혀 있기 보다는, 점심 식사를 마치기 무섭게 그곳을 떠나 인근 해변으로 잠적하거나 다른 경관을 보러가는 사람들도 기다리곤 하였다. 그리고 심지어, 혹시 어떤 사람이 블랑데 부인에게 깡브르메르 씨 댁에 가보았느냐고 물으면, 그녀가 단호한 어조로 이렇게 대꾸하는 경우도 자주 있었다. "아뇨, 우리들은 백에[115] 있는 폭포를 보러 갔으니까요." 그것이 훼떼른느에서 그날 하루를 보내지 않은 유일한 이유였다는 듯한 어투였다. 그러면 변호사 협회장이 동정하는 듯한 어투로 빈정거리듯 말하였다.

"부럽군요, 그럴 수만 있었다면 제가 부인 대신 그곳에 갔을 것입니다. 그것은 또 하나의 다른 재미지요."

내가 기다리며 서 있던 정문 앞에 세워 놓은 마차들 옆에, 제복 입은 어린 종업원 하나가 한 그루 희귀종 관목처럼 그곳에 뿌리를 내린 듯 서 있었고, 그의 식물 껍질 같은 살갗 못지않게 그의 색깔 짙은 모발의 조화가 보는 이들의 눈에 강한 인상을 주었다. 로마네스크 양식 교회당들의 영세 지망자들의 예배소[116] 같은, 투숙객 이외의 사람들도 들어갈 수 있는 정문 안쪽 대기실과 이어지는 홀 안에서도, 바깥에 있던 소년 종업원의 동료들이 더 많은 일을 하고 있지는 않았으되, 적어도 이런저런 움직임은 보이고 있었다. 그들이 아침에는 십중팔구 청소를 도왔을 것이다. 하지만 오후에는, 더 이상 필요가 없음에도 무대 위에 남아 단역들 수를 늘려주는 합창단원들처럼, 단지 그곳에 머물 뿐이었다. 대표이사는, 즉 나에게 그토록 두려움을 주던 그 사람은, '크게 보고' 있었던지라, 다음 해에는 그들의 수를 크게 늘릴 생각을 하고 있었다. 하지만 그의 결정이 지배인에게 큰 고민을 안겨 주었다. 지배인이 보기에는 그 모든 아이들이 '걱정거리들', 다시 말해 걸리적거리나 하고 아무짝에도 쓸모없는 인원이었기 때문이다. 하지만 그들이 적어도, 젊은 유대족 아가씨들의 복색을 한 맹뜨농 부인의 학생들이 에스테르와 예호야다가 무대를 떠날 때마다 막간극을 공연하듯,[117] 점심시간과 저녁 식사 시간 사이에, 즉 투숙객들이 외출하는 시각과 돌아오는 시각 사이에, 호텔의 한산함을 메꾸어주곤 하였다. 그러나 내가 후작 부인이 내려오기를 기다리고 있던 곳 근처에 있던, 안색 섬세하고 몸매 늘씬하며 가냘픈 외근 종업원은 꼼짝도 하지 않고 서 있었으며, 자기의 형들이 더 찬연한 길을 찾아 호텔을 떠나 버려, 그가 객지에서 고립되었다고 느꼈기 때문인지, 그의 부동성에 우수가 감돌고 있었다. 드디어 빌르빠리지 부인이 도착하였다. 그녀의 마차를 돌보고 그녀가 마차에 오를 때 그녀를 돕는 것이 아마 그 종업원의 직무 중 하나였을지도 모른다. 하지만 그는, 수행원을 대동하고 다니는 인사의 경우 그들의 도움을 받고, 일반적으로 어느 호텔에 투숙하더라도 종업원들에게 팁을 거의 주지 않는다는 점과, 옛 쌩-제르맹 구역 귀족들 또한 그렇다는 점을 알고 있었다. 빌르빠리지 부인은 그 두 부류에 동시에 속해 있었다. 한 그루 관목을 연상시키던 그 종업원은 따라서 후작 부인에게서 기대할 것이 전혀 없다는 결론을 내렸던지라, 호텔 지배인과 그녀의 침실 시녀가 그녀를 마차에 태우고 필요한 물건들을 실어 주도록 내버려 둔 채, 자기 형들의 부러움 받는 운명을 구슬픈 기색으로 동경하면서 자기의 식물성 부동성을 견지하고 있었다.

우리가 산책길에 오르면, 먼저 기차역을 우회한 다음 잠시 후 촌길로 접어들었으며, 얼마 아니 되어 나에게 꽁브레의 산책로들만큼이나 친숙해진 그 길을, 그것이 시작되는 굴곡부부터 매력적인 경작지 울타리들 사이로 따라가다가 어느 모퉁이에 이르러 그 길에서 벗어나면, 양쪽에 갈아놓은 들판이 펼쳐져 있었다. 그 들판 여기저기에 사과나무가 띄엄띄엄 보였고, 나무에 더 이상 꽃은 없이 다만 암술들 다발 하나만이[118] 매달려 있던 것은 사실이나, 그 암술 다발이 나를 매료하기에 충분하였으니, 이제 막 끝난 혼례식장의 융단처럼, 아주 최근에, 홍조 띤 꽃들의 하얀 새틴 웨딩드레스 자락에 의해 짓밟힌, 사과나무 특유의 흉내낼 수 없고 넓은 잎들을 내가 알아보았기 때문이다.[119]

다음 해 5월 빠리에서, 내가 꽃집에 들러 사과나무 가지 한 가닥을 산 다음, 그 꽃들 앞에 앉아 밤을 지새우기 그 몇 번이었던가! 그 꽃들에서는, 아직도 자기의 거품같은 분비물로 잎망울들을 분처럼 뒤덮고 있던 크림질 정수가 피어나고 있었으며, 꽃들의 하얀 화관들 사이에는, 나에 대한 특별한 호의뿐만 아니라 창의적 취향과 기발한 대조를 추구하려는 욕구에 이끌려, 꽃집 주인이 마치 그것들 각개의 양편에 잘 어울리는 분홍색 꽃봉오리 하나씩을 여분으로 덧붙여 놓은 것 같았다. 나는 그것들을 나의 램프 아래에 놓고 응시하면서—내가 어찌나 오랫동안 그러고 있었던지, 여명이 그것들에게, 그 같은 시각 발백에서도 틀림없이 그랬을 것과 같은 홍조를 가져다줄 때까지 여전히 그 자리에 앉아 있던 경우가 빈번했다—그것들을 나의 상상 속에서 그 촌길로 다시 가져가고, 그것들의 수를 증가시키고, 내가 그 윤곽을 가슴속에 간직하고 있던, 그리고 언젠가는 그토록 다시 보기를 열망하던, 특히 봄철이 고유의 다양한 색깔들로 자기의 화포들을 덮으면 꼭 다시 보아야 한다고 생각하던, 그 울타리 두른 경작지들의 준비된 액자 속 화포 위에 그것들을 펼쳐놓으려 궁리하곤 하였다.

마차에 오르기에 앞서 나는, '빛나는 태양'과 어우러진 것을 볼 수 있으리라 기대하던, 그러나 발백에서는 진부한 사유지들과 해수욕객들과 이동식 탈의실들과 요트들에 의해 누더기로 변해 나의 몽상이 용납할 수 없었던, 내가 이제 찾으러 가려 하던 바다 풍경을 미리 구상하곤 하였다. 하지만 빌르빠리지 부인의 마차가 어느 언덕 등성이에 이르러 나뭇잎들 사이로 바다가 보일 때에는, 바다를 자연과 역사의 밖으로 밀어냈던 것 같았던 자질구레한 현대적 사물들이 어찌나 멀리 바다로부터 사라지던지, 나는, 그 물결들을 바라보면서, 그것들이 바로, 르꽁뜨 드 릴르가 『오레스테이아』에서[120] 다음과 같은 구절들로 우리에게 묘사한 그 물결들이라 생각하려 애를 쓰곤 하였다. "'여명 속에 날아 오르는 맹금류들의 날갯짓처럼', 영웅적인 헬라스의[121] 머리털 수북한 전사들이, '노 십만 자루로 요란한 물결을 후려쳤도다.'" 그러나 반면 이제는 내가 바다로부터 너무 멀리 떨어져 있어서, 그것이 더 이상 살아 있지 않고 응고된 듯 보였고, 나뭇잎들 사이에 그려져 있는 듯하고 하늘처럼 실체가 없으며 다만 하늘보다 더 짙을 뿐인 그 펼쳐진 색채에서 나는 더 이상 아무 생명력도 느끼지 못하였다.

내가 교회당들 좋아하는 것을 본 빌르빠리지 부인이 때로는 이 교회당 때로는 저 교회당을 보러 가자고 나에게 약속하였으며, 특히 '오래된 담쟁이덩굴 밑에 감추어져 있다'는 까르끄빌의 교회당에 대하여 말할 때에는, 보이지 않고 여린 잎들 속에 그것의 허구적 정면을 조심스럽게 감싸는 애정 어린 손동작을 보였다. 빌르빠리지 부인은, 어떤 역사적 건축물의 매력과 특징을 규정하기 위하여, 대상을 묘사하는 그러한 작은 동작과 함께 정확한 어휘를 사용하였으되, 전문적인 용어는 항상 피하였으며, 그러면서도 자기가 이야기하고 있는 것들을 잘 알고 있다는 사실만은 감추지 못하였다. 그녀는 자신이 자란 성이, 자신의 부친 소유였던 성들 중 하나인 그 성이, 발백 인근에서 발견되는 것과 같은 유형의 교회당들이 있는 지역에 위치해 있었고, 더구나 그것이 르네쌍스 시절 성들 중 가장 아름다운 표본임에도 불구하고, 자기가 건축에 특별한 취향을 가지고 있지 않은 것에 대하여, 수치스러워하고 또 미안해하는 것 같았다. 하지만 다른 한편으로 보자면 그 성이, 쇼뺑과 리스트가 그곳에서 직접 연주를 하고 라마르띤느가 시구(詩句)들을 낭송하는 등, 한 세기를 풍미하던 예술가들이 자기들의 사상과 멜로디와 스켓치를 그 가문의 방명록에 남긴, 하나의 진정한 박물관이기도 했건만, 빌르빠리지 부인은 그 모든 예술에 대하여, 우아함 때문이었는지 좋은 가정교육 때문이었는지 진정한 겸손 때문이었는지 혹은 철학적 예지의 결여 때문이었는지, 오직 외형적이고 부수적인 이야기만 하였고, 결국 미술과 음악과 문예와 철학 등을, 유물로 지정된 명성 높은 역사적 기념물 속에서 가장 귀족적으로 자란 한 소녀의 불가피한 전유물쯤으로 여기는 듯한 기색을 보였다. 그녀는 선조들로부터 물려받은 그림들만을 진정한 미술품으로 간주하는 것 같았다. 그녀의 드레스 위로 늘어져 있는 목걸이가 예쁘다고 할머니께서 말씀하시자 그녀는 매우 만족스러워하였다. 그 목걸이는 띠치아노가 그린 그녀의 먼 선조 할머니의 초상화 속에 보이는 바로 그것이며, 그 초상화가 단 한 번도 가문 밖으로 나간 적이 없다고 하였다. 따라서 그 그림이 진품임을 확신할 수 있다고 하였다. 그녀는 크레쑤스[122] 같은 사람이 그 경위조차 알 수 없는 식으로 구입한 따위의 그림들에 대한 이야기는 듣고 싶지 않으며, 그것들이 진품 아님을 잘 아는지라 추호도 볼 생각이 없다고 하였다. 우리는 그녀가 손수 꽃 수채화를 그린다는 사실을 알고 있었으며, 그녀의 수채화에 대한 찬사를 들으신 적 있는 할머니께서 그 이야기를 꺼내셨다. 빌르빠리지 부인이 겸손함에 이끌려 얼른 대화 주제를 바꾸었으나, 찬사를 대수롭지 않게 여기는 상당히 널리 알려진 어느 여류화가보다 더 큰 놀라움이나 기쁨은 드러내지 않았다. 그리고 단지, 그것이 매력적인 파적거리라고 말하는 것으로 그쳤다. 붓 끝에서 태어난 꽃들이 비록 탁월하지는 못하다 하더라도, 그것들을 그리는 동안만은 적어도 자연이 준 꽃들과 어울릴 수 있고, 특히 그것들을 모방하여 그리기 위하여 그것들을 더 가까이 바라볼 수밖에 없을 때에는, 그것들의 아름다움에 결코 싫증을 느끼지 않기 때문이라 하였다. 하지만 그녀가 발백에 와서는, 자기의 눈이 쉬도록 하기 위하여 붓을 잡지 않는다고 하였다.

   할머니와 나는 그녀가 대부분의 중산층 평민들보다도 오히려 더 '자유주의적'인 것에 놀랐다. 그녀는 예수회파 수도사들이 배척당하는 것에 많은 사람들이 분개한다는 사실에 놀라면서, 그러한 일은 항상 있었던 것이고, 심지어 군주정치 시절이나 에스빠냐에서조차도 그랬었노라 하였다.[123] 그녀는 프랑스 공화국을 두둔하였으며, 공화국의 반(反) 교권주의에 대한 그녀의 나무람은 다음과 같은 수준의 언급에 그쳤다. "미사에 참석하고 싶은데 그것을 막는 것이나, 그것에 참석하기 원하지 않는데 그러라고 강요하는 것, 그 둘 모두 나쁜 짓이라 생각해요." 심지어 이런 말도 하였다. "오! 오늘날에도 귀족이라니, 도대체 그것이 무엇이란 말인가!" "일하지 않는 사람, 그 사람은 아무것도 아니다, 저의 생각은 그래요!" 그러한 말을 한 것은 아마, 그것들이 톡 쏘고 감미로우며 잊을 수 없는 무엇을 그녀의 입 속에 남긴다고 느꼈기 때문이었을 듯하다.

우리의 양심적이고 소심한 공정성이 어떤 사람 특유의 사고방식을 감안하는지라, 그 사람이 가지고 있는 보수주의적 이념을 차마 단죄하지 못하는 경우가 있거니와, 바로 그러한 사람들 중 하나에 의해 진보적 견해들이—하지만 빌르빠리지 부인이 악마처럼이나 싫어하던 사회주의까지는 아니다—솔직하게 표출되는 것을 자주 들으면서, 할머니와 나는, 우리와 동행하던 그 호감 가는 여인 속에, 모든 일에서 발휘되는 절도와 진실의 전형이 있음을 거의 믿게 되었다. 우리는 그녀가, 자신이 소장하고 있는 띠치아노의 작품들과 자기의 성에 있는 주랑(柱廊) 그리고 루이-필립 왕의 대화 경향 등을 평가할 때마다, 그녀의 말을 액면 그대로 믿었다. 그러나—이집트의 회화나 에트루리아[124]인들의 비명(碑銘)에 대해서 이야기할 때에는 청중들을 경이로움에 사로잡히게 하되, 현대 작품들에 대해서는 어찌나 진부한 식으로 이야기를 하는지, 그들이 통달한 학문의 가치를 우리가 과대평가하는 것이 아닐까(보들레르에 관한 그들의 멍청한 연구에 못지않게 그 학문 연구에도 당연히 남겼을 초라함이 그 분야에서는 보이지 않는지라) 하는 의문을 우리로 하여금 품게 하는 학자들처럼—옛날 자기 양친 댁에 드나들었고 그녀도 언뜻 보곤 하였던 샤또브리앙과 발쟉과 빅또르 위고 등에 대한 나의 질문을 받은 빌르빠리지 부인이, 그들에게 보내던 나의 찬미에 크게 웃었고, 조금 전 지체 높은 나리들과 정치인들에 대하여 그랬던 것처럼 그들의 흥미로운 특징들을 세세히 이야기해 준 다음, 그들에게는 겸손함과, 은근함과, 단 하나의 정확한 표현으로 만족할 뿐 중언부언하지 않으며 일체의 우스꽝스러운 과장과 허풍을 멀리하는 담백한 기예와, 적절성 등, 생각의 절제와 소박함이라는 장점들, 즉 진정 뛰어난 자질만이 도달할 수 있다고 일찍이 그녀가 가르침 받은, 그 장점들이 결여되어 있었다고 하면서 그 문인들을 가혹하게 평가하였으며, 그녀가 그 문인들보다는, 아마 실제로 그러한 장점들 때문에 어떤 응접실이나 학술원이나 내각에서, 발쟉이나 위고나 비니 등보다 우위를 점하였던, 몰레, 퐁딴느, 비트롤, 베르소, 빠스끼에, 르브렁, 쌀방디 혹은 다뤼 등을[125] 선호하는데 주저하지 않는 것이 역력히 보였다.

"보아하니 스땅달 그 사람을 마치 그의 소설들인 양 찬미하는 모양이군요. 당신의 찬미 어린 어조를 그가 들었다면 몹시 놀랐을 거예요. 메리메 씨—적어도 그분에게는 재능이 있었지요—댁에서 그를 만나시곤 하던 저의 아버님께서 저에게 자주 말씀하시기를, 베일(그것이 그의 본명이에요)이 끔찍할 만큼 상스러우나 만찬 석상에서는 재치를 보였고, 하지만 그런 식으로 자기의 책들에 대하여 우쭐거리지는 않았다 하더군요. 뿐만 아니라, 자기를 두고 한 발쟉 씨의 지나친 찬사에 그가 어이없다는 듯 어깨를 으쓱하였다는 이야기를 아마 읽으셨을 거예요. 그런 면에서는 그가 적어도 처신을 제대로 할 줄 아는 사람이었어요."

그녀는 그 모든 위대한 문인들의 친필 문서들을 가지고 있었으며, 따라서 자기의 가문이 그들과 맺었던 사적이고 각별한 관계를 내세워, 그들에 대한 자기의 평가가, 나처럼 그들과 교류할 수 없었던 젊은이들이 내리는 평가보다 더 정확하다고 생각하는 것 같았다.[126]

"그들에 대해서는 제가 무슨 말을 할 수 있다고 생각해요. 그들이 저의 아버님 댁에 자주 오곤 하였으니까요. 또한, 기지 뛰어난 쌩뜨-뵈브 씨가 말하였듯이, 그들을 가까이에서 직접 보았고 따라서 그들의 가치를 더욱 정확하게 판단할 수 있었던 이들의 말을 믿어야 해요."

때로는, 갈아놓은 밭들 사이로 마차가 언덕길을 따라 힘들게 오르고 있을 때, 그 밭들에 진실성의 표시 하나를 추가하여 그것들을 더욱 실재적인 것으로 만들면서, 옛 거장들이 자기들의 화폭에 서명할 때 사용하던 진귀한 작은 꽃들처럼, 꽁브레의 것들과 유사한 몇몇 머뭇거리는 수레국화 송이들이 우리의 마차를 따르곤 하였다. 말들이 즉시 그것들을 멀찌감치 따돌리곤 하였으나, 몇 걸음 더 가자, 다른 수레국화 한 그루가 우리들을 기다리면서, 잡초 무더기 속에 자기의 하늘색 별 하나를 우리들 앞에 꽂아놓은 것이 보이곤 하였고, 심지어 그것들 중 몇몇은 과감히 길섶까지 올라와 있어, 그 길들여진 꽃들과[127] 나의 먼 추억들이 함께 하나의 성운(星雲)을 형성하고 있었다.

우리가 반대편 언덕길을 따라 다시 내려가곤 하였고, 그러다 보면 더러는 걸어서, 더러는 자전거로, 혹은 작은 짐수레나 승용 마차로 그 언덕길을 오르는 그 지역 고유 여인들 중 몇몇을, 즉 자기의 암소를 앞세워 몰거나 짐수레 위에 비스듬히 누워 있는 소녀, 산책 나온 어느 상점 주인의 딸, 란다우식 사륜마차 위의 보조의

자 위에 자기의 양친과 마주 앉아 있는 멋쟁이 아가씨 등과 마주치곤 하였는데, 그녀들 모두 아름다운 한낮의 꽃들이되 들판의 꽃들과는 같지 않았으니, 그것들 각개가 다른 것 속에는 없는 그 무엇을 간직하고 있어, 자기가 우리의 내면에 태동시킨 욕망을 우리가 자기와 유사한 다른 것과 어울려 충족시킬 수 없도록 하였기 때문이다. 내가, 나의 품에 안을 수 있을 촌 여인 하나가 내 곁으로 지나가기를 희원하면서 메제글리즈 마을 방면에서 외롭게 이끌고 다니던 꿈들이, 나의 외부 세계에 있는 그 무엇에도 상응하지 않는 하나의 환상이 아니라, 촌 소녀들이건 상류층 아가씨들이건, 모든 소녀들이 그러한 꿈을 실현시켜 줄 준비가 되어 있다고 블록이 나에게 가르쳐주던 날, 그가 나에게 신기원을 열어 주었으며 삶의 가치를 바꾸어준 것은 틀림없다. 그리하여, 몸이 불편하고 또 나 홀로 외출하지 않았던지라 그녀들과 육체적 사랑을 나누는 것이 비록 불가능했다 할지라도, 나는, 어느 감옥이나 병원에서 출생한지라 인간의 몸이 오직 마른 빵과 약품밖에 소화시킬 수 없다고 오랜 세월 동안 믿다가 어느 날 문득 복숭아나 살구나 포도 등이 전원의 단순한 치장물이 아니라 감미롭고 흡수 가능한 식품이라는 사실을 알게 된 어느 아이처럼 행복감을 느꼈다. 비록 간수나 간병인이 그 아이에게 그 아름다운 과일 따는 것을 허락하지 않는다 하더라도, 그 순간 아이에게는 세상이 더 나아 보이고 삶이 더 너그럽게 느껴진다. 왜냐하면, 우리의 욕망이 비록 실현될 수 없다 할지라도 우리의 외부에서는 현실이 그것에 순응한다는 사실을 우리가 알 경우, 하나의 욕망이 우리에게 더 아름다워 보이며, 우리가 더 큰 신뢰감 속에 우리 자신을 그것에 의지하기 때문이다. 또한 그리하여 우리는, 그 욕망을 우리가 충족시킬 수 있는―물론 우리가 개인적으로 그러지 못하도록 방해하는 우발적이

고 특수한 작은 장애물을 잠시나마 우리의 사념으로부터 멀리한
다는 조건에서—하나의 삶을 더욱 기뻐하면서 뇌리에 떠올린다.
우리들 곁으로 지나가던 아름다운 소녀들의 경우, 그녀들의 볼에
입술이 가 닿을 수 있다는 사실을 알게 된 날 이후부터는, 내가 그
녀들의 영혼에 호기심을 품게 되었다. 또한 삼라만상이 더욱 흥미
로워 보였다.

 빌르빠리지 부인의 마차가 빠른 속도로 달리고 있었다. 그리하
여 맞은편에서 우리들 쪽으로 오던 소녀를 내가 언뜻 볼 시간밖에
없었다. 그렇건만— 인간의 아름다움이란 사물들의 아름다움과 같
지 않고, 그것이 유일하고 의식과 의지를 가진 한 여인의 아름다
움이라고 우리가 느끼는지라—그녀의 개성이, 모호한 영혼이, 나
에게는 알려지지 않은 의지가, 극도로 축소되어 작되 온전한 영상
의 형태로 그녀의 무심한 시선 밑바닥에 어리기가 무섭게, 나는
나의 내면에서, 암술들을 위하여 완벽하게 준비된 꽃가루의 신비
한 반응처럼, 그 소녀의 사념이 나라는 개체를 의식하지 않고는,
그녀의 욕망이 나 아닌 다른 사람에게로 가지 못하도록 내가 막지
않고는, 내가 그녀의 몽상 속에 자리를 잡아 그녀의 마음을 움켜
잡지 않고는, 그녀를 지나가게 내버려 두지 않으려는, 꽃가루 못
지않게 모호하고 미세한 욕망의 배아가 나의 내면에서 돌출하는
것을 느끼곤 하였다. 하지만 그 동안 우리의 마차가 멀어져갔고,
아름다운 소녀는 벌써 우리들 뒤 멀찌감치에 있었으며, 그녀가 나
에 대해서는 한 사람을 구성하는 어느 개념 하나 소유하지 못하였
던지라, 나를 겨우 스치듯 언뜻 본 그녀의 눈은 이미 나를 잊었
다.[128] 그녀를 언뜻 보았기 때문에 내가 그녀를 그토록 아름답게
여겼을까? 아마 그럴 수도 있다. 우선, 질병이나 가난 때문에 우리
가 방문하지 못하는 어느 고장에 그 질병이나 가난이 중대시켜 부

여하는 매력, 혹은 우리의 음울한 여생에 필시 우리가 전사할 수밖에 없을 전투가 부여하는 매력과 같은 매력을, 한 여인 곁에 우리가 멈출 수 없다는 사실이, 그리하여 그녀를 다른 날에 다시 만나지 못할 위험이, 그녀에게 같은 식으로 부여한다. 그리하여 만약 습관이라는 것이 없다면, 매 시각 죽음의 위협하에 놓여 있는 사람들에게, 즉 모든 사람들에게, 삶이 감미롭게 보일 수밖에 없을 것이다. 또한 스쳐 지나가는 여인의 매력이 일반적으로 그 스침의 신속함과 관련되어 있는 그러한 마주침에서는, 우리의 상상이라는 것이 우리가 소유할 수 없는 것에 대한 욕망에 의해 이끌려가는지라, 그 상상의 비약이 완전하게 포착된 실체에 의해 제약을 받지 않는다. 전원지역이나 도시에서 어둠이 드리워지거나 마차가 빠른 속도로 이동하기만 하면, 우리를 이끌어가는 속도와 그것을 감싸고 있는 어둠에 의해 고대의 대리석 조각상처럼[129] 팔다리가 잘려나간 듯한 여인의 상반신들 중, 시골 길의 모퉁이에서 혹은 상점 안에서, 우리의 심장을 향해 미(美)의 화살[130]을 발사하지 않는 상반신이 단 하나도 없으며, 우리는 가끔 그러한 미가 혹시, 우리의 세상에서는, 아쉬움 때문에 과도하게 흥분한 우리의 상상력이, 단편적이고 신속하게 지나가는 어느 여인에게 덧붙여 주는, 보완 부분과 다른 무엇이 아닐까 자문하고픈 충동을 느낀다.

내가 마차에서 내려, 마주친 소녀에게 말을 건넬 수 있었다면, 마차 위에서는 미처 발견하지 못하였던 피부의 단점 때문에 아마 환멸을 느꼈을 것이다. (또한 그랬더라면 그녀의 삶에 침투하려는 나의 모든 노력이 문득 불가능해 보였을 것이다. 아름다움이란, 미지의 존재 위에 이미 열리는 것이 우리의 눈에 보이던 길을 막으면서, 추함이 축소시키는 일련의 추측들이기 때문이다.) 그녀의 입에서 나왔을 단 한 마디 말이나 그녀의 미소가 아마, 그녀의 얼굴이나 거동에 표출된 것을 읽어내는 데 필요한 하나의 열쇠나 뜻밖의 단서를 나에게 제공하였을 것이고, 그랬다면 그 얼굴과 거동이 즉시 진부하게 보였을 것이다. 능히 있을 수 있는 일이니, 수천 가지 핑계를 꾸며댄다 하여도 차마 그 곁을 떠날 수 없었던 근엄한 어떤 분과 함께 있던 날에 보았던 소녀들만큼 나의 욕망을 자극하던 소녀들을, 내가 평생 동안 만나지 못하였으니 말이다. 내가 처음으로 발백에 갔던 해로부터 몇 년이 지난 어느 날, 나는 아버지의 친구분과 함께 마차를 타고 빠리 시내를 구경하던 중 어느 여인 하나가 어둠 속에서 잰걸음으로 걷는 것을 보았고, 의심할 나위 없이 단 하나뿐인 생애에서 내 몫의 행복을 예절 때문에 잃는 것이 사리에 맞지 않는다고 생각하면서, 그분께 사과의 말씀도 드리지 않고 마차에서 뛰어내린 다음, 그 미지의 여인을 찾아 나섰으며, 두 길이 교차하는 사거리에서 그녀의 종적을 놓쳤다가 세 번째 길에서 드디어 가로등 밑에 있던, 그리고 언제 어디에서든 내가 피하던, 늙은 베르뒤랭 부인과 숨이 턱에 찬 상태로 마주쳤다. 그녀가 기뻐하며 소리쳤다. "오! 친절하시기도 해라, 나에게 인사를 하기 위하여 달음박질을 하시다니!"

처음 발백에 갔던 해, 그러한 소녀들과 마주치던 순간, 나는 할머니와 빌르빠리지 부인에게, 두통이 심한지라 나 홀로 걸어서 돌아가는 것이 낫겠다고 말씀드렸다. 두 분은 내가 마차에서 내리는 것을 허락하지 않으셨다. 그리하여 나는 그럴 때마다, 그 아름다운 소녀를(그녀의 이름도 모르고 또 움직이는 존재인지라 어느 역사적 기념물보다도 다시 찾기 더 어려운), 언젠가는 가까이에서 보겠노라 나 자신에게 다짐하던 그 모든 소녀들 목록에 추가하곤 하였다. 하지만 소녀 하나가 우연히, 그리고 내가 원하는 대로 그녀를 알 수 있도록 해줄 수 있을 상황에서, 내 앞을 다시 지나가는 일이 생겼다. 그녀는 어느 농가로부터 호텔에 크림 추가분을 배달하러 온 소녀였다. 나는 그녀가 나를 즉시 알아보았다고 생각하였으며, 그녀가 실제로 나를 주의 깊게 바라보았으나, 그녀가 나에게 집중한 주의는 아마, 나의 관심이 그녀에게 유발한 놀라움에 기인하였을 뿐일 것이다. 그런데 다음 날, 내가 아침나절 내내 휴식을 취한 그날 정오경에, 프랑수와즈가 나의 방으로 와서 커튼을 활짝 열어젖히더니, 누가 나에게 전해 달라고 호텔에 맡겼다는 편지 한 통을 나에게 건넸다. 발백에는 내가 아는 사람이 없었다. 나는 편지가 우유 배달하는 소녀로부터 왔을 것임을 의심하지 않았다. 애석하게도 그것은 베르고뜨의 편지였을 뿐이었다. 그가 지나는 길에 나를 만나려 하였으나 내가 아직 자고 있다는 말을 듣고 호감 어린 몇 마디를 남겼으며, 그 쪽지를 승강기 운전자가 봉투에 넣었던지라, 나는 그것을 우유 배달하는 소녀가 남겼을 것이라고 믿었던 것이다. 나는 끔찍한 실망감에 휩싸였고, 베르고뜨로부터 편지를 받는다는 것이 몹시 어렵고 으쓱할 만한 일이라는 생각도, 그것이 우유 배달하는 소녀로부터 오지 않았다는 점을 위무해 주지는 못하였다. 나는 그 소녀 또한, 빌르빠리지 부인의 마차 위에서 언뜻 본 다른 소녀들처럼, 다시 볼 수 없었다. 그 모든 소녀들이 나의 눈에 보이다가 사라지는 현상이 나의 심적 동요를 증대시켰고, 그리하여 나는 우리의 욕망에(물론 인간들에 대한 욕망을 가리킬 것이다. 그것이 의식을 가진 미지의 존재에게로 향하며 우리에게 불안감을 남길 수 있을 유일한 욕망이니 말이다. 철학이 부에 대한 욕망에 대하여 말하는 것이라고 내가 추측하였다면 그것은 너무 어처구니없는 일이었을 것이다)[131] 제약을 가하라는 철학자들의 말에서 다소간의 지혜로움을 발견하였다. 하지만 나는 그러한 지혜로움이 불완전하다고 평가할 심적 준비가 되어 있었다. 왜냐하면, 아마 언제나 반복하여 다시 발생하지는 않을 우발적인 상황만이 나로 하여금 이용하지 못하도록 한, 그리고 나에게 삶에 대한 새로운 욕구를 주는, 한낮에 나타났다가 사라지는 그 덧없는 보물들, 산책 중에 만나는 그 행운, 즉 독특하면서도 동시에 평범한 그 꽃들이, 모든 시골길들의 길섶에 자라게 하는 하나의 세계를, 그러한 만남들이 나로 하여금 더욱 아름답게 여기도록 해주었다고 생각하고 있었기 때문이다.

하지만 아마, 훗날 내가 더 자유로운 처지가 되면, 다른 시골길에서 유사한 소녀들을 만날 수 있을 것이라는 희망을 품음으로써, 예쁘다고 여기는 여인 곁에 살고자 하는 욕망 속에 있는 전적으로 개별적이며 독특한 그 무엇을 내가 이미 왜곡시키기 시작하였을 것이며, 그 욕망을 인위적으로 태동시킬 수 있으리라는 가능성을 내가 인정하고 있었다는 사실만으로도, 그 욕망이 헛된 환상임을 내가 일찍이 묵시적으로 시인하였던 것 같다.

빌르빠리지 부인이, 자기가 우리에게 담쟁이 덩굴로 뒤덮여 있다고 이야기해 준, 그리고 나지막한 언덕 위에 지어져, 그 아래 마을과, 마을을 관통하며 아직도 중세의 다리를 간직하고 있던 개울 등을 내려다보는 교회당이 있는 까르끄빌로 우리들을 데려간 날, 그 유물을 세심하게 관찰하기 위하여 내가 홀로 있는 것을 좋아할 것이라 생각하신 할머니께서, 그곳으로부터 선명히 보이며 또 새로 칠한 황금빛 도색 때문에 전체가 고색창연한 어느 건물의 전혀 다른 부분처럼 보이던,[132] 광장에 있는 과자점에 가서 간식을 들자고 친구분에게 제안하셨다. 그리고 뒤에 내가 두 분을 그곳에 가서 만나기로 하였다. 홀로 남겨진 나의 앞에 있던 초록색 덩어리 속에서 하나의 교회당을 분별해내려면, 교회당의 정확한 개념을 정확히 뇌리에 떠올리는 노력이 필요했고, 실제로, 학생들에게 어떤 문장을 다른 언어로 번역하는 방식으로 그들로 하여금 친숙했던 문장의 형태를 벗겨버리게 할 경우, 그들이 문장의 의미를 더 완전하게 포착하는 경우가 있듯이, 이곳에 있던 담쟁이 무더기로 이루어진 홍예틀은 첨두식(尖頭式) 그림유리창이었고, 저쪽에 있던 잎들의 돌출부는 기둥머리의 돋을새김 장식이었다는 사실을 잊지 않기 위하여, 나는 평소 스스로의 정체를 알아보게 해주던 종류들 앞에서는 거의 그 필요성을 느끼지 못하던, 교회당의 개념을 끊임없이 나 자신에게 상기시킬 수밖에 없었다. 하지만 그러던 중 약간의 미풍이, 한 줄기 빛처럼 퍼져나가, 파르르 떠는 소용돌이가 휩쓴 유동적인 정문에 전율을 일으켰고, 그 순간 잎들이 파도처럼 서로에게 부딪쳤으며, 교회당의 전율하는 식물성 정면이, 애무 받되 도망치려 하는 물결처럼 일렁이는 기둥들을 마구 이끌어 뒤틀리게 하였다.

내가 교회당을 떠나려 하는데, 일요일이었던지라 우스꽝스러울 만큼 한껏 치장을 한 그 마을 소녀들이 중세에 놓았다는 다리 앞에 모여, 지나가는 소년들에게 희롱하듯 말을 건네는 것이 보였다. 다른 소녀들보다 옷차림은 수수하되 어떤 영향력으로 다른 아이들을 압도하는 듯하며―다른 소녀들이 자기에게 하는 말에 거의 대꾸조차 하지 않았으니 말이다―기색 더욱 근엄하고 적극적인 키 큰 소녀 하나가 다리 난간에 걸터앉아, 두 다리를 허공에 늘어뜨린 채, 아마 갓 잡은 듯한 물고기들로 가득한 단지 하나를 자기 앞에 놓아두고 있었다. 얼굴은 갈색으로 그을었고 눈은 서글서글한데, 그러나 시선은 주위의 것들을 멸시하는 듯했으며, 작은 코의 형태는 섬세하고 매력적이었다. 나의 시선이 그녀의 피부 위에 내려앉았고, 엄밀히 말하자면 나의 입술도 그 시선을 따라갔다고 할 수 있을 것이다. 하지만 내가 도달하고자 하였던 것은 그녀의 몸뚱이뿐만 아니라 그 속에 살고 있던 그녀의 자아(自我)였고, 그것과의 유일한 접촉 유형은 그녀의 주의를 끄는 것이었으며, 그것이 있는 곳으로의 유일한 침투 유형은 그곳에 하나의 상념을 일깨워 놓는 것이었다.

하지만 그 아름다운 고기잡이 소녀의 내적 존재는 아직 나에게 닫혀 있는 것 같았고, 내가 어느 암사슴의 시야에 나 자신을 놓았을 때만큼이나 나에게는 미지의 상태에 있던 특이한 굴절률을 따라 그녀의 시선 속 거울에 살짝 반사된 나 자신의 영상을 언뜻 포착한 후에도, 나는 그 존재가 있는 곳에 내가 들어갔는지 확신하지 못하였다. 그러나, 나의 입술이 그녀의 입술에서 즐거움을 취하는 것만으로는 충분하지 않고 그녀의 입술에게도 즐거움을 주었어야 했던 것과 마찬가지로, 나는, 그 존재 속으로 들어가 그곳에 꼭 달라붙어 있을 나에 대한 상념이, 그 존재의 나에 대한 관심뿐만 아니라 찬미의 정과 욕망을 이끌어와, 그 존재로 하여금 내가 자기를 다시 만날 수 있을 날까지 나의 추억을 간직하도록 해주기를 바랐다. 그러는 동안, 그곳에서 얼마 떨어지지 않은 곳에, 빌르빠리지 부인의 마차가 나를 기다리기로 되어 있던 광장이 내 눈에 띄었다. 나에게는 짧은 한순간밖에 없었고, 벌써 그 소녀들이, 그렇게 서 있는 나의 모습을 보고 웃음을 터뜨리기 시작하는 것처럼 느껴졌다. 나의 호주머니에는 5프랑이 있었다. 내가 그것들을 꺼낸 다음, 아름다운 소녀에게 시킬 심부름 내용을 설명하기에 앞서, 그녀가 나의 말에 따를 가능성을 더욱 높이기 위하여, 그 주화를 그녀에게 잠시 쳐들어 보이며 이렇게 말하였다.

"당신이 이 고장 분이신 듯하니, 저를 위하여 작은 심부름 하나 해주시겠습니까? 그곳이 어디인지는 모르지만, 어느 광장에 면해 있고 그 앞에서 마차 한 대가 나를 기다리고 있는, 어느 과자점으로 가야 합니다. 잠깐…! 혹시 다른 마차와 혼동할 수 있으니, 그것이 빌르빠리지 후작 부인의 마차인지 물으셔야 합니다. 또한 말 두 필이 끄는 마차이니 유념해 보셔야 합니다."

나는 그녀가 그러한 사실들을 알게 되어 나를 높이 평가해 주기를 바랐다. 그러나 '후작 부인' 및 '말 두 필'이라는 단어들이 나의 입에서 나왔을 때, 나는 문득 커다란 안도감을 느꼈다. 또한 고기잡이 소녀가 훗날 나를 기억할 것이라 막연히 생각하였고, 그 순간, 그녀를 다시 만날 수 없으리라는 두려움과 함께, 그녀를 다시 만나고 싶은 나의 욕망 중 일부가, 스스로 안개 걷듯 스러짐을 느낄 수 있었다. 마치 나의 보이지 않는 입술이 그녀의 몸에 닿았고, 내가 그녀에게 기쁨을 준 것 같았다. 또한 그렇게 그녀의 마음을 사로잡자, 즉 비질료적으로 그녀를 나의 수중에 넣자, 내가 마치 육체적으로 그녀를 수중에 넣은 것처럼, 그녀에게서 신비함이 사라졌다.

우리는 위디메닐 방면으로 내려갔다. 문득, 꽁브레 시절 이후에는 자주 느껴보지 못하였던 깊은 행복감이 나를 가득 채웠고, 그것은 다른 무엇보다도 마르땡빌의 종각들이 일찍이 나에게 준 적 있던 것과 유사한 행복감이었다. 그러나 이번에는 그것이 불완전한 상태였다. 우리가 따라 내려오던 당나귀 등처럼 가파른 길의 쑥 들어간 지점에 서 있던, 그리고 어느 보이지 않는 오솔길의 초입을 이루고 있음에 틀림없었으며, 내가 처음 보는 것이 아닌 듯한 구도를 형성하고 있던, 하지만 어디에서 분리되어 나왔는지 그 장소는 내가 알아낼 수 없었으되 일찍이 나와 친숙했던 적이 있던 것으로 느껴지던, 세 그루 나무를 내가 언뜻 보았던 것이다. 그 순간, 멀리 사라져 간 어느 해와 그 순간 사이에서 나의 오성이 비척거렸던지라, 발백 인근이 온통 흔들거렸고, 나는 마차를 타고 나섰던 그 나들이가 혹시 하나의 허구가 아닐지, 즉 발백은 내가 상상 속에서만 간 적이 있던 어느 장소이고 빌르빠리지 부인은 소설 속의 어느 인물이 아닐지, 그리고 반면 세 그루 노목들은, 우리가 실제로 옮겨 놓여진듯 보이게끔 어떤 곳을 묘사하고 있는 책을 읽다가 잠시 책으로부터 눈을 쳐드는 순간 다시 대하는 현실이 아닐지, 나 자신에게 묻지 않을 수 없었다.

내가 세 그루 나무들을 유심히 바라보았고, 그것들이 내 눈에 잘 보였으나, 나의 오성은, 너무 멀리 놓여 있어, 한껏 뻗은 우리의 팔 끝에서 연상된 손가락들이 아무것도 잡지 못한 채 이따금씩 그 껍질만을 스치는 물건들처럼 자기의 영향력이 미치지 못하는 무엇을, 그 나무들이 덮고 있음을 어렴풋이 느꼈다. 그러한 경우에 우리는, 더욱 힘차게 팔을 앞으로 뻗어 더 멀리까지 닿도록 하기 위하여, 잠시 휴식을 취한다. 그러나 나의 오성이 그렇게 스스로를 추슬러 도약을 시도할 수 있기 위해서는 내가 홀로 있어야 했을 것이다. 게르망뜨 방면으로 산책길에 올랐다가 어른들로부터 내가 뒤처졌을 때 그랬던 것처럼, 그 순간 내가 나를 얼마나 고립시키고 싶었던가! 심지어, 반드시 그렇게 해야 할 것 같았다. 나는, 사유(思惟)가 자신에 대하여 펼치는 특별한 노작을 요구하는, 그리고 우리로 하여금 그 노작을 포기하게 하는 무사태평한 즐거움 따위는 그것에 비할 때 지극히 보잘것없이 보이게 하는, 그러한 유형의 희열을 다시 발견하였다. 그 대상이 예감되었을 뿐인지라 내가 손수 창조해야[133] 하였던 그 희열을 내가 느낀 경우 지극히 드물었으되, 그럴 때마다, 그런 경우들 사이사이에 일어난 일들은 거의 중요하지 않은 것처럼 보였던지라,[134] 나 자신을 오직 그 희열의 실체에만 고정시킴으로써 드디어 하나의 진정한 삶을 시작할 수 있을 것 같았다. 나는 빌르빠리지 부인의 눈에 띄지 않게 눈을 감으려고 손으로 잠시 나의 눈을 가렸다. 나는 아무 생각 하지 않고 그렇게 머물러 있다가, 나의 사념을 추슬러 더욱 강력하게 다잡은 후, 나무들의 방향으로, 아니 그보다는, 그것들이 보이던 나의 내면 깊숙한 곳을 향하여, 더 멀리 도약을 시도하였다. 그러자 그 나무들 뒤에 있는, 낯익되 모호한, 그리하여 나에게로 이끌어 올 수 없었던, 같은 대상이 다시 어렴풋이 느껴졌다. 그러는 동안에도, 마차가 전진함에 따라, 세 그루 나무들이 모두 다가오고 있었다. 내가 그것들을 일찍이 어디에서 보았단 말인가? 꽁브레 인근에는 오솔길이 그렇게 시작되는 장소가 없었다. 나무들이 나에게 상기시켜 주던 경관은, 내가 어느 해 할머니와 함께 온천욕을 하러 갔던 도이칠란드의 전원에도 없었다. 그 나무들이 내 생애의 이미 멀어진 세월로부터 돌아온지라 그 세월을 감싸고 있던 풍경들이 나의 기억 속에서 완전히 파괴되었고, 우리가 일찍이 읽은 적 없다고 믿던 어떤 책에서 다시 발견하면서 감동하는 페이지들처럼, 그것들이 홀로 나의 최초 유년기의 망각된 책 위로 부유하고 있는 것이라 믿어야 했을까? 그 나무들이 반대로, 적어도 나에게는 항상 같은, 그 특이한 꿈속의 경관에만 속하여 있던 것들은 아니었을까? 따라서 그것들의 기이한 모습 또한, 게르망뜨 방면으로 산책길에 올랐을 때 자주 그랬던 것처럼, 어떤 곳의 이면에서 내가 예감한 신비에 도달하기 위하여, 혹은 내가 보기를 열망하다가 마침내 보게 되었으되 발백처럼 피상적이기 그지없어 보였던 어떤 장소에 그 신비를 애써 다시 부여하기 위하여 내가 생시에 기울이던 노력이, 나의 수면세계 속에서 객체화된 것에 불과하지 않을까? 혹은 그 나무들이, 전날 밤 내가 꾼 꿈에서 분리된 전혀 새로운 하나의 영상에 불과하되, 그것이 하도 희미해져서, 마치 훨씬 더 먼 곳으로부터 오는 것처럼 보였던 것일까? 또는 내가 그 나무들을 아예 본 적이 없건만, 게르망뜨 방면으로 산책길에 올랐을 때 보았던 이러저러한 나무들이나 풀포기들처럼, 하나의 먼 과거만큼이나 포착하기 어려운 모호한 의미 하나를 감추고 있어, 그것들로부터 하나의 사념을 규명하라는 요청을 받아, 내가 어떤 추억이 소생한 것으로 믿었던 것일까? 혹은 그 나무들이 어떤 사념조차 감추고 있지 않건만, 나의 시각이 피곤하여, 가끔 공간 속에서 그러듯이 세월 속에 중첩된 것으로 보였던 것일까? 여하튼 도무지 알 수가 없었다. 그렇건만 나무들이 나에게로 다가오고 있었다. 나에게 신탁을 내리겠다고 하는 무녀들이나 노른느[135]들의 원무와 같은 신화적 환영이었을지도 모른다. 하지만 나는 그것들이, 우리의 공동 추억을 간곡하게 환기시키는 과거의 유령들, 즉 내 유년시절의 동무들, 사라진 내 친구들의 유령들이라 믿었다. 그 나무들 또한, 유령들처럼, 자기들을 데려가 삶의 세계 속으로 되돌려 보내 달라고 나에게 요청하는 것 같았다. 나는 나무들의 천진스럽고 열렬한 몸짓 속에서, 말할 능력을 상실하여, 자신이 우리들에게 원하는 바를, 그러나 우리들이 짐작하지 못하는 바를, 도저히 말할 수 없을 것임을 느끼는, 우리가 사랑하였던 어느 존재의 무력한 슬픔을 알아보았다. 얼마 아니 되어, 어느 네거리에서, 마차가 나무들을 떨쳐 버렸다. 그리고 내가 유일한 진실이라고 믿던 것으로부터, 나를 진실로 행복하게 해주었을 것으로부터, 멀리 이끌어갔으며, 그 순간 마차는 나의 삶[136]과 유사했다.

  자기들의 절망한 팔을 열렬히 흔들면서 멀어져 가던 나무들이 나의 시야에 들어왔고, 그것들이 나를 향하여 이렇게 말하는 것 같았다. "오늘 그대가 우리들로부터 들어 알았어야 할 것을 그대는 영영 알지 못하게 되리라. 그대에게까지 이르려고 우리가 애써 우리들을 추슬러 세우려 하던 이 길 모퉁이에 우리가 다시 주저앉도록 내버려 둔다면, 그대에게 우리가 가져다주려던 그대의 한 부분이 몽땅 허무 속으로 영영 추락해 버릴 것이니라." 그런데 실제로, 그 이후 유사한 희열과 근심을 다시 느꼈고, 어느 날 저녁에—너무 늦었으되 그러나 이번에는 영원히—내가 드디어 그러한 희열에 나 자신을 묶어놓게 되었건만,[137] 그 나무들의 경우, 그것들이 나에게 가져다주려 하였던 것이 무엇인지, 그리고 내가 그것들을 어디에서 보았는지는 영영 알아내지 못하였다. 그리하여, 마차가 다른 길로 접어든 탓에 내가 나무들에게로 등을 돌리고 그것들 보기를 멈추었을 때, 빌르빠리지 부인이 나에게 왜 꿈 속에 잠겨 있는 듯한 기색이냐고 묻는 동안에도, 나는 이제 막 친구 하나를 잃은 듯, 나의 일부가 죽은 듯, 어느 죽은 이를 배신한 듯, 혹은 어느 신을 미처 알아보지 못한 듯 몹시 슬펐다.

호텔로 돌아갈 때가 되었다. 할머니의 것보다는 차갑되, 박물관이나 귀족들의 저택 밖에서도 특정 유물들의 소박하거나 장엄한 아름다움을 식별할 수 있는 특별한 감각을 가진 빌르빠리지 부인이 마부에게, 통행이 별로 없으나 우리들 눈에는 아름다워 보이던 늙은 느릅나무들이 심어져 있던 발백의 구도로를 따라 돌아가자고 하였다.

우리가 그 옛 길에 익숙해진 후에는, 우리의 산책에 변화를 주기 위하여, 또 길을 나설 때 거치지 않았을 경우, 샹뜨렌느 숲과 깡뜰루 숲을 가로지르는 다른 길을 따라 호텔로 돌아왔다. 우리들 바로 곁에 있던 나무들 속에서 서로 화답하던 무수한 새들이 보이지 않았던지라, 눈을 감았을 때 느끼는 휴식과 같은 인상을 느낄 수 있었다. 암벽에 묶인 프로메테우스처럼 마차의 보조의자에 묶인 채, 나는 나의 오케아니스들이 부르는 노래에 귀를 기울이곤 하였다.[138] 그러다가 우연히 그 새들 중 하나가 한 가지에서 다른 가지로 건너가는 것이 보여도, 그 새와 노래 사이에 표면적인 연관이 어찌나 없어 보이는지, 나는 놀란 듯하고 시선 없으며 톡톡 튀는 그 작은 몸뚱이 속에서 그 노래의 원인을 발견할 수 있으리라고는 믿지 않았다.

그 길은, 상당히 가파른 비탈을 오르다가 그다음 긴 내리막을 이루는, 프랑스에서 흔히 만나는 그러한 유형의 길이었다. 그 길을 지나던 순간에는 내가 그것에서 큰 매력을 느끼지 못하였고, 다만 호텔로 돌아가는 것이 만족스러울 뿐이었다. 하지만 훗날 내가 산책 중에 혹은 여행 중에 지나가게 된 유사한 모든 길들이 즉시 아무 단절 없이 그것에 연결되어, 덕분에 나의 심정과 즉각 소통될 수 있도록 해준 그 길이, 하나의 실마리처럼 나의 기억 속에 남아, 나에게는 많은 기쁨의 원인이 되었다. 왜냐하면, 나를 태운 마차나 자동차가, 빌르빠리지 부인과 일찍이 내가 함께 지나간 길의 연속선상에 있을 법하게 보이던 길들 중 하나로 접어들기 무섭게, 나의 의식이 마치 최근의 과거인 양 즉각적으로 스스로를 기대어 의지하게 된 것은(그 중간의 모든 세월이 소멸된지라), 나뭇잎들의 냄새 좋았고, 안개 피어오르고 있었으며, 다음 마을 저 너머에 멀리 있어 그날 저녁에는 도달할 수 없었을, 숲으로 뒤덮인 어느 촌락처럼 보이던 일몰 광경이 나뭇잎들 사이로 보일 때 발백인근을 산책하던 중 그 오후 끝무렵에 내가 받았던 바로 그 인상들이었기 때문이다. 그 인상들이, 이제 내가 다른 고장의 유사한 길에서 느끼던 인상들과 연결되어, 자유로운 호흡과 호기심과 느긋함과 식욕과 쾌활함 등 그 두 부류의 인상들에 공존하는 모든 감각들로 자신들을 둘러싸고 다른 감각들을 배제시키면서, 스스로를 강화하여 하나의 특이한 희열 유형으로, 더 나아가, 내가 다시 만날 계기를 별로 얻지 못하였던 하나의 존재적 틀로 굳어진 것이며, 하지만 그 틀 속에서는 추억들의 깨어남이, 질료적으로 인지된 실체에다 꿈꾸던 그리고 포착할 수 없었던 환기된 실체의 상당히 큰 몫을 섞었던지라, 내가 지나가고 있던 그 고장에서, 그 깨어남이 나에게 심미적 감정 이상의 것을, 즉 이제 그곳에서 영원히 살고 싶은 순간적이고 덧없지만 열렬한 감정을 주곤 하였다.

우리가 호텔에 도달하기 전에 날이 저무는 경우가 빈번했다. 나는 하늘에 떠 있는 달을 가리키면서 빌르빠리지 부인에게 샤또브리앙이나 비니 혹은 빅또르 위고의 아름다운 표현들을 조심스럽게 인용하곤 하였다. "달이 우수의 태곳적 비밀을 사방에 뿌렸다.",[139] "자기의 샘터에서 디아나가 그러듯 눈물 흘리면서",[140] "어둠은 혼인을 예비하고, 엄숙하며 장엄했다."[141]

"그래, 그것들이 아름답다고 생각하시나요?" 그녀가 나에게 물었다. "당신의 말씀처럼 '천재적'이라고 생각하세요? 그 신사분들의 친구들이 제일 먼저 그 가치를 정당하게 평가하면서 농담거리로 삼았던 것들을 이제 사람들이 매우 진지하게 대하는 것을 보면서, 제가 항상 놀란다는 말씀을 드려야겠군요. 오늘날처럼 천재라는 칭호를 남용하던 시절은 일찍이 없었으며, 그리하여 혹시 어떤 문인에게 재능이 있다는 말을 하는 것으로 그치면, 그 문인이 그것을 모욕으로 여기게 되었어요. 달빛에 관한 샤또브리앙 씨의 거창한 구절을 저에게 인용해 주셨지만, 그 구절에 제가 시큰둥하는 이유를 곧 아시게 될 거예요. 샤또브리앙 씨는 저의 부친 댁에 자주 드나들었어요. 또한 다른 사람이 없을 때에는 소박하고 재미있어 대하기에 유쾌했지요. 그러나 사람들이 모이기만 하면 즉시 거드름을 피우고 우스꽝스러워졌어요. 그는, 국왕께 자기를 다시 기용해 주십사 주청해 달라고 저의 아버님께 자신이 부탁한 사실과, 교황 선출에 대하여 자신이 터무니없는 예측들을 늘어놓는 것을 저의 아버님이 다 들으셨다는 사실을 망각한 채, 자기가 사직서를 국왕 면전에 던졌으며 교황 선거회의를 자신이 주도하였노라고 저의 아버님 앞에서 떠들어댔지요.[142] 그 유명한 교황 선거회의에 관해서는, 샤또브리앙 씨와는 전혀 다른 사람이었던 블라까[143] 씨의 말을 들어보아야 해요. 한편 그 달빛에 관한 그의 구절들은 저의 집에서 농담거리로 전락하였어요. 새로운 손님을 초대하였을 때 저의 성 주위에 달빛이 밝으면, 저녁 식사 후 샤또브리앙 씨를 모시고 나가서 바람을 좀 쐬라고 손님에게 권하곤 하였어요. 두 사람이 돌아오면 아버님께서 어김없이 손님을 한 길체로 데리고 가셔서 물으셨어요. '샤또브리앙 씨께서 말씀을 잘하시던가요?' – '오! 예.' – '달빛 이야기를 하셨지요?' – '그렇습니다만, 그걸 어떻게 아셨습니까?' – '기다리시죠, 혹시 이러한 구절을…' 그러면서 아버님께서 그 구절을 인용하셨지요. – '맞습니다, 하지만 도대체 무슨 비법으로 그걸 알아내셨습니까?' – '그리고 공에게 로마 평원의 달빛에 대해서도 이야기하셨지요?' – '공께서는 마법사이십니다.' 저의 아버님이 마법사가 아니라, 샤또브리앙 씨가 항상 준비되어 있던 구절 사용하는 것으로 만족했던 거예요."[144]

비니의 이름을 듣자 그녀가 큰 소리로 웃기 시작하였다.

"이렇게 말한 사람이에요. '저는 알프레드 드 비니 백작입니다.' 어떤 사람이 백작이건 백작이 아니건, 그것은 전혀 중요하지 않아요."

하지만 그것이 조금은 중요하다고 여겼는지, 다음 말을 덧붙였다.

"우선 그가 정말 백작이었는지 저는 확신할 수 없어요. 그리고 여하튼 자기의 시에서 '귀족의 투구 꼭대기 장식' 운운한 그 신사분은 지극히 한미한 가문 출신이에요. 독자들이 보기에는 고상한 취향이고 재미있겠지요! 빠리의 평범한 중산층 출신인 뮈쎄가 다음과 같이 거창하게 읊은 격이지요. '나의 투구를 장식한 황금 새매.' 진정 지체 높은 귀족은 결코 그런 말들을 늘어놓지 않아요. 적어도 뮈쎄에게는 시인의 재능은 있었어요. 그러나 『쌩-마르』를 제외한 비니 씨의 다른 작품들은 도저히 읽을 수가 없었어요. 하도 지루하여 책이 스스로 저의 손에서 미끄러져 떨어져요. 비니 씨에게는 없던 기지와 재간을 갖추고 있던 몰레 씨가 그를 한림원에 받아들이면서 그럴듯한 환영사를 하였지요. 그 연설을 읽지 못하셨어요? 그야말로 간교함과 무례함의 걸작품이지요."

자기의 조카들이 그를 찬양하는 것이 놀랍다고 하면서, 그녀는 발쟉이 '아무도 자기를 받아주지 않는 사회 계층'을 묘사한답시고 수천의 터무니없는 이야기를 늘어놓았다고 그를 비방하였다. 빅또르 위고에 대해서는, 그녀의 부친이신 부이용 씨가 로망티즘 표방하던 젊은이들 중에 속한 동료들 덕분에 『에르나니』 초연을 관람하실 수 있었으나, 재능 있으되 과장 심하며, 사회주의자들의 위험스러운 헛소리를 옹호하는[145] 타산적인 관용과 그러한 거래의 대가로 얻었을 뿐인 위대한 시인의 칭호를 받은 그 문인의 시구들이 하도 우스꽝스러워, 공연이 끝날 때까지 극장 안에 머무실 수 없었다는 이야기를 우리들에게 들려주었다.

어느덧 호텔이 우리들 시야에 들어왔고, 처음 그곳에 도착하던 날 저녁에는 그토록 적대적으로 보이던 호텔의 불빛들이, 이제는 가정의 불빛처럼 아늑하고 다정한 전령들 같았다. 그리고 마차가 호텔 정문 가까이에 도착하였을 때에는, 우리가 늦어지는 것에 막연한 불안을 느껴 입구 계단에 모여서 우리를 기다리던, 공연히 서두르고 천진스러운 정문 수위, 급사들, 리프트 등 그 모든 사람들이, 우리와 친숙해져, 우리들 자신이 그러는 것처럼 우리의 생애 동안 수없이 변화하되, 그들이 일정 기간 동안 우리 습관의 거울일 때에는, 그 속에서 우리가 충실하고 다정하게 반사됨을 느끼는 안온함을 발견하게 해주는, 그러한 존재들이었다. 오직, 낮 동안 태양 아래 놓여졌던 정복 차림의 종업원만이, 저녁 대기의 혹독한 차가움을 피하여 다시 안으로 들여놓아졌고, 포대기로 아이 감싸듯 모직 천으로 싸여져 있었으며, 그의 모발에 드러난 오렌지색 슬픈 모습 및 두 볼에 피어난 기이하게 분홍빛 감도는 꽃과 결합된 모직 천은, 홀 한가운데서, 추위를 막아주기 위하여 온상 속에 넣은 식물을 연상시켰다. 우리는 필요 이상으로 많은 사람들의 도움을 받으며 마차에서 내렸고, 그들은 그 장면의 중요성을 느꼈음인지, 자기들이 그것에서 하나의 역할을 수행해야 한다고 믿었다. 나는 심한 시장기를 느끼곤 하였다. 그리하여, 저녁 먹을 순간을 지체시키지 않기 위하여, 나의 방으로 곧장 올라가지 않는 경우가 잦았으며, 그 방 또한 결국 어찌나 정말 나의 방으로 변하고 말았던지, 폭 넓은 보라색 커튼들과 낮은 책장들을 다시 보는 것은 곧 나 자신과 홀로 다시 만나는 것이었고, 그러한 나의 영상을, 사람들처럼 물건들이 나에게 제공하곤 하였다. 우리는 모두 함께 홀에서, 지배인이 식사 준비가 완료되었음을 알려주러 오기를 기다리곤 하였다. 그러면 우리가 다시 빌르빠리지 부인의 이야기에 귀를 기울이곤 하였다.

"우리가 부인께 폐를 끼치는군요." 할머니가 말씀하셨다.

"천만의 말씀이에요, 저는 황홀할 정도로 기뻐요." 할머니의 친구분이 상냥한 미소를 띤 채 그녀의 일상적 소박함과 대조되는 선율 아름다운 어조로 음성을 길게 뽑으면서 대답하였다.

다시 말해, 그러한 순간에는 사실 그녀가 자연스럽지 못했고, 대신 자기가 받은 가정교육과, 평민들과 어울리게 될 경우, 그것이 기쁘며 또 자신은 조금도 교만하지 않음을 그들에게 보여줄 수 있도록 해주는, 귀족적 예의범절을 상기시켰다. 그리하여 그녀에게서 발견할 수 있었을 진정한 예절의 유일한 결함은 그녀의 지나친 예절 속에 있었다. 왜냐하면 그 예절의 과도함에서 쌩-제르맹 구역 귀부인의 주름살처럼 파인 직업적 버릇이 발견되었기 때문인데, 그러한 귀부인은, 언젠가는 자신으로 인하여 불만을 품게 될 평민들을 항상 접하게 될 운명에 놓여 있었던지라, 자기에게 허여된 모든 계기들을 게걸스럽게 이용하여, 자기가 그들에게 베푸는 친절을 기록해 두는 부기(簿記) 원장(原帳)의 대변(貸邊) 잔고가 여분을 유지하도록 하고, 그 잔고가 그녀로 하여금, 다음에 그 평민들을 초대하지 않은 만찬이나 사교적 연회를 차변에 무리 없이 기장하게 해준다. 그리하여, 옛날에 그녀에게 지워지지 않을 결정적인 영향력을 행사한, 그리고 이제는 상황도 사람들도 옛날과는 다르며 따라서 빠리에 돌아간 후에도 그녀가 우리들을 자기의 집에서 자주 만나기 원할 것이라는 사실을 모르는, 그녀가 속해 있던 계층의 수호정령이, 우리들에게 친절을 베풀도록 허여된 시간이 짧다는 듯 열에 들며, 우리가 발백에 있는 동안, 우리에게 장미꽃과 참외를 보내고, 책을 빌려주고, 자기의 마차로 우리들을 산책 시키고, 열렬한 감정을 토로하도록, 빌르빠리지 부인을 다그쳤다. 또한 그러한 연유로—해변의 눈부신 빛과, 호텔 방들의 알록달록함 및 해저의 미광과, 심지어 상인들의 아들들이 마케도니아의 알렉산드로스처럼 보이게 하던 승마 교습 못지않게—빌르빠리지 부인이 우리에게 날마다 베풀던 친절, 그것을 수락하신 할머니의 일시적인 여름날 특유의 너그러움 등도, 해수욕으로 소일하던 시절의 전형적인 특징처럼 나의 추억 속에 남아 있다.

"겉옷들은 방으로 올려 보내시지요."

빌리빠리지 부인의 그 말에 할머니가 그것들을 지배인에게 건넸고, 그가 나에게 평소 친절했던지라, 그의 마음을 상하게 한 것 같은 그 결례에 나의 가슴이 아팠다.

"저 신사분께서 언짢으신 모양이군요." 후작 부인이 말하였다. "댁의 숄을 받아 들기에는 자기가 너무 지체 높은 나리라고 아마 생각하는 모양이에요. 제가 아직 어렸을 때, 당시 부이용 저택 맨 꼭대기 층에 사시던 우리 아버님의 거처로, 커다란 꾸러미 하나와 배달된 편지들 및 신문들을 한 아름 안고 들어서시던 느무르 공작[146] 생각이 나는군요. 예쁜 목공예로 장식된 그 출입문의 문틀 가운데에, 하늘색 정장 차림으로 서 계시던 그 왕자님의 모습이 지금도 눈에 선해요. 아마 바가르[147]의 작품일 것이라 믿어지는데, 가느다란 막대기들이 어찌나 나긋나긋한지, 목재 세공인들이 그것으로 때로는 작은 매듭 모양이나 꽃다발을 묶는 리본 모양을 만들어 문틀을 장식하곤 하였지요. 왕자님께서 저의 아버님께 말씀하셨어요. '받으시게, 씨뤼스, 당신네 저택 수위가 당신에게 가져다주라고 하더군. 그러면서 나에게 말하기를, 내가 어차피 백작댁에 가는 길이니, 자기가 힘들여 여러 층을 거쳐 올라갈 필요 없으며, 꾸러미의 끈들이 훼손되지 않도록 주의하라고 분부하시더군.' 이제 물건들을 맡기셨으니, 저기 앉으시지요." 그녀가 할머니의 손을 다정하게 잡으면서 자리를 권하였다.

"오! 괘념치 않으신다면 그 안락의자에는 앉지 않겠어요! 두 사람이 앉기에는 너무 작고, 저 홀로 앉기에는 너무 크군요. 거기에 앉으면 제가 편치 않을 것 같아요."

"그렇게 말씀하시니, 똑같은 안락의자이기 때문인데, 제가 오랫동안 사용하였으나 그것이 가엾은 프랄랭 공작 부인께서 일찍이 저의 어머님께 드렸던 것인지라 제가 결국에는 더 이상 간직할 수 없었던, 바로 그 안락의자 생각이 나는군요. 이 세상 그 누구보다도 겸손하고 소박하셨으되, 저 자신도 이미 잘 이해하지 못하게 된 지난 시대의 생각을 가지고 계시던 저의 어머님께서, 처음에는 프랄랭 부인이 기껏 쎄바스띠아니 가문[148] 아가씨일 뿐이라고 하시면서, 당신이 그녀에게 먼저 인사드리기를 원하지 않으셨고, 반면 프랄랭 부인은, 자신이 공작 부인이었던지라,[149] 자기가 먼저 인사드릴 입장이 아니라 생각하였지요." 그러더니 그러한 유형의 미묘한 사회적 편견[150]을 자기가 이해하지 못한다는 사실을 잊고 빌르빠리지 부인이 덧붙였다. "그리고 사실, 자신이 슈와죌 부인일 뿐이었지만, 그럴 만했어요. 슈와죌 가문 사람들은 비할 데 없이 찬연한 명성을 누린 이들로, 루이 르 그로 국왕 전하의 누이분 후손들로, 바씨니 지역의 진정한 영주들이었으니까요.[151] 저의 가문이 누린 명성이나 혈통에 있어서 슈와죌 가문을 능가하는 것은 사실이나, 그 유구함에 있어서는 거의 비등하지요. 그러한 의전례적(儀典禮的) 상위(上位) 다툼으로부터, 두 귀부인들 중 하나가 먼저 예 표하기를 받아들이는 것 기다리느라고 오찬이 한 시간 족히 늦어지는 촌극이 벌어졌지요. 그러한 일에도 불구하고 두 귀부인 사이에 깊은 우정이 생겼으며, 슈와죌 부인께서 여기에 있는 것과 유사한 안락의자 하나를 저의 어머님께 선사하셨지만, 지금 부인께서 그러시듯 모든 사람들이 그것에 앉기를 거절하였어요. 어느 날 저택 내정에 마차 한 대가 들어오는 소리를 저의 어머니께서 들으셨어요. 그리하여 누가 왔느냐고 어린 하인에게 물으셨지요. '백작 부인, 라 로슈푸꼬 공작 부인이십니다.—아! 그런가, 어서 모시거라.' 그런데 십오 분이 지났건만 아무도 나타나지 않았어요. '도대체 라 로슈푸꼬 공작 부인께서는 어디에 계시느냐?—백작 부인, 공작 부인께서는 지금 층계에서 숨을 돌리고 계십니다.'

시골에서 온지 얼마 아니 되는 하인 아이의 대답이었어요. 저의 어머니는 시골에서 하인들을 데려오시곤 하였는데, 그들이 태어나는 것을 직접 보신 경우도 많았어요. 그렇게 함으로써 충직한 하인들을 둘 수 있지요. 또한 그것이 최상의 사치지요. 라 로슈푸꼬 공작 부인의 체구가 거대하여, 정말 층계를 오르는데 어려움이 컸고, 그 체구가 어찌나 거대했던지, 그 부인이 들어서는 순간, 어머니께서는 그분을 어디에 앉으시게 해야 좋을지 몰라 불안해하셨어요. 바로 그 순간 프랄랭 부인이 선사하신 안락의자가 어머님 눈에 띄었어요. '불편하시더라도 거기 앉으시지요.' 어머니께서 그녀에게 안락의자를 권하시며 말씀하셨어요. 그리하여 공작 부인이 그 안락의자를 그 가장자리까지 가득 채웠고, 그… 당당한 체구에도 불구하고 그럭저럭 편안히 머무셨지요. '그 분이 들어오시면 실내에 특별한 효과가 생깁니다.' 우리 집에 드나드는 친구분들 중 어느 분이 말씀하시자, 오늘날 통용되는 것보다 더 민첩한 어휘를 구사하시던 어머니께서 이렇게 대꾸하셨어요. '나가시면 특히 더 그렇지요.' 라 로슈푸꼬 부인 댁에서조차, 그분의 면전에서, 그 폭 넓은 규모를 가지고 스스럼없이 농담들을 하였고, 그러면 제일 먼저 그분이 웃음을 터뜨리곤 하였어요. '댁에 홀로 계신가요?' 어느 날 라 로슈푸꼬 부인을 방문하셨다가, 응접실 입구에서 라 로슈푸꼬 씨의 영접을 받으신 저의 어머니께서, 그 순간 깊숙하게 들어간 퇴창 앞에 있던 부인을 발견하시지 못하고 그렇게 물으셨어요. 그리고 다시 물으셨지요. '라 로슈푸꼬 부인께서는 아니 계신가요? 저의 눈에는 보이시지 않으니.―참으로 다정하십니다!' 제가 아는 한 분별력 가장 부족한 사람들 중 하나이지만, 특정 유형의 기지는 갖춘 공작이 그렇게 대꾸하였답니다."

저녁 식사 후 할머니와 함께 방으로 올라갔을 때, 나는 할머니에게, 재치라든가 섬세함, 삼감, 겸손 등, 빌르빠리지 부인에게서 발견되며 우리를 매혹하는 그 장점들이 아마 그리 귀중하지는 않을 것 같다고 하였다. 그러한 것들을 최고 수준으로 겸비하였다는 사람들이 기껏 몰레와 로메니[152] 같은 이들에 불과하고, 그것들의 결여가 일상의 관계들을 불쾌하게 만들 수 있는 반면, 샤또브리앙이나 비니, 위고, 발쟈 등, 분별력 없으며 블록 같은 사람들이 야유하기 쉬운 허풍꾼들 되는 것은 막지 못하기 때문이라고 하였다. 그러나 블록의 이름을 들으시자 할머니가 펄쩍 뛰셨다. 그리고 나에게 빌르빠리지 부인의 장점을 자랑하듯 열거하셨다. 사랑에 있어서 각 개체의 선택은 종족의 이권이 주도하며, 그 사랑에서 태어난 아이가 가장 정상적으로 형성되도록 하기 위하여, 비대한 남자들에게는 날씬한 여자들을, 날씬한 여자들에게는 비대한 남자들을 선택하게 한다고 흔히들 말하듯, 마찬가지로, 할머니로 하여금, 빌르빠리지 부인에게서 뿐만 아니라 내가 심심풀이와 심적 안정을 발견할 수 있을 사회 집단에서 발견되는 특유의 절제와 분별력을 최우선시 하시게 한 것은, 신경과민과, 슬픔이나 고독 쪽으로 기우는 나의 병적인 성향에 의해 위협 받고 있던, 나의 행복에 대한 희미한 열망이었으며―그 사회 집단이란, 보쎄르장 부인이나 주베르나 쎄비녜 부인 같은 이들의 것은 아니라 해도 두당이나 레뮈자 씨 같은 이들의 사고방식,[153] 즉 그들과 반대의 경향을 띤 첨예한 세련됨보다 삶에 더 많은 행복과 품격을 가져다주는 사고방식이 만개하던 사회집단과 유사한 것이었고, 할머니께서는 당신의 손자가, 보들레르와 포우와 베를렌느와 랭보 같은 이들[154]을 좋지 않은 평판과 숱한 고통으로 이끌어간 그 반대 경향의 세련됨에 물드는 것을 원하시지 않았다. 나는 할머니를 포옹하면서 말씀을 중단하시게 하였고, 빌르빠리지 부인이 한 말들 중, 겉보기보다는 더 자신의 혈통을 중요시하는 한 여인을 드러내는 특정 구절을 간파하셨느냐고 여쭈어보았다. 나는 그렇게 내가 받은 인상들을 할머니께서 판단하시도록 위임하곤 하였는데, 어떤 사람에 대한 평가를 할머니가 내려주시지 않으면 내가 도저히 그를 판별하지 못하였기 때문이다.

언젠가 내가 할머니에게 말씀드렸다.

"할머니 없이는 살 수 없을 것 같아요."—"하지만 그러면 안되지." 할머니가 동요된 음성으로 대답하셨다. "우리가 마음을 더욱 다잡아야 한다. 그러지 않으면 내가 혹시 여행을 떠날 경우 네가 어찌 되겠느냐? 나는 그럴 경우 오히려 네가 사리 밝고 행복해지기를 바란다."—"할머니가 며칠 동안 여행하신다면 그럴 것이지만, 그러면서도 매시간을 헤아리며 할머니를 기다릴 거예요."—"하지만 내가 여러 달 동안…(그 생각만으로도 나의 가슴이 조여들었다), 여러 해 동안… 그리고…"

우리 두 사람은 동시에 입을 다물었다. 감히 서로를 쳐다보지도 못하였다. 그러는 동안에도 나는 내가 느끼던 것보다는 할머니가 느끼실 번민 때문에 더 괴로웠다. 그리하여 나는 창문 쪽으로 다가갔고, 할머니를 외면하면서 이렇게 말하였다.

"제가 얼마나 습관에 순응하는 존재인지 할머니도 아실 거예요. 제가 가장 사랑하는 이들과 헤어진 초기에는 불행해요. 하지만 그들을 전과 다름없이 사랑하면서도 헤어진 것에 익숙해지고, 저의 삶이 평온해 질 뿐만 아니라 즐거워져요. 그러니 그들과 여러 달 동안, 여러 해 동안을 헤어져 산다 해도 견딜 수 있을 거예요…."

그런 다음 나는 입을 다물 수밖에 없었고, 고개를 완전히 창문 쪽으로 돌렸다. 할머니께서 잠시 방에서 나가셨다. 그러나 다음 날 나는 지극히 무심한 어조로, 그러면서도 할머니가 나의 말에 관심을 가지시도록 하면서, 철학에 대하여 말하기 시작하였고, 최근의 과학적 발견에도 불구하고 유물론이 더 이상 버티지 못할 것 같아 보이는 것이 기이하며, 가장 개연성 큰 것은 영혼의 불멸성과 그것들의 재회인 듯하다고 말씀 드렸다.

빌르빠리지 부인이 우리들에게, 얼마 후면 우리들과 전처럼 자주 만날 수 없을 것이라고 미리 알려주었다. 현재는 근처 동씨에르 주둔군 병영에서 복무하며 쏘뮈르 사관학교[155] 입학을 준비하고 있는 자기의 젊은 조카 하나가, 몇 주 동안의 휴가를 자기 곁에 와서 보내기로 되어 있어, 그에게 많은 시간을 할애해야 하기 때문이라고 하였다. 우리들과 함께 산책하는 동안에도, 그녀는 그 조카의 탁월한 총명함을, 특히 그의 착한 심성을 우리에게 자랑하곤 하였던지라, 나는 벌써부터 그가 나에게 호감을 느낄 것이고, 내가 그의 각별한 친구가 될 것이라고 상상하였으며, 그가, 미친 듯 좋아하여 결코 놓아주지 않을 못된 여자의 수중에 떨어졌다는 이야기를, 그의 숙모가 나의 할머니에게 넌지시 들려 드렸을 때, 그것이 그가 아직 오기도 전이었건만, 그러한 유형의 사랑은 숙명적으로 정신 이상이나 범행 혹은 자살로 귀착된다고 확신하던 나는, 아직 그를 보지도 못하였으되 나의 가슴속에서 그토록 커진 우리의 우정에 허여된 그토록 짧은 시간을 생각하면서, 마치 심한 부상을 입어 살날이 얼마 남지 않았다는 사랑하는 사람의 소식을 접한 듯, 우리의 우정과 그를 기다리고 있을 불행을 애석해하며 눈물을 흘렸다.

날씨 몹시 뜨겁던 어느 날 오후, 나는 호텔의 반쯤 어둑해진 식당에 앉아 있었고, 햇빛으로부터 식당을 보호하기 위하여 당겨놓은 그리고 햇빛 때문에 노랗게 보이던 커튼 자락들 사이로 바다의 푸른색이 반짝거리며 들어오고 있었는데, 어느 순간, 해변에서 도로까지 이어진 중앙 통로에, 키 훌쩍 크고 날씬하며 시원스러운 목에 머리를 당당하게 쳐든 젊은이 하나가 지나가는 것이 보였고, 그의 피부와 모발은 마치 모든 햇살을 몽땅 흡수한 듯 황금빛이었으며 눈빛이 날카로웠다. 남자가 감히 입을 수 있으리라고 나로서는 믿을 수 없었을 부드럽고 색깔 희끄무레한 천으로 지은 옷을 입었고, 그 천의 얇음이 식당 안의 시원함 못지않게 밖의 열기와 화창한 날씨를 새삼 상기시키는데, 그는 빠른 걸음으로 걷고 있었다, 외알박이 안경이 끊임없이 흘러 처지던 그의 두 눈은 바다의 물빛 그대로였다. 모든 사람들이 그가 지나가는 것을 호기심에 사로잡혀 바라보았고, 그 젊은 쌩-루-앙-브레 후작이 그 특유의 멋으로 유명한 것을 모두들 알고 있었다. 그가 근자에 젊은 위제스 공작의 결투에 증인으로 입회할 때 입었던 옷을 모든 신문들이 상세히 묘사하였기 때문이다. 거친 물질 속에 박혀 있는 짙은 하늘색 영롱한 오팔의 진귀한 광맥처럼 그를 군중 속에서 돋보이게 하였을 그의 모발과 눈과 피부와 풍채의 특질이, 다른 사람들의 삶과는 다른 그의 삶에 상응함에 틀림없을 것 같았다. 그리하여, 빌르빠리지 부인이 개탄하던 그의 관계가 시작되기 전, 상류 사교계의 가장 예쁜 여인들이 그를 두고 각축전을 벌이던 시절, 예를 들어, 그가 미모로 명성 떨치던 어느 여인에게 구애하며 그녀와 함께 해변에 나타났다면, 그것이 단지 그 여인을 돋보이게 하였을 뿐만 아니라, 뭇시선이 그녀에게 못지않게 그에게도 쏠리게 하였을 것이다. 그의 '멋'과 젊은 '사자'의 엉뚱함, 특히 그의 비범한 수려함 때문에, 심지어 어떤 이들은 그에게서 여성적인 기색마저 발견하였으나, 그가 얼마나 남자답고 여인들을 얼마나 열렬히 좋아하는지를 알고 있었던지라, 그것을 흠잡지 않았다. 빌르빠리지 부인이 우리에게 들려준 것은 바로 그 조카에 관한 이야기였다. 나는 그와 몇 주 동안 사귀게 될 것이라 생각하였고, 그가 나에게 자기의 열성을 쏟을 것이라 확신하여 황홀해졌다. 그가 자기 앞에서 나비처럼 나풀거리는 자기의 외알박이 안경을 쫓아가듯, 신속하게 호텔 앞을 가로질렀다. 그는 해변으로부터 올라오는 길이었고, 그리하여, 화가들이 실제 생활에서 관찰된 것 중 아무것도 눈가림하지 않고 자기들의 모델을 위하여 폴로 경기장이나 골프장의 잔디밭, 경마장, 요트의 갑판 등, 적합한 배경을 선택하여, 르네쌍스 이전의 원초주의 화파 화가들이 하나의 경관 전경(前景)에 인간의 얼굴이 나타나게 하였던[156] 그러한 화폭의 현대적 등가물을 부여하려 하는, 몇몇 초상화들에서처럼, 마치 홀의 유리창 중간 높이까지 채우고 있던 바다가 그를 위하여 배경 역할을 하였고, 그 배경으로부터 그가 걸어서 분리되어 나오고 있었다. 말 두 필이 끄는 마차가 호텔 정문 앞에서 그를 기다리고 있는 동안, 그의 외알박이 안경이 햇볕 가득한 길 위에서 다시 나풀거리기 시작하였고, 이류 연주가보다 자기가 우월함을 과시할 수 있을 기회를 제공할 수 없을 것 같은 가장 평범한 소절을 연주하면서도, 자기의 우아함과 숙련된 기량을 보여줄 수 있는 위대한 피아니스트처럼, 빌르빠리지 부인의 조카가, 마부가 자기에게 건네주는 고삐를 잡으면서 마부 옆에 앉아, 호텔 지배인이 전해 준 편지의 봉인을 뜯는 한편 동시에 말들을 출발시켰다.

그 이후 여러 날 동안, 깃을 높이 세우고, 그로부터 도망치려 하며 춤을 추는 듯한 그의 외알박이 안경 둘레에서 움직이는 팔과 다리의 움직임에 끊임없이 균형을 주려 하던—안경이 마치 팔과 다리의 중심 같았다—그와 마주칠 때마다, 우리가 자기 숙모와 친근하다는 사실을 모를 리 없었음에도 불구하고, 그가 우리들에게 접근하려 하지 않는다는 것을 짐작할 수 있었을 때, 그리고 그가 우리에게 인사를 하지 않는 것을 보고, 내가 얼마나 크게 실망하였던가! 그리하여 나는, 빌르빠리지 부인이, 그리고 그녀에 앞서 노르뿌와 씨가, 나에게 보여준 친절을 뇌리에 떠올리면서, 그들은 아마 가짜 귀족들에 불과할 것이라고, 또 귀족사회를 지배하는 율법 중 어느 비밀 조항 하나가, 여인들이나 특정 유형의 외교관들에게는, 평민들과의 관계에 있어서, 내가 모르는 어떤 이유 때문에, 일개 젊은 후작은 무자비하게 실천에 옮겨야 하는 거만을 부리지 않아도 좋다고 허용함에 틀림없다고 생각하였다. 나의 이성은 나에게 그 반대의 말을 할 수도 있었을 것이다. 그러나 그 당시 내가 통과하던 우스꽝스러운 시기의—전혀 메마르지 않고 지극히 풍요로운 시기였다—특징은, 우리가 이성의 조언은 구하지 않아, 사람들의 가장 작은 속성들까지도 인격의 보이지 않는 부분처럼 여겨진다는 점이다. 그 시기에는 모든 것이 괴물들과 신들로 둘러싸여 있는 듯 보여, 우리가 평온이라는 것을 거의 모른다. 그 시기에 우리가 보인 행동들 중, 훗날 지워버릴 수 있으면 좋겠다고 생각하지 않는 것은 거의 하나도 없다. 그러나 반대로 우리가 정작 애석해해야 할 것은, 우리로 하여금 그러한 행동들을 저지르게 하던 자발성이 더 이상 우리에게 없다는 사실이다. 그 시기 이후에는 우리가 실용적인 시각으로, 사회의 여타 부분에 합당하게 모든 것을 보지만, 소년기란 우리가 무엇을 배울 수 있는 유일한 시기이다.

내가 그러한 쌩-루 나리에게서 어렴풋이 발견한 방자함과 그 속에 내포된 천성적인 냉혹함은, 그가 매번 우리들 앞으로 지나갈 때마다 뻣뻣이 세운 훌쩍 큰 키와 항상 변함없이 높게 쳐든 고개, 무심하다 못해 냉혹하기까지 한 시선 등, 삼가지 않던 태도에 의해 입증되었거니와, 그의 시선에는, 다른 피조물들의 권리에 대한, 비록 그들이 자기의 숙모를 모르는 사람들이라 할지라도, 우리로 하여금 어느 노파 앞에서 하나의 가로등 앞에서처럼은 처신하지 못하게 하는, 희미한 존경심 마저 없었다. 그 냉랭한 거조가, 자기가 느끼는 호감을 피력하기 위하여 나에게 보낼 것이라고 며칠 전까지도 내가 상상하던 그 매력적인 편지들과 사뭇 동떨어졌던 것은, 잊지 못할 연설로 자기가 의회는 물론 온 국민 속에 불러일으킨다고 홀로 목청을 돋우던 몽상꾼이 상상하던 열광이, 그의 상상 속 환호가 잦아든 후, 전과 다름없는 상태로 되돌아간 그의 보잘것없고 미미한 처지와 동떨어진 것에 못지않았다. 의심할 나위 없이, 오만하고 표독스러운 천성을 드러내는 그러한 외양이 우리들에게 남겼을 좋지않은 인상을 지워보려고, 빌르빠리지 부인이 우리들에게 자기 종손의(그는 그녀의 질녀들 중 하나[157]의 아들이었고 나보다 조금 연상이었다) 고갈되지 않는 선량함에 대하여 다시 거듭 말하였을 때, 나는, 상류 사회에서, 심정 메마른 사람들이 그들의 계층에 속하는 화려한 사람들에게 비록 친절하게 군다 하여도, 모두들 진실을 외면한 채, 그들이 탁월한 심정적 장점을 가졌노라고 하는 것에 경탄을 금할 수 없었다. 빌르빠리지 부인 자신이, 내가 그 두 사람과 좁은 길에서 마주쳐 그녀가 나를 자기의 조카에게 소개할 수밖에 없었던 어느 날, 비록 간접적이기는 했지만, 내가 자기 조카의 본질적 측면에 대하여 이미 가지고 있던 확신을 더욱 공고히 해주었다. 그는 어떤 사람을 거명하며 자기에게 소개하는 말을 전혀 듣지 못한 듯, 그의 안면 근육은 단 한 가닥도 미동조차 하지 않았고, 인정의 가장 희미한 미광조차 반짝이지 않던 두 눈은, 그 시선의 무감각 즉 그 공허함 속에 있는, 그리고 그것이 없다면 생명 없는 거울과 두 눈을 구별할 수 없을, 일종의 과장만을 내보였다. 그러더니 나에 대하여 무엇을 알아내려는 듯 특유의 냉혹한 눈을 나에게로 고정시키면서, 나의 인사에 답하기 전에, 의지에서 비롯된 행위보다는 오히려 근육의 반사운동에서 비롯된 듯한 급작스러운 작동 형태로, 자기와 나 사이에 최대한의 간격을 유지하면서 팔을 한껏 뻗어, 멀찌감치서 손을 내밀었다. 그리하여 다음 날, 그가 나의 방으로 자기의 명함을 보냈을 때, 나는 그것이 아마 결투를 신청하기 위해서일 것이라 생각하였다. 그러나 그는 나에게 문학에 관한 이야기만 하였고, 오랜 시간 동안 한가하게 대화를 나눈 후, 나와 매일 여러 시간씩 회동하기를 간절히 원한다고 하였다. 그는 그 방문 동안 정신적인 것들에 대해서만 매우 강렬한 취향을 드러냈고, 전날 처음 인사를 나눌 때의 태도와는 전혀 어울리지 않는 호감을 나에게 표하였다. 그리고 누가 어떤 사람을 그에게 소개할 때마다 같은 태도를 드러내는 것을 본 나는, 그것이 그의 가문 중 특정 부류 사람들만이 가지고 있는 사교적 버릇이며, 그를 훌륭하게 키우는 데 전념하던 그의 모친에 의해 그에게 주어진 하나의 습관임을 깨달았다. 그는 자기의 멋진 의복이나 아름다운 모발에 대해 그러듯, 자기의 그러한 태도를 전혀 염두에조차 두지 않았다. 그것은 처음 내가 부여하였던 윤리적 의미를 내포하지 않은, 자기가 아는 어떤 사람의 부모에게 자기를 즉시 소개시켜 달라고 하던 그의 또 다른 버릇처럼, 순전히 터득한 무엇, 그리하여, 우리가 처음 만난 그다음 날, 나에게는 인사를 할 겨를도 없이, 그 요청이 마치 검술에서의 방어 동작이나 끓는 물이 튀었을 때 눈을 감는 동작처럼 어떤 방어 본능에 기인한 듯, 그러한 예방책이 없으면 한순간이라도 더 기다려야 하는 위기가 닥치기라도 하는 양, 열에 들뜬 듯 나에게로 질주하여, 자기를 할머니에게 소개시켜 달라고 나에게 요구하게 한 그의 후천적인 본능이었다.

 그러한 구마의식(驅魔儀式)들이 일단 끝나자, 최초의 외양을 벗어던지고 매혹적인 우아함으로 단장하는 성마른 요정처럼, 그 오만한 존재가 일찍이 내가 만나보지 못한 가장 상냥한 젊은이로 변하였다. 그것을 보고 나는 이러한 생각에 잠겼다. '그래, 내가 벌써 그에 대하여 잘못 생각하였고, 신기루에 속은 희생자였으며, 그 첫 신기루를 극복한 것은 두 번째 신기루에 다시 속아 넘어가기 위한 단계일 뿐이야. 저 지체높은 나리께서 스스로 귀족이라는 신분에 사로잡혀 있으되 그러한 사실을 감추려 애쓰는 것일 뿐이기 때문이야.' 그런데 쌩-루의 매력적인 예절과 모든 친절이, 얼마 후 정말, 내가 의심쩍게 짐작하던 것과는 전혀 다른 존재를 나에게 보여주었다.

 오만한 귀족이나 스포츠맨[158]의 기색을 가지고 있던 그 젊은이가, 오직 정신적인 것들에만, 특히 그의 숙모에게는 우스꽝스럽게 보이던 문학과 예술의 현대주의[159]적 표현에, 경의와 호기심을 가지고 있었을 뿐만 아니라, 다른 한편으로는, 자기의 숙모께서 사회주의자들의 과장된 수사(修辭)라고 하던 것에 물들고 자신이 속한 신분에 대한 깊은 경멸감으로 가득하여, 니체와 프루동[160]을 연구하는데 날마다 여러 시간을 할애하였다. 그는 쉽게 감탄하고 어떤 책 속에 빠져 지내며 고결한 사상에만 관심을 갖는 소위 '지식인'이라고 하는 사람들 중 하나였다. 심지어, 쌩-루에게서 발견되던, 지극히 추상적인 그러한 경향의 표현이, 그리고 나의 일상적인 관심사로부터 그를 그토록 멀어지게 하던 그러한 태도가, 비록 감동적으로 보이긴 하였지만, 나에게 조금은 지겹게 여겨지기도 했다. 또한 솔직히 말하거니와, 그의 부친께서 어떤 분이었는지 내가 잘 알게 되었을 때, 즉 이미 멀어져 간 한 시대의 그토록 특별했던 멋을 한 몸에 집약하여 지니고 있었다던 그 유명한 마르상뜨 백작에 관한 일화들을 내포한 회고록들을 막 읽고 난지라, 나의 뇌리가 숱한 몽상으로 가득 채워지고, 마르상뜨 씨가 영위하던 삶에 관해 더 구체적으로 알고 싶은 열망에 사로잡히던 날에는, 로베르 드 쌩-루가, 자신이 그러한 부친의 아들이라는 것에 만족하는 대신, 그리하여 자기 부친의 삶이었던 그 옛 이야기 속으로 능히 나를 안내할 수 있는 사람이 되는 대신, 스스로를 니체와 프루동에 대한 사랑으로까지 고양시켰다는 사실에, 내가 미친 듯이 괴로워하곤 하였다. 그의 부친께서도 나의 그러한 아쉬움에 아마 동감하시지 않았을 것이다. 그분 자신이, 사교계 인사가 영위하는 삶의 테두리를 벗어나던 하나의 지식인이었으니 말이다. 그는 자기의 아들을 정확히 알 시간적 여유를 별로 갖지 못하였으나, 아들이 자신보다 우월하기를 바랐을 것이다. 그리하여 내가 믿거니와, 가문의 다른 사람들과는 반대로, 자기의 아들에 대하여 감탄하였고, 자기의 보잘것없는 파적거리였던 것을 아들이 거들떠보지도 않은 채 엄숙한 명상에 잠기는 것에 기뻐하였으며, 정신적인 것에 관심을 가진 지체 높은 나리의 겸손함 때문에 아무 말 하지 않았으되, 아들이 좋아하는 작품들을 몰래 읽으면서, 로베르가 자신보다 얼마나 우월한지를 가늠하며 즐거워했을 것이다.

그 이외에, 다음과 같은 슬픈 일이 있었으니, 매우 개방적인 사고방식을 가지고 있던 마르상뜨 씨가 자기와 그토록 다른 아들을 높이 평가하였을 것임에 반해, 로베르 드 쌩-루는, 한 사람의 자질이 특정 형태의 예술과 삶에 결부되어 있다고 믿는 사람들 중 하나였던지라, 평생 동안 사냥과 경마에만 몰두하면서 바그너의 작품 앞에서는 하품을 하고 오펜바하의 작품은 열렬히 좋아하였을 아버지에 대해, 다정하되 조금은 경멸적인 추억을 간직하고 있었다는 사실이다.[161] 쌩-루는, 한 사람의 지성적인 가치가 어느 특정 미학적 공식에 대한 신봉과는 아무 상관 없다는 점을 이해할 수 있을 만큼 충분히 명석하지 못했으며, 따라서 마르상뜨 씨의 소위 '지성'이라고들 하는 것에 대하여, 가장 상징주의적인 문학이나 가장 난해한 음악을 신봉하고 추종하였을 보엘디으의 어느 아들이나 라비슈의 어느 아들이 보엘디으나 라비슈에 대하여 품을 수 있었을 것과 조금은 유사한 형태의 경멸감을 간직하고 있었다.[162] 로베르가 이런 말을 하였다. "나는 나의 아버지를 잘 몰라요. 특이한 분이었던 것 같아요. 그분에게 닥친 재앙은 그분이 사신 시대였지요. 쌩-제르맹 구역에서 출생하시어 『아름다운 헬레네』의 시절에 사셨다는 사실, 그것이 한 사람의 삶에 대재앙을 안겨 주지요. 그분이 혹시 『링』을 열렬히 좋아하는 중산층 소시민이셨다면, 아마 전혀 다른 삶의 흔적을 남기셨을 거예요. 사람들이 저에게 말하기를, 문학을 좋아하셨다고 하더군요. 하지만 정말 그러셨는지는 모르겠어요. 그분께서 문학이라고 하시던 것이 유통기한 지난 작품들로만 구성되어 있었으니까요."[163] 그리고 나에 대하여 그가 가지고 있던 생각에 대하여 말하자면, 내가 쌩-루를 조금 진지하다고 여기던 반면, 그는 내가 자기보다 더 진지하지 못하였다는 점을 이해하지 못하였다. 그는 무엇이든 그것이 내포하고 있는 지성의 무게만을 기준으로 삼아 평가하였던지라, 그가 경박하다고 평가하던 것들이 나에게 안겨주던 상상의 황홀경을 간과하지 못하였던지라, 내가—자신에 비해 그토록 우월하다고 스스로 상상하던 내가—그러한 것들에 관심을 가질 수 있다는 사실에 놀라곤 하였다.

쌩-루는 첫 날부터, 그가 우리 두 사람에게 표하려 갖은 애를 쓰던 선의로 뿐만 아니라, 모든 일에서와 마찬가지로 그 노력에 곁들인 자연스러움으로도 할머니의 마음을 사로잡았다. 그런데 자연스러움은—의심할 나위 없이 그것이 인간의 기예 밑에서 자연을 느끼게 해주는지라—할머니께서, 꽁브레의 정원에서처럼 지나치게 규칙적인 화단들이 있는 것을 좋아하시지 않던 정원들에서건, 구성 요소 역할을 한 식품들을 거의 알아볼 수 없을 정도로 '혼례 케이크를 꾸미는' 요리술에서건, 혹은 루빈슈타인에게서 발견되는 운지법상의 가벼운 실수나 부정확한 음에 대해서조차 특별한 호의를 가지고 계신지라 지나치게 다듬어지고 핥아놓은 듯 매끈한 것을 원하지 않으시던 피아노 연주에서건, 모든 어떤 장점들보다도 가장 좋아하시던 장점이었다. 할머니께서는 '번지르르함'도 '어색함'도, 뻣뻣함이나 풀 먹인 티도 없던, 유연한 우아함이 돋보이던 쌩-루의 의복에서 발견되는 그 자연스러움도 높게 평가하셨다. 또한 그 부유한 젊은이가 호화로움 속에서 살면서도, '돈 냄새를 풍기지도' 뻐기는 기색도 없이 수수하고 구애됨 없이 처신하는 것을 더욱 칭찬하셨으며, 심지어, 어떤 감동이 얼굴에 나타나는 것을 막지 못하는—그리고 일반적으로 유년기와 함께, 그리고 그 시기의 몇몇 용모적 특징들과 함께 사라지는—쌩-루가 아직도 간직하고 있던 그 연약함 속에서조차 그 자연스러움의 매력을 다시 발견하셨다. 예를 들어, 그가 갈망하였으되 기대하지는 못하던 것, 그것이 고작 한마디 칭찬에 불과할지라도, 그것으로 인하여 그의 내면에서 발생하던 기쁨이 어찌나 급작스럽고, 열렬하고, 휘발성 크고, 팽창성을 띠었던지, 그가 그것을 제어하여 감추는 것이 불가능해서, 기쁨의 표정이 항거할 수 없는 기세로 그의 얼굴을 점령하였고, 볼의 지나치게 고운 피부를 통해 강렬한 홍조가 드러나는 한편 그의 두 눈에 당황스러움과 기쁨이 반사되었으며, 할머니께서는 그 정직성과 천진성의 매력적인 외양에 무한히 감동하셨는데, 또한 쌩-루의 그러한 외양이, 적어도 내가 처음 그와 관계를 맺던 시기에는, 속임수가 아니었다. 그러나 그러한 일시적 홍조가 보이는 용모상의 진지함이 윤리적 이중성을 배제하지 못하는 경우에 해당하는 사람을 내가 만난 적 있고, 또한 그러한 사람들이 많다. 얼굴에 나타나는 그러한 홍조가, 가장 추한 협잡질을 능사로 삼는 천성들이 그 앞에서 무력해지고 그것을 다른 이들에게 고백하지 않을 수 없을 정도로 느끼던, 기쁨의 강렬함을 입증할 뿐인 경우가 허다하다. 그러나 할머니께서 쌩-루의 자연스러움에 특히 찬탄하셨던 것은, 그가 나에 대하여 품고 있던 호감을 추호도 기탄없이 고백하던 그의 방식에서였으며, 그것을 표현하는데 그가 사용한 말들은, 할머니께서 말씀하셨듯이, 당신께서도 더 정확한 것을 발견하실 수 없을 정도였고, '쎄비녜와 보쎄르장'이 부서(副署)할 수 있을 만큼 다정했다. 그는 또한 나의 단점들(할머니께서 재미있어 하실 만큼 그가 정교하게 분별해 낸)에 대하여 스스럼없이 농담을 던졌으되, 할머니가 그러셨을 것처럼 그 농담에 애정이 수반되게 하였고, 그 반대급부로 나의 장점들을 찬양할 때에는 열정과 신뢰가 감돌았으며, 그 신뢰에는, 그 또래 젊은이들이 일반적으로 거드름 피우는데 도움이 된다고 믿는 유보적인 태도나 냉랭함이 전혀 섞이지 않았다. 또한 나의 작은 불편함들을 미리 알려 경고해 주고, 내가 감지하지 못하는 사이에 날씨가 선선해지면 덮개를 나의 두 다리 위에 얹어주며, 내가 슬프거나 기분이 언짢다고 느끼면 저녁 늦게까지 나와 함께 머물 방안을 묵묵히 강구함에 있어, 그가 주의를 조금도 게을리하지 않아, 나의 건강을 위해서는 더 많은 단련이 아마 바람직할 것이라 여기시던 할머니께서는 그러한 주의가 지나치다고 여기셨으되, 그것이 나에 대한 애정의 증거였던지라, 할머니에게 깊은 감동을 드렸다.
 그와 나 사이에, 우리가 영원히 변치 않을 절친한 친구라는 합의가 신속히 이루어졌고, 그는 마치 우리들 외부에 존재하는 지극히 중요하고 감미로운 무엇에 대하여 말하듯 '우리들의 우정'이라는 말을 자주 하였으며, 이내 그것을 가리켜—자기의 연인에 대한 사랑은 별도로 떼어놓으면서—자기 삶의 가장 큰 기쁨이라고 하였다. 그러한 말이 나에게 일종의 슬픔을 야기시켰고, 나는 그러한 말에 응답하기가 난처했다. 그와 함께 있으면서 한담을 나누는 것에서—물론 다른 그 누구와도 마찬가지였을 것이지만—내가 동반자 없이 홀로 있을 때에만 반대로 맛볼 수 있었을 그 행복을 느낄 수 없었기 때문이다. 홀로 있을 때에는 가끔, 나의 심층부로부터, 나에게 감미로운 편안함을 주던 특이한 인상들 중 몇몇이 굽이침을 느끼곤 하였다. 그러나 내가 어떤 사람과 함께 있거나 어느 친구에게 말을 건네면, 그러기 무섭게 나의 오성이 별안간 돌아서서, 내가 아닌 그 대화 상대자 쪽으로 나의 사념들을 이끌어 갔으며, 사념들이 그 방향으로 향할 때에는 그것들이 나에게 아무 기쁨도 안겨 주지 못하였다. 쌩-루와 헤어진 후 나는, 단어들의 도움을 받아, 그와 함께 보낸 어수선한 순간들에 일종의 질서를 부여하곤 하였으며, 나 자신에게 말하기를, 나에게 좋은 친구 하나가 있고 좋은 친구란 매우 희귀한 것이라고 하면서, 얻기 어려운 보화들로 내가 둘러싸여 있다고 느끼는 순간, 나의 천성에 부합되는 기쁨과는 정반대인 것을, 즉 희미한 빛 속에 감추어져 있던 그 무엇을 나 자신 속에서 발굴하여 오성의 밝은 빛 아래로 이끌어내었다는 기쁨과는 정반대인 것을, 음미하며 즐거워하곤 하였다. 내가 로베르 드 쌩-루와 한담하면서 함께 두세 시간을 보냈을 경우, 내가 한 말에 그가 비록 찬탄을 금치 못하였어도, 나 홀로 있으면서 나의 작업에 착수할 준비를 갖추지 않았다는 점에 대하여, 나는 일종의 가책감과 아쉬움과 피곤을 느끼곤 하였다. 하지만 나는 반면, 우리가 스스로 만족하기 위해서만 명석한 것은 아니며, 가장 위대한 사람들도 높은 평가 받기를 갈망하였고, 내가 내 친구의 뇌리에 나를 높게 평가하는 견해를 구축하면서 보낸 여러 시간을 허송한 것으로는 간주할 수 없다고 생각하면서, 내가 그것에 행복감을 느껴야 한다고 나 자신을 쉽사리 설득하는 한편, 내가 그것을 실은 느끼지도 못하였건만, 오히려 더 열렬히, 그것이 나에게서 박탈되지 않기를 희원하였다. 다른 어느 것보다도 우리의 외부에 머물러 있는 보화가 사라지는 것을 더 근심하는 법이니, 그것은 우리의 심정이 그것에 닿지 못하였기 때문이다. 나는 많은 다른 사람들보다 우정의 효력이 더 발휘될 수 있도록 할 능력이 나에게 있다고 느꼈으나(내가 다른 이들은 집착하지만 나에게는 관심 밖이었던 개인적 이권보다 내 친구들의 이권을 항상 우선시할 것이었으니), 나의 영혼과 다른 이들의 영혼 사이에 있는 차이들을—우리들 각자의 영혼들 사이에 존재하는—증대시키는 대신 그것들을 지워버릴 하나의 감정으로 인해, 우정의 기쁨을 맛볼 능력은 나에게 없다고 어렴풋이 느끼고 있었다. 하지만 이따금씩 나의 사념이 쌩-루 속에서, 그 자신보다 더 보편적이며, 마치 내면의 어떤 정령처럼 그의 사지를 움직이게 하고 그의 몸짓과 행위를 주도하는, '귀족'이라는 존재 하나를 분별해내곤 하였으며, 그러한 순간에는 매번, 비록 그의 곁에 있어도, 마치 그 조화를 내가 파악한 어느 풍경 앞에 마주 서 있었던 것처럼, 나는 홀로였다. 그러할 때면 그가, 나의 몽상이 철두철미 파헤쳐야 할 하나의 대상에 불과했다. 그 옛 시절의 그리고 유구한 존재 속에서, 로베르가 떨쳐버리기를 열망하던 바로 그 귀족의 모습을 여일하게 다시 발견하는 것에서 내가 강렬한 즐거움을 느끼곤 하였으나, 그것은 지적 즐거움이었지 우정의 기쁨은 아니었다. 그의 친절에 그토록 확연한 우아함을 제공하는 심리적이고 신체적인 날렵함에서, 자기의 마차를 권하면서 나의 할머니를 그것에 오르시게 할 때의 자연스러움에서, 내가 혹시 추워하지 않을까 염려되어 자기가 입고 있던 외투를 나의 어깨에 걸쳐주기 위하여 자리에서 선뜻 뛰어내리는 그 능란한 동작에서, 내가, 오직 지성만을 귀하게 여기는 그 젊은 이의 여러 대를 이어 위대한 사냥꾼들[164]이었던 조상들의 유전적인 유연함만을, 그리고 오직 친구들을 더 잘 대접하기 위해서만 그에게 잔존해 있던 부에 대한 약간의 관심 곁에서, 그로 하여금 자기의 호화로움을 그토록 아무렇지도 않게 친구들의 발 밑으로 던져버리게 하던, 부에 대해 그의 조상들이 보이던 멸시[165]만을 느꼈던 것이 아니라, 특히 거의 그러한 거조에서, 지체 높은 나리들이었던 그의 선조들이 가지고 있던 '다른 이들보다 우월하다'는 확신 혹은 환상을 느꼈으며, 그 확신이나 환상 덕분에, 그의 조상들은 그에게, '다른 사람들에 못지않다'는 것을 과시하고픈 열망을,[166] 즉 평민의 가장 진실한 친절조차 뻣뻣함과 서투름으로 추하게 변질시키는, 그에게는 정말 낯선, 지나치게 열성적으로 보이지 않을까 하는 그 두려움 따위를, 물려줄 수 없었다. 때로는 내가, 나의 친구를 하나의 예술품처럼 관찰하던 나 자신을, 다시 말해, 그의 존재를 구성하는 모든 부분들이 매달려 의존하고 있으되 그는 정작 모르고 있던, 따라서 그가 가지고 있던 고유의 장점들에, 즉 그가 그토록 중시하던 지적이고 윤리적인 그 개인의 가치에, 아무것도 덧붙여주지 못하던 하나의 이념에 의해 조화롭게 조절되는 듯한 그 모든 부분들의 작동을 응시하던 나 자신을, 나무라기도 하였다.

하지만 그 이념이 어느 정도는 그의 조상들이 존재할 수 있었던 조건이었다. 그로 하여금, 거들먹거리며 버릇없이 자란 젊은 학생들과 사귀려 하게 하였던 그 정신적 활동과 사회주의적 열망들이, 그 학생들에게는 없던 진정 순수하고 무사무욕한 무엇을 내포하였던 것은, 그가 진정 귀족다운 젊은이였기 때문이다. 자신이 무지하고 이기적인 신분의 상속자라고 믿어, 학생들이 그러한 자기의 귀족 혈통을 용서해 주기를 진실로 희원하고 용서 받을 방안을 모색하였건만, 그와는 반대로, 그 혈통이 학생들을 유혹하는 요인으로 작용하였고, 그것 때문에 학생들은 그를 냉랭하게, 심지어 무례하게, 대하는 척하면서도 실은 그와 가까워지려 하였다. 그리하여 그가 사람들에게 먼저 다가가서 손을 내밀게 되었고, 꽁브레의 사회적 관습에 충실하셨던 나의 부모님께서, 그러한 사람들에게 등을 돌리지 않는 그를 보셨다면 아연실색하셨을 것이다. 어느 날 쌩-루와 내가 해변 모래 위에 앉아 있는데, 근처 천막으로부터 발백에 들끓던 유대인들에게 던지는 저주와 같은 말이 들려왔다. "단 두 걸음만 가도 그것들과 마주쳐. 내가 원칙적으로는 유대 민족을 완고하게 적대시하지는 않아. 하지만 여기에는 그들이 포화상태야. '디 동, 아프라함, 체 퓌 챠코프.'[167] 들리느니 그러한 소리뿐이야. 우리가 아부키르 로[168]에 와 있는 것으로 착각할 지경이야." 이스라엘 민족에 대한 반감을 그렇게 천둥처럼 터뜨리던 사람이 이윽고 천막에서 나왔고, 우리가 그 유대인 배척주의자를 향해 얼굴을 쳐들었다. 나의 학교 동료였던 블록이었다. 쌩-루가 나에게 즉각 요청하기를, 자기와 그가 한 번은 전국 고교 작문대회에서(블록이 최고상을 받았다) 그리고 다른 한 번은 시민대학[169]에서 마주친 적이 있음을, 그에게 상기시켜 달라고 하였다.

나는 가끔 로베르에게서, 지적으로 교류하던 그의 친구들 중 어느 하나가, 자신은 하등 중요하게 생각하지 않지만, 사교적인 실수를 저지를 때마다, 누가 그것을 알아차릴 경우 수치스러워하지 않을까 하여, 그 친구가 마음에 상처를 받을까 당황하는 태도에 스며 있던, 예수회파 사제들의 교육이 남긴 흔적을 다시 발견하고 미소를 짓곤 하였다. 그런 경우, 마치 자기가 실수를 저지른 듯, 얼굴을 붉히는 사람은 로베르였는데, 예를 들어, 그를 호텔로 만나러 가겠다고 약속하면서 블록이 그에게 다음과 같이 말하였다.

"나는 대상(隊商)들의 그 거대한 숙소에 우글거리는 사이비 멋쟁이들과 섞여 기다리는 것을 견디지 못하고, 그곳의 집시들이 나를 불편하게 하니, '라이프트'에게 말씀하시어, 그들의 입을 다물게 하고 당신에게 즉시 알리라고 하시오."

나로서는 블록이 호텔에 오는 것을 별로 탐탁하게 여기지 않았다. 그는 발백에 홀로 있었던 것이 아니라, 불행하게도, 그곳에 많은 친지들을 가지고 있던 자기의 누이들과 함께 있었다. 그런데 그 유대인 이주민 집단이 유쾌하기보다는 현란한 편이었다. 발백 또한 러시아나 루마니아 등 특정 나라들과 비슷했던 바, 지리 시간에 우리들이 배운 것에 의하면, 그런 나라들에서는 유대인들이 가령 빠리에서처럼 호의적인 대접도 받지 못하고 같은 수준으로 동화되지도 못한다고 했다. 다른 어떠한 이질적인 인자도 섞이지 않은 채 항상 자기들끼리만 어울리던, 블록의 사촌 누이들과 숙부들 혹은 그들의 남녀 동종(同種) 신앙인들이 카지노로 가서, 일부는 '무도회장'으로 다른 일부는 바까라 게임장으로 갈라져 향할 때면, 그들이 자체로 균질의 행렬 하나를 형성하고, 매년 그곳에 오되 그들과 인사 한 마디 나누지 않고 그들을 바라보기만 하던 사람들과는 완전히 상이하여, 그 사람들이 깡브르메르 집안 친지들이건, 깡 법원장의 무리건, 중산층에 속하는 이들이건, 혹은 빠리의 이름 없는 곡물상인들이건, 아름답고 자긍심 강하며 랭스의 주교좌 교회당의 조각상들처럼 얼굴에 조롱기 가득하고 진정 프랑스적인[170] 그들의 딸들은, '해수욕장'의 유행에 신경을 쓴 나머지 항상 새우 잡으러 갔다가 돌아오는 혹은 탱고를 추고 있는 듯한 복장을 한 그 마구 자란 계집아이들 떼거리와 결코 섞이려 하지 않았을 것이다. 남자들에 대해서 말하자면, 그들의 약식 정장과 칠피 구두에도 불구하고, 그들의 전형적인 과장은, 『신약』이나 『천일야화』의 표지를 그리게 되어 각 장면이 발생하는 고장을 생각한 끝에, 베드로 성자나 알리 바바에게 공교롭게도 발백 카지노에서 가장 젠체하는 도박사의 형상을 부여하는 화가들의, 흔히들 '영리하다'고 하는 치장을 연상시켰다. 블록이 나를 자기의 누이들에게 소개하였고, 그의 퉁명스러운 말 한 마디에 문득 주둥이를 일제히 봉하기도 하던 그녀들은, 자기들의 찬미 대상이며 우상이었던 그 오라비의 가장 하찮은 농담에도 폭소를 터뜨리곤 하였다. 따라서 그 유대인 집단이 다른 모든 집단처럼, 아니 다른 어느 집단보다도 더, 많은 매력과 장점들과 미덕을 지니고 있을 법도 하다. 하지만 그것들을 맛보기 위해서는 그 집단 속으로 침투해야 했을 것이다. 그런데 그 집단이 사람들의 마음에 들지 않았고, 그러한 사실을 일단 감지하자 그 집단의 눈에는 그것이 유대인 배척주의로 보였으며, 그것을 상대로 촘촘하고 폐쇄된 밀집 보병대를 형성하였는데, 실은 아무도 그 방어선에 침투로를 뚫으려 하지 않았다.

블록이 '리프트'를 '라이프트'라고 발음한 것도, 그 며칠 전 그가 나에게 무엇 때문에 발백에 왔는지(반대로 자기가 그곳에 온 것은 지극히 당연한 것처럼 보였던 모양이다), 그리고 혹시 '멋진 인연이나 맺을 수 있지 않을까 하는 기대' 때문이냐고 묻길래, 내가 발백에 온 것은 가장 오래된 숙원들 중 하나에 부응하기 위해서였으나, 그 숙원이 베네치아에 가는 것보다는 덜 절실했다고 그에게 말하였을 때, 그가 나에게 한 다음 답변만큼은 나를 놀라게 하지 않았다. "그래, 당연하지, 음침한 면도사[171]이며 이 세상에서 가장 지겨운 늙은이들 중 하나인 존 러스킨 경의 『스톤즈 오브 베나이스』[172]를 읽는 척 하면서 예쁜 귀부인들[173]과 과일 음료나 홀짝거리기 위해서였겠지." 블록이 그러니, 잉글랜드에서는 모든 남자들이 경(卿)[174]일 뿐만 아니라, 철자 'i'가 항상 '아이'로 발음되는 것으로 믿고 있었음에 틀림없었다. 쌩-루의 경우, 그는 발음상의 그러한 실수를 특히 세속적 지식의 결여쯤으로 간주하였던 만큼 그것을 중시하지 않았고, 자기에게 그러한 지식이 풍부했던 만큼 그것들을 경시하였다. 그러나 언젠가는, '베나이스'가 아니라 '베니스'로 발음하고 러스킨이 로드(경)가 아니었음을 알게 되어, 혹시 블록이 뒤늦게 로베르가 자기를 우스꽝스러운 녀석으로 여겼을 것으로 믿지 않을까 하는 두려움이, 로베르로 하여금 마치 자기가 너그러움에 인색하지 않았나 하여(실은 그것이 넘칠 지경이었건만) 죄책감에 사로잡히게 하였고, 저지른 오류를 깨달았을 때 블록의 얼굴을 언젠가는 틀림없이 물들일 홍조가, 미리부터 그리고 다른 이들의 입장에서 볼 수 있는 능력으로 인하여, 자기의 얼굴에 어리는 것을 느끼게 하였다. 블록이 자기보다 그러한 오류를 더 중시한다고 생각하고 있었기 때문이다. 로베르의 그 생각은, 얼마 후 어느 날, 내가 '리프트'라고 발음하는 것을 듣고 블록이 한 말에 의해 입증되었다. "아! 리프트라고 하는군." 그러더니 메마르고 오만한 어조로 다시 말하였다. "그것은 하지만 일말의 중요성도 가지고 있지 않아." 가장 심각한 상황에서건 가장 미미한 상황에서건, 자존심 강한 모든 사람들에게서 여일하게 나타나는 반사작용과 유사한 말이었다. 그러한 경우 그 반사작용은, 블록의 말 못지않게, 중요하지 않다고 큰소리치는 그 일이 그 사람에게 얼마나 중요하게 여겨지는가를 폭로한다. 또한, 누가 돕기를 거절하여, 필사적으로 매달리던 희망이 사라졌을 경우, 다소나마 자존심 있는 모든 사람들의 입술로부터 비통한 형태로 제일 먼저 튀어나오는, 가끔은 비극적인 말이기도 하다. "아! 그것은 일말의 중요성도 가지고 있지 않아. 내가 다른 식으로 조처하겠어." 다른 식으로 조처할 그 '일말의 중요성도 없는' 일이 때로는 자살로 이어지니 말이다.

그다음에 블록이 나에게 한 말들은 매우 친절했다. 그가 분명 나에 대해 친절하고자 했던 것 같다. 하지만 그가 나에게 물었다. "자네가 쌩-루-앙-브레와 자주 어울리는 것이 귀족 신분으로—그것도 지극히 미미한 귀족이지만 자네는 물정을 모르지—상승하고자 하는 취향 때문인가? 자네가 지금 스노비즘의 꼴좋은 위기를 겪고 있음에 틀림없어. 말해 보게, 자네는 스놉인가? 그래, 그렇지 않은가?" 그의 친절하고자 하는 뜻이 갑자기 바뀌었을 것이라는 말은 아니다. 하지만 상냥히 부정확한 프랑스어로 흔히들 '나쁜 교육'[175]이라고 지칭하는 그것이 그의 단점이었고, 따라서 다른 사람들이 그것에 충격을 받을 수 있으리라는 사실을 그가 생각조차 하지 못하였을 것임은 물론, 그 단점을 아예 깨닫지도 못하였다.

인간 세상에서는, 모든 사람들에게서 유사한 형태로 발견되는 미덕의 빈번함이, 각 개인이 가지고 있는 고유한 단점들의 다양성보다는 더 경이롭지 못하다. 의심할 나위 없이, '이 세상에 가장 널리 유포된 것이' 양식(良識)은 아니고 선량함이다. 이 세상의 나머지 다른 것들과 유사하되 그것들을 본 적 없고, 자기의 외로운 붉은색 두건을 가끔 파르르 떨게 하는 바람밖에 모르는, 외진 골짜기에 있는 한 송이 개양귀비처럼, 가장 한적하고 가장 멀리 떨어진 어느 두메에서 선량함이 스스로 피어나는 것을 보고 우리는 경이로움에 사로잡힌다. 그 선량함이 비록 이권에 의해 마비되어 발휘되지는 않더라도 여전히 존재하는지라, 어떠한 이기적 동기도 전혀 방해하지 않을 경우, 매번, 예를 들어 어떤 소설이나 신문을 읽는 동안에는, 그것이 심지어, 실생활에서는 살인범이되 신문 연재소설을 좋아하여 다감해지기도 하는 사람의 가슴속에서도 피어나고, 약한 사람과 의로운 사람과 박해 받는 사람에게 관심을 쏟기도 한다. 그러나 단점들의 다양성 또한 미덕들의 유사성 못지 않게 찬탄할 만하다. 가장 완벽한 사람도, 다른 이들에게 충격을 주거나 그들을 격노케 하는 특유의 단점을 가지고 있다. 어떤 사람은 아름다운 지성을 갖추고 있어, 모든 것을 고결한 시각으로 바라보고, 그 누구에 대해서도 결코 험담하는 일이 없으되, 자기가 전해 주겠노라고 자청하였던 가장 중요한 편지들을 자기의 호주머니 속에 방치하여 중대한 약속을 무산시키고도, 자신에게 시간 개념이 없는 것을 자랑으로 여기는지라, 사과 한 마디 없이 미소만을 짓는다. 또 어떤 사람은, 하도 섬세하고 다정하며 태도 우아하여, 우리에 대해서는 오직 우리를 기쁘게 해줄 수 있는 것들만 우리에게 이야기하지만, 우리는 그가 전혀 다른 것들에 대해 아예 입을 다물고 그것들을 자신의 가슴속에 묻어버려, 그것들이 그 속에서 변질되고 있음을 느끼며, 그렇건만 우리를 보는 것이 그에게는 하도 귀한지라, 그는 우리 곁을 떠나느니 차라리 우리가 자기로 인한 피로에 지쳐 쓰러지는 편을 택할 것이다. 그리고 또 다른 세 번째 사람은 더 솔직하지만, 건강 때문에 그를 만나러 가지 못하였노라고 우리가 자기에게 사과한 직후에도, 우리가 극장에 간 것을 본 사람이 있으며 우리의 안색이 건강해 보였다는 사실을, 혹은 우리가 자기를 위하여 시작하였던 교섭을 이미 다른 세 사람이 시작하여, 그것을 전적으로 이용할 수 없었으며 따라서 우리로부터는 가벼운 은혜만을 입었다는 사실을, 우리가 반드시 알아야 한다는 것에 집착할 지경으로 자기의 솔직성을 극단으로 이끌어간다. 그 두 경우에, 바로 앞에 이야기한 그 친구는, 우리가 극장에 갔다는 사실과, 다른 사람들이 같은 도움을 자기에게 줄 수 있었다는 사실을 모르는 척하였을 것이다. 그러나 세 번째 친구는 우리를 불쾌하게 할 것을 누구엔가에게 전하거나 폭로하고 싶은 욕구를 느끼며, 자신의 솔직성에 황홀해진 듯 우리에게 힘주어 말한다. "나는 천성이 그렇소." 어떤 사람들은 지나친 호기심으로 우리를 성가시게 하는 반면, 어떤 이들은 어찌나 무관심한지, 우리가 아무리 깜짝 놀랄 이야기를 하여도 그 내용조차 알아듣지 못한다. 또 어떤 사람들은, 우리가 보낸 편지가 자기들이 아닌 우리와 관련되었을 경우 여러 달이 지나도록 답신을 하지 않는다. 혹은 심지어 어떤 이들은, 우리에게 어떤 부탁을 하러 오겠노라 해놓고 오지 않아, 우리가 여러 주 동안을 헛되이 기다리는 경우가 있는데, 자기들 편지에 언급조차 하지 않은 우리의 답변을 듣지 못하자, 자기들이 우리를 화나게 한 것으로 믿었기 때문이다. 또한 어떤 이들은 우리의 마음은 살피지 않고 자기들의 욕구에만 이끌려, 기분이 흥락해질 경우, 우리에게는 단 한 마디도 벙긋할 기회조차 주지 않고 홀로 떠들어대며, 우리에게 아무리 급한 일이 있다고 해도 막무가내로 우리를 만나겠다고 한다. 그러나 자기들이 날씨 때문에 노곤하거나 기분이 언짢을 경우, 우리는 그들에게서 단 한 마디 말도 이끌어낼 수 없으며, 그들은 우리의 그러한 노력에 시종일관 꿈쩍도 하지 않는 무기력증세로 응할 뿐만 아니라, 아예 우리의 말을 듣지도 못하였다는 듯, 단음절어 한 마디 내뱉는 수고조차 회피한다. 우리의 친구들 하나하나가 각자의 단점들을 어찌나 많이 가지고 있는지, 그들을 계속 친구로 대하기 위해서는, 각자의 재능이나 선량함이나 다정함만을 생각하면서 그 단점들을 잊거나, 혹은 그보다, 아예 우리의 선의를 한껏 발휘하여 그것들을 고려조차 하지 않을 수밖에 없는 처지에 놓이게 된다. 그러나 불행하게도, 친구의 단점을 보지 않으려 하는 우리의 호의적인 고집은, 자신이 무분별하여 혹은 다른 이들도 그렇다고 믿어 자기의 단점들을 마구 드러내는 그의 고집에 미치지 못한다. 그가 자신의 단점을 보지 못하거나 혹은 다른 이들이 그것을 보지 못한다고 믿기 때문이다. 다른 이에게 불쾌감을 줄 위험은 특히 상대방에 의해 간파되지 않을 것과 간파될 것을 미리 측정하기가 어렵다는 사실에서 비롯되는지라, 우리가 적어도 자신에 대해서만은 결코 말하지 않으려는 신중을 기해야 할 것인즉, 자신에 대한 이야기라는 것이, 다른 이들의 견해와 자신의 견해가 영영 일치되지 않을 것이 뻔한 주제이기 때문이다. 우리가 다른 이들의 실제 삶을 혹은 외견상의 세계 밑에 있는 실질적인 세계를 발견할 때, 평범해 보이던 어느 저택을 우연히 방문하게 되어 그 속에서 엄청난 보물들이나 공후(公侯)들 혹은 시신들을 발견할 때처럼 놀란다면, 사람들이 우리에게 하던 말 덕분에 우리가 자신에 대하여 만들어 가지고 있던 영상 대신, 우리가 없는 자리에서 그들이 펼치는 언사를 통해, 그들이 우리 자신과 우리의 삶에 대하여 얼마나 다른 영상을 간직하고 있는지를 알게 될 때에도, 못지않은 놀라움을 겪는다. 그리하여, 모두들 외면적으로는 예의바르게 그리고 동감을 표하며 듣던 우리의 대수롭지 않고 신중한 말들도, 가장 격노한 혹은 반대로 가장 즐거운, 여하튼 가장 호의적이지 못한 논평의 빌미를 남기는 것은 확실하다. 그러한 경우, 다른 것은 제쳐두고라도, 최소한 우리가 겪는 위험이란, 우리 자신에 대하여 우리가 가지고 있는 생각과 우리가 하는 말 사이에 존재하는 불균형으로 사람들을 짜증나게 한다는 사실인데, 그러한 불균형은, 일반적으로 사람들이 자신들에 대하여 늘어놓는 말들을, 좋아하는 어떤 곡조를 콧노래로 부를 욕구를 느낀 나머지 우리의 귀에 들리는 것과 전혀 어울리지 않는 힘찬 몸짓과 찬탄하는 듯한 기색으로 발음 명료하지 않은 자기들의 웅얼거림을 벌충하는, 사이비 음악 애호가들 특유의 흥얼거림 만큼이나 가소롭게 만든다. 또한 자신과 자신의 단점들에 대하여 이야기하는 좋지 않은 버릇에 그것과 일체를 이루는 또 하나의 버릇을 추가해야 하는데, 그 버릇이란, 자신이 가지고 있는 단점들과 유사한 것들을 다른 이들에게서 찾아내서 폭로하는 버릇이다. 그런데 우리가 자신에 대하여 마치 겸손하게 말하는 척하면서, 자신을 사면하는 즐거움에 고백하는 즐거움을 합류시키지만, 항상 우리의 입에 오르내리는 것은 그러한 다른 이들의 단점들이다. 게다가, 우리들을 특징짓는 것으로 언제나 향해 있는 우리의 관심이 다른 이들에게서도, 다른 그 무엇보다 첨예하게 그러한 특징을 포착하는 것 같다. 근시(近視) 심한 사람이 다른 사람에 대하여 이렇게 말한다. "그 사람은 겨우 눈을 뜰 수 있을 정도예요." 폐병 환자는 가장 튼튼한 사람을 놓고도 그의 폐가 온전한지 의심한다. 불결한 사람은 다른 이들이 목욕하지 않는다는 이야기만 한다. 체취 고약한 사람이 다른 이의 체취를 나무란다. 오쟁이 진 남편의 눈에 보이는 것이라곤 오쟁이 진 남편들뿐이고, 행실 가벼운 여자들의 눈에는 행실 가벼운 여자들만, 스놉의 눈에는 스놉들만 보인다. 게다가 모든 악벽은, 모든 직업처럼, 각개 고유의 특별한 지식을 필요로 하며 또 발전시켜, 그것을 유감없이 드러낸다. 동성애자는 다른 동성애자들의 흔적을 정확하게 감지하고, 사교적인 모임에 초대된 재단사는 어떤 사람과 아직 대화도 시작하지 않았는데 상대방이 입고 있는 옷의 천을 감식하여, 그의 손가락은 그 천의 질을 직접 만져 판단하고 싶어 불이 날 지경이 되고, 어느 치과의사와 잠시 대화를 나눈 후에 그가 우리에 대하여 가지고 있는 진정한 견해가 무엇이냐고 물으면, 그는 우리에게 손상된 치아가 몇 대인지를 알려준다. 그에게는 그보다 더 중요한 것이 없건만, 그 치과의사에게서 손상된 치아들을 발견하게 된 우리에게는, 그 치과의사가 더 우스꽝스러워 보인다. 또한 다른 사람들의 눈이 멀었을 것이라고 우리가 믿는 것은 우리가 우리 자신에 대하여 이야기할 때만이 아니다. 우리가 행동할 때에도 그런다. 우리들 각자에게는 특유의 신(神) 하나씩이 있어, 각자의 단점을 감추어주거나 보이지 않게 해주마고 그에게 약속하며, 마찬가지로 목욕을 하지 않는 사람들이 자신들의 귀에 낀 때와 겨드랑이에 간직하고 있는 땀 냄새를 알아차리지 못하도록 그들의 눈을 가리고 콧구멍을 막아주어, 그들로 하여금, 자기들이 그때와 땀 냄새를 달고 사교장에 나타나도 사람들이 알아차리지 못하리라고 확신하게 해준다. 또한 모조진주로 자신을 치장하거나 그것을 다른 이에게 선사하는 사람들은, 다른 이들이 그것을 진품으로 여길 것이라고 상상한다.

  블록은, 버릇없고 신경 질환에 시달리는 스놉이었고, 별로 존경받지 못하는 집안 출신이었던지라, 마치 바다 속 깊은 곳에 있는 사람처럼, 표면에 있는 예수교도들뿐만 아니라, 각 층이 바로 아래에 있는 층을 멸시하여 짓누르는 속성을 가지고 있는 유대인들의 세습적 계급사회에서, 자기가 속해 있던 계층보다 상층부에 속하는 계층들까지 합세하여 그에게 가하던, 이루 계측할 수조차 없던 압력을 견디고 있었다. 유대인 가문들을 하나씩 거쳐 자유로운 대기를 호흡할 수 있는 곳까지 뚫고 올라오기 위해서는, 블록에게 수천 년이 소요되었을 것이다. 따라서 그로서는 다른 쪽에서 출구를 뚫는 편을 택하는 것이 나았다.

블록이 나에게 내가 틀림없이 겪고 있을 것이라고 하던 스노비즘 이야기를 하면서 내가 스놉이라고 자기에게 솔직히 고백하라고 요구하였을 때, 나는 이렇게 그의 말에 대꾸할 수도 있었을 것이다. "내가 만약 스놉이라면 자네와 상종하지 않을 걸세." 하지만 나는 그에게 그가 착하지 않다는 말을 하는 것으로 그쳤다. 그러자 그가 나에게 사과하려 하였다. 하지만 그 방식은, 버릇없이 자란 사람의 바로 그것이어서, 자기가 한 말을 반복하여 그 폐해를 심화시키는 계기를 얻으면서 만족스러워 하는 것이었다. 그리하여 나를 만날 때마다 이렇게 말하곤 하였다. "나를 용서해 주게. 내가 자네에게 슬픔을 안겨 주었고 자네를 괴롭혔으며, 까닭 없이 못되게 굴었네. 하지만—인간이 일반적으로, 특히 자네의 친구는 유달리, 매우 기이한 동물인지라—자네에게 잔인할 만큼 짓궂게 구는 내가 품고 있는 자네에게로 향한 다정함을 자네는 상상조차 할 수 없을 것이네. 그 다정함이, 내가 자네 생각에 잠길 때마다, 눈물로 이어지는 경우 빈번하다네." 그러면서 그가 흐느끼는 소리를 내기도 하였다.

블록의 불손함보다 나를 더욱 놀라게 한 것은, 그가 대화 중에 하는 말의 질이 몹시 고르지 못하였다는 사실이다. 한창 명성을 누리고 있던 문인들에 대해서조차 '음침한 백치야, 영락없는 멍청이지' 등과 같은 말을 서슴지 않던 그 까다로운 젊은이가, 때로는 재미있는 구석이라곤 전혀 없는 일화들을 신이 나서 떠들어대거나, 혹은 정말 보잘것없는 사람을 '진정 특이한 사람'인 양 예로 내세우기도 하였다. 사람들의 기지와 가치와 호의 등을 측정하는 그러한 이중적 저울이, 내가 그의 부친 블록 씨를 알게 되기 전까지는 끊임없이 나에게 놀라움을 안겨 주었다.

나는 우리들이 그에게 소개되는 일은 결코 없으리라 믿었다. 그의 아들 블록이 쌩-루에게는 나에 대하여, 나에게는 쌩-루에 대하여 험담을 하였기 때문이다. 그가 특히 쌩-루에게 말하기를, 내가 (항상) 끔찍한 스놉이라고 하였다. "정말이지, 정말이지, 르르르르 그랑댕 씨에게 소개된 것에 그가 황홀해졌지요." 블록이 나에 대하여 한 말이다. 한 단어의 철자를 그렇게 떼어서 발음하는 것이 블록에게는 빈정거림과 문학의 징후처럼 보였다. 일찍이 르그랑댕이라는 이름을 들은 적 없던 쌩-루가 놀라서 물었다. "도대체 그가 누구입니까?"―"오! 아주 '괜찮은' 사람이지요." 자신이, 바르베 도르비이의 작품들에 등장하는 시골 귀족들의 모습을 능가하는[176] 어느 비범한 시골 귀족의 기이한 모습을 응시하고 있노라 확신하고 있음인지, 블록이 큰 소리로 웃으면서, 또한 으스스함을 느끼는 듯,[177] 손을 상의 주머니에 찔러 넣으면서 말하였다. 그는 자기가 르그랑댕 씨를 상세하게 묘사할 수 없어, 그의 이름에 철자 'L'을 여럿 부여하여 발음하고, 그 이름을 마치 오래 묵은 고급 포도주인 양 입에 넣고 굴리는 것으로 위안을 삼았다. 하지만 그것은 다른 사람들에게 알려질 수 없는 자기만의 즐김이었다. 그가 나에 대해 쌩-루에게 험담을 늘어놓았다 하여, 쌩-루에 대한 험담을 내 앞에서 덜 한 것은 아니다. 우리 두 사람은 그다음 날로 그 험담을 자세히 알게 되었다. 우리 두 사람이 서로에게 들은 바를 전해 주었기 때문이 아니라―그러한 짓이 우리에게는 비난 받을 행위로 보였을 것이다―블록에게는 그러한 일이 하도 당연하고 또 거의 불가피한 것으로 보였던지라, 불안감 때문에, 그리고 우리가 어차피 알게 될 것을 우리들 각자에게 미리 알리는 것일 뿐이라고 확신하였기 때문에, 그가 선수를 쳤다. 그리하여 쌩-루를 잠시 한 구석으로 데리고 가, 자기가 일부러 그의 험담을 하여 그 것이 그에게 전해지도록 하였노라 고백하였으며, 자기가 그를 좋아하는지라 그에게 자기의 목숨을 바치겠노라고 '크로노스의 아들이며 맹세의 수호자인 제우스'의 이름으로 그에게 맹세한 다음, 눈물까지 찔끔거렸다. 같은 날, 그가 나와 단 둘이만 있는 기회를 틈타 나에게 고백 조로 말하기를, 사교적 관계들의 어떤 유형은 나에게 치명적일 것이라 믿었고 또한 내가 그런 것 따위에는 어울리지 않는다고 생각하여, 오직 나에게 유익하도록 그렇게 처신하였노라 하였다. 그러더니, 비록 그의 취기가 순전히 신경성이었지만, 술에 취한 사람처럼 다정하게 나의 손을 덥석 잡으면서 말하였다. "내 말을 믿어주게, 그리고 이것이 사실이 아니라면, 검은 케르가 나를 즉시 채어가 인간들이 그토록 혐오하는 하이데스의 문들을 내가 넘어서도록 해도 무방하니,[178] 나는 어제, 자네와, 꽁브레와, 자네에게로 향한 나의 무한한 애정과, 우리가 교실에서 함께 보낸 그러나 자네는 기억하지 못한 숱한 오후들을 생각하며 밤새도록 흐느꼈다네. 그래, 밤새도록, 자네에게 맹세하네, 하지만 애석한 일이야, 나는 알아, 내가 인간들의 영혼을 잘 아니까, 자네가 나의 이 말을 믿지 않을 것임을!" 사실 나는 그의 말을 믿지 않았고, 내가 느끼기에, 즉석에서 고안되어 차츰 부풀려진 그 말에 그의 '케르'를 들먹인 맹세가 어떤 무게도 더해 주지 못하는 것 같았다. 블록에게 있어서는 헬레니즘적 신앙이 순전히 문학적인 것에 불과했으니 말이다.[179] 게다가, 하나의 허위 사실에 대하여 그 자신이 감동하면서 다른 이도 그러기를 갈망하기 시작하면, 그가 즉시 '맹세한다'는 말을 덧붙이곤 하였는데, 그것은 자기가 진실을 말하는 것이라 믿도록 하기 위해서이기보다는, 거짓말하는 히스테릭한 쾌감을 맛보기 위해서였다. 나는 그가 나에게 하던 말을 믿지 않았으나 마음속에 그것을 담아두지 않았다. 그것보다 더 큰 잘못들에 대해서도 섭섭한 마음을 품지 못하고, 그 누구도 단죄하지 않음에 있어서는, 내가 나의 어머니와 할머니를 닮았기 때문이다.

또한 블록이 전적으로 못된 젊은이라고만은 할 수 없었으니, 그가 깊은 다정함도 간직할 수 있었음이다. 그리하여, 나의 할머니와 어머니 같은 순진무구한 이들로 이루어졌던 인간의 부류가, 즉 꽁브레 시절에 나를 감싸고 있던 인간의 부류가 거의 자취를 감춘 이후에는, 나에게 허용된 선택의 여지라는 것이 기껏, 한편에는 그 음성만 들어보아도 그들이 우리의 삶에 하등의 관심이 없음을 드러내는 정직하고 무정하며 공정하되 짐승처럼 야만스러운 이들과, 다른 한편으로는, 우리 곁에 있는 한 우리를 이해하고 아끼며 눈물을 흘릴 정도로 다정하게 굴다가도, 몇 시간 뒤에는 반격이라도 하듯 우리에 대하여 잔인한 농담을 던지곤 하지만, 항상 우리 곁으로 다시 돌아오고 우리를 이해하며, 변함없이 매력적이며 여일하게 우리와 어울리는, 다른 종류의 사람들이 있을 뿐이었는데, 확신하거니와 내가 더 좋아하던 것은, 두 번째 부류에 속하는 사람들의 윤리적 가치는 혹시 아니라 할지라도, 부족하나마 그들과 어울리는 것이었다.

"내가 자네 생각을 할 때마다 나의 슬픔이 얼마나 큰지 자네는 상상조차 할 수 없을 걸세." 블록이 다시 말하였다. "사실은 나에게 있는 상당히 유대인적인 것이 다시 모습을 드러내곤 한다네." 마치 극미량의 '유대족 피'를 현미경으로 측정하기라도 하는 듯 자기의 눈동자를 축소시키면서, 그리고 모두 예수교도들이었던 자기의 선조들 중에 사무엘 베르나르[180]나, 더 옛날로 거슬러 올라가, 레위 성씨 가진 모든 사람들이 자기들의 선조라고 주장하는 성처녀까지 포함시켰을,[181] 프랑스의 어느 지체 높은 나리가 그런 식으로 말할 수 있었을 것처럼(하지만 그 나리는 결코 말하지 않았을 것이다), 그가 빈정거리는 투로 덧붙였다. 그러고 나서 그가 다시 한 마디 더 하였다. "나는 나의 감정 속에서, 매우 미약하지만, 유대인 혈통에 애착하는 부분을 그렇게 의식하기를 상당히 좋아한다네." 그가 그러한 말을 한 것은, 자신이 속한 종족에 관한 진실을 밝히는 것이 재치 있고 대담해 보였기 때문이었으며, 그는, 마치 인색한 채무자가 빚을 청산하기로 결단을 내리면서도 상환금의 반액만 지불할 용기밖에 내지 못하듯, 그 기회를 이용하여 그 진실을 기이하게 누그러뜨리려 하였다. 과감하게 진실을 공표하되 거짓이 상당 부분 섞이게 하여 진실을 왜곡시키는 그러한 종류의 사기 행위는 흔히들 생각하는 것보다 더 널리 퍼져 있으며, 심지어 평소에 그러한 짓을 하지 않는 사람들에게조차도, 살아가던 중 봉착하는 특정 유형의 위기들이, 특히 애정관계가 개입되었을 경우, 어쩔 수 없이 그러한 짓을 저지를 계기를 준다.

나에 대해서 쌩-루에게, 그리고 쌩-루에 대해서 나에게, 블록이 은밀히 털어놓던 그 비난들이 결국, 우리 두 사람을 저녁 식사에 초대하는 것으로 귀착되었다. 그가 애초에는 쌩-루만을 초대하려 하였는지 확신할 수는 없다. 모든 정황으로 보아 그럴 수도 있었겠으나, 뜻대로 되지 않았음인지, 어느 날 블록이 나와 쌩-루가 함께 있을 때 이렇게 말하였다. "친애하는 거장이시여, 그리고 당신, 아레스의 총애를 받는 조마사이신 쌩-루-앙-브레 기사여, 내가 당신들을, 포말 소리 쟁쟁한 암피트리테의 해변에 있는, 빠른 선박들 소유한 므니에의 장막 근처에서 만났으니, 주중에 날을 잡아, 나무랄 바 없는 심정 소유하신 저명한 나의 부친 댁에 두 분 모두

오셔서, 함께 만찬을 즐기지 않으시겠소?"[182] 그가 우리들을 그렇게 초대한 것은, 자기로 하여금 귀족사회에 발을 들여놓게 해줄 수 있으리라 기대하던 쌩-루와 더 가까워지고자 하는 욕망 때문이었다. 그러한 염원을 내가 나를 위하여 품었다면, 그것이 블록에게는, 그가 내 천성의 한 측면에 대하여(하지만 그때까지는 적어도 나의 본양이라고는 여기지 않은) 가지고 있던 견해에 정확히 일치하는 가장 흉측스러운 스노비즘의 징후로 보였을 것이다. 반면, 같은 염원이라도, 그것을 자기가 품었을 경우에는, 자기가 혹시 어떤 문학적 유용성을 발견할 수 있도록 해줄 사회적 모험을 갈망하는, 자기 지성의 아름다운 호기심이 드러내는 증거로 여겼다. 그의 부친 블록 씨는, 자기의 아들이 친구들을 만찬에 초대하였다고 하면서, '쌩-루-앙-브레 후작'이라는 이름과 작위를 빈정거리는 만족감 어린 어조로 늘어놓자, 격렬한 정신적 충격에 휩싸였다. "쌩-루-앙-브레 후작이라니! 아! 우스운 녀석!" 그에게는 사회적 공경의 가장 강력한 표시였던 그 욕설을 곁들여 그가 소리쳤다. 그러면서 그러한 인연 맺을 능력을 구비한 자기의 아들에게 찬탄 어린 시선을 던졌으며, 그 시선에는 이러한 의미가 담겨 있었다. "참으로 놀라운 녀석이군. 저 신동이 정말 내 자식일까?" 또한 그 시선은, 나의 동무에게도, 월급 오십 프랑을 인상해 준 것만큼이나 기쁨을 안겨 주었다. 블록이 르꽁뜨 드 릴, 에레디아, 그리고 '집시들' 취급 받던 기타 문인들[183]에 대한 찬미에 몰두하며 살았던지라, 자기 집에서의 처지가 불편했고, 특히 그의 부친이 그를 타락한 녀석으로 취급하던 차였기 때문이다. 그러나 일찍이 그 선친이 수에즈 운하 사장[184]을 역임하셨다는 쌩-루-앙-브레 후작과 인연을 맺었다니! (아! 우스운 녀석!) 그것은 '논의의 여지조차 없는' 성공이었다. 그리하여 더욱, 혹시 망가뜨릴까 저어하여 실체경

(實體鏡)을 빠리에 두고 온 것을 아쉬워하였다. 블록의 부친만이 그 물건 사용하는 법을 알고 있었으며, 사용할 권리도 그에게만 있었다. 그는 남자 하인들을 임시로 고용할 정도로 성대한 연회를 베푸는 날에만 합당하게 그 물건을 선보이곤 하였다. 그리하여 실체경을 관람시키는 행사에서, 그것을 참관한 사람들에게는, 일종의 훈장과 같은, 특전 받은 사람들에게 수여하는 호의가 돌아갔고, 그것을 베푸는 집 주인에게는, 탁월한 재능을 가진 사람에게만 귀속되는 명예가, 영상들이 블록 씨에 의해 찍혔다 해도, 그리고 실체경이 그의 발명품이었다 해도, 더 크지 못했을 명예가 돌아가곤 하였다. "어제 살로몬의 집에 초대 받지 못하였나요?" 그의 가문 내에서 그렇게 묻곤 하던 사람들이 있었다. ─ "아니오, 나는 선민 축에 들지 못하였소! 그래, 도대체 그 집에 무슨 일이 있었소?" ─ "실체경과 온갖 잡동사니를 가지고 신나게 한 턱 내셨다오." ─ "아! 실체경을 관람들 하셨다면 나로서는 참으로 아까운 일이군. 살로몬이 그것을 보여줄 때에는 굉장하다고들 하니 말이오."

한편 블록 씨는 아들에게 이렇게 말하였다. "어찌 하겠느냐, 그에게 모든 것을 한꺼번에 주어서는 아니 되느니라. 그래야만 그에게 갈망할 것이 남지."

그는 부정(父情)에 이끌려, 그리고 아들을 감동시키기 위하여, 그 기계를 급히 가져오게 할까 생각도 해 보았다. 하지만 '물리적 시간'이 없었다. 아니 그보다는 그것이 없을 것이라 믿었다. 그러나 쌩-루가, 빌르빠리지 부인을 뵈러 와 사십팔 시간 동안 머물겠다는 전갈을 보낸 숙부를 기다리느라고, 자리를 뜰 수 없게 되었던지라, 우리는 그 만찬을 후일로 미룰 수밖에 없었다. 신체 단련에, 특히 장거리 걷기에 열심인 그 숙부가, 휴양 차 머물고 있던 어느 성으로부터 걸어서 오면서 밤에는 농가에서 숙박하기로 되어 있었던지라, 그가 언제 발백에 도착할지 예측할 수 없다고 하였다. 그리하여, 감히 자리를 뜰 수 없게 된 쌩-루는, 자기가 날마다 연인에게 보내던 전보조차, 전신국 사무소가 있던 앵까르빌까지 나를 시켜 가져가게 하였다. 그렇게들 기다리고 있던 숙부의 이름은 빨라메드, 그의 선조들이었던 시칠리아 대공들로부터 물려받은 것이라고 하였다. 그리하여 훗날 내가 역사책들을 읽던 중, 어느 뽀데스따[185]나 교회의 공후(公侯)[186]가 가지고 있던, 어떤 가문이 항상 보관하고 있는 르네쌍스 시대의 아름다운 메달과 같고—어떤 이들은 진정한 고대의 이름이라 하였다[187]—교황청으로부터 여러 대를 거쳐 내려와 내 친구의 숙부에게까지 이른 그 이름을 다시 발견하였을 때, 나는 돈이 없어 메달들을 수집하지 못하거나 개인 화랑을 차리지는 못하더라도, 그 대신 옛 명칭들(옛 지도나 등각투영도, 군기 혹은 관례집 등처럼, 자체로 기록 자료의 가치를 갖고 그림처럼 생생한 지명들, 우리의 조상들로 하여금, 라틴어와 작센어 어휘들에, 오래 존속될 그리고 후에 문법의 준엄한 관관 노릇 할 절단 손상을 입히게 하였던, 어법상의 결함과 종족 특유의 상스러움에서 비롯된 어조와 그릇된 발음 등이 프랑스어 특유의 아름다운 마지막 음절들 속에서 쟁쟁히 울려 우리의 귀에까지 들리게 하는 숱한 세례명들 등)에 열렬한 관심을 가져, 결국 그렇게 수집된 고색창연한 음색들 덕분에, 옛 음악을 동시대의 악기로 연주하기 위하여 '비올라 다 감바'나 '비올라 다모레'를 구입하는 사람들처럼,[188] 그 어휘들의 음색들 속에서 자기들만이 들을 수 있는 연주를 펼치는 이들에게만 특별히 마련된 기쁨을 느꼈다. 쌩-루가 나에게 말하기를, 가장 폐쇄적인 귀족 집단 속에서도, 자기의 숙부 빨라메드는 특히 접근하기 어렵고 거만하며 자기의 귀족 신분에 미쳐 있으며, 자기의 형수 및 다른 몇몇 정선된 사람들과 함께 소위 '불사조 클럽'이라는 것을 형성하는 등, 유별난 사람이라고 하였다. 그 귀족 집단 내에서조차 사람들에게는 그의 오만함이 공포의 대상이어서, 언젠가는 상류 사교계 인사들 중 그와 친교를 맺기 원하던 몇몇 사람들이 그의 친형에게 부탁하였다가 일언지하에 거절당한 일도 있었다고 했다. "아니 되오, 당신을 나의 아우 빨라메드에게 소개시켜 달라는 청은 그만두시오. 나의 아내와 내가 함께 전력을 쏟아도 성공할 수 없을 거요. 그랬다간 자칫 그 사람이 당신에게 불손하게 굴 수도 있는데, 나는 그러한 일을 원치 않소." 죠키 클럽에서도, 그의 숙부는 몇몇 친구와 함께 회원 200인의 명단을 만들어, 그들이 자기에게 소개되는 것을 결코 허용하지 않는다고 했다. 또한 그의 우아함과 자긍심으로 인해, 빠리 백작 댁에서조차 그는 '왕자'라는 친근한 별명으로 통한다고 했다.[189]

쌩-루는 자기 숙부의 오래전에 흘러간 젊은 시절 이야기도 나에게 들려주었다. 그는 다른 두 친구와 공동으로 소유하고 있던 독신자 아파트에 날마다 여인들을 데려왔고, 그 두 친구들 역시 그처럼 용모 수려하여, 사람들이 그 세 사람을 일컬어 '미의 세 여신'이라고 까지 하였다고 했다.

"어느 날, 발쟉의 표현을 빌리자면, 현재 쌩-제르맹 사교계에서 '가장 눈에 띄는' 사람들 중 하나이지만 상당히 유감스러웠던 젊음의 초기에 기이한 취향을 드러내곤 하였던 그 사람이, 나의 숙부님에게 그 아파트에 가겠다고 하였다오. 그런데, 그곳에 겨우 도착하기 무섭게, 그가 여인들은 제쳐두고, 나의 빨라메드 숙부님께 열렬히 사랑을 고백하기 시작하였다오. 나의 숙부께서 무슨 뜻인지 알아듣지 못하시는 척하면서, 적당한 핑계를 내세워 당신의 두 친구를 부른 다음, 세 사람이 그 죄인을 알몸으로 만든 다음 피가 흐르도록 매질을 가하여, 영하 10도의 추운 날씨에, 발길질로 그를 밖으로 내쫓았고, 그가 빈사 상태로 발견되어 사법 당국이 수사에 착수하였으나, 그 가엾은 자가 갖은 고역을 마다하지 않고 사법 당국을 무마하였다오. 숙부님이 이제는 그토록 가혹한 처형을 더 이상 감행하시지 않을 것이며, 상류 사교계 인사들에게는 그토록 오만하신 그분이, 돌아오는 보답이라곤 배은망덕뿐이라 할지라도, 아끼고 보호하시는 평민들이 얼마나 많은지, 아무도 그 수효를 상상조차 할 수 없을 거요. 어느 호텔에서 그의 시중을 든 종업원을 위해 빠리에 일자리를 마련해 주시는가 하면, 우연히 알게 된 시골 청년에게 직업 교육을 받게 해주시기도 한다오. 그것이 바로 그분의 천성 속에 있는, 사교계 인사의 측면과는 현격한 대조를 보이는, 상당히 친절한 측면이라오." 실제로 쌩-루는 다음과 같은 표현들이 발아하여 생장할 수 있는 고도(高度)에 위치한 사교계 젊은이들 중 하나였다. "그의 천성 중 상당히 친절한 측면" 혹은 "그에게 있는 상당히 친절하기도 한 것", 그러한 표현들이 곧, 자신은 아무것도 아닌 것으로 그리고 '백성'을 전부로 여기는 사고방식을, 매우 빠르게 생산해 내는 소중한 씨앗들이다. 한마디로, 평민적 오만과는 정면으로 배치되는 것이다. "그분이 젊으셨을 때 사회 전체에 어떤 식으로 유행과 전범(典範)을 유포시키셨는지, 아무도 짐작조차 못하는 것 같아요. 당신으로서는 어떠한 처지에서건 당신 보시기에 가장 마음에 들고 합당한 것을 하셨을 뿐인데, 스놉들이 즉시 흉내를 내곤 하였다오. 극장에서 혹시 갈증을 느끼시어 사람을 시켜 당신의 칸막이 좌석 안으로 마실 것을 가져오게 하시면, 다음 주에는 모든 칸막이 좌석들의 뒤쪽 공간이 음료수로 가득 채워지곤 하였다오. 비가 잦았던 어느 해 여름, 가벼운 류머티스에 걸리셨던 숙부님께서, 부드럽지만 너무 더운 탓에 흔히들 여행 중에 무릎 덮개로나 사용하는 비꾸냐[190] 모직으로 지은 외투 하나를 주문하셨고, 천의 하늘색과 오렌지색 줄무늬를 그대로 살리셨다오. 그러자 빠리의 유명한 재단사들에게 긴 털 술 장식 달린 하늘색 외투 주문이 밀려들었다오. 또한 어느 성에서 하루 이틀쯤 보내시게 되어, 그곳에서 저녁 식사를 하실 때, 어떤 이유로 격식을 차리시고 싶지 않아 정장을 생략하고 평상복 차림으로 식탁 앞에 앉으시면, 전원지역에서의 만찬에는 평상복으로 참석하는 것이 유행이 되었다오. 숙부님께서 케이크 한 조각을 드시기 위하여, 숟가락을 사용하시는 대신, 포크나 당신께서 어느 금은세공사에게 특별히 만들게 하신 다른 기구 혹은 손가락을 사용하실 경우, 그 이후부터는 사람들이 다른 식으로는 케이크를 먹지 않았다오. 언젠가 베토벤의 몇몇 사중주곡들을 다시 듣고 싶으셔서(비록 생각들은 기괴했어도 그분께서 바보이시기는커녕 자질 탁월하셨던지라), 매주 연주가들을 불러, 당신과 몇몇 친구분들을 위해 그 곡들을 연주하도록 하셨다오. 그해에는, 적은 수의 사람들이 함께 실내악을 듣는 소규모 모임이 가장 우아한 것으로 여겨졌다오. 내가 믿기로는 숙부님께서 권태를 느끼실 겨를은 없었을 것 같아요. 용모 수려하시어, 숱한 여인들이 거쳐 갔을 것이니! 하지만 그녀들이 누구인지는 나도 모른다오. 워낙 신중하신 분이기 때문이오. 여하튼 그분께서 나의 가엾은 숙모님 눈을 피해 난봉질을 서슴지 않으신 것은 분명하오. 그럼에도 불구하고 숙모님에게 무척 살가우셨으며, 숙모님 또한 숙부님을 열렬히 사랑하셨던지라, 숙모님이 타계하신지 여러 해가 지나도록 숙부님이 눈물을 거두지 못하셨다오. 아직도 빠리에 계실 때에는 거의 날마다 숙모님 묘에 가신다오."

자기의 숙부를, 그것도 헛되이, 기다리면서, 로베르가 그에 대하여 나에게 그런 이야기를 해준 다음 날 아침, 내가 호텔로 돌아오면서 카지노 앞을 지나려는데, 나는 나로부터 멀리 있지 않은 어떤 사람이 나를 주시하는 듯한 느낌을 받았다. 내가 즉시 고개를 돌렸고, 신장 훌쩍 크고 상당히 뚱뚱하며 콧수염 매우 검은 사십 대 남자 하나가 보였는데, 그는 가느다란 단장으로 자기의 바짓가랑이를 신경질적으로 툭툭 치면서, 긴장하여 한껏 크게 뜬 두 눈을 나에게로 고정시키고 있었다. 이따금씩 그 두 눈으로부터 극도로 활력 넘치는 시선이 사방을 향해 분출하였는데, 그러한 시선은, 예를 들어 미치광이들이나 스파이들이 아닌 다른 어느 인간의 뇌리에도 어른거리지 않을 사념들을, 어떤 이유에서건, 자기들의 뇌리에 불러일으킨 낯선 사람 앞에서만 흔히들 드러낸다. 그가 나를 향하여, 마치 도망치는 순간에 발사하는 마지막 총탄처럼, 과감하되 신중하며 신속하되 깊은 최후의 눈길을 던졌고, 그다음 주위를 한번 둘러본 후 문득 방심한 그리고 오만한 기색을 띠면서 급작스럽게 벽보를 향해 돌아서더니, 어떤 곡조를 흥얼거리는 한편 자기의 단춧구멍에 매달려 있던 솜털장미[191]를 다시 꽂으면서, 벽보를 읽는데 몰두하였다. 그가 호주머니에서 수첩을 꺼내어 벽보에 광고된 공연 제목을 적는 척하였고, 회중시계를 두세 번 꺼내어 보았고, 검은색 밀짚모자를 눈 위로 눌러 쓴 다음 누가 오는지 보려는 듯 손 하나를 면갑(面甲)처럼 앞 챙에 가져다 대었고, 흔히들 너무 오래 기다렸다는 척할 때 보이지만 실제로 누구를 기다릴 때에는 결코 드러내지 않는 불만스러운 동작을 보였고, 그다음 모자를 뒤로 젖혀 솔처럼 짧게 깎은, 그러나 양쪽에 비둘기 날개처럼 곱슬거리며 늘어진, 상당히 긴 머리를 드러내면서, 실제로 너무 더워서가 아니라 너무 덥다는 표시를 하고 싶은 사람들처럼,

요란하게 숨을 내쉬었다. 나는, 여러 날 전부터 할머니와 나를 눈여겨 보아두었고 한 건 하려 준비하던 중, 나를 엿보다가 나에게 발각된, 호텔 주위를 어슬렁거리는 야바위꾼을 뇌리에 떠올렸다. 자기의 속마음을 감추고 나를 속이기 위하여, 그가 아마 새로운 태도를 취하여 방심한 듯한 그리고 무관심한 듯한 기색을 보이려 하였겠으나, 그 태도의 변화에 하도 공격적인 과장이 수반되어, 그의 진정한 목적은, 내가 자기에 대하여 품었을 의심을 해소시키거나, 나 자신도 모르게 내가 자기에게 안겨 주었을지도 모를 모욕에 복수하는 것에 못지않게, 자기가 나를 보지 못하였다는 생각을 나에게 심어주기 보다는 내가 자기의 관심을 끌기에는 너무 하찮은 대상이라는 생각을 갖도록 하는 데 있는 것 같았다. 그가 몸을 거만하게 뒤로 젖히더니, 입술을 꼭 다물었고, 콧수염을 다시 쳐들어 올리면서, 자기의 시선에 무관심하고 딱딱하며 거의 모욕적인 무엇이 자리를 잡게 하였다. 그 짓이 하도 심하여, 그의 표정에 나타난 기이함이, 나로 하여금 그를 하나의 절도범이나 정신병자로 여기게 하였다. 하지만 극도로 세련된 그의 옷차림은, 내가 발벡에서 흔히 보던 모든 해수욕객들의 어느 옷차림보다도 훨씬 정중하고 소박했으며, 사람들이 해변에서 입던 옷들의 눈부시고 진부한 백색에 그토록 자주 모욕을 당하던 나의 평상복만큼이나 나에게 안도감을 주었다. 하지만 할머니께서 마중을 나오시어, 할머니와 함께 주위를 산책한 후, 한 시간쯤 뒤, 잠시 호텔 안으로 들어가신 할머니를 호텔 앞에서 기다리는데, 카지노 앞에서 나를 유심히 바라보던 그 낯선 남자와 함께 빌르빠리지 부인과 로베르 드 쌩-루가 호텔에서 나오는 것이 보였다. 그의 시선이, 내가 카지노 앞에서 그를 처음 보았을 때처럼, 번개처럼 신속하게 나를 투과한 다음, 마치 나를 못 본 듯 즉시 그의 눈앞으로 돌아와, 바깥세상의 그 아무것도 보이지 않는 척하고 자신의 내면에서 아무것도 읽어 내지 못하는 생동감 없는 시선처럼, 자기의 행복감에 겨운 솔직함으로 사이를 떼어놓고 있던 속눈썹들이 자기를 감싸고 있음을 느끼는 만족감만을 표출하는 시선처럼, 특정 유형의 위선자들에게서 발견되는 경건하고 독실한 시선처럼, 특정 유형의 멍청이들이 드러내는 아니꼬운 시선처럼 무디어져, 조금 아래쪽에 얌전히 자리를 잡았다. 나는 그가 옷을 갈아입었음을 간파하였다. 그가 입고 있던 옷의 색이 앞서 보았던 것보다 더 어두웠고, 그것은 의심할 나위 없이, 진정한 우아함이 거짓 우아함보다 소박함에 더 가깝다는 뜻이었다. 하지만 다른 무엇이 더 있었다. 조금 더 가까이에서 볼 경우, 그의 옷에서 색깔이 거의 자취를 감춘 것은, 색깔을 배제시킨 그가 색깔에 무관심해서가 아니라, 어떤 이유에서건 그것을 엄히 금하였기 때문이라는 것을 알 수 있었다. 또한 그 옷들이 드러내던 조촐함은, 식욕의 결여 때문이라기보다 식이요법을 철저히 따르는 데서 기인한 절제와 같은 종류였다. 바지의 천에 있는 짙은 초록색 줄무늬가 양말의 줄무늬와 세련되게 조화를 이루었는데, 그 세련됨은, 복장의 다른 모든 부분에서는 억제되었으되 오직 그 경우에만 그러한 허락을 얻은 취향의 강렬함을 드러내고 있었으며, 한편 넥타이에 찍힌 붉은 반점 무늬는, 감히 향유하지 못하는 자유처럼 거의 보이지 않는 상태였다.

"안녕하세요? 제 조카 게르망뜨 남작을 소개해요." 빌르빠리지 부인이 나에게 말하였고, 그러자 낯선 사람이, 나를 쳐다보지도 않고, 희미하게 '반갑다'고 웅얼거리면서, 자기의 친절이 강요된 것임을 표하려는 듯, 그 말끝을 '으, 으, 으'라는 소리로 흐렸고, 새끼손가락과 인지와 엄지는 펴지 않고 중지와 약지만을 나에게 내밀었으며, 스웨덴 가죽[192] 장갑 낀 그 손가락들을 잡으며 인사를 올리는 순간, 나는 그가 어떤 반지도 끼고 있지 않음을 알았다. 그런 다음 그는 나를 쳐다보지도 않고 눈을 빌르빠리지 부인 쪽으로 돌렸다.

"맙소사, 내 머리가 어찌 된 것인가?" 그녀가 웃으면서 말하였다. "내가 자네를 게르망뜨 남작이라 부르다니. 당신에게 샤를뤼스 남작을 소개해요. 여하튼 큰 오류는 아니야, 자네가 틀림없는 게르망뜨 가문 사람이니까."

그러는 동안 할머니가 다시 나오셔서 우리들은 모두 함께 걷기 시작하였다. 쌩-루의 숙부는 나에게 말 한마디 건네는 것은 고사하고 눈길 한 번 주지 않았다. 그가 낯모르는 사람들을 뚫어지게 바라보던 반면(그 짧은 산책이 지속되는 동안, 그는 우리들 곁을 지나가던 지극히 평범하고 신분 낮아 보이는 사람들에게, 그 특유의 무시무시하고 깊은 시선을 마치 탐조하듯 두세 번 던졌다), 내가 판단한 것이지만, 자기가 아는 사람들은, 마치 비밀 임무를 수행하는 경찰관이 자기의 친구들은 직업적 감시 대상에서 제외하듯, 단 한순간도 쳐다보지 않았다. 나의 할머니와 빌르빠리지 부인과 그가 한담을 나누시도록 내버려 둔 채, 내가 쌩-루와 함께 뒤처지면서 그에게 말하였다.

"내가 정확히 들었는지 모르겠어요. 빌르빠리지 부인께서 당신의 숙부님이 게르망뜨 가문 분이라고 말씀하신 것 같아요."

"물론이에요, 그분이 바로 빨라메드 드 게르망뜨예요."

"꽁브레 근처에 성 하나를 소유하고 있으며, 쥬느비에브 드 브라방의 후예라고 주장하는 그 게르망뜨 가문과 같은 집안 분들인가요?"

"틀림없다니까요. 그 누구보다도 가문학(家紋學)에 해박하신 나의 숙부님께 여쭈어보시면, 나중에 '빠싸방'[193]으로 변한 우리의 전투구호가 처음에는 '꽁브레시스'[194]였노라고 하실 거예요." 왕가와 대등한 가문들이나 지역 사령관급 군벌들이나 가지고 있었던 전투구호의 특전을 자랑하는 듯한 인상을 주지 않으려는 듯, 쌩-루가 웃으면서 대답하였다. "숙부님은 현재 그 성의 소유주이신 분과 형제지간이시지요."

내가 아주 어렸을 때 오리 한 마리가 부리에 물고 있던 초콜릿 상자를 나에게 주셨던, 그 시절에는 메제글리즈 방면에 갇혀 사시는 것보다도 오히려 더 게르망뜨 성 방면으로부터 멀리 떨어져 계신 것처럼 보이던, 그리고 내가 꽁브레의 안경사보다도 낮은 신분이며 훨씬 덜 화려하다고 여기던, 나에게는 그토록 오랜 세월 동안 평범한 부인으로 남아 있던, 그러나 이제 갑자기, 우리가 소유하고 있는 다른 대상들에 대한 못지않게 뜻밖인 평가절하와 평행을 이루는 환상적인 평가절상을 겪게 된, 그 빌르빠리지 부인과 게르망뜨 가문 사람들 사이에, 그렇게 또 아주 가까이 인척관계가 형성되고 있었으며, 그것들은—평가절상이나 평가절하 모두—우리의 소년시절 속에 그리고 그것이 존속해 있는 우리 생애의 여러 부분들 속에, 오비디우스가 이야기한 변신들[195]만큼이나 무수한 변화들을 초래한다.

"그 성에 옛 게르망뜨 영주들의 모든 흉상들이 있지 않은가요?"

"그래요, 정말 가관이지요." 쌩-루가 빈정거리는 투로 말하였다. "우리들끼리니까 하는 말이지만, 나는 그 모든 것들이 조금 우스꽝스럽다고 생각해요. 그러나 게르망뜨 성에는 조금 더 흥미로운 것이 있어요. 까리에르[196]가 그린 우리 숙모님의 매우 감동적인 초상화예요. 휘슬러나 벨라스께스의 작품들만큼이나 아름답지요." 위대함의 등급을 정확히 가늠하지 못하는 초심자처럼 열광에 들떠서, 쌩-루가 그렇게 덧붙였다. "귀스따브 모로가 그린 감동적인 화폭들도 있지요. 나의 숙모님은 당신의 친구분이신 빌르빠리지 부인의 질녀이고, 그분 손에서 자라셨으며, 역시 나의 외종조모이신 빌르빠리지 부인의 조카이며 현재 게르망뜨 공작인 자기의 사촌과 혼인하셨지요."

"그러면 당신의 숙부님은?"

"그분은 샤를뤼스 남작이라는 작위를 가지셨어요. 원칙대로 하였다면, 나의 외조부[197]께서 타계하셨을 때, 빨라메드 숙부님께서, 게르망뜨 공작이 되기 전 당신 형님의 작위였던, 롬므 대공 작위를 가지셨어야 해요. 그 가문에서는 작호를 셔츠 갈아입듯 바꾸니까요. 하지만 그 숙부님께서는 그 모든 것들에 대하여 특이한 생각을 가지고 계시지요. 그분께서는 이딸리아의 두까또나 에스빠냐의 그란데사[198] 등과 같은 것들을 사람들이 조금 지나치게 남용한다고 생각하시는지라, 비록 대공 작위 너댓 중 하나를 당신 뜻대로 고르실 수 있었음에도 불구하고, 항의하는 표시로, 그리고 많은 오만이 섞여 있는 표면적인 소박함을 내세우시며, 샤를뤼스 남작이라는 작위를 간직하셨지요. '오늘날에는 모든 사람들이 대공이라 하니, 그들과 구별되게 해줄 무엇이 필요해. 나는 익명으로 여행할 때에만 공작 작호를 사용하겠어.' 그분이 하신 말씀이에요. 그분 말씀으로는, 샤를뤼스 남작보다 더 유구한 작위는 없다더군요. 자기네 봉토가 있던 일-드-프랑스 지역의 남작에 지나지 않았음에도 불구하고 프랑스의 최초 남작들이라고 터무니없이 주장하는 몽모랑씨 남작[199] 작위보다 샤를뤼스 남작 작위가 더 유구함을 입증하기 위해서라면, 나의 숙부님께서 몇 시간 동안이라도 그 내력을 설명할 것이고, 비록 매우 세련되고 자질 뛰어난 분이시지만, 그것이 엄연한 현실적 화제라고 여기시는지라, 기꺼이 그 설명에 임하실 거예요." 그 말을 하면서 쌩-루가 미소를 지었다. "그러나 나는 그분과는 다르니, 나에게 족보 이야기를 시작하게 하지는 말아요. 내가 보기에는 그것보다 더 지루하고 구시대적인 것이 없으며, 우리의 삶이 진정 너무 짧아요."

나는 그제야, 카지노 근처에서 나로 하여금 고개를 돌리게 하였던 그 냉혹한 시선 속에서, 일찍이 스완 부인이 땅송빌에서 질베르뜨를 소리쳐 부르던 순간에 나를 주시하던 그 시선을 알아보았다.

"그런데, 당신의 숙부님이신 샤를뤼스 씨에게 무수한 정부들이 있었다고 말씀하셨는데, 그녀들 중에 혹시 스완 부인은 없었나요?"

"오! 천만에! 숙부님은 스완과 절친한 사이셨고, 그래서 항상 그를 많이 도우셨어요. 하지만 그분이 스완 부인의 정인일 것이라는 말은 그 누구의 입에서도 나오지 않았어요. 혹시 누가 그렇게 믿는 기색을 보인다면 사교계를 크게 놀라게 할 거예요."

하지만 꽁브레에서 내가 그것을 믿지 못하겠다는 기색을 드러낼 경우, 사람들이 더 크게 놀랄 것이라는 말은 차마 하지 못하였다.

할머니는 샤를뤼스 씨에 대하여 매우 만족스러워하셨다. 물론 그가 출신과 사회적 지위를 극도로 중시한다는 것은 의심할 나위 없었지만, 그리고 할머니께서도 그것을 간파하셨지만, 일반적으로, 갖고 싶으나 가질 수 없는 것을 다른 사람이 향유하는 것을 볼 때 끼어들곤 하는, 은밀한 부러움과 역정 섞인 엄격함이 할머니의 시선에는 전혀 없었다. 반대로 할머니께서는, 당신의 운명에 만족하시고, 더 화려한 사회 계층 속에 살지 않는 것을 전혀 애석하게 여기시지 않았던지라, 샤를뤼스 씨의 결점들을 바라보심에 있어 오직 당신의 분별력에만 의지하셨으며, 그리하여 쌩-루의 숙부님에 대하여 이야기하실 때에는, 거의 온정에 가까운 초연하고 미소 어린 호의가, 다시 말해, 우리가 우리의 무심한 관찰 대상에게 관찰하는 기쁨의 보답으로 보내는, 그러한 호의가 감돌았고, 게다가 그 관찰 대상이, 할머니가 보시기에, 비록 그 주장이 정당하지 못하더라도 최소한 그림처럼 생생하고 화려하여, 할머니께서 보통 보실 기회가 흔했던 인물들과는 확연히 구별되는 특이한 인물이었던지라, 그만큼 더 호의가 두드러졌다. 그러나 할머니께서 그토록 쉽게 그의 귀족적 편견을 용서하셨던 것은, 쌩-루가 비웃던 그 숱한 사교계 인사들과는 반대로 샤를뤼스 씨에게서 발견되던, 극도로 강렬한 지성과 감수성을 특히 고려하셨기 때문이다. 하지만 그 귀족적 편견이, 조카에 의해 그랬던 것과는 달리, 숙부에 의해 더 고결해 보이는 가치들을 위하여 희생되지는 않았다. 샤를뤼스 씨는 오히려 귀족적 편견을 그 가치들과 조화롭게 양립시켰다. 느무르 공작들과 랑발 대공들의 후손[200]으로서, 고문서들과 가구들과 융단들과, 라파엘로, 벨라스께스, 부쉐 등이 그린 선조들의 초상화들을 소유하고 있었던지라, 그리하여 자기 가문의 추억들을 일별해 보는 것만으로 하나의 박물관과 비할 데 없는 도서관 하나를 '방문한다'고 당당히 말할 수 있었던 그는, 자기의 조카와는 반대로, 자기의 조카가 전락시키려고 하던 귀족사회의 유산을 높이 평가하고 있었다.[201] 또한 아마, 쌩-루보다 관념론에 덜 매료되었고, 공허한 말에 덜 만족스러워했으며, 인간들을 더 사실적으로 관찰하였던 그는, 자기들이 보기에 명예의 필수요소인 것을, 그리하여 자기의 상상력에 무사무욕한 즐거움을 제공할 뿐만 아니라, 자기의 실용적인 활동에서도 빈번히 강력한 보조제 역할을 수행할 수 있는 그것을, 등한시하고 싶지 않았을 것이다. 그러한 종류의 사람들과 내면의 관념에 복종하는 사람들 사이에는 갈등이 상존하는 바, 자기의 이상적인 관념만을 실현하기 위하여, 그 관념의 충동질을 받아 자기의 타고난 장점들을 떨쳐버리는 이들은, 자기들의 탁월한 재능을 포기하는 화가들이나 문인들, 예술적 천품을 지녔으되 급속히 현대식으로 변하는 뭇 국민들, 전사들의 기질을 가졌으되 전세계적인 군비 축소에 앞장서는 민족들, 문득 민주적으로 변하였다고 하며 엄한 법률들을 폐기하는 절대적인 정부 등과 유사한데, 대개의 경우 현실은 그들의 고결한 노력에 보답하지 않는다. 어떤 이들은 자기네 고유의 천부적 재능을, 또 다른 이들은 자기네의 세속적 우위를 상실하니 말이다. 평화주의가 때로는 전쟁을 증가시키고, 관용이 범죄 행위를 증가시킨다.[202] 진실함과 해방으로 향한 쌩-루의 모든 노력이 지극히 고결하다고밖에 할 수 없다면, 가시적 결과에 입각해 판단하거니와, 샤를뤼스 씨에게 그러한 노력이 결핍되어 있었다는 사실에 오히려 기뻐할 수도 있었을 것이니, 그는 게르망뜨 저택에 있던 아름다운 가구들 중 대부분을, 조카인 쌩-루처럼 르부르나 기요맹 등 현대 스타일의 가구 세공인들이 만든 작품들과 교환하여 그것들의 자리를 채우는 대신, 그것들을 자기의 집으로 옮겨놓았으니 말이다. 하지만 그럼에도 불구하고 샤를뤼스 씨의 이상이 매우 인위적이었음은—'인위적'이라는 수식어가 '이상'이라는 말에 어울리는지는 모르겠으되—사실이었으며, 그것은 세속적인 측면에서도 또한 예술적 측면에서도 그러했다. 두 세기 전에 일찍이 구왕조의 모든 영광과 우아함의 주역이었던 선대 여인들을 조상들로 둔, 미모와 흔치 않은 교양 겸비한 몇몇 여인들에게서, 그는 자기로 하여금 오직 그녀들과 어울릴 경우에만 기쁨을 느낄 수 있게 해주는 기품을 발견하였으며, 그가 그녀들에게 바치던 찬미 또한 의심할 나위 없이 진실했으나, 그녀들의 이름에 의해 환기된 역사와 예술의 많은 어럼풋한 추억들이 그 찬미의 큰 부분을 점하고 있었는데, 그것은 마치, 문예에 해박한 어떤 이가, 평소에 관심조차 보이지 않던 현대의 작품들보다도 아마 못할 호라티우스의 어느 오데[203] 한 편을 읽으면서 느끼는 즐거움의 원인들 중 하나가, 고대의 추억들인 것과 마찬가지이다. 그 여인들 중 하나가 어느 예쁜 중산층 여인 곁에 나란히 있는 것이, 그에게는 어느 길이나 혼례식 장면을 그린 현대의 어느 화폭 곁에 그 역사가 우리에게 알려진 옛 거장들의 화폭들이 나란히 놓인 것과 같이 여겨졌으며(그 화폭들을 주문한 교황이나 국왕을 비롯하여, 그것들을 후에 소유하게 된 이러저러한 인물들의 역사이다), 기증이나 매입이나 약탈 혹은 유산 등의 형태로 그 화폭들이 그 인물들 곁에 있다는 사실은, 우리에게 어떤 사건이나 최소한 역사적 가치가 있는 어떤 혼인을 상기시켜 주고, 그 화폭들에 하나의 새로운 효용성을 부여하며, 우리의 기억이나 고증학적 연구를 통하여 우리가 소유할 수 있는 것이 풍요롭다는 감정을 증대시켜 준다. 샤를뤼스 씨는, 자기의 것과 같은 편견이 지체 높은 귀부인들로 하여금 혈통 덜 순수한 여인들과 교류하지 못하게 하는 것에, 그리하여 자기로 하여금, 단조로운 분홍색 대리석 원주들이 받치고 있으며 현대에 이르러서도 변함없는 18세기 건물의 정면처럼 변질되지 않는 그녀들의 고결함을 찬미할 수 있게 해주는 것에 쾌재를 불렀다.

  샤를뤼스 씨는 그러한 여인들의 사고방식과 심정의 진정한 '고결함'을 찬양하였고, 그 자신까지도 속이던 하나의 애매성을 이용하여 '고결함'이라는 단어를 가지고 말장난을 하였는데, 그 애매함 속에는, 귀족 신분과 관용과 예술 등이 혼합된 그것 특유의 얼치기 개념이라는 '거짓'뿐만 아니라, 나의 할머니와 같은 사람들에게는 위험으로 작용할 수 있는 '매력'도 존재하고 있었던지라,

자기의 신분이 몇 대(代)나 이어져 내려왔는가만 중시하고 나머지 다른 것에는 관심조차 없는 어떤 귀족의 더 상스럽되 그만큼 더 순진한 편견 따위는 우스꽝스러운 것으로 여기시되, 외견상 하나의 정신적 우월성일 법한 무엇 앞에서 속수무책이셨던 할머니께서는, 라 브뤼에르나 훼늘롱을 가정교사로 채용할 수 있었다는 점 때문에, 군후(君侯)들을 다른 그 어떤 사람들보다도 더 부러워할 만한 사람들로 여기셨다.[204]

그랜드-호텔 앞에서 게르망뜨 가문의 그 세 사람이 우리들과 헤어졌다. 그들은 뤽상부르 대공 부인 댁으로 점심을 먹으러 간다고 하였다. 할머니께서 빌르빠리지 부인에게, 그리고 쌩-루가 할머니에게 작별인사를 하는 순간, 그때까지 나에게 단 한 마디 말도 건네지 않던 샤를뤼스 씨가, 몇 걸음 뒤처지면서 나의 곁으로 와 다음과 같이 말하였다. "오늘 저녁 식사 후, 내가 빌르빠리지 부인의 거처에서 차를 마실 예정이오. 할머니를 모시고 당신도 와 주시면 나에게는 기쁜 일이겠소." 그런 다음 후작 부인과 다시 합류하였다.

비록 일요일이었지만 호텔 앞에는 휴가철 초기보다 더 많은 삯마차들이 보이지 않았다. 르 망에서 온 공증인의 아내는 특히, 깡브르메르 댁에 초대를 받지 못하였다는 이유 때문에 매주 한 번씩 삯마차를 빌리는 짓이 너무 많은 경비를 지출하게 한다고 여겨, 자기의 방에 남아 있는 것으로 만족하였다.

"블랑데 부인께서 어디 편찮으십니까? 오늘은 부인을 뵙지 못하였습니다."

어떤 사람이 공증인에게 그렇게 물으면, 그가 다음과 같이 대답하곤 하였다.

"두통이 조금 있나 봅니다. 더위와 심한 뇌우(雷雨) 때문인 듯

합니다. 걸핏하면 두통을 호소하지만, 오늘 저녁에는 그녀를 보실 수 있을 거요. 방에서 나오라고 제가 권하였습니다. 그 사람에게 그것이 더 이로울 것입니다."

나는 샤를뤼스 씨가, 우리를 자기의 숙모님(그가 미리 그녀에게 통보하였을 것을 나는 의심치 않았다) 거처에 초대함으로써, 아침 나절 산책 도중에 나에게 저지른 결례를 만회하고자 한다고 생각하였다. 그러나, 빌르빠리지 부인의 응접실에 들어선 후, 마침 어느 친척에 대하여 날카로운 음성으로 악의적인 이야기를 하고 있던 그에게 인사를 하려고, 내가 그의 주위를 맴돌아도 헛일, 나는 도저히 그의 시선을 끌 수가 없었다. 나는, 내가 그곳에 있음을 그에게 알리기 위하여, 상당히 큰 소리로 인사를 하기로 작정하였다. 그러나 그가 그러한 사실을 알고 있음을 즉시 간파하였다. 나의 입술 사이로 아직 단 한 마디 말도 나오지 않았는데, 내가 상체를 숙여 인사를 하려는 순간, 그의 두 눈이 나에게로 향하지도 않았고 그가 대화를 중단하지도 않았건만, 내가 예를 표할 수 있도록 나를 향하여 뻗친 그의 손가락 둘이 나의 눈에 띄었으니 말이다. 그가 이미 나를 보았건만 전혀 내색을 하지 않았던 것이며, 나는 그제야, 대화 상대자에게 결코 고정되는 법이 없던 그의 두 눈이, 두려움에 사로잡힌 짐승의 눈처럼, 혹은 야외에서 구변 좋은 사설을 늘어놓는 한편 불법적인 상품들을 사람들에게 쳐들어 보이면서, 다른 한편으로는, 비록 고개를 돌리지는 않으나, 경찰관이 나타날 수 있을 법한 지점들을 동시에 주시하는 상인들의 눈처럼, 그의 두 눈이 끊임없이 모든 방향으로 향하고 있었음을 알아차렸다. 빌르빠리지 부인이 우리가 도착하자 기뻐하는 것으로 보아, 그러한 일을 기대하지 않았던 것 같아 내가 조금 놀랐지만, 샤를뤼스 씨가 나의 할머니에게 한 다음 말을 듣고는 더욱 놀랐다.

"아! 여기에 오실 생각을 하시다니, 정말 좋은 일입니다. 멋진 생각 아닌가요, 숙모님?" 의심할 나위 없이, 우리가 들어서자 자기의 숙모가 놀라는 것을 간파하였고, 악단의 악장처럼 상황을 주도하는데 익숙한 사람이었던지라, 자기 숙모의 그러한 놀라움을 단순한 기쁨으로 둔갑시키기 위해서는, 자신도 같은 기쁨을 느끼며, 그것이 우리들의 방문에 기인된 감정임을 보여주는 것으로 충분하다고 생각하였을 것이다. 그의 계산이 적중하였다. 자기의 조카를 매우 마음에 두고 있었으며, 그의 비위 맞추기가 얼마나 어려운지를 잘 알고 있던 빌르빠리지 부인이, 문득 나의 할머니에게서 새로운 장점들을 발견한 듯, 거듭 할머니를 반겼으니 말이다. 하지만 나는, 자기가 바로 아침나절에 나에게 한, 그토록 간결하되 외견상으로도 그토록 의도적이고 심사숙고한 듯한 초대의 말을, 샤를뤼스 씨가 불과 몇 시간 만에 잊었다는 사실과, 순전히 자기의 것이었던 생각을 할머니의 '멋진 생각'이라고 하는 곡절을 도저히 이해할 수 없었다. 어떤 사람이 가지고 있던 의도의 진실을 그에게 직설적으로 물어서 알 수 있는 것이 아니고, 순진하게 캐묻는 위험보다 아마 그냥 스쳐 지나가는 오해에서 비롯된 위험이 더 작다는 사실을 깨달을 나이까지 내가 간직하였던, 모든 것을 정확히 해두려는 세심함에 이끌려, 나는 샤를뤼스 씨에게 물었다. "하지만, 잊지 않으셨겠지요, 오늘 저녁 우리에게 이곳에 와달라고 하시지 않았습니까?" 샤를뤼스 씨가 나의 질문을 들었다는 어떠한 징후도, 즉 어떠한 움직임이나 음성도, 나타나지 않았다. 그러자 나는, 상대방이 거부하기로 이미 작정한 해명을 듣기 위하여, 지칠 줄 모르고 그러나 헛되이 성의를 다하는 외교관들이나 서로 불화한 젊은이들처럼, 그에게 같은 질문을 반복하여 던졌다. 샤를뤼스 씨는 꿈쩍도 하지 않았다. 까마득히 높은 곳에서, 자기보다 못한 사람들의 성격과 그들이 받은 가정교육을 내려다보고 심판하는 이들의 미소가, 그의 입술들 위로 가볍게 스치는 것 같았다.

그가 일체의 설명을 거부하는지라, 나 스스로 그것을 찾으려 하였으나, 나는 여러 설명들 사이에서 주춤거리는 것이 고작이었고, 그것들 중 어느 하나도 정확할 것 같지 않았다. 아마 그가 기억하지 못할 수도 있었겠고, 혹은 아침나절에 그가 한 말을 내가 잘못 들었을 수도 있을 것 같았다…. 더 그럴듯해 보였던 설명은, 오만 때문에, 자기가 무시하는 사람들을 자신이 끌어들이려 하였던 것처럼 보이기 싫었고, 따라서 그들이 스스로 오겠다고 하였노라는 식으로 그들에게 책임을 떠넘기는 편을 택하였을지 모른다. 하지만 그렇다면, 즉 우리들을 무시하였다면, 도대체 왜 우리들이, 아니 그보다는 할머니가, 오는 것을 그토록 중시하였단 말인가? 그날 저녁 내내, 우리 두 사람 중, 오직 할머니에게만 그가 말을 건넸고, 나에게는 단 한 마디도 하지 않았으니 말이다. 마치 극장의 칸막이 좌석 안쪽에 깊숙이 있는 사람처럼, 그리하여 할머니와 빌르빠리지 부인 뒤에 조금은 숨어 있는 상태로, 그 두 분과 활기차게 대화를 나누면서, 그는 단지, 가끔 날카로운 자기 눈의 탐색하는 듯한 시선을 나의 얼굴 쪽으로 돌려, 나의 얼굴이 마치 해독하기 어려운 필사본인 듯, 진지하게, 고심하는 기색으로, 그것을 나의 얼굴에 잠시 고정하는 것으로 만족하였다.

물론 그러한 눈만 아니었다면, 샤를뤼스 씨의 얼굴이 다른 많은 잘생긴 남자들의 얼굴과 유사했다. 또한 훗날 쌩-루가 게르망뜨 가문의 다른 사람들에 대하여 이야기하면서, 그리하여 특정 혈통의 기색과 귀족적 기품이라는 것들도 전혀 신비하거나 새로울 것 없으며, 내가 어렵지 않게 그리고 특별한 인상 느끼지 않고 식별해 낸 요인들로 구성되어 있음을 나에게 확인시켜 주면서, 다음과 같이 말하였을 때, 나는 내가 품고 있던 환상들 중 하나가 사라지는 것을 느끼지 않을 수 없었다. "젠장, 그들에게는, 나의 빨라메드 숙부님이 손톱들 끝에까지 갖추고 계신, 혈통 특유의, 지체 높은 나리의, 기색이 없어요." 그러나 엷게 바른 분으로 인하여 무대 위에 있는 배우의 얼굴과 모습이 조금 비슷했던 그 얼굴의 표정을 샤를뤼스 씨가 밀봉하려 해도 소용없었으니, 그의 두 눈이 마치, 그가 유일하게 틀어막지 못한 성벽의 균열이나 총안(銃眼) 같아, 그를 대하여 서 있는 지점에 따라서는, 그 총안을 통해 이루어지는 내부에 거치된 어떤 화기들의 집중사격 앞에 문득 노출되는 느낌이었으며, 그 화기들은, 그것들을 완전히 통제하지 못하여, 불안정한 균형 속에 그리하여 항상 폭발할 상태로 그것들을 간직하고 있던 당사자에게조차도, 전혀 안심할 수 없는 것처럼 보였다. 따라서 그 눈들의 극도로 조심스럽고 끊임없이 불안한 표정은, 그의 얼굴이 비록 완벽한 구성과 조화를 이루었으되, 매우 낮게 처진 눈 둘레의 검은 무리와 함께 그러한 표정으로 인하여 얼굴에 드리워진 피곤과 어울려, 어떤 미지의 인물을, 위험에 처한 어느 세력 있는 사람의 변복을, 혹은 단지, 위험하지만 비극적인 어떤 수상한 사람을 연상시켰다. 나는 다른 사람들에게는 없으며, 그날 아침나절 카지노 앞에서 내가 그를 보았을 때 샤를뤼스 씨의 시선이 나로 하여금 이미 그토록 수수께끼처럼 여기게 하였던, 그 비밀이 어떤 것인지 알아내고 싶었다. 하지만 그의 인척관계를 알게 된 이상, 그것이 어느 절도범의 비밀이라고도, 그의 대화를 들어보건대, 미친 사람의 비밀이라고도 믿을 수 없었다. 나의 할머니에게는 그토록 친절한 반면 나를 대함에 있어서는 그토록 냉랭했던 것이, 아마 개인적 반감에 기인하지는 않았을 것이다. 대개의 경우, 그가 여인들에 대하여 호의적이었고, 따라서 거의 습관적으로, 여인들의 단점에 대하여 말할 때에는 커다란 아량 베풀기를 주저하지 않았던 만큼, 남자들에 대해서는, 특히 젊은 남자들에 대해서는, 여자 기피증 있는 사람들이 여인들에게 품고 있는 증오심을 연상시키는 맹렬한 증오심을 드러내곤 하였으니 말이다. 쌩-루가 우연히, 그 가문 사람들이었는지 혹은 그와 친분 있던 사람들이었는지, 나이 든 여자에 기대어 사는 남자들 두세 사람의 이름을 꺼냈을 때, 샤를뤼스 씨가, 평소 그가 드러내던 단순한 냉랭함과는 확연한 대조를 이루는 거의 표독스러운 표정을 지으면서 말하였다. "그것들은 하찮은 개자식들이야." 나는, 그가 오늘날의 젊은이들에게서 지적하여 나무라는 것이, 그들이 너무 여자처럼 나약하다는 점이라는 사실을 이해하였다. "영락없는 여자들이야." 그가 경멸조로 하던 말이다. 하지만 도대체 어떠한 삶이라야, 남자가 영위해야 한다고 그가 생각하고 바라는 삶과 나란히 놓아도, 나약해 보이지 않을 수 있단 말인가? 게다가 어떠한 남자가 영위하는 삶이라 할지라도, 그는 그것이 충분히 강력하거나 사내답지 못하다고 여기지 않았겠는가? (그 자신은, 걸어서 여행을 하던 중, 여러 시간 달음박질을 한 끝에, 타는 듯 뜨거워진 자기의 몸을 얼음처럼 차가운 냇물에 던지곤 하였다). 그는 심지어 남자가 반지 하나 손가락에 끼는 것조차 용납하지 않았다.

하지만 남성다움에 대한 그의 그러한 선입견적 집착에도 불구하고, 그에게는 가장 섬세한 감수성이라는 장점들도 있었다. 쎄비네 부인이 머물렀던 어느 성을 나의 할머니를 위하여 상세히 묘사해 보라고 부탁하면서, 자기가 보기에는, 그 따분한 그리냥 부인과의 이별로 인한 절망에 약간의 허구적 과장이 있는 것 같다고 덧붙여 말한 빌르빠리지 부인에게 한 그의 대꾸는 이러했다.

"그 반대로, 제가 보기에는, 이 세상의 그 무엇도 더 진실할 것 같지는 않습니다. 게다가 그러한 감정들을 누구든 잘 이해하던 시대입니다. 라 퐁뗀느의 작품 속에서 모노모토파에 사는 어떤 이가, 자기의 꿈속에 조금 슬픈 모습으로 나타났던 친구의 집으로 달려간 이야기나,[205] 함께 살던 다른 비둘기가 둥지를 비우는 것이 가장 큰 괴로움이라고 말하였다는 어느 비둘기 이야기[206] 등이, 숙모님 보시기에는, 자기의 딸과 단 둘이만 있을 순간을 기다리는 것이 견딜 수 없을 만큼 괴롭다고 한 쎄비녜 부인의 이야기처럼 과장된 것으로 여겨지는 모양입니다. 그녀가 자기의 딸과 이별한 후 한 말은 비할 데 없이 아름답습니다. '이번 이별이 나의 영혼에 가한 고통, 나는 그것을 내 육신의 고통처럼 느낀다네.[207] (그리운 이) 곁에 없을 때에는 시각들을 후하게 흘려보낸다네. (그러다가) 갈망하는 때를 향해서는 걸음을 재촉한다네.'[208]"

할머니는 그 편지들에 대하여 당신께서 하셨을 것과 같은 식으로 하는 말을 들으시고 황홀해지셨다. 남자가 그것들을 그토록 깊이 이해할 수 있다는 사실에 놀라셨다. 할머니께서는 샤를뤼스 씨에게 여성적인 섬세함과 감수성이 있다고 하셨다. 나중에 우리들끼리만 있을 때, 할머니와 나는 다시 그에 대한 이야기를 하면서, 그가 틀림없이 자기의 모친이나, 혹시 자녀들이 있다면 딸 등, 어느 여인으로부터 깊은 영향을 받았음에 틀림없다는 말도 하였다. 나는 쌩-루의 정부가 그에게 끼쳤을 것 같은 영향을, 그리고 함께 사는 여인들이 남자들을 어느 정도까지 섬세하게 만드는지를 나로 하여금 깨닫게 해준, 그 영향을 돌이켜 생각하면서, 속으로 이렇게 말하였다. '어떤 정부이겠지.'

"일단 자기의 딸과 단둘이만 있게 되었을 경우, 아마 할 말이 별로 없었을 걸세." 빌르빠리지 부인이 샤를뤼스 씨의 말에 대꾸하였다.

"틀림없이 있었을 것입니다. 하다못해 그녀가, '하도 하찮아 자네와 나 이외에는 아무도 눈여겨보지 않았을 것'[209]이라고 하던 것들이라도 말씀입니다. 여하튼 그녀는 딸 곁에 있었습니다. 그런데 라 브뤼에르는 우리들에게 그것이 전부라고 말합니다. '사랑하는 이들 곁에 있기만 하면, 그들에게 말을 건네건 아무 말 하지 않건, 모든 것이 마찬가지니라.'[210] 그의 말이 맞습니다, 그것이 유일한 행복입니다." 샤를뤼스 씨가 우수 어린 음성으로 덧붙인 말이다. "그런데, 애석하게도, 우리의 삶이 뒤죽박죽인지라, 그 행복을 맛볼 기회 극히 적습니다. 쎄비녜 부인은 여하튼 다른 이들에 비해 운이 좋았습니다. 그녀는 자기 생애의 대부분을 사랑하는 사람 곁에서 보냈으니 말입니다."

"자네는 그것이 연정과 무관했다는 사실을 간과하고 있네. 그것은 그녀의 딸에 관한 이야기일세."

"그러나 인생에서 중요한 것은 무엇을 사랑하느냐가 아니고 사랑하는 그 자체입니다." 그가 권위적이고 단호하며 거의 단정적인 어조로 대꾸하였다. "쎄비녜 부인이 자기의 딸에 대하여 가지고 있던 감정은, 젊은 쎄비녜[211]가 자기의 정부들과 맺었던 저속한 관계들에 비하여, 라씬느가 『안드로마케』나 『화이드라』에서 묘사한 정염(情炎)과 훨씬 더 유사하다 할 수 있습니다. 어떤 신비주의자가 자신이 믿는 신에 대하여 품는 사랑도 그러합니다.[212] 우리가 사랑의 둘레에 긋는 지나치게 좁은 경계선은 오직 생에 대한 우리의 심각한 무지에서 비롯됩니다."

"『안드로마케』와 『화이드라』를 많이 좋아하세요?" 쌩-루가 가벼운 경멸 섞인 어조로 자기의 숙부에게 물었다.

"빅또르 위고 나리의 모든 드라마[213]들 속에 있는 진리를 통틀어도 라씬느의 비극 한 편 속에 있는 진리만은 못하지." 샤를뤼스 씨가 대꾸하였다.

"하지만 상류 사교계란 정말 끔찍하군." 쌩-루가 나의 귀에다 소곤거렸다. "빅또르[214]보다 라씬느를 더 좋아하다니, 그렇지만 엄청난 일이야!" 그가 자기 숙부의 말에 진정 서글퍼졌지만, '그렇지만'과 '엄청난'이라는 말을 하며 느낀 쾌감에 위로를 받았다.[215]

사랑하는 대상으로부터 멀리 떨어져 사는 것에서 느끼는 슬픔에 대한 그러한 견해 속에(그것이 나의 할머니로 하여금, 빌르빠리지 부인의 조카가 자기의 숙모보다 특정 작품들을 다른 식으로 탁월하게 이해하며, 특히 사교계의 대부분 인사들 위에 그가 돋보이게 하는 무엇을 가지고 있다고, 나에게 말씀하실 수밖에 없도록 하였다), 샤를뤼스 씨가 단지, 남자들은 거의 드러내지 않는 감정의 섬세함만이 나타나게 한 것은 아니다. 중음(中音)을 충분히 다듬지 않아, 노래를 부르면 젊은 남자와 여자의 교차 이중창처럼 들리는, 여성 최저음역에 속하는 음성과 유사했던 그의 음성 자체도, 그토록 섬세한 사념들을 표현하던 순간에는, 고음에 연속적으로 머물렀고, 예상치 못하던 부드러움을 띠었으며, 자기들의 다정함을 한껏 뿌리는 약혼녀들의 혹은 누이들의 합창을 내포하고 있는 것처럼 들렸다. 그러나, 여성적인 것이라면 질색을 하는 샤를뤼스 씨가 자기의 음성 속에 모아들인 듯한 인상을 주게 되어 몹시 유감스러워 하였을 그 소녀들 무리가, 그 속에서, 합창에만 즉 감정의 편린들을 조율하는 것에만 그치지 않았다. 샤를뤼스 씨가 한창 이야기를 하고 있는 동안에도, 기숙 여학생들이나 교태 넘치는 여자들의 것과 같은 그녀들의 날카롭고 싱싱한 웃음이, 수다스럽고 꾀많은 여인들 특유의 짓궂음으로, 자기네의 그 이웃 남자를 겨누는 소리가 자주 들려왔다.

그는, 일찍이 자기의 가문 소유였고, 마리-앙뚜와네뜨가 유숙한 적 있으며, 그 정원을 르노트르²¹⁶⁾가 설계한 거처 하나가, 이제는 그것을 매입한 부유한 이스라엘 금융가들의 수중에 있다는 이야기를 하였다. "이스라엘이라는 것이 어떤 고유명사가 아니고 하나의 종족을 가리키는 총칭적인 용어처럼 보이지만, 여하튼 그러한 사람들에게 부여된 이름입니다. 잘은 모르겠으나, 아마 그러한 부류의 사람들에게는 이름이 없고, 단지 자기들이 속하는 집단의 명칭으로만 불리는 모양입니다. 여하튼 그것은 중요치 않습니다! 하지만 게르망뜨 가문의 거처였다가 이스라엘 사람들의 수중으로 들어가다니!!!" 그가 언성을 높였다. "블루와 성에 있는 그 방이 생각납니다. 저에게 그 방을 보여준 관리인이 이렇게 말하였습니다. '여기에서 메리 스튜어트²¹⁷⁾가 기도를 하곤 하였으나, 이제는 제가 빗자루들을 여기에 놓아둡니다.' 물론 이스라엘 사람들의 수중으로 들어가는 치욕을 겪은 그 거처에 대해서는, 남편의 곁을 떠나버린 저의 사촌 형수 끌라라 드 쉬메의 그 이후 행적에 대해서와 마찬가지로, 아무것도 알고 싶지 않습니다. 그러나 저는 그 거처가 온전했을 때 찍은 사진과, 대공녀의 커다란 두 눈이 오직 저의 사촌에게로만 향하던 시절에 찍은 그녀의 사진을 간직하고 있습니다. 사진이라는 것이, 현실의 단순한 복사품이기를 멈추고 더 이상 존재하지 않는 것들을 우리에게 보여줄 경우, 약간의 품격을 획득합니다. 그러한 종류의 건축물에 관심을 가지고 계신 듯하니, 원하시면 그 사진을 한 장 드리겠습니다." 그가 할머니에게 말하였다. 그 순간, 자기의 호주머니에 있던 수놓은 손수건의 색깔 선명한 가장자리가 밖으로 조금 드러난 것을 보더니, 새침하되 전혀 순진하지 못한 여인이, 지나친 조신함 때문에 외설적이라고 판단한 자기 몸의 매력적인 부분을 감추면서 드러내는 질겁한 표정을 지으며, 그가 손수건을 서둘러 다시 밀어 넣었다. 그러면서 말을 계속하였다.

"그 사람들이 르노트르가 설계한 정원을 파괴하기 시작하였다고 상상해 보십시오. 그러한 짓은 뿌쌩의 어느 화폭 하나를 갈가리 찢는 행위 못지않은 범행입니다. 그러한 죄를 물어, 그 이스라엘 녀석들을 감옥에 처넣어야 할 것입니다." 그러더니, 잠시 말을 멈추었다가, 미소를 지으면서 이렇게 덧붙였다. "그들을 감옥으로 보내야 할 이유가 될 만한 것들이 물론 그 사건 이외에도 많은 것은 사실입니다! 여하튼, 그러한 건축물들 앞에 설치한 잉글랜드풍 정원이 어떤 결과를 초래할지, 한 번 상상해 보십시오!"

"하지만 건물은 쁘띠 트리아농과 같은 양식일세." 빌르빠리지 부인이 말하였다. "그런데 마리-앙뚜와네뜨는 서슴지 않고 그 쁘띠 트리아농에 잉글랜드풍 정원을 꾸미게 하였다네."

"여하튼 그 정원이 가브리엘이 지은 건물 정면의 미관을 해치는 것은 분명합니다." 샤를뤼스 씨가 대꾸하였다. "물론 이제 와서 그 '아모'를 파괴한다면 그것은 야만적인 짓입니다. 오늘날의 풍조가 어떠하든, 일개 이스라엘 여자의 변덕이 마리-앙뚜와네뜨 왕비의 추억과 같은 가치를 지닐 수는 없다고 생각합니다."[218]

그러는 동안, 내가 저녁이면 잠들기 전에 자주 슬픔에 잠긴다는 사실을 쌩-루가 샤를뤼스 씨 앞에서, 그의 숙부가 그것을 남자답지 못하다 여기지 않을까 하는 나의 수치심은 아랑곳하지 않고, 고집스럽게 수차례 내비쳤음에도 불구하고, 할머니께서 나에게서 올라가 잠자리에 들라고 눈짓을 하셨다. 나는 잠시 더 지체하다가 그 자리를 떠났고, 나의 방으로 돌아온 지 얼마 되지 않았을 때, 문을 두드리는 소리가 들리기에 누구냐고 물었으며, 그 말에 대꾸하는 샤를뤼스 씨의 무뚝뚝한 음성에 몹시 놀랐다.

"샤를뤼스요. 잠시 들어가도 되겠소?" 그리고, 방 안으로 들어와 문을 다시 닫은 후 같은 어조로 말을 계속하였다. "조금 전 나의 조카가 말하기를, 귀하께서 잠들기 전에 조금 슬퍼하신다고 하였고, 또 베르고뜨의 작품들을 좋아하신다는 말도 하였소. 마침 나의 여행 가방에, 아마 아직 읽으시지 않았을 그의 작품 하나가 있기래, 편안함을 느끼시지 못하는 그 순간들을 보내시는데 도움이 되지 않을까 생각하여, 그것을 가지고 왔소."

나는 크게 감동하여 샤를뤼스 씨에게 고맙다고 하였으며, 밤에 내가 불안해한다고 쌩-루가 그에게 한 말로 인하여, 내가 혹시 실제보다 더 그의 눈에 바보처럼 보이지 않을까 저어된다고 하였다.

"천만에, 그렇지 않아요." 그가 조금 더 부드러워진 억양으로 대답하였다. "귀하에게 특유의 개인적 자질이 아마 없을지는 모르나, 내가 어찌 알겠소, 여하튼 그러한 사람은 매우 희귀하오! 하지만 적어도 한동안은 귀하에게 젊음이 있고, 젊음이란 언제나 매력적인 것이오. 게다가, 모든 어리석음 중 가장 심각한 것은, 자기가 느끼지 못하는 감정을 우스꽝스럽다거나 나무랄 만하다고 여기는 짓이오. 나는 밤을 좋아하는데, 귀하는 밤을 두려워한다고 하시며, 나는 장미꽃 향기 맡기를 좋아하는 반면, 나의 친구 하나는 장미꽃 냄새만 맡아도 신열에 시달린다오. 내가 그러한 이유로 그를 나보다 못난 사람으로 여길 것이라 믿소? 나는 모든 것을 이해하려 노력하며, 그 무엇도 단죄하지 않으려 나 자신을 단속하오. 여하튼, 너무 유감스럽게 여기지 마시오. 나는 당신이 느끼는 그러한 슬픔이 고통스럽지 않다고는 하지 않겠소. 다른 사람들이 이해하지 못할 것들 때문에 누구든 고통스러워할 수 있다는 사실을 나는 잘 알고 있소. 그러나 귀하는 적어도 귀하의 할머님께 마음을 털어놓을 수 있소. 귀하는 그분을 자주 뵐 수 있소. 게다가 그것은 허용된 애정이오. 다시 말해, 교감 가능한 애정이오. 그렇지 못한 애정이 그 얼마나 많은가!"

그는 어떤 물건을 유심히 바라보면서, 혹은 다른 물건을 들었다 놓으면서, 방 안을 이리저리 오갔다. 나에게 통보할 것이 있건만 적합한 말을 찾지 못한 것 같았다.

"내가 베르고뜨의 다른 작품 한 권도 이곳에 가지고 왔소. 그것도 즉시 이 방으로 가져오라고 하겠소." 그렇게 덧붙이며 그가 초인종을 눌렀다. 잠시 후 급사 하나가 왔다. "가서 당신의 지배인을 불러 오시게. 이 호텔에서 심부름을 지혜롭게 할 수 있는 사람은 그 지배인뿐이야." 샤를뤼스 씨가 거만한 투로 말하였다. ─ "에메 씨 말씀입니까, 나리?" 급사가 물었다. ─ "내가 그의 이름은 모르오. 아니 참, 사람들이 그를 에메라고 부르는 것을 들은 적이 있소. 내가 몹시 급하니 어서 가시오." ─ "곧 이곳에 당도할 것입니다, 나리. 조금 전에 그를 저 아래서 보았습니다." 민활한 것처럼 보이기를 원하던 급사가 그렇게 대답하였다. 얼마간의 시간이 흘렀다. 급사가 되돌아와 말하였다. "나리, 에메 씨는 이미 주무시러 가셨습니다. 하지만 제가 대신 심부름을 해드릴 수 있습니다." ─ "아니오, 당신은 그 사람을 깨우기만 하면 되오." ─ "나리, 그것은 불가능합니다. 그분은 호텔에서 주무시지 않습니다." ─ "그러면 그만 돌아가시오." 급사가 돌아간 후 내가 샤를뤼스 씨에게 말하였다. "베르고뜨의 작품 한 권이면 충분합니다. 정말 자상하십니다." ─ "내가 보기에도 그렇소." 샤를뤼스 씨가 계속 오락가락하였다. 그렇게 몇 순간이 흘렀고, 잠시 몇 차례 머뭇거리더니, 휙 돌아서면서, 다시 무뚝뚝해진 음성으로 '안녕히 주무시오' 하고는 내 방을 떠났다.

그날 저녁에는 그가 표출하던 그 모든 고결한 감정들을 내가 들어 알았건만, 그가 떠나기로 되어 있던 다음 날 아침나절에는, 내가 해수욕을 시작하려던 순간, 샤를뤼스 씨가 해변에 있던 나에게로 다가와, 할머니께서 기다리시니, 물에서 나오는 즉시 할머니에게로 가라고 한 다음, 친근하게 또 상스럽게 웃으면서 나의 목을 꼬집더니, 다음과 같이 말하는지라 내가 몹시 놀랐다.

"어이, 꼬마 악동! 도대체 늙으신 할머니는 아예 안중에도 없나?"

"그것이 무슨 말씀입니까, 제가 할머니를 얼마나 사랑하는데…!"

"당신은 아직 젊은지라, 젊음을 허송하지 말고 다음 두 가지를 배워야 할 것이오." 그가 한 걸음 물러서더니 냉랭한 기색을 띠면서 말하였다. "첫째, 너무나 당연하여 이미 암시될 수밖에 없었던 감정들 표출하는 것을 삼가야 하오. 둘째, 누가 하는 말의 의미를 정확히 파악하기 전에 선뜻 그 말에 대꾸하지 않는 것이오. 당신이 만약 조금 전에 그렇게 대비하였다면, 마치 귀머거리처럼 횡설수설 마구 지껄여대는 듯한 기색을 보이는 짓뿐만 아니라, 당신의 수영복에 닻 문양들을 수놓은 우스꽝스러운 짓에 그 두 번째 우스꽝스러운 짓을 덧붙이는 일은 피하였을 것이오. 내가 당신에게 베르고뜨의 작품 한 권을 빌려드렸는데, 그것이 필요해졌소. 우스꽝스럽고 어울리지 않는 이름[219]을 가진, 그리고 내 추측하건대 이 시각에는 잠자리에 들지 않았을, 그 호텔 지배인을 시켜, 한 시간 이내에 책을 나에게 보내시오. 당신이 나로 하여금, 내가 어제 저녁에 너무 일찍 젊음의 매력에 대해 당신에게 이야기하였음을 깨닫게 해주고 있소. 차라리 당신에게 젊음의 경솔함과 일관성 없음과 무지를 경고해 주었더라면, 당신에게 더 큰 도움이 되었을 것이오. 내가 퍼붓는 이 작은 물세례[220]가 해수욕 못지않게 당신에게 유익하길 바라오. 하지만 그렇게 꼼짝도 하지 않은 채 서 있지 마시오. 감기에 걸릴 수도 있으니 말이오. 좋은 저녁[221] 보내시오."

그가 자신이 한 그 말을 후회하였음에 틀림없었으니, 그가 나에게 빌려주었고 내가 그에게, 외출중이었던 에메를 통해서가 아니라 리프트를 통해 돌려주었던 책을, 얼마 후, 표지의 움푹 패인 가죽 부위에 물망초꽃 가지 하나를 돋을새김 하였고 모로코가죽으로 장정한 상태로 다시 받았으니 말이다.

샤를뤼스 씨가 떠난 후, 로베르와 나는 드디어 블록의 집 만찬에 참석할 수 있게 되었다. 나는, 그 작은 연회가 벌어지는 동안, 나의 학교 친구가 지나칠 만큼 쉽고 재미있다고 여기는 이야기들이, 부친 블록 씨가 한 바로 그 이야기들이며, 그가 '매우 신기하다'고 여기는 사람 역시, 그의 부친이 그렇게 생각하는 친구들 중 하나라는 사실을 깨달았다. 우리가 어린 시절에는 특별히 찬미하는 몇몇 사람들이 있다. 나머지 다른 가족들보다 더 기지 넘치는 아버지라든가, 우리로 하여금 형이상학에 눈뜨게 해준 덕분에 우리가 실제보다 더 뛰어나다고 여기게 된 어떤 선생님이라든가, 우리보다 조숙한 어떤 학교 친구(나에게는 블록이 그러한 친구였다) 등이 그러한 사람들인데, 특히 그러한 친구는, 우리들이 아직도 〈신을 만날 희망〉[222]을 지은 뮈쎄를 좋아하고 있을 때 그 문인을 대수롭지 않게 여기고, 그러다가도 우리의 화제가 르꽁뜨 옹(翁)[223]이나 끌로델로 옮겨가면, 오직

쌩-블레즈에서, 쥬에까 섬에서,
당신 진정 행복하셨는데…[224]

등과 같은 구절에만 황홀해하며, 그것에 다음과 같은 구절들을 덧붙이거나,

> 빠도바는 지극히 아름다운 곳,
> 위대한 법률학자들이….
> 하지만 나는 뽈렌따를 더 좋아하네….
> …검은색 도미노 차림 아가씨 지나가네.[225]

모든 〈밤들〉[226] 중에서 오직 다음 구절들만을 기억해 둔다.

> 아브르에서, 대서양 앞에서,
> 창백한 아드리아해가,
> 어느 무덤 위 풀밭으로 밀려와,
> 숨을 거두는 베네치아에서, 그 끔찍한 리도에서.[227]

그런데, 우리가 어떤 이를 신뢰하고 찬미할 경우, 우리는, 우리 자신의 창의력만을 따를 경우 엄히 거부하여 입에 담지조차 않을 것들보다도 훨씬 저급한 것들을, 정성스럽게 간직해 두었다가 찬탄하며 인용하곤 하며, 그것은 하나의 문인이, 자기가 창조한 살아 있는 조화 속에서 거추장스러운 짐 혹은 초라한 부분 역할이나 수행할 인물들과 그들이 하였다는 말 등을, 그것들이 실존하였던 인물들과 말이라는 이유 때문에, 자기의 소설 속에 등장시키는 것과 같다. 쌩-시몽이 자기의 책 속에 묘사해 놓은 인물들 각개의 초상은, 아마 당시 자신은 그렇게 생각하지 않았겠지만, 찬탄할 만한 반면, 그의 시대에 기지 반짝인다고 알려져 있던 사람들의 말은, 즉 그가 재치 있다고 여겨 인용해 놓은 그들의 말은, 우리가 보

기에 초라하거나 이제는 더 이상 이해되지도 않는다. 그 역시, 그 토록 예리하고 화려하다고 여겨 자기의 책에서 이야기한 꼬르뉘엘 부인[228]이나 루이 14세에 관련된 사실들을 자신이 창안해 내는 따위의 짓은 아예 염두에조차 두지 않았을 것인데, 그러한 현상은 다른 많은 문인들에게서도 발견되고 또 다양한 해석을 내포하고 있으나, 그 해석들 중 현재로서는, 우리가 '관찰하는' 입장에 있을 때에는 창조할 때 우리가 처하는 수준 훨씬 아래쪽에 우리 자신을 놓는다는 사실만을 유념해 두는 것으로 족할 것이다.

자기의 아들보다 40년 뒤떨어졌고, 기괴한 일화들이나 지껄여 대며, 나의 학교 친구 깊숙한 속에서 가시적인 실제의 아버지 블록 씨 못지않게 크게 웃는, 다른 아버지 블록 씨 하나가 나의 학교 친구 블록 속에 삽입되어 있었다. 왜냐하면, 듣는 사람들이 자기의 이야기를 깊이 음미하도록 하기 위하여 마지막 단어를 어김없이 반복하면서 실제의 아버지 블록 씨가 터뜨리는 웃음에, 식탁에서 펼치는 아버지의 이야기를 찬양하는 아들의 요란한 웃음소리가 가세하곤 하였으니 말이다. 그렇게, 가장 '재치 있는' 이야기들을 늘어놓은 다음, 아들 블록은, 자신이 가정으로부터 물려받은 것을 유감없이 펼쳐 보이면서, 아버지 블록 씨가(자기의 프록코트와 함께) 격식을 차려야 할 날에만, 즉 아들 블록이 자기의 선생들 중 한 사람이나 학교에서 모든 과목의 우등상을 휩쓰는 '격의 없이 지내는 친구'나, 혹은 그날 저녁에 초대한 쌩-루와 나 등 그 마음을 사로잡을 가치가 있는 사람을 데려온 날에만 꺼내곤 하던 몇몇 농담들을 우리들에게 들려주었고, 그것은 30번째쯤 하는 이야기였을 것이다. 그가 우리에게 대접한 농담들이란 다음과 같은 것들이다. "러일 전쟁에서 일본인들이 패하고 러시아인들이 승리할 것이라고, 추호의 논리적 의혹 없이 추론한 매우 명석한 군사 평론가…." 혹은, "정계에서는 위대한 금융가로 통하고, 금융계에서는 위대한 정치가로 통하는, 걸출한 사람이야." 그러한 이야기들은 로칠드 남작의 이야기나 루퍼스 이스라엘 경의 이야기 등과 호환 가능한 것들이었고, 듣는 이들로 하여금 블록 씨가 그들과 개인적인 친분을 맺고 있지 않을까 추측하도록 두 인물을 애매한 식으로 등장시켰다.

나 자신 그러한 수작에 걸려들었고, 따라서 아버지 블록 씨가 베르고뜨에 대하여 말하는 투를 보면서, 나 역시 베르고뜨가 그의 옛 친구들 중 하나라고 생각하였다. 그런데 사실은, 블록 씨가 안다고 하는 모든 유명 인사들이란, '그들과의 친분 없이', 그들을 극장이나 길에서, 즉 먼발치에서 보았기 때문에 얼굴쯤 아는 사람들이었다. 또한 그는 자기의 얼굴과 이름과 인격이 그 인사들에게 알려져 있고, 따라서 그들이 자기를 알아보고 자기에게 인사를 하고 싶은 은밀한 욕구를 억제하는 경우가 빈번할 것이라 상상하곤 하였다. 사교계 사람들은 재능 있는 사람들을 직접 부딪쳐 알고 지내는지라 그들을 만찬석상에 받아들이지만, 그런다 하여 그들을 더 잘 이해하는 것은 아니다.[229] 그러나 누구든 사교계를 조금 출입하다 보면, 그곳 사람들의 어리석음으로 인해, 유명한 사람들을 '그들과의 개인적 교분 없이' 먼발치서 알 뿐인 이들로 구성된 미미한 계층 속에서 살기를 지나치게 희원하게 되고, 그 계층에 지혜가 있으리라고 지나치게 추측하게 된다. 나는 그러한 사실을 베르고뜨에 관해 이야기하면서 깨닫게 되어 있었다.[230]

자기의 집에서 성공을 거둔 사람이 블록 씨만은 아니었다. 나의 학교 친구는, 얼굴을 자기의 접시에 처박은 채 투덜대는 어투로 누이들을 끊임없이 불러대면서, 그녀들을 상대로 더 큰 성공을 거두었고, 그로 인하여 그녀들은 눈물이 나도록 웃었다. 게다가 그녀들은, 자기들의 오라비가 사용하는 언어가 마치 똑똑한 사람들이 의무적으로 사용할 수 있는 유일한 언어이기라도 한 듯, 그것을 채택하여 유창하게 구사하였다. 우리가 도착하자 그녀들 중 맏이가 동생 하나에게 말하였다. "신중하신 우리 아버님과 존경스러운 우리의 어머님께 알려 드려라." ─ "암캐들아," 블록이 그녀들에게 말하였다. "잘 다듬어진 석재로 지은 거처 즐비하고 준마들 무수한 곳, 그 동씨에르에서 오셨으며 날쌘 표창으로 무장하신 기마전사 쌩-루를 너희들에게 소개하노라."[231] 그에게 문학적 교양이 있는 것만큼이나 그가 상스러웠던지라, 그의 말이 대개의 경우 호메로스적 색채가 적은 농담으로 끝맺음되곤 하였다. "이것들아, 너희들이 입고 있는 페플로스[232]의 아름다운 고리쇠들을 더 잠그도록 해, 그 태깔들은 다 무엇인가? 아무리 그렇다 해도 그가 나의 아버지는 아니야!" 그러면 블록 댁 아가씨들이 폭풍우처럼 웃음을 터뜨리며 무너져 내렸다. 나는 그녀들의 오라비에게, 내가 찬미하게 된 베르고뜨의 책들을 읽으라고 조언해 준 덕에, 내가 그로 말미암아 큰 기쁨을 맛보게 되었노라 하였다.

　베르고뜨를 기껏 먼발치에서나 알고, 베르고뜨의 삶에 대해서도 극장 아래층 뒷좌석에서 오가는 잡담을 통해서나 어렴풋이 들은 바 있는 아버지 블록 씨는, 그의 작품들에 대해서도 역시, 겉만 문학적인 평가들의 도움을 얻어 간접적으로 그 지식을 얻는 방법을 취하였다. 그는 상호간에 근거 없이 찬양하고 허위에 입각하여 평가하는 어설픈 계층 속에 살고 있었다. 그러한 계층 내에서는 부정확함과 무능력이 자신감을 약화시키는 것이 아니라 그 반대이다. 사회적 각 계층의 관점이란, 그 계층을 점하고 있는 사람의 눈에 그 계층이 최선의 것으로 보이게 하여, 그로 하여금 가장 영향력 큰 사람들이 자기보다 특혜를 입지 못하였고 합당한 운명의 몫을 받지 못하여 딱하다고 여기는가 하면, 그들을 개인적으로 잘 알지도 못하면서 함부로 그들의 이름을 들먹이며 그들을 비방하고, 그들을 이해하지도 못하면서 그들을 평가하고 경멸하게 하는 법, 따라서 화려한 사회적 관계나 깊은 지식 가지고 있는 사람들이 극히 드문 덕분에, 그것들을 갖지 못한 이들도, 그럼에도 불구하고, 스스로 천부의 혜택을 입었다고 믿는다는 현상은, 자존심이라는 것이 일으키는 유익한 기적이다. 비록 자존심에 의해 각 개인의 미미한 특혜들이 증식되더라도 그것이 각 개인에게 필요한, 즉 다른 이들에게 허락된 것보다 많은, 행복의 분량을 그에게 확보해 줄 만큼 충분하지 못한 경우에조차, 질투라는 것이 있어서 그 부족분을 채워준다. 어떤 이의 질투가 다음과 같은 경멸조의 말로 표현되었다고 하자. "나는 그와 사귀고 싶지 않아요." 그러한 경우 당연히 이렇게 해석해야 할 것이다. "나는 그와 사귈 능력이 없어요." 하지만 그것은 이지적인 해석이 도출한 의미이다. 그 말의 격정적인 의미는 틀림없이 이러하다. "나는 그와 사귀고 싶지 않아요." 물론 그것이 진실하지 않음은 누구나 안다. 하지만 그 말은 단순한 계교에서 나온 것이 아니다. 그렇게 느끼기 때문에 그 말을 하는 것이다. 또한 현격한 거리를 지워버리기 위해서는, 다시 말해 행복을 확보하기 위해서는, 그러한 말 한마디로 족하다.

  자기중심주의란 그렇게 각 인간 개체로 하여금, 마치 자기가 왕이기라도 한 듯, 세계의 모든 계층이 자기 밑에 있는 것처럼 여기게 하는지라, 블록 씨는 아침마다 자기가 일상 마시는 초콜릿을 드는 동안, 막 펴서 든 신문의 논설문 밑에 있는 베르고뜨의 서명을 힐끗 보면서, 그것에게 거만하게 짧은 알현 기회를 윤허하고 판결을 내리며 뜨거운 음료를 한 모금씩 홀짝거리는 사이사이에, 다음과 같은 말을 반복하는 편안한 즐거움을 만끽하는 무자비한 호사를 누리곤 하였다. "이 베르고뜨라는 자의 글이 이제는 도무지 읽을 수조차 없게 되었군. 이 짐승이 이 지경으로까지 따분해지다니! 신문 구독을 중단해야겠어. 도무지 갈피를 잡을 수 없군! 이 무슨 장광설인가!" 그런 다음 버터 바른 빵 한 조각을 다시 집어 들곤 하였다.

아버지 블록 씨가 자신에게 부여하던 그러한 가공의 중요성은 그 자신 속에 머물지 않고 그의 인식 반경을 조금 넘어서기도 하였다. 우선 그의 자식들이 그를 우월한 사람으로 여겼다. 아이들이란 항상 자기네 부모를 낮게 평가하거나 찬양하는 경향을 가지고 있어서, 어느 착한 아들에게는 자기의 아버지가, 일체의 객관적 찬양 이유와는 상관없이, 모든 다른 아버지들보다 항상 가장 훌륭하다. 그런데, 블록 씨에게 그러한 이유들이 완전히 결여되어 있지는 않았으니, 그가 상당한 교육을 받았고 예민하며 자식들에게 자애로웠기 때문이다. 소위 '사교계'라고 하는 곳에서는, 물론 어처구니없는 척도로, 또 잘못 되었으되 고정된 규칙에 입각하여, 다른 우아한 사람들 전체와의 비교를 통해 사람들을 평가한다면, 반면 중산층의 여기저기 흩어진 작은 세계들 속에서는, 가족 내에서의 만찬이나 야회 등이, 비록 상류 사교계에서는 이틀 저녁도 견디지 못할 것이 뻔한 사람이건만 모두들 호감 가며 재미있는 사람이라고 추켜세우는 그러한 사람들을 중심으로 벌어지는지라, 친족들끼리 모인 곳에서는 그만큼 더 블록 씨를 모든 사람들이 좋아하였다. 또한, 귀족 사회의 인위적 고귀함이 존재하지 않는 그러한 세계에서는, 그 인위적 고귀함보다 더 어처구니없는 고귀함으로 그것을 대체하는 것이 상례이다. 그리하여 그의 가족 내에서는, 그리고 상당히 먼 친척들 사이에서조차, 콧수염의 모양이 비슷하다고 억지 주장을 펴면서 또 코가 우뚝하다고 하면서, 모두들 블록 씨를 '오말 공작의 판박이'라고 하였다. (상류 사교계의 수렵 동호인들 사이에서는, 캡을 비스듬히 쓰고 군복 같은 상의를 몸에 꼭 맞게 입는 것이 외인부대 장교와 같은 티를 풍긴다고 믿거나, 그것이 동료들 사이에서 중요 인사로 여겨지게 하는 방법 아니던가?[233])

닮은 점들은 극히 미미했으나 누가 들으면 그것이 마치 하나의 작위로 착각할 지경이었다. 툭하면 이런 말을 하였다. "블록? 어느 블록? 오말 공작 말이오?" 마치 이렇게 말하는 것 같았다. "뭐라, 대공녀? 어느 대공녀 말인가? (나쁠리 왕국의) 왕비 말씀인가?[234]" 몇몇 미미한 징후만 보아도 그의 가까운 혈족들은 그에게 특별한 기품이 있다고 믿었다. 블록 씨가 자기 전용 마차를 소유하는 것까지는 그만두더라도, 혹시 어떤 날 '운수 회사'로부터 말 두 필이 끄는 무개 빅토리아 마차 한 대를 빌려, 그 위에 비스듬히 나른한 기색으로 앉아, 손가락 둘로는 관자놀이를 지그시 누르고 다른 두 손가락은 턱 밑에 가져다 댄 채 불론뉴 숲을 천천히 가로지르면, 그리하여 그를 모르는 사람들이 그 꼴을 보고 '잘난 체하는 사람'이라고 비웃기라도 하면, 그 집안에서는 모두들, '멋'에 있어서는 살로몬 숙부가 그라몽-까드루쓰[235]에게 한 수 가르쳐주셔야 한다고 확신하였다. 그는 이를테면, 〈라디깔〉지[236]의 주필과 대로변의 어느 음식점에서 같은 식탁에 앉아 식사를 함께하던 사람들이 죽으면, 그 사실 때문에 그 보잘것없는 신문 가십난에서 '빠리의 유명 인사'라고 평가되는 사람들과 같은 부류였다. 블록 씨가 우리들에게, 즉 쌩-루와 나에게 말하기를, 자기가 왜 베르고뜨에게 인사를 아니 하는지 베르고뜨가 잘 아는지라, 극장에서나 클럽에서 그가 자기를 보기 무섭게 자기의 시선을 피한다고 하였다. 쌩-루가 그 순간 얼굴을 붉혔다. 그러한 '클럽'이 일찍이 자기의 선친께서 회장이셨던 죠키 클럽은 아닐 것이라는 생각 때문이었다. 또한 그 클럽이 비교적 폐쇄적일 것이라고 생각하였다. 베르고뜨가 이제 더 이상 그곳에 받아들여질 수 없을 것이라고 블록 씨가 말한 바 있기 때문이었다. 그리하여 혹시 '상대를 얕보는' 말이 되지 않을까 우려하면서, 혹시 그것이 루와얄 로의 클럽이냐고, 즉 자기의 가문에서 '수준 이하'라고 평가하며 몇몇 유대인들도 받아들여졌다는 그 클럽이냐고 쌩-루가 물었다.[237] "아니오, 그것보다 작은 클럽이지만 훨씬 더 유쾌한 가나슈 클럽[238]이오. 입회 조건이 매우 까다롭소." 블록 씨가 천연덕스럽고 자랑스러워하되 수치스러운 듯한 기색으로 대꾸하였다. — "루퍼스 이스라엘 경이 그 클럽의 회장 아닌가요?" 자기의 아버지에게 명예로운 거짓말을 할 기회를 제공하기 위하여, 하지만 그 금융인이 쌩-루의 눈에는 자기네들에게처럼 화려하게 보이지 않는다는 사실은 짐작 못한 채, 아들 블록이 물었다. 실제로는 가나슈 클럽에 루퍼스 이스라엘 경이 있었던 것이 아니라, 그의 고용인 하나가 속해 있었다. 하지만 그 사람이 고용주의 신임을 얻었던지라 그 거물 금융인의 명함들을 항상 수중에 가지고 있었으며, 그것들 중 하나를 블록 씨에게 주었고, 루퍼스 경이 중역으로 있던 철도회사의 기차로 여행을 할 일이 있을 때마다, 블록 씨가 이렇게 말하곤 하였다. "클럽에 들러 루퍼스 경의 추천서를 한 장 달라고 해야겠어." 그리하여 그 명함의 힘을 빌려 그가 기차 승무원장들을 현혹할 수 있었다. 블록 댁 아가씨들이 베르고뜨에 더 관심을 가지고 있었던지라, '가냐슈들'에 관한 이야기를 계속하는 대신 그에게로 다시 화제를 돌렸고, 막내 아가씨가 이 세상에서 가장 진지한 어조로 자기의 오라비에게 물었는데, 그녀는 재능 있는 사람들을 가리키기 위해서는 자기의 오라비가 사용하는 표현들밖에 없는 줄로 알고 있었다. "그 베르고

뜨라는 사람, 정말로 놀라운 녀석인가요? 빌리에[239]나 까뛜[240] 같은 녀석들처럼 위대한 늙은이들의 범주에 속하나요?" - "내가 특별한 사람들만을 초대하는 무대 총연습 때 그를 여러 차례 만났지." 니씸 베르나르 씨가 말하였다. "그는 서투른 사람이고, 슐레밀 같은 부류야." 카미쏘[241]의 소설을 들먹이는 것 자체에는 별 문제가 없다고 생각하였으나, 또한 도이칠란트어와 히브리어의 혼합어인 동유럽 방언에 속하며 누구를 지칭할 때 사용하는 슐레밀이라는 단어가, 친근한 사람들 사이에서 사용될 경우에는 매혹적이라고 여겼으되, 그것을 낯선 이들 앞에서 사용하는 것을 블록 씨는 상스럽고 합당치 않다고 여겼다. 그리하여 그가 자기의 숙부에게 무서운 눈초리를 보냈다. "재능 있는 사람이지요." 그러자 블록이 말하였다. - "아!" 그러한 식으로라면 무방하다고 주장하려는 듯,[242] 그의 누이가 엄숙하게 대꾸하였다. - "모든 문인들에게는 나름대로의 재능이 있어." 아버지 블록 씨가 경멸조로 말하였다. - "그가 심지어 한림원 회원 후보로 나서려 하는 모양이에요." 그의 아들이, 포크를 치켜들면서, 그리고 악랄하게 냉소적인 기색으로 눈살을 찌푸리면서 말하였다. - "허튼 소리 집어치워라! 그에게는 충분한 지식 보따리가 없어." 한림원을 자기의 아들과 딸들처럼 멸시하지 않는 듯, 블록 씨가 대꾸하였다. "그에게는 필요한 국량이 부족해." - "게다가 한림원이라는 곳이 일종의 사교장인데, 베르고뜨에게는 그럴듯한 허울이 없지." 블록 부인을 자기의 상속권자로 지정한 그녀의 숙부, 즉 그 성씨(姓氏)만 들어도 아마 내 할아버지의 천부적 진단 재능이 깨어났으,[243] 그러나 만약 수사(소우사)의 유적지에서 가져온 듯한 그 형상에 동방풍 왕관을 씌워 주고 싶어하는 어느 애호가에 의해 선택된 듯한 '니씸'이라는 이름이[244] 그 형상 위로 코르사바드(쿠르사바드)[245]에서 온 어느 인두우(人頭牛)

조각상의 날개들이 선회하도록 하지 않았다면, 다리우스의 궁에서 가져와 디올라푸와 부인에 의해 재구성된 듯한[246] 어느 얼굴과 충분한 조화를 이루지 못하였을 것처럼 보였을 성씨 '베르나르'를 가지고 있던, 무던하고 유순한 인물이었던 그녀의 숙부가 선언하듯 말하였다. 그러나 블록 씨는, 자기의 놀림감이 무방비 상태로 착하기만 한 것에 신이 나서인지, 혹은 별장 임대료를 니씸 베르나르 씨가 지불하였던지라, 수혜자 처지인 사람으로서 자신의 자주성을 간직하고 있음을, 그리고 특히 그 촌스러운 벼락부자로부터 받을 유산을 더욱 확실하게 해 두기 위하여 아첨 따위의 방법은 동원하지 않는다는 것을 보여주기 위함이었는지, 자기의 숙부를 끊임없이 모욕하였다.

니씸 베르나르 씨는 특히, 호텔 지배인 앞에서 자기를 그토록 거칠게 대할 때 마음이 상하였다. 그럴 때마다 그가 알아들을 수 없는 말을 중얼거리곤 하였고, 그가 하던 말 중에서 다음 한 마디만 선명히 들리곤 하였다. "메쇼레스들이 있을 때에는…." 메쇼레스[247]가 『구약』에서는 신 모시는 사람을 가리킨다. 블록 댁 사람들은, 자기들끼리 이야기할 때, 하인들을 가리킬 경우 그 말을 사용하였으며, 그 말이 예수교도들에 의해서도 하인들에 의해서도 이해되지 않으리라는 확신이, 니씸 베르나르 씨와 블록 씨의 마음속에 '상전'과 '유대인'이라는 이중의 배타성을 자극하였던지라, 그 말을 사용할 때에는 항상 즐거워하였다. 하지만 유대인이라는 만족감의 원인이, 다른 사람들이 있을 때에는 불만의 원인이 되기도 하였다. 그러한 경우, 자기 숙부의 입에서 '메쇼레스'라는 말이 나오는 것을 들으면서 블록 씨는 자기의 숙부가 동방적인[248] 측면을 지나치게 드러낸다고 여겼으며, 그것은 마치 어떤 갈보가 점잖은 사람들과 함께 자기의 친구들을 초대하였을 경우, 친구들이 갈보라는 자기들의 직업을 암시하거나 상스러운 어휘들을 사용하는 것을 보고 짜증을 내는 것과 같았다. 그리하여, 그의 숙부가 아무리 애처롭게 사정을 하여도, 그것이 블록 씨에게 어떤 영향을 끼치기는커녕, 그를 거의 미칠 지경으로 만들어 더 이상 자신을 제어할 수 없게 하였다. 그는 걸핏하면, 기회를 놓치지 않고, 자기의 가엾은 숙부에게 비난을 퍼붓곤 하였다.

"물론 멍청한 허풍 떨 기회만 생기면, 우리 모두 확신하거니와, 숙부께서는 그것을 절대 놓치지 않을 거요. 그가[249] 나타나면 숙부께서 제일 먼저 그의 발을 핥을 거요." 블록 씨가 언성을 높였고, 그러자 니씸 베르나르 씨가 슬픈 기색으로, 사르곤 왕[250]의 수염처럼 고리 모양으로 곱슬거리는 수염을 자기의 접시 쪽으로 기울였다. 나의 옛 학교 친구는, 특히 곱슬거리고 푸른 기가 도는 수염을 기르기 시작한 이후부터, 자기의 외종조부와 모습이 매우 흡사했다.

"아니, 당신이 마르상뜨 후작의 아드님이라고? 내가 그분과 잘 아는 사이였지." 니씸 베르나르 씨가 쌩-루에게 말하였다. 나는 그가, 베르고뜨를 '안다'고 블록의 아버지가 하던 말의 의미로, 즉 먼발치로 안다는 뜻으로 하려는 말이라고 생각하였다. 하지만 그가 이렇게 덧붙였다. "당신의 부친께서는 나의 좋은 친구들 중 하나이셨소." 그러는 동안 블록의 얼굴이 극도로 붉어졌고, 그의 아버지는 몹시 난처한 기색이었으며, 블록 아가씨들은 숨이 막힐 지경으로 웃어댔다. 블록 씨나 그의 자식들 속에서는 억제되어 있던 과시욕이, 니씸 베르나르 씨의 내면에 끊임없는 거짓말 습관을 태동시켰기 때문이다. 예를 들어, 여행을 떠날 경우, 어떤 호텔에 머물면, 블록 씨가 그랬을 것처럼, 니씸 베르나르 씨는, 모든 사람들이 모여 한창 점심을 먹고 있는 식당으로 자기를 수종하는 심부름꾼으로 하여금 모든 신문들을 가져오게 하곤 하였는데, 그것은 자기가 심부름꾼 하나를 대동하고 여행한다는 것을 사람들이 알도록 하기 위함이었다. 하지만 그 숙부께서는, 조카와는 달리, 호텔에서 사귀게 된 사람들에게 자기가 상원의원이라고 하였다. 언젠가는 그것이 참칭된 직함임을 사람들이 알게 될 것이라고 그 자신도 잘 알고 있었으되 아무 소용없었으니, 그가 그 순간에는 자신에게 그 직함을 부여하고 싶은 욕망을 억제하지 못하였기 때문이다. 블록 씨는 자기 숙부의 그 숱한 거짓말과 그것들에 기인한 귀찮은 일들 때문에 많은 괴로움을 겪었다. "주의해 들으실 필요 없어요. 농담이 극도로 심한 분이니까요." 블록 씨가 쌩-루에게 나지막한 음성으로 소곤거렸고, 쌩-루는 마침 거짓말 하는 이들의 심리상태에 큰 호기심을 가지고 있었던지라, 그 말에 더욱 관심의 촉각을 세웠다. ㅡ"아테나가 인간들 중 거짓말 가장 심하다고 한[251] 이타카의 오뒷세우스를 능가하는 거짓말쟁이지요." 우리의 학교 친구 블록이 보충해 말하였다. ㅡ"아! 이럴 수가!" 니씸 베르나르 씨가 소리쳤다. "내가 친구의 아들과 만찬 석상에서 마주 앉을 줄이야! 빠리의 내 집에 당신 부친의 사진 한 장과 많은 편지들이 있다오. 그가 나를 항상 '나의 숙부님'이라고 부르곤 하였는데, 아무도 그 이유는 모른다오. 매력적인, 그야말로 눈부신 사람이었소. 아직도 니쓰의 우리 집에서 함께 한 저녁 식사를 기억하는데, 그 자리에는 싸르두, 라비슈, 오지에 등도 함께…" ㅡ"몰리에르, 라씬느, 꼬르네이유…" 아버지 블록 씨가 빈정거리는 투로 이어서 나열하였고, 그의 아들이 다음 이름들을 덧붙여 마무리하였다. "…플라우투스, 메난드로스, 칼리다싸."[252] 니씸 베르나르 씨가 마음이 상한 듯 문득 이야기를 중단하더니, 그 큰 즐거움을 고행자가 금욕하듯 포기하고 식사가 끝날 때까지 침묵을 지켰다.

"청동 투구 쓰신 쌩-루여, 가금류를 신에게 바치는 찬연한 제사장이 적포도주를 헌주(獻酒)하듯 그 위에 무수히 반복해 뿌린, 이 오리의 기름진 넓적다리를 조금 더 드시오."

여느 때에는, 자기 아들의 특별한 친구를 위하여, 깊숙이 감추어두었던 루퍼스 이스라엘 경이나 다른 사람들에 관한 이야기들을 꺼낸 다음, 자기가 아들을 충분히 감동시켰다고 여겨 '개 요강'[253]의 눈에 자신이 '꼴불견'으로 보이는 일이 없도록 하기 위하여, 블록 씨가 자리를 뜨는 것이 보통이었다. 하지만 예를 들어 자기의 아들이 교수자격시험에 합격하였을 때처럼 특별한 이유가 있을 경우에는, 블록 씨가 평소에 내놓던 일련의 일화들에다가, 자기의 친구들을 위해 비축해 두었던 다음과 같은 빈정거리는 생각들을 추가하였고, 그러면 아들 블록 또한 자신의 친구들을 위하여 아버지가 그러한 이야기를 늘어놓는다는 것에 자부심을 느끼곤 하였다. "정부의 처사는 용서 받을 수 없었어요. 꼬끌랭 씨의 조언을 구하지 않았다니! 꼬끌랭 씨가 불만을 노골적으로 드러냈어요."[254] (블록 씨는 자신이 반동적이며 연극 분야에 종사하는 사람들을 멸시하는 것에 자부심을 느끼고 있었다.)

그러나 블록 아가씨들과 그녀들의 오라비는 귀까지 빨개지도록 얼굴을 붉혔으니, 아버지 블록 씨가, 자기 아들의 두 '라바댕스들'[255]에게 자신이 왕처럼 처신할 수 있음을 과시하기 위하여, 샴페인을 내오라는 명령을 내렸고, 아무렇지도 않은 기색으로 선언하기를, 우리들에게 '한턱내기' 위하여, 마침 그날 저녁 카지노에서 어느 유랑 극단이 공연할 희가극을 관람시키려고 좌석 셋을 예약해 두었노라고 한지라, 그들이 그토록 강한 감동을 받았던 것이다. 블록 씨가, 칸막이 좌석을 예약할 수 없었던 것이 유감스럽다고 하였다. 이미 그 좌석들은 매진되었다고 하였다. 하지만 자기가 경험한 바에 의하건대, 아래층 전면 상등석이 더 낫다고 하였다. 다만 아들의 단점이, 즉 다른 사람들에게는 보이지 않으리라고 그의 아들이 믿고 있던 단점이 상스러움이었다면, 아버지의 단점은 인색함이었다. 그리하여, 식탁에서건 극장에서건(모든 칸막이 좌석들이 텅 비어 있던), 그의 그 단점이 신처럼 개입한 덕분에, 아무도 차이를 간파하지 못하리라고 기적적으로 확신하게 되었던지라, 그는 샴페인이라는 이름하에 거품 이는 싸구려 포도주를 물병에 담아 내오게 하였고, 아래층 전면 상등석이라는 이름하에 반값인 아래층 뒷좌석에 앉게 하였다. 블록 씨가, 우리들로 하여금 자기의 아들이 '옆구리 깊게 파인 술 단지'라는 이름으로 치장한 납작한 잔에 우리의 입술을 적시게 한 다음, 하도 좋아하는지라 발백에까지 가져왔다는 그림 한 폭을 우리들에게 감상하라고 하였다. 그가 우리들에게 말하기를 그것이 루벤스의 작품이라고 하였다. 쌩-루가 화폭에 화가의 서명이 있느냐고 천진스럽게 물었다. 블록 씨가 얼굴을 붉히며 대꾸하기를, 그림틀에 넣느냐고 서명이 있던 부분을 잘라냈으며, 어차피 팔 물건이 아닌지라 서명은 중요하지 않다고 하였다. 그런 다음, 우리들을 얼른 되돌려 보내면서, 집 안 여기저기에 쌓여 있던 〈관보(官報)〉들을 집어 들고 읽기 시작하였고, 우리들에게 말하기를, 자신이 '의회에서 처한 입장' 때문에 그것을 읽는 것이 필요하다고 하였다. 하지만 자신의 그러한 처지라는 것이 정확히 무엇인지는 조금도 내비치지 않았다. "나는 머플러를 가지고 가겠소." 블록이 우리들에게 말하였다. "제피로스와 보레아스가 물고기 우글거리는 바다를 두고 악착같이 다투는지라, 공연 후 우리가 아무리 서둔다 해도, 주홍빛 손가락 가진 에오스가 최초의 빛을 보낼 때에나 돌아올 수 있을 것이기 때문이오."[256] 그러더니 그가 쌩-루에게 물었다. "그런데, 우리가 밖에 있을 때(나는 가슴이 철렁하였다. 블록이 그토록 빈정대는 어조로 이야기하려는 사람이 샤를뤼스 씨임을 즉각 간파하였기 때문이다), 즉 그제 아침에, 내가 보자니 침울한 옷차림 한 멋진 꼭두각시 하나를 해변으로 끌고 다니시던데, 그것이 누구였소?"
―"나의 숙부님이시오." 쌩-루가 몹시 마음이 상한 듯 대꾸하였다. 하지만 불행하게도 실언이라는 것이 블록에게는 피해야 할 것으로 보이지 않는 모양이었다. 그가 자지러지게 웃으며 다시 말하였다.―"진심으로 축하하오, 내가 알아차렸어야 했는데, 그분께서 탁월한 멋에다가 그 가격을 매길 수 없을 만큼 고품격인 백치의 낯짝을 갖추셨더군요."―"전적으로 잘못 보셨소. 매우 이지적인 분이시오." 쌩-루가 노기 띤 음성으로 반격하였다.―"그러시다니 유감이오, 그것이 옥의 티니 말이오. 하지만 그에 대해서 많은 것을 알았으면 좋겠소. 그러한 늙은이들에 대하여 적절한 걸작품들을 내가 틀림없이 쓸 것이기 때문이오. 그러한 사람이 지나가는 것을 쳐다보기만 하여도 포복절도할 지경이오. 하지만 나는, 이러한 말씀 죄송하지만, 한동안 나로 하여금 곤돌라 위에 서 있는 사람처럼 허리를 펴지 못하고 웃도록 한 그 낯짝의 우스꽝스러운 측면은―사실 문장의 형태적 아름다움에 심취해 있는 예술가에게는 무시해도 좋은 것으로 보이는 측면이오―내버려 두고, 결국에는 엄청난 효과를 내며, 최초의 우스꽝스러움이 지나간 뒤에는 위대한 특성으로 우리에게 충격을 주는, 당신 숙부님의 귀족적 측면을 부각시킬 것이오. 하지만," 이번에는 그가 나를 향하여 말을 계속하였다. "전혀 다른 개념의 일이지만, 자네에게 묻고 싶은 것 하나가 있는데, 우리가 함께 있을 때마다, 올림포스 산에서 지복을 누리시는 어느 신께서 나로 하여금, 나에게 이미 유용했을, 그리고 앞으로도 틀림없이 유용할 그것에 대하여, 자네에게 묻는 것을 잊

게 하였다네. 불론뉴 숲 동물원에서 자네와 함께 있었고, 먼발치에서나마 내가 본 적이 있는 어느 신사와 머리채 긴 소녀를 대동하였던 그 아름다운 여인은 도대체 누구인가?" 나는 스완 부인이 불론뉴 숲에서 그의 인사를 받으면서도 블록이라는 이름을 기억하지 못하였음을 분명히 알아차렸다. 그녀가 나에게 다른 이름으로 그를 가리켰고, 나의 그 중등학교 시절 친구가 어느 장관 비서실에 근무한다고 하였기 때문이다. 그리고 그 이후 나는 그가 정말 그 비서실에서 일하는지 여부를 확인하지 않았다. 하지만, 그녀가 당시 나에게 한 말에 의하면, 블록이 어떤 사람에게 부탁하여 자기를 그녀에게 소개시켜 달라고 하였을 것인데, 그가 어떻게 그녀의 이름을 모를 수 있단 말인가? 나는 하도 놀라서 잠시 아무 대꾸도 하지 않았다. 그러자 그가 나에게 말하였다. "여하튼 자네가 그녀와 잘 즐겼음이 분명하니 진정으로 축하하네. 그 며칠 전, 나 역시 그녀를 빠리의 '허리띠' 같은 환상(環狀) 철도 열차 안에서 만났다네. 그녀가 자네의 이 충직한 시종을 위하여 자기의 '허리띠'를 풀겠노라 하였고, 일찍이 내가 그토록 즐거운 한때를 보낸 적은 없었으며, 우리가 다시 만날 만반의 준비를 하려는데, 그녀와 안면 있는 어떤 사람 하나가, 좋지 못한 취향에 이끌려 종착역 직전 역에서 열차에 올랐다네." 나의 침묵이 블록의 마음에 들지 않았던 모양이다. 그가 다시 나에게 말하였다. "나는 자네 덕분에 그녀의 주소를 알게 되고, 그러면 한 주에 몇 차례 그녀의 집에 가서, 신들이 귀하게 여기는 에로스의 쾌락을 맛볼 수 있으리라 기대하였다네. 그러나, 빠리 중앙 역에서 뿌왱-뒤-주르[257] 역까지 가는 동안, 가장 세련된 솜씨로 세 차례나 연속적으로 자신을 나에게 내맡긴 매춘부의 비밀을 지켜주기 위하여 자네가 그토록 뻐긴다면, 강요하지는 않겠네."

그 저녁 식사 이후 내가 블록을 한 차례 방문하였고, 그가 답방 차 나를 보러 왔으나 내가 외출 중이었던지라, 나를 찾느냐고 프랑수와즈의 눈에 띄게 되었다. 하지만 그가 전에 꽁브레에 왔었건만, 그녀가 우연히 집에 없었는지, 그때까지 그를 단 한 번도 보지 못하였다. 그리하여 그녀는, 평범한 옷차림에, 자기에게 특별한 인상도 남기지 않은, 그리고 '무슨 목적으로' 왔는지도 모르는, 나와 알고 지내는 '나리들' 중 하나가 호텔에 다녀갔다는 사실만을 아는 것이 고작이었다. 그런데, 아마 부분적으로는 그녀가 잘못 들어 영영 그렇게 알게 된 단어들이나 명칭들 간의 혼동에 기초하였을 프랑수와즈의 특정 사회적 개념들이, 나에게는 영영 침투할 수 없는 미지의 세계임을 익히 알고 있었음에도 불구하고, 그리하여 이미 오래전부터 그러한 경우에는 아예 의문을 품는 것조차 포기하였건만, 나는, 물론 역시 헛일이었지만, 블록이라는 이름이 프랑수와즈에게 대단한 것으로 보이도록 할 수 있던 것이 무엇일지 골똘히 생각해 보지 않을 수 없었다. 그녀가 언뜻 본 그 젊은이가 블록 씨라는 말이 나의 입에서 나오기 무섭게, 놀라움과 실망이 컸다는 듯, 그녀가 움찔 뒤로 물러서면서 몹시 놀란 기색으로 이렇게 소리쳤으니 말이다. "무슨 말씀이에요, 블록 씨가 고작 그것이라니!" 마치, 그토록 명망 있는 인물이라면, 모든 사람들이 누구든 자기가 이 지상의 위인 앞에 서 있음을 즉각 '알아차릴 수 있도록 해줄 수 있을' 외양을 갖추어야 한다는 듯, 그리고 어떤 역사적 인물이 명성에 걸맞지 않다고 여기는 사람이 그러듯, 미래에는 만사를 회의주의적으로 바라보게 될 것이라는 시각의 맹아가 느껴지는 몹시 놀란 어조로, 그녀가 다시 반복해 중얼거렸다. "무슨 말씀이에요, 블록 씨가 고작 그것이라니! 아! 정말이지, 누구든 자기가 그를 보고 있다고는 생각하지 않을 거예요." 그녀는 내가 마치 블록을 '과장하여 칭찬한' 적이 있기라도 한 듯, 자기의 실망에 대해 나를 원망하는 기색까지 보였다. 하지만 착한 심성에 이끌려 다음과 같이 한 마디 덧붙였다. "여하튼, 그분이 비록 블록 씨라 해도, 도련님께서 그분에 못지않다고 믿어요."

그녀는 자기가 찬미하던 쌩-루에 대해서도, 다른 종류의 것이고 또 얼마 지속되지는 않았지만, 그 직후 환멸을 느꼈다. 그가 공화주의자임을 알게 되었기 때문이다. 그런데, 예를 들어, 백성들 사이에서는 절대적 존경의 대상이었던 뽀르뚜갈의 왕비에 대해 말할 경우에도, 그녀가 비록 무례하게 '필립의 누이 아멜리'[258]라 칭하긴 하였으되, 그녀는 왕정주의자였다. 하지만 특히, 처음 그녀를 매혹하였으되 공화제 편에 있던 후작, 그러한 후작이 더 이상 그녀에게는 진실한 후작으로 보이지 않았다. 그녀는 마치, 내가 자기에게 준 작은 케이스가 순금으로 만들어졌을 것이라 믿어 황공한 마음을 주체하지 못하고 받았는데 어느 보석상인으로부터 그것이 도금한 케이스라는 말을 들었을 때 그랬을 것처럼, 쌩-루가 공화파라는 사실에 언짢은 심기를 드러냈다. 그리하여 즉시 쌩-루에 대한 존경심을 거두어들였으나, 얼마 아니 가서 그것이 다시 살아났다. 그가 엄연한 쌩-루 후작이니 결코 공화주의자일 수 없고, 다만 이권 때문에, 즉 당시의 정부를 상대하여 더 큰 이득을 얻기 위하여, 공화주의자 행세를 하는 것뿐이라고 생각하였기 때문이다. 그러한 생각을 한 날부터는, 쌩-루에게 드러내던 그녀의 냉랭함과 나에게로 향하던 앙앙불락하는 마음이 멎었다. 그리하여 그녀가 쌩-루에 대한 이야기를 할 때면, 흔쾌하고 호의 넘치는 미소를 지으면서 그를 가리켜 '위선자'라고 하였으며, 그러한 미소를 보건대, 그녀가 처음 그를 보았던 날 못지않게 그를 '존경하며' 또 이미 그를 용서하였음을 짐작할 수 있었다.

그런데, 쌩-루의 진실함과 무사무욕이 프랑수와즈가 생각하던 것과는 반대로 절대적이었고, 그 위대한 윤리적 순결성이, 사랑과 같은 이기적 감정 속에서는 스스로 만족할 수 없었던지라, 그리고 다른 한편으로는, 오직 자신의 내면 아닌 다른 어느 곳에서도 정신적 양식을 찾지 못하는, 내가 가지고 있던 성향을 그 자신 속에서 발견하지 못하였던지라, 그로 하여금—나에게는 불가능했던—진정한 우정을 실천할 수 있게 해주었다.

프랑수와즈는, 쌩-루가 일반 백성들을 멸시하지 않는 척하지만, 그것은 진심이 아니며, 그가 자기의 마부에게 화를 내는 것을 보면 알 수 있다고 하였지만, 그것 또한 오해였다. 가끔 로베르가 자기의 마부를 심하게 나무라는 일이 있었던 것은 사실이지만, 그것이 계층 간의 차별보다는 평등을 중시하는 그의 감정을 입증할 뿐이었다. "내가 왜 그에게 구태여 점잖게 말하는 척해야 할까요? 그와 내가 평등하지 않은가요? 그 또한 나의 숙부들이나 사촌들 못지않은 나의 측근 아닌가요? 당신은 내가 그를, 마치 열등한 사람인 양, 조심스럽게 대해야 한다고 생각하는 기색이에요! 마치 어느 귀족처럼 말씀하시는군요." 마부를 조금 심하게 다룬 것 아니냐고 한 나의 나무람에 대꾸하면서 그렇게 덧붙였다.

사실 그가 선입견과 편견을 가지고 대하던 계층이 있었다면, 그것은 귀족 계층이었고, 그러한 현상이 어찌나 심했던지, 그가 평민 계층의 우월성을 쉽사리 믿던 것에 못지않게 귀족 계층의 우월성은 거의 믿지 않았다. 내가 그의 숙모[259]와 함께 우연히 만난 적 있던 뤽상부르 대공 부인 이야기를 꺼내자, 그가 이렇게 말하였다.

"유사한 다른 여인들처럼 한 마리 잉어[260]지요. 나와 먼 친척 간이긴 하지만."

자기와 빈번히 교류하는 사람들에 대한 부정적인 편견을 가지고 있었던지라, 그가 사교계에 나타나는 일은 거의 없었고, 그곳에서 그가 드러내던 경멸적인 혹은 적대적인 태도로 인하여, 그와 어느 '연극계' 여인 간의 관계가 그의 가까운 친척들의 마음을 더욱 괴롭혔으며, 친척들은, 그러한 관계가 그에게 치명적인 결과를 초래할 것이고, 특히 그의 헐뜯는 사고방식을 태동시켜 더욱 발육시켰으며, 그 못된 사고방식이 그로 하여금 '정도에서 벗어나도록' 하여, 그가 머지않아 자기의 계층에서 완전히 탈락하게 할 것이라고, 그 여인과의 관계를 규탄하였다. 그리하여 쌩-제르맹 구역 사교계의 많은 경솔한 사람들이, 로베르의 정부에 대하여 이야기할 때에는 몹시 무자비했다. "두루미[261]들도 각자의 직업을 영위하는 것뿐, 따라서 다른 여인들에 못지않지만, 이 여자는 그렇지 않아요! 우리는 그녀를 결코 용서하지 않을 거예요! 우리가 아끼는 사람에게 그녀가 너무 큰 해를 끼쳤어요." 그들이 하던 말이다. 물론 그가 올가미에 걸려든 최초의 남자는 아닐 것이다. 하지만 다른 남자들은 사교계 남자로서 즐겼고, 정치나 기타 모든 현상들에 대하여 사교계 남자들 식으로 생각하기를 계속하였다. 반면 그의 경우, 그의 가문 사람들은 그의 성질이 '신랄해졌다'고 여겼다. 또한 그들은, 그러한 관계를 겪지 못할 경우 상류 사교계 젊은이들이, 교양을 쌓지 못하여 정신이 황폐한 채로 머물러, 그들의 우정 또한 세련되지 못하고 다정함과 고상한 취향이 결여될 수밖에 없으나, 그러한 많은 젊은이들에게는 그러한 정부가 그들의 진정한 스승 역할 하는 경우가 빈번하며, 그러한 부류의 애정관계가 그들로 하여금 더 높은 교양에 입문토록 하여, 이해관계를 떠난 사귐의 가치를 배우게 해주는, 유일한 윤리 교육의 현장이라는 사실을 깨닫지 못하고 있었다. 심지어 하층 계급에 속하는 사회 속에서조차(상스러움이라는 관점에서는 상류 사회를 닮는 경우 그토록 빈번한), 남자에 비해 더 예민하고 더 섬세하며 더 한가한 여인들은, 특정 유형의 세련됨에 호기심을 품거나 감정과 예술의 특정 아름다움에 대한 존경심을 가지고 있어, 비록 그 세련됨과 아름다움을 이해하지 못하더라도, 그것들을, 남자들의 눈에 가장 탐나는 대상으로 보이는 금전이나 사회적 지위보다 더 귀하게 여긴다. 그런데, 쌩-루와 같은 상류 사교계 남자의 정부건 혹은 어느 노동자의 정부건(예를 들어 전기공들도 오늘날에는 진정한 기사단의 일원으로 간주된다), 그녀를 사랑하는 연인의 그녀에게로 향한 찬미와 존경심이란 하도 깊어, 그러한 감정은, 그녀가 존경하고 찬미하는 모든 것 위로 확장되지 않을 수 없고, 결국 그로 인하여 그의 가치 체계는 전도될 수밖에 없다. 그녀가 여성인지라 몸이 약하고 설명할 수 없는 신경성 불안에 시달릴 수 있으며, 그녀를 사랑하는 굳건한 남자가 그러한 현상을 다른 어떤 남자나 여자, 심지어 자기의 숙모나 사촌 누이라는 여인들에게서 발견하였을 경우, 그는 그저 미소를 짓고 말 것이다. 하지만 그러한 사람도 자기가 사랑하는 여인이 괴로워하는 것만은 차마 바라보지 못한다. 쌩-루처럼 정부를 두게 된 젊은 귀족은, 그녀와 함께 어느 조촐한 음식점에 저녁을 먹으러 갈 때마다, 혹시 그녀에게 필요할지 모를 쥐오줌풀에서 추출한 약품[262]을 미리 자기의 호주머니에 휴대하거나, 음식점 종업원에게, 출입문을 닫을 때 요란한 소리가 나지 않도록, 그리고 식탁 위에 축축한 장식물은 놓지 않도록, 강력하고 진지하게 당부하는 버릇을 갖게 되는데, 그것은 사랑하는 여인이 그러한 불편에 시달리지 않도록 하기 위함이다. 하지만 정작 그 자신은 일찍이 그러한 불편들을 느껴본 적도 없으려니와, 그녀가 그로 하여금 실재한다고 믿게 한 그 불편들로 구성되었다는 세계가 그에게는 불가사의하지만, 이제 그는 그 불편들을 몰라도 그것들을 괴로워할 뿐만 아니라, 심지어 그것들을 그녀 이외의 다른 여인들이 느끼더라도 같은 식으로 괴로워할 것이다. 쌩-루의 정부가―중세에 최초의 수도사들이 예수교도들에게 그랬듯이―짐승들을 열렬히 좋아하고 자기가 기르던 개나 카나리아나 앵무새를 어디에든 데리고 다녀, 그에게 짐승들에 대한 자비를 가르쳤던지라, 쌩-루 역시 짐승들을 보살필 때 어미가 새끼 돌보듯 하였으며, 짐승들에게 다정하지 못한 사람들을 야만인 취급 하게 되었다. 뿐만 아니라 다른 한편으로는, 그와 함께 살던 여인처럼, 여배우인지 혹은 자칭 여배우라고 하는 것인지 모르지만―그리고 그녀가 총명한지 그렇지 못한지조차 나는 몰랐지만―여하튼 그러한 여인이, 그로 하여금 사교계 여인들이 얼마나 따분한지를 깨닫게 하고, 어떤 야회에 의무적으로 참석하는 것을 일종의 강제노역으로 여기게 함으로써, 그를 스노비즘으로부터 보호하였고 경박함으로부터 벗어나게 해주기도 하였다. 그녀 덕분에 사교계에서 맺어지는 관계들이 그 젊은 연인의 삶에서 전보다 더 작은 자리를 차지하게 된 반면, 그가 만약 전처럼 평범한 사교계 젊은이로 계속 머물렀을 경우 허영이나 이권에 의해 이끌리고 상스러움에 의해 지배되었을 그의 친교에, 고결함과 우아함을 곁들이도록 그에게 가르친 사람은 그의 정부였다. 여인 특유의 본능을 발동하여, 그리고 자기의 정인이 아마 그녀가 없었다면 간파하지 못하였거나 비웃었을 감성적 장점들을 남자들에게서 발견하고 높이 평가하여, 그녀는 항상 쌩-루의 여러 친구들 중 그에게 진정한 애정을 품고 있는 사람을 그로 하여금 분별하여 선택할 수 있도록 해주었다. 그녀는 그로 하여금 그 선택된 친구에게 고마움을 느끼고, 그 마음을 그에게 표현하며, 그 친구에게 기쁨을 주는 것과 괴로움을 주는 것 등을 분별하게 해주었다. 그리하여 쌩-루 스스로, 얼마 아니 되어, 그녀가 알려주지 않아도 그 모든 것들에 마음을 쓰기 시작하였고, 그녀가 없었으되 발백에서, 그녀가 단 한 번도 본 적 없고 그 역시 아직 그녀에게 보내던 편지에서 언급하지 않았을 나를 위하여, 내가 타고 있던 마차의 창문을 그 스스로 닫아주거나, 나에게 해로운 꽃들을 손수 치워 주었으며, 자신이 떠날 때 여러 사람들과 한꺼번에 작별인사를 나누어야 할 경우, 마지막 순간에는 나와 단 둘이만 인사를 나누고, 나를 다른 사람들과는 다르게 대하며, 나와 다른 사람들 사이에 차별을 두기 위하여, 조금 일찍 다른 이들과 헤어질 방도를 마련하였다. 그의 정부가 미지의 세계로 향하여 그의 영혼을 열어주었고, 그의 삶에 진지함을 심어주었으며, 그의 심정에 섬세함이 태동케 해주었건만, 그 모든 것들이 그의 가문 사람들에게는 보이지 않아, 그들은 눈물을 흘리면서 이러한 말만 거듭하였다. "그 거지년이 필경에는 그 아이를 죽이고 말 거야. 그 아이에게 수치를 안겨 준 끝에." 그녀가 그에게 끼칠 수 있었던 모든 유익함을 그가 이미 모두 취하였고, 따라서 이제는 그녀가 그의 끊임없는 괴로움의 원인에 불과했음은 사실이었다. 그녀가 그를 혐오하였고 그에게 고문을 가하듯 그를 괴롭혔으니 말이다. 그녀는 어느 날 문득 그가 멍청하고 우스꽝스럽다고 여기기 시작하였다. 젊은 작가들과 배우들 중 그녀와 가까이 지내던 자들이 그녀에게 그가 그러한 사람이라고 단언하였기 때문인데, 그녀 또한 그들이 한 말을, 까마득히 모르는 견해나 관습을 외부로부터 받아들여 자기의 것으로 삼을 때마다 누구나 당연히 드러내는 신중함 없이, 열렬히 반복하였다. 그녀는 자기와 쌩-루 사이에 건너뛸 수 없는 도랑이 가로놓여 있다고 희극배우들처럼 떠들어댔으며, 그것은 자기와 그가 각자 다른 종족 출신이고, 자기는 지성인임에 반해, 그는, 그가 무슨 주장을 펴든, 태생적으로 지성의 적이기 때문이라고 하였다. 그러한 견해가 그녀에게는 심오하게 보였던지라, 그녀는 자기 정인의 지극히 대수롭지 않은 말이나 가장 하찮은 거조에서조차 그것을 입증할 것을 찾으려 하였다. 하지만 쌩-루가 멍청하고 우스꽝스럽다고 그녀에게 단언한 그녀의 친구들이 한 술 더 떠서 그녀를 설득하기를, 그녀가 그토록 어울리지 않는 남자와 가까이 지냄으로써 자기들이 그녀에게 걸고 있는 큰 기대를 파괴하고, 그녀의 정인이 결국에는 그녀에게 영향을 줄 것이며, 그와 함께 살다 보면 그녀가 자기의 예술가적 장래를 망칠 것이라고 하자, 쌩-루에게로 향하던 그녀의 경멸감에, 그가 마치 자기에게 치명적인 질병이라도 전염시켜 주려 고집을 부리기라도 한 듯, 그에게로 향한 심한 증오가 덧붙여졌다. 그녀는 최후의 결별 순간을 아직은 뒤로 미루면서 가능한 한 그를 자주 만나지 않으려 하였지만, 내가 보기에는 그러한 결별이 이루어질 것 같지 않았다. 쌩-루가 그녀를 위하여 어찌나 큰 희생을 감수하였던지, 그녀가 진정 매혹적이지 않는 한(하지만 그는 단 한 번도 그녀의 사진을 나에게 보여주려 하지 않고 다만 이렇게 말할 뿐이었다. "우선 그녀가 뛰어난 미인이라고까지는 할 수 없는 데다, 사진이 잘 나오지 않는데, 이것들은 내가 나의 코닥[263]으로 찍은 스냅사진들이어서, 이것들을 보시면 그녀에 대해 부정확한 견해를 가지실 위험이 있어요"), 그와 같은 희생을 선뜻 받아들일 두 번째 남자를 찾기란 어려워 보였다. 나는, 비록 아무 재능 없어도 유명해지고 싶은 일시적인 강렬한 욕구나, 자신에게 영향력을 행사하는 몇몇 사람의 순전히 개인적인 호평 등이(그것이 쌩-루의 정부에게 해당되는 경우는 아마 아니었을 것이다), 심지어 이름 없는 갈보에게도, 돈을 버는 즐거움보다 더 결정적인 동기가 될 수 있다는 생각은 뇌리에 떠올리지도 않았다. 자기 정부의 뇌리에서 일어나고 있던 일을 정확히 파악하지 못한 채, 그녀가 자기에게 퍼붓던 부당한 나무람 속에서건 자기에게 내세우던 영원한 사랑의 약속 속에서건, 그녀가 온전히 진실하다고 믿지 못하던 쌩-루는, 그럴 수 있을 때가 도래하면 그녀가 자기와의 관계를 끊을 것이라는 예감에 가끔 사로잡히곤 하였고, 그로 인하여, 쌩-루 자신보다 아마 더 통찰력 있는 그의 연정 속에 있던 보존본능에 의해 틀림없이 자극을 받아, 그리고 더불어, 그의 내면에서 가장 위대하고 맹목적인 심정적 도약과 화해를 이루며 양립하고 있던 실용적 능란함을 발동하여, 그녀에게 한 재산 마련해 주기를 스스로에게 거부한 다음, 그녀에게 부족한 것이 없도록 해주기 위하여 거액의 돈을 빌렸으되, 그 돈을 조금씩 그녀에게 그날그날 건네주곤 하였다. 그리하여, 의심할 나위 없이, 그녀가 진정 그와 결별할 마음을 먹을 경우, 그녀는 자기가 원하는 만큼 '한 뭉치' 만들 때까지 냉정히 기다리면 그만이었고, 쌩-루가 그녀에게 주던 금액을 감안하면 그 일이 필시 매우 짧은 시일 내에 이루어질 수 있었으며, 그 시일은 하지만 내가 새로 사귄 친구의 행복을—혹은 그의 불행을—연장시켜 주기 위한 일종의 양여분이었을 것이다.

　두 사람의 관계에 닥친 그 심각한 시기는—그리고, 쌩-루가 빠리에 있으면 성가시다면서, 그의 병영 근처에 있는 발백 해변에서 휴가를 보내라고 그녀가 그를 윽박질렀던지라, 이제 쌩-루에게는 가장 고통스럽고 혹독한 시점이었던—어느 날 저녁, 쌩-루의 숙모 되시는 귀부인 댁에서 시작되었다. 그는, 자기의 연인이 언젠가 전위적인 무대에서 공연하였고, 그녀로 말미암아 자기도 그녀처럼 느끼고 좋아하게 된 어느 상징주의적 희곡 일부를, 그녀가 많은 초대 손님들 앞에서 암송하여도 좋다는 허락을 그 숙모님으로부터 얻었다.

하지만 그녀가 커다란 백합 한 송이를 손에 들고, 로베르에게 진정한 '예술적 영상'이라고 강변하던 그리고 「안킬라 도미니」[264]라는 화폭을 모방한 옷차림으로 나타났을 때, 운집해 있던 사교계 인사들과 공작 부인들이 그녀의 출현을 미소로 맞았고, 낭송의 단조로운 어조와 특정 어휘들의 괴이함과 그 어휘들의 빈번한 반복 등이 그 미소를 미친 듯한, 하지만 처음에는 참았으되 결국에는 억제하지 못한, 폭소로 바꾸어 놓았던지라, 가엾은 여인이 낭송을 더 이상 계속할 수 없었다. 다음 날, 모든 사람들이, 그토록 우스꽝스러운 배우를 집에 불러들였다고, 쌩-루의 숙모를 비난하였다. 어느 명망 높은 공작 하나는, 그녀가 비난 받은 것이 오직 그녀 탓이라는 말을 서슴지 않았다.

"젠장 그따위 엉터리를 우리 앞에 내놓지 말았어야지! 그 여자에게 재능이라도 있었다면 모를까, 하지만 재능이라곤 털끝만큼도 없고 싹도 보이지 않아. 빌어먹을! 빠리가, 흔히들 말하는 것처럼, 그렇게 멍청하지는 않아. 사회가 얼간이들로만 구성된 것은 아니야. 그 보잘것없는 아가씨가 분명 빠리에 놀라움을 안겨 줄 수 있으리라 믿은 거야. 하지만 빠리를 뒤흔들기란 생각보다 어렵고, 우리들에게 무작정 받아들이도록 할 수 없는 일들이 있지."

한편 그 여배우는 그 집을 떠나면서 쌩-루에게 다음과 같이 말하였다.

"도대체 나를 어떤 암칠면조들, 어떤 배운 것 없는 잡년들, 상놈들의 집으로 안내한 거예요? 당신에게 기탄없이 말하는데, 그곳에 있던 사내들 중 나에게 추파를 던지거나 나의 발을 슬쩍 밟아 수작을 걸지 않은 놈 하나도 없으며, 그들이 오늘 저녁 나에게 복수를 하려 하였던 것은, 내가 자기들의 수작에 응하지 않았기 때문이에요."

로베르가 사교계 인사들에 대하여 가지고 있던 반감을 다른 형태로 깊고 괴로운 혐오감으로 바꾸어 놓은 말이었고, 그 혐오감이 가장 무고한 사람들, 즉 그에게 가장 헌신적인지라 가문의 대표로 선정되어, 쌩-루의 그 연인에게 관계를 끊어달라고 부탁하며 그녀를 설득하려 했던 이들에게로 향하였으며, 그녀는 쌩-루에게, 그들이 자기에게로 향한 연정 때문에 그러한 교섭을 시도한 것이라 하였다. 그리하여 로베르는, 비록 자기가 그들과의 교류를 즉시 끊기는 하였지만, 자기가 지금처럼 연인으로부터 멀리 떨어져 있을 때에는, 그 틈을 이용하여 그들이나 혹은 다른 사내들이 다시 공세를 취하였을 것이고 아마 그녀의 호의[265]를 이미 얻었을 것이라는 생각에 잠기곤 하였다. 또한 자기네들의 친구들을 속이고 여인들을 타락시킬 궁리를 하며 그녀들을 은밀한 밀회장소로 유인하려 애쓰는 난봉꾼들 이야기를 할 때에는, 그의 얼굴에 괴로움과 증오가 역력했다.

"나는 개 한 마리 죽이는 것만큼도 가책감 없이 그들을 죽일 수 있을 것 같아요. 개는 적어도 다정하고 충성스러우며 충직한 짐승이에요. 가난과 부자들의 잔인성 때문에 범죄의 구렁텅이로 이끌려간 가엾은 사람들보다는 그러한 자들을 단두대로 보내야 해요."

그는 자기의 정부에게 편지나 전보를 보내는 데 대부분의 시간을 바쳤다. 그로 하여금 빠리에 오지 못하게 해놓고, 그녀가 원거리에서도 그와 다툴 방법을 찾아내곤 하였는데, 그럴 때마다 나는 그러한 사실을 그의 일그러진 얼굴을 통해 알 수 있었다. 그의 정부가 무엇 때문에 그를 나무라는지 그 곡절을 결코 그에게 밝히지 않는지라, 그는 그녀가 아마 자신도 그 까닭을 알지 못하기 때문이며, 단지 그에게 싫증을 느껴 그러려니 막연히 짐작은 하면서도 한사코 그녀의 해명을 들으려 하였고, 따라서 다음과 같은 말을 편지에다 쓰곤 하였다. "내가 무엇을 잘못했는지 말씀해 주시오. 나의 잘못들을 시인할 준비가 되어 있소." 괴로움을 겪은 나머지, 자신이 잘못을 저질렀을 것이라고 확신하기에 이르렀던 것이다.

하지만 그녀는 그로 하여금 답신을 한없이 기다리게 하였고, 그토록 뒤늦게 보낸 답신에는 거의 아무 내용도 없었다. 그리하여 쌩-루가 우체국에서 돌아올 때에는 거의 항상 이마에 수심이 어려 있었고 빈손으로 오는 경우가 잦았으며, 호텔 전체에서 오직 그와 프랑수와즈만이 몸소 편지를 부치거나 받으러 우체국에 오갔는데, 그는 정인의 조바심 때문이었고, 그녀는 하녀 특유의 경계심 때문이었다. (또한 전보는 그로 하여금 훨씬 먼 길을 오가게 하였다.)

블록의 집에서 저녁 식사를 한 지 며칠 후, 쌩-루가 발백을 떠나기 전에 할머니에게 사진을 찍어드려도 좋겠느냐고 여쭈었노라고 할머니께서 기뻐하시는 기색으로 나에게 말씀하셨을 때, 그리고 사진 촬영을 위하여 가장 예쁜 옷을 골라 입으시면서 어떤 모자를 쓸까 머뭇거리시는 모습을 뵈었을 때, 나는 그 뜻밖의 어린애 같은 할머니의 행동에 몹시 놀라, 나의 내면에서 은근히 울화가 치미는 것을 느꼈다. 그리하여 심지어, 내가 이제껏 할머니에 대하여 잘못 생각하고 있던 것이 아닐지, 내가 그녀를 너무 높게 평가한 것이 아닐지, 할머니가 내가 항상 믿었던 것처럼 정말 그렇게 당신의 외모에 초연하셨던 것인지, 할머니와는 전혀 무관하다고 내가 항상 믿던 것 즉 겉멋이 할머니에게 정말 없는지 등에 대하여, 나 자신에게 다시 묻기까지 하였다.

불행하게도, 사진 촬영 계획과 특히 할머니가 그로 인하여 느끼시는 것 같아 보였던 만족감이 나에게 야기시키던 그 불만을, 나는 프랑수와즈가 알아챌 만큼 밖으로 드러냈고, 내가 동조하는 기색을 보이고 싶지 않던 감상적이고 측은히 여기는 말을 그녀가 서둘러 내 앞에 늘어놓아, 자신도 모르게 나의 불만을 더욱 돋우었다.

"오! 도련님, 가엾은 마님께서 당신의 인물 사진을 가지시게 되어 기뻐하실 거예요. 그리고 이 늙은 프랑수와즈가 손질한 모자를 쓰시는 것도 좋아하실 거예요. 그러니 도련님, 아무 말씀 하지 마세요."

나는 모든 일에서 내가 모범으로 여기던 나의 어머니와 할머니 역시 자주 그러셨다는 사실을 상기하면서, 내가 프랑수와즈의 그러한 동정심을 비웃는 것이 잔인한 짓은 아니라고 확신하였다. 그러나 할머니께서 나의 언짢은 기색을 보시고는, 사진 촬영이 내 마음에 거슬린다면 그것을 그만두겠노라고 하셨다. 나는 할머니가 사진 촬영을 포기하시는 것은 원치 않았던지라, 할머니에게 그것이 하등 부정적인 일이 아니라고 말씀 드리면서, 치장을 하시게 내버려 두었다. 하지만 할머니께서 사진을 찍으면서 느끼실 수 있을 법한 기쁨을 약화시킬 수밖에 없는 냉소적이고 모욕적인 말 몇 마디를 던졌고, 그것이 나의 통찰력과 정신적 능력을 입증하는 행위라고 믿었으며, 그리하여, 어쩔 수 없이 할머니가 화려한 모자로 멋을 부리시는 것은 용인하였으되, 내가 적어도 할머니의 얼굴에서, 나를 당연히 행복하게 해주었어야 할—그러나, 우리의 가장 사랑하는 이들이 아직 살아 있는 동안에는 지나치게 자주 일어나는 일이지만, 우리가 그들에게 그토록 확보해 주고 싶어 하는 행복의 귀한 형태가 아니라 쩨쩨한 버릇의 짜증나게 하는 표출처럼 우리의 눈에 보이는—그 기쁜 표정이 사라지게 하는 데는 성공하였다. 나의 그토록 못된 심기는 특히, 그 주간 내내 할머니께서 나를 피하시는 것 같았고, 따라서 낮이건 저녁이건 단 한순간도, 내가 할머니와 단둘이서만 있을 수 없었다는 데서 비롯되었다. 내가 잠시나마 할머니와 함께 있고 싶어서 오후에 돌아오면 할머니가 아니 계시다고 하거나, 혹은 호텔에 계시더라도 프랑수와즈와 긴 밀담을 나누시는지라 내가 그 밀담을 중단시킬 수 없었다. 또한 쌩-루와 함께 밖에서 저녁시간을 보낸 후 호텔로 돌아오는 동안, 할머니를 다시 만나 포옹할 수 있을 순간만을 생각하였건만, 나의 방에 돌아와, 저녁 인사를 하러 건너오라고 할머니가 벽을 조용히 두드리시기를 기다려도 헛일, 아무 소리도 들려오지 않았다. 결국 나는, 내가 그토록 기대하던 기쁨을 전례 없이 그토록 무심하게 나에게 거절하시는 할머니를 조금 원망하면서 자리에 누웠고, 그런 다음에도, 어린 시절처럼 가슴이 두근거리는 상태로, 벙어리처럼 침묵하는 벽에 귀를 기울이다가 눈물을 글썽이며 잠들곤 하였다.[266]

그날 쌩-루는 전날들과 마찬가지로 동씨에르에 가야 했다. 휴가를 마치고 정식으로 귀대할 날짜는 아직 멀었으나, 그가 매일 오후 늦게까지 병영에 머물러 있어야 할 필요가 있었던 모양이다. 나는 그가 발벡에 없는 것을 애석해 하고 있었다. 먼발치에 있던 나에게는 고혹적으로 보이던 젊은 여인들이 마차에서 내려, 더러는 카지노의 댄스홀 안으로, 더러는 빙과점 안으로 들어가는 것을 보았기 때문이다. 나는—연정에 들뜬 남자가 자기를 매혹한 여인을 상대로 그러듯—어디에서나 아름다움을 갈망하고 찾고 발견하는, 그러나 특정인에게로 향하는 사랑이 결여된, 그리하여 텅 비어 있는, 젊음의 한 시기를 지나고 있었다. 단 하나의 실모습이—멀리서 혹은 뒤에서 본 여인에게서 발견한 그 모습이 아무리 희미

해도—우리 앞에 아름다움 투영하기를 우리에게 허용하기만 하여도, 우리는 그것을 드디어 발견한 것으로 상상하고, 그로 인해 우리의 가슴이 두근거리며, 우리가 발길을 재촉하게 되어, 그 여인이 우리의 시야에서 사라지기만 하면, 그녀가 바로 아름다움이라고 반쯤은 확신하다가, 우리의 착각을 깨닫는 것은 우리가 그녀를 다시 따라잡을 수 있을 때뿐이다.

게다가 나의 몸이 점점 더 병약해지던 터라, 나는 가장 단순한 즐거움들조차도, 그것들에게 내가 도달할 수 없도록 하는 난관들 자체로 인하여, 과대평가하는 경향을 가지고 있었다. 해변에서는 내가 너무 피곤하기 때문에, 카지노나 제과점에서는 내가 너무 소심해지기 때문에, 즉 어디에서도 내가 가까이 다가갈 수 없었던지라, 내 눈에는 사방에 우아한 여인들이 널려 있는 것처럼 보였다. 하지만 내가 만약 머지않아 죽을 운명이라면, 삶이 선사할 수 있을 가장 예쁜 소녀들의 가까이에서 본 실체가 어떨지, 그리고 그러한 선물을 나 아닌 다른 사람이 즐기거나 혹은 아무도 그러지 못하더라도, 그것을 알고 싶은 호기심을 느꼈다(하지만 나의 그러한 호기심의 근저에 사실은 소유욕이 있었음을 깨닫지 못하였다). 쌩-루가 나와 함께 있었다면 내가 감히 댄스홀 안으로 들어갈 수 있었을 것이다. 나는 할머니 곁으로 다시 돌아갈 순간을 기다리며 그랜드-호텔 앞에 우두커니 홀로 서 있었는데, 그때 문득, 아직은 방파제 거의 끝자락에서 기이한 반점 형태를 이루며 움직이고 있던 소녀들 대여섯이 다가오는 것이 보였고, 그 모습이나 행동에 있어, 발벡에서 일상적으로 보던 그 어떤 사람들과도 다르기가 마치, 어디로부터 와서 상륙하였는지는 모르지만 해변에서 조심성 가득한 걸음으로—뒤처진 것들은 날개를 파닥거려 다른 것들을 따라잡으면서—산책을 하는 한 무리 갈매기들과 같았고, 그 산책의 목적 또한, 그녀들의 안중에는 아예 존재하지도 않는 듯한 해수욕객들에게 그것이 모호한 것만큼이나, 그녀들의 조류 속성을 가진 뇌리에서는 명료하게 정해진 것 같았다.

그 미지의 소녀들 중 하나는 자기의 자전거를 손으로 밀고 있었으며 다른 두 소녀는 골프채를 손에 들고 있었다. 그녀들의 기괴한 옷차림은 발벡에 있던 다른 소녀들의 옷차림과 확연히 구별되었는데, 발벡의 소녀들 중 몇몇이 스포츠에 열중하고 있었던 것은 사실이나, 그렇다 하여 특별한 옷차림을 추구하지는 않았다.

때는 마침, 날마다 숙녀들과 신사들이 방파제 위로 산책을 나와, 야외 음악당 앞에 나란히 놓여 모든 이들에게 두려움의 대상이었던 의자들 중앙에 거만스럽게 앉아, 산책하던 이들에게 마치 어떤 결함이라도 있는 듯, 그들을 기어코 세밀하게 조사하려고 하던 깡 법원장의 부인이 조준하고 있던 손잡이 달린 안경의 무자비한 사격에 노출되었다가, 잠시 후에는 그들 또한 배우 역할을 버리고 평론가로 변신하여 그 의자들 위에 편안히 자리 잡고 앉아, 자기들 앞으로 행렬을 이루어 지나가는 이들을 이번에는 자기들이 평가하게 될, 그러한 시각이었다. 방파제가 어느 선박의 갑판이기라도 한 듯 심하게 비틀거리는 걸음으로(동시에 팔을 움직이고, 눈을 두리번거리고, 양 어깨의 균형을 다시 잡고, 한쪽에서 이루어진 동작을 반대쪽의 조화로운 동작으로 상쇄하고, 얼굴에 핏발이 서게 하지 않고는 그들이 다리 하나도 쳐들지 못하였으니 말이다), 자기들은 다른 이들에게 관심이 없다는 것을 믿도록 하기 위하여, 자기들 옆에서 걷고 있던 사람들이나 맞은편에서 오는 사람들을 못 본 척하되 그들과 충돌할 위험을 피하기 위하여 그들을 몰래 힐금힐금 바라보면서 방파제를 따라 걷던 그 모든 사람들이, 자신들 역시 상대방의 동일한 표면적 무관심 밑에 감추어져 있던 역시 다름없는 은밀한 관심의 대상이었던지라, 오히려 그들과 충돌하거나 그들과 뒤엉키곤 하였다. 군중에 대한 사랑이란—결과적으로 군중에 대한 두려움이란—모든 인간들에게 있어서, 다른 이들의 환심을 사기 위해서건, 그들을 놀라게 하기 위해서건, 혹은 자기들이 그들을 무시한다는 것을 보여주기 위해서건, 가장 강력한 원동력들 중 하나로 작용하는지라, 예를 들어 은둔자에게 있어서는, 절대적이고 평생 지속될 은둔 행위조차 군중에 대한 과도한 사랑을 원동력으로 가지고 있는 경우가 빈번하며, 그 사랑이 다른 어떤 감정보다도 월등히 강하여, 그가 외출할 때, 건물 수위나 행인들 혹은 그가 불러 세운 마부 등의 찬탄을 불러일으키지 못할 경우, 그는 영영 그들의 눈에 띄지 않는 편을 택하며, 그러한 이유 때문에, 외출이 요구되는 일체의 활동을 포기한다.

더러는 어떤 상념에 잠겼으되 곁에 있던 사람들의 신중한 비틀거림만큼이나 어울리지 않는 급격하고 불규칙한 동작과 두리번거리는 시선으로 그 상념의 변덕스러움을 드러내기도 하던 그 모든 사람들 한가운데로, 내가 조금 전에 본 소녀들이, 몸의 완벽한 유연성과 나머지 인간들에 대한 진정한 무관심에서 비롯된 자신만만한 몸짓으로, 머뭇거림도 어색함도 없이, 사지들 하나하나가 몸의 다른 부분들로부터 완전한 독립을 유지하게 하고 왈츠를 추는 능숙한 무희에게서 특히 눈에 띄는 것과 같이 몸의 대부분은 부동 상태를 유지한 채, 자기들이 원하는 동작을 정확히 구사하면서 정면을 향하여 곧장 성큼성큼 다가오고 있었다. 그녀들이 이제는 더 이상 나로부터 멀리 있지 않았다. 각 소녀가 비록 나머지 다른 소녀들과는 완전히 다른 유형이었으나, 그녀들 모두가 아름다움을 가지고 있었다. 그러나 사실을 말하자면, 내가 그녀들을 보게 된 것은 불과 한순간 전의 일이고, 게다가 그녀들에게 감히 시선을 고정할 수 없었던지라, 아직은 그녀들 중 어느 한 사람도 개별적으로 떼어 바라보지 못하였다. 르네쌍스 시대의 몇몇 화폭 속에서 아랍인 모습의 어느 점성술사 왕[267]이 그렇듯, 오똑한 코와 갈색 피부 때문에 다른 소녀들과 선명한 대조를 이루던 한 소녀를 제외하고는, 그녀들 중 어떤 소녀는 오직 무정하고 고집스러우며 조롱기 가득한 눈 때문에, 또 다른 소녀는 제라늄을 연상시키는 구릿빛 색조 어린 발그레한 두 볼 때문에 나의 눈에 포착되었으며, 따라서 그 용모적 특징들 중 어느 것도 내가 아직은 특정 소녀에게 분리될 수 없을 만큼 접합시킬 수 없었다. 또한(가장 이질적인 면모들이 서로 이웃하고 있어, 즉 온갖 색상들이 근접해 있어 경이로워 보이는, 그러나 내 귓가를 스치는 순간에는 내가 분리시켜 식별할 수 없어 그 악절들이 우아하건만 즉시 잊히는 어떤 곡처럼 혼잡한, 그 조화로운 집단이 펼쳐지는 순서에 따라) 하나의 하얀 타원형과 검은색 눈들과 초록색 눈들이 내 앞에서 떠오르는 것이 보였으나, 그것들이 조금 전 이미 나에게 매력을 느끼게 하던 바로 그것들인지 알 수 없었고, 내가 다른 소녀들로부터 분리하여 식별할 수 있을 법한 어느 소녀와도 그것들을 연관시킬 수 없었다. 그리하여, 나의 시야에 떠오른 경계선들의 부재(不在), 그러나 머지않아 내가 그녀들 사이에 설정하게 될 그 경계선들의 부재가, 그 작은 집단 전체에 조화로운 일렁임과 집단적이고 유동적인 액상(液狀)의 아름다움을 지속적으로 퍼뜨리고 있었다.

그러한 친구 집단을 형성하기 위하여 그토록 아름다운 소녀들을 선발한 주체가 아마 일상생활에서 발생하는 우연만은 아니었고, 일체의 우스꽝스러움과 추함에 극도로 민감하고 지적이거나 윤리적인 부류에 속하는 매력에 이끌릴 능력이 없던(즉 태도만 보아도 그 과감하고 경박하며 몰인정한 천성을 충분히 알 수 있는)

그 소녀들이, 아마 자기들 또래의 동료들 중에서, 수줍음과 스스럼과 어색함 등, 그녀들이 틀림없이 '불쾌한 태도'라고 지칭하였을 것으로 인해, 자주 생각에 잠기는 혹은 다감한 성향을 드러낸 모든 소녀들에 대해 자연스럽게 혐오감을 품게 되어 그녀들을 멀리하게 된 반면, 우아함과 유연함과 육체적 매력 등의 특이한 혼합이, 즉 그녀들로 하여금 매력적인 성격 속에 있는 솔직성이나 함께 즐거운 시간을 보낼 수 있으리라는 약속을 뇌리에 떠올릴 수 있게 해주는 그 유일한 형태가, 그녀들을 이끌어가 다른 소녀들과 관계를 맺도록 해주었을 것이다. 또한 아마, 그녀들이 속해 있었던 그러나 내가 구체적으로 명명할 수 없었던 그 사회적 계층이, 부유함과 여가 덕분에, 혹은 일부 서민층에까지 확산된 스포츠라는 새로운 습관 및 아직 지성의 연마는 가미되지 않은 육신의 연마 덕분에 접어든 변화의 단계에, 즉 아직 고뇌 가득한 표현은 추구하지 않는 조화롭고 풍요로운 조각 유파들과 유사한 하나의 계층이 아름다운 다리들과 아름다운 엉덩이들과 건강하고 편안한 얼굴들과 날렵함 및 간계까지 갖춘 아름다운 몸뚱이들을 자연스럽게 또 풍성하게 생산해 내는, 그러한 변화의 단계에 있었을지도 모른다. 또한 그리스의 어느 해변 태양 아래에 전시된 조각상들인 양 내가 바닷가에서 바라보던 것들이, 인간적 아름다움의 고아하고 태평스러운 전형들 아니었겠는가?

방파제를 따라 하나의 반짝이는 혜성처럼 힘차게 전진하던 그 소녀 무리 속에서 바라보는 주위의 군중이 마치 다른 종족에 속하는 존재들로 구성되었다고 판단한 듯, 그리하여 그 군중의 고통조차도 그녀들의 내면에 연대감을 일깨우지 못한다는 듯, 그녀들의 눈에는 군중이 아예 보이지도 않는 것 같았고, 제동장치 풀린 따라서 그것이 보행자들을 피해 지나가기를 기대하지 말아야 할 육중한 기계가 그러듯, 그녀들은 멈추어 서 있던 사람들이 옆으로 비켜 길을 열기를 강요하였고, 자기들이 존재 자체를 인정하지 않고 약간의 접촉조차 배격하던 어떤 늙은 신사가 두려움에 휩싸인 혹은 격노한 그러나 급히 서둘러 우스꽝스러워 보이는 동작으로 몸을 피할 경우, 웃으면서 자기들끼리 서로 바라보는 것이 고작이었다. 그녀들은 자기들 집단에 속하지 않는 것에 대하여는 추호의 무관심조차 표방하지 않았다. 자신들의 진정한 무관심으로 족했기 때문이다.

그러나 어떤 장애물을 만나면 껑충 뛰어 혹은 모둠발 뛰기로 그것을 넘으면서 즐기지 않고는 못 배겼으니, 그녀들 모두, 슬프거나 몸이 불편할 때조차 그날의 기분보다는 젊은 나이의 필요에 복종하여, 도약이나 미끄럼질 할 계기를 만날 경우, 자기의 느린 걸음을 중단하고 그것에―쇼뺑이 가장 우수 어린 악절에조차 그러듯―변덕이 기교와 뒤섞이는 우아한 굴곡들을 뿌리면서 그러한 짓들에 한번 몰두해 보지 않고는 결코 그냥 지나치지 않을 만큼, 강렬한 발산 욕구를 느끼게 하는 바로 그 젊음으로 충만해 있었기 때문이다. 늙은 은행가의 아내가 자기의 남편을 위하여 이리저리 적합한 자리를 물색한 끝에, 야외 음악당의 연주석이 바람과 햇볕을 막아주는 그리고 방파제와 정면으로 마주한 곳에, 접이식 간이 의자를 놓고 그 위에 남편을 앉혔다. 그가 편안히 앉은 것을 보자 그녀가 조금 전 그의 곁을 떠나 신문을 사러 갔고, 그의 무료함을 달래주기 위하여 그것을 그에게 읽어 줄 생각이었다. 하지만 그녀가 잠시 그의 곁을 떠나더라도 그 시간이 5분을 초과하지 않았고, 남편에게는 그 5분도 길게 여겨졌으나, 아내가 자리 비우기를 자주 반복하였다. 자기가 티내지 않고 정성껏 돌보는 늙은 남편이, 자신도 아직은 다른 사람들처럼 살아갈 상태에 있으며 다른 이의 보호가 필요하지 않다는 느낌을 갖도록 해주기 위함이었다. 연주석 바닥이 그의 머리 위에 자연스러운 그리하여 유혹적인 도약대를 형성하고 있었으며, 소녀 무리 중 가장 연상으로 보이는 소녀가 서슴지 않고 달음박질을 시작하더니 훌쩍 노인을 뛰어 넘었고, 그녀의 날렵한 두 발이 그가 쓰고 있던 선원모를 가볍게 스치자 노인이 극도의 두려움에 휩싸이는데, 그 광경에 나머지 다른 소녀들이 매우 즐거워하였고, 특히 인형 같은 어느 얼굴 속에 박혀 있던 초록색 두 눈은 그 영웅적인 행위 앞에서 찬탄을 금치 못하고 기쁜 기색을 드러냈으며, 내가 보기에는, 그러한 기색 속에, 다른 소녀들에게는 없는 약간의 소심함, 수치심과 뻔뻔함이 섞여 있는 소심함이 감돌고 있는 것 같았다. "이 가엾은 늙은이가 내 마음을 아프게 해. 반쯤은 뒈진 것 같아." 소녀들 중 하나가 쉰 목소리로 반쯤 빈정거리듯 말하였다. 그녀들이 몇 걸음 더 간 후, 날아오를 순간에 한 곳으로 모이는 새들의 구수회의처럼 형태 불규칙하고 촘촘하며 기이하고 짹짹거리는 집합체를 이루어, 행인들의 통행을 방해하는 것 따위는 개의치 않는 듯, 길 한가운데에 멈추었다. 그러더니 바다를 굽어보며 방파제를 따라 다시 천천히 걷기 시작하였다.

이제는 그녀들의 매력적인 용모들이 더 이상 불분명하거나 뒤섞이지 않았다. 나는 그것들을 하나하나 떼어놓은 다음 각 소녀에게 배당하였으며, (그녀들의 이름을 알지 못하였던지라 이러한 식으로 지칭하거니와) 그 소녀들이란 우선 늙은 은행가를 훌쩍 뛰어넘은 키 큰 소녀, 수평선 위로 자기의 통통하고 발그레한 볼과 초록색 두 눈을 부각시킨 키 작은 소녀, 갈색 피부와 오똑한 코로 인해 다른 소녀들 가운데 섞여 있으되 유난히 돋보이던 소녀, 나이 어린 남자아이들의 얼굴을 연상시키는 계란처럼 하얀 얼굴 한가운데서 작은 코가 병아리의 부리처럼 포물선의 호(弧)를 그리고 있는 소녀, 소매 없는 두건 달린 짧은 외투를 걸친 또 하나의 다른 키 큰 소녀(그 외투로 인해 그녀의 모습이 어찌나 가난해 보였던지 또 그것이 그녀의 우아한 몸매에 어찌나 배치되었던지, 그 순간 나의 뇌리에 떠오른 설명은, 그녀의 부모가 상당히 명석하고 발백에 있던 해수욕객들의 시선이나 자식들이 입는 의복의 멋 따위는 아예 개의하지 않을 만큼 자존심이 강하여, 그녀가 소박한 시골 사람들조차도 너무 초라하다고 여길 수 있을 차림새로 방파제 위에서 산책하도록 내버려 두는 것을 전혀 마음에 두지 않았을 것이라는 내용이었다), 반짝거리고 생글거리는 눈과 윤기 없고 실한 볼에 검은색 '폴로' 선수 모자를 푹 눌러 쓴 채 엉덩이를 몹시 부자연스럽게 좌우로 흔들면서 자전거를 밀고 가던 소녀 등이었는데, 그녀가 자전거를 밀면서 몹시 불량한 속어들을 어찌나 큰 소리로 지껄여대던지, 그녀 곁을 지나가게 되었을 때(그 순간 '각자의 식으로 산다'는 듣기에 편찮은 말이 선명히 들렸다) 나는, 그녀의 동료가 입은 소매 없는 외투가 나로 하여금 열심히 축조하게 하였던 가설을 버리면서, 그보다는 그 소녀들 모두가, 경륜장에나 드나드는 어중이떠중이 집단에 속하며, 틀림없이 경륜 선수들의 풋내기 정부들일 것이라는 결론을 내렸다. 여하튼 나의 여러 가설들 중 그녀들이 정숙할 수 있으리라는 가설은 단 하나도 없었다. 나는 첫눈에—그녀들이 자기들끼리 서로를 바라보며 웃는 태도나 볼에 윤기 없는 소녀의 집요한 시선에서—그녀들이 정숙하지 못하다는 것을 간파하였다. 게다가 나에 대한 할머니의 염려가 항상 지나치게 소심할 정도로 섬세했던지라, 나는 하지 말아야 할 짓들은 모두 그것들 간에 불가분의 관계를 맺고 있으리라 믿게 되었으며, 따라서 노인에게 결례 범하기를 서슴지 않는 소녀들이, 앉아 있는 팔순 노인을 훌쩍 뛰어넘는 짓보다 더 유혹적인 즐거움 앞에서 문득 가책감 때문에 스스로를 제어할 수 있으리라고는 믿을 수 없었다.

이제 그녀들이 개별화된 상태로 나의 눈에 포착되었으되, 자만심과 동배 의식으로 인해 활기를 띤 시선들이, 그리고 자기의 친구들이 관련된 경우와 행인들이 관련된 경우에 따라, 그 속에서 때로는 관심이, 때로는 그녀들 각개의 눈에서 반짝이던 방자한 무관심이, 시시각각 다시 점화되곤 하던 그녀들의 시선들이 서로에게 주고받던 암묵적 응답이, 그리고 또한 '특별한 무리'를 이루어 항상 함께 쏘다닐 만큼 서로를 친밀하게 안다는 그 의식도 가세하여, 그녀들의 독립적이고 분리된 몸뚱이들이 서서히 전진하는 동안에, 그것들이 한가운데로 통과하던 군중과는 이질적인 반면 균질의 요소로 이루어진 하나의 통일체를 구성하면서, 몸뚱이들 사이에 보이지는 않으나 뜨거운 그림자 덩이 혹은 균질의 대기처럼 조화로운, 하나의 관계를 정립시켜 주고 있었다.

자전거를 밀고 가던 볼 실한 갈색 머리 소녀 곁을 지나가던 중, 나는 그 작은 부족의 삶을 감추고 있으며, 내가 어떤 사람일 것이라는 사념은 분명 도달할 수도, 그것이 머물 자리도 없을, 도저히 진입할 수 없는 미지의 곳, 그 비인간적인 세계의 깊숙한 곳으로부터 바깥세상을 향하던 비스듬하고 생글거리던 그녀의 시선과 잠시 마주쳤다. 이마를 덮을 정도로 폴로 모자를 깊숙이 눌러 쓴 그 소녀가, 자기의 동료들이 하던 말에 몰두해 있으면서도, 자기의 눈에서 발산되던 검은 안광이 나와 마주치던 순간에 나를 보았던 것일까? 그녀가 나를 보았다면 내가 그녀에게 무엇을 연상시킬 수 있었을까? 어떤 세계의 깊숙한 곳으로부터 그녀가 나를 식별하였을까? 나에게는 그것을 안다는 것이, 망원경 덕분에 우리의 이웃 천체에서 특이한 점들이 우리들의 눈에 포착되었을 경우, 그것들을 근거로 해서, 그 천체에 인간이 사는지, 그들도 우리들을 보고 있는지, 우리들을 보며 무슨 생각을 하는지 등에 관해 어떤 결론을 내리기가 난감할 것만큼이나 어려웠을 것이다.

우리가 만약 그러한 소녀의 눈을 반짝이는 둥근 운모(雲母) 조각에 불과하다고 여긴다면, 우리는 그토록 간절히 그녀의 삶을 깊이 알려고도 또 그 삶을 우리와 결합시키려고도 하지 않을 것이다. 하지만 반대로 우리는, 그 반사하는 원반 속에서 반짝이는 것이 오직 그 질료적 구성에만 기인하지 않음을, 그것이 곧 그 소녀가 자신이 알고 있는 사람들 및 장소들과―자전거 페달을 밟아, 페르시아인들이 믿던 낙원의 페리[268]보다도 나에게는 더 매혹적인 그 작은 페리가, 평지와 숲을 지나 나를 이끌어갔을 경마장의 잔디밭이나 길들의 모래밭 등과―관련시켜 자신의 내면에 형성한 사념들의, 우리들에게는 알려지지 않은, 검은 그림자들임을, 또한 그녀가 돌아갈 집과 그녀 스스로 수립하는 혹은 누가 그녀를 위해 수립해 준 계획들의 그림자들임을, 그리고 특히 그것이 곧 자기 고유의 욕망들과 연민과 반감과 희미하되 지속적인 의지를 품고 있는 그녀 자신임을 막연히 느낀다. 나는, 그녀의 눈 속에 있던 그것까지 수중에 넣지 못한다면, 내가 그 자전거 밀고 가던 소녀를 수중에 넣지 못하리라는 것을 알고 있었다. 따라서 나의 내면에 욕망을 불러일으킨 것은 그녀의 삶 전부였고, 그 욕망은 고통스러웠다. 그것이 충족될 수 없는 욕망이었기 때문이었다. 하지만 도취시키는 욕망이었으니, 그때까지 나의 삶이었던 것이 나의 전체 삶이기를 문득 멈추었기 때문이었고, 그 소녀들의 삶으로 이루어져 흔히 행복이라고 지칭하는 나 자신의 신장(伸張) 및 증식을 나에게 제안하며 내 앞에 펼쳐져 있던 광막한 공간, 내가 답사하고 싶어 안달하게 된 그 공간에서는, 나의 이전 삶이 작은 한 부분에 불과했기 때문이다. 또한, 의심할 나위 없이, 나와 그녀들 사이에 하등의 공통적인 생각도 습관도 없었다는 사실이, 내가 그녀들과 관계 맺는 것과 그녀들의 호감 얻는 것을 어렵게 만들 수밖에 없었을 것이다. 그러나 아마 또한, 나의 영혼이 일찍이 단 한 방울도 맛본 적 없어 그만큼 더 게걸스럽게, 더욱 완벽하게 흡수하면서 길게 들이킬 새로운 삶에 대한—목마른 땅을 태우는 것과 유사한—갈증이 나의 내면에서 종전의 삶에 이어지도록 한 것은, 그러한 차이들, 그리고 그 소녀들의 천성과 행동들의 구성에 내가 알거나 소유하고 있을 법한 요소가 단 하나도 들어가 있지 않다는 의식 덕분이었을 것이다.

자전거 밀고 가던 그 눈 반짝이는 소녀를 내가 하도 유심히 쳐다보아, 그녀가 그것을 알아챘고, 가장 큰 소녀에게 무슨 말을 하자, 그 말이 나에게는 들리지 않았으나 키 큰 소녀가 소리를 내어 웃었다. 사실을 말하거니와 그 갈색 머리 소녀가 가장 나의 마음에 들었던 것은 아니다. 갈색 머리라는 바로 그 사실 때문이었는데, 땅송빌의 좁은 언덕길에서 내가 질베르뜨를 처음 보았던 날 이후로는, 적갈색 머리에 피부 황금색인 소녀가 나에게는 도달할 수 없는 이상으로 남아 있었다. 하지만 질베르뜨 또한, 내가 그녀를 좋아하였던 것은, 그녀가 베르고뜨와 친하고 그와 함께 옛 교회당들을 구경하러 다닌다는 그 특별한 후광으로 장식된 모습으로 내 앞에 떠올랐기 때문 아니었던가? 그러니, 그때와 마찬가지로, 그 갈색 머리 소녀가 나를 주시하는 것을 내가 보았다는 사실(나로 하여금 우선 그녀와 관계 맺는 것이 더 쉬울 것이라 기대할 수 있게 해준)에 내가 기뻐할 수 있지 않았겠는가? 왜냐하면, 그녀가 나를, 앉아 있던 노인 위로 훌쩍 뛰어 넘던 그 무자비한 소녀와

'가엾은 늙은이 때문에 마음이 아프다'고 중얼거리던 그 잔인한 소녀에게, 그리고 그녀와 불가분의 관계에 있던 나머지 모든 소녀들에게, 연달아 소개할 것 같았으니 말이다. 또한 그렇건만, 내가 언젠가는 그 소녀들 중 어느 하나의 친밀한 벗이 될 수도 있으리라는 가정, 발산된 미지의 시선이 가끔, 벽에 햇빛 어리듯, 무의식 중에 나의 표면에 어리게 하던 그 눈들이 혹시 기적적인 연금술로 인하여 자기들의 그 형언할 수 없는 편린들[269] 사이로 내가 존재한다는 사념이나 나라는 인격체로 향한 약간의 우정이 침투할 수 있도록 내버려 두리라는 가정, 그리고 나 자신도 언젠가는 그녀들 사이에, 그리고 해변을 따라 펼쳐지던 그녀들의 행렬 속에, 자리를 잡을 수 있으리라는 가정 등, 그러한 모든 가정들이 내가 보기에는 그것들 속에, 마치 내가 아티케풍 건축물의 추녀 밑 외벽[270]이나 어느 벽화에 그려진 행렬도 앞에서, 구경꾼에 지나지 않는 내가, 그 신성한 여인들의 호감을 얻어 그 종교적 행렬 속에 자리 하나를 얻는 것이 가능하다고 믿는 것만큼이나 어처구니없는 모순을 내포하고 있는 것 같기도 했다.

결국 그 소녀들과 사귀는 행복이 실현될 수 없는 일이었을까? 물론 내가 그러한 종류의 행복을 포기하는 것이 나에게 처음 닥친 일은 아니었을 것이다. 이미 발백에서도, 마차가 전속력으로 달리면서, 나로 하여금 영영 포기하게 한 그 숱한 미지의 소녀들이 있지 않았던가! 또한, 마치 고대 그리스의 처녀들로 구성된 듯 고아한 그 작은 무리가 나에게 주던 기쁨조차, 길 위로 지나가는 소녀들에게서 발견되는 일종의 도주 같은 것에서 비롯되었다. 자주 만나는 여인들이 필경에는 각자의 단점들을 우리 앞에 드러내게 되어 있는 일상적인 삶에 우리가 등을 돌릴 수밖에 없도록 하는 낯선 존재들의 그 도주하듯 지나가는 속성이, 우리를 추격하는 처지에 놓으며, 그 상태에서는 아무것도 우리의 상상을 중지시키지 못한다. 그런데 우리의 기쁨에서 상상을 제거한다는 것은, 기쁨을 그것 자체만으로, 즉 아무것도 아닌 것으로 축소함을 뜻한다. 예를 들어, (이미 이야기한 바와 같이 내가 추호도 멸시하지 않던) 어느 뚜쟁이에 의해 제공되어, 그녀들에게 그토록 풍부한 색조와 모호한 매력을 지니게 하던 요소가 제거되었다면, 그 소녀들이 나를 그토록은 매혹하지 못하였을 것이다. 그럴 수 있으려면, 목적을 달성할 수 있을지 모른다는 불확실성에 의해 야기된 상상이, 그 목적을 감추어 줄 다른 목적 하나를 우리들을 위하여 고안해내야 하고, 한 사람의 삶을 깊이 통찰한다는 사념으로 관능적 즐거움을 대체함으로써, 우리가 그 즐거움을 알아채거나, 그것의 실질적인 맛을 느끼거나, 그것을 단순한 즐거움의 차원에 한정시키는 등의 짓들은 저지르지 못하게 해야 한다. 식탁에 올라온 것을 처음 볼 경우에는, 그것을 잡기 위해서 숱한 간계와 우회적 수단이 필요할 것 같아 보이지 않지만, 실은 고기잡이 하던 오후 내내, 우리가 그것을 무엇에 쓸 것인지조차 모르는 상태에서, 투명하고 끊임없이 움직이는 창해의 유동성 속에 있는 어떤 살의 매끄러움이나 어떤 형태의 모호함 등이 와서 그 표면을 가볍게 스치곤 하는 소용돌이가, 그 물고기와 우리들 사이에 개입되어야 한다.

그 소녀들은 또한 해변에서 휴가를 보내는 사람들 사이에 전형적으로 나타나는 사회적 중요도의 변화로부터 혜택을 입기도 하였다. 일상적인 생활환경에서 우리의 중요도를 확장시키거나 증대시켜 주는 모든 우월성이, 그러한 곳에서는 보이지 않게 되거나 아예 삭제되는 반면, 그러한 우월성을 가지고 있으리라 우리가 터무니없이 추측하는 이들은, 그렇게 덧붙여져 확대된 세계로 진입한다. 그 덧붙여진 세계로 인하여, 미지의 여인들이, 그리고 그날 내 앞에 나타난 그 소녀들이, 내가 보기에 엄청난 중요성을 띠기에 용이했고, 반면 나에게 있을 수 있었을 중요성을 그녀들에게 알리기는 불가능했다.

그러나 작은 소녀 무리의 산책이 그 자체로서는, 내 곁을 지나가던 여인들이 보여주던 그리고 항상 나의 마음을 뒤흔들어 놓던, 무수한 탈주 속의 한 사례에 불과했다 해도, 그러한 탈주가 이번에는 어찌나 느린 움직임으로 귀착되었던지, 그 움직임이 거의 부동성에 가까웠다. 그런데, 그토록 빠르지 않은 움직임 속에서도, 따라서 더 이상 소용돌이에 휩쓸리지 않아 고요하고 선명한 얼굴들이 여전히 내 눈에 아름답게 보였다는 바로 그 사실이, 나로 하여금, 빌르빠리지 부인의 마차가 여인들로부터 나를 멀리 실어갈 때마다 내가 자주 그랬던 것처럼, 내가 만약 잠시 동안만이라도 어느 여인 곁에 머문다면, 얽은 피부나 콧방울의 어떤 단점이나 평범한 시선이나 찡그린 미소나 볼품없는 몸매 등 그 모든 세부적 특징들이, 그 여인의 얼굴과 몸뚱이에서, 내가 틀림없이 이미 상상해 두었을—날아가듯 순간적으로 우리 눈에 보이는 사람을 신속하게 파악하려는 행위는, 음절 하나만 보고 나머지 다른 음절들은 확인하지 않은 채, 실제 인쇄되어 있는 단어의 자리에 기억이 제공하는 전혀 엉뚱한 단어를 놓으면서 이루어지는, 지나치게 빠른 독서가 저지르는 것과 같은 오류에 우리들을 노출시키는 법, 내가 나의 추억 속에 혹은 선입견 형태로 항상 간직하고 있던 고혹적인 어깨나 감미로운 시선 등을 확신에 차서 첨가하기 위해서는, 몸매의 아름다운 곡선 하나 혹은 언뜻 본 싱싱한 안색 하나면 언제나 족했으니 말이다—다른 특징들의 자리를 차지할 것이라고는 더 이상 믿지 못하게 하였다. 이번 경우에는 그러한 일이 발생할 수 없었다. 내가 그녀들의 얼굴을 열심히 관찰하였고,

각개의 얼굴을, 양쪽 옆모습 모두는 아니더라도 또 정면으로 본 경우는 드물었어도, 첫눈에 우연히 형성되는 윤곽선들과 색깔들에 대한 다양한 추측들에 내가 수정을 가하고 그것을 확인하며 '검산(檢算)'할 수 있기에, 그리고 연속적인 표정들을 통하여 그 얼굴들 속에 변함없이 구체적인 무엇이 존속하고 있음을 발견하기에 충분할 만큼, 그 얼굴들 하나하나를 서로 다른 두세 각도에서 분명히 보았다. 그리하여 나는, 빠리에서건 발백에서건, 나에게 닥칠 수 있었을 일에 대한 가장 유리한 가정 하에서도, 가령 나의 눈을 끈 지나가던 여인들과 내가 비록 이야기를 나눌 수 있었다 해도, 그러한 여인들 중, 그 출현과 사라짐이, 그 소녀들이 그럴 것보다 더 큰 회한을 나에게 남겼을, 그리고 그 여인들과의 친교가 그토록 큰 도취경일 수 있다는 생각을 나에게 주었을 여인들은 일찍이 없었노라고, 나 자신에게 확언할 수 있었다. 여배우들이나 시골 소녀들, 종교적 기숙학교의 아가씨들 중에서도, 나는 일찍이 그토록 아름답고 그토록 미지의 것을 머금고 그토록 값을 매길 수 없을 만큼 진귀하고 그토록 정말 범접할 수 없는 그 무엇을 발견하지 못하였다. 그녀들은 생이 간직하고 있을 미지의 그리고 잠재적인 행복의 지극히 감미롭고 완벽한 상태에 있는 하나의 표본이었던지라, 우리가 갈망하는 아름다움이 제공하는 가장 신비로운 것을 어떠한 오류의 여지도 없는 유일한 조건 속에서 체험할 수 없음에 내가 절망했던 것은 거의 지적인 동기 때문이었는데, 그 아름다움을 영영 수중에 넣을 수 없을 경우, 흔히들 갈망하지도 않던 여인들에게서 단순한 쾌락을 구하여 그것으로 위안을 삼는 경우가 하도 빈번한지라—스완만은 적어도 오데뜨를 만나기 전까지는 그러한 짓을 한사코 거부하였다—그들은 아름다움이 줄 수 있을 그 기쁨이 무엇인지 영영 알지 못하고 생을 마감한다. 의심할 나위 없이 그 기쁨이 실제로는 미지의 기쁨이 아니고, 가까이 다가가면 그 기쁨의 신비가 사라지며, 그것이 욕망의 투영이나 환상에 불과할 수도 있었다. 하지만 그러한 경우에 나는, 대상 속에 있는 결함이 아니라—그 소녀들에게 적용된다면 다른 모든 소녀들에게도 적용될—자연법칙의 필연성만을 탓할 수밖에 없을 것이다. 왜냐하면, 내 앞에 있던 대상이란, 그 순간 자기네들이 형성하고 있던 우아한 생울타리로 물결의 선을 간헐적으로 단절시키고 있던 그 어린 꽃들보다 더 희귀한 품종들이 모여 있는 것을 발견하기 불가능함을 깨달으면서, 그리하여 식물학자의 만족감을 느끼면서, 내가 모든 대상들 중에서 선택하였을 그런 대상이었기 때문인데,[271] 그 생울타리는 절벽 위의 정원을 장식하는 작은 펜실베이니아 장미[272]숲과 유사하여, 장미들 사이로는 어느 증기선이 지나가는 항로 전체가 들어갈 수 있었고, 두 송이 장미 꽃대를 이어주는 수평의 푸른 띠 위로 미끄러져 가는 선박의 움직임이 어찌나 느린지, 이미 오래전에 선체가 거쳐 지나간 꽃부리 바닥에 처박혀 늑장을 부리고 있던 게으른 나비가, 선박보다 먼저 도착하리라는 확신을 가지고 날아오르려 한다 해도, 선박이 향하고 있는 꽃의 첫 꽃잎과 뱃머리 사이에 창해의 작은 부스러기 하나만이 남을 때까지 아직 기다릴 수 있을 정도였다.

나는 호텔로 돌아왔다. 로베르와 함께 리브벨에 저녁을 먹으러 가기로 되어 있었고, 또한 할머니께서 그러한 날 저녁나절에는 출발하기 전에 한 시간쯤 침대 위에서 사지를 쭉 편 상태로 휴식을 취하라고 간곡히 권하셨기 때문이었는데, 얼마 아니 되어, 발백의 의사가 다른 모든 날 저녁에도 그러라고 나에게 아예 처방을 내렸다.

또한 호텔 안으로 돌아오기 위해서는 방파제를 떠나 중앙 홀로,

즉 호텔의 후면으로 진입할 필요조차 없었다. 꽁브레에서 평일보다 한 시간 일찍 점심을 먹던 토요일에 시간을 앞당기는 효과가 있었던 것처럼, 이제는 한여름이어서 해가 어찌나 길어졌던지, 발백의 그랜드-호텔 종업원들이 저녁 식사를 위하여 식탁에 식기들을 늘어놓기 시작할 때에도, 마치 간식 먹을 시각인 듯, 해가 아직도 중천에 높직하게 떠 있었다. 또한 호텔 식당의, 방파제와 평면을 이루고 있던, 커다란 미닫이 유리창들이 활짝 열려 있었다. 그리하여 얇은 목제 창틀 하나를 성큼 넘기만 하면 식당 안으로 들어설 수 있었고, 식당을 떠나 곧장 승강기를 탈 수 있었다.

사무실 앞을 지나면서 내가 매니저에게 미소를 지어 보였고, 발백에 도착한 이후 나의 이해력 깊은 관심이, 마치 그것이 박물학의 표본인 양 주사를 놓아[273] 변형시키던 그의 얼굴에서, 나 또한 미소 한 가닥을 추호의 혐오감 없이 거두어들였다. 그의 용모가 이제는 내가 보기에, 보잘것없으되 우리가 읽는 어떤 글처럼 해독될 수 있는 의미가 실린 흔한 용모로 변하였고, 따라서 첫날—그곳에 도착하던 그날 나는, 이제는 벌써 잊혀진 혹은 나의 뇌리에 다시 떠올리는데 혹시 성공하더라도 더 이상 알아볼 수 없어, 지금의 보잘것없고 공손한 사람과 같은 인격체로 보기 어렵고, 다만 그 사람을 희화시킨 흉측하고 대략적인 풍자화일 뿐이었던, 그 인물이 내 앞에 우뚝 서 있는 것을 보았다—그의 얼굴이 나에게 보여주었던 괴상하고 참을 수 없었던 그 성격들과는 더 이상 닮지 않았다. 나는 처음 그곳에 도착하던 날 저녁에 나를 엄습했던 소심함이나 슬픔을 더 이상 느끼지 않고 초인종을 눌러 리프트를 불렀으며, 수직 기둥을 따라 올라가는 흉곽 같은 승강기 속에서 그의 옆에 서서 방으로 올라가는 동안, 그가 전처럼 침묵을 지키지 않고 나에게 반복해 말하였다. "더 이상 한 달 전만큼은 손님이 없어요. 해가 짧아지기 때문에 사람들이 떠나기 시작해요." 그가 그러한 말을 한 것은 사실이 그랬던 것이 아니라, 그가 그 해안의 더 따뜻한 지역에서 일자리를 구해놓은 터라, 새로운 일자리에 '복귀하기' 전에, 호텔이 문을 닫아, 단 며칠이나마 자기의 시간을 가질 수 있도록, 우리들이 모두 떠났으면 좋겠다고 생각하였기 때문이다. '복귀한다'는 말과 '새로운'이라는 말이 하지만 서로 모순되는 표현들은 아니었으니, 리프트에게는 '복귀한다'는 말이 '들어간다'는 동사의 일상적인 형태였기 때문이다. 단 하나 나를 놀라게 한 것은, 그가 거부감 드러내지 않고 '자리'라는 말을 사용하였다는 사실인데, 그가 언어에서 하인 제도의 흔적을 지워버리기 원하던 현대적 무산계급에 속해 있음을 내가 잘 알기 때문이었다. 게다가 그는 잠시 후 자기가 '복귀할' '자리'에서는 자기에게 더 멋있는 '외투'와 더 나은 '보수'가 주어질 것이라 하였다. '제복'이나 '새경'과 같은 단어들이 그에게는 낡아빠지고 부적절하게 여겨졌기 때문이었을 것이다. 또한, 어처구니없는 모순으로 인하여, 세상이 아무리 변하였어도, '주인들'의 뇌리에는 불평등의 개념이 사라진 후에도 어휘는 여전히 존속했던지라, 나 또한 여전히 리프트가 나에게 하던 말을 제대로 알아듣지 못하였다. 예를 들어, 나의 유일한 관심사는 할머니께서 호텔에 계신지 여부를 아는 것이었는데, 나의 질문을 앞질러 리프트가 나에게 다음과 같이 말하곤 하였다. "그 부인께서는 조금 전에 막 나가셨습니다." 그럴 때마다 나는 항상 걸려들었고, 그리하여 할머니께서 나가셨다고 믿곤 하였다. 그러면 그가 다시 이렇게 말하였다. "아닙니다. 제가 믿기로는 댁의 고용인이신 그 부인께서 나가셨습니다." 유산층이 사용하던, 틀림없이 사라지게 될 옛 언어에서는, 하나의 식모를 고용인이라 칭하지 않는지라, 나는 잠시 이러한 생각에 잠기곤 하였다.

'이 사람이 잘못 알고 있군. 우리에게는 공장이 없고, 따라서 고용인들도 없어.' 그러다 문득, 고용인이라는 명칭이 하인들에게는, 콧수염 기르는 것이 까페 종업원들에게 그렇듯이, 하나의 자부심을 느끼게 하는 것이며, 조금 전에 나갔다는 그 '부인'이 프랑수와즈라는(필시 커피 준비실에 갔거나 벨기에 귀부인의 침모가 바느질 하는 것을 구경하러 갔을) 사실을 깨달았으며, 하지만 그 명칭이 리프트에게는 아직 충분한 자부심을 느끼게 하지 못하였던지, 그는 라쎈느가 '가난한 이…'라고 말할 때처럼, 단수 형태를 사용하여 자기가 속해 있는 계층을 불쌍히 여기면서 '노동자에게는' 혹은 '힘없는 사람에게는' 등의 표현을 즐겨 사용하였다.[274] 그러나 평소에는, 처음 호텔에 도착하던 날의 열광과 소심함이 사라진 지 오래인지라, 내가 더 이상 리프트에게 말을 건네지 않았다. 그가 승강기를 몰아 호텔을 누비듯 오르내리는 그 짧은 항해 중에 이제는 그가 무슨 말을 하여도 내가 아무 대꾸 하지 않았고, 호텔은 어떤 장난감처럼 속이 텅 비어 층마다 우리들 주위에 복도들을 동맥처럼 펼쳐 놓았는데, 각 복도의 깊숙한 안쪽에서는 불빛이 부드러워져 광채를 잃고, 그로 인해서 통로용 문들이나 내부 층계의 계단들이 희미하게 보였으며, 불빛은 그것들을—램브란트는 그러한 황혼 속에서 때로는 창 받침 하나를,[275] 때로는 우물의 두레박 도르래[276] 하나를, 오려내듯 두드러지게 드러낸다—황혼처럼 실체가 없고 신비한 황금빛 호박(琥珀)으로 변화시키고 있었다. 그리고 각 층에서는 융단 위에 반사된 한 줄기 황금빛 미광이 해가 지고 있음과 화장실 창문이 있음을 알려주고 있었다.

나는 조금 전에 본 소녀들이 발백에 사는지, 그리고 도대체 그녀들이 누구인지 문득 궁금해졌다. 욕망이 그렇게 자기가 선택한 작은 인간 집단으로 향하면, 그 집단과 관련될 수 있는 모든 것들이 감동의 동기가 되고, 그다음에는 몽상의 동기로 변한다. 나는 방파제 위에서 어떤 부인이 다음과 같이 말하는 것을 들었다. "저 아이는 씨모네 집안의 작은 딸과 친구예요." 그 부인은 그러면서 다음과 같이 설명하는 사람처럼, 자기의 말이 가장 정확하다는 듯한 기색을 드러냈다. "어린 라 로슈푸꼬 도령과 떼어놓을 수 없는 동료라오." 그러자 즉시, 그러한 사실을 들어 알게 된 사람의 얼굴에, '씨모네 집안 딸의 친구'라는 특전을 얻은 인물을 더 자세히 보고자 하는 호기심이 어리는 것이 감지되었다. 물론 모든 사람들에게 주어졌을 성싶지 않은 특전이었다. 특권 계급이란 상대적인 것이기 때문이다. 그리하여, 일개 가구상의 아들이 우아함의 왕자 노릇하면서 젊은 웨일스 대공[277]처럼 하나의 궁정을 이루어 그 위에 군림하는, 비용 헐한 유흥지 구석들도 있다. 그 이후 나는, 내가 분명하게 듣지 못한 그 말의 형태와 그 의미와 그것이 가리키는 인물이 아직은 나에게 불확실했던, 요컨대 그 이후 그토록 감동적인 특유의 모호함과 새로움의 흔적을 지니게 된, 그리고 우리의 끊임없는 관심으로 인하여 그 철자들이 매 순간 우리의 내면에 더욱 깊게 새겨질 수밖에 없는 그 성씨가(어린 씨모네 아가씨와 관련되어서는 몇 해가 지나서야 나에게 생기게 되어 있던 일이지만), 그것이 지칭하는 존재가 마치 우리 존재보다 더 진실한 우리이고, 무의식 상태의 몇 순간이 흐른 후, 다른 어떤 휴식보다도 먼저 끝나는 휴식이 마치 우리가 그 성씨를 생각하지 않으면서 취하던 휴식인 듯,[278] 우리가(잠에서 깨어날 순간이나 기절했다가 깨어나는 순간에) 심지어 그때의 시각과 우리가 처해 있는 장소보다도 먼저, 그리고 '나'라는 단어보다도 거의 먼저, 우리의 의식 속에 다시 떠올릴 첫 단어가 될 때마다, 그 씨모네라는 성씨가 해변에서 나의 귀에 어떠한 양상으로 들렸는지 상기해 보려 자주 노력하였다. 내가 왜 첫날부터 씨모네라는 성씨가 틀림없이 그 소녀들 중 하나의 성씨일 것이라고 생각하였는지, 그 이유는 모른다. 하지만 그렇게 생각한 순간부터, 나는 씨모네 가족과 어떻게 교분을 맺을 수 있을까 궁리하기를 멈추지 않았고, 그 가족이 자기들보다 우월하다고 여기는 사람들의 주선으로 교분이 맺어지기를 바랐다. 그 소녀들이 이권이나 추구하는 헤픈 여자들이어서, 그 가족이 나에 대하여 건방진 생각을 가질 수 없다면, 어려울 리 없을 것 같았다. 그러한 건방짐을 제압하지 못하는 한, 우리를 무시하는 사람을 완벽하게 알 수 없고 그 사람을 완전히 병탄할 수도 없으니 말이다. 그런데, 우리와 심하게 다른 여인들의 영상이 우리의 내면으로 침투할 때마다, 망각이나 경쟁관계에 있는 다른 영상들이 그것을 제거하지 않는 한, 우리는 그 낯선 영상들을 우리와 유사한 무엇으로 변환시켜야만 편안해질 수 있으며, 그러한 면에 있어서는 우리의 영혼 역시, 자신 속에 침투한 이물질을 즉시 소화하여 자신과 동화시키지 않고는 그러한 개입을 결코 허용할 수 없는, 우리의 신체적 조직과 같은 종류의 반응과 작용 속성을 가지고 있기 때문이다. 씨모네 집안의 작은 딸이 그 소녀 무리 속에서 가장 예쁠 것임에 틀림없을 것 같았고, 또한 그녀가, 자기에게 고정된 나의 시선을 의식한 듯 얼굴을 나에게로 두세 번 반쯤 돌린, 따라서 나의 정부가 될 수도 있을, 바로 그 소녀일 것 같았다. 나는 리프트에게 혹시 발백에 씨모네라는 성씨를 가진 사람이 있느냐고 물었다. 무엇을 모른다는 말이 하기가 싫었음인지, 그는 그러한 성씨에 대해 사람들이 이야기하는 것을 들은 적 있다고 대답하였다. 마지막 층에 이르러, 나는 그에게 최근에 투숙한 고객들의 명단을 가져다 달라고 부탁하였다.

  승강기에서 나온 후, 나는 나의 방으로 가는 대신 복도 끝으로 향하였다. 그 시각이면, 층계 담당 종업원이, 들이치는 바람을 염려하면서도, 복도 끝 창문을 열어놓기 때문이었다. 그 창문이 바다 쪽이 아닌 동산과 골짜기 쪽으로 나 있었으되, 불투명 유리를 끼운 그 창문이 거의 항상 닫혀 있어, 동산과 골짜기를 볼 기회가 없었다. 내가 창문 앞에, 잠시 그리고 호텔이 등지고 있던 동산 너머로 창문이 모처럼 드러내 보여준, 얼마간의 거리에 있는 집 한 채밖에 보이지 않는 풍경에 경의를 표할 시간 동안만 겨우 머물렀는데, 전체적인 전망과 저녁나절의 빛이 그 집을, 실제 크기로 유지한 채, 신도들이 경배할 수 있도록 아주 특별한 날에만 드물게 그들 앞에 내놓는 성유물함으로 사용되며 보석과 에나멜 등으로 장식한 작은 신전이나 예배당 등 축소형 건축물처럼, 진귀한 조각 장식과 보석들로 치장하고 있었다. 그러나 나의 그러한 경배 시간이 너무 길어졌음인지, 어느덧 한 손에 열쇠 꾸러미를 들고, 다른 한 손으로는, 저녁나절의 맑고 차가운 공기 때문인지, 쓰고 있던 교회당 관리인의 것과 같은 빵모자를 벗지 않은 채, 그것을 툭 치기만 하면서 나에게 인사를 한 다음, 성감(聖龕)의 문과 같은 창문의 두 쪽문을 다시 닫아, 나의 시야에 있던 황금 성유물함과 같은 축소형 교회당에 대한 나의 경배를 멈추게 하였다.

나의 방 안으로 들어섰다. 계절의 흐름에 따라 침실 창문을 통해서 보이는 화폭도 변하였다. 처음에는 그 화폭에 햇빛 가득했고, 날씨가 궂어도 다만 침침할 뿐이어서, 그 무렵에는 자기의 둥근 파도로 부풀리던 청록색 유리 속에서, 교회당 그림유리창의 납 창살에 끼워지듯 나의 침실 십자형 창문 철제 설주에 끼워진 바다가, 포구의 저 아래 바위투성이 해변을 따라, 삐사넬로가 스케치한 깃털이나 솜털처럼 섬세하게 윤곽이 그려진[279] 포말의 날개를 단, 그리고 갈레[280]의 유리 세공품들 속에서 쌓인 눈의 한 켜를 형상화하고 있는 희고 변질될 수 없으며 크림질 띤 특유의 에나멜로 고정시킨, 삼각형들을 무수히 풀어놓고 있었다.

얼마 아니 되어 해가 짧아졌고, 그리하여 내가 방에 들어설 순간이면, 보라색 하늘이 태양의 뻣뻣하고 기하학적이며 일시적이고 전격적인 형상(어떤 기적적인 징후나 신비한 출현을 그려 놓은 것과 유사한)에 의해 성스러운 상처를 입은 것 같은 상태로, 주제단 위쪽에 보이는 어느 종교화처럼 수평선과 하늘의 접점에서 바다 위로 기울어지고 있었으며, 한편 벽을 따라 죽 늘어놓은 나지막한 마호가니 책장 유리창 위에 전시되어,[281] 내가 그것들이 분리되었음직한 원래의 어떤 경이로운 그림과 그것들을 나의 뇌리에서 연관시키고 있던 서쪽 하늘의 다른 부분들은, 옛 거장 하나가 평신도회를 위하여 먼 옛날 성유물 보관하던 어느 감실(龕室)의 문짝들 위에 그렸고, 박물관 전시실에 그 분리된 문짝들을 나란히 놓을 경우 오직 관람객의 상상력만이 제단 뒤 장식벽의 하단부에 있던 그것들의 원위치에 다시 놓을 수 있을, 그 서로 다른 광경들과 유사했다.

그리고 몇 주 후에는, 내가 방으로 다시 올라올 때면 해가 이미 져 있었다. 내가 꽁브레에서 산책 나갔다가 돌아와 식사 전에 부엌으로 내려갈 준비를 하면서 보곤 하던 깔베르 위에 걸려 있던 것과 유사한, 짙고 편육 조각처럼 윤곽 선명하며 바다 위에 있던 붉은 하늘 띠 하나가, 그리고 곧이어, 숭어라는 물고기처럼 푸르며 이미 차가워진 바다 위에 드리워지곤 하던, 잠시 후 리브벨에서 우리의 식탁에 차려줄 그 연어들 중 하나처럼 분홍색을 띤 하늘이, 저녁을 먹으러 떠나기 위하여 정장을 갖추며 내가 맛볼 기쁨에 활기를 주곤 하였다. 해변으로부터 아주 가까운 바다 위에서는, 그을음처럼 검지만 또한 마노처럼 매끈하고 밀도 높으며 가시적인 중력 실린 수증기가, 점점 더 넓어지는 층들을 형성하여 겹겹이 상승하려 애를 쓰는 바람에, 가장 높이 올라간 층들이 이미 형태 일그러진 지주 위에서, 그리고 이제껏 자기들을 떠받치고 있던 층들의 중심 밖으로까지 기울면서, 이미 중천까지 올라간 그 축조물을 휩쓸어가 바다 속으로 처박을 순간에 이른 것 같았다. 야간에 길 떠나는 나그네처럼 멀어져 가던 어느 선박 한 척의 모습이, 내가 전에 열차 안에서 느꼈던 인상을, 즉 잠을 자야 한다는 의무감과 방 속에 유폐된 느낌으로부터 해방된 듯한 인상을, 나에게 주었다. 게다가 나는 내가 그 방에 갇혀 있다는 느낌을 받지 않았으니, 한 시간 후에는 그 방을 떠나 마차에 오르게 되어 있었기 때문이다. 내가 침대 위에 털썩 누웠고, 그러자 나로부터 상당히 가까이에 있던, 그리고 흐릿하게 보이고 조용하지만 잠들지 않은 백조들처럼, 야간에 어둠 속에서 천천히 이동하여 사람들에게 놀라움을 안겨 줄 수 있을 선박들 중 하나의 간이침대 위에 눕기라도 한 듯, 나를 사방에서 바다의 영상들이 에워쌌다.

  그러나 대부분의 경우 정말 영상들일 뿐이었다. 나는 해변의 구슬픈 공허가, 처음 발백에 도착하던 날 내가 그토록 심한 불안감에 휩싸여 느끼던 불편한 저녁 바람만이 사방에 가득할 그 공허가, 그 영상들의 색깔 밑으로 깊이 파이고 있음을 망각하곤 하였다. 게다가, 비록 나의 방 속에 있었다 하더라도, 내 앞을 지나가던 소녀들 생각에만 몰두하였던지라, 나는 더 이상, 나의 내면에서 아름다움의 진정 심오한 인상들이 생성될 수 있기에 충분할 만큼 평온하고 사심 없는 상태가 아니었다. 리브벨에서의 저녁 식사를 기다리는 동안 나의 기분이 경박해졌고, 그리하여 조명 환한 음식점에서 나의 얼굴을 빤히 쳐다볼 여인들의 시선에 최대한 매력적으로 보일 수 있도록 하기 위하여 내가 곧 정장으로 감쌀 나의 몸똥이 표면에 머물고 있었던 나의 사념에게는, 사물들의 색깔 뒤에 있을 더 심오한 것을 볼 능력이 없었다. 또한 나의 방 창문 아래쪽에서 칼새들과 제비들의 지칠 줄 모르며 유연한 곡예비행이, 분수처럼, 생명의 꽃불[花火]처럼, 상승의 정점들 사이를 긴 수평 항적(航跡)과 같은 흔들림 없고 하얀 활공(滑空)으로 채우면서 분출하듯 치솟지 않았다면, 즉 내 눈앞에 있는 풍경들을 현실과 결부시켜 주던 그 자연적이며 지역 특유의 현상이 가지고 있는 매력적인 기적이 없었다면, 나는 그 풍경들이, 내가 처해 있던 장소에서, 그곳과는 필연적인 관련이 없건만 누가 날마다 제멋대로 선별하여 나에게 보여주는 일련의 화폭들에 불과하다고 믿을 수도 있었을 것이다. 어느 날 저녁에는 일본 판화 전시회가 연출되어, 붉고 달처럼 둥근 태양을 얇게 오려낸 듯한 그림 옆에 노란 구름 한 조각이 호수처럼 나타났고, 그 호수를 배경으로 검은 양날검들과 호반의 나무들이 윤곽을 드리웠으며, 나의 첫 그림물감 상자 속에서 본 이후에는 다시 보지 못하였던 색깔인 연분홍색 띤 모래 언덕 하나가 어느 강처럼 부풀어, 그 양안에서는 뭍에 끌어올려 놓은 쪽배들이, 누가 와서 자기들을 다시 물결 위에 띄워주기를 기다리고 있는 것 같았다.[282] 그러면 나는, 어느 미술 애호가나 사교적 방문 일정에 쫓기면서도 전시회장을 대강 훑어보는 어느 여인의 거만하고 권태감 가득하며 경박한 시선을 그 위로 던지면서, 다음과 같이 조용히 중얼거리곤 하였다. "이 석양 풍경이 특이하고 신기하군. 하지만 나는 이것 못지않게 섬세하고 놀라운 풍경들을 이미 본 적 있어." 특히 수평선 속에 흡수되고 그것에 의해 액화된 선박 한 척이, 어느 인상파 화가의 화폭 속에서처럼, 수평선과 어찌나 같은 색을 띤 것처럼 보이던지, 삭구(索具) 일체와 그것들 속에서 미세한 투명무늬로 변한 선체를, 누가 하늘의 안개 낀 푸른색에서 단지 오려내었을 뿐인 듯하여, 그 선박이 마치 수평선과 같은 질료로 이루어진 것처럼 보이던 날 저녁에는, 내가 더 큰 기쁨을 느끼곤 하였다. 때로는 대양이 나의 방 창문을 거의 가득 채우곤 하였는데, 바다의 빛깔과 같은 푸른색 선 하나만으로 위쪽 가장자리를 두른 하늘 띠 하나로 인해서 대양이 높아진 듯 보였기 때문이며, 바로 그 푸른색 가장자리를 보고 나는 하늘이 바다인 줄로 믿었고, 그 색이 다른 것은 햇빛 때문이라고 생각하였다. 그리고 다른 어느 날에는, 바다가 창문의 밑 부분에만 그려지고 나머지 다른 모든 부분은 수평으로 펼쳐져 서로 밀고 밀리는 무수한 구름 덩이들로 가득 채워져 있어, 창유리들이, 미리 숙고한 다음 혹은 그것을 전문으로 하는 예술가처럼 '구름 습작' 하나를 보여주고 있는 것 같았는데, 그동안 책장의 서로 다른 여러 유리창들은, 유사하지만 수평선의 다른 부분에 있으며 빛에 의해서 다양하게 채색된 구름 덩이들을 보여주어, 마치 현대의 거장들이 즐겨 사용하는 기법, 즉 하나의 같은 인상을 반복하여 스케치하는 기법의 산물을 제공하는 것 같았으며, 그 인상이란, 항상 서로 다른 시각에 포착되었으되 이제는 파스텔로 그려지고 유리 밑에 놓여 있어, 움직이지 않는 예술품의 형태로 같은 방에서 한꺼번에 볼 수 있게 된 인상들을 말한다. 또한 때로는, 똑같이 회색인 하늘과 바다에, 약간의 분홍색이 미묘할 만큼 세련되게 첨가되곤 했는데, 그동안 창문 밑 부분에서 잠이 든 작은 나비 한 마리는, 휘슬러의 취향대로 이루어진 그 '회색과 분홍색의 조화'[283] 아랫부분에, 첼시의 거장[284]이 즐겨 사용하던 서명을 첨부하고 있는 것 같았다. 그리고 잠시 후에는 분홍색마저 사라져, 더 이상 바라볼 것이 남지 않았다. 나는 잠시 일어서 있다가, 다시 눕기 전에 큰 커튼들을 당겨 닫았다. 그것들 위쪽에서 점점 희미해지고 가늘어지는 분광선(分光線)

을 침대에서 바라보았으되, 평소 내가 식탁 앞에 앉아 있곤 하던 그 시각이 커튼 상단에서 그렇게 소멸되도록 내버려 두면서도 나는 슬퍼하거나 아쉬워하지 않았다. 그날이 다른 날들과 다르며, 밤이 단지 몇 분 동안만 중단시키는 극지(極地)의 낮들처럼 더 길다는 것을 알고 있었기 때문이다. 나는 그 황혼의 번데기로부터, 눈부신 변신을 거쳐, 리브벨에 있는 음식점의 강렬한 빛이 나올 준비를 하고 있음을 알고 있었다. "때가 되었군." 내가 그렇게 중얼거리면서 침대 위에 누운 채 기지개를 켠 다음 일어나서 몸단장을 마무리 지었으며, 다른 이들은 저 아래 호텔 식당에서 저녁을 먹고 있는 동안, 나는, 아무 일 하지 않고 보낸 하루의 끝자락 내내 축적되었던 힘을, 몸의 습기를 제거하고 약식 야회복을 입으며 넥타이를 매는 등, 지난번 리브벨에서 본, 나를 주시하는 것 같았고 내가 혹시 자기를 따라 나오지 않을까 하는 기대에서 아마 잠시 자기의 식탁 곁을 떠났을, 그 여인을 다시 보리라는 즐거움에 벌써부터 이끌려 수행하던, 그 모든 동작에만 쏟았다. 또한 나 자신을 몽땅, 그리고 가벼운 마음으로, 새롭고 자유로우며 태평스러운 삶에 맡겨버리기 위하여 그 모든 미끼들로 나를 치장하는 것이 기뻤고, 그 새로운 삶 속에서는, 나의 망설임이 쌩-루의 태연함에 의지할 수 있을 것 같았으며, 박물지에 수록된 온갖 품종들과 모든 고장의 산물들 중에서, 나의 친구가 즉시 주문할 요리의 재료가 되며 나의 식욕 혹은 상상력을 자극할 것들을 내가 고를 수 있을 것 같았다.

그러다 마침내 내가 더 이상 방파제로부터 식당을 통해 호텔 안으로 들어올 수 없게 된 날들이 도래하였다. 식당의 유리창들이 더 이상 열려 있지 않았다. 그 시각이면 밖이 이미 어두워졌고, 그리하여 자신들이 도달할 수 없는 불빛에 이끌린 가난한 그리고 호기심 많은 사람들의 꿀벌 떼 같은 무리가, 차갑고 건조한 북풍에 덜덜 떠는 검은 송이를 이루어, 유리 꿀벌통의 반짝이며 미끄러운 외벽에 매달리곤 하기 때문이었다.

누가 문을 두드렸다. 최근의 투숙객 명부를 손수 나에게 가져오고자 했던 에메였다.

에메는 물러가기 전에 드레퓌스가 수천 번 단죄되어도 마땅하다는 말을 기필코 나에게 하려 하였다. 그가 나에게 말하였다. "모든 실상을 알게 될 거예요. 하지만 금년은 아니고 내년에나 그렇게 될 거예요. 참모부와[285] 아주 가까운 어느 신사분께서 그렇게 말씀하셨습니다." 혹시 연말 이전에 모든 것을 즉시 밝히기로 결정을 내리지 않겠느냐고 내가 그에게 물었다. 에메가, 너무 조급하게 굴어서는 아니 된다는 뜻으로 자기의 고객이 머리와 인지를 옆으로 저으며 하던 동작을 그대로 모방하면서 말을 계속하였다. "그분이 피우시던 담배를 내려놓으신 다음, 저의 어깨를 툭 치시면서 말씀하셨습니다. 금년에는 아닐세, 에메, 불가능한 일이야. 하지만 내년 부활절 무렵에는 가능하지!"[286] 그러더니, 자기가 중요 인사와 그토록 친숙하게 지낸다는 것이 자랑스러웠음인지, 혹은 내가 사정을 익히 알고 그러한 주장의 가치와 우리가 기다려야 하는 이유를 납득할 수 있도록 하기 위함이었는지, 나의 어깨를 가볍게 툭 치면서 다시 말하였다. "아시겠어요? 그분이 하신 것처럼 그대로 보여드렸어요."

최근에 투숙한 사람들의 명부 첫 페이지에서 '씨모네 및 그 가족'이라는 단어들을 보는 순간, 나의 가슴은 가벼운 충격을 느끼지 않을 수 없었다. 나는 유년 시절부터 시작된 아주 오래된 몽상들을 간직하고 있었으며, 그 몽상들 속에는, 나의 가슴속에 있었으되 그 가슴이 느낀 것인지라 나의 가슴과 구별되지 않던, 나와 전혀 다른 존재가 일찍이 나에게 가져다준, 한껏 팽배한 애정이 있었다. 나는 그 일을 위하여 씨모네라는 성씨와, 내가 해변에서 본 젊은 몸뚱이들이 펼치던, 고대의 작품들이나 죠또의 작품[287]에 비해 손색이 없는 그 스포츠적 행렬 속에서 몸뚱이들 사이에 감돌고 있던 조화를 이용하면서, 그러한 존재를 다시 한 번 만들어내게 되었다. 나는 그 소녀들 중 누가 씨모네 아씨인지, 그녀들 중 그러한 성씨를 가진 소녀가 있기나 한지, 아무것도 몰랐으나, 내가 씨모네 아씨로부터 사랑을 받는다는 것과 또한 쌩-루 덕분에 내가 그녀와 사귀려 시도할 것이라는 사실만은 알고 있었다. 불행하게 그가 날마다 동씨에르에 가야만 했다. 휴가 연장 허락을 얻은 것이 그러한 조건에서였기 때문이다. 하지만 그로 하여금 군무(軍務)에 등한하도록 하기 위해서는, 나에게로 향한 그의 우정보다, 여성미의 새로운 유형 하나를 알고 싶어—누가 이야기하던 사람은 직접 보지도 못하였건만, 그리고 기껏 어느 과일 상점에 예쁜 출납원 아가씨 하나가 있다는 말만 듣고—내가 품었던 것과 같은, 그가 품을 인간에 대한 박물학자의 호기심이 더 믿을 만하다고 생각하였다. 그런데, 내가 쌩-루에게 나의 그 소녀들 이야기를 함으로써 그러한 호기심을 그의 내면에 야기시킬 수 있으리라 기대한 것은 한참 잘못 짚은 계산이었다. 왜냐하면, 그러한 호기심이, 자기를 정인으로 삼은 그 여배우에 대한 그의 사랑으로 인해, 그의 내면에서 심하게 마비되어 있었기 때문이다. 또한, 자기 정부의 절개가 그 자신의 절개에 의해 좌우될 수 있다는 그의 미신적인 믿음 때문에, 그가 비록 그러한 호기심을 가볍게나마 느꼈다 하더라도, 그것을 억제하였을 것이다. 그리하여, 그가 나의 그 소녀들에게 능동적으로 관심을 쏟겠다는 약속을 하지 않은 상태에서, 우리는 저녁을 먹으러 리브벨로 떠났다.

초기에는 우리가 그곳에 도착하였을 때 해가 막 졌고, 그러나 주변이 아직 환하였으며, 음식점의 아직 불 밝히지 않은 정원에서는 한낮의 열기가 조용히 내려앉아, 마치 항아리의 내벽을 따라 선을 그리면서 그것이 형성되듯, 대기의 투명하고 희미한 젤리처럼 쌓이고 있었는데, 그 밀도가 어찌나 컸던지, 건물의 어둑해진 벽면 가까이에서 그곳에다 분홍색 나뭇결 무늬를 그리고 있던 커다란 장미 나무 한 그루가, 마치 마노석(瑪瑙石) 속에 보이는 나뭇가지 모양 같았다. 그러나 얼마 아니 되어, 우리가 도착하여 마차에서 내릴 때에는 이미 어두워졌고, 심지어 사나운 날씨가 잠시 가라앉기를 기다리느라고 마차 대기시키는 시각을 늦출 경우, 우리가 이미 어두워진 후에 발백에서 출발하는 일도 잦았다. 하지만 그러한 날에도 나는 사나운 바람 소리를 들으며 슬퍼하지 않았으니, 그 바람이 내 계획의 포기도 어느 방 속에 틀어박힘도 의미하지 않음을 내가 잘 알고 있었으며, 우리가 보헤미아인들의 음악을 들으며 들어설 음식점의 대연회실에서는, 무수한 램프들이 자기들의 커다란 소훼용 황금 인두로 어둠과 추위를 지져 그것들을 어렵지 않게 제압할 것임 또한 알고 있었기 때문이었으며, 그리하여 나는, 소나기를 맞으며 우리를 기다리고 있던 꾸뻬에 경쾌하게 올라 쌩-루 옆에 앉곤 하였다.

얼마 전부터, 내가 주장하던 것에도 불구하고, 나는 특히 지적 즐거움을 누릴 천성을 가지고 태어났음을 확신한다고 한 베르고뜨의 말이, 내가 장차 할 수 있을 일에 대한 희망을 다시 나에게 안겨 주었으나, 어떤 고증적 연구나 소설 쓰는 작업에 착수하려고 책상 앞에 앉을 때마다 나를 엄습하는 권태감이, 그 희망을 날마다 약화시키곤 하였다. 그리하여 나는 이러한 생각에 잠기곤 하였다. '여하튼 글을 쓰면서 느낀 기쁨이 아름다운 글의 가치를 판단하는 확실한 기준은 아마 아닐 거야. 그 기쁨은 아마 글 쓰는 작업에 흔히 덤처럼 뒤따르는 부차적인 상태일 뿐, 그것을 느끼지 못한다 하여 글의 가치를 부정적으로 속단할 수는 없을 거야. 아마 어떤 걸작품들은 문인이 그것들을 쓰면서 하품을 해댔을 거야.'
할머니는 내가 건강해지면 즐거움을 느끼면서 훌륭하게 일에 착수할 수 있을 것이라고 하시면서, 나의 그러한 회의를 다독거려 주셨다. 게다가 의사 또한 나의 건강 상태가 맞을 수 있을 심각한 위험을 나에게 경고하였을 뿐만 아니라, 그러한 사고를 피하기 위하여 따라야 할 건강 관리법을 나에게 상세히 일러주었던 터라, 발벡에 온 이후로는 내가, 혹시 나의 내면에 있을지도 모를 작품을 실현할 수 있을 만큼 충분히 건강해지고자 하는 목적에 모든 쾌락들을—나는 그 목적이 쾌락들보다 비할 수 없을 만큼 더 중요하다고 생각하였다—종속시키는 한편, 나 자신을 세심하게 또 한결같이 통제하고 있었다. 그리하여 아무도 나로 하여금, 다음 날 피곤을 느끼지 않는 데 불가결한 야간 수면을 나에게서 박탈할 수 있을 커피 잔에 손을 대게 할 수는 없었을 것이다. 그러나 우리가 리브벨에 도착하면 즉시—새로운 즐거움이 주는 자극 때문에, 그리고 예외라는 것이, 우리들을 현명함 쪽으로 인도해 가던 그토록 오래전부터 참을성 있게 잣던 실 가닥을 끊은 후, 우리들로 하여금 진입하게 하는 그 전혀 색다른 구역에 내가 처하였던지라—마치 내일도, 실현해야 할 고결한 목표도, 더 이상 존재하지 않는 듯, 그것들을 온전히 보존하기 위하여 작동하던 신중한 건강관리라는 정밀한 기계 장치가 자취를 감추곤 하였다. 시종 하나가 나의 반외투를 마차에 간수하고 있겠다 하자 쌩-루가 나에게 말하였다.

"춥지 않겠어요? 실내가 별로 따뜻하지 않으니 그것을 입고 계시는 것이 좋을 거예요."

나는 '괜찮다'고 대꾸하였으며, 아마 내가 정말 추위를 느끼지 못하였을지 모르나, 여하튼 나는 병석에 눕게 되지 않을까 하는 두려움이나 죽지 말아야 할 필요 그리고 내가 해야 할 일의 중요성 등을 그 순간에는 까맣게 잊었다. 내가 반외투를 시종에게 맡겼다. 그런 다음 우리는 보헤미아인들이 연주하는 어느 호전적인 행진곡 울려 퍼지는 넓은 식당으로 들어섰고, 줄 지어 차려 놓은 식탁들 사이를 개선장군이 '영광의 길' 따라 걷듯 나아갔으며, 우리에게 군사적 영광과 과분한 승리감을 바치던 합주단의 리듬이 우리의 몸에 배어들게 하던 즐거운 열광을 느끼는 순간, 호전적인 가락에 맞춰 외설적인 노래 한 절을 부르기 위하여 개선장군의 군대식 태도를 드러내며 무대 위로 뛰어 올라가는, 음악 까페에서 흔히 볼 수 있는 우스꽝스러운 겉멋쟁이 여자처럼 보이지 않기 위하여, 그 열광을 심각하고 냉랭한 표정 밑에, 권태감 가득한 거조 밑에 감추곤 하였다.

그 순간부터는 내가 더 이상 내 할머니의 손자가 아니었고, 할머니는 그 음식점에서 나온 후에나 다시 뇌리에 떠올리는, 그러나 우리의 시중을 들 종업원들의 일시적인 형제로 변한, 전혀 새로운 사람이 되었다.

샴페인은 물론 맥주 역시, 그 음료들의 맛이 비록 나의 고요하고 맑은 의식에게도 현저한, 그러나 내가 쉽사리 포기하던, 즐거움이었으나, 그리하여 발벡에서는 한 주간 동안에도 마시지 못할 양이었으나, 리브벨에서는 내가 그만큼의 맥주를 단 한 시간 동안에, 게다가 너무 멍해져 맛도 제대로 음미하지 못하던 뽀르또[288]까지 몇 방울 곁들여 들이키곤 하였고, 그런 다음, 이제 막 연주를 마친 바이올린 주자에게, 한 달 전부터 무엇을 구입할 생각으로—그러나 이제는 취하여 그것이 무엇인지 기억조차 못하게 되었지만―꼬박꼬박 모아 두었던 금화 두 '루이'²⁸⁹⁾를 주어버렸다. 식탁들 사이에 고삐 풀린 듯 흩어져 시중을 들고 있던 종업원들 중 몇몇은 활짝 편 손바닥 위에 음식 접시 하나를 올려놓은 채 전속력으로 질주하고 있었으며, 그것을 떨어뜨리지 않는 것이 그 경주의 목적인 것 같았다. 그리고 실제로, 종업원들이 그렇게 질주함에도 불구하고, 부풀린 초콜릿이 쓰러지지 않고 목적지에 도착하였으며, 처음 출발할 때 뽀이약²⁹⁰⁾ 지역산 새끼양고기 둘레에 정렬되어 있던 잉글랜드식으로 조리한 감자²⁹¹⁾들의 열이 흐트러지지 않았다. 그 종업원들 중, 키가 매우 크고 멋진 검은 머리가 깃털 장식처럼 수북하며 그 안색이 인간보다는 오히려 희귀한 조류에 속하는 특이한 새를 연상시키던 사람 하나가, 어느 순간 나의 시선을 끌었으며, 맹목적이라고 할 수 있을 만큼 잠시도 멈추지 않고 식당 안 이 구석 저 구석을 돌아다니던 그는, 동물원의 커다란 새 사육장을 이글거리는 듯한 색채와 이해할 수 없는 부산함으로 가득 채우는 그 '금강잉꼬'를 뇌리에 떠올리게 하였다. 이윽고, 적어도 내가 보기에는, 그 모든 광경이 더 고아하며 조용한 식으로 정돈되었다. 현기증 일으키던 그 모든 동작들이 고요한 조화로 안정되었다. 나는 옛날의 풍자적인 화폭들 속에 그려져 있는 천체들처럼 식당 안을 가득 채우고 있던 무수한 원형 식탁들을 응시하고 있었다. 항거할 수 없는 인력 하나가 그 다양한 천체들 사이에서 작용하여, 각 원탁에서는 저녁 식사 하던 사람들이 자기들의 것이 아닌 다른 원탁들로만 눈길을 던지고 있었으며, 오직, 유명한 어느 문인을 다른 이들과 함께 만찬에 초대하는 데 성공한 부자 하나만이, 교령(交靈) 원탁²⁹²⁾의 효능을 빌려 그 문인으로부터, 동석한 부인네들이 경이롭게 여기던 시시한 말들을 이끌어내려 애를 쓰고 있었다. 그 천체들과 같은 원탁들의 조화가 무수한 종업원들의 끊임없는 공전을 막지 못하였으니, 그들이 식사를 하고 있던 사람들처럼 앉아 있는 대신 일어서 있었고, 따라서 상층 궤도면을 따라 공전하고 있었기 때문이다. 종업원들 중 어떤 사람은 이러저러한 전식 접시들을 식탁으로 나르거나 손님이 요구하는 다른 포도주를 급히 가져오거나 혹은 술잔들을 추가하기 위하여 달음박질을 하고 있었음에 틀림없었다. 하지만 그러한 개별적인 이유들에도 불구하고, 원탁들 사이에서 계속되던 그들의 끊임없는 질주가 결국에는 그것의 현기증 일으키는 규칙적인 순환의 법칙을 드러내고 있었다. 커다란 꽃 무더기 뒤에 앉아 끊임없는 계산에 몰두해 있던 용모 끔찍한 두 회계 담당 여자는, 중세의 과학에 입각하여 고안된 그 궁창(穹蒼) 속에서 발생할 수 있을 대혼란들을 천문학적 계산으로 예견하느라고 여념이 없는 두 마녀들 같았다.

또한 나는 식사를 하고 있던 모든 사람들을 조금은 측은하게 여겼다. 그들에게는 원탁들이 천체들처럼 보이지 않는 것 같고, 우리들로 하여금 사물들의 타성적인 외양을 털어버리고 그것들 간의 유사성을 포착하게 해줄 단면도 만드는 연습을 하지 않은 것처럼 느껴졌기 때문이다. 그들은 자기들이 이러저러한 사람과 함께 식사를 하고, 식사비는 대략 얼마쯤 될 것이며, 다음 날에도 같은 일을 반복할 것이라는 등의 생각을 하고 있었다. 그리고 바로 그 순간, 아마 급한 일이 없어서인지, 바구니에 빵을 담아 가지고 열을 지어 나타난, 어린 견습 종업원들의 행렬에는 전혀 무감각한 듯 보였다. 그들 중, 너무 어려서, 급사장들이 지나가면서 따귀를 살짝 때리는 바람에 얼떨떨해진 몇몇은, 멀리 있는 어떤 꿈에 자기들의 우수 어린 눈을 고정시키고 있었으며, 그러다가 자기들이 전에 일하던 발백의 호텔에 투숙한 어떤 고객이 자기들을 알아보고 말을 건네면서, 샴페인이 도저히 마실 수 없으니 다시 가져가라고 개인적으로 지시하면, 그 사실에 한껏 자긍심을 느끼면서 그제야 위로를 받곤 하였다.

나의 신경 속에서 으르렁거리는 소리가 들렸고, 그 속에는, 그것을 제공할 수 있는 외적 대상들로부터 독립된, 그리고 내가 나의 몸뚱이나 관심에 유발시키는 지극히 미미한 움직임만으로도, 마치 감긴 눈에 살짝 가한 가벼운 압력이 눈으로 하여금 어떤 색깔의 인상을 느끼게 하듯, 나로 하여금 느끼게 하기에 충분한 행복감이 있었다. 나는 이미 많은 양의 뽀르또를 마셨고, 그럼에도 불구하고 그것을 더 마시겠다고 한 것은, 새로운 뽀르또 잔들이 나에게 가져다줄 행복감을 위해서이기보다, 앞서 비운 잔들에 의해 유발된 행복감의 영향 때문이었다. 나는 음악이 스스로 나의 즐거움을 각 음 위로 데려가도록 내버려 두었고, 그러면 나의 즐거움이 고분고분 그 위에 자리를 잡았다. 산책이나 여행 중에 내가 우연히 한 해 동안에 만날 수 있을 여인들보다도 오히려 더 많으며, 나를 유혹하는 행복의 전망들을 깊숙한 곳에 간직하고 있는 여인들을, 자연 속에서는 우발적으로 아주 드물게나 만날 수 있는 물질을 대량 공급하는 화공품 공장처럼, 리브벨에 있는 그 음식점이 일시에 집결시켰다면, 한편 우리의 귀에 들려오던 음악(나에게는 모두 새롭기만 했던 왈츠들과 도이칠란트 희가극곡들과 음악 까페에서 부르는 노래들을 편곡한)은, 그 자체가 음식점 위에 포개져 있으며 음식점이라는 그 장소보다 우리를 더 도취시키는, 허공에 걸려 있는 쾌락의 장소 같았다. 하나의 여인처럼 개별성 있는 각 악절이, 여인이 그랬을 것처럼, 자신이 내포하고 있는 쾌락의 비밀을 어느 특전 받은 사람을 위해서만 비축해 두지 않고, 그 비밀을 나에게 제안하면서, 마치 내가 별안간 더 매력적이고 더 세력 있으며 더 부유해지기라도 한 듯, 나에게 곁눈질을 하고, 변덕스러운 혹은 천박한 걸음으로 나에게로 걸어와, 은근히 접근하여 나를 어루만지곤 하였으니 말이다. 나는 그 악절들 속에서 잔인한 무엇을 발견하였다. 즉, 그것들 속에는 아름다움의 사심 없는 감정이나 지성의 반사광이 전혀 없었다. 그것들에게는 오직 육체적 쾌락만이 존재한다. 그 악절들이, 그것들 속에서 쾌락의 소리를 듣는 가엾은 질투꾼에게는―그가 사랑하는 여인이 다른 남자와 어울려 만끽하는 쾌락의 소리인지라―그리고, 그를 온통 사로잡고 있는 여인이 이 세상에서 갈망하는 유일한 것이 그 쾌락일 것이라 생각하는 질투꾼에게는, 출구가 철두철미 봉쇄된 가장 무자비한 지옥 그 자체이다. 그러나 내가 그 곡의 음들을 나지막하게 따라 흥얼거리면서 그것의 입맞춤에 화답하는 동안, 그것이 나로 하여금 느끼게 하던 특유의 관능적 쾌락이 나에게 어찌나 소중해졌던지, 나는, 그 악절이 나른함과 발랄함으로 번갈아 채워지는 선들로 보이지 않는 곳에 축조하는 기이한 세계 속으로 악절을 따라 들어가기 위하여, 나의 부모님 곁도 기꺼이 떠날 수 있을 것 같았다. 그러한 순간에는, 그 은밀한 쾌락이 그것을 얻은 사람의 가치를 증대시켜 주는 그러한 종류의 것이 비록 아닐지라도―그것이 오직 그 자신만에 의해 인지되었으니―또한 우리의 생애에서 우리를 목격한 어느 여인의 마음에 우리가 거슬릴 때마다, 우리가 그 순간에 그러한 내적이며 주관적인―따라서 그 여인이 우리에 대해 내린 판단에 어떠한 영향도 끼치지 않았을―유열을 느끼고 있었는지 여부를 그녀가 비록 모르고 있었다 할지라도, 나는 나 자신이 그 누구도 거의 항거할 수 없을 만큼 강력해진 것처럼 느꼈다. 그리하여 나의 사랑 또한 더 이상 사람들이 비웃을 수 있을 불쾌한 그 무엇이 아니라, 오히려 그것이, 나와 내가 사랑하던 여인이 우연히 만나 문득 친밀해지도록 해준 호의적인 공간을 닮은 그 음악의 매력을, 바로 그 감동적인 아름다움을, 가지고 있는 것 같았다.

그 음식점에는 화류계 여자들뿐만 아니라 최상류의 우아한 계층 여인들도 드나들었고, 그녀들은 오후 다섯 시경에 간식을 들러 오거나 때로는 그곳에서 성대한 만찬을 베풀기도 하였다. 간식 모임은 현관으로부터 정원을 따라 연회장으로 이어지는 복도 형태의 좁고 유리창이 있는 긴 회랑에서 이루어졌고, 정원과 회랑 사이에는(몇몇 석제 원주를 제외하면) 군데군데 열어놓은 유리창들 밖에 없었다. 그리하여 바람결이 자주 그곳으로 밀어닥칠 뿐만 아니라, 그 안에 있던 이들이 갑작스럽고 간헐적인 햇빛에, 즉 눈부시고 불안정한 조명에 노출되어, 간식 모임에 참석한 여인들의 얼굴을 거의 분별할 수 없게 하였고, 그로 인하여, 그녀들이 병의 목처럼 좁은 회랑을 따라 둘씩 짝지어 놓인 탁자들 앞에 다져 넣어진 듯 켜켜이 앉아 있을 때에는, 차를 마시기 위해서나 혹은 서로 인사를 나누기 위하여 움직일 때마다 그녀들의 몸이 심하게 아롱거렸던지라, 그 회랑이 마치, 어부가 자신이 잡은 번쩍이는 물고기들을 잔뜩 넣어, 그것들의 몸뚱이가 반은 물 밖으로 드러난 채 햇살을 받아 끊임없이 변하는 광채를 발산하고 있는, 어떤 활어조(活漁槽)나 통발 같았다.

몇 시간 후, 식당에서 저녁을 먹는 동안, 밖이 아직 환하건만 식당에는 불을 밝혔고, 그 순간 황혼 빛을 받아 저녁의 창백한 유령처럼 보이는 정원의 별채들 옆에 서 있는 소사나무들의 청록색 잎과 가지들을 마지막 햇살이 투과하여, 우리가 저녁을 먹고 있던 등불 밝혀진 식당에서 바라보면, 유리창 저쪽으로 보이는 그 나무들이―오후가 끝나갈 무렵 푸르스름하고 황금빛 띤 복도를 따라 눈부시고 물에 젖은 그물 속에 갇힌 채 간식 모임을 갖던 귀부인들과는 달리―초자연적인 빛을 받고 있는 창백하고 초록색 띤 거대한 수족관 속의 식물들 같았다. 모두들 식탁에서 일어설 즈음, 식사가 계속되던 동안에는 비록 이웃 식탁에 있던 사람들을 유심히 바라보거나 그들이 누구인지 알아내려 하거나 그들의 이름을 묻는데 대부분의 시간을 보냈을망정, 초대 받은 이들이 자기네 식탁 둘레에 완벽한 응집력을 보이면서 머물러 있었건만, 그들로 하여금 자기들을 만찬에 초대한 사람의 주위를 한결같이 선회하게 하던 인력이, 저녁나절에 간식 모임 장소로 사용되던 그 복도로 커피를 마시기 위하여 그들이 이동하는 순간에는 자기의 위력을 상실하는지라, 그러한 순간, 이동 중인 만찬회 집단이 자기의 구성 원자들 중 하나 혹은 여럿을 흘리는 일이 자주 발생하였으며, 그렇게 흘린 그 미립자들은, 경쟁관계에 있는 이웃 만찬회 집단의 인력에 너무나 강하게 이끌려, 자기네 집단으로부터 잠시 떨어져 나왔다가―그동안 그들의 자리는 친구들에게 인사를 하러 온 신사들과 숙녀들이 메꾸었다―자기네 집단과 다시 합류하러 가기 전엔 이렇게 말하곤 하였다. "저는 이만 도망쳐 X 씨에게로 다시 돌아가야겠어요…. 오늘 저녁 그분의 초대를 받은 몸인지라…." 그리하여, 잠시 동안이긴 했지만, 누가 그 광경을 보았다면, 꽃다발 둘이 서로 꽃 몇 송이를 주고받았다고 하였을 것이다. 그다음에는 복도와 같은 회랑에서도 사람들이 썰물처럼 빠져나갔다. 저녁 식사가 끝난 후에도 아직 날이 어둡지 않아, 그 긴 복도에 불을 밝히지 않는 경우가 잦았고, 그러면 유리창 밖에 있는 나무들의 축 늘어진 가지들로 인하여, 복도가 마치 나무들 우거져 어둑한 어느 정원의 오솔길 같았다. 때로는 저녁 식사를 마친 여인 하나가 그 어둑한 곳에 뒤처져 있기도 하였다. 어느 날 저녁, 음식점 밖으로 나오기 위하여 그 복도를 통과하다가, 나는 내가 모르는 한 무리 사람들 사이에 앉아 있던 아름다운 뤽상부르 대공 부인을 발견하였다. 내가 걸음을 멈추지 않은 채 모자를 벗어 인사를 하였다. 그녀가 나를 알아보고 미소를 지으면서 고개를 까딱하는데, 그러한 머릿짓 훨씬 위쪽에서, 그 동작에서 발산된 듯한, 나에게로 향한 선율 아름다운 말 몇 마디가 들려왔으며, 그것은 내가 걸음을 멈추도록 하기 위해서가 아니라, 단지 자기의 인사를 완성하기 위하여, 즉 자기의 인사를 언어로 마무리 짓기 위해서인 것 같았다. 하지만 그 말이 어찌나 불분명했던지, 그리고 내 귀에 들리던 소리만이 어찌나 부드럽게 연장되던지, 그리하여 나에게는 어찌나 음악적이었던지, 마치 나무들의 어둑해진 가지들 속에서 나이팅게일 한 마리가 노래를 부르기 시작한 것 같았다.

혹시 쌩-루가, 우리와 우연히 마주친 자기의 친구들 한 무리와 어울려 나머지 저녁 시간을 보내기 위하여 근처 해안에 있는 카지노에 가기로 결심하고, 그들과 함께 떠나면서 마차 한 대를 불러 나를 홀로 그것에 태워주는 경우, 나는 마부에게 전속력으로 달리라고 부탁하였으며, 그것은 내가 리브벨에 도착한 순간 이후 다른 이들로부터 받던 그곳 특유의 자극들을 나의 감수성에 확보해 주는 일을 면하기 위하여—나의 감수성을 후진시키면서, 그리하여 나를 옭아매고 있던 톱니바퀴 같은 수동성에서 빠져나오면서—그 누구의 도움도 없이 나 자신에게만 의존하며 보내야 하는 순간이 최대한 단축되도록 하기 위함이었다. 마차 한 대 겨우 통과할 수 있을 만큼 폭이 좁고 칠흑같이 어두운 오솔길처럼 좁은 길에서 맞은편으로부터 오는 마차와의 충돌 가능성, 절벽에서 걸핏하면 무너져 내리는 토사 무더기가 쌓인 도로면의 변덕, 바다 위로 깎아지른 듯 드리워진 경사면 등, 그것들 중 어느 하나도, 위험의 표상이나 위험에 대한 두려움이 나의 이성에까지 도달하는 데 필요했을 작은 노력조차 나의 내면에 야기시키지 못하였다. 다시 말해, 우리로 하여금 작품 하나를 분만하게 하는 것이 유명해지고 싶은 우리의 욕망이 아니라 우리의 근면한 습관이듯, 우리가 우리의 장래를 보존하는데 도움이 되는 것은 현재 순간의 환희가 아니라 과거에 대한 현명한 성찰이라는 사실이 우리의 이성 근처에도 어른거리지 않는 것과 나을 바 없었다. 그런데, 앞서 리브벨에 도착하면서, 우리의 불구상태를 도와 올곧은 길을 따라가도록 도와주는 이성적 사유의 목발 즉 자제(自制)의 목발을 멀찌감치 던져 버려, 내가 이미 일종의 윤리적 운동실조증(運動失調症)에 희생물처럼 사로잡혀 있었을 뿐만 아니라, 내가 마신 술은, 나의 신경들을 비정상적으로 팽창시키면서 현재 순간들에게 하나의 장점과 매력을 부여하였으되, 그것들의 효과는 내가 현재의 순간들로부터 나 자신을 방어할 능력은커녕 그럴 결의조차 나의 내면에 생성시키지 못하였던 바, 그러한 효과로 인한 나의 열광이 나로 하여금 그 순간들을 나의 나머지 삶보다 수천 배나 더 좋아하게 하면서 나의 삶으로부터 그 순간들을 분리시켰으며, 따라서 나는 영웅들이나 주정뱅이들처럼 현재 속에 갇혀버렸고, 그 결과 다른 천체 뒤로 일시적이나마 자취를 감춘 나의 과거가, 우리들이 흔히 우리의 미래라고 칭하는 자기의 그림자를 더 이상 내 앞에 드리우지 못하여, 내가 내 삶의 목표를 더 이상 그 과거 속에 있던 꿈의 실현 속에 두지 못하고 현재 순간의 유열 속에 두면서, 그 현재 순간보다 더 먼 곳은 보지 못하였기 때문이다. 그리하여, 표면적일 뿐이었던 어떤 모순의 작용에 의해, 삶이 그때까지 나에게 품게 하였을 모든 근심들로부터 해방되어, 내가 조금도 주저하지 않고 나의 삶을 사고를 가져올 수 있을 우연의 수중에 내맡긴 것은, 내가 하나의 예외적인 기쁨을 느끼던 순간, 나의 삶이 행복할 수 있다고 예감하던 순간, 내가 보기에 나의 삶이 틀림없이 더 큰 가치를 가지고 있을 듯 여겨지던 순간, 바로 그 순간이었다.[293] 한 마디로 내가 하던 짓은, 자기들의 죽음이 집에서 자기들을 기다리고 있는 사람에게 치명적인 타격을 줄 수 있건만, 혹은 자기들 생의 유일한 이유이며 곧 세상에 내놓을 그 책이 아직도 자기들 뇌수의 연약함에 직결되어 있건만, 항해라든가 비행기나 자동차를 이용한 나들이 등의 불필요한 위험에 날마다 임하는 다른 사람들의 전 생애에 걸쳐 분포된 희석된 무관심을 하룻저녁에 집결시킨 짓일 뿐이었다. 또한 그와 같이, 우리가 리브벨의 음식점에 머물곤 하던 날 저녁에, 만약 어떤 사람이 나를 죽일 의도를 가지고 그곳에 왔다 하더라도, 나의 할머니나 장차 펼쳐질 나의 삶이나 내가 지어야 할 책들이 내게는 현실성 없는 까마득히 먼 곳에 있는 것처럼 보였던지라, 나 자신이 몽땅 이웃 식탁에 있던 여인의 체취나 급사장의 친절이나 한창 연주하고 있던 왈츠곡의 선율적 윤곽 등에 집착한 나머지, 그 순간의 느낌에 접착되어, 그 느낌 저 너머의 그 무엇도, 혹은 내가 그 느낌의 품에서 비록 죽는 한이 있더라도 그것과 헤어지지 않는 것 이외의 다른 어떤 목표도 없었던지라, 담배 연기에 마비되어 숱한 노고의 결실인 식량과 벌통의 희망을 보존하는 데 더 이상 아무 근심하지 않는 꿀벌처럼, 나는 어떤 방어도 시도하지 않음은 물론, 꼼짝도 하지 않은 채, 그가 나를 살해하도록 내버려 두었을 것이다.

그 이외에, 내가 느끼던 열광에 대조되어 가장 중대한 것들이 무의미한 것으로 전락되면서, 결국 씨모네 아가씨와 그녀의 친구들도 그것들 속에 포함되었다는 사실 또한 말해 두어야 할 것 같다. 그녀들과 교분을 맺으려는 시도가 이제는 수월해 보였으나, 그것이 더 이상 나의 관심사가 아니었으니, 그 순간에 나를 엄습하고 있던 느낌만이, 그것의 놀라운 위력 덕분에, 그것의 미미한 변화나 심지어 단순한 지속조차도 촉발하는 기쁨 덕분에, 나에게는 중요하게 여겨졌기 때문이며, 나의 부모님이나 내가 해야 할 작업, 이러저러한 쾌락들, 발백의 소녀들 등, 그것 이외의 나머지 모든 것들은, 내려앉지 못하고 바람에 실려 날아다니는 거품 덩이의 무게밖에 갖지 못하였고, 그러한 내적 위력과의 관계 속에서만 존재하였으니, 취기가 몇 시간 동안이나마 주관적 이상주의를, 즉 순수현상주의[294]를 실현하기 때문이며, 모든 것이 가상(假象)에 불과하고 우리의 숭고한 '우리 자신'과 관련하여서만 존재하기 때문이다. 물론 그렇다 하여 진정한 애정이, 우리가 그것을 혹시 가지고 있다면, 그러한 상태에서 존속할 수 없다는 뜻은 아니다. 그러나 우리가, 마치 새로운 환경에 놓인 듯, 미지의 압력에 의해 그 감정의 크기가 변하였음을 하도 절실히 느끼게 되어, 우리는 그 연정을 더 이상 전과 같이 여길 수 없다. 그 속에서도 같은 연정을 우리가 물론 느끼지만, 그 연정은 자리를 옮겼고, 더 이상 우리를 짓누르지 않으며, 현재가 허여하며 우리에게도 충분한 그 느낌에 만족한 상태에 있는 바, 그것은 우리가 현재의 것이 아닌 것을 그 순간에는 근심하지 않기 때문이다. 불행하게도 그렇게 값어치들을 변동시키는 비례상수가, 그것들에게 오직 우리가 취했을 때에만 작용한다. 취한 동안에는 우리에게 전혀 중요하지 않고, 그리하여 우리가 비눗방울처럼 훅 불어버릴 수 있는 사람들도, 다음 날에는 자기들의 밀도를 되찾는지라, 우리는 아무 의미 없어 보이던 일들에 다시 착수해야 한다. 더욱 심각한 일은, 우리가 상대하여 막무가내로 실랑이를 벌여야 할 문제들을 제기하는 어제 저녁의 것과 같은 다음 날의 수학이, 우리 자신만 모르는 상태에서, 우리가 취해 있는 동안에도 우리를 지배한다는 사실이다. 우리 곁에 우연히 정숙하거나 냉담한 여인 하나가 있을 경우, 전날에는 그토록 어렵던 일이—이를테면 우리가 그녀의 호감을 얻는 일이—우리가 취한 동안에는, 실은 전혀 그렇지 않건만, 수백만 배나 더 수월해 보이는 바, 그것은 우리 자신의 눈이, 즉 우리의 내면적 눈이 보기에만 우리가 변하였기 때문이다. 그리하여 그 여인은, 바로 그러한 순간에도, 우리가 무람없이 구는 데 대하여, 다음 날 우리가, 호텔의 잔심부름꾼에게 선뜻 일백 프랑을 팁으로 준 사실에 대하여, 그리고 우리에게는 뒤늦게 닥쳤을 뿐인 이유—취기의 부재(不在)—때문에, 우리가 그러는 것 못지않게 불만스러워 한다.

리브벨에 있던 여인들 중 그 누구와도 나는 개인적인 친분이 없었으나, 그녀들이 모두, 반사광이 거울의 일부를 이루듯 내 취기의 일부를 이루었던지라, 점점 그 존재조차 희미해지고 있던 씨모네 아가씨보다 수천 배는 더 고혹적으로 보였다. 구슬픈 기색에 야생화 꽂은 밀짚모자를 쓰고 홀로 앉아 있던 금발의 젊은 여인 하나가, 꿈꾸는 듯한 표정으로 잠시 나를 바라보았고, 그 모습이 매력적이었다. 그다음 다른 여인 하나가, 그리고 세 번째 여인이, 마침내 피부 눈부신 갈색 머리 여인이 나의 시야에 들어왔다. 그녀들 중 거의 모두가 쌩-루와, 그가 나를 알기 전에,[295] 교분을 맺었다.

현재의 정부와 사귀기 전에 그가 실은 어느 방탕한 소집단과 어찌나 자주 어울렸던지, 자기들의 정인을 만나러 혹은 정인 하나를 구하려 해변에 왔다가 우연히 그곳에 들른 여인들도 많았지만, 리브벨의 음식점에서 저녁 식사를 하던 그 모든 여인들 중 쌩-루가 모르는 여인은 거의 없었던 바, 그가 일찍이—자신이 혹은 친구들 중 하나가—그녀들과 적어도 하룻밤은 함께 보냈기 때문이다. 그녀들이 남자와 함께 있을 경우에는 그가 그녀들에게 인사를 하지 않았고, 그녀들 또한, 그가 자기의 여배우 아닌 모든 여인들에 무관심하다는 사실이 알려진 후에는 그에게서 특이한 매력을 발견하였던지라, 다른 어느 남자들에게보다 더 자주 그에게 눈길을 던지면서도, 그를 모르는 체하였다. 그러다 어느 여인 하나가 나지막한 음성으로 속삭였다. "저기 있는 젊은이가 그 귀여운 쌩-루에요. 아직도 자기의 매춘부를 여전히 좋아하는 모양이에요. 그야말로 필생의 사랑이에요. 얼마나 귀엽게 생긴 녀석이에요! 저의 눈에는 정말 경이로워요! 그리고 저 멋! 더럽게 운 좋은 여자들도 있군요. 그는 모든 면에서 멋있어요. 제가 오를레앙 공[296]과 함께 지내던 시절에 그와 친했지요. 그 두 사람은 서로 헤어질 수 없는 사이였어요. 그 시절에는 두 사람이 몹시 무절제하게 살았어요! 하지만 이제는 더 이상 그러지 않아요. 그가 자기의 그 여자에게 더 이상 꼬리를 달아주지[297] 않아요. 아! 그녀는 자기가 운 좋은 여자라고 자부해도 좋아요. 하지만 그녀에게서 도대체 무엇을 발견하였기에 그가 저러는지 모르겠어요. 여하튼 그가 대단한 멍청이임에는 틀림없어요. 그녀의 발은 조각배처럼 큰데, 게다가 아메리카식 콧수염까지 달고 있으며, 속옷들은 몹시 불결해요! 제가 믿거니와, 아마 가난한 여직공이라도 그녀의 바지는 입지 않으려 할 거예요. 그의 저 눈 좀 보세요, 저러한 남자를 위해서라면 불구덩이 속에라도 뛰어들 수 있을 거예요. 이런, 입 좀 다물어요, 그가 나를 알아보고 웃었어요, 오! 나를 잘 알았으니까요. 그에게 내 이야기를 해 보세요."

나는 그와 그 여인들 사이에 은밀한 시선이 오가는 것을 간파하였다. 그리하여 그가 나를 그 여인들에게 소개하여 내가 그녀들에게 한번 만나자고 요청할 수 있기를, 그리고 비록 그것을 내가 수락할 수 없다 할지라도, 그녀들이 나의 요청에 응해 주기를 바랐다. 왜냐하면, 그러한 일이 없을 경우에는, 모든 여인들에게 각각 다양하게 나타나되, 우리가 각 여인에게 나타나는 것을 직접 보지 못하면 그 여인과 관련시켜 상상할 수 없으며, 우리의 욕망에 동의하고 그 욕망을 충족시켜 주겠노라 약속하면서 우리에게로 향하는 시선 속에만 나타나는, 한 여인의 얼굴 중 진실한 부분이—마치 너울 밑에 가려져 있는 듯—영영 결여된 상태로, 그 모든 여인들의 얼굴이 나의 기억 속에 남을 것 같았기 때문이다. 하지만 비록 그처럼 불완전한 상태일지라도, 그녀들의 얼굴이 나에게는, 내가 정숙하다고 여겼을 여인들의 평범하고 텅 비었으며 단 한 조각으로 만들어져 깊이가 없는 얼굴보다는 훨씬 더 소중했다. 물론 그러한 얼굴이 나에게는 쌩-루의 눈에 비쳤을 얼굴과 같지 않았으니, 그는 자기를 모르는 척하며 미동조차 하지 않는 얼굴 윤곽 밑에서, 혹은 다른 누구에게도 같은 식으로 건넸을 인사의 평범함 밑에서, 흐트러진 머리채와 황홀해 자지러진 입과 반쯤 감긴 눈 등, 화가들이 자기들의 화실을 방문한 이들이 볼 수 없도록 점잖은 화폭으로 가려 감추는 화폭들과 같은 조용한 화폭 하나를 자기의 기억 속에 몽땅 떠올려 선명히 다시 보고 있었을 것이다. 반대로, 나라는 존재의 아무것도 그 여인들 중 어느 특정 여인의 속으로 침투하지 못하였고, 따라서 그녀들이 생애 동안에 따라갈 미지의 길로 실려 가지 못할 것이라고 느끼던 나에게는, 그 얼굴들이 닫혀 있었음에 틀림없다. 하지만 그 얼굴들이 그 밑에 사랑의 추억들을 감추고 있는 금합(金盒) 목걸이인 대신 예쁜 메달들에 불과했을 경우에는 내가 그것들에게서 발견하지 못하였을 가치를 지닌 것처럼 보이도록, 그 얼굴들이 스스로 열린다는 점을 아는 것만으로도 벌써 충분했다. 한편, 앉아 있을 때에는 겨우 자리를 지키는 정도이고 궁정인의 미소 뒤에 전사의 활동 욕구를 감추고 있던 로베르에 대해 말하거니와, 그를 자세히 바라보는 동안, 나는 그의 삼각형 얼굴의 힘찬 골격이, 섬세한 문인에게 보다는 격렬한 궁수에게 더 어울리며, 그것이 얼마나 자기 선조들의 얼굴 골격과 유사할지를 간파하였다. 얼굴의 섬세한 피부 밑으로 봉건시대 건축물의 과감한 구조가 모습을 드러내고 있었다. 그의 머리통을 바라보고 있노라면, 더 이상 사용하지 않는 총안(銃眼)들이 아직도 완연하건만 그 내부는 도서관으로 개조한, 고색창연한 옛 주루(主樓)의 탑들이 연상되었다.

발백으로 돌아오면서 나는, 쌩-루가 나에게 소개한 그 낯선 여인들 중 하나에 대하여, 단 한순간도 멈추지 않고, 그러나 그 사실을 전혀 의식하지 못하면서, 마치 어떤 노래의 후렴 반복하듯 나에게 중얼거렸다. "얼마나 감미로운 여인인가!" 물론 그러한 말들은 차분한 판단보다 신경질적 흥분 상태에 의해 구술된 것이었다. 하지만 그렇다 해도, 내 수중에 만약 일천 프랑이 있었다면, 그리고 그 시각까지도 문을 열어놓은 보석 상점이 있었다면, 내가 그 미지의 여인에게 반지 하나를 사주었을 것은 분명하다. 우리 삶의 순간들이 그렇게 평소와는 너무 다른 도면 위에서 펼쳐질 경우, 우리는, 다음 날 보면 전혀 중요하지 않은 다양한 사람들을 위하여, 자신을 지나치게 소모하게 된다. 하지만 우리는 전날에 한 우리의 말에 책임을 느끼고, 그 말을 이행하려 한다.

그러한 날 저녁에는 내가 늦게 돌아왔고, 더 이상 나에게 적대적이지 않던 나의 방에서, 처음 발백에 도착하던 날 저녁에는 그 위에서 쉬는 것이 영원히 불가능하리라고 내가 믿었으되 이제는 나의 사지가 하도 나른하여 그 위에서 하나의 옹호자를 찾게 된, 나의 침대와 기쁘게 재회하였다. 그리하여 나의 허벅지와 엉덩이와 어깨 등은, 마치 나의 피로가 어느 조각가처럼 인간 육체의 온전한 주형(鑄型) 하나를 만들고자 작정이라도 한 듯, 침대의 매트를 감싸고 있던 시트에 차례대로 각각의 모든 부분들을 접착시키려 애를 썼다. 그러나 나는 잠을 이룰 수 없었고, 아침이 다가옴을 느꼈으며, 그리하여 나에게는 더 이상 마음의 평온도 육체적 편안함도 없었다. 절망한 나머지, 나는 그것들을 영영 다시 맛볼 수 없을 것 같았다. 그것들을 되찾으려면 내가 장시간 수면을 취해야 할 것 같았다. 그런데, 비록 내가 잠들 수 있다 해도, 여하튼 두 시간 후에는 교향악단의 연주 때문에 내가 다시 깨어날 수밖에 없을 것 같았다. 그러다가 문득 잠이 들어, 나는 젊음으로의 회귀, 흘러간 세월과 상실한 감정들의 탈환, 영육 분리, 영혼들의 윤회, 초혼(招魂), 광증에 기인한 환상, 자연의 가장 단순한 상태로의 퇴행(흔히들 우리가 꿈속에서는 짐승들과 자주 마주친다고 하지만, 실은 우리 자신이 그 속에서는 사물들 위로 확실성이라는 빛을 투사해 주는 이성을 박탈당한 한 마리 짐승이며, 따라서 그 속에서 벌어지는 삶의 뭇 광경들이 기껏 매우 의심스러운 그리고—이전 현실이 자기를 뒤따르는 현실 앞에서는 마치 환등의 유리를 바꾸면 이전 영상이 그러듯 사라지는지라—매 순간 망각에 의해 소멸되는 영상들이나 우리에게 제공한다는 사실을 우리가 거의 항상 잊으니 말이다) 등, 우리가 모른다고 믿고 있었으되 실은 밤마다 우리 자신이 직접 입문하는 그 모든 신비들이, 그리고 그것들과는 다른 위대한 신비 즉 소멸과 부활의 신비까지도, 우리들 앞에서 베일을 벗는 그 무거운 잠 속으로 떨어지기도 하였다. 내 과거의 어두워진 구역들을 연속적으로 또 이리저리 비추던 조명이 리브벨에서 먹은 음식의 원활치 못한 소화로 인해 더욱 종잡을 수 없게 되었고, 그것이 나를, 조금 전 꿈속에서 함께 이야기를 나누던 르그랑댕 만나는 것을 지고의 행복으로 여겼을 존재로 만들어놓앉다.
  그다음, 뒤에서 무대 장치를 바꾸는 동안 그 앞에서 배우들이 여흥용 막간극을 펼치기 위하여 무대 전면 끝자락에 임시로 설치하는 배경처럼 새로운 광경에 의해, 내 자신의 삶이 나에게조차 몽땅 감추어졌다. 그리고 그 막간극에서 내가 맡은 역은 동방의 옛날이야기 취향에 따른 것으로, 그 속에서는, 새로 개입한 배경이 하도 급작스러워, 내가 나의 과거는 물론 심지어 나 자신이 누구인지조차 몰랐고, 단지 내가 깨닫지 못하는 어떤 잘못 때문에 몽둥이질을 당하고 온갖 형벌을 감수하는 인물에 불과했다.[298] 그러나 그 잘못이 실은 뽀르또를 너무 많이 마신 것이었다. 내가 문득 잠에서 깨어났고, 오래 지속되었던 잠 덕분에 교향악단의 연주 소리가 들리지 않았음을 깨달았다. 벌써 오후였다. 일어나 앉으려고 몇 차례 애를 쓴 끝에 나의 회중시계를 보고 그 사실을 확인하였는데, 처음에는 머리가 베개 위로 다시 떨어지는 바람에 그러한 노력이 부질없이 중단되었으되, 그러한 추락은 술로 인한 것이나 회복기에 나타나는 것처럼 숙면에 뒤따르는 취기에 기인한 현상이었고, 그러나 시계를 보기 전에도 나는 정오가 지났음을 확신할 수 있었다. 전날 밤에는 내가 텅 빈, 중량조차 없는 존재에 불과했고, (일어나 앉을 수 있으려면 먼저 누워야 하고 입을 다물 수 있으려면 먼저 잠을 자야 하는 법인지라) 꿈틀거림도 말하는 것도 멈출 수 없었으며, 나에게 밀도도 중심도 없어 허공에 던져진 상태였던지라, 내가 달에 이를 때까지 단조로운 질주를 계속할 수 있을 것 같았다. 그런데, 나의 눈은 자면서 시각을 읽지 못한 반면, 나의 몸뚱이는 그것을 계산해 낼 줄 알았으며, 시간 또한, 표면적으로[299] 형상화한 문자판 위에서 측정한 것이 아니라, 자기가, 강력한 벽시계처럼, 톱니들 돌아가듯 한 단계씩 나의 뇌수로부터 내 몸의 나머지 다른 부분으로 조금씩 내려가게 내버려 둔 나의 모든 회복된 원기의 중량을 점진적으로 측량하는 방법으로 측정하였고, 이제 그 원기가 자기의 손대지 않아 풍부한 비축분을 나의 무릎 위까지 쌓고 있었다. 바다가 태초에 우리 생명력의 근원이었던지라 우리의 원기를 회복하기 위해서는 우리의 피를 다시 바닷물에 잠기게 해야 한다는 말이 사실이라면, 망각이나 정신작용의 공백에 대해서도 같은 말을 할 수 있으리니, 그러한 상태에서는 우리가 몇 시간 동안이나마 시간의 부재(不在) 상태 속에 있는 것 같으나, 그 시간 동안 소모되지 않고 견실하게 축적되어 있던 원기는, 자기의 비축된 양에 입각하여, 시계추 혹은 모래시계의 조금씩 무너지는 작은 무더기보다 더 정확하게 시간을 측정한다. 또한 그러한 수면 상태로부터 빠져나오는 것이 장시간의 불면 상태를 벗어나는 것보다 쉽지 않으니, 모든 것들이 그만큼 존속하려는 경향을 가지고 있기 때문이며, 따라서 몇몇 종류의 마취제가 수면을 촉진하는 것은 사실이지만, 장시간의 수면 또한 더욱 강력한 마취제여서, 장시간의 수면 끝에 깨어나는 것이 몹시 어렵다. 아직도 물결에 심하게 흔들리는 자기의 작은 배를 정박시킬 부두를 선명히 바라보고 있는 선원처럼, 내가 시계를 본 다음 일어날 생각을 하였으나, 나의 몸뚱이가 번번이 잠 속으로 다시 내던져졌다. 따라서 상륙이 몹시 어려웠고, 나의 회중시계 쪽으로 손을 뻗쳐 그것에 표시된 시각과 기진맥진한 나의 두 다리에 비축된 풍부한 자료가 가리키는 시각을 대조하기 위하여 잠자리에서 일어나려 하였으나, 그 목적을 달성하기 전에 나의 몸이 아직도 두세 번 더 베개 위로 주저앉았다.

    그러다가 드디어 시계를 명료하게 볼 수 있었다. "오후 두 시라니!" 그렇게 중얼거리면서 초인종을 눌렀으나, 내가 즉시 수면 세계로 다시 들어갔고, 그랬다가 다시 깨어나는 순간 내가 느낀 편안함과 끝없이 긴 밤을 보냈다는 인상에 입각해서 판단하니, 그 수면 시간이 무한히 더 긴 것 같았다. 하지만 내가 다시 깨어난 것은 프랑수와즈가 내 침실로 들어왔기 때문이었고, 그녀가 들어온 것은 내가 초인종을 눌렀기 때문이었으니, 새로 시작한 잠이, 비록 밤새도록 계속되던 잠보다 훨씬 길었고 나의 내면에 엄청난 편안함과 망각을 가져온 것처럼 여겨졌으되, 실은 단 삼십 초밖에 지속되지 못하였을 것이다.

할머니가 내 방의 출입문을 여셨고, 그러면 내가 르그랑댕의 가문에 관한 많은 질문을 할머니에게 던졌다.

내가 평정 및 건강 상태와 다시 합류하였다고 말하는 것만으로는 충분치 못하리니, 전날 밤 나로부터 그것들을 유리시킨 것이 단순한 거리가 아니어서, 내가 밤새도록 역류와 맞서 싸워야 했을 뿐만 아니라, 그 이후 내가 단순히 그것들 곁에 다시 돌아가지 않고, 그것들이 나의 속으로 돌아왔으니 말이다. 텅 비었고 언젠가는 내 사념들이 영영 빠져나가도록 내버려 두면서 깨져 버릴 내 머리의 아직도 통증이 가시지 않은 뚜렷한 지점에, 나의 사념들이 다시 한 번 자기들의 자리를 차지하였고, 애석하게도 아직까지 제대로 이용할 줄 몰랐던 그[300] 삶을 다시 시작하였다.

그렇게 다시 한번 나는 불면증으로부터 그리고 신경성 발작이라는 대홍수와 해난 사고로부터 탈출하였다. 그리하여, 전날 저녁 나에게 휴식이 결여되었을 때 나를 위협하던 모든 것들을 두려워하지 않게 되었다. 새로운 삶 하나가 내 앞에 열리고 있었으며, 나는 비록 잘 쉬어 심신 거뜬했건만 아직 기진맥진한 상태였던지라 꼼짝도 하지 않은 채, 환희에 휩싸여 나의 피곤을 즐겼고, 피곤이 비록 내 다리와 팔의 뼈들을 떼어내고 부러뜨렸어도, 그것들이 내 앞에서 다시 접합될 준비를 갖추고 있음을 느꼈으며, 전설 속의 그 건축가처럼 노래만 부르면 그것들을 다시 일으켜 세울 수 있을 것 같았다.[301]

나는 문득 내가 리브벨에서 본 그리고 잠시 나를 주시하던, 기색 구슬프던 젊은 금발의 여인을 뇌리에 떠올렸다. 저녁 내내 다른 많은 여인들이 내 눈에 매력적으로 보였건만, 이제 그 여인만이 내 추억의 밑바닥으로부터 서서히 떠올랐다. 그녀가 나에게 눈길을 던진 것 같았고, 따라서 나는 리브벨 음식점의 종업원 하나가 나에게 그녀가 보내는 쪽지 하나를 가져오리라 기대하였다. 쌩-루는 그녀를 모른다 하였고, 그러나 자기가 믿기에 나무랄 데 없는 여자일 것이라 하였다. 그녀를 만나기가, 특히 그녀를 지속적으로 만나기는 매우 어려울 것 같았다. 하지만 나는 그 일을 위해서라면 무슨 짓이든 할 준비가 되어 있었고, 그리하여 오직 그녀 생각에만 잠겼다. 철학은 자유 행위와 필연적 행위에 대하여 자주 언급한다.[302] 하지만 그것들 중, 일찍이 행위가 진행되던 동안에는 억압되었던 상승력을 이용해, 우리의 사유작용이 일단 휴식에 들어가면, 그때까지 하찮은 파적거리의 폭군적인 힘에 의해 고무래질 당한 듯 다른 것들과 같은 수준에 억눌려 있던 추억을 다시 끌어올려—우리가 스물네 시간 후에나 간파하게 될 매력을 우리 모르게 그것이 다른 추억들보다 더 간직하였던지라—그것으로 하여금 돌출하게 하는 그 행위보다 우리를 더 완전히 지배하는 (필연적)[303] 행위는 아마 없을 것이다. 또한 그보다 더 자유로운 행위도 아마 없으리니, 그 행위에는, 가령 사랑에서 전적으로 특정인의 영상만이 되살아나게 하는 것과 같은, 일종의 정신적 기벽(奇癖)과 다름없는 습관이라는 것도 없으니 말이다.[304]

그날은 바로 소녀들의 아름다운 행렬이 해변에 펼쳐지는 것을 내가 처음 본 그다음 날이었다. 나는 거의 해마다 발백에 온다는 여러 투숙객들에게 그녀들에 관해 이것저것을 물었다. 그들도 내 질문에 속시원한 대답을 하지 못하였다. 훨씬 후에, 사진 한 장이 나에게 그 곡절을 밝혀 주었다. 불과 몇 년 전까지만 해도 텐트 주위의 모래밭 위에 원을 그리며 앉아 있던, 다른 눈들보다 유난히 더 반짝이는 눈이나 짓궂은 얼굴 혹은 금발 등이 눈에 띄었다가도 금방 희미한 젖빛 성운(星雲) 속으로 들어가 섞여 사라지곤 하던 일종의 하얗고 모호한 별자리 같던, 그 어린 소녀들의 아직 앳된 그리고 형태 정해지지 않은 귀여운 덩어리를, 누구든 모습이 완전히 변하는 나이를 겨우 그러나 이미 벗어난 그녀들 속에서 이제 누가 알아볼 수 있었겠는가?

의심할 나위 없이, 아직 그리 먼 과거가 아닌 그 시절에는, 전날 그녀들이 처음 내 앞에 출현하였을 때처럼 무리의 영상이 그랬던 것이 아니라 무리 자체가 뚜렷하지 못했을 것이다. 그 시절에는 아직 너무 어렸던 그 아이들, 각자의 얼굴에 개성의 인영(印影)이 찍히지 않았던, 성격 형성의 초보 단계에 있었다. 그 속에서는 개체가 독자적으로 존재하는 경우가 거의 없거나 그 개체가 각 폴립보다는 폴립의 군생체(群生體)로 형성된 태초의 유기적 조직체들처럼, 그녀들은 밀집된 상태에 있었다.[305] 가끔 그녀들 중 하나가 옆에 있던 아이를 밀어 넘어뜨리면, 그녀들의 개별적 생명의 유일한 표현 같던 미친 듯한 웃음이, 아직 확정되지 않고 찡그린 그녀들 특유의 얼굴들을 지워버리면서, 또한 반짝이고 전율하는 단 한 송이 반투명체 속에다 혼합시키면서, 그녀들을 모두 동시에 뒤흔들곤 하였다. 훗날 그녀들이 나에게 준, 그리하여 내가 간직한 옛날의 사진 속에서는, 그녀들의 앳된 무리가 이미, 훗날의 여성적인 행렬과 같은 수의 단역들을 제공하고 있었으며,[306] 그녀들이 벌써 사람들의 시선을 끌 만큼 기이한 반점 하나를 해변 모래 위에 만들었을 것이라고 누구나 느낄 수 있었으나, 그녀들을 사진 속에서 하나씩 식별하려면, 역시 식별해야 할 하나의 새로운 개체 위에 재구성된 형체들이 겹쳐지기 시작할 수 있을 유년기 끝자락까지, 모든 잠재적 변형에게 한껏 자유를 허용하면서 펼치는 추론에 의지할 수밖에 없었으며, 그 새로운 개체의 아름다운 얼굴은, 큰 키와 곱슬머리가 어우러진 것으로 보아, 사진 속에 있는 옛날의 그 찡그린 그리고 발육 정지된 듯 오그라든 얼굴일 가능성이 있었는데, 그 소녀들 각개의 신체적 특징들이 짧은 시간에 주파한 거리가 그 특징들을 판단하는 데 필요한 지극히 막연한 기준밖에 되지 못하는 데다, 다른 한편, 그녀들이 공통적으로 가지고 있던 집단적인 특징이 그 순간부터는 심하게 두드러져 보였던지라, 그녀들과 가장 친한 친구들조차도 그 사진을 보고는 한 사람을 다른 사람으로 오인하는 일이 가끔 일어나, 다른 소녀들과는 달리 어떤 소녀만은 항상 패용한 것이 확실시되는 특정 장신구에 의해서만 의혹이 풀릴 수 있었다. 내가 방파제 위에서 그녀들을 처음 본 날과 그토록 다른─그토록 다르나 또한 그토록 인접한─그 시절부터, 그녀들은 내가 전날 간파한 바와 같이 여전히 자신들을 웃음에 내맡기곤 하였으나, 그 웃음은 유년 시절의 간헐적이고 거의 자동적이었던, 전에는 매 순간 그녀들로 하여금, 비본느 냇물에서 흩어져 사라졌다가는 잠시 후 다시 무리를 이루는 피라미 떼들처럼 일제히 자맥질하듯 머리를 숙이게 하던, 그 경련성 이완 현상이 더 이상 아니었고, 그녀들 각각의 용모가 이제는 스스로를 제어하는가 하면 그녀들의 눈들도 자기들이 목표로 삼은 대상에 고정되어 있었던 바, 오늘 창백한 석산호(石珊瑚)로부터 개별화되어 분리된 유성(流星)[307]들을, 지난 시절에 그녀들이 터뜨리던 폭소나

오래된 사진 때문에 그랬던 것처럼 내가 혼동하였던 것은, 오직 나의 머뭇거림과 최초 인지 순간의 동요 때문이었다.

물론, 예쁜 소녀들이 내 곁을 스쳐 지나갈 때마다, 내가 그녀들을 다시 보겠노라 나 자신에게 여러 차례 다짐하곤 하였다. 대개의 경우 그녀들이 다시 나타나지 않고, 게다가 그녀들의 존재를 금방 잊는 기억력이 그녀들의 모습을 다시 찾아내기는 어려울 것이며, 따라서 우리의 눈이 아마 그녀들을 알아보지 못할 것인데, 그러는 동안 벌써, 우리가 역시 다시는 볼 수 없을 다른 소녀들이 우리 앞을 지나가 버린다. 그러나 그와 달리 어떤 때에는—그 방자한 소녀 무리에게 닥치도록 되어 있던 일이다—'우연'이 그녀들을 집요하게 우리 앞으로 다시 데려오기도 한다. 그러면 우리의 눈에 그 우연이 아름다워 보이는 바, 우리가 그 속에서 우리의 삶에 하나의 형태를 부여하기 위한 준비와 노력을 간파하기 때문이고, 나아가 그 우연이, 훗날 우리가 소유하도록 운명 지워졌다고 믿을, 그리고 그 우연이 아니었다면 애초부터 숱한 다른 것들처럼 그토록 쉽사리 잊을 수 있었을, 특정 영상들에 대한 한결같은 사랑이 수월하고 불가피하며 때로는—우리로 하여금 회상하기조차 멈추기를 희원하게 할 수도 있었을 사랑의 중단 상태 후에는—고통스럽게 보이도록 해준다.

어느덧 쌩-루의 발벡 체류 기한이 끝나가고 있었다. 나 또한 소녀들이 해변에 나타나는 것을 다시는 보지 못하였다. 그가 오후에는 발벡에 머무는 일이 너무 드물어, 그녀들에게 관심을 쏟거나 나를 위하여 그녀들과 사귀어보려 할 여가를 내지 못하였다. 저녁에는 더 자유로워져 그가 전처럼 계속 나를 리브벨에 자주 데려가곤 하였다. 그곳에 있는 것과 같은 음식점들에는, 공원이나 기차에처럼, 평범한 외양 속에 감추어져 있으되 그 이름이 우리에게 놀라움을 안겨 주는 사람들이 있어, 혹시 우연히 이름을 물을 경우, 우리는 대수롭지 않은 평범한 사람들일 것이라 추측하던 그들이 바로, 사람들이 그토록 자주 이야기하던 어느 장관이나 공작임을 알게 된다. 리브벨의 음식점에서 쌩-루와 나는, 모든 사람들이 자리를 뜨기 시작할 무렵이면, 큰 키에 체격 당당하고 용모 단정하며 수염 희끗희끗하되 몽상에 잠긴 시선은 줄기차게 허공을 향하고 있는, 어떤 남자가 식탁에 와 앉는 것을 이미 두세 번 본 적이 있었다. 우리가 어느 날 저녁 그 늦게 나타나는 평범해 보이고 외로운 듯한 식사 손님이 누구냐고 묻자, 음식점 주인이 대답하였다. "아니, 그 유명한 화가 엘스띠르를 모르십니까?" 무슨 이야기를 하던 중이었는지는 까마득히 잊었으되, 일찍이 스완이 내 앞에서 그 이름을 꺼낸 적이 있었다. 그러나 어떤 추억의 누락이 독서 중에 저질러지는 문장 구성 요소의 누락처럼, 때로는 불확실성이 아니라 확실성의 조숙한 개화(開花)를 촉진하기도 한다. "저 사람은 스완의 친구이고, 재능 뛰어난 유명한 예술가예요." 내가 쌩-루에게 말하였다. 그러자 즉시, 엘스띠르는 위대한 예술가이며 유명한 사람이라는 사념이, 그에 이어, 그가 우리 두 사람을 다른 식사 손님들과 혼동하는지라 자기의 재능에 우리들이 얼마나 열광하는지를 짐작조차 못하리라는 사념이, 쌩-루와 내 위로 전율처럼 지나갔다. 물론 우리가 해변 휴양지에 있지 않았다면, 그가 자기에게로 향한 우리의 찬미하는 정과 우리와 스완 사이에 교분이 있다는 사실을 모른다는 것이 우리에게 별로 괴롭지 않았을 것이다. 그러나 우리 두 사람이 아직도 열광을 침묵 속에 감추어두지 못하는 나이에 있었고, 익명 상태라는 것이 숨 막히게 하는 듯한 환경에 옮겨 놓여졌던지라, 우리는 두 사람이 함께 서명한 편지 한 장을 썼고, 그 속에다, 그로부터 몇 걸음 떨어진 곳에 앉아서 식사를 하고 있는 두 사람이 그의 재능을 열렬히 찬미하는 애호가들이며 그와 절친한 스완의 두 친구라고 밝히는 한편, 우리가 그에게 경의를 표할 수 있게 해 달라고 하였다. 종업원 하나가 그 유명한 사람에게 편지 전달하는 사명을 맡았다.

유명했다는 점에 대해 정확히 말하자면, 그 무렵 엘스띠르가 아마 음식점 주인이 떠들던 만큼은, 그리고 불과 몇 년 후에 그렇게 된 것만큼은 아직 유명하지 못했을지 모른다. 하지만 그가, 그 음식점이 아직은 일종의 농가에 불과했던 시절, 그곳에 처음 자주 드나들던, 그리고 숱한 예술가들을 무더기로 데려오던 사람들 중 하나였다(하지만 소박한 천막 아래서도 즐겁게 식사를 할 수 있었던 그 농가가 우아한 척하는 사람들의 집결지로 변하자 예술가들이 모두 다른 곳으로 떠나 버렸고, 엘스띠르가 그 무렵 그 음식점에 다시 오곤 하였던 것은 오직, 그곳으로부터 멀지 않은 곳에 그와 함께 사는 그의 아내가 잠시 집을 비웠기 때문이었다). 그러나 하나의 위대한 재능이란, 그것이 아직 널리 인정되지 않았을 때에도, 엘스띠르가 그곳에서 영위하고 있던 삶에 대하여 꼬치꼬치 캐묻곤 하던 잉글랜드 여인들의 질문이나 외국으로부터 그가 받던 많은 편지들에서 음식점 주인이 우연히 짐작하게 된, 평범하지 않은 찬탄을 필연적으로 촉발하는 법이다. 음식점 주인은 뿐만 아니라 엘스띠르가 작업 도중에 방해 받는 것을 좋아하지 않고, 달빛이 밝을 때에는 잠자리에서 다시 일어나 어린 모델을 해변으로 데려가 나신으로 포즈를 취하게 한다는 사실 등을 간파하였으며, 엘스띠르의 어느 화폭에서 리브벨 입구에 세워진 나무 십자가를 알아보고는, 화가의 노고가 헛되지 않으며 그에게 보내는 관광객들의 찬사가 근거 없는 것은 아니라고 생각하였다. "틀림없이 그 십자가야!" 그가 경악하여 몇 번이고 그렇게 소리쳤다. "네 조각이 선명히 보여! 아! 그래서 그토록 애를 쓰는 거야!"

따라서[308] 그는 엘스띠르가 일찍이 자기에게 준 「바다 위의 일출」[309]이라는 작은 화폭이 혹시 거액의 가치를 가질 수도 있지 않을까 하는 사실을 모르고 있었다.

우리는 그가 우리의 편지를 읽고, 그것을 자기 호주머니에 넣고, 식사를 계속하고, 자기의 소지품들을 돌려달라고 요청하기 시작하고, 떠나기 위하여 일어서는 것 등을 지켜보았으며, 우리의 거동이 그에게 충격을 주었으리라고 어찌나 확신하였던지, 우리는 이제(마치 우리가 전에 그를 두려워하였던 것처럼) 차라리 그의 눈에 발각되지 않고 음식점을 떠날 수 있기를 바랐을 것이다. 우리는 그러나 우리에게 가장 중요한 것으로 보였을 한 가지 점에 대해서는 단 한순간도 생각하지 않았으니, 그것은 엘스띠르에게로 향한 우리의 열광이,—그 진실성을 누가 의심하는 것을 우리가 결코 허용하지 않았을 것이고, 또한 기다림 때문에 간간이 멈추는 우리의 호흡이나, 그 위대한 인물을 위해서라면 어렵거나 영웅적인 그 어떤 일이라도 선뜻 수락하고 싶은 우리의 열망을, 우리가 정말 그 증거로 제시할 수 있었을 열광이었다—우리가 그의 어떤 작품도 본 적이 없으니, 우리가 믿고 있었던 그러한 찬미가 아니었다는 점이며, 따라서 우리의 감정이 대상으로 삼을 수 있었던 것은 '하나의 위대한 예술가'라는 공허한 관념이었지 우리가 전혀 모르던 그의 어떤 작품은 아니었다. 그 열광이란 기껏 공허한 찬미의 신경질적인 틀 혹은 내용 없는 찬미의 감상적 골조, 즉 어른이 되면 더 이상 존재하지 않는 특정 신체 기관들만큼이나 아이들로부터 분리될 수 없는 그 무엇이었는데, 기실 우리들은 아직 아이들이었다. 그러는 동안 엘스띠르가 거의 출입문에 도달하였는데, 그가 문득 방향을 바꾸더니 우리들에게로 왔다. 나는 감미로운 두려움에 흥분하였고, 그것을 몇 해 후에는 더 이상 느낄 수 없었을 것인 바, 나이가 들어감에 따라 그러한 종류의 감동을 느낄 능력이 감소할 뿐만 아니라, 익숙해진 사회적 관습이, 그러한 느낌에 사로잡히는 기이한 계기를 촉발시킬 일체의 사념마저 빼앗아버리기 때문이다.

   그가 우리의 식탁에 와서 앉으면서 몇 마디 말을 하는 동안, 내가 그에게 여러 차례 스완 이야기를 하였지만 그는 아무 대꾸도 하지 않았다. 나는 그가 스완과 교분이 없는 사람이라고 믿기 시작하였다. 하지만 그가 발백에 있는 자기의 화실로 자기를 보러 오라고 나에게 권하였고, 그 초청에 쌩-루는 포함되지 않았으며, 그것은 그로 하여금 내가 예술을 좋아한다고 생각하게 한 나의 말 몇 마디가 나에게 가져다준 결과로, 혹시 엘스띠르가 스완과 친밀했다 해도 스완의 소청이 아마 얻지 못하였을(남자들의 삶에 있어서 이해관계를 떠난 감정들이 흔히들 믿는 것보다 더 큰 부분을 점하고 있으니 말이다) 초대였다. 그가 나에게 친절을 베풀었고, 그 친절은 쌩-루의 친절에 비할 때, 쌩-루의 친절이 영악스러운 소시민의 친절보다 월등한 것만큼이나 월등했다. 위대한 예술가의 친절에 비하면, 지체 높은 나리의 친절은, 그것이 아무리 매력적이라 할지라도, 배우의 연극이나 흉내와 같은 기색을 풍긴다. 쌩-루가 (사람들의) 호감을 사려 하였다면, 엘스띠르는 주기를, 자신을 주기를, 좋아하였다. 그는 생각들이건 작품들이건 그리고 그것들보다 훨씬 하찮게 여기던 나머지 다른 것들이건, 자기가 소유하고 있던 모든 것을, 자기를 이해하는 사람에게 기꺼이 주었을 것이다. 그러나 용납할 만한 사람들이 없어 비사교적인 고립 상태에서 살고 있었으며, 그러한 비사교성을, 사교계 사람들은 우쭐거림이며 버릇없음이라고, 공권력은 불온한 사상이라고, 이웃들은 광기라고, 그의 가문 사람들은 이기주의이며 오만이라고 칭하였다.

또한 의심할 나위 없이 초기에는, 고독 속에서조차, 자기를 이해하지 못하고 자기에게 상처를 준 사람들에게, 자기의 작품들이라는 수단을 이용하여 멀리서나마 말을 건네고 그들로 하여금 자기를 더 높게 평가하도록 할 수 있으리라는 생각을 하면서 기뻐하였을 것이다. 아마 그 시기에는 그가 다른 이들에 대한 무관심이 아니라 그들에게로 향하는 애정 때문에 홀로 살았을 것이며, 내가 훗날 더 사랑스러운 모습으로 그녀 앞에 다시 나타날 생각으로 질베르뜨를 단념하였던 것처럼, 자기를 다시 만나지 못하지만 자기를 좋아하고 찬미하며 자기에 대한 이야기를 할 특정인들을 위해, 마치 그들 곁으로 다시 돌아가듯 작품들을 그렸을 것이니, 단념이란, 그것이 어느 환자나 수도사나 예술가나 영웅의 것이라 할지라도, 우리가 종전의 영혼을 간직한 채 결단을 내려 그 단념이 아직 우리에게 어떤 반작용도 가하지 않았을 초기부터 언제나 완전한 것은 아니다. 하지만 그가 만약 어떤 사람들을 위하여 작품을 그리고자 하였다면, 그것을 그리면서 그가 이미 자신의 관심 밖으로 밀려난 사회로부터 멀리 떨어져서 오직 자신만을 위하여 살았을 것이고,[310] 어떤 중대한 일이 우리의 애착 대상이었던 하찮은 것들과는 양립할 수 없고, 따라서 그 일이 우리들로부터 그것들을 박탈하기 보다는 아예 우리들을 그것들로부터 단절시킨다는 사실을 잘 아는지라 우리가 처음에는 두려워하는 모든 중대한 일에서 그러한 일이 생기듯, 고독의 실천이 그의 내면에 고독에 대한 사랑이 생기게 해주었을 것이다.[311]

엘스띠르가 우리와 이야기를 나누며 머문 시간은 길지 않았다. 나는 이틀이나 사흘 안에 그의 화실을 방문하리라 마음먹었으나, 다음 날, 까납빌 절벽 쪽으로 할머니를 모시고 방파제를 따라 그

끝까지 산책을 하다가 돌아오는 길에, 해안과 수직으로 이어진 어느 좁은 길 어귀에서 어느 소녀 하나와 마주쳤고, 그 소녀는 싫지만 외양간으로 떼밀려 들어가는 짐승처럼 머리를 숙이고, 손에는 골프채들을 든 채, 자기 혹은 자기 친구들 중 하나의 '잉글랜드 여자 가정교사'일 듯한 권위적으로 보이는 한 여인 앞에서 걸어가고 있었으며, 그 소녀를 앞세우고 가던 여인은 차보다는 진을 즐겨 마시는 듯 안색이 붉고, 회색빛이나 무성한 코밑수염에 이어, 씹는 담배 얼룩이 검은색 갈고리 모양으로 남은, 호가스가 그린 제프리스의 초상화를 닮았다.[312] 그 여인 앞에서 걷고 있던 소녀는, 검은색 폴로 모자를 쓰고 태연한 얼굴에 볼 통통하고 눈 생글거리던, 작은 소녀 무리 속의 그 소녀와 비슷했다. 그런데 그 순간 그렇게 돌아오고 있던 소녀 역시 검은색 폴로 모자를 썼고, 다만 내가 보기에는 무리 속의 소녀보다 더 예쁜 것 같았으며, 콧마루가 더 오똑하고 콧방울이 더 넓고 두터웠다. 뿐만 아니라 무리 속 소녀가 내 앞에 창백하고 오만한 소녀의 모습으로 나타났던 반면, 이 소녀는 다소곳한 기색에다 피부는 분홍색이었다. 하지만 그녀가 비슷한 자전거를 밀고 있었으며 같은 순록 가죽 장갑을 끼고 있었던지라, 나는 내 눈에 보인 차이들이 단지 시각의 각도 및 상황에 기인할 것이라 결론을 내렸던 바, 발백에 여하튼 얼굴이 그토록 비슷하고 차림새에 그토록 같은 특징들을 집결시킨 두 번째 소녀가 있을 가능성이 희박했기 때문이다. 그녀가 나에게 한 번 신속한 시선을 던졌고, 그 이후 작은 소녀 무리를 해변에서 다시 여러 차례 보았건만, 그리고 심지어 더 훗날 무리를 구성하고 있던 소녀들 모두를 알게 되었을 때에도, 나는 그녀들 중 어느 소녀도— 심지어 자전거를 밀고 가던, 모든 소녀들 중 그녀와 가장 닮은 소녀조차도—내가 그날 오후[313] 해변 끝자락과 이어진 작은 길 어귀에서 보았던, 그리고 내가 처음 소녀들의 행렬 속에서 눈여겨보았던 소녀와 거의 다르지 않으나 조금은 다르게 보인 바로 그 소녀일 것이라 확신할 수 없었다.

그날 오후부터는, 그 전까지 특히 키 큰 소녀를 자주 생각하던 내가, 씨모네 아가씨라고 추정되던 그 골프채 든 소녀 생각에 다시 몰두하기 시작하였다. 다른 소녀들 한가운데서 그녀가 자주 걸음을 멈추었고, 그녀의 뜻을 매우 존중하는 것 같았던 자기의 친구들 역시 걸음을 멈추지 않을 수 없었다. 그리하여, 바다로 이루어진 배경막 위에 그 윤곽이 드리워졌고 투명한 하늘빛 공간과 그이후 흘러간 세월에 의해 나로부터 격리된 그녀가 아직까지도 내눈앞에 어른거리는 것은, 그렇게 걸음을 멈춘 그리고 그녀의 '폴로 모자' 밑에서 두 눈이 반짝이는 그러한 상태로이며, 그것은 곧, 나의 침실에 있던 어느 소녀[314]에 대하여 '바로 그녀야!'라고 말할 수 있을 만큼 내가 그 시절 이후 자주 과거 속에 투영하던 하나의 얼굴이 내 추억 속에 남긴, 지극히 여리고 내가 갈망하며 추적하던 그리고 망각하였다가 다시 찾은, 그 얼굴의 첫 영상이다.

그러나 내가 사귀기를 가장 열망하였을 소녀는 아마 제라늄 꽃 안색에 눈동자 초록색이었던 소녀였을 것이다. 게다가 특정일에 내가 보고 싶던 소녀가 누구였든, 그녀가 혹시 없어도, 다른 소녀들이 나를 감동시키기에 충분했으며, 나의 욕망이 어떤 때에는 이 소녀에게로 다른 때에는 저 소녀에게로 향하면서도—첫날 내 앞에 보이던 혼돈스러운 영상처럼—그녀들을 한 덩이로 집결시켜, 자기들이 형성하고 있노라 틀림없이 자부하고 있었을 공통의 생명에서 활기를 얻는, 그녀들로만 이루어진 하나의 특별한 세계 만들기를 계속하였던지라, 내가 그녀들 중 하나와 친해짐으로써—미개한 세계에 들어가는 섬세한 이교도나 어느 양심적인 예수교도처럼—나는 건강과 무의식과 관능적 쾌락과 잔인함과 무지와 기쁨 등만이 지배하고 있던 회춘의 세계로 진입할 수 있었을 것이다.

엘스띠르와 잠시 만났다는 말씀을 드리자, 그와의 친교로부터 내가 얻을 수 있을 모든 지적 유익함에 기뻐하시던 할머니께서, 내가 아직 그를 방문하지 않은 것은 어처구니없는 일이며 예의에도 어긋난다고 하셨다. 하지만 내 생각은 온통 그 작은 소녀 무리에게만 가 있었고, 그 소녀들이 방파제를 따라 지나갈 시각을 확실히 몰라, 나는 감히 방파제 근처를 떠나지 못하였다. 할머니께서는 또한 나의 멋을 부린 옷차림에도 놀라셨다. 그때까지 여행 가방 깊숙이 처박아 두었던 정장들을 내가 문득 생각해 내었으니 말이다. 나는 그것들을 날마다 다른 것으로 바꾸어 입었고, 심지어 빠리로 편지를 써서, 새 모자들과 넥타이들을 나에게 보내라고 하였다.

어느 예쁜 소녀나, 조개, 과자, 꽃 등을 파는 여인의 얼굴이 우리 사념 속에 생생한 색채로 그려져, 날마다 아침부터 우리가 해변에서 보내는 한가하고 햇빛 찬연한 날들의 목표가 된다는 것은, 발백과 같은 해변 휴양지 생활에 추가되는 하나의 커다란 매력이다. 그러면, 또한 그렇기 때문에, 그러한 날들이, 한가함에도 불구하고 일하는 평일처럼 활기를 띠고, 싸블레[315] 과자나 장미꽃이나 암몬조개 등을 사면서 한편으로는 여성의 얼굴에, 마치 한 송이 꽃 위에 있는 것처럼, 순결하게 드러난 색깔들을 바라보며 우리가 한껏 즐거워할, 다음 순간을 향하여 인도되고 자력에 이끌려가며 가볍게 동요된다. 그러나 적어도 그러한 물건을 파는 소녀들에게는 우리가 말을 건넬 수 있어, 어떤 초상화 앞에서처럼, 단순한 시각적 작용이 우리에게 제공하는 면모 이외의 다른 측면들을 상상력에 의지하여 구성한다든가, 그리하여 그녀들의 삶을 재창조한다든가, 그러한 삶이 지니고 있을 매력을 우리 자신에게 과장해 제시한다든가 하는 등의 짓은 피할 수 있으며, 특히 그 무엇보다도 우리가 그녀들에게 직접 말을 건네는지라, 그녀들을 어디에서 또 어느 시각에 다시 볼 수 있을지를 알 수 있다. 그런데 그 작은 무리 속 소녀들의 경우는 전혀 그렇지 않았다. 그녀들의 습성을 내가 전혀 모르는지라, 그녀들이 보이지 않는 날에는, 나타나지 않은 원인을 모르던 나는, 그것이 정례적인 것인지, 그녀들이 이틀에 한 번씩만 모습을 드러내는 것인지, 혹은 날씨가 특이할 경우, 그러한 날에는 나타나지 않는지 등을 알아내려 애를 쓰곤 하였다. 나는 내가 그녀들의 친구가 된 것으로 미리 상상하면서 그녀들과 나눌 말을 생각해 보았다. "그런데 그날에는 당신들이 보이지 않더군요!"—"아! 그래요, 토요일이기 때문이었어요. 토요일에는 결코 오지 않아요. 왜냐하면…." 서글픈 토요일에는 따라서 아무리 악착스럽게 기다려도 소용없으며, 해변을 사방으로 쏘다녀도, 과자점 진열대 앞에 앉아서 에끌레르[316]를 먹는 척하고, 골동품 상점에 들어가고, 사람들이 해수욕 시작할 시각을 기다리고, 연주회를, 밀물 때를, 해가 지기를, 밤이 되기를 기다려도, 갈망하는 그 작은 소녀 무리를 볼 수 없다는 사실을 그렇게 알 수만 있다면 간단한 일이었을 것이다. 하지만 그 숙명적인 날이 한 주간 동안에 단 한 번만 닥치는 것이 아마 아니었을 것이다. 또한 그러한 날이 반드시 토요일이라는 법도 아마 없었을 것이다. 특정 날씨 조건이 영향을 줄 수도 혹은 그러지 않을 수도 있었을 것이다. 우리가 우연한 일치에 스스로를 농락당하게 내버려 두지 않았고 따라서 우리의 예상이 틀리지 않을 것이라 확신하기 위해서는, 우리를 열광시키는 그 천문학에서 혹독한 경험의 대가로 얻은 확실한 법칙들을 이끌어내기 위해서는, 그 미지의 세계가 드러내는 표면상 불규칙적인 그 움직임들에 대한 참을성 있는 그러나 평온하지 못한[317] 관찰을 얼마나 무수히 반복해야 하는가! 어느 날 나는, 그녀들이 그날과 같은 요일에 나타나지 않았다는 사실을 상기하면서, 그날 역시 그녀들이 나타나지 않을 것이니, 내가 해변에 머무르는 것이 부질없는 짓이라 생각하였다. 그런데 바로 그 순간 그녀들이 나타났다. 반대로 어떤 날에는, 그 별자리의 재출현을 조정하는 법칙들에 입각하여 추측한 끝에, 그날이 틀림없이 상서로운 날이라 계산하였지만, 그녀들은 나타나지 않았다. 그러나 특정일에 내가 그녀들을 볼 수 있을지 혹은 그럴 수 없을지 모르는 그 첫 번째 불확실성에, 그보다 더 심각한 불확실성이 덧붙여졌으니, 그것은 내가 그녀들을 단 한 번이나마 다시 볼 수 있을까 하는 의구심이었던 바, 그녀들이 아메리카로 떠나게 되어 있었는지 혹은 빠리로 돌아가게 되어 있었는지를 내가 전혀 알지 못하였기 때문이다. 그것이면 그녀들에 대한 나의 사랑을 태동시키는 데 충분했다. 누구든 어떤 사람을 각별히 좋아할 수는 있다. 그러나 사랑의 전단계인 특유의 슬픔과 돌이킬 수 없으리라는 감정과 극도의 번민이 폭발하려면—그리고 연정이 노심초사하며 추구하는 것은 아마 연정의 대상 자체가 아니라 그러한 현상을 가라앉히려는 시도일지도 모른다—불가능성이라는 위험이 있어야 한다. 연속적인 사랑 과정에서 반복되는(뿐만 아니라, 특히 대도시 생활에서, 그녀들의 휴무일이 언제인지 몰라 공장 출입구에서 발견하지 못해 우리가 몹시 불안해하게 되는 직공 아가씨들과의 사랑에서도 발생할 수 있는), 혹은 적어도 나의 연속적인 사랑들 과정에서 재발되던 그러한 영향력들이 벌써 그렇게 작용하고 있었다. 그러한 영향력들이 아마 사랑과는 불가분의 관계에 있으며, 따라서 최초 사랑의 특징이었던 것이 아마, 그것이 무엇이었든, 추억과 암시와 습성의 형태로 다음 사랑들에 덧붙여지고, 우리 생애의 연속적인 시기를 일관하여, 우리들 사랑의 다양한 면모에 하나의 보편적인 성격을 부여할지도 모른다.

나는 그 소녀들과 마주칠 수 있으리라 기대하던 시각에 해변으로 가기 위하여 온갖 핑계를 동원하곤 하였다. 언젠가는 점심을 먹던 도중에 그녀들을 본 적이 있어, 그 이후로는, 그녀들이 지나가기를 방파제 위에서 한없이 기다리느라고 항상 늦게서야 식당에 들어섰고, 식당에 앉아 있던 그 짧은 동안에도 나의 눈은 유리창의 푸른빛을 심문하듯 바라보느라고 여념이 없었는가 하면, 그녀들이 혹시 다른 시각에 산책을 시작하였을 경우 그녀들을 놓치지 않기 위하여 후식도 먹기 전에 식탁을 박차고 일어서기도 하고, 나에게는 호기로 보이던 그 시각을 넘겨서까지 할머니께서 나를 당신 곁에 머물게 하실 때에는, 정작 당신께서도 의식조차 못하시는 할머니의 그 심술에 내가 화를 내기도 하였다. 나는 나의 의자를 식탁 귀퉁이 쪽으로 비스듬히 놓아 시야를 한껏 넓히려 애를 쓰곤 하였고, 혹시 소녀들 중 하나가 우연히 보이면,—그녀들 모두가 같은 특질을 공유하고 있었으니—그럴 경우, 마치 내가, 나의 정면에 있는 유동적이고 악마적인 환영 위에, 조금 전까지만 해도 항시적으로 정체된 상태로 나의 뇌수에만 존재하던 적대적이되 열렬히 갈망하던 꿈의 일부가 투영되어 있는 것을 보는 것 같았다.

그녀들 모두를 사랑하였던지라 그녀들 중 어느 하나도 내가 사랑하지 않았으나, 그녀들과의 잠재적인 마주침이 내 그날그날의 유일한 감미로운 요소였고, 그 마주침만이 나의 내면에 모든 장애물들을 극복할 수 있을 특이한 희망들이 태동하게 해주었으되, 내가 그녀들을 보지 못할 경우에는 그 희망들에 격렬한 노기가 이어지곤 하였다. 그 무렵에는 그 소녀들이 나의 할머니마저 가려버렸던지라, 만약 그것이 그 소녀들이 있는 곳으로 가기 위한 것이라면 내가 아무리 긴 여행이라도 마다하지 않았을 것이다. 또한 내가 다른 것을 생각한다고 혹은 아무것도 생각하지 않는다고 믿을 때에도, 나의 사념이 즐겁게 매달려 향하던 곳은 그녀들이었다. 하지만 내가 전혀 깨닫지 못한 상태에서 그녀들을 생각할 때에도, 나의 가장 깊숙한 무의식 속에서는, 그녀들이 나에게는 곧 바다의 푸르고 구릉 같은 일렁임이었고, 바다 앞에서 펼쳐지는 행렬의 윤곽이었다. 따라서 내가 만약 그녀들이 있을 어떤 도시에 갈 경우, 내가 다시 만나기를 기대하였을 것은 바다였을 것이다. 어떤 사람으로 향한 사랑이 아무리 외곬이라 해도, 그것은 항상 다른 무엇에 대한 사랑이다.

내가 골프와 테니스에 극단적인 관심을 쏟고, 당신께서 아시기에 가장 위대한 예술가들 중 하나인 그 사람이 작업에 임하는 것을 직접 보거나 말하는 것을 들을 수 있는 계기가 사라지게 내버려 두자, 할머니께서 나의 처신을 한심스럽게 여기시는 듯한 감회를 표하셨으나, 할머니의 그러한 견해가 내가 보기에는 편협한 시각에서 비롯된 것 같았다. 내가 일찍이 샹젤리제에서[318] 언뜻 감지하였고 그 이후 더욱 명료하게 깨달은 것은, 우리가 어떤 여인에게 연정을 품는다는 것은 우리가 단지 그 여인 속에다 우리 영혼의 한 상태를 투영하는 것뿐이고, 따라서 중요한 것은 그 여인의 어떤 장점이 아니라 그녀 속에 투영된 그 상태의 깊이인지라, 어느 보잘것없는 젊은 여자가 우리에게 주는 감동들이, 어느 탁월한 인물과의 대화나 심지어 그 사람의 작품들을 찬탄하며 감상하는 것 등이 우리에게 주는 기쁨보다 오히려, 우리 자신의 더 내밀한,

더 독특한, 더 구원(久遠)한, 더 본질적인 부분들을 우리로 하여금 우리의 의식 속으로 끌어올리게 해준다는 사실이다.[319]

결국 할머니의 뜻에 복종할 수밖에 없었고, 엘스띠르가 방파제로부터 상당히 멀리 떨어진, 발백에서도 가장 최근에 개통된 대로에 살고 있어 더욱 마음이 내키지 않았다. 날씨가 몹시 뜨거워 나는 뺄라주 로를 지나는 전차를 타야 했고, 내가 킴메로이인들의 태곳적 왕국에, 아마 마크 왕의 나라에, 혹은 브로셀리앙드 숲 터에 와 있다고 생각하기 위하여,[320] 내 눈앞에 펼쳐지던 싸구려 상품 보따리들 같은 건축물들의 사치를 바라보지 않으려 애를 썼으며, 그 건물들 중 엘스띠르의 별장 외양이 가장 사치스럽게 추해 보였으나, 그럼에도 불구하고, 발백에 있는 모든 별장들 중 그에게 넓은 화실을 제공할 수 있는 별장이 그것뿐인지라 그것을 빌렸다고 했다.

그리하여 정원을 가로질러 가는 동안에는 내가 외면을 하였고, 그곳에 있던 것들이란 잔디밭 하나—빠리 변두리 중산층의 집들에서 흔히 볼 수 있는 정원보다 더 작은—, 연정에 사로잡힌 정원사의 작은 조각상, 누구든 자기의 얼굴을 비쳐 볼 수 있는 공 모양의 거울들, 줄지어 심은 베고니아들, 작은 정자 등이었고, 정자 아래에는 흔들의자들이 철제 탁자 앞에 정연히 놓여 있었다. 그러나 도시적 추함이 배어 있는 그 첫 물건들을 지나 화실 안으로 들어선 후에는, 내가 더 이상 굽도리의 초콜릿색 쇠시리 장식 등에도 관심을 쏟지 않게 되었으니, 내가 완벽히 행복해짐을 느꼈기 때문이며, 그것은 나를 둘러싸고 있던 모든 습작품들을 매개로 내가 그때까지는 현실의 총체적인 광경으로부터 일찍이 단 한 번도 분리해 본 적 없었던 다양한 형태들에 대한, 기쁨 풍요로운 시적 인지에 내가 도달할 수 있으리라는 가능성을 직감하였기 때문이다.

그리하여 엘스띠르의 화실이 나에게는 일종의 새로운 천지창조가 진행되는 실험실로 보였고, 그 속에서 그는 우리들의 눈에 보이는 모든 사물들로 이루어진 대혼돈으로부터, 뭇 방향으로 놓인 다양한 크기의 장방형 화포 위에 그 사물들을 그리는 식으로, 예를 들어 여기에는 자기의 자홍색 거품을 모래 위에 맹렬한 기세로 으스러뜨리는 바다의 물결 하나를, 저기에는 갑판 위에서 팔꿈치를 괴고 서 있는 백색 즈크제 옷차림의 젊은이 하나를 그리는 식으로, 그것들을 이끌어냈다. 그리하여 젊은이의 상의와 마구 튀기는 물결이, 물결은 더 이상 아무것도 적시지 못하고 상의는 그 누구에게도 입힐 수 없어 각각의 고유 속성을 잃었음에도, 그것들이 존재하기를 계속한다는 사실 덕분에 하나의 새로운 품격을 획득하였다.

내가 들어서던 순간에 창조자[321]는, 손에 들고 있던 붓으로, 지고 있는 태양의 형태를 완성시키고 있었다.

거의 모든 쪽 차양들이 내려져 있고 다만 벽 하나에만 밝은 빛이 눈부시고 일시적인 장식 무늬를 인장 찍듯 드리우고 있어 화실이 시원하고 어두워졌으며, 정원 한 자락과 그 너머에 있는 가로수길 쪽으로 뚫린, 인동덩굴이 그 테두리를 감싸고 있는 작은 장방형 창문 하나만이 열려 있어, 화실 대부분의 분위기가 대체적으로 어둡고 투명하며 밀도 높으나, 한쪽 면이 이미 깎여 윤이 나는 수정 덩어리처럼 여기저기에서 빛을 발산하고 무지갯빛으로 반짝이는 햇빛 줄기가 박힌 틈들은 축축하고 밝았다. 나의 간청에 응하여 엘스띠르가 그림 그리기를 계속하는 동안, 나는 이 그림 저 그림 앞에서 이따금씩 걸음을 멈추곤 하면서 화실의 그 미광 속을 거닐었다.

나를 둘러싸고 있던 화폭들의 대부분은 내가 가장 보고 싶어 하던 것들이 아니었다. 내가 보고 싶어 하던 것들이란, 그랑드-호텔 응접실 탁자 위에 내버려져 있던 어느 잉글랜드 예술 잡지에 언급된 그의 초기 화풍과 제2기 화풍에 속하는 그림들로서, 잡지에 의하면, 초기의 신화적 화풍과 제2기의 일본 영향 짙은 화풍이 게르망뜨 부인의 소장품들 속에 찬탄할 만하게 구현되어 있다고 하였다. 물론 그가 자기의 화실에 가지고 있던 것들은 대개 발백 현지에서 그린 해양 풍경들뿐이었다. 그러나 나는 그것들 속에서, 각 화폭의 매력이, 문예[322]에서 흔히 은유라 칭하는 것과 유사한, 묘사한 사물들이 겪은 일종의 변신에 있다는 사실과, 아버지 신께서 일찍이 사물들에게 명칭을 부여함으로써 그것들을 창조하신 반면, 엘스띠르는 사물들로부터 그 명칭을 박탈하거나 그것들에게 다른 명칭을 부여함으로써 그것들을 재창조하고 있었다는 사실을 간파하였다. 사물들을 가리키는 명칭들이란 항상, 우리가 받는 진정한 인상들과는 무관한 하나의 지적인 개념에만 부응하고, 우리로 하여금 그 개념에 연관되지 않는 모든 것은 그 인상들로부터 삭제하도록 강요한다.

발백의 호텔에서, 프랑수와즈가 아침에 빛 가리개를 치울 때나, 저녁나절에 쌩-루와 함께 떠날 순간을 기다릴 때, 내가 가끔 나의 방 창가에 서서, 바다의 유난히 어두운 부분을, 햇빛 효과 덕분에, 먼 해안으로 여기거나, 푸르고 유동적인 한 구역을, 그것이 바다에 속하는지 하늘에 속하는지 모르는 채, 즐겁게 바라보는 일이 생기곤 하였다. 그럴 때마다, 내가 받은 그러한 인상이 무너뜨린 질료들 간의 경계선을, 나의 지성이 서둘러 복구해 놓곤 하였다. 그렇게 빠리에서도, 나의 침실에까지 들려오던 거의 소요사태에 가깝도록 심하게 다투는 소음을 내가 그것의 원인과—예를 들어 다가오던 마차의 바퀴 구르는 소리와—결부시킴으로써, 나의 귀는 실제로 들었으되 나의 지성은 마차 바퀴들이 내지 않았음을 알고 있던, 날카롭고 거슬리는 고함 소리를 내가 삭제하는 일이 생기곤 하였다. 그러나 우리가 자연을 있는 모습 그대로, 즉 시적으로,[323] 보는 희귀한 순간들이 있으니, 엘스띠르의 작품은 그러한 순간들로 이루어져 있었다. 그날 그가 자기 곁에 가지고 있던 해양 풍경화들 속에 가장 빈번하게 보이던 은유는 바로, 육지를 바다에 비유함으로써 육지와 바다 간의 모든 경계선을 없애 버리는 그러한 은유였다. 엘스띠르의 그림이 특정 애호가들 속에 촉발시키는 열광의 원인, 때로는 그들 자신도 명료하게 지각하지 못한 그 원인이 된 특유의 다양하고 힘찬 통일성을 그의 그림 속에 넣어주는 것은, 하나의 같은 화폭 속에서 암묵적으로 그리고 끈질기게 반복된 그 비유이다.

그가 최근에 완성하였고 내가 오랫동안 응시한, 까르끄뛰이 항구를 그린 화폭에서, 엘스띠르가 그 작은 도시를 묘사하기 위해서는 해양 용어들만을 사용하고 바다를 묘사하기 위해서는 도시에 관련된 용어들만을 사용하면서 관람자의 오성을 준비시킨 목적은, 그 오성이 예를 들어 그러한 종류의 은유를 무난히 접할 수 있도록 하기 위함이었다. 집들이, 항구의 일부나 선박 수리용 정박지 혹은 발백 인근 지역에서 흔히 볼 수 있듯이, 그 위에 도시가 세워진 갑(岬) 저 너머의 육지 깊숙이 만을 이루며 들어갔을지도 모를 바다까지도 혹시 감추고 있었음인지, 지붕들 위로(마치 굴뚝들이나 종루들처럼) 돛대들이 불쑥 솟아 있었는데, 돛대들은 자기들의 모체인 선박들을 도시적인 무엇, 즉 육지에 건설된 무엇으로 변화시키는 듯했고, 부두를 따라 정박 중이던, 하지만 어찌나 촘촘한 열을 이루고 있었던지 이웃한 선박들 위에 있는 사람들끼리 한가한 대화를 나눌 수 있음은 물론, 상호간의 경계나 선박들 사이의 물조차 보이지 않을 만큼 밀집되어 있던, 다른 선박들이 그러한 인상을 더욱 증대시켜 주었던지라, 그 어선단이, 예를 들면, 멀리, 먼지처럼 흩어지는 태양과 물결 속에 묻혀 사방이 물로 둘러싸인 채(도시는 전혀 보이지 않는지라), 누가 혹 불어 백색 대리석이나 거품 형태로 부풀려진 상태로 물에서 솟아오른 다음 색깔 변화무쌍한 무지개 띠 속에 갇혀, 비현실적이고 신비한 화폭을 형성하고 있는 듯하던 크리끄백의 교회당들보다도 오히려 더 바다와는 이질적인 것 같았다. 화가는, 해변의 전경(前景)에서 우리의 눈이 육지와 대양 사이의 고정된 경계선을, 즉 절대적인 분리선을, 식별하지 못하는데 익숙해지도록 하는 방법을 일찍이 터득하였다. 배를 바다로 밀어 넣던 사람들은 물속에서도 모래 위에서처럼 날렵하게 뛰었고, 물에 젖은 모래는 벌써, 마치 자기가 물이기라도 한 듯, 그 표면에 선체들의 모습이 어리게 하고 있었다. 바다의 수면조차 일정하게 상승하는 것이 아니라, 원근법으로 인해 더욱 잘게 찢기고 있던 해안에서 일어나는 사건들에 어찌나 충실히 상응하고 있었던지, 난바다에 떠 있는 대형 선박도, 건조가 상당히 진척된 조선소의 선박들에 반쯤 가려져, 도시 한가운데를 향해 하고 있는 것 같았고, 바위들 사이에서 새우를 잡고 있던 여인들 또한, 그녀들이 물로 둘러싸여 있었기 때문에, 그리고 바위들로 이루어진 원형 방벽 너머의 해변(육지와 가장 인접한 두 곳의)을 해수면 높이로 낮추고 있던 침하 현상으로 인하여, 기적적으로 갈라진 물결 한가운데에 뚫렸으되 보호를 받고 있는, 그리고 쪽배들과 물결들이 금방이라도 그 위로 덮칠 듯한, 어느 해변 동굴 속에 있는 것처럼 보였다. 화폭 전체가, 바다는 내륙으로 들어가고 육지는 바다의 속성을 띠어, 주민들이 양서류인 듯하고 해양성 질료의 기운이 사방에서 작열하는 듯한 특유의 인상을 주고 있었다면,

한편, 바다가 심하게 동요된 암석들 근처의 부두 입구에서는, 어떤 이들은 돌아오고 다른 이들은 고기잡이 하러 떠나고 있던 그곳에서는, 선원들이 쏟는 노력에서, 도시의 임해 창고들과 교회당과 주택들의 흔들림 없는 수직성 앞에서 전복될 듯 수면과 예각을 이루면서 기울어진 고깃배들의 모습에서, 누구든 그 선원들이, 그들의 능란함이 없었다면 펄쩍 뛰어 그들을 땅바닥에 내동댕이쳤을 어떤 사납고 빠른 짐승의 등판과 같은 물 위에서 거칠게 쏘다니고 있음을 느낄 수 있었다. 한 무리 행락객들이 농가의 작은 짐수레처럼 마구 흔들거리는 쪽배를 타고 즐겁게 바다로 나오고 있었으며, 쾌활하되 또한 조심성 많은 선원 하나가 고삐를 잡아 수레 몰듯 그 힘찬 범선을 조정하는데, 행락객들은, 무게가 지나치게 한쪽으로 치우쳐 배가 전복되는 일이 생기지 않도록, 각자의 자리에 제대로 앉았고, 그렇게 햇빛 밝은 평원과 그늘진 곳들을 달리면서 비탈들을 굴러 떨어지듯 내려가기도 하였다. 폭풍우가 지나간 지 얼마 아니 되었지만 아름다운 아침나절이었다. 그리하여 심지어, 바다가 하도 잔잔하여 그림자들이 오히려, 태양의 영향으로 기화되었고 원근법이 서로 걸쳐놓은 선체들보다도 거의 더 큰 견고성과 실질성을 획득한 부분들 속에서는, 태양과 시원함을 즐기면서 미동도 하지 않는 소형 선박들의 아름다운 균형이 제압하여야 할 (폭풍우의) 강력한 작용이 아직도 느껴졌다. 혹은 차라리, 바다의 다른 부분들이라 할 수 없을 것 같았다. 왜냐하면, 그 부분들 사이에는, 그것들 중 하나와 물에서 치솟는 교회당 혹은 도시 뒤에 있는 선박들 사이에 존재하는 것에 못지않은 차이가 있었으니 말이다. 그런 다음 (화가의)[324] 지성이 이미 있던 것을 하나의 동일한 성분으로 변화시키고 있었으니, 화폭의 한 부분에서는 폭풍우 흔적 감도는 검은색을, 다른 부분에서는 색깔은 물론 광택에 있어서도 하늘과 구별되지 않는 것을 만들어내고 있었으며, 그렇게 변화된 또 다른 부분은, 태양과 안개와 물거품으로 인해 어찌나 하얀지, 그리고 어찌나 밀도 높고 내륙적이고 집들로 둘러싸인[325] 듯하던지, 그것을 보면, 돌로 포장한 도로나 눈 덮인 들판이 연상되었고, 그 들판 위에서, 어떤 내의 도섭장(徒涉場)으로 건너와 몸을 격렬하게 흔들어 물을 털어내는 마차[326]처럼 가파르고 물기 없는 언덕을 따라 불쑥 일어서는 거대한 선박을 보고 두려움에 휩싸이게 되나, 잠시 후, 지면 단단한 고원의 높고 기복 심한 광활함 위에서 비틀거리는 선박들을 보면서, 그 광활한 면적이 곧, 다양한 모습들 밑에 있으되 한결같이 같은 바다임을 깨닫게 된다.[327]

예술에는 발전도 발견도 없고, 그것들이 오직 과학에만 있다고 흔히들 말하고 또 그 말이 옳지만, 그리하여 자신을 위하여 각 예술가가 개인적 노력을 다시 시작함에 있어 다른 어떤 이의 노력에 의해 도움을 받을 수도 방해를 받을 수도 없다고들 하지만, 예술이 특정 법칙들을 밝혀 드러냄에 따라 어떤 산업이 일단 그것들을 대중화시키면, 종전의 예술이 나중에 자기의 독창성을 조금 상실한다는 점은 인정해야 한다. 엘스띠르의 활동 초기부터 우리는 흔히들 '찬탄할 만하다'고 하는 풍경 및 도시 사진들을 보아 왔다. 그 경우 애호가들이 그러한 수식어로 가리키는 것이 정확히 무엇일지 규정하려 한다면, 우리는 그 말이 평소 우리에게 알려진 어떤 사물의 특이한 영상에, 즉 우리가 일상적으로 보던 것들과는 다른 영상에 적용됨을 알게 될 것이며, 특이하지만 사실인 그 영상은, 바로 그러한 이유 때문에 우리에게 이중으로 충격을 주는 바, 그것이 우리를 놀라게 하여 타성에서 벗어나게 함과 동시에, 우리에게 하나의 인상을 상기시킴으로써 우리로 하여금 우리 자신 속으로 되돌아가게 한다. 예를 들어 흔히들 '멋지다'고 하는 사진들 중의 어떤 것은, 우리가 일상적으로 시내 중심지에서 바라보던 대교회당을, 반대로 그것이 일반 주택들보다 30배나 더 높아 보이게 하고, 강으로부터 실제로는 상당히 멀리 있으나 강변의 돌출부처럼 보이게 하는 선별된 지점에서 촬영하였던지라, 우리에게 투시도(透視圖)의 법칙 하나를 명료하게 예시해 줄 것이다. 그런데, 사물들을 자기가 알고 있는 상태로가 아니라 최초로 우리의 눈에 비친 영상을 구성하는 시각적 환영들 그대로 드러내려 하던 엘스띠르의 노력이, 공교롭게도 그로 하여금 그 투시도의 법칙 몇몇을 밝혀 드러냈고, 그의 시절에는 예술이 최초로 그것들을 드러냈던지라 그만큼 더 충격적이었다. 강 하나가 흐르는 중 굽어져, 혹은 만 하나가 해변 절벽들의 표면적인 근접 때문에, 평원이나 산악지역 한가운데에 사방이 완전히 막힌 호수 하나를 파놓은 것 같았다. 열기 이글거리던 여름날 발백에서 그린 어느 화폭 속에서는, 내륙으로 깊숙이 들어온 바다가, 분홍색 화강암 장벽 속에 갇혀 있어 바다처럼 보이지 않았고, 그것이 훨씬 더 먼 지점에서 시작되는 것 같았다. 그것이 대양의 연속선상에 있음을 오직 갈매기들만이 암시하고 있었는데, 그 새들이, 보는 이들에게는 돌처럼 보이는 것 위를 선회하면서 반대로 물결의 습기를 들이마시고 있었다. 그 화폭으로부터는 다른 법칙들도 드러나고 있었으니, 거대한 절벽 발치의 푸른 거울 위에 잠들어 있는 나비들처럼 보이던 하얀 돛들의 릴리퍼트적 우아함[328]이나, 그늘의 깊이와 빛의 창백함 간의 대조 등이 그것들이었다. 사진술 역시 일반화시킨 그늘의 그러한 작희 또한 전에는 엘스띠르의 관심을 한껏 끌어, 그가 진정한 신기루들을 즐겨 그릴 정도였고, 그러한 화폭들 속에서는 탑 하나를 지붕 위에 얹은 성채가, 마치 그 용마루를 탑으로 연장시켜 전체를 높이고 아래쪽으로는 거꾸로 세운 탑으로 연장시킨 듯한, 완전한 원형 성채처럼 보여, 청명한 날씨의 예외적인 맑음이 물 위에 어린 그늘에 돌의 단단함과 광채를 주는가 하면, 아침 안개가 돌을 그늘만큼이나 어렴풋하게 바꾸어 놓기도 하였다. 마찬가지로, 바다 저 너머에서는, 도열해 있는 나무들 뒤에서는, 석양으로 인해 분홍빛으로 변한 다른 바다 하나가 시작되고 있었는데, 그것은 하늘이었다. 햇빛은 새로운 견고함 같은 것들을 고안해내면서, 자기가 후려치고 있던 선체를 그늘 속에 있는 다른 선체 뒤로 다시 밀어 넣고 있었으며, 실제로는 평평하나 조명 각도로 인해 깨진 아침 바다의 표면에 크리스탈 층계의 계단들을 설치하고 있었다. 어느 도시의 다리들 밑으로 흐르는 강은, 그것이 완전히 해체되어, 이곳에서는 호수 형태로 널브러져 있고 저곳에서는 실개천처럼 가늘어지며, 또 다른 지점에서는 시민들이 저녁나절이면 시원한 공기를 호흡하기 위하여 찾곤 하는 숲을 왕관처럼 쓰고 있는 동산 하나가 끼어들어 끊어진 것처럼 보이게 하는 등의 지점에서 포착하여 그렸던지라, 그렇게 와해된 도시의 리듬마저도, 하늘로 치솟기 보다는, 짓이겨지고 이음새 사라진 강줄기를 따라 안개 속에 층층이 쌓인 집들의 혼돈스러운 덩어리 전체를, 개선 행진곡 따위의 박자를 맞추어주는 메트로놈의 추선(錘線)[329]식으로 자기들 밑에 매달고 있는 듯한, 종루들의 휘어지지 않는 수직선에 의해서만 겨우 유지되고 있었다. 또한(엘스띠르의 초기 작품들이 흔히 풍경화를 인물의 삽입으로 장식하던 시절의 것들이었던지라) 절벽 위나 산속에 있는 길이, 즉 자연 중 반쯤은 인간적인 그 부분이, 강이나 바다처럼 전망의 이지러짐을 겪기도 하였다. 그리하여 산마루 하나가 혹은 어느 폭포의 물안개가 혹은 바다가, 그것을 따라 산책하는 이에게는 보이나 우리에게는 보이지 않는 길의 연속성을 따라갈 수 없게 하였고, 그 유행 지난 차림새로 한적한 길에서 방황하는 왜소한 인물이, 자기가 따라가던 오솔길이 그곳에서 끝난 듯 어느 심연 앞에서 멈추곤 하는데, 그동안 삼백 미터 더 높은 곳에 있는 전나무 숲 속에서는, 나그네의 발길을 반갑게 맞이하는 그 길(그러나 산자락이 폭포나 만을 우회하는 그 길의 연결 띠들을 감추고 있던) 위에 깔린 모래의 가느다란 백색선이 다시 나타나는 것을 보면서 우리의 눈이 측은해지고 가슴이 안도감을 찾곤 하였다.

현실 앞에서 자기 지성이 가지고 있던 모든 개념들을 털어버리기 위하여 엘스띠르가 쏟던 노력은, 붓을 들기 전에 먼저 자신을 무지한 사람으로 만들고 정직성 때문에 모든 것을 망각 속으로 던져버리던(우리가 알고 있는 것은 우리의 것이 아닌지라) 그 사람이, 바로 특출하게 교양된 지성의 소유자였다는 점에서 그만큼 더 찬탄할 만하다. 내가 발백의 교회당 앞에서 느낀 실망감을 고백하자, 그가 나에게 말하였다.

"그 무슨 말씀이시오? 그 교회당 정문 현관을 보고 실망하셨다니! 하지만 그것은 백성들이 일찍이 읽을 수 없었던, 인물과 사건들로 장식한 가장 아름다운 '성서'입니다.[330] 성처녀와 그녀의 생애를 이야기하고 있는 그곳의 모든 저부조들은, 중세가 마돈나의 영광에 헌정한 긴 찬미와 찬양의 노래를 가장 깊은 애정과 영감으로 표현한 것입니다. 신성한 글을 옮김에 있어 보여준 가장 치밀한 정확성은 차치하고라도, 그것을 새긴 옛 조각가의 그 독창적인 발견과 심오한 사상과 감미로운 시를 보시오! 자기들의 손으로 감히 직접 만지기에는 너무나 신성한 성처녀의 시신을 옮기는 데 천사들이 사용한 그 큰 너울(같은 이야기가 쌩-앙드레-데-샹[331] 교회당에도 새겨져 있다고 내가 그에게 말하자, 그는 자기도 그 교회당 정문 현관을 찍은 사진을 본 적이 있다고 하면서, 그곳에 새겨진 이름 없는 촌사람들이 성처녀의 주위로 일제히 달려오는 그 서두는 모습이, 발백 교회당 입구의 그 늘씬하고 다정한, 거의 이딸리아풍인 키 큰 두 천사의 엄숙함과는 전혀 다른 것임을 나에게 일러주었다), 성처녀의 영혼을 그녀의 시신과 재결합시키기 위하여 가져가는 천사, 성처녀와 엘리자벳[332]이 만나는 광경에서 마리아의 젖가슴을 만지고 그것이 부풀었음을 느끼며 경이로워하는 엘리자벳의 동작, 성처녀의 무염수태를 믿지 않던 조산부의 붕대 감은 팔, 자기 부활의 증거물을 제시하기 위하여 성처녀가 토마스 성자에게 던져준 허리띠, 또한 자기 아들의 한쪽 옆구리에서는 새로운 교회가 성찬용 술인 피를 받고 있는 동안, 다른 쪽에서는 그 지배가 끝난 유대 교회가 눈이 가려진 채 반쯤 부러진 왕홀을 손에 들고, 자기의 머리로부터 떨어지는 왕관과 함께 고대 율법을 새긴 판(板)이 도망치게 내버려 두는데, 아들의 벗은 몸을 가려주기 위하여 성처녀가 자기의 젖가슴 위에서 찢어내는 그 너울, 그리고 최후의 심판 때 자기의 젊은 아내가 무덤에서 나오는 것을 도와주면서 그녀를 안심시키기 위하여 그녀의 손을 자신의 심장 위로 끌어다 얹고 그것이 정말 박동하고 있음을 입증해 보이는 남편 등, 그 모든 것들이 멋지고 독창적인 생각 아닌가요? 또한 십자가의 빛이 천체들의 빛보다 일곱 배는 더 밝다고 하였던지라 쓸모없게 된 태양과 달을 치워버리는 천사, 충분히 덥혀졌는지 보기 위하여 예수의 목욕물에 자신의 손을 담가보는 천사, 성처녀의 이마 위에 왕관을 얹어주기 위하여 구름 속으로부터 나오는 천사, 하늘 꼭대기로부터 천상의 예루살렘을 둘러싸고 있는 난간 받침대 사이로 아래를 굽어보면서, 악인들이 받는 고초와 선택받은 이들이 누리는 행복의 광경에 두려움이나 기쁨에 휩싸여 두 팔을 쳐드는 다른 모든 천사들을 보시오! 그 교회당 정문 현관에서 보실 수 있는 것이 곧 천국의 모든 권역들이며, 그 자체가 하나의 신학적이고 상징적인 거대한 시라오. 그것은 광적이며 동시에 신성하다 할 수 있으며, 이딸리아에서 볼 수 있는 것들보다 천 배는 우월하오. 사실 훨씬 재능 부족한 조각가들이 발백 교회당 정문 현관의 그 부분을 그대로 모방하였소. 왜냐하면, 아시겠지만, 예술이란 전적으로 천부적 재능에 달려 있기 때문이오. 모든 이들이 천부적 재능을 가졌던 시절은 없었소. 만약 그런 시절이 있었다고 한다면, 그것은 황금기가 있었다고 하는 말보다 더욱 심한 농담이오. 그 벽면을 조각한 녀석이, 오늘날 모두들 가장 칭송하는 이들 못지않게 뛰어나며, 못지않게 심오한 생각을 가지고 있었음에 틀림없소. 우리가 그곳에 함께 갈 기회가 있으면 그러한 예를 당신에게 보여드리겠소. 그곳에는 르동[333] 같은 이도 필적하지 못할 만큼 섬세하게 조각한 성모 승천일 예배의 기도문 몇 구절도 있다오."

그가 나에게 말한 천상의 그 광대한 영상과 그곳에 새겨졌으리라고 내가 이해한 그 거창한 신학적 시 등, 앞서 열망 가득한 나의 눈이 그 벽면 앞에서 열렸을 때, 나의 눈이 본 것은 그것들이 아니었다. 나는 그에게 각주(脚柱) 위에 놓여 일종의 가로수길을 형성하고 있던 커다란 성자 조각상들 이야기를 하였다. 나의 그 말에 그가 다음과 같이 대답하였다.

"그 가로수길은 세월의 여명기에 시작되어 구세주 예수에게 연결됩니다. 그 한쪽에 있는 이들은 예수의 정신적 조상들이고, 맞은편에 있는 이들은 그의 육신적 조상들인 유다 왕국[334]의 군주들입니다. 모든 세기들이 그곳에 있습니다. 그리하여 '각주들'처럼 보이는 것을 자세히 살펴보셨다면, 그것들 위에 앉아 있는 이들에게 각각의 이름을 붙여주실 수 있었을 것입니다. 왜냐하면, 모쉐의 발밑에서는 황금 송아지를,[335] 아브라함의 발밑에서는 숫양을,[336] 요셉의 발밑에서는 포티파르의 처에게[337] 조언을 해주고 있는 악마를 알아보실 수 있었을 것이니 말입니다."

나는 그에게, 내가 발백에서 거의 페르시아적인 건축물을 발견할 수 있으리라 기대하였고, 그것이 의심할 나위 없이 내 실망의 원인들 중 하나일 것이라는 말도 하였다. 그러자 그가 대꾸하였다. "천만에, 그 건축물에는 페르시아적인 것이 많아요. 어떤 부분들은 몽땅 동방적이어서, 어느 기둥머리 하나는 페르시아적인 주제를 어찌나 정확하게 재생시켜 놓았던지, 동방적 전통들의 끈질긴 존속이라는 것만으로는 그 현상을 설명할 수 없어요. 항해사들이 가져온 어떤 궤짝을 조각가가 모방하였음에 틀림없어요." 그리고 실제로 훗날 그가 어느 기둥머리 사진 하나를 나에게 보여주었고, 그 사진에 거의 중국풍인 용들이 서로를 잡아먹고 있었으나, 내가 처음 발백에 도착하였을 때에는, '거의 페르시아풍인 교회당'이라는 말이 일찍이 나의 뇌리에 떠오르게 한 것과는 닮지 않은 건축물 속에 묻혀, 그 작은 조각품이 나의 눈에 띄지 않았다.

내가 그 화실에서 맛보고 있던 지적 즐거움이, 비록 다른 것들이 우리들을 우리의 뜻과는 상관없이 에워싸고 있었다 하더라도, 내가 그것들에서 기쁨 느끼는 것을 막지 않았으니, 그 다른 것들이란, 화실의 부드러운 투명 담색(淡色)과 반짝이는 미광, 그리고 인동덩굴이 그 틀을 감싸고 있는 작은 창문 저 너머의 전원색 물씬 풍기는 가로수길에 있던, 나무들 간의 간격과 나무들의 그늘만이 아지랑이처럼 투명한 너울로 살짝 가려주던, 햇볕에 탄 흙의 강인한 건조함 등이었다. 아마 그 여름날이 나로 하여금 무의식중에 느끼게 하던 행복감이, 마치 한 줄기 지류처럼 흘러 와, 〈까르끄뛰이 항구〉라는 화폭을 응시하며 내가 느끼고 있던 기쁨을 증대시켜 주었을지도 모른다.

나는 엘스띠르가 겸허한 사람이라고 믿고 있었으나, 내가 그에게 고맙다는 말을 하면서 영광이라는 단어를 사용하는 순간 그의 얼굴에 슬픔의 그림자가 스치는 것을 보고, 내가 잘못 생각하고 있었음을 깨달았다. 자신의 작품이 오랜 세월 존속할 것이라 믿는 이들은—또한 엘스띠르가 그러한 경우였다—자기들의 작품들을 자신들이 한 줌 먼지로 변해 있을 시절 속에 놓고 바라보는 습관을 가지고 있다. 그리하여, 영광이라는 개념은 죽음이라는 개념과 불가분의 관계를 맺고 있는지라, 영광이라는 개념이 그들로 하여금 불가피하게 허무에 대하여 깊이 생각하게 하고 그들에게 슬픔을 안겨 준다. 내가 뜻하지 않게 엘스띠르의 이마에 어리게 한 오만한 우수의 구름이 흩어지도록 하기 위하여 나는 대화의 주제를 바꾸었다. "어떤 분이 저에게 조언하시기를, 브루따뉴에는 가지 말라고 하셨습니다." 꽁브레에서 르그랑댕과 나눈 이야기를 뇌리에 떠올리면서, 또한 그 점에 대한 엘스띠르의 견해를 듣게 된 것이 만족스러워, 내가 그에게 말하였다. "이미 몽상벽을 가지고 있는 오성에게는 그곳이 해롭기 때문이라고 합니다." —"터무니없는 말이에요." 그가 대꾸하였다. "어떤 오성이 몽상벽을 가지고 있다면, 그를 몽상으로부터 멀리 떼어놓거나 그의 몽상을 제한해서는 아니 됩니다. 우리의 오성이 몽상들을 외면하는 한, 그것들을 영영 알 수 없을 것이며, 그러면 몽상의 본질을 이해하지 못하여, 우리가 수천의 가상(假象)에 휘둘리는 장난감으로 전락할 것입니다. 혹시 약간의 몽상이 우리에게 위험하다면, 그 몽상벽을 치유해 주는 방법은 몽상을 줄이는 것이 아니라 더 많은 몽상을 허용하는 것이며, 오직 몽상만이 유일한 치유책입니다. 몽상으로부터 괴로움을 당하지 않으려면 자신의 몽상들을 철두철미 아는 것이 중요

합니다. 몽상과 실생활 간의 어떤 형태의 구분은 우리에게 유익한 경우가 하도 빈번한지라, 훗날 맹장염이 발생하는 것을 피하기 위하여 모든 아이들의 맹장을 미리 제거해야 한다고 주장하는 몇몇 외과의사들처럼, 저 또한 예방 차원에서, 어찌 되든 간에, 누구든 몽상과 실생활을 구분하는 실습을 해야 하지 않을까 저 자신에게 묻곤 합니다."

　엘스띠르와 나는, 정원 뒤로 지나가는, 거의 시골길과 같은 좁은 가로수길 쪽으로 난, 화실 안쪽 깊숙한 곳에 있던 창문 앞까지 갔다. 늦은 오후의 시원해진 공기를 호흡하기 위해서였다. 나는 내가 작은 소녀 무리로부터 아주 멀리 와 있다고 생각하였으며, 엘스띠르를 보러 가라고 간곡히 권하시던 할머니의 말씀에 결국 복종하고 만 것은, 그녀들을 보고자 하는 기대를 모처럼 버렸기 때문에 가능했다. 우리는 우리가 찾는 것이 어디에 있는지 모르는지라, 어떤 이들이 다른 이유로 오라고 하는 곳을 오랫동안 피하는 경우가 흔하지만, 우리의 사념을 사로잡고 있던 사람을 바로 그곳에서 만날 수 있으리라고는 전혀 짐작조차 하지 못한다. 나는 화실 밖 사유지를 스치고 지나지만 엘스띠르의 소유가 아니었던 그 시골길을 막연히 바라보고 있었다. 문득, 검은 머리 위에 통통한 볼 쪽으로 기울어진 폴로 모자를 쓰고, 눈빛 명랑하며 조금 고집스러운, 그 작은 무리 속의 자전거 타는 소녀가 잰걸음으로 그 길을 따라 걷는 모습이 나타났고, 기적적으로 달콤한 약속 가득해진 그 행운 가져다주는 오솔길의 나무들 밑에서 그녀가 엘스띠르에게 다정한 미소 감도는 인사를 건네는 것이 보였으며, 그 인사가 나에게는 곧, 우리의 지상 세계를 그때까지는 도저히 접근할 수 없을 것 같이 여겨지던 영역과 결합시켜 주는 무지개였다. 그녀가 잠시도 주춤거림 없이 화가에게 악수를 청하러 다가오기까

지 하였고, 내가 보자니 그녀의 턱에 작은 미인점[338] 하나가 있었
다. "선생님, 저 소녀와 친분이 있으십니까?" 그가 나를 그녀에게
소개할 뿐만 아니라 그녀를 자기의 집으로 초대할 수도 있음을 간
파하고 내가 엘스띠르에게 물었다. 그러자, 전원적인 전망 덕분에
이미 평화로운 그 화실이 장차 증대될 감미로움으로 가득 채워졌
고, 그것은 마치 한 아이가, 어느 집에서 이미 즐거워하고 있던 중,
끝없이 더 베풀려고 하는 아름다운 물건들[339]과 고결한 사람들의
후한 성벽 때문에, 그 집이 자기를 위하여 성대한 간식 모임까지
준비하고 있음을 알게 되는 경우와 같았다. 엘스띠르가 나에게 그
녀의 이름이 알베르띤느라 하였고, 그가 거의 머뭇거릴 필요가 없
을 정도로 상당히 정확하게 내가 특징들을 묘사한, 그녀와 무리를
이루었던 다른 친구들의 이름도 나에게 알려주었다. 그 순간 그녀
들의 사회적 신분을 추측함에 있어 내가 오류를 범하였음을 깨달
았고, 그 오류는 내가 발백에서 흔히 저지르던 것과 같은 성질의
것이 아니었다. 내가 그곳에서는, 어느 상점 주인의 아들들이 말
을 타고 나타났을 때, 그들이 왕자들인 줄 알지 않았던가! 그녀들
이 관련된 이번 경우, 공업이나 상업 등 기업가들의 세계에 속하
는 매우 부유한 하층 중산층의 딸들을 내가, 고약한 냄새 풍기는
수상한 계층의 딸들로 여긴 오류를 범하였다. 그 부유한 계층은
애초부터 나의 관심 밖에 있었으니, 내 눈에는 그 계층이 일반 노
동자 계급의 신비도, 게르망뜨 가문 같은 상류사회의 신비도 갖추
지 못한 것으로 보였기 때문이다. 그리하여 틀림없이, 해변 휴양
지 생활의 부박하고 눈부신 공허에 의해, 선입관에 기인한 매력이
경탄한 내 눈 앞에서 그녀들에게 부여되지 않았다면, 그녀들이 큼
직한 도매업자들의 딸들에 불과하다는 상념을 내가 성공적으로
극복하지 못하였을 것이다. 나는 그녀들을 바라보면서, 프랑스의

중산층이, 가장 다양한 조각품들을 만들어내는 경이로운 작업실이라고 그저 찬탄할 수밖에 없었다. 뜻밖의 유형들이 얼마나 많으며, 얼굴들의 성격이 얼마나 독창적이며, 그 윤곽들은 얼마나 과감하고 신선하며 순박한가! 그 디아나들과 님파들을 배출한 유서 깊은 인색한 중산층 사람들이 내가 보기에는 가장 위대한 조각가들 같았다. 그 소녀들의 사회적 변신을 내가 미처 깨닫기도 전에 —오류의 발견과 우리가 어떤 사람에 대하여 가지고 있던 관념의 수정이란 화학 반응에 못지않은 즉각성을 가지고 있는지라— 내가 처음 경륜 선수나 권투 선수들의 정부들일 것이라 여겼던 그 소녀들의 불량스러워 보이던 얼굴 뒤에, 그녀들이 우리가 잘 아는 이러저러한 공중인의 가문과 친밀할 수도 있다는 상념이 어느새 자리를 잡았다. 나는 알베르띤느 씨모네라는 소녀가 어떤 사람인지 아는 것이 거의 없었다. 그녀 또한 자기가 훗날 나에게 어떤 사람이 될지 까맣게 모르고 있었음은 분명하다. 내가 해변에서 우연히 들은 씨모네(Simonet)라는 성씨조차도, 혹시 누가 그것을 써 달라고 요청하였다면, 나는 'n' 철자 둘을 사용하였을 것이고, 그 가문이 그 철자를 하나만 사용하는 것에 큰 중요성을 부여한다는 것은 짐작조차 하지 못하였을 것이다. 사회적 사다리의 밑으로 내려갈수록, 태부림 속성이, 아마 귀족의 고귀함이라는 것만큼이나 무가치하되 더 미미하고 각 개인에 따라 더 독특한지라 사람들을 더욱 놀라게 하는, 그런 부류의 하찮은 것들에 매달린다. 아마 사업에서 큰 손해를 보았거나 그보다 더 나쁜 일을 겪은 씨몬네(Simonnet)라는 가문이 있었던 모양이다. 여하튼 씨모네(Simonet) 가문 사람들은 혹시 누가 자기네의 철자 'n'을 중복해 쓸 경우, 그것이 마치 하나의 험담인 양 화를 냈던 모양이다. 그들은 철자 'n'을 중복 사용하지 않고 하나만을 쓰는 유일한 가문이라는 사실에, 몽모랑씨 가문 사람들이 프랑스 제일의 세도 가문이었다는 사실에[340] 그러는 것만큼이나 자긍심을 느끼고 있었다. 내가 엘스띠르에게 그 소녀들이 발백에 사느냐고 묻자, 몇몇은 그렇다고 그가 대답하였다. 그녀들 중 하나의 별장은 백사장 끝, 까납빌 절벽이 시작되는 지점에 있다고 하였다. 그 소녀가 알베르띤느 씨모네와 절친하다고 하였던지라, 할머니와 산책하던 중 마주쳤던 그 소녀가 틀림없이 알베르띤느 씨모네라고 내가 더욱 믿게 되었다. 물론 해변에 수직으로 이어지고 유사한 모퉁이를 이루는 좁은 길들이 하도 많았던지라, 그것이 어느 길이었는지 내가 정확히 명시할 수는 없었을 것이다. 우리는 정확한 추억을 갖고자 하나, 영상이 다시 나타날 순간에는 그것이 이미 흐려져 있다. 하지만 알베르띤느와, 자기 친구의 집으로 들어가던 그 소녀가, 같은 사람이었을 것이라는 점을 나는 거의 확신하였다. 그럼에도 불구하고, 훗날 골프 치는 갈색 머리 소녀가 나에게 드러낸 무수한 영상들이, 그것들이 서로 그토록 다르건만, 중첩되어 있고(그 영상들이 모두 그녀의 것들임을 내가 알고 있으니), 내가 내 추억의 실을 따라 거슬러 올라갈 경우, 그녀라는 확실한 신원의 엄호 아래 그리고 내면의 통로와 같은 곳에서, 그 같은 인물을 이탈하지 않고 모든 영상들을 회상할 수 있는 반면, 할머니와 함께 산책에 나섰던 날 마주쳤던 소녀까지 거슬러 올라가려 할 경우, 나는 길을 잃을 수밖에 없다. 나는 그 소녀가 알베르띤느임을, 친구들과 해변을 따라 산책하던 중에 그녀들 가운데서 자주 걸음을 멈추는 바람에 수평선 위로 모습이 선명히 떠오르던 바로 그 소녀임을 확신하지만, 그녀가 나의 눈에 충격을 주던 순간에 내가 모르던 하나의 신원을 그녀에게 돌이켜 부여할 수 없는지라, 다른 모든 영상들이 그 순간의 영상과 분리되어 있었고, 따라서 확률론이 나에게 무슨 말을 한다 해도, 좁은 길이 해안과 교차하는 그 모퉁이에서 나를 그토록 과감하게 바라보던, 그리고 내가 믿거니와 나에게 연정을 품었을 수도 있을 볼 통통한 그 소녀를, '다시 본다'는 단어의 엄격한 의미대로 말한다면, 영영 다시 보지 못하였다.

작은 무리를 이루던 소녀들 모두, 처음 나의 마음을 뒤흔든 집단적인 매력을 각자 조금씩 간직하고 있었으며, 그 다양한 소녀들 사이에서 내가 드러내던 망설임이, 훗날, 심지어 내가 알베르띤느를 열렬히 사랑하던(나의 두 번째 사랑이었다) 시절에도, 그녀를 사랑하지 않을, 간헐적이고 지극히 짧은, 일종의 자유를 허락한 그 원인들에 가세하였던 것일까? 그녀를 향해 확정적으로 방향을 정하기 전에 그녀의 모든 친구들 사이에서 방황한 탓에, 나의 사랑이 가끔 자신과 알베르띤느의 영상 사이에 얼마간의 '느슨함'이 유지되게 하였고, 그 느슨함이, 마치 제대로 조정되지 않은 조명 장치처럼, 나의 사랑이 그녀에게 되돌아와 고정되기 전에 다른 소녀들 위에 머물 수 있게 해주었으며, 따라서 내가 느끼던 마음의 고통과 알베르띤느와 관련된 추억 간의 관계 또한 나에게는 필연적으로 보이지 않았으니, 내가 나의 고통을 아마 다른 사람의 영상과 결합시킬 수도 있었을 것이다. 또한 그러한 현상이 나에게, 번개가 명멸하는 짧은 동안이긴 하지만, 현실을, 질베르뜨에게로 향하던 나의 사랑에서처럼 객관적 현실뿐만 아니라(나는 그 사랑을, 오직 나 자신으로부터만 독특한 자질과 내가 사랑하던 존재의 특별한 성격과 나의 행복에 그 존재가 불가결하도록 해주던 모든 것을 내가 이끌어낼 수 있을, 하나의 내적인 상태라 여겼다), 심지어 내면적이고 순전히 주관적인 현실까지도 자취를 감추게 하도록 허용하였다.

"그녀들 중 한 사람은 날마다 이 화실 앞으로 지나가고, 그럴 때마다 저에게 인사를 하러 잠시 이곳에 들르곤 합니다." 엘스띠르의 그 말이 또한 나로 하여금, 할머니의 권유대로 내가 즉시 그를 보러 갔더라면 이미 오래전부터 알베르띤느와 사귈 수 있었으리라는 생각을 하며 아쉬움에 휩싸이게 하였다.

그녀가 멀어져 갔고, 잠시 후 그녀의 모습이 보이지 않았다. 나는 그녀가 방파제로 친구들을 만나러 갔을 것이라 생각하였다. 엘스띠르와 함께 그곳에 갈 수 있다면 내가 그녀들과 사귈 수 있을 것 같았다. 나는 그가 나와 함께 해변을 잠시 거니는 것에 동의하도록 할 수 있을 수천 가지 명분을 지어내었다. 작은 창문 틀 속에 소녀의 모습이 나타나기 전까지 내가 느끼던 평온함이 사라졌고, 그때까지 인동덩굴에 감싸여 그토록 매력적이었던 창문이 몹시 허전해 보였다. 엘스띠르가 나와 함께 잠시 거닐겠노라 하였으나, 그 전에 이미 그리고 있던 화폭을 완성해야 한다고 하여, 나에게 극심한 괴로움 섞인 기쁨을 안겨 주었다. 그가 그리고 있던 것은 꽃들이었다. 하지만, 산사나무의 백색 꽃과 분홍색 꽃, 수레국화, 사과꽃 등, 그것들 앞에서 내가 그토록 자주 찾으려 하였으나 뜻을 이루지 못한, 그리하여 그의 천재적 재능이 드러낼 것을 통해 그것을 알아내기 위하여, 내가 어떤 인물의 초상화보다는 그에게 그것들의 모습 그리기를 요청하였을, 그 꽃들은 아니었다. 엘스띠르가 그림에 열중하면서도 나에게 식물학에 관한 이야기를 하였으나, 나는 그의 말을 건성으로 들었고, 나에게는 이제 그가 그 자신만으로는 충분하지 못했으니, 그가 소녀들과 나 사이의 불가결한 매개체에 불과했기 때문이며, 잠시 전까지만 해도 그의 재능이 그에게 부여하던 매력조차, 그의 소개로 내가 알게 될 소녀들의 눈에 보이도록 그가 조금이나마 나에게 나누어준다는 조건에서만 가치가 있는 것 같았다.

나는 그가 작업 마치기를 초조하게 기다리면서 화실 안을 오락가락하였고, 그러다가 벽을 향해 빽빽이 세워둔 그의 많은 습작품들 중 몇을 집어 자세히 들여다보았다. 그리하여 엘스띠르의 생애 중 훨씬 오래전 시절의 것으로 추정되며, 작품들이 감칠맛 나는 기예로 뿐만 아니라 기이하고 매혹적인 주제로도(그 주제가 어찌나 기이하고 매혹적이던지, 흔히들 작품들이 가지고 있는 매력의 일부가 그것에서 비롯된다고 여기며, 그 부분의 매력이 이미 자연 속에 물질적으로 구현되어 있어, 화가는 그것을 발견하고 관찰하여 복사하기만 하면 되는 것으로 믿는 듯하다)[341] 우리에게 불러일으키는 그 특이한 환희를 나로 하여금 느끼게 한 수채화 한 폭을 우연히 접하게 되었다. 화가의 어떤 해석 없이도 자체로 아름다운 그러한 대상들이 존재할 수 있다는 믿음이, 이성의 저항에도 불구하고 우리의 생래적인 물질주의를 만족시켜 주고, 미학의 추상화에 맞서는 대항세력 역할을 한다. 그 수채화는 버찌색 비단 리본 두른 중산모와 상당히 흡사한 머리띠를 맨, 예쁘지 않으나 유형 야릇한 어느 젊은 여인의 초상화였는데, 손가락들의 끝 두 마디가 삐져나온 장갑 낀 손으로는 불 붙인 궐련 한 개비를 들고 있었으며, 다른 한 손으로는 단순한 밀짚 해가리개에 불과한 커다란 정원모 비슷한 것을 무릎 높이까지 쳐들고 있었다. 그녀 옆에는 장미꽃 잔뜩 꽂은 벽걸이용 꽃병 하나가 탁자 위에 놓여 있었다. 대개의 경우, 그 수채화 역시 같은 부류였지만, 그러한 작품들의 특이함은, 그것들이 무엇보다도 매우 이상한 조건들 속에서 그려졌다는 점에 기인하며, 우리가 처음에는 그 조건들을 명료하게 파악하지 못하는 바, 예를 들어, 어느 여성 모델의 기이한 치장이 가장무도회의 변장인지, 혹은 반대로, 화가의 변덕에 응하느라고 입은 듯한 어느 노인의 붉은 외투가, 그의 교수 혹은 판사 가운인지 아니면 추기경의 소매 없는 외투인지 분간하지 못한다. 내가 바라보고 있던 초상화 속 인물의 애매한 성격은, 내가 그 곡절은 이해하지 못하였지만, 그 인물이 반쯤 변장한 지난날의 여배우였다는 사실에 기인하였다. 하지만 인물의 수북하지만 짧은 머리채 위에 얹힌 중산모나, 접은 깃이 없고 셔츠의 하얀 가슴판 위로 풀어 헤친 벨벳 상의 등이 나로 하여금, 그러한 복장이 유행하던 시기는 물론 모델의 성별조차 선뜻 짐작할 수 없게 하였던지라, 나는 나의 눈앞에 있던 것이 가장 밝은 그림 한 조각이라는 사실 이외에 더 이상 아무것도 정확히 알 수 없었다. 또한 화폭이 나에게 주던 기쁨이, 오직 엘스띠르가 너무 지체하여 혹시 소녀들을 만나지 못할까 하는 두려움에 의해서만 방해를 받았으니, 해가 벌써 기울어 작은 창문을 통해 보일 만큼 낮아졌기 때문이었다. 그 수채화 속의 어떤 물건도 그림 속에서의 효용성만을 위하여(예를 들면, 여인이 옷을 입어야 하니 옷을, 꽃들이 있으니 꽃병을 그려야 하는 식으로) 사실적으로 그려진 것은 없었다. 그 자체가 좋아 그린 듯한 벽걸이 꽃병은, 카네이션 줄기들이 잠겨 있는 물을, 물처럼 투명하고 거의 물만큼 액상인 무엇 속에 가두고 있는 듯했고, 여인의 의상 또한 그녀를, 자기 고유의 독립적이고 우애 깊은 매력을 가지고 있을 뿐만 아니라—인위적 공산품이 자연의 경이와 매력을 다툴 수 있을지 모르나—암코양이의 모피나 카네이션의 꽃잎들이나 비둘기의 깃 못지않게 섬세하고 보기에 감미로우며 신선하게 채색된 자재로 감싸고 있었다. 싸락눈처럼 곱고, 경박한 주름에 은방울꽃 같은 방울들 달린, 셔츠 가슴판의 백색이 실내의 밝은 반사광에 별처럼 반짝였고, 그 반사광들 자체도, 셔츠의 천에 문양으로 넣었을 꽃다발처럼 날카로웠고 섬세한 색조를 띠고 있었다. 또한 자개처럼 반짝이는 벨벳 천 여기저기에는 비죽비죽

하고 잘게 찢기고 털로 뒤덮인 것이 있어, 꽃병에 있던 카네이션 꽃들의 뒤얽힘을 연상시켰다. 그러나 특히, 공연에 임하여 발휘할 재능보다는 자기가 특정 관객들의 마비된 혹은 변태적인 감각에 제공할 자극적인 매력을 틀림없이 더 중요시하였을 어느 젊은 여배우의 그 변장이 제시할 수 있을 패륜적인 것에는 무심한 채, 엘스띠르가 반대로 그 애매한 특징들이 마치 부각되어야 할 가치를 가지고 있는 미적 요소라도 되는 듯 그것들에 애착하면서 그 특징들을 강조하기 위하여 모든 노력을 쏟았음이 느껴졌다. 안면의 선들을 따라, 어느 한 지점에서 성징(性徵)이 나타나, 자신이 약간 남자 같은 여자임을 고백할 듯하다가 자취를 감추더니, 더 멀리 가서 다시 나타나, 그보다는 오히려 변태적이고 몽상벽 있는 여성화된 젊은이를 암시한 후에 다시 도망쳐, 영영 포착할 수 없는 상태로 남아 있었다. 시선 속에 있는 꿈꾸는 듯한 슬픔의 징후 또한, 그것이 혼례식이나 극장에 어울리는 치장물들과 대조를 이루어, 못지않게 충격적이었다. 하지만 또한, 그 시선이 인위적으로 꾸며낸 것이며, 도발적인 옷차림으로 자신을 애무에 내맡기고 있는 듯한 그 젊은 인물이 아마, 그것에다 감추어진 감정 즉 고백하지 못한 슬픔의 소설적인 표현을 덧붙이는 것이 더 자극적일 것이라 여겼으리라는 생각을 지울 수 없었다. 초상화 하단에 다음과 같이 써놓은 것이 보였다. '미쓰 싸크리빵, 1872년 10월.' 나는 찬탄을 금할 수 없었다. "오! 하찮은 것입니다. 젊은 시절에 붓 몇 번 휘둘러 대강 그린 초벌 그림입니다. 극장 '바리에떼'[342]의 잡지를 위해 그린 것입니다. 모두 먼 옛날 일입니다." —"그림 속 모델은 어찌 되었습니까?" 나의 말에 몹시 놀란 기색이 엘스띠르의 얼굴에 잠시 어른거리더니 이내 무심하고 방심한 듯한 표정을 지었다. "그 화폭을 어서 나에게 주시오." 그가 말하였다. "엘스띠르 부인께서 오시는 소리가 들렸소. 그림 속의 중산모 쓴 젊은 인물이, 당신께 단언하거니와, 저의 삶에서 어떤 역할도 수행하지 않았지만, 이 수채화를 저의 아내에게 보여서 유익할 것은 없습니다. 저는 이 그림을 그 시대의 극장과 관련된 재미있는 기록이라 여겨 간직하고 있습니다." 그러더니, 수채화를 자기 뒤쪽에 감추기 전에, 아마 그것을 본지 오래된 듯한 엘스띠르가 다시 한 번 그것에 주의깊은 시선을 던지면서 중얼거렸다. "머리 부분만 간직해야겠군. 아래 부분은 너무 형편없이 그려졌어. 두 손은 초보자가 그린 것 같아." 나는 우리들을 더 지체시킬 엘스띠르 부인의 도착에 낙담하였다. 창문 테두리가 어느새 분홍색으로 변하였다. 우리의 외출이 허사가 될 것 같았다. 더 이상 소녀들을 만날 가능성이 없으니, 엘스띠르 부인이 우리들 곁을 더 일찍 떠나든 조금 더 늦게 떠나든 중요하지 않게 되었다. 하지만 그녀는 오래 머물지 않았다. 내 눈에는 그녀가 따분해 보였다. 만약 나이 스물에 로마 교외의 들판에서 황소 한 마리를 몰고 있었다면[343] 아마 아름다웠을 것이다. 하지만 그녀의 머리카락이 희어지고 있었다. 그녀는 소박하지 않으면서 평범했다. 거조의 엄숙함과 태도의 장중함이 자기의 조각상 같은 아름다움에 불가결하다고 믿었기 때문인데, 이미 나이가 그 아름다움의 매력을 몽땅 거두어 가버렸다. 그녀의 옷차림은 지극히 수수했다. 또한 엘스띠르가, 입만 열면 그리고 존경하는 듯 부드럽게, 마치 그 단어들을 입에 담기만 해도 감동과 경건함이 내면에 넘치는 듯, 다음과 같이 말하는 것을 들으면 누구나 감동하되 또한 놀라기도 하였다. "나의 아름다운 가브리엘!" 훗날 내가 엘스띠르의 신화적 작품들과 친숙해졌을 때, 나 역시 엘스띠르 부인에게서 아름다움을 발견하였다. 나는 그가 특정 선들로, 즉 그의 작품에 끊임없이 반복해 나타나는 아라베스크적인 우아한 곡선들로 요약된 하나의 이상적인 유형에, 어떤 미의 전형에, 거의 신성한 성격을 부여하였음을 깨달았다. 그가, 자기의 모든 시간과 자신의 능력이 허락하는 모든 사유 노력을, 한 마디로 자기의 전 생애를, 그 선들을 더 완벽히 분별하여 더욱 충실하게 재현시키는 일에 바쳤으니 말이다. 그러한 이상이 엘스띠르에게 고취하던 것이 어찌나 엄숙하고 까다로운 종교였던지, 그것은 그가 만족해하는 것을 결코 허락하지 않았다. 그 이상이란 그 자신의 가장 내밀한 부분이었다. 따라서 자신의 밖에서, 한 여인의 몸뚱이 속에서, 즉 그 이후 엘스띠르 부인이 된 여인의 몸뚱이 속에서 그것이 구현된 것을 발견하고, 그 사람 속에 있는―그러한 일은 우리 자신이 아닌 것에 대해서만 가능한지라―그 이상이 칭송받을 만하고 감동적이며 신성하다고 여길 수 있을 때까지는, 그것을 초연하게 응시할 수도 그것에서 감동을 이끌어낼 수도 없었다. 게다가, 이제까지는 그토록 수고스럽게 그것을 자신의 속에서 채굴해야 했으되, 이제 신비하게 강생하여, 효험 탁월한 일련의 성찬식을 위해 자신의 몸을 그에게 바치는 그 이상적인 아름다움에 입술을 가져다 대게 되었으니, 얼마나 큰 평안이었겠는가? 그 무렵 엘스띠르는 더 이상, 사유의 힘으로부터 오직 이상적 아름다움의 구현만을 기대하는 초기 젊음의 시절에 있지 않았다. 그는, 오성의 힘을 자극함에 있어 우리가 육체적 만족에 의지하고, 오성의 피로가 우리를 물질주의 쪽으로 그리고 활동의 감소가 우리를 수동적으로 받아들인 영향의 가능성 쪽으로 기울게 하면서, 우리들로 하여금, 특정한 육체나 직업이나 특전 받은 리듬 등이 아마 존재하며, 그것들이 우리의 이상적 아름다움을 어찌나 자연스럽게 구현하는지, 우리에게 비록 천부의 재능이 없더라도, 어느 어깨의 움직임이나 목의 긴장 상태 등을 그대로 복사하기만 하면 우리가 걸작품 하나를 만들어낼 수 있다고 인정하도록 하기 시작하는, 그러한 나이로 접어들고 있었다. 그 나이란, 한 조각 융단이나 고물상에서 우연히 발견한 띠치아노의 아름다운 스케치, 혹은 띠치아노의 스케치 못지않게 아름다운 정부(情婦) 속에 있는 아름다움, 즉 우리의 내면이 아닌 외부에 그러나 우리 가까이에 있는, 이상적인 아름다움을 시선으로 애무하기 좋아하는 시기이다. 그러한 사실을 깨달았을 때, 나는 엘스띠르 부인을 바라보며 기쁨을 느끼지 않을 수 없었고, 그 순간 그녀의 몸에서 둔중함이 사라졌으며, 그것은 내가 그 몸을 그녀가 비물질적인 존재 즉 엘스띠르가 그린 한 폭 초상화라는 사념으로 가득 채웠기 때문이다. 그녀가 나에게는 초상화처럼 보였고, 의심할 나위 없이 그에게도 그랬을 것이다. 삶의 여건들이 예술가에게는 중요하지 않으니, 그에게는 그것들이 자기의 천부적 재능을 적나라하게 드러낼 계기에 불과하다. 엘스띠르가 그린 서로 다른 열 사람의 초상화들을 나란히 놓고 바라보노라면, 그것들이 다른 무엇이기 보다 엘스띠르의 작품이라는 사실이 먼저 느껴진다. 다만 그의 삶 전체를 뒤덮었던 천재적 재능의 범람 후, 뇌수가 피로해지면 균형이 조금씩 깨어지고, 큰 밀물로 인해 생겼던 역류 현상 후에 하천이 정상적인 흐름을 되찾듯, 삶이 다시 승세를 탄다. 그런데 그 초기 범람 기간 동안 예술가는, 자기가 의식하지 못하는 그 선물의 법칙을 혹은 그 공식을 조금씩 도출해 두었다. 그는, 소설가일 경우 어떤 상황들이, 화가일 경우 어떤 풍경들이, 하나의 실험실이나 화실에 그린 것처럼, 그 자체로는 별것 아니되 그의 모색에는 필요한 자재를 자기에게 공급할지를 안다. 그는 자기가, 완화시킨 빛의 효과나 저질러진 과오에 대한 견해를 바꾸는 후회, 나무 밑에서 포즈를 취한 혹은 조각상들처럼 물속에 몸이 반쯤 잠기었던 여인들 등을 이용하여 자기의 걸작품들을 만들었다는 사실을 알고 있다. 언젠가는, 자기 뇌수의 마모로 인하여, 자기의 천재적 재능이 활용하던 그 자재들 앞에서도, 자기의 작품을 만들어낼 수 있는 유일한 주체인 지적 노력을 시도할 힘을 더 이상 얻지 못하건만, 그것들이 자기의 내면에 일깨우며 작업의 단초가 되는 정신적 즐거움 때문에 그것들 곁에 있는 것만으로도 행복해, 계속해서 그것들을 찾을 날이 올 것이며, 그러면 그것들이 다른 어느 것보다도 우월하기라도 한 듯, 그것들이 어느 정도까지는 완성된 상태로 내포하고 있을지도 모를 예술품의 상당 부분이 이미 그 속에 자리를 잡고 있기라도 한 듯, 그것들을 일종의 미신으로 감싸면서, 자기의 모델[344]들을 자주 방문하거나 찬미하는 것 이상의 일은 하지 않을 것이다. 그리하여 옛날 자기 소설들의 소재가 되었던 후회나 갱생 같은 것들을 접할 수 있게 해주었던 회개한 범죄자와 끝없이 다정한 대화를 나눌 것이고, 안개가 햇빛을 완화시키는 고장에 별장 한 채를 마련할 것이며, 미역 감는 여인들을 바라보며 오랜 시간을 보내거나 아름다운 천들을 수집할 것이다. 그렇게, 어떤 면에서는 아무 의미도 가지고 있지 않은 말이지만, 흔히 삶의 아름다움이라고 지칭하는 생의 그 단계, 예술에 이르지 못하고 이쪽에 있으며 내가 목격한 바로는 스완이 걸음을 멈춘 그 생애의 단계, 그곳이 언젠가는 엘스띠르 역시, 창조적 재능의 둔화와 그에게 호의를 베풀었던 형태들에 대한 미신적 숭배와 노력을 최소화하려는 욕망 등에 이끌려 퇴행하여 향하게 되어 있는 단계였다.

  그가 드디어 자기의 꽃들에 마지막 붓질을 하였다. 나는 그것들을 유심히 들여다보느라고 한동안을 허비하였다. 소녀들이 더 이상 해변에 있지 않으리라는 것을 내가 잘 알고 있었으니, 나의 그러한 태도에 칭찬 받을 만한 점은 없었다. 그러나 비록 그녀들이 해변에 아직 있을 것이라 내가 믿었다 해도, 그리하여 그렇게 허비된 몇 순간으로 인하여 그녀들을 만나지 못하리라는 것을 내가 알았다 해도, 내가 그림을 들여다보았으리니, 엘스띠르가 나와 소녀들과의 만남보다는 자기가 그린 꽃들에 더 큰 관심을 가지고 있어노라고 내가 생각하였을 것이기 때문이다. 내 할머니의 천성이, 나의 막무가내적인 이기주의와는 정반대였던 그 천성이, 그럼에도 불구하고 나의 천성 속에서 표출되고 있었다. 나의 관심을 끌지 못하지만 내가 항상 짐짓 다정하게 혹은 정중하게 대하던 사람이, 나는 진정한 위험에 처한 반면 기껏 불쾌한 일이나 겪을 처지에 놓인 상황에서, 내가 그 일이 중대한 것인 양 그를 위로하면서도 나에게 닥친 위험은 하찮은 일로 취급할 수밖에 없었으리니, 그 일들이 내가 보기에는 그러한 비율로 그의 눈에 비쳐야 할 것 같았기 때문이다. 일들을 있는 그대로 말하자면 그것 이상일 수도 있으니, 나에게 닥친 위험을 한탄하지 않을 뿐만 아니라 그것을 당당히 맞아들이고, 다른 이들에 관련된 위험은, 비록 내가 그것 앞에 노출되는 한이 있더라도, 그들이 그것을 면하게 해주려는 노력이다. 그러한 일은 여러 이유들에서 비롯되지만, 그것들이 나의 명예와는 아무 관련도 없다. 그 이유들 중 하나는, 내가 살아가는 동안, 더러는 하도 유치해 감히 밝힐 수조차 없을 윤리적 근심이나 단순한 신경성 불안 등에 사로잡힐 때마다, 이치를 따져 생각만 하는 동안에는 내가 그 무엇보다도 나의 목숨에 집착한다고 믿었건만, 혹시 어떤 예측하지 못한 상황이 내가 죽임을 당할 수도 있는 위험을 대동하고 나에게 닥칠 경우, 그 새로운 근심거리가, 나를 사로잡고 있던 윤리적 근심이나 신경성 불안에 비해 어찌나 가벼워 보였던지, 내가 그것을 오히려 환희에 가까운 일종의 휴식으로 기꺼이 받아들였다는 점이다. 이 세상에서 가장 용기 없는 내가, 이치로 따져 생각해 보면 나의 천성에 그토록 낯설고 상상조차 할 수 없는 짓, 즉 위험에 도취되는 짓을 경험할 수 있었던 것은 바로 그러한 연유 때문이다. 하지만 내가 비록 온전히 평온하고 행복한 시기에 있다 할지라도, 어떤 위험이(치명적일 수도 있을) 닥칠 경우, 내가 다른 어떤 사람과 함께 있으면, 위험한 자리는 내가 차지하고 그 사람을 안전한 곳으로 피신시키지 않을 수 없을 것이다. 상당히 많은 경험을 통해 내가 항상 그리고 기꺼이 그렇게 처신해 왔음을 알게 되었을 때, 내가 항상 그렇지 않다고 믿으며 단언한 것과는 반대로, 내가 다른 이들의 견해에 매우 민감했음을 깨달았고 큰 수치심을 느꼈다. 그러나 고백하지 않은 그러한 종류의 자존심이 허영이나 오만과는 전혀 아무 관련도 없다. 왜냐하면 그것들을 충족시킬 수 있을 것이 나에게는 추호의 기쁨도 주지 못할 것이기 때문이며, 실제로 내가 그러한 것을 항상 멀리했다. 하지만 사람들에게 나에 대한 덜 초라한 견해를 갖도록 해줄 수 있을 작은 장점들까지 내가 완벽하게 감추는 데 성공한 반면, 나의 길보다는 그들의 길에서 죽음의 위험을 제거하는 데 내가 더 마음을 쓴다는 사실을 그들에게 보여주는 즐거움만은 결코 거절할 수 없었다. 그러한 경우에 나를 움직이는 동기가 미덕이 아니라 자존심인지라, 어떠한 상황에서든 그들이 나와 다르게 처신하는 것을 나는 자연스럽다고 여긴다. 내가 그들을 나무랄 생각은 추호도 없다. 내가 만약 의무라는 생각에 이끌려 그랬다면, 그러한 경우 그 의무가 나뿐만 아니라 그들 역시 따라야 할 것으로 보일 것이고, 그러면 아마 내가 그들을 나무랄지도 모르겠다. 반대로, 내가 비록 그들을 위하여 나의 목숨은 뒷전으로 미루어 둘 수밖에 없을지라도, 또한 폭탄이 터질 순간 나의 몸을 던져 구출한 사람들 중 대다수가 나보다 더 무가치한 이들일 수 있다는 사실을 깨달은 이후에는 특히 나의 행위가 몹시 어처구니없고 비난 받아 마땅한 짓으로 보일지라도, 나는 자기들의 생명을 보존하려는 그들의 처신이 현명하다고 생각한다. 게다가, 엘스띠르를 방문했던 그날은, 내가 그러한 가치의 차이를 의식하게 될 먼 훗날과 멀리 떨어져 있었을 뿐만 아니라, 위험이라는 것은 전혀 없었고, 단지 내가 그토록 갈망하던 기쁨에 그가 아직 마치지 못한 수채화 작업에보다 더 큰 중요성을 부여하는 기색을 보이지 않는 것, 즉 해로운 자존심의 전조만이 중요했다. 드디어 작업이 끝났다. 그리고 밖으로 나오니―그 계절에는 그토록 해가 길었다―내가 생각하던 것보다 그리 늦지 않았고, 그리하여 우리는 방파제로 향하였다. 소녀들이 아직도 지나갈 수 있으리라고 믿어지던 장소에 엘스띠르가 머물도록 하기 위하여 내가 얼마나 많은 계략을 동원하였던 가! 그로 하여금 시각을 잊은 채 그곳에 머물도록 하기 위하여, 나는 우리들 곁에 치솟아 있는 절벽들을 가리키면서 그것들에 관한 이야기를 해달라고 그에게 끊임없이 요청하였다. 우리가 백사장 끝으로 가면 소녀들의 작은 무리를 따라잡을 가능성이 더 커질 것 같았다. 그녀들 중 하나가 그 방향으로 돌아가는 것을 자주 보았던지라 내가 엘스띠르에게 다음과 같이 말하였다. "선생님과 함께 절벽들 쪽으로 조금만 더 다가가서 그것들을 보고 싶습니다. 그러는 동안 또한 까르끄뛰이에 대한 이야기도 해주십시오. 아! 정말 까르끄뛰이에 가 보고 싶습니다!" 엘스띠르가 그린 「까르끄뛰이 항구」라는 화폭 속에 그토록 힘차게 드러난 새로운 성격이 그 해변의 특별한 장점보다는 화가의 시각에 기인한다는 사실을 잊은 채 내가 그렇게 덧붙였다. 그리고 다시 말하였다. "제가 그 화폭을 본 이후, 라 곳과 함께 가장 보고 싶어진 곳이 아마 까르끄뛰이일 것입니다. 물론 라 곳은 이곳으로부터 멀리 있어, 긴 여행이 필요할 것입니다." — "여하튼, 까르끄뛰이가 이곳과 더 가깝지 않더라도, 저는 그곳을 보시라고 권하고 싶습니다." 엘스띠르가 대답하였다. "라 곳도 물론 아름답습니다만, 이미 잘 아시는 노르망디나 브르따뉴 해변의 절벽들 중 하나일 뿐입니다. 까르끄뛰이는, 낮은 백사장 위에 암석들이 솟아 있어 전혀 다릅니다.[345] 저는 프랑스의 다른 어디에서도 그런 곳을 보지 못하였으며, 그곳 풍경은 플로리다의 몇몇 측면을 연상시킵니다. 매우 기이할 뿐만 아니라 몹시 야생적이기도 합니다. 끌리뚜르와 네옴므[346] 사이에 있는데, 그 연안 지역이 얼마나 황량한지는 잘 아실 것입니다. 그러나 해안선은 매혹적입니다. 이곳 해안선은 평범하지만, 그곳 해안선은 얼마나 우아하고 부드러운지, 이루 형언할 수 없을 정도입니다."[347]

날이 저물고 있었던지라 돌아와야 했고, 그리하여 내가 엘스띠르를 배행하여 그의 별장으로 향하고 있었는데, 그 순간, 문득, 마치 파우스트 앞에 불쑥 나타나는 메피스토펠레스처럼,[348] 가로수 길 저쪽 끝에 — 나의 것과는 정반대인 기질의, 즉 나의 허약함과 항상 고통스러움 노출된 감수성과 과도한 지적 성향에는 전혀 없는 거의 야만적이고 잔인한 생명력의, 비현실적이고 마귀적인 단순한 객체화 현상처럼 — 이 세상의 다른 그 무엇과도 혼동될 수 없는 본질로 형성된 반점 몇이, 소녀들로 이루어진 식충류(植蟲類) 집단에 속하는 별들 몇이 나타났고, 그 소녀들이 나를 쳐다보는 듯한 기색은 아니었으되, 그렇다 하여 나에 대한 빈정거리는 판정을 삼가고 있지 않았음은 의심할 여지가 없었다. 그녀들과 우리들 간의 마주침이 불가피하고, 그러면 엘스띠르가 나를 부를 것임을 감지한지라, 내가 아예 걸음을 멈추어, 나의 저명하신 길동무께서는 계속 가시도록 내버려 두고, 마침 우리가 그 앞을 지나고 있던 골동품 상인의 진열창에 불연 듯 관심을 가지게 된 듯, 그것을 향해 상채를 숙인 채 뒤에 처졌고, 그러면서도 나는 내가 그 소녀들 이외의 다른 것도 생각할 수 있다는 듯한 기색 취하는 것을 유감스럽게 여기지 않았으며, 엘스띠르가 나를 그녀들에게 소개하기 위하여 부르면, 내가 놀라움이 아니라 놀란 척하기를 바라는 욕망을 드러내는—그만큼 모든 사람들이 서툰 배우이거나 그들의 이웃이 뛰어난 관상가이니—일종의 질문하는 듯한 시선을 보일 것이고, 심지어 '저를 부르시는 것입니까?' 하는 질문을 던지듯 나의 가슴팍을 손가락으로 가리키고 나서, 복종과 고분고분함의 표시로 고개를 숙인 채, 내가 친분 맺기를 원하지 않던 사람들에게 소개되느라고 옛 도자기들 관조하기를 억지로 중단하게 된 불쾌함을 냉정하게 감추는 표정으로, 그에게로 서둘러 달려갈 것임을 이미 어렴풋이 알고 있었다. 하지만 나는 엘스띠르가 큰 소리로 부른 나의 이름이, 기대하던 그리고 해를 입히지 않는 총알처럼 날아와 나를 타격할 순간을 기다리면서, 진열창을 유심히 살폈다. 그 소녀들에게 내가 소개될 것이라는 확신이, 나로 하여금 그녀들에 대한 무관심을 짐짓 꾸미게 할 뿐만 아니라 실제로 무관심해지는 결과를 초래하였다. 그녀들과 교분 맺는 것이 이제부터 불가피해져, 그 기쁨이 압축되고 축소되어, 쌩-루와 한담 나누는 것이나 할머니와 함께 저녁 식사 하는 것, 역사적 기념물들에 별로 관심이 없을 사람들과의 관계 때문에 아마 어쩔 수 없이 소홀히 하게 된 것을 내가 후회하게 될, 발백 주변에서의 소풍 등이 나에게 주는 기쁨보다 작아 보였다. 게다가, 내가 곧 맛볼 기쁨을 감소시키던 것은, 그 실현의 임박성뿐만 아니라 그것의 부조화이기도 했다. 유체정역학의 법칙들만큼이나 정확한 법칙들이, 우리가 고정된 질서 속에 형성하는 영상들의 중첩 상태를 유지시켜주건만, 사건의 근접성이 그 상태를 무너뜨릴 수 있다. 엘스띠르가 곧 나를 부르게 되어 있었다. 내가 해변이나 나의 방에서 자주 상상하던 그 소녀들과의 첫 대면 방식은 전혀 그러한 것이 아니었다. 곧 일어날 일은 내가 미리 대비하지 못한 전혀 다른 사건이었다. 나는 그 사건에서 나의 욕망도, 그 욕망의 대상도 발견하지 못하였고, 따라서 엘스띠르와 함께 나온 것을 거의 후회하기에 이르렀다. 그러나 특히, 내가 그 전에 수중에 넣었다고 믿었던 기쁨의 위축은, 이 세상의 그 무엇도 이제 나에게서 그것을 박탈할 수 없으리라는 확신에 기인하였다. 그런데, 내가 진열대로부터 고개를 돌리려 결심한지라, 나로부터 몇 걸음 떨어진 곳에서 소녀들과 작별 인사를 나누는 엘스띠르를 보았고, 그 순간, 그 기쁨이 확신의 압박에서 벗어나면서, 마치 어떤 탄력을 받은 듯 다시 한껏 팽창하였다. 엘스띠르 가장 가까이에 있던 소녀의 통통하고 시선 때문에 환해 보이던 얼굴은, 한 자락 하늘을 위하여 자리를 예비해 두었을 법한 과자와 흡사했다. 그녀의 두 눈은 비록 고정되어 있어도 유동적인 듯한 인상을 주었고, 그것은 마치 바람 심한 날, 대기가, 비록 보이지는 않지만, 자기가 스치고 지나가는 창천의 표면에서 이동 속도를 감지할 수 있게 해주는 것과 같았다. 어느 한 순간, 폭풍우 심한 날, 덜 빠른 구름 덩이들에게 다가가서 그것들을 슬쩍 만지고 지나가 버리는 떠돌이 하늘 조각들처럼, 그녀의 시선이 나의 시선과 교차되었다. 그러나 하늘 조각들과 구름 덩이들은 서로를 모르고, 따라서 각자 멀리 가버린다. 그것들처럼, 우리의 시선들도, 자기 앞에 있던 천상의 대류이 내포하고 있던 미래의 약속도 위협도 모르는 채, 잠시 서로 마주하였다. 다만, 그녀의 시선이, 속도를 줄이지 않고 내 시선 바로 밑을 지나는 순간, 얇은 너울로 자신을 살짝 가리었다. 맑은 밤에, 달이 바람에 휩쓸려 구름 뒤로 지나며 잠시 자기의 광채를 너울로 가리다가 즉시 다시 나타나는 것과 같았다.

그러나 엘스띠르가 나를 부르지 않은 채 이미 소녀들 곁을 떠났다. 그녀들은 어느 샛길로 접어들었고 그는 내 곁으로 왔다. 모든 것이 수포로 돌아갔다.

나는, 그날 알베르띤느가 그 이전의 날들과 같은 모습으로 내 앞에 나타나지 않았고, 또한 그 이후에도 매번 다른 모습으로 나타나게 되어 있었다는 말을 앞에서 하였다. 하지만 엘스띠르가 소녀들 곁을 떠나던 그 순간에는, 어떤 존재의 모습과 중요도와 크기의 변화가, 그 존재와 우리 사이에 개입된 특정 심적 상태의 가변성에도 기인할 것이라 직감하였다. 그러한 경우 가장 괄목할 만한 역할을 수행하는 것은 믿음이다(그날 저녁, 내가 알베르띤느와 친분을 맺을 것이라는 믿음 및 곧 이어진 그러한 믿음의 소멸이, 불과 몇 초 동안의 간격을 두고, 그녀가 내 눈에 하찮게 보이게 하였다가 이내 무한히 귀중한 사람처럼 보이게 하였고, 몇 년 후, 알베르띤느가 회절하지 않았으리라는 믿음과 그 믿음의 소멸이 유사한 변화를 초래하였다).

물론 이미 꽁브레에서도, 하루 중의 시간대에 따라, 내 감수성의 커다란 두 유형 중 어느 것 속으로 내가 진입하느냐에 따라, 햇빛 밝은 동안에는 달빛이 그러듯, 오후 내내 보이지 않다가 밤만 되면, 불안해진 나의 영혼 속에서 지워진 그러나 최근의 기억들 대신 홀로 군림하는, 나의 어머니 곁에 있지 못하는 데서 비롯된 슬픔이, 감소되거나 증대되는 것을 이미 보았다. 하지만 그날 나는, 엘스띠르가 나를 부르지 않고 소녀들에게 작별 인사 하는 것을 보면서, 우리 눈에 부각되는 기쁨이나 슬픔의 중요도가 변하는 것이 단지 심적 상태에만 기인하지 않고 보이지 않는 믿음에도 기인한다는 사실을 깨달았던 바, 그 믿음이, 예를 들어 죽음이라는 것 위에 비현실성의 빛을 뿌리는지라, 우리에게 죽음이 하찮은 것으로 보이게 하여, 우리가 어느 야간 음악회에 참석하는 것에 중요성을 부여하도록 허락하지만, 우리가 기요띤느로 참수될 것이라는 소식 때문에 그 음악회를 흥건히 적시고 있던 믿음이 잦아들면, 그 음악회가 모든 매력을 상실할 것이다. 믿음의 그러한 역할을 나의 내면에 있는 무엇이 알고 있었음은 사실이며, 그 무엇이란 의지였으되, 지성과 감성이 그것을 모르는 한, 의지가 그것을 알아도 소용없는 일이다.[349] 따라서 오직 우리의 의지만은 우리가 어떤 여인에게 여전히 집착하고 있음을 알고 있건만, 우리의 지성과 감성은 우리에게 그녀와 결별할 욕구가 있다고 진정으로 믿는다. 그것은 우리가 얼마 후에는 그녀를 다시 만날 수 있으리라는 믿음에 의해 우리의 지성과 감성의 판단력이 흐려졌기 때문이다. 하지만 그러한 믿음이 사라져, 그 여인이 영영 떠나버렸음을 문득 깨달을 경우, 우리의 지성과 감성은 자신들의 제어 능력을 상실하여 미친 자들을 방불케 하고, 우리가 그녀에게서 취하던 미미한 쾌락조차 별안간 무한히 커 보인다.

믿음의 변이가 곧 연정의 죽음을 뜻하기도 하지만, 대상보다 선재(先在)하며 유동적인 연정은, 단지 어떤 여인을 수중에 넣기가 거의 불가능하리라는 이유 때문에 그 여인의 영상에 집착한다. 그리하여 그 순간부터는, 우리가 상상 속에 떠올리기 어려운 그 여인 자체보다는, 그녀와 친분 맺을 방도에 더 골몰한다. 그러면 괴로운 번민의 긴 과정이 펼쳐지고, 우리에게 별로 잘 알려지지도 않은 대상인 그 여인에 우리의 연정이 고정되게 하기에 충분하다. 그 순간부터 연정은 광대해지고, 우리는 실제의 여인이 그 속에서 얼마만큼의 자리를 점하고 있는지는 생각조차 하지 않는다. 그러다가도 문득, 엘스띠르가 소녀들과 함께 멈추어 서는 것을 내가 본 순간에 그랬던 것처럼, 우리가 혹시 불안해하기를, 그리고 괴로워하기를 멈출 경우, 괴로움이 곧 우리 연정의 전부인지라, 그 가치에 대하여 우리가 충분히 생각하지 않았던 먹이를 드디어 수중에 넣는 순간, 연정 역시 별안간 소멸된 것처럼 보인다. 내가 알베르띤느에 관하여 무엇을 알고 있었던가? 내가 만약 순수한 미학적 이유에만 복종하였다면 당연히 더 좋아하였을, 베로네세가 그린 여인들의 옆모습보다[350] 덜 아름다운, 바다 위로 부각되었던 옆모습 하나 혹은 둘뿐이었다. 그런데 불안감이 일단 가라앉기만 하면, 내 앞에 다시 떠오르는 것은 말없는 그 옆모습뿐, 나에게 다른 아무것도 없는데, 내가 다른 어떤 이유에 복종할 수 있었겠는가? 알베르띤느를 본 이후, 날마다 그녀와 관련시켜 수천 가지 생각을 하면서, 내가 '그녀'라고 지칭하던 것을 상대로 끝없는 내면의 대화를 계속하였고, 그러는 동안 그녀로 하여금 질문하고 답변하고 생각하고 행동하게 하였던지라, 매시각 나의 내면에서 이어지던 상상된 알베르띤느의 한없이 긴 행렬 속에서, 해변에서 본 실제의 알베르띤느는, 어떤 작품의 '초연 여배우'가, 즉 '스타'가, 비록 그 작품이 무수히 반복 공연되더라도 처음 몇 차례만 출연하듯, 그 행렬의 선두에만 모습을 드러내곤 하였다. 그 알베르띤느는 하나의 윤곽에 불과했고, 그 위에 쌓인 것은 모두 내가 그렇다고 믿은 것들이었으니, 연정 속에서는 그렇게, 우리 자신으로부터 오는 것이—심지어 양적 관점에서만 보더라도—연정의 대상으로부터 오는 것을 훨씬 능가한다. 그리고 가장 실제적인 사랑에서도 그러한 현상은 마찬가지이다. 그러한 사랑들 중, 그리고 심지어 육체적 관계가 이루어진 사랑들 중에도, 지극히 적은 것만으로 태동될 뿐만 아니라 존속될 수 있는 사랑들도 있다. 전에 나의 할머니에게 초벌그림 그리는 법을 가르치던 늙은 선생이, 어느 미미한 여인과의 관계에서 딸 하나를 얻었다. 아이가 태어난 지 얼마 지나 엄마가 죽자, 그림 선생이 어찌나 슬퍼하였던지, 슬픔으로 인하여 그 또한 오래 버티지 못하였다. 그의 삶이 단 몇 개월밖에 남지 않았을 무렵, 그림 선생이 그 여인과 공식적으로 동거하지 않았고 관계 또한 그리 깊지 않았던지라, 그의 앞에서는 그 여인에 대한 언질조차 삼가던 할머니와 꽁브레의 몇몇 부인들이, 금전을 갹출하여 그의 어린 딸에게 종신 연금을 마련해 줄 생각을 하게 되었다. 할머니가 그러한 안을 내놓으셨으나 몇몇 친구분들은 여간해서 호응하려 하지 않았다. 그 소녀에게 그렇게 해줄 가치가 있는지, 그녀가 정말 그림 선생이 믿듯이 그의 딸이기나 한지, 그녀의 어미 같은 여자들은 믿을 수가 없다는 등의 이유 때문이었다. 그러나 마침내 소녀를 돕기로 결단을 내렸다. 어린 소녀가 고맙다는 인사를 하러 왔다. 못생겼고, 모든 의심을 불식시킬 수 있을 만큼 늙은 그림 선생을 닮았는데, 그녀의 머릿결이 가장 돋보이는지라, 어느 부인이 그녀를 데리고 온 아버지에게 말하였다. "아이의 머릿결이 참으로 곱군요!" 그러자, 지탄 받던 여자는 이미 죽었고 그림 선생 역시 이미 반은 죽어, 항상 모르는 척하며 지내던 과거지사를 이제는 입에 올려도 문제가 없으리라 생각하신 듯, 할머니께서 덧붙이셨다. "집안의 내력인 모양이에요. 엄마의 머릿결도 저렇게 고왔나요?" — "모르겠습니다." 소녀의 아버지가 천진스럽게 대답하였다. "그녀가 모자를 쓰고 있을 때만 보았으니까요."

다시 엘스띠르와 합류해야 했다. 가는 길에 거울 속에 비친 내 모습을 언뜻 보았다. 소녀들에게 소개되지 못한 참사는 제쳐두고라도, 넥타이가 완전히 비뚤어지고 모자 밑으로 긴 머리카락이 드러나, 꼴이 엉망이었다. 하지만 비록 그런 꼴이었으되, 그날 내가 엘스띠르와 함께 있는 것을 소녀들이 보았고, 따라서 그녀들이 나를 잊을 수 없게 된 것은 행운이었고, 할머니의 조언에 따라, 내가 자칫 입고 나설 뻔한 끔찍한 것 대신 멋진 조끼를 입었고 가장 멋진 단장을 들고 온 것은 또 다른 행운이었다. 우리가 기대할 수 있다고 믿던 이득이 수반되지 못하는 법이라, 우리가 갈망하던 사건은 결코 우리가 생각한 것과 같은 형태로 발생하지 않고, 반면 우리가 전혀 기대하지 않던 다른 사건들이 닥쳐, 모든 것이 서로를 보완하며, 우리가 항상 최악의 사태를 염려하는지라, 우리는 결국, 전체를 통틀어 볼 때, 우연이 오히려 우리에게 특혜를 베풀었다고 여기는 경향이 있다. "그녀들과 인사를 나누었더라면 제가 무척 기뻤을 것입니다." 엘스띠르에게로 다가가며 내가 말하였다.—"그런데 왜 수십 리 밖에 머물러 계셨소?" 그것이 그의 입에서 나온 말이었으니, 그가 그렇게 말한 것은 그 말이—나의 은근한 바람에 응할 뜻이 있었다면 나를 부르는 것이 그에게는 아주 쉬웠을 것이니—그의 생각을 표출해 줄 수 있어서가 아니라, 자신들의 잘못이 현장에서 발각되었을 때 흔히들 사용하는 그러한 유형의 대중적 표현을 그가 아마 일찍이 들은 적 있고, 또 비록 지체 높은 사람들이라도 어떤 일에서는 일반 대중과 마찬가지로, 일용하는 빵을 그들도 드나드는 같은 빵집에서 구입하듯, 그들의 일상적 변명거리 목록에서 그것을 꺼내 사용하였거나, 혹은 문면(文面)이 진실과 정반대의 것을 의미하는지라 어쩌면 뒤집어서 읽어야 할 그러한 말들이, 음화(陰畵) 속 영상처럼 음양(陰陽) 뒤바뀐, 반사적 행동의 필연적 결과였을지도 모른다. 그가 한 마디 더 하였다.[351] "그녀들이 몹시 바쁘다고 하였소." 나는 그보다는 그녀들이 자기들에게 별로 호의적이지 않은 사람은 부르지 말라고 하였을 것이라고 생각하였다. 그러지 않았다면, 내가 그녀들에 관해 그토록 많은 것들을 그에게 물었고, 그토록 큰 관심을 보였는데, 그가 결코 그 일을 소홀히 하지 않았을 것이다.

"제가 당신에게 까르끄뛰이에 관해 이야기를 하였습니다." 그의 별장 입구에서 내가 작별 인사를 하려는데 그가 말하였다. "그곳을 스케치한 작은 초벌 그림 하나를 가지고 있는데, 해안선의 윤곽이 더 선명합니다. 화실에서 보신 완성된 화폭도 그린 나쁘지는 않으나, 그것은 성격이 다릅니다. 허락하신다면, 우리의 우정을 기념하는 뜻으로 그 초벌 그림을 드리겠습니다." 흔히들, 상대가 원하는 것을 거절하고 다른 것을 주는 것이 버릇인지라, 그가 그렇게 말하였다.

"혹시 가지고 계시면, 그것보다는 미쓰 싸크리빵의 조그만 초상화를 찍은 사진 한 장을 갖고 싶습니다. 그런데 그 이름은 무엇에서 유래하였습니까?"―"그것은 그림 속 모델이 어느 멍청한 희가극에서 그 역을 맡았던 인물의 이름입니다."―"저는 그 모델에 관해 아무것도 모르는데, 선생님께서는 그 반대로 생각하시는 것 같습니다." 엘스띠르가 아무 말 하지 않았다. "하지만 그 모델이 결혼 전의 스완 부인이라고는 하시지 않겠지요?" 상당히 드문 일이되 사후에는 예감이라는 것의 이론적 근거가 되기에 충분한―그 이론을 약화시킬 모든 오류들을 망각하려 신경을 쓰기만 하면―진실과의 급작스럽고 우연한 조우를 겪은 내가 불쑥 그렇게 물었다. 엘스띠르가 나의 그 말에 대꾸하지 않았다. 그것은 오데뜨 드 크레씨의 초상화가 틀림없었다. 그녀는 여러 가지 이유들 때문에 그것을 간직하려 하지 않았고, 그 이유들 중 몇몇은 너무나 명백했다. 다른 이유들도 있었다. 그 초상화는, 오데뜨가 자기의 용모에 규율을 부여하면서, 여러 해 동안 그녀의 미용사 및 재단사 그리고 그녀 자신까지도―몸가짐과 화법과 미소 짓는 법과 손이나 눈의 움직임과 심지어 생각하는 방식에 있어서조차―그 대략적인 윤곽을 존중해야 했던, 자기의 얼굴과 몸매를 창조해내던 시기 이전의 것이었다. 스완이 자기의 고혹적인 아내였던 더이상 손댈 곳 없는 결정판(ne variatur) 오데뜨의 많은 사진들보다, 삼색제비꽃으로 치장한 밀짚모자 밑에 상당히 못생기고 머리채 푸스스하며 얼굴 수척한 야윈 젊은 여자가 보이는, 그가 자기의 침실에 간직하고 있던 그 사진을 더 좋아한 것은, 욕망 충족된 정인의 변태적 성향 때문이었다.

하지만 그 초상화가 스완이 좋아하는 사진처럼 오데뜨의 용모가 새롭고 위풍당당하며 매력적인 유형으로 체계화되기 이전의 것이 아니라 그 이후의 것일 수도 있었으니, 그 유형을 파괴하는 데는 엘스띠르의 시선이면 충분했을 것이기 때문이다. 예술적 재능이란, 원자들의 결합을 해체하여 그것들을 다른 유형에 맞게 완전히 상반되는 질서에 따라 다시 집결시키는 능력을 갖춘, 극도로 높은 온도와 같은 식으로 작용한다. 여인이 자신의 용모에 강제로 부여한, 그리고 날마다 외출하기 전에 거울 속에서 그 지속을 손수 감시할 뿐만 아니라, 모자의 기울기와 머리채의 윤기와 시선의 명랑함 등에 그 존속을 맡기는 모든 인위적 조화를, 위대한 화가의 눈길은 단 한순간에 파괴한 다음, 그 자리에, 화가 내면에 간직하고 있던 여성적 그리고 회화적 특정 이상을 충족시킬 수 있는 식으로 그 여인의 용모적 특징들을 재분류하여 집결시킨다. 마찬가지로, 특정 나이가 지난 이후에는, 위대한 탐구자의 눈이 어디에서든, 자기 관심의 유일한 대상인 '관계들'을 정립시키는데 필요한 요소들을 발견하는 일이 빈번해진다. 자기들의 손에 무엇이 걸리든 당황하지 않고 그것으로 만족하는 솜씨 좋은 일꾼들이나 노름꾼들처럼, 그들은 그 무엇에 대해서도 이렇게 말할 수 있을 것이다. "쓸모가 있겠군." 도도한 미모로 명성 높았으며 뤽상부르 대공 부인의 사촌 자매들 중 하나였던 여인이, 당시에는 새로웠던 예술 형태에 매료되어, 가장 유명한 자연주의 유파 화가에게 자신의 초상화를 그려달라고 요청하였다. 화가의 눈은 자기가 사방에서 찾고 있던 것을 그녀에게서도 즉시 발견하였다. 그리하여 그가 그린 화폭 위에는, 존귀한 귀부인 대신 양장점의 어린 심부름꾼 소녀 하나가 등장하였고, 그녀 뒤에 그려 놓은 자주색의 광막한 배경은 삐갈 광장을 연상시켰다.[352] 하지만 그 정도까지는 아니더라도, 위대한 화가에 의해 그려진 여인의 초상화는 그 여인의 요구들 중 단 몇몇이라도―예를 들어 자기가 이미 늙기 시작하였건만 그녀로 하여금 아직 젊은 자기의 몸매를 돋보이게 해주는 어린 소녀의 옷차림으로 사진을 찍게 하거나, 그리하여 자기의 여동생처럼, 혹은 심지어, 필요할 경우 '나뭇단만큼이나 초라한' 옷을 입혀 자기 곁에 세워 놓은 자기의 딸처럼 젊어 보이게 하는 등―결코 충족시켜 주려 하지 않을 것이고, 반대로, 열에 들뜬 혹은 푸르스름한 안색 등, 그녀는 감추려 애쓰되 그것들이 그녀의 '특징'인지라 그만큼 더 화가를 유혹하는 단점들을 부각시킬 것이며, 그러나 그렇게 부각시킨 몇몇 단점만으로도, 평범한 일반 관람자를 환상으로부터 깨어나게 하여, 여인이 그토록 자랑스럽게 그 골격을 지탱하면서 그녀를 유일하고 요지부동의 형태로 나머지 모든 인류로부터 그토록 멀고 높은 곳에 올려놓았던 여성적 이상형을 산산조각내기에 충분하다. 이제 추락한 그녀는 자기로 하여금 뽐낼 수 있게 해주던 그 유형의 밖에 놓여, 우리가 그 우월성에 대한 믿음을 상실하게 된 평범한 여인에 불과하다. 여인의 그 인위적으로 체계화된 유형에 우리가 오데뜨 같은 여인의 아름다움뿐만 아니라 심지어 그녀의 인격과 정체성마저 부여하던 정도가 어찌나 심했던지, 그러한 유형을 박탈해 버린 초상화 앞에서 우리는 다음과 같이 소리치고 싶어진다. "어찌 이토록 추해졌나!" 뿐만 아니라 또한 이렇게도 소리치고 싶어진다. "어찌 이리도 딴판인가!" 그 초상화 속 인물이 그녀라고 믿기는 어렵다. 그 인물이 누구인지 알아볼 수조차 없다. 하지만 그 속에 우리가 이미 보았다고 분명히 느껴지는 존재가 있다. 하지만 그 존재는 오데뜨가 아니며, 그럼에도 불구하고 그 존재의 얼굴과 몸매와 모습이 매우 낯익다. 그것들은, 결코 그러한 거조를 드러내지 않으며 평소의 자태가 그토록 기이하고 도발적인 아라베스크적 윤곽은 전혀 보이지 않는, 그 여인이 아닌 다른 여인들을, 즉 엘스띠르가 그린 모든 여인들을, 그리고 항상, 그녀들이 서로 아무리 달라도, 드레스 자락 밑으로 나온 활처럼 휜 발이나, 무릎을 덮으면서 그 높이에서 또 다른 원반인 정면으로 보이는 얼굴과 정확한 조화를 이루는, 손에 들고 있는 둥글고 챙 넓은 모자 등을 그가 정면에서 생생하게 묘사하기 좋아하던, 그 여인들을 상기시킨다. 그리하여 결국 뛰어난 초상화는 한 여인의 교태와 자기중심적 미 개념이 규정해 놓은 여인의 유형을 붕괴시킬 뿐만 아니라, 초상화가 옛것일 경우, 사진처럼 모델을 유행 지난 치장물들로 감싸 보여주는 식으로 모델이 늙게 하는 것으로는 만족하지 못한다. 초상화 속에서는 여인이 옷을 입는 방법뿐만 아니라 화가가 그녀를 그리기 위하여 사용하였던 방식 역시 한 시대를 나타낸다. 그 방식, 엘스띠르가 초기에 사용하던 그 기법이 오데뜨에게는 가장 견딜 수 없는 출생증명서였으니, 그가, 그녀의 그 시절 사진들처럼, 그녀를 널리 알려졌던 갈보들의 막내들 중 하나로 만들어놓았을 뿐만 아니라, 그녀의 초상화를, 마네나 휘슬러 등이, 사라진 무수한 모델들, 그리하여 이미 망각 속으로 혹은 역사 속으로 들어가 버린 모델들을 보고 그린 많은 초상화들과, 같은 시대의 것으로 만들어놓았기 때문이다. 내가 엘스띠르를 그의 화실까지 배행하는 동안, 그의 그림 속 모델의 정체와 관련된 나의 발견이 나를 이끌어 가며 향하던 곳은, 그의 옆에서 곱씹은 그러한 사념들이었는데, 바로 그때, 그 첫 발견이 나로 하여금 다른 또 하나의 발견에 이르게 하였고, 화가의 정체와 관련된 그 발견은 더욱 당혹스러운 것이었다. 그가 일찍이 오데뜨 드 크레씨의 초상화를 그렸다. 그 천재적인 재능을 가진 사람이, 그 현인이, 그 고독한 사람이, 화려한 대화를 펼치며 모든 것을 지배하는 그 철인이, 옛날 베르뒤랭 내외의 동아리와 어울리던 그 우스꽝스럽고 패륜적이었던 바로 그 화가라는 것이 있을 수 있는 일인가? 나는 그가 혹시 베르뒤랭 내외와 친분을 맺은 적이 있는지, 그리고 혹시 그 시절 그들이 그를 비슈 씨라고 부르지 않았는지, 그에게 물었다. 그는 그 시절이 자기 생애의 이미 조금은 오래된 한 부분이라는 듯, 그리고 자기가 나에게 엄청난 환멸을 안겨주었다는 것은 전혀 짐작조차 못하는 듯, 조금도 당황하지 않은 채 그렇다고 대답하였으나, 나를 쳐다보는 순간 나의 얼굴에 어린 환멸을 간파하였다. 그의 얼굴에 잠시 불만스러운 기색이 스쳤다. 그리고 우리가 마침 그의 거처에 거의 도착하였으니, 지적으로나 심정적으로 그보다 탁월하지 못한 사람이었다면, 아마 냉랭하게 작별 인사를 한 다음, 그 이후로는 나와 다시 만나는 것을 피하였을 것이다. 하지만 엘스띠르는 나를 상대로 그렇게 행동하지 않았다. 진정한 스승으로서—또한 아마 순수한 창조라는 관점에서는 그 말의 의미로 인해 스승이었다는 것이 그의 유일한 단점이었으니, 하나의 예술가가 자신을 정신적 삶에 완전히 일치시키려면 항상 홀로 지내야 하고, 심지어 자기의 제자들에게조차 자기의 자아를 헤프게 베풀어서는 아니 되기 때문이다—그는 모든 상황에서, 그 상황이 자신과 관련된 것이건 다른 이들과 관련된 것이건, 젊은이들을 위한 최선의 가르침을 위하여, 그 상황이 내포하고 있는 진실 부분을 추출해내려 노력하였다. 그리하여 그는 손상된 자기의 자존심을 회복시켜 줄 말보다는 나에게 가르침을 줄 수 있을 말을 택하였다. 그가 나에게 말하였다. "아무리 지혜로운 사람일지라도, 젊었던 시절에, 그 추억을 되새기는 것조차 불쾌하여 추억마저 아예 지워버리고 싶어질 정도의 말을 단 한 번도 아니 하였고, 그러한 생활에 빠져들지 않은 사람은 아무도 없습니다. 하지만 그러한 과거를 전적으로 개탄만 해서는 아니 되니, 우스꽝스럽고 추한 온갖 변신을 거듭하지 않고는, 가능한 한도 내에서나마 현명해진 마지막 변신 단계에 도달할 수 있으리라는 보장이 없기 때문입니다. 저명한 사람들의 아들이나 손자들 중, 중등학교 시절부터 가정교사에게서 사상적 고결함과 윤리적 우아함을 배운 젊은이들이 있음을 저는 알고 있습니다. 아마 그들의 생애에는 삭제할 부분이 전혀 없어, 자기들이 한 모든 말을 자기들의 이름으로 공표할 수 있을 것입니다만, 그들은 교조주의자들의 무기력한 후예, 부정적인 불모의 지혜나 가지고 있는 초라한 지성들입니다. 지혜란 다른 이로부터 넘겨받을 수 없는 것인지라, 아무도 대신해 줄 수 없고 또 우리로 하여금 면하게 해줄 수도 없는 여정을 거쳐, 우리 스스로 그것을 발견해야 하는 바, 그것이 곧 사물에 대한 우리의 관점이기 때문입니다. 당신이 찬미하시는 삶들이나 고결하다 여기시는 태도들은 아버지나 가정교사가 마련해 준 것이 아니며, 그러한 삶과 태도들 역시, 주위에서 군림하던 해롭고 천한 것의 영향력 아래 놓여 있던 초기 시절을 겪었습니다. 따라서 그러한 삶과 태도가 곧 투쟁과 승리를 상징합니다. 우리의 인생 초기에 다른 이들이 우리에게서 발견하였던 영상이 더 이상 알아볼 수 없을 만큼 변하였다 해도, 그들이 그것을 불쾌하게 여기는 것을 저는 이해합니다. 하지만 우리가 그 영상을 부인해서는 아니 됩니다. 그것이 곧, 우리가 진정 살았고, 일상생활의, 그리고 화가일 경우, 화실들 혹은 파벌들이 영위하는 생활의 평범한 요소들로부터, 그 모든 것을 능가하는 무엇을 우리가 추출해내었음을 알려주는 증언이기 때문입니다." 우리가 어느덧 그의 별장 입구에 도착하였다. 소녀들과 초면 인사를 나누지 못한 것이 아쉬웠다. 그러나 여하튼 이제 살다보면 그녀들을 다시 만날 가능성이 있을 것 같았다. 그녀들이 다시 나타나는 것을 다시는 볼 수 없으리라고 내가 믿을 수 있었을, 그 수평선 앞으로 그녀들이 단지 지나가기만 한 것이 아니었기 때문이다. 나와 그녀들 사이를 갈라놓던, 그리고 그녀들에게로의 접근 불가능성과 그녀들이 내 앞에서 영영 도망치리라는 개연성이 나의 내면에 일깨우고 있던, 끊임없이 활기를 띠고, 유동적이고, 급박하고, 불안감이 북돋우던 욕망의 발현에 불과했던, 그 거대한 소용돌이 같은 것이 더 이상 그녀들의 주위에서 일렁이지 않았다. 그녀들에 대한 나의 욕망을 이제, 내가 다른 것들에 대하여 품었던 욕망들, 즉 그 충족의 실현이 가능함을 아는 순간 내가 유보해 두었던 그 숱한 욕망들 곁에 편안히 쉬도록 놓아 비축해 둘 수 있게 되었다. 엘스띠르와 헤어져 내가 다시 홀로 있게 되었다. 그러자 문득, 내가 맛본 실망감에도 불구하고, 엘스띠르가 바로 그 소녀들과 친밀한 관계이고, 그 아침까지만 해도 나에게는 바다를 배경으로 삼아 그린 화폭 속의 인물들에 불과했던 그녀들이 나를 보았을 뿐만 아니라 내가 그 위대한 화가와 친밀함을 알게 되었으며, 화가 또한 그녀들과 사귀고자 하는 나의 열망을 알게 되어 틀림없이 나에게 도움을 주리라는 등, 도저히 발생할 수 있으리라고는 내가 꿈도 꾸지 못하던 우연들이 나의 뇌리에 떠오르는 것이 보였다. 그 모든 것이 나의 내면에 기쁨을 야기시켰으나, 그 기쁨이 정작 나에게는 감추어져 있었으니, 그것은 마치, 다른 사람들이 모두 돌아가 우리만 남을 때까지 기다렸다가, 자기들이 와 있음을 우리에게 알리는 방문객들 중 하나와 같았다. 그러면 우리가 비로소 그들이 와 있음을 알아차리고, 그들에게 다음과 같이 말한 다음 그들의 말에 귀를 기울일 수 있게 된다. "이제 전적으로 당신의 말에만 귀를 기울이겠어요." 때로는 그러한 기쁨들이 우리의 내면에 들어온 순간과 우리가 우리의 내면으로 다시 돌아갈 수 있는 순간 사이에 어찌나 오랜 시간이 흘렀는지, 그 사이에 우리가 어찌나 많은 사람들을 보았던지, 우리는 혹시 그 기쁨들이 우리를 너무 지루하게 기다리지 않았을까 염려하기도 한다. 하지만 그 기쁨들은 참을성이 많아 결코 지치지 않으며, 따라서 모든 사람들이 돌아간 즉시 우리 면전에 나선다. 때로는 오히려 우리가 하도 지쳐, 우리의 쇠약해진 사념 속에, 그러한 추억들을, 즉 그 인상들[353]을 지탱하는 데 필요한 힘이 더 이상 남아 있지 않은 것 같아지는데, 그 인상들에게는 우리의 연약한 자아가 유일한 거처이며 유일한 구현 양식이다. 그러면 우리가 그 기쁨을 아쉬워하게 될 것인 바, 우리의 삶이라는 것이 현실이라는 먼지가 경이로운 모래와 뒤섞이는, 다시 말해 어떤 평범한 사건이 소설적인 원동력으로 변하는 날들 속에서만 다소나마의 중요성을 가질 수 있기 때문이다. 그러한 날에는 꿈의 눈부신 조명으로부터 도저히 도달할 수 없는 세상의 곳 하나가 불쑥 솟아 우리의 삶 위로 드리워지고, 우리는 그 삶 속에서, 마치 꿈을 꾸다가 깨어난 사람처럼, 하도 열렬히 만나기를 희구하였던지라 오직 꿈속에서밖에는 만날 수 없을 것이라 믿던 사람들을 만나게 된다.

내가 원하기만 하면 이제 그 소녀들과 친분을 맺을 수 있으리라는 가망성이 나에게 가져다준 안도감이, 그다음에 이어지던 여러 날 동안 내가 그녀들의 출현을 엿볼 수 없게 되어, 나에게는 그만큼 더 소중했는데, 그 여러 날은 쌩-루의 출발 준비에 할애되었다. 할머니께서는 그가 할머니와 나에게 베푼 그 숱한 친절에 고마움을 표하고 싶어 하셨다. 나는 할머니에게 그가 프루동을 열렬히 숭배한다고 말씀드리면서, 할머니께서 일찍이 사 두셨던 그 철학자의 많은 친필 서한들을 발백으로 가져오도록 하시는 것이 어떻겠느냐는 안을 내놓았다. 그 서한문들이 도착한 날, 즉 그가 떠나기 전날, 쌩-루가 그것들을 보려고 호텔로 왔다. 그가 서한 한 장 한 장을 정중하게 넘기면서, 또 많은 구절들을 기억해 두려 애쓰면서, 서한들을 게걸스럽게 읽더니, 어느 순간 자리에서 일어서면서 할머니에게, 너무 오랫동안 지체해 죄송하다고 하는데, 할머니께서 그의 말에 대꾸하시는 음성이 그의 귀에 들려왔다.

"천만에요, 그것들을 가져가요. 당신 거예요, 당신에게 드리려고 그것들을 이리로 보내게 하였어요."

그는 의지의 개입 없이 발생하는 신체적 현상만큼이나 주체할 수 없는 기쁨에 사로잡혔고, 이제 막 벌을 받은 아이처럼 얼굴이 빨개졌으며, 할머니께서는 그가 할 수 있었을 어떠한 감사의 말보다도, 자기를 뒤흔들고 있던 기쁨을 억제하려 그가 기울이고 있던 그의 노력을 보시고 더욱 감동하셨다. 하지만 그는, 자기가 충분히 사의를 표하지 못하였을까 저어하며, 다음 날 병영으로 복귀하기 위하여 탄 지역 철도의 기차 창문 밖으로 상체를 굽힌 채, 할머니에게 죄송하다는 말씀 전해 달라고 나에게 간곡히 부탁하였다. 그의 병영이 실은 발백에서 아주 가까이에 있었다. 그리하여 애초 그는, 병영으로의 완전한 복귀가 아니고 저녁이면 발백으로 돌아올 때 자주 그랬던 것처럼, 마차를 이용할까 생각하였었다. 하지만 이번에는 그가 많은 보따리들을 기차에 실을 수밖에 없었다. 그 또한, 마차가 좋을지 혹은 지역 철도가 좋을지 묻는 말에 '거의 애매할(équivoque) 것'이라고 대답한 호텔 지배인의 견해에 따라, 자신도 기차를 타는 것이 좋겠다고 생각하였다. 호텔 지배인이 하고자 했던 말은 거의 동등할(équivalent) 것이라는 뜻이었다(요컨대 프랑수와즈가 '이것이건 저것이건 마찬가지'라고 하던 말과 거의 같은 말이었다). "좋아요, 나도 그 작은 '느릅나무'[354]를 타겠어요." 쌩-루가 지배인의 말을 듣고 그렇게 결론을 내렸던 것이다. 나 역시, 몸이 피곤하지 않았다면 그 기차를 타고 나의 친구와 함께 동씨에르까지 가고 싶었다. 그리하여, 우리가 발백 역에 머물러 있는 동안 내내―즉 기관사가, 늦게 역에 도착하는 자기의 친구들을 내버려 두고 싶지 않아 그들을 기다리고 아울러 시원한 음료를 마시는 동안―나는 그에게 한 주에 몇 차례 그를 방문하겠노라는 약속으로 나의 섭섭한 마음을 달랬다. 블록 역시 그를 배웅하러 역에 왔던지라―그것을 쌩-루가 몹시 난처하게 여겼지만―나에게 동씨에르에 와서 함께 점심이나 저녁도 먹고 또 그곳에서 머물다 가라고 하는 자기의 말을 나의 학교 친구가 들었음을 알아챈 쌩-루가, 결국 극도로 냉랭한 어조로 그에게 다음과 같이 말하였으나, 그 어조는 강요된 초대의 말을 아예 무효로 만들어, 블록이 그 초대를 진지한 것으로 여기지 못하게 하였다. "혹시 내가 자유로운 어느 날 오후에 동씨에르를 지나는 일이 생기면 병영에 들러 저를 찾으시면 됩니다만, 제가 자유로운 경우는 거의 없습니다." 하지만 또한 그 말은, 로베르가, 혹시 그곳에 내가 혼자서는 가지 않을 것이라 염려하였고, 따라서 내가 말한 것보다 나와 블록의 관계가 더 친밀하다고 생각하여, 나에게 길동무 혹은 충동질꾼 하나가 생기도록 한 조치였을지도 모른다.

나는 누구를 초대하면서 오지 말라고 조언하는 듯한 그의 어조와 태도가 혹시 블록의 기분을 상하게 하지 않았을까 두려웠고,

따라서 쌩-루가 차라리 아무 말 하지 않았더라면 더 좋았을 것이라 생각하였다. 그러나 내가 잘못 생각한 것이었다. 기차가 출발한 후, 돌아오는 동안 내내, 두 가로수길이 교차하는 지점에, 즉 한 사람은 호텔로 다른 하나는 블록의 별장으로 가야 하기 때문에 우리가 헤어져야 할 지점에 이를 때까지, 우리가 언제 동씨에르에 갈 생각이냐고 블록이 나에게 끊임없이 물었으니 말이다. 쌩-루가 자기에게 보여준 '모든 친절'을 감안할 때, 그의 초대에 응하지 않는 것이 자기가 보기에는 '너무나 상스럽기' 때문이라 하였다. 나는 그가, 초대하던 어조에 곡진함이 결여되었을 뿐만 아니라 예의조차 제대로 갖추지 않았다는 점을 간파하지 못하였다는 사실에, 혹은 간파하지 못한 척하고 싶을 만큼 거의 불만을 품지 않은 사실에 마음이 놓였다. 하지만 나는 블록이 즉시 동씨에르에 가는 우스꽝스러운 짓만은 면하게 해주고 싶었다. 하지만, 그가 조바심 내는 것만큼 쌩-루가 간절히 기다리지는 않는다고 그에게 설명해 보았자 그의 마음만 불쾌하게 해줄, 그러한 조언은 차마 할 수가 없었다. 그는 너무나 다급한 성질이었고, 따라서 그보다 더 신중한 다른 사람들에게는 없을 괄목할 만한 장점들이 그러한 유형의 단점들을 비록 벌충해 준다 할지라도, 그의 경솔함이 다른 이들에게 짜증을 일으킬 지경으로까지 치닫곤 하였다. 그의 말을 들으면 그 주간이 끝나기 전에 우리가(그가 '우리'라고 하였는데, 내가 믿기로는 그가 그곳에 나타나는 명분을 조금은 나에게서 찾았기 때문인 듯하다) 동씨에르에 갈 것 같았다. 역에서 돌아오는 동안 내내, 나무들 속에 가려진 체육관 앞에서건, 테니스장 앞에서건, 시청 앞에서건, 조개 파는 여인 앞에서건, 어서 날을 정하라고 간청하면서 나의 걸음을 멈추게 하였고, 내가 불응하자 화가 나서 나와 헤어지면서 이렇게 말하였다. "나리, 그대의 뜻대로 하시게. 그가 나를 초대하였으니, 나는 무슨 일이 있어도 그곳에 갈 수밖에 없네."

쌩-루는 나의 할머니에게 사의를 제대로 표하지 못하였다 생각하고 어찌나 염려하였던지, 떠난 다음다음 날 주둔지 도시로부터 나에게 배달된 편지를 통하여, 할머니에게 대신 감사의 말씀을 전해 달라고 부탁하였으며, 봉투에 그 도시 명칭이 찍힌 편지가 마치, '루이 16세 기병대'[355]의 병영 막사 속에서 그가 나를 생각하고 있다는 소식을 전하기 위하여 급히 달려온 것 같았다. 편지지에는 마르상뜨 가문의 문장(紋章)이 찍혀 있었고, 문장을 자세히 보니 프랑스 귀족원 의원 모자로 상단을 마감한 왕관 밑에 사자 한 마리가 그려져 있었다. 편지의 내용은 이러했다.

"역에서 산 아르베드 바린느의 책을(제가 생각하기로는 러시아 작가 같은데, 외국인이라는 점을 감안하면 괄목할 만큼 잘 쓴 것 같으나, 모든 책을 읽으신, 그야말로 학문의 샘터 같으신 당신께서 잘 아실 것이니, 저에게 그 책에 대하여 생각하시는 바를 말씀해 주시기 바랍니다) 읽으면서 달린 도정 끝에, 이 거친 생활의, 애석하게도 발백에 남겨둔 것이 이곳에는 없어 제가 추방당한 것처럼 여겨지는 이 생활의, 다정함의 추억도 지성의 매력도 다시 발견할 수 없는 이 생활의, 당신이 틀림없이 그 환경을 멸시하시겠지만 나름대로의 매력도 없지 않은 이 생활의 한가운데로 다시 돌아왔습니다. 제가 이곳을 떠난 이후 모든 것이 변한 것처럼 보이는 이유는, 그동안 제 생애의 가장 중요한 신기원(新紀元)들 중 하나가, 즉 우리의 우정이 시작되었기 때문입니다. 저는 그 우정이 영영 멈추지 않기를 희원합니다. 저는 우리의 우정과 당신에 관한 것을 오직 한 사람에게만, 저의 곁에 와서 한 시간 동안 머무는 뜻밖의 선물을 저에게 안겨 준 저의 연인에만, 이야기해 주었습니다. 그녀도 당신과 인사를 나눌 수 있으면 무척 좋아할 것이며, 당신과 그녀 간에 뜻이 잘 통할 것으로 사료되는 바, 그녀 또한 출중한 문학적 자질을 갖추고 있기 때문입니다. 한편 우리가 나누던 이야기를 다시 생각하고 제가 결코 잊을 수 없을 그 시각들 속으로 다시 돌아가기 위하여, 나무랄 데 없는 청년들이지만 그러한 것을 이해하기에는 턱없이 부족한 저의 동료들로부터 제가 저 자신을 고립시켰습니다. 당신과 함께 보낸 순간들의 추억을 오직 나만을 위하여 환기하면서, 또한 당신에게 편지조차 쓰지 않으면서, 이곳에서의 첫날을 보내고 싶은 심정이었습니다. 그러나 섬세한 지성과 극도로 예민한 심정 그 자체이신 당신께서, 조금이나마 더 섬세하고 당신과 어울릴 자격을 갖추도록 다듬으시려면 고역을 감내하셔야 할 이 거친 기병대원에게로 혹시 스스로 낮추시는 것을 마다하지 않으시고 사념을 돌리실 경우, 편지를 받지 못하시어 심하게 걱정하시지 않을까 두려웠습니다."

사실 그 편지는, 그 속에 어린 다정함에 있어, 내가 쌩-루와 아직 인사를 나누기 전에 홀로 몽상에 잠겨, 그가 나에게 보낼 것이라고 상상하던 그 편지들과 매우 흡사했다. 물론 첫 대면 순간, 그의 차가운 처음 거조가 나를 그러한 몽상에서 이끌어내 얼음장 같은 현실에 직면케 하였지만, 그 현실이 결정적이 아니었음은 이미 입증되었다. 일단 내가 그러한 편지를 받은 이후에는, 점심 시간에 우편물이 도착할 때마다, 나에게 어떤 편지가 배달될 경우, 그것이 그로부터 온 것임을 즉각 알아보곤 하였으니, 편지라는 것은 우리 앞에 없는 하나의 존재가 드러내는 제2의 얼굴을 가지고 있기 때문이며, 그 얼굴의 윤곽(즉 필체의 특성)에서 우리가, 콧날이나 억양에서처럼, 어떤 개인 고유의 영혼을 포착할 수 있다고 믿지 않을 이유가 없다.

이제 나는 식사를 마친 후에도 식탁을 치우는 동안 식탁 앞에 즐겨 머물렀고, 작은 소녀 무리가 지나갈 수 있을 순간이 아닐 경우, 내가 유심히 바라보게 된 것은 바다 쪽만이 아니었다. 엘스띠르가 그린 몇몇 수채화 속에서 그러한 것들을 본 이후, 나는 아직 비스듬히 놓여 있는 식사용 칼들의 중단된 동작, 태양이 노란색 벨벳 한 조각을 끼워 넣은 풀어진 냅킨의 불룩한 둥근 형태, 반쯤 비워져 고아하게 벌어진 자신의 형태와 반투명이며 태양빛의 응결체 같은 유리벽으로 둘러싸인 바닥에 있는 색깔 어둡지만 빛을 받아 반짝이는 마시다 남긴 포도주 및 조명으로 인한 부피의 이동과 액체의 변화 등을 더욱 선명히 보여주는 유리잔, 이미 반은 비운 과일 접시에 남아 초록색으로부터 하늘색으로 그리고 하늘색으로부터 황금빛으로 색깔이 옮아가는 오얏들의 변질, 식도락 축제를 치른 어느 주제단 위에 있는 것과 같은 식탁 위의 보자기 둘레에 하루 두 번씩 와서 자리를 잡는 고풍스러운 의자들의 어슬렁거림, 그리고 식탁보 위의 굴껍질들 속에 마치 작은 석제 성수반들 속에 있는 것처럼 남아 있는 몇 방울의 세례수(洗禮水) 등을 현실 속에서 재발견하려 노력하였고, 그것들이 시적인 무엇인 양 좋아하게 되었으며, 일찍이 그것이 있으리라고는 상상조차 못하던 곳에서, 즉 가장 일상적인 사물들 속에서, '죽은 자연' 속에서, 아름다움을 발견하려 시도하게 되었다.[356]

쌩-루가 떠난 지 며칠 후, 엘스띠르로 하여금 내가 알베르띤느를 만날 기회를 제공할 수 있을 조촐한 오후 연회를 마련하도록 하는데 성공하였을 때, 그것이 비록 일시적이었지만, 그랜드-호텔을 나서던 순간 사람들이 나에게서 발견한 매력과 우아함을(긴 휴식과 특별히 지출한 치장 비용 덕분에 얻은) 다른 더 흥미로운 사람의 환심 사는 데 쓰기 위하여 보관할 수(엘스띠르의 명망과 함께) 없음을, 그리하여 그 모든 것을 알베르띤느와 서로 알게 되는 따위의 즐거움을 위해 소모하게 된 것을 아쉬워하였다. 그 즐거움이 확보된 순간부터는 나의 지성이 그것을 매우 보잘것없게 여겼기 때문이다. 그러나 나의 내면에서는, 그늘 속에 감추어져 있어 무시당하건만 지칠 줄 모르고 충직하며, 우리의 자아가 끊임없이 변해도 그것에 개의하지 않고 오직 우리의 자아에게 필요한 것이 결여되지 않도록 쉬지 않고 노력하는, 한결같아서 연속적으로 변하는 우리 인격의 변덕에도 불구하고 흔들리지 않는 하인만은, 즉 의지만은, 단 한순간도 지성의 그러한 변덕에 동의하지 않았다. 열망하던 여행이 실현되려는 순간, 지성과 감성이 그 여행을 정말 시작할 가치가 있는지 서로에게 묻기 시작하는 동안, 그 여행이 불가능해지기가 무섭게 그 한가한 상전들이 그것을 즉시 경이로운 것으로 다시 간주하리라는 것을 잘 아는 의지는, 그 상전들이 역 앞에서 지루하게 잔소리를 늘어놓으면서 멈칫거리도록 내버려둔 채, 자기는 승차권을 사고 우리를 출발시각에 맞춰 열차칸에 앉히는 일을 맡는다. 지성과 감성이 변덕스러운 것만큼이나 의지는 한결같으나, 그것이 항상 침묵을 고수하고 이유를 설명하지 않는지라 거의 존재하지 않는 것처럼 보인다. 하지만 우리 자아의 다른 부분들이, 자신들의 불확실성들은 선명히 분간하면서 그것은 지각하지 못한 채 따르는 것은, 그것의 결단이다.[357] 알베르띤느를 알게 됨으로써 느끼게 될 즐거움의 가치에 대해 나의 감성과 지성이 그렇게 거창한 토론을 개시하는 동안, 나는 그것들이 다른 계기를 위하여 고스란히 간직하고 싶었을, 거울 속에 어린 헛되고 부서지기 쉬운 매력들을 바라보고 있었다. 그러나 나의 의지는 떠나야 할 시각이 지나가도록 내버려 두지 않았고, 그 의지가 마부에게 준 것은 엘스띠르의 주소였다. 나의 지성과 감성은 그동안,

주사위가 던져져 유감스럽다는 한가한 소리를 지껄였다. 하지만 나의 의지가 마부에게 만약 엉뚱한 주소를 주었다면 그것들이 질겁하였을 것이다.

약속 시간보다 조금 늦게 엘스띠르의 별장에 도착한 직후 나는 씨모네 아가씨가 화실에 있지 않다고 생각하였다. 물론 비단 드레스 차림에 모자를 쓰지 않은 아가씨 하나가 앉아 있었던 것은 사실이나, 그녀의 멋진 모발과 코와 피부색이 나에게는 낯설었고, 폴로 모자를 쓰고 해변을 따라 산책하던 자전거 타는 소녀로부터 내가 일찍이 추출하여 두었던 실체는 그것들 속에서 다시 발견하지 못하였다. 하지만 그 아가씨가 알베르띤느였다. 그럼에도 불구하고 나는 그녀에게 관심을 쏟지 못하였다. 사교장이란, 우리가 하나의 다른 윤리적 관점에 복종한 나머지, 그곳에 있는 인물들과 각종 춤과 카드놀이 등, 다음 날이면 말끔히 잊고 말 것들이 마치 우리에게 영원히 중요할 것처럼, 우리가 그것들 위로 우리의 시선을 활 쏘듯 던지곤 하는 새로운 세계인지라, 특히 젊은 시절에는, 어떠한 사교장에 들어서더라도, 그 순간 우리는 우리 자신과 영원히 이별하면서 전혀 다른 사람으로 변한다. 알베르띤느와의 한 차례 대화를 향하여 가기 위해서는, 나의 뜻과는 전혀 상관없이 그어졌고, 우선 엘스띠르 앞에서 잠시 끊겼다가, 나와 처음으로 통성명한 다른 초대객들 앞을 지난 다음, 나에게 제공된 딸기 파이를 먹으면서 꼼짝도 못한 채 이제 막 연주를 시작한 음악에 귀를 기울여야 하는 곳 즉 음식 차려 놓은 긴 탁자 곁을 지나는 길을 따라가야 했기 때문에, 나는 그 여러 삽화적 사건들에게도 내가 씨모네 아가씨에게 소개되는 것과 같은 중요성을 부여해야 하는 처지에 놓였고, 그리하여 그것이 다른 사건들 중 하나에 불과해졌고, 그 일이 단 몇 분 전까지만 해도 내가 그곳에 온 유일한 이유였다는 사실을 망각해 버렸다. 하기야 우리의 바쁜 일상생활 속에서 맞는 우리의 진정한 행복들과 가장 큰 불행들도 그렇지 않은가? 다른 사람들에 의해 둘러싸여 있는 동안, 우리가 사랑하는 여인으로부터, 그것이 호의적인 것이든 치명적인 것이든, 한 해 동안 기다리던 답변을 듣는 경우가 있다. 하지만 그 순간에는 다른 이들과 한담을 계속해야 하고, 그러는 동안에는 생각들에 생각들이 덧붙여져 우리를 덮는 하나의 표면이 형성되어, 우리에게 불행이 닥쳤다는 다른 식으로 깊으나 우리와 매우 밀접한 추억조차, 가끔 은밀하게 되살아나 겨우 그 밑면을 가볍게 스칠 뿐이다. 우리에게 닥친 것이 불행이 아니라 행복일 경우에도, 예를 들어 오직 그것만을 기대하며 참석하였던 사교 모임에서, 그 행복에 제대로 주의조차 기울이지 못한 채, 아니 그것을 거의 지각하지도 못한 채, 우리의 애정 생활에서 가장 큰 사건이 그때 일어났다는 사실을 여러 해 후에나 겨우 상기하는 일도 있을 수 있다.

나를 조금 멀리 앉아 있던 알베르띤느에게 소개하기 위하여 엘스띠르가 나에게 자기 곁으로 오라고 불렀을 때, 나는 우선 커피 크림 넣은 에끌레르 과자 하나를 다 먹은 다음, 조금 전 인사를 나누었고 나의 단추 구멍에 꽂은 장미꽃이 예쁘다고 한, 그리하여 그것을 드릴 수도 있다고 생각한, 어느 노인에게 노르망디 지방의 몇몇 장터 축제에 관하여 상세하게 물었다. 하지만 그다음에 이어진 소개에 내가 전혀 즐거워하지 않았다던가 내가 그것을 중대하게 여기지 않았다는 말은 아니다. 그 즐거움에 관해 말하거니와, 나는 물론 그것을 조금 후, 호텔에 돌아와 나 홀로 있게 되어, 내가 다시 나 자신이 되었을 때 비로소 그것을 느낄 수 있었다. 사진과 같은 즐거움들이 있다. 사랑하는 사람 앞에서 얻는 즐거움은 음화에 불과한지라, 일단 집에 돌아와, 다른 사람들이 있을 때에는 진입이 철저히 금지된 우리 내면의 암실을 사용할 수 있게 되었을 때, 그 음화를 현상한다.

소개된 기쁨 맛보는 것이 그렇게 몇 시간 지체된 반면, 그러한 소개 의식의 엄숙함은 내가 즉각 느꼈다. 소개가 이루어지는 동안, 우리가 큰 혜택을 입어, 여러 주 전부터 쫓아다니던, 미래의 기쁨을 확보해 줄 수 있는 '상품권'을 소유하게 되었다고 느껴도 소용없으니, 그 상품권의 획득이 우리의 고통스러운 추적 노력에만 종지부를 찍는 것이 아니라—물론 그것은 우리를 오직 기쁨만으로 가득 채우지만—아울러 특정인의, 즉 우리의 상상력이 왜곡시켰고 우리가 그에게 영영 알려지지 않을까 조바심하던 우리의 두려움이 고상하게 만들어놓은 사람의 존재에도 종지부를 찍는다는 것을, 우리가 잘 알기 때문이다. 소개하는 사람의 입 속에서 우리의 이름이 울리는 순간, 특히 그가 엘스띠르가 그랬던 것처럼 우리의 이름을 찬사로 에워쌀 경우—어떤 요정극에서 정령이 한 인물에게 다른 인물로 순식간에 변신하라고 명령을 내리는 순간과 유사한 그 엄숙한 순간에—우리가 가까워지기를 그토록 열망하던 여인은 즉시 자취를 감춘다. 그 미지의 여인이 우리의 이름에 쏟고 우리의 모습에 표할 수밖에 없게 된 관심으로 인하여, 어제까지만 해도 까마득히 멀리 있던 두 눈(그리하여 방황하고 초점 맞지 않고 절망하고 분산된 우리의 두 눈이 영영 마주칠 수 없으리라고 우리가 믿고 있던) 속에 있던 의식 또렷한 시선과 우리가 찾으려 하던 불가지의 사념 등이, 기적적으로 그리고 간단하게, 미소 짓는 거울 속에 그려진 듯한 우리의 영상으로 이제 막 대체되었으니, 그 여인이 무슨 수로 전과 같은 모습으로 남아 있을 수 있겠는가? 종전의 우리 모습과 전혀 다른 모습으로 바뀌는 우리 자신의 변신이 이제 막 우리를 소개 받은 사람을 가장 현저하게 변화시킨다 해도, 그 사람의 형태는 아직도 모호한 상태에 있는지라, 우리는 그 모습이 신의 형태를 띨지, 탁자의 형태를 띨지, 혹은 대야의 형태를 띨지[358] 의아해한다. 그러나 미지의 인물이 우리에게 할, 우리 앞에서 단 오 분 만에 흉상 하나를 만들어내는 밀랍 모형 제조인들만큼이나 날렵한, 말 몇 마디가 그 형태를 선명히 구체화할 것이고, 전날까지도 우리의 열망과 상상을 사로잡고 있던 온갖 추측들을 몰아낼 확정적인 무엇을 그 형태에 부여할 것이다. 물론, 그 오후 연회에 참석하기 전에도, 나에게는 이미 알베르띤느가, 우리의 눈을 스쳐 지나가 우리에게는 아무것도 알려지지 않은 어느 지나가던 여인 같은, 그리하여 우리의 삶을 떠나지 않을 그 유일한 유령과 완전히 흡사하지는 않았다. 봉땅 부인과의 친척 관계가 경이로운 추측들의 확산 경로들 중 하나를 막아, 이미 그것들을 제한하였기 때문이다. 내가 그 아가씨와 가까워져 그녀에 대해 더 많은 것을 알게 될수록, 내 상상과 욕망의 산물이었던 그녀의 각 부분이 그것들보다 무한히 하찮은 하나의 개념으로—금융회사들이 최초의 주식 상환 후 주주들에게 주는 배당주, 즉 흔히들 '용익권을 즐길 수 있는 주식'이라 부르는 것과 같은 등가물이 그 개념에 추가되었던 것은 사실이지만—대체되었던지라, 그 앎이 일종의 삭감 형태로 진행되었다. 그녀의 성씨와 친척 관계가 나의 추측들에 가해진 첫 제약이었다. 내가 그녀 아주 가까이에서 그녀의 눈 밑 볼 위에 있는 작은 미인점을 다시 발견하는 동안 그녀가 나에게 표한 친절은 또 다른 하나의 제약이었다. 그리고 어떤 두 사람에 대한 이야기를 하는데, 한 사람에 대해서는 '그녀는 완벽하게 미쳤지만 그래도 매우 착해요'라 하고, 다른 한 사람에 대해서는 '완벽하게 평범하고 완벽하게 따분한 남자예요'라고 하는 등, 그녀가 '완전히'라는 부사 대신 '완벽하게'라는 부사 사용하는 것을 듣고 나는 다시 놀랐다. '완벽하게'라는 말의 활용이 그리 세련되지는 않았으되, 그것이 자전거 타는 바쿠스의 여사제나 골프장의 음란한 무사(뮤즈)가 도달할 수 있으리라고는 내가 상상하지 못하였을 문화적 그리고 교양적 수준을 나타내기 때문이다. 그 최초의 변신 이후에도 물론 알베르띤느가 내 눈에는 여러 차례 변하게 되어 있었다. 하나의 도시에서 역사적 기념물들이 일견 직선상에 무질서하게 놓인 것처럼 보이나, 다른 각도에서 보면 서로 다른 차원의 깊이를 유지하면서 상대적인 크기에 따라 일정한 간격을 두고 배열되었듯이, 어떤 사람이 얼굴 전면에 배열하여 제시하는 장점과 단점들 또한, 우리가 다른 쪽에서 접근해 보면 전혀 다른 편성에 따라 배열되어 있다. 처음 나는 알베르띤느가 사납기보다는 상당히 소심한 기색을 드러낸다고 여겼고, 내가 자기에게 이야기한 모든 소녀들에 대하여 그녀가 논평하며 사용한 가령 '못된 유형'이라든가 '우스꽝스러운 유형'이라는 등의 말에 입각해 판단하면, 그녀가 버릇 없이 자라지 않고 제대로 교육 받은 것 같았으며, 그녀의 얼굴에서 사람들의 이목을 끄는 특색이, 내가 그때까지 항상 자주 생각하던 기이한 시선이 아니라, 보기에 별로 유쾌하지 않은 타오르는 듯 붉은 한 쪽 관자놀이임을 알게 되었다. 하지만 그 모든 것들은 겨우 두 번째 본 것에 불과했고, 의심할 나위 없이 내가 연속적으로 보게 될 다른 많은 모습들도 있었다. 그렇게, 초기의 시각적 오류를 시행착오 끝에 깨달은 후에나, 우리가 어떤 사람에 대한 정확한 앎에—그것이 가능하다면—도달할 수 있을 것이다. 하지만 어떤 사람을 정확히 안다는 것은 불가능한 일이니, 우리가 그에게서 포착한 영상이 수정되는 동안, 움직일 수 없는 목표물이 아닌 그가 나름대로의 이유 때문에 변하고, 그리하여 우리가 그를 다시 붙잡으려 하면 그가 이동하며, 그러다가 드디어 그가 더 선명하게 보인다고 믿지만, 우리가 포착하여 밝히는 데 성공하였다고 믿는 것은 이미 옛날의 영상에 불과하여, 그 영상들이 더 이상 그를 표상하지 못하기 때문이다.

하지만 그것이 아무리 불가피한 환멸을 초래할 수밖에 없다 할지라도, 우리가 언뜻 본, 그리하여 상상할 여가를 가졌던 것으로의 그러한 접근이, 감각기관들의 건강에 이롭고 그것들의 욕구를 유지시켜 줄 수 있을 유일한 거조이다. 게으름과 소심함으로 인해, 이제 막 사귄 친구들에 대해 우선 몽상을 펼쳐 보거나, 자기들이 갈망하는 것 근처에서 중도에 발길을 멈추는 등의 거조는 감히 보이지 못하고, 그 친구들의 집으로 마차를 타고 직행하는 이들의 삶에 얼마나 음울한 권태가 감돌겠는가!

나는, 엘스띠르에 의해 알베르띤느 곁으로 인도되기 전에 내가 우선 먹어 치운 커피 크림 곁들인 에끌레르 과자와 내가 노인에게 준 장미꽃 등, 상황에 의해 우리가 모르는 사이에 선별되어, 우리를 위하여, 특별하고 우연한 배치로 첫 만남의 화폭을 구성하는 그 모든 세부적인 것들을 다시 눈앞에 떠올리면서, 그리고 그 오후 연회를 다시 생각하면서 돌아왔다. 그러나 몇 달 후, 내가 알베르띤느에게 그녀와 교분 맺은 첫날 이야기를 꺼내자, 나를 커다란 놀라움에 휩싸이게 하면서 그녀가, 에끌레르 과자와 내가 주어버린 꽃 등, 나에게만 중요했다고는 할 수 없지만 오직 나에 의해서만 지각되었으리라 내가 믿고 있던, 그러나 알베르띤느의 사념 속에 존재하리라고는 짐작조차 못하던 판본에 기록되어 내가 전과 같은 상태로 다시 만나게 된, 그 모든 것들을 그녀가 나에게 상기시켜 주었을 때, 그 화폭이 나에게만 존재하지 않았음을 깨달으면서, 내가 그것을 하나의 다른 관점에서, 그리고 나로부터 아주 멀리에서 바라보는 느낌을 받았다. 그 첫날부터, 호텔에 돌아와 내가 간직하여 가져온 첫 만남의 추억을 돌이켜 볼 수 있었을 때, 마술사의 묘기가 얼마나 완벽하게 성공하였으며, 그리하여, 마술사의 능란한 솜씨 덕분에, 내가 그토록 오랫동안 해변에서 추적하던 그 소녀와는 공통점 전혀 없고 그 소녀를 대체할 사람과 어떻게 한동안 이야기를 나눌 수 있게 되었는지를 깨달았다. 게다가 실은 내가 미리 그러한 점을 짐작할 수 있었어야 했으니, 해변의 소녀가 일찍이 나에 의해 억지로 주조되었기 때문이다. 대리인을 상대로 혼약을 맺을 수 있건만, 그다음 우리는 그 중개인과 혼인할 의무가 있다고 생각한다. 더구나, 나무랄 데 없는 태도와 '완벽하게 평범하다'는 그 표현 및 짙은 홍조 띤 관자놀이 등의 추억이 충분히 가라앉힌 극도의 번민이 적어도 잠정적으로나마 나의 삶에서 자취를 감추었다면, 그 추억이 아울러, 남매간의 정과 유사하여 안온하고 전혀 고통스럽지 않되, 나로 하여금, 그 조신함과 수줍음과 기대하지 못했던 유연함 등이 내 상상의 부질없는 질주를 중단시키면서 한편 측은한 감사의 정을 태동시키는 그 새로운 인물을 포옹하고 싶은 욕구를 수시로 느끼게 함으로써, 결국에는 못지않게 위험한 다른 유형의 욕망을 나의 내면에 일깨우고 있었다. 또한 기억이 즉각 서로 독립적인 스냅 사진들을 찍기 시작하고, 자기가 전시하는 사진들 속에 모습을 드러낸 광경들 사이의 모든 관계와 연속성을 깡그리 삭제하는지라, 마지막 사진이 앞의 것들을 반드시 파괴하는 것도 아니다. 나와 이야기를 하고 있던 초라하고 애처로운 알베르띤느 곁에, 바다를 바라보고 있는 신비한 알베르띤느가 보였다. 그 두 모습 모두 이제 추억들 즉 화폭들이었고, 그것들 중 어느 것도 내 눈에는 더 진실해 보이지 않았다. 내가 그녀에게 소개되던 그날 오후의 마지막 영상은, 그녀의 눈 밑 볼에 있던 작은 미인점을 다시 한번 보려 애를 쓰던 중, 알베르띤느가 엘스띠르의 거처를 떠날 때 내가 그 미인점을 그녀의 턱에서 발견하였다는 기억이다. 요컨대, 내가 그녀를 보았을 때 그녀에게 미인점 하나가 있다는 사실은 간파하였지만, 방황하는 나의 기억이 그것을 알베르띤느의 안면 위로 멋대로 끌고 다니면서, 때로는 이곳에 때로는 저곳에 그것을 놓아두곤 하였다.

발백 교회당 앞에서 느낀 실망감이 깽빼를레나 뽕-아벤[359]이나 베네치아에 가고자 하는 나의 열망을 막지 못하였듯이, 씨모네 아가씨 속에서 내가 이미 알고 있던 다른 소녀들과 겨의 다르지 않은 소녀를 발견하고 실망하였어도 소용없었으니, 비록 그녀 자체는 내가 기대하였던 것이 아닐지라도, 최소한 그녀를 통하여 그 작은 무리를 형성하고 있던 그녀의 친구들과 내가 사귈 수 있을 것이라 생각하였기 때문이다.

처음 나는 그것에 내가 실패할 것이라고 생각하였다. 그녀가 아직도 발백에 나처럼 아주 오랫동안 머물게 되어 있었던지라, 나는 그녀를 만나려 지나치게 노력하느니 보다 나로 하여금 그녀와 우연히 마주치게 해줄 계기를 기다리는 것이 최선이라고 생각하였다. 하지만 그녀와 마주치는 일이 날마다 생긴다 할지라도, 그녀가 멀찌감치서 내 인사에 답하는 것으로 만족한다면, 휴가철 내내 날마다 그 일이 반복된다 해도 나에게는 아무 진척이 없을 것이라는 점이 염려스러웠다.

얼마 아니 되어, 비가 내렸던지라 날씨가 거의 추울 정도였던 어느 날 아침, 작은 빵모자를 쓰고 두 손을 토시에 넣은 소녀 하나가 방파제 위에서 나에게로 다가왔고, 내가 엘스띠르의 별장에서 만났던 소녀와 그녀가 어찌나 달랐던지, 그녀 속에서 내가 만났던 소녀를 알아보는 것이 나의 오성에게는 감당할 수 없는 일 같았다. 하지만 그 일에 성공하였고, 그러나 잠시 놀란 기색을 감추지 못하여, 내가 믿기로는 그것이 알베르띤느의 눈을 피하지 못하였을 것이다. 한편, 그 순간 내가 전에 나를 놀라게 하였던 그녀의 '얌전한 태도'를 뇌리에 떠올렸던지라, 이번에는 그녀의 거친 어조와 '작은 무리' 특유의 태도가 나에게 정반대의 놀라움을 안겨 주었다. 게다가, 내가 다른 쪽에 있었음인지, 빵모자가 그것을 덮고 있었음인지, 혹은 그것의 달아오름이 지속적이지 않았음인지, 관자놀이가 그녀 얼굴의 안도감을 주는 시각적 중심이기를 그쳤다. "무슨 날씨가 이런가요!" 그녀가 나에게 말하였다. "발백의 끝 없는 여름이라는 말은 거대한 허풍이에요. 당신은 아무것도 아니 하세요? 골프장에서도 카지노의 댄스홀에서도 당신을 볼 수 없으며, 말도 타시지 않더군요. 얼마나 지루하실까! 항상 해변에만 앉아 있으면 바보가 된다고 생각하지 않으세요? 아! 당신은 도마뱀처럼 양지에서 빈둥거리는 것을 좋아하시는군요! 게다가 당신에게는 시간도 많은데. 당신이 저와는 같지 않다는 것을 알겠어요. 저는 모든 운동을 좋아해요! 쏘뉴의 경마장에 가 보시지 않았어요? 우리들은 '트람'[360]을 타고 그곳에 갔지만, 당신이 그따위 '고물차'에 발을 올려 놓으려 하지 않을 것이라는 것은 제가 알아요. 두 시간이나 걸렸어요! 저의 '낡은 기관차'[361]를 이용하였다면 그 시간에 세 번은 왕복하였을 거예요." 쌩-루가 지역 철로를 그 무수한 굴곡 때문에 자연스럽게 '느릅나무'라 지칭하였을 때 그것을 듣고 감탄한 나였건만, 알베르띤느가 거침없이 '트람'이니 '고물차'니 하는 말을 듣고는 주눅이 들었다. 나는 그녀가 특정 호칭 방법에 능숙함을 느꼈고, 그러한 면에서 혹시 내가 자기보다 열등함을 확인한 끝에 나를 멸시하지 않을까 두려웠다. 철로를 가리키는 데 사용하는, 그 소녀 무리가 가지고 있던 동의어들의 풍요로움이 아직 나에게는 알려져 있지 않았다. 알베르띤느가 말을 하는 동안, 그녀의 머리는 미동도 하지 않았고 콧구멍들은 좁아졌으며 오직 두 입술 끄트머리만 움직였다. 그 결과 느릿느릿한 비음이 들렸고, 그러한 소리의 구성에는 아마, 지방적 특색과, 브리튼적 침착함을 흉내 내려는 청소년 특유의 꾸밈과, 외국인 여자 가정교사의 가르침과, 비강(鼻腔) 점막의 충혈성 비대 현상 등이 작용하였을 것이다. 그녀가 사람들과 더 친숙해지면 즉시 사라져 다시 자연스럽게 어린애다워지던 그러한 발음이 불쾌하게 여겨질 수도 있었을 것이다. 하지만 그것이 내가 듣기에는 특이했고 매혹적이었다. 그리하여 그녀를 며칠 동안 만나지 못하게 될 때마다, 나는 그녀가 그 말을 할 때처럼 비음으로, 머리를 움직이지 않은 채 똑바로 서서, 다음과 같이 홀로 반복해 지껄이면서 열광하곤 하였다. "골프장에서는 당신을 영 볼 수가 없어요." 그리고 나는 그녀보다 더 욕망을 자극하는 사람은 존재하지 않는다고 생각하였다.

그날 아침 우리 두 사람은, 방파제 위 여기저기에서, 다시 흩어져 각자 뿔뿔이 산책을 계속하기 전에 겨우 몇 마디 말 나눌 동안만 합쳐져 말뚝처럼 꽂혀 있던, 그 쌍들 중 하나를 형성하고 있었다. 나는 그녀의 미인점이 어느 부위에 있는지 자세히 살펴 정확한 위치를 파악하기 위하여 그 부동의 순간을 놓치지 않았다. 그리하여 뱅퇴이유의 쏘나따 속에서 나를 매료시켰고 나의 기억이 안단떼 부분부터 휘날레 사이 어디쯤에 있는 것으로 대강 짐작하던 악절을, 쏘나따의 악보를 입수하게 된 날 비로소 그 자리를 찾아, 스케르쪼 부분에, 즉 그것의 자리에 놓아 나의 추억 속에 고정시켰듯이, 때로는 볼에 때로는 턱에 있는 것으로 기억하던 그녀의 미인점이, 그녀의 윗입술 코 바로 밑에 영영 멈추게 되었다. 또한 평소에 우리가 외우고 있던 시구들은, 그것들이 있으리라고는 상상조차 못하였던 작품 속에서 만나 놀라는 것도 그러한 식이다.

그 순간, 풍요로운 장식용 집단 전체가, 즉 바람과 태양에 구워져 황금빛과 분홍색 띤 소녀들의 행렬이, 마치 바다를 배경으로 삼아 다양한 형태들을 한껏 자유롭게 펼쳐 보이기라도 하려는 듯, 다시 말해, 한결같이 다리 아름답고 몸매 유연한 알베르띤느의 친구들이 모습을 드러내더니, 우리들보다는 바다와 더 인접해 그것과 평행선을 그리면서 우리들 방향으로 다가왔다. 내가 알베르띤느에게 잠시 그녀와 동행할 수 있게 해 달라고 요청하였다. 불행하게도 그녀는 친구들에게 손을 흔들어 인사하는 것으로 그쳤다. "하지만 친구들과 동행하지 않으면 그녀들이 불평할 거예요." 모두 함께 산책할 수 있기를 기대하면서 내가 그녀에게 말하였다.

손에 라켓³⁶²⁾들을 든 용모 반듯한 젊은이 하나가 우리들 곁으로 다가왔다. 바까라 게임에 미쳐 있다고 깡 법원장의 처가 그토록 분개하던 바로 그 노름꾼이었다. 틀림없이 그러한 태도에 절대적 우아함이 있다고 믿는 듯, 그가 냉랭하고 무감동한 기색으로 알베르띤느에게 인사를 건넸다. "옥따브, 골프장에서 오는 길이에요? 만족스러웠어요? 컨디션 좋았어요?" 그녀가 물었다.—"오! 역겨워요, 형편없었어요." 그의 대꾸였다.—"앙드레도 왔던가요?"—"그래요, 그녀는 77타를 쳤어요."—"오! 신기록이네요."—"저는 어제 82타를 쳤어요."³⁶³⁾ 그는 다음 '만국 박람회'³⁶⁴⁾ 조직 위원회에서 상당히 중요한 역할을 맡게 되어 있는 매우 부유한 기업가의 아들이었다. 나는, 그 젊은이를 비롯해 소녀들의 몇 아니되는 남성 친구들이, 의복들 및 그것들을 착용하는 방법, 엽궐련, 잉글랜드 음료, 말 등에 관해 가지고 있는 지식이—그리고 그 젊은이가 어느 학자의 조용한 신중함을 방불케 하는 오만한 확신에 차서 세부 사항들까지 알고 있는—털끝만큼의 지성적인 교양도 수반되지 않은 채 별도로 발달한 것에 몹시 놀랐다. 그 젊은이가, 어떤 경우에 약식 야회복이나 통 헐렁한 바지를 입어야 하는지에 대해서는 주저하는 바 없지만, 특정 단어를 어떤 경우에 사용해야 하는지, 심지어 프랑스어의 가장 간단한 규칙들조차 전혀 모르고 있었다. 그러한 두 분야 교양간의 부조화는 발백 지역 지주 조합 회장인 그의 아버지에게서도 같은 양상을 보였던 바, 그가 모든 건물들의 벽에 붙인 유권자들[365]에게 보내는 공개서한에서 다음과 같이 말하였으니 말이다. "내가 그 일에 대하여 오순도순 이야기하려고 시장을 만나려 하였으나, 그는 나의 정당한 불평을 들으려 하지 않았습니다."[366] 옥따브는 그곳 카지노에서 개최된 춤 대회에서 보스턴, 탱고 등 모든 부문에서 상을 받았고, 그로 인하여 그가 원하기만 하면, 젊은 여자들이 비유적인 뜻으로가 아니라 원래의 의미대로 자기의 '춤 파트너'와 혼인하는 그 '해수욕장' 분위기 속에서는 멋진 결혼도 할 수 있었을 것이다.[367] 그가 엽궐련에 불을 붙이면서 알베르띤느에게, 마치 이야기를 하는 중이지만 급한 일을 완료할 수 있도록 허락해 달라는 투로 이렇게 말하였다. "괜찮겠습니까?" 비록 언제나 아무것도 하지 않지만 '아무것도 하지 않고는 배기지' 못하는 사람이었기 때문이다. 또한, 정신적 분야에서도 몸과 근육을 사용하는 생활에서처럼 완전한 활동 정지가 지나친 노동과 같은 결과를 초래하는지라, 옥따브의 꿈꾸는 듯한 이마 속에 상주하는 한결같은 지적 무위(無爲)가 결국에는, 그의 태평스러운 기색에도 불구하고, 그에게 생각하고자 하는 견딜 수 없는 욕구를 가져다주고야 말았고, 그 욕구가, 과로한 형이상학자에게 그러한 일이 닥칠 수 있듯, 그가 밤에 잠드는 것을 방해하곤 하였다.

   그 소녀들의 남성 친구들과 교분을 맺으면 나 또한 그녀들과 만날 수 있는 기회가 더 많으리라 생각하여, 내가 자칫 그에게 나를 소개하라고 알베르띤느에게 요청할 뻔하였다. 그가 '나는 형편없어요'라는 말을 반복하면서 우리들 곁을 떠난 직후, 내가 알베르띤느에게 나의 그러한 뜻을 밝혔다. 다음에는 그렇게 해주어야겠다는 생각을 그녀의 뇌리에 주입시키자는 의도였다. "하지만 이것 보세요, 제가 당신을 한낱 놈팡이에게 소개할 수는 없어요!" 그녀가 정색을 하며 말하였다. "여기에는 저런 놈팡이들이 우글거려요. 하지만 그들은 당신의 대화 상대가 될 수 없어요. 저 녀석이 골프는 매우 잘 치지만 그것이 전부예요. 제가 잘 알아요, 그는 당신과 전혀 다른 부류에 속해요." — "당신의 친구들을 저렇게 내버려두면 그녀들이 불평하겠어요." 그녀가 자기와 함께 친구들과 합류하자고 제안하기를 기대하면서 내가 그녀에게 말하였다. — "천만에요, 그녀들에게는 제가 전혀 필요하지 않아요." 우리는 블록과 마주쳤고, 그가 나에게 미묘하고 의미심장한 미소를 지어 보이더니, 자기가 알지 못하는 혹은 '교분 없이' 먼발치로만 아는 알베르띤느를 보고 어색했던지, 경직되고 무뚝뚝한 동작으로 고개를 까딱하였다. "저 동고트족[368]의 이름이 뭐지요?" 알베르띤느가 나에게 물었다. "저를 알지도 못하면서 그가 왜 저에게 인사를 하는지 모르겠어요. 그래서 저는 그의 인사에 답례를 하지 않았어요." 하지만 알베르띤느의 물음에 미처 대답할 시간이 없었다. 그가 우리들에게로 곧장 걸어오면서 이렇게 말하였기 때문이다. "자네의 대화를 중단시키는 것 양해하게. 하지만 내가 내일 동씨에르에 간다고 자네에게 통보하려고 그랬네. 나는 더 이상 기다리는 결례를 범할 수 없고, 드 쌩-루-앙-브레[369]가 나를 어찌 생각할 지 걱정이라네. 예고하네만, 내일 오후 두 시 기차를 탈 것이네. 자네 뜻대로 하게." 그러나 나에게는 알베르띤느를 다시 만나 그녀의 친구들과 사귈 생각밖에 없었고, 동씨에르는, 우선 그녀들이 그곳에 가지 않을 뿐만 아니라, 내가 그곳에 갈 경우, 그녀들이 해변에 나타날 시각 훨씬 후에나 돌아올 것이 분명해, 나에게는 이 세상 저쪽 끝에 있는 곳으로 여겨졌다. 그리하여 블록에게 그곳에 갈 수 없다고 하였다. "그러면 나 홀로 가겠네. 아루에[370] 공의 우스꽝스러운 12음절 시 두어 구절을 빌려, 그의 교권주의를 매혹하기 위하여 쌩-루에게 다음과 같이 말하겠네.

> 나의 의무가 그의 의무에 종속되지
> 않았음을 명심하게,
> 의무를 저버리는 것이 그의 뜻이라
> 해도, 나는 나의 의무에 충실해야 하네."[371]

"그가 상당히 잘생긴 남자라는 점은 저도 인정해요. 하지만 정말 역겨워요!" 알베르띤느가 나에게 말하였다.

일찍이 나는 블록이 잘생긴 남자일 수 있다는 생각을 해본 적이 없었으나, 그녀의 말을 듣고 보니 정말 그랬다. 앞으로 조금 돌출한 이마에 심하게 굽은 매부리코, 극도로 섬세한 기색과 자기의 그러한 섬세함을 확신하는 기색 등, 보기에 유쾌한 얼굴이었다. 하지만 그가 알베르띤느의 호감을 얻지 못하였다. 그것은 아마 그녀의 부정적인 측면들, 즉 그 작은 소녀 무리의 잔혹성과 무심함, 자기들 무리에 속하지 않는 모든 것들을 대할 때의 무례함 등에 기인했을지도 모른다. 게다가, 훨씬 후 내가 그녀들을 블록에게 소개하였을 때에도, 그에 대한 알베르띤느의 반감은 줄어들지 않았다. 블록은 상류 사교계에 대한 조롱과 한편 '나무랄데 없는' 사람이 갖추어야 할 예절에 대한 충분한 존중 사이에 일종의 타협이 이루어진 계층에 속해 있었으며, 그 타협이란 상류 사교계의 진정한 예절과는 다르되 여하튼 상류 사교계에 대한 매우 혐오스러운 일종의 취향이었다. 누가 그를 어떤 사람에게 소개하면, 그는 회의적인 태도와 과장된 존경이 뒤섞여 어린 미소를 지으면서 상체를 숙였고, 상대가 남자일 경우 그의 음성은, 자신을 빌려 발음되는 단어들은 비웃되 자신이 어느 상스러운 낯짝의 것이 아님을 의식하는 투로 이렇게 말하곤 하였다. "황홀합니다, 선생님." 자기가 추종하며 동시에 조롱하던(일 월 초하루에 이런 식으로 인사를 한 것이 한 예이다. "그것[372]이 당신에게 흡족하고 행복하기를 바랍니다.") 그러한 관례에 바친 첫 순간이 지나면, 그가 영리하고 교활해 보이는 기색을 띠었고, 진실 가득한 경우도 잦았으나 알베르띤느의 '신경을 두들겨대는' 교묘한 말들을 마구 쏟아내곤 하였다. 그와 마주쳤던 날 내가 알베르띤느에게 그의 성씨가 블록이라 하자, 그녀가 소리치듯 말하였다. "유대인 놈이라는 것을 장담할 수 있어요. 빈대처럼 사람들에게 못살게 구는 것이 그들의 버릇이에요." 게다가 그 이후에도 블록이 다른 식으로 알베르띤느를 자극할 수밖에 없었다. 많은 지식인들이 그러듯, 그 또한 단순한 것들에 대해 단순하게 말할 줄 몰랐다. 그는 단순한 것들 하나하나에 재치 부리는 수식어를 붙인 다음 그것을 모든 것에 적용하였다. 누가 자기의 일에 기웃거리는 것을 별로 좋아하지 않던 알베르띤느였지만, 특히 자기의 발이 접질려 외출을 삼가고 안정을 취하고 있던 기간에, 블록이 다음과 같은 말을 하였을 때에는 몹시 곤혹스러워 하였다. "그녀가 자기의 침대의자에 누워 있지만, 신처럼 편재(偏在)하는 능력을 발휘하여, 골프장들과 테니스장들을 가리지 않고 동시에 드나들기를 멈추지 않아요." 그 말이 '문학'[373]에 불과했지만, 자기를 초대한, 그러나 꼼짝도 할 수 없다고 하면서 초대에 응하지 못한, 그 사람들과 자기의 관계에 그 말이 초래할 수 있으리라 느낀 어려움들 때문에, 그것이 알베르띤느로 하여금, 그러한 소리를 지껄인 녀석의 상판과 음성에서 혐오감을 느끼도록 하기에 충분했다.

알베르띤느와 나는 언제 한번 함께 소풍하기로 약속한 다음 헤어졌다. 나는 내가 하는 말들이, 바닥 없는 심연으로 던진 조약돌처럼, 어디에 떨어져 어찌 되는지도 모르는 채 그녀와 한담을 나누었다. 그러한 말들이, 그것들을 들은 사람이 자신의 본질에서 이끌어낸, 그리하여 우리가 그 말들 속에 담은 것과는 현격하게 다른, 하나의 의미로 채워진다는 것, 그것은 일상생활이 우리에게 항시적으로 보여주는 하나의 사실이다.[374] 그러나 게다가, 그 받은 교육이(나에게 알베르띤느가 받은 교육이 그랬듯이) 상상할 수조차 없고, 그 성향과 독서와 원칙들을 전혀 알 수 없는 사람 곁에 우리가 처할 경우, 우리는 우리가 하는 말이, 어떤 짐승에게 우리 자신에 대하여 설명하려 할 때보다, 그 사람의 내면에 그 말의 의미를 닮은 무엇을 더 일깨울 수 있을지 알 수 없다. 그리하여 알베르띤느와 관계를 맺는다는 것이 나에게는, 불가능까지는 아니더라도 미지의 존재를 상대로 벌이는 접촉 시도처럼, 혹은 말을 길들이고 꿀벌을 기르고 장미를 가꾸는 것만큼이나 어려운 일처럼 보였다.[375]

몇 시간 전 나는 알베르띤느가 나의 인사에 멀찌감치 떨어져 겨우 대꾸나 할 것이라고 생각하였다. 그런데 함께 소풍을 나가자는 약속까지 한 후 우리 두 사람이 헤어졌다. 그리하여 나는, 다음에 알베르띤느를 만나면 더 과감하게 처신하리라 나 자신에게 다짐하였고, 내가 그녀에게 할 모든 말과 심지어(그녀가 가벼운 여자라는 느낌이 확실했던지라) 그녀에게 요구할 모든 쾌락들까지 미리 계획에 넣어 두었다. 그러나 우리의 마음이라는 것이 식물이나 세포나 화학적 요소들처럼 쉽게 영향을 받고, 그것을 변화시키는 환경이란, 그것을 둘러싸고 있는 상황들로 구성된 새로운 틀이다. 내가 다시 알베르띤느와 마주하게 되었을 때에는, 그녀가 내 앞에 있다는 사실만으로도 전과 달라져, 나는 앞서 계획하였던 것과 전혀 다른 말만 하였다. 뿐만 아니라, 그녀의 홍조 띤 관자놀이를 기억에 떠올리면서, 알베르띤느가 나의 사심 없는 친절을 더 좋아하지 않을까 하는 생각도 하였다. 게다가, 그녀의 특정 시선과 미소 앞에서 내가 몹시 당황하였다. 그 시선이나 미소가 문란한 행실을 의미할 수 있었지만, 바탕 정숙한 쾌활한 소녀의 조금 바보스러운 명랑함일 수도 있었다. 하나의 표정이나 언사가 다양한 의미를 내포할 수 있는지라, 나는 어려운 그리스어 판본을 앞에 놓고 있는 학생처럼 주춤거렸다.

이번에는 우리가 만난 거의 직후에 키 큰 소녀 앙드레와, 즉 늙은 은행가[376]를 훌쩍 뛰어넘은 바로 그 소녀와 마주쳤고, 그리하여 알베르띤느가 나를 그녀에게 소개할 수밖에 없었다. 그녀의 눈은, 어둑한 아파트 안에서, 창문으로 햇볕 드는 방의 살짝 열어놓은 출입문처럼, 그리고 햇살 받은 바다의 초록빛 감도는 반사광처럼 유난히 맑게 반짝였다.

내가 발백에 온 이후 먼발치에서 자주 보던 신사 다섯이 우리들 근처로 지나갔다. 나는 그들이 누구인지 자주 궁금해하곤 하였다. "별로 멋진 사람들은 아니에요." 알베르띤느가 경멸하는 기색으로 비웃으며 나에게 말하였다. "머리를 염색하고 노란 장갑 낀 키 작은 늙은이 좀 보세요, 가관이에요, 그렇지요, 자태가 멋있지요, 저 사람은 발백의 치과 의사인데 착한 유형이에요. 그리고 저 뚱보는 시장이에요. 키 작은 뚱보 말고요. 작은 뚱보는, 당신도 이미 틀림없이 보셨을 거예요, 춤 가르치는 사람이에요. 그도 상당히 꼴불견인데, 우리들이 카지노에서 너무 소란을 피우고 의자를 부수고 융단 위에서 춤을 추지 않기 때문에 우리들을 몹시 싫어해요. 그래서, 정말 춤을 출 줄 아는 사람들은 우리들뿐인데도, 우리들에게는 결코 상이 돌아오지 않아요. 치과 의사는 착한 사람이라 그에게 인사를 하고 또 그렇게 춤 선생이 미쳐버리게 하고 싶었지만 그렇게 할 수 없었어요. 그들과 함께 쌩뜨-크라 씨가 있었기 때문이에요. 현재 도의회 의원이고 명망 높은 가문 출신이지만 돈 때문에 공화파들 편으로 갔어요. 그래서 깨끗한 사람들은 아무도 그에게 인사를 건네지 않아요. 그가 정부의 일 때문에 저의 숙부와 아는 사이이지만, 집안의 나머지 사람들은 모두 그에게 등을 돌렸어요. 비옷 입은 저 깡마른 사람은 오케스트라의 악장이에요. 아니, 당신이 저 사람을 모르시다니! 연주 솜씨가 완벽해요. 『까발레리아 루스띠까나』[377]를 들으러 가지 않으셨나요? 아! 저는 그 음악이 이상적이라고 생각해요! 오늘 저녁 그가 연주회를 열지만 우리들은 갈 수 없어요. 연주회가 시청 홀에서 열리기 때문이에요. 카지노에서 열린다면 괜찮겠지만, 구세주를 치워버린 시청[378] 홀에서 열리는데 우리가 참석하면, 앙드레의 어머니께서 뇌출혈로 쓰러지실 거예요. 당신은 제 숙모님의 남편도 정부에 몸담고 있지 않느냐고 하시겠지요. 하지만 어찌 하겠어요? 숙모는 숙모일 뿐이에요. 제가 그러한 이유 때문에 그녀를 사랑하는 건 아니에요! 사실 그녀는 저를 치워버릴 생각밖에 안 해요. 저를 위해 어머니 역할을 해주신, 그리고 저와는 혈연관계가 없어 그만큼 끼치신 공덕이 더 큰 그분이, 저에게는 제가 어머니처럼 좋아하는 친구이시기도 해요. 그분의 사진을 다음에 보여드리겠어요." 골프를 잘 치고 바까라 노름꾼이라는 옥따브가 잠시 우리들에게로 다가왔다. 나는 그와 나 사이에 어떤 관계가 있으리라 생각하였다.[379] 대화 중에, 그가 베르뒤랭 내외와 조금은 인척 관계이고, 게다가 그들이 그를 상당히 좋아한다는 사실을 알았기 때문이다. 하지만 그는 그 유명한 '수요일 모임'에 대하여 경멸조로 이야기하였고, 덧붙여 말하기를, 베르뒤랭 씨가 약식 야회복을 아예 입지 않는지라 어떤 '뮤직홀'[380]에서는 그를 만나는 것이 상당히 거북한데, 그런 곳에서는 시골 공중인의 상의와 검은색 넥타이 차림을 한 어떤 어른이 '안녕하신가, 개구쟁이'라고 자기를 향해 소리치는 것을 듣지 않으면 더 좋겠다고 하였다. 그런 다음 옥따브가 우리들 곁을 떠났고, 얼마 아니 되어 이번에는 앙드레가 자기네 별장 앞에 이르자, 산책하는 동안 내내 나에게 단 한 마디도 건네지 않은 채 안으로 들어가 버렸다. 내가 알베르띤느에게 그녀의 친구가 나를 냉랭하게 대한 점을 지적하는 한편, 알베르띤느가 나를 자기의 친구들에게 소개하며 느끼는 듯한 어려움을, 엘스띠르가 처음 나의 소원을 들어주기 위하여 감내하였을 적대감과 나의 내면 깊숙한 곳에서 비교하고 있는데, 내가 인사를 건넸고 알베르띤느 역시 인사를 건넨 소녀들, 즉 앙브르싹 집안 아가씨들이 우리들 곁을 지나간지라, 나에게는 앙드레가 우리를 떠난 것이 그만큼 더 애석했다.

나는 알베르띤느와의 관계에 있어서 나의 입지가 앙브르싹 아가씨들로 인하여 호전될 것이라 생각하였다. 그녀들은 빌르빠리지 부인과 친척 관계이며 뤽상부르 부인과도 친분이 있는 여인의 딸들이었다. 발백에 작은 별장 하나를 가지고 있으며 매우 부유한 앙브르싹 씨 내외는 가장 소박한 사람들의 삶을 영위하고 있었으며, 부군은 항상 같은 웃옷을 부인은 색깔 어두운 드레스를 입고 있었다. 두 내외가 나의 할머니에게 항상 거창하게 정중한 인사를 건넸으나 그것이 전부였다. 그들의 매우 예쁜 딸들은 더 멋진 옷차림이었으나, 그녀들의 멋은 도시의 것이었지 해변의 멋은 아니었다. 긴 드레스를 입고 챙 넓은 모자를 쓴 그녀들은 알베르띤느와 다른 인간 부류에 속해 있는 것 같았다. 알베르띤느는 그녀들이 누구인지 잘 알고 있었다. "아! 앙브르싹 집안의 딸들을 아세요? 그렇다면 매우 멋진 사람들과 교분을 맺고 계시는군요. 하지만 그 사람들은 매우 소박해요." 마치 소박하다는 것이 모순된다는 듯 그녀가 그렇게 덧붙였다. "그녀들이 멋지고 친절하지만 가정교육이 하도 철저해 카지노에는 출입하지 못하게 하며, 그것은 특히 우리들 때문인데, 우리가 너무 못된 버릇을 가지고 있어서 그래요. 그녀들이 당신 마음에 들어요? 저런, 취향 나름인데! 영락없는 백색 어린 거위들이에요. 아마 나름대로의 매력을 가지고 있을 거예요. 어린 백색 거위들을 좋아하신다면 마음껏 드세요. 그녀들도 누구에게 호감을 줄 수 있는 모양이에요. 그녀들 중 하나는 벌써 쌩-루 후작의 약혼녀이니까요. 그리고 그 일로 인해, 그 젊은이에게 연정을 품고 있던 동생들 중 하나가 몹시 슬퍼하였어요. 저는 입술 끝으로 우물거리듯 하는 그녀들의 말하는 방식만 보아도 신경질이 나요. 게다가 복식도 우스꽝스러워요. 그녀들은 비단 드레스를 입고 골프를 치러 가요. 그녀들 나이에 벌써, 옷차림이 나이 든 여인들의 옷차림보다 더 아니꼬와요. 엘스띠르 부인을 보세요. 옷차림이 정말 우아해요." 나는 그녀의 옷차림이 무척 소박해 보였다고 대꾸하였다. 그러자 알베르띤느가 웃기 시작하였다. "물론 그녀의 옷차림이 매우 소박한 것은 사실이지만, 그 입는 방법이 황홀하며, 당신이 말씀하시는 그 소박함에 이르기 위하여 그녀는 엄청난 돈을 지불해요." 엘스띠르 부인의 드레스들이, 치장물들에 대한 확실하고 절도있는 안목을 갖추지 못한 이들의 눈에는 보이지 않는다고 하였다. 나에게는 그러한 안목이 없었다. 알베르띤느의 말에 의하면, 엘스띠르의 안목은 절정의 수준이라고 했다. 내가 그의 화실에 갔던 날에는 그러한 사실을 짐작조차 하지 못하였고, 그의 화실을 가득 채우고 있던 우아하나 소박한 것들이, 그가 오랜 세월 얻기를 갈망하여 그것들이 경매장에서 낙찰될 때마다 그 행방을 추적하여 그것들의 역사를 다 알게 되었고, 그것들을 수중에 넣을 만큼 충분한 돈을 벌 때까지 추적을 늦추지 않던, 그러한 물건들이라는 점 또한 상상하지 못하였다. 하지만 그 과정에 대해서는 알베르띤느 역시 나만큼이나 아는 것이 없었고, 따라서 그녀가 나에게 아무것도 이야기해 주지 못하였다. 반면 여인들의 치장에 있어서는 교태 본능 때문에 정통해졌음인지, 그리고 혹시, 부유한 여인들에게서 발견한, 자신의 몸에는 걸칠 수 없을 것들을 더욱 사심 없이 섬세하게 감상하는 가난한 소녀의 아쉬움 때문에 정통해졌음인지, 하도 까다로와 모든 여인들이 옷을 제대로 입지 못한다고까지 생각하던, 그리하여 조화와 색조에 모든 정성을 쏟으면서 자기의 아내를 위하여 양산과 모자와 외투를(안목이 없던 사람들은 나처럼 포착하지 못하였을 매력을 알베르띤느로 하여금 그것들에서 발견할 수 있도록 가르치면서) 만들게 하는 데 막대한 금액을 쏟아 부은 엘스띠르의 극도로 세련된 안목에 대해서는, 그녀가 나에게 상세한 설명을 해주었다. 게다가, 자신이 고백하였듯이, '소질'이 전혀 없으되 그림을 조금 공부한 알베르띤느에게는 엘스띠르가 찬미의 대상이었으며, 그가 그녀에게 이야기해 주고 보여준 것 덕분에, 그림에 대해서는 그녀가 상당히 해박했으며, 그 해박함이 『까발레리아 루스띠까나』에 대한 그녀의 열광과는 좋은 대조를 보였다.[381] 그것은 곧, 비록 그 무렵에는 아직 드러나지 않았지만 그녀가 실은 매우 총명했고, 그녀가 하던 말 속에 나타나던 바보같은 소리도 그녀 자신의 것이 아니라, 그녀의 사회적 환경과 연령대의 것이었다는 뜻이다. 엘스띠르가 그녀에게 좋은 영향을 끼치긴 하였으나 그것이 부분적이었다. 알베르띤느 속에서는 모든 형태의 이해력이 같은 수준까지로는 발달되어 있지 않았다. 그림에 대한 안목은 몸치장과 기타 모든 형태의 멋에 대한 안목 수준에 거의 도달해 있었으나, 음악에 대한 안목은 그것에 미치지 못하고 훨씬 뒤에 처져 있었다. 앙브르싹 가문 사람들이 누구인지 알베르띤느가 알고 있었어도 헛일, 가장 큰 일에 능한 사람이 필연적으로 가장 작은 일에 무능한 법인지라, 내가 그 가문의 딸들에게 인사를 건넨 후에도 나를 자기의 친구들에게 소개할 그녀의 의향은 더 커지지 않았다.[382] "그녀들을 그토록 중요하게 여기시는 것을 보니 당신은 정말 좋은 분이에요. 하찮은 아이들이니 그녀들에게 신경 쓰지 마세요. 그 꼬마 계집아이들이 당신처럼 뛰어난 분에게 무슨 의미가 있겠어요? 그래도 앙드레는 눈에 띌 만큼 영리해요. 그녀가 비록 도무지 종잡을 수 없기는 해도 착한 소녀임에 반해, 다른 아이들은 정말 멍청해요." 알베르띤느와 헤어진 후, 쌩-루가 자기의 그러한 약혼을 나에게 숨겼다는 사실과, 자기의 정부와 헤어지지 않은 채 결혼하는 못된 짓을 저질렀다는 사실에, 나는 문득 커다란 괴로움에 휩싸였다. 하지만 한편, 단 며칠 지나지 않아 내가 앙드레에게 소개되었고, 그녀가 상당히 오랫동안 나와 이야기를 나누었던지라, 나는 그 틈을 놓치지 않고 그녀에게 다음 날 만나자는 말을 하였으며, 하지만 그녀는 자기 어머니의 건강이 상당히 좋지 않아 어머니를 홀로 계시게 할 수 없기 때문에 불가능하다고 대답하였다. 이틀 후, 엘스띠르를 방문하였더니, 앙드레가 나에 대해 큰 호감을 가지고 있더라고 그가 나에게 말하였다. 그 말에 내가 대꾸하였다. "하지만 첫날부터 그녀에게 호감을 느낀 사람은 저이며, 그리하여 다음 날 만나자고 하였더니 그것이 불가능하다고 대답하더군요."—"그래요, 나도 알고 있어요, 그녀가 나에게 그 이야기를 하였어요." 엘스띠르가 말하였다. "그녀 역시 당신과 만나지 못하는 것을 아쉬워하였으나, 그녀가 이미, '브레이크'[383]를 이용해 이곳으로부터 십 리으 떨어진 곳으로 소풍을 가자는 제안을 수락하였고, 그것을 취소할 수도 없는 처지였어요." 앙드레가 나를 거의 알지 못하였던 터라 그 거짓말이 지극히 무의미했더라도, 그러한 거짓말을 할 수 있었던 사람과는 내가 교류를 계속하지 말았어야 했다. 흔히들 한 번 저지른 짓은 무한히 반복하기 때문이다. 처음에 약속을 지키지 못하였거나 감기에 걸렸다고 핑계를 댄 어느 친구를 매년 만나러 가보라. 그가 또 감기에 걸려 있을 것이고, 여러 상황들에서 찾아낸 그래서 그가 다양하다고 여기는 그러나 실은 변함없는 이유로 그 약속을 또 깨뜨릴 것이다.

앙드레가 자기의 어머니 곁에 머물러 있어야 한다고 말한 후 어느 날 아침, 나는 알베르띤느와 함께 잠시 산책을 하였다. 그날 내가 그녀를 발견하였을 때, 그녀는 가느다란 끈 끝에 매단 기이한 물건 하나를 공중으로 던졌다가는 다시 잡으면서 놀고 있었는데, 그 모습이 죠또가 그린「우상 숭배」[384]와 흡사했다. 게다가 그 장난감의 명칭이 '디아볼로'[385]라 했고, 또 어찌나 폐품 같았던지, 미래의 해설자들이 그러한 물건을 들고 있는 소녀의 초상화 앞에 서면, 그녀의 손에 있는 것에 대해서, 마치 자 기들이 아레나 예배당에 있는 우의적인 초상화 앞에 선 듯 긴 설명을 늘어놓을 수도 있을 것이다. 잠시 후, 앙드레의 날렵한 발이 살짝 스치며 뛰어 넘은 노인을 보고 '저 가엾은 늙은이가 내 마음을 아프게 해'라고 하면서, 첫날 심술궂은 기색으로 낄낄대던, 가난하고 무정해 보이던 그 소녀가 다가와 알베르띤느에게 말하였다. "안녕, 내가 혹시 두 사람에게 방해 되지 않을까?" 그녀가 거추장스럽게 느끼던 모자를 벗었던지라, 그녀의 머리카락들이, 매력적인 미지의 어떤 식물처럼, 그녀의 이마 위에 섬세하고 치밀한 배열을 이루며 얹혀 있었다. 그녀가 맨머리인 것을 보고 아마 신경질이 난 듯, 알베르띤느가 아무 대꾸하지 않은 채 냉랭한 침묵을 고수하였고, 그럼에도 불구하고 그녀가 우리들 곁을 떠나지 않았는데, 그동안 알베르띤느는, 자신이 그녀 곁으로 홀로 다가갔다가 어느 순간 나와 나란히 걷기 위하여 그녀를 뒤처지게 하는 식으로, 그녀와 나 사이에 일정한 거리가 유지되게 하였다. 나는 알베르띤느에게, 나를 그 소녀에게 소개해 달라고, 그 소녀 앞에서 요청할 수밖에 없었다. 그런데, 알베르띤느가 나의 이름을 그녀에게 알려주는 순간, '저 가엾은 늙은이가 내 마음을 아프게 해'라고 말할 때 그토록 잔인한 기색을 띠었던 것 같던 그 소녀의 얼굴과 하늘색 눈에, 다정하고 상냥한 미소가 반짝이며 스치는 것이 보였으며, 그다음 순간 그녀가 나에게 악수를 청하였다. 그녀의 머리카락들은 황금빛이었고, 또 그것들만 그런 것이 아니었다. 그녀의 볼이 비록 분홍색이었고 눈이 하늘색이었으나, 그것들 또한 사방에 황금빛이 돋아 반짝이는 태양빛에 물든 아침 하늘 같았다.

 나는 즉시 불이 붙듯 흥분하여, 그녀가 누구를 사랑하면 소심해지는 아이이며, 알베르띤느의 박대에도 불구하고 우리와 함께 남아 있었던 것은 나를 위해서, 또 나에 대한 사랑 때문이며, 그러다가 드디어, 그 미소 어리고 착한 미소로, 다른 사람들에게는 사나워도 나에게는 다정할 것이라고 고백할 수 있게 되어 행복했을 것이라고 생각하였다. 의심할 나위 없이 내가 아직 그녀를 몰랐을 때에도 그녀는 이미 해변에서 나를 보았고, 그 이후 줄곧 나를 생각하였으며, 그녀가 노인을 조롱한 것도 아마 나의 찬사를 받기 위해서였을 것인데, 나와 사귀기에 이르지 못하자 그 이후로는 줄곧 기색이 침울했을 것이라 여겨졌다. 나는 그녀가 저녁나절 해변을 따라 산책하는 모습을 호텔로부터 자주 보았다. 아마 나와 마주치리라는 희망을 품고 그랬을 것이다. 그리고 이제, 알베르띤느 단 하나만 있어도 자기들 무리 전체가 있는 것만큼이나 거북하건만, 자기 친구의 점점 차가워지는 태도에도 불구하고 우리들의 뒤를 집요하게 따르는 것은 오직, 자기가 끝까지 남아서 나와 잠깐이나마 만날 약속을 정해, 자기의 가족들과 친구들 모르게 그 약속 장소로 도망치듯 나와, 더 안전한 장소에서 미사 전이나 골프가 끝난 후에 만나자는 약속을 할 수 있도록 하기 위해서였던 것이 틀림없었다. 앙드레가 그녀에게 고분고분하지 않고 그녀를 미워했던지라 그녀를 만나기가 그만큼 더 어려울 것 같았다. "저는 그녀의 무시무시한 허위와 비열함과 저에게 행한 이루 헤아릴 수 없는 더러운 짓들을 오랫동안 견뎌왔어요. 다른 친구들을 위하여 모든 것을 참았어요. 하지만 그녀의 마지막 화살이 저의 노기를 폭발시키고 말았어요." 그녀가 나에게 하는 말 같았다. 그리고 앙드레가 전에 떠들고 다니던, 따라서 앙드레에게 타격을 줄 수 있을 험담에 대해 나에게 상세히 이야기해 주는 것 같았다.

그러나 알베르띤느가 우리 두 사람만을 남겨놓을 순간을 위하여 지젤의 시선이 나에게 약속하였던 그 모든 말이 끝내 그녀의 입 밖으로 나오지 못하였다. 알베르띤느가 고집스럽게 우리 두 사람 사이의 자리를 차지한 채, 자기의 친구가 하는 말에 점점 더 간략하게 대꾸하기를 계속하더니, 마침내 아예 대꾸조차 하지 않았고, 그러자 그녀의 친구가 퇴각하여 버렸기 때문이다. 그토록 불쾌하게 처신한 것에 대하여 내가 알베르띤느를 나무랐다. "더 사려 깊게 처신해야 한다는 것을 깨닫게 해줄 거예요. 못된 계집애는 아니지만 짜증나게 하는 아이에요. 그녀가 사방으로 다니면서 코를 킁킁거릴 이유가 없어요. 우리가 요청하지도 않는데 왜 우리에게 들러붙나요? 하마터면 제가 그녀를 쫓아버릴 뻔했어요. 게다가 저는 그녀의 그 머리 꼴을 몹시 싫어해요. 정숙하지 못한 인상을 주기 때문이에요." 알베르띤느가 나에게 그런 말을 하는 동안, 나는 그녀의 두 볼을 바라보면서 그것들이 어떤 향기와 어떤 맛을 간직하고 있을지 궁금해하였다. 그날 그녀의 볼들은 싱싱한 것이 아니라, 밀랍 광택으로 덮인 일부 장미꽃들처럼, 일정하고 자색 감돌며 크림 함유된 분홍색이었으며 미끈했다. 사람들이 가끔 특정 꽃들에 그러듯이, 나는 그녀의 볼에 열광하고 있었다. "나는 그녀의 머리가 그렇다는 것을 미처 간파하지 못하였어요." 내가 그녀의 말에 대꾸하였다. ─ "하지만 당신이 그녀를 어찌나 유심히 바라보았던지, 마치 그녀의 초상화를 그리려는 것 같았어요." 이제는 자기를 내가 그렇게 바라보고 있다는 사실에도 누그러지지 않고 그녀가 나에게 말하였다. "하지만 그녀가 당신의 마음에 들 것이라고는 생각하지 않아요. 그녀에게는 바람기가 전혀 없어요. 당신 같은 분은 틀림없이 바람기 있는 여자들을 좋아할 거예요. 여하튼 그녀가 더 이상 들러붙거나 자신을 이리저리 뿌리고 다닐 기회는 없을 거예요. 오늘 오후에 빠리로 돌아가기 때문이에요." ─ "당신의 다른 친구들도 그녀와 함께 돌아가나요?" ─ "아네요, 그녀만, 그녀와 그녀의 잉글랜드 여자 가정교사만 떠나요. 그녀가 다시 시험을 치러야 하기 때문인데, 가엾은 어린 것, 악착같이 공부를 해야 할 거예요. 정말이지 즐거운 일이 아니에요. 좋은 주제가 걸릴 수도 있어요. 운이 크게 작용해요. 그래서 저희들의 친구 하나에게는 이러한 주제가 걸렸어요. '당신이 목격한 사고 하나에 대해 상세히 이야기해 보시오.' 정말 운이 좋았지요. 제가 아는 어느 소녀 하나는 이러한 주제에 대해 논해야 했고, 게다가 그것을 글로 써서 제출해야 했어요. '알쎄스뜨와 필랭뜨 중 누구를 친구로 택하시겠는가?'[386] 저였다면 아예 그따위 문제에 응답조차 하지 않았을 거예요! 우선, 다른 모든 것은 차치하더라도, 그것이 어린 소녀들에게는 합당한 질문이 아니에요. 소녀들은 다른 소녀들과 관계를 맺고 있을지언정, 신사분들을 친구로 삼을 가능성은 적어요. (그 말이, 내가 그녀들의 작은 무리에 받아들여질 가능성이 거의 없음을 시사하면서 나에게 두려움을 주었다.) 하지만 여하튼, 그러한 질문을 비록 젊은 남자들에게 던졌다 해도, 그것에 대해 무슨 대답을 할 수 있을 것 같아요? 여러 가문이 그따위 문제들의 난해한 측면을 항의하는 편지를 〈골루와〉지[387]에 보냈어요. 점입가경인 것은, 상을 받은 모범 답안지들 중에 그 주제에 대해 쓴 글이 둘 있는데, 그것들이 서로 정반대라는 점이에요. 모든 것이 채점관에 달려 있어요. 어떤 채점관은 필랭뜨가 아첨에 능하고 음흉한 사교계 인사라는 답을 원하고, 다른 시험관은, 알쎄스뜨를 칭찬하지 않을 수는 없지만 그가 너무 까다로워, 친구로는 필랭뜨를 택해야 한다는 거예요. 선생들 간에도 견해가 일치하지 않는데, 가엾은 여학생들이 무슨 수로 갈피를 잡을 수 있겠어요? 그건 그렇다 치고, 해가 갈수록 문제가 어려워져요. 강력한 후원이 없으면 지젤이 난관을 벗어날 수 없을 거예요."

호텔로 돌아왔다. 할머니가 아니 계셨다. 나는 할머니를 오랫동안 기다렸다. 드디어 할머니가 돌아오셨고, 뜻밖의 좋은 조건으로 사십팔 시간쯤 걸릴 짧은 여행을 할 수 있으니 허락해 달라고 할머니께 간청하였다. 할머니와 함께 점심을 먹은 다음, 마차 한 대를 불러 역까지 가자고 하였다. 그곳에서 나를 보고도 지젤이 놀라지 않을 것 같았다. 우리가 동씨에르에서 일단 빠리 행 기차를 바꿔 타면, 그 기차에는 객실 옆에 복도가 있고, 그녀의 여자 가정교사가 객실에서 졸고 있는 동안, 그녀를 어둑한 구석으로 데리고

가, 내가 최대한 앞당길 빠리 귀환 후에 그곳에서 만나자고 그녀와 약속을 정할 수 있을 것 같았다. 그녀가 원한다면, 그녀와 함께 깡이나 에브르까지 갔다가, 발백 행 열차 편으로 돌아올 작정이었다. 하지만 내가 오랫동안 자기와 자기의 친구들 사이에서 머뭇거렸고, 자기에 대해서 뿐만 아니라 알베르띤느와 눈빛 맑은 그 소녀와 로즈몽드 등에 대해서도 연정을 품으려 하였다는 사실을 안다면, 그녀가 어떤 생각을 할까! 이제 바야흐로 상호적인 사랑이 나를 지젤과 결합시키려 하는데, 가책감이 나를 사로잡았다. 알베르띤느가 이제는 더 이상 내 마음에 들지 않는다고 사실대로 말해 그녀를 안심시킬 수 있을 것 같았다. 그날 아침 나는, 알베르띤느가 지젤에게 무슨 말을 하러 가기 위하여 나에게 등을 돌린 채, 나로부터 멀어져 가는 모습을 보았다. 토라진 기색으로 살짝 기울인 그녀의 뒤통수로 늘어진 머리카락이 전과 달랐고 더 검었으며, 마치 그녀가 이제 막 물에서 나온 것처럼 번들거렸다. 그것이 나에게 물에 젖은 암탉 한 마리를 연상시켰고, 그러한 머리카락이 나로 하여금 알베르띤느에게, 자주색 띤 얼굴과 신비한 시선이 그랬던 것과는 다른 영혼을 부여하게 하였다. 그녀의 뒤통수에서 번질거리던 그 머리카락이 내가 한동안 그녀의 모습에서 발견할 수 있었던 것의 전부였고, 그것만이 지속적으로 내 눈 앞에 어른거렸다. 우리의 기억이란 특정인의 사진들을 때에 따라 바꾸어서 진열창에 전시하는 상점들과 유사하다. 그리고 일반적으로 가장 최근의 것만이 한동안 특히 눈에 띈다. 마부가 말을 급히 모는 동안, 나는 지젤이 나에게 속삭이는, 몽땅 그녀의 착한 미소와 나에게 악수를 청하려고 내밀었던 손에서 태동한, 감사와 애정의 말에 귀를 기울이고 있었다. 그것은, 아직 누구에 대해 연정을 느끼지 않았으되 그러고 싶었던 내 생애의 여러 시기에, 내가 나의 내면에 아름다움의 육체적 이상형(이미 이야기한 바와 같이 상당히 멀리 지나가는 여인 속에서도 내가 즉각 알아보았고 그녀의 흐릿한 모습도 내가 알아채는 것을 방해하지 못하던) 만을 간직하고 있었던 것이 아니라, 장차 나를 열렬히 사랑하여, 내가 유년 시절부터 나의 머릿속에 완성된 상태로 간직하고 있었으며 배역에 합당한 약간의 외모를 갖춘 착한 소녀라면 누구나 공연하고 싶어 할 것 같았던 사랑의 희극에서, 나의 대사에 화답할 여인의, 언제나 강생할 준비가 되어 있는 정신적 유령도 간직하고 있었기 때문이다. 내가 쓴 그 작품의 초연을 맡기려고 혹은 재공연에서 배역을 맡기려고 내가 부른 새로운 '스타'가 어떤 여인이었다 할지라도, 작품의 줄거리와 사건의 전개 양상과 심지어 대본까지 항상 변함이 없었다.

며칠 후, 우리들을 서로에게 소개하는 것에 알베르띤느가 열의를 별로 보이지 않았음에도, 나는 내가 첫날 보았던, 그리고 아직 발백에 몽땅 남아 있던(역 앞 건널목 차단기 앞에서 너무 오래 지체하였고 열차 시간이 바뀌어, 내가 도착하기 이미 오 분전에 출발한 기차에서 합류할 수 없었고, 게다가 이제는 나의 뇌리에서 사라진 지젤을 제외하고) 작은 무리 속의 소녀들뿐만 아니라, 내 요청에 따라 그녀들이 나에게 소개한 그녀들의 친구 두셋과도 친숙해졌다. 그렇게 하나의 새로운 소녀와 어울려 맛볼 즐거움에 대한 희망이 나를 그녀에게 소개한 다른 소녀로부터 오는지라, 가장 최근에 알게 된 소녀는 마치 다른 종류의 장미 덕분에 얻는 변종들 중 하나 같았다. 그리하여, 그렇게 이어진 꽃들의 화관들 하나하나를 따라 거슬러 올라가노라면, 각각의 다른 품종을 알게 되는 즐거움이 나로 하여금, 나의 새로운 희망 못지않게 욕망도 섞인 감사의 정을 느끼면서 나에게 그러한 은덕을 베푼 꽃에게로 되돌아가게 하였다. 어느덧 나는 모든 날들을 그 소녀들과 어울려 보내게 되었다.

그러나 애석한 일이다! 우리는 가장 싱싱한 꽃 속에서도, 오늘 꽃으로 피어난 살이 시들음이나 열매 맺기라는 과정을 거쳐 형성된 씨앗의 영원히 변함없고 숙명적인 형태가 어떠할지, 우리에게 혜안이 있을 경우, 이미 그 윤곽을 그려 보여주는 거의 감지되지 않는 징후들을 식별할 수 있다. 조수의 움직임조차 보이지 않을 만큼 바다가 고요하여, 꼼짝 하지 않는 것 같고 그 형상을 선으로 그릴 수 있을 것 같은 아침 바닷물을 감미롭게 살짝 부풀리는 잔물결과 유사한 젊은 코의 선을 우리는 환희에 휩싸여 바라본다. 인간의 얼굴들이란, 우리가 그것들을 바라보는 순간에는 변하는 것 같지 않으니, 그것들의 변천이 하도 느리게 진행되어 우리가 그것을 지각하지 못하기 때문이다. 그러나 일반적으로 끔찍한 유형의 내재적 인력에 이끌려, 그 모습들이 채 삼십 년도 아니 되는 기간 동안에, 시선이 희미하게 이지러지는 시각까지, 얼굴이 지평선 밑으로 몽땅 가라앉아 더 이상 태양빛을 받지 못하는 시각까지, 건너갈 거리를 측정하기 위해서는, 그 소녀들 곁에 서 있는 그녀들의 모친이나 숙모를 바라보는 것으로 족하다. 나는 알베르띤느나 로즈몽드나 앙드레라는 발그레한 꽃 밑에, 그녀들 자신에게조차 알려지지 않았고 필요한 상황에 대비하여 비축된, 그리고 자신들의 종족으로부터 그 누구보다도 자유로워졌다고 믿는 이들에게서 발견되는 유대인 특유의 애국심이나 예수교도들의 유전적 특성만큼이나 유현(幽玄)하고 불가사의한, 뭉툭한 코나 돌출한 입 혹은 비만이 기거하고 있으며, 그것들이, 사람들을 놀라게 할 수 있으되 실은, 한 개인의 생각과 삶과 발전과 건강과 죽음을 통제하건만 정작 그 개인은 자기의 개인적 동기들과 구분하지 못하는,

그 개인보다 훨씬 이전부터 존재하는 천성이나 특수 상황의 부름에 응하여 불쑥 튀어나오는 드레퓌스주의나 교권주의나 국가적이며 봉건적인 영웅주의 등처럼, 뜻밖에, 숙명적으로, 무대에 등장할 준비를 갖춘 채 무대 뒤에 머물고 있음을 알고 있었다. 심지어 정신적인 면에서도 우리는 우리가 흔히 생각하는 것보다 훨씬 더 자연의 법칙에 종속되어 있어, 우리의 오성은, 일부 은화식물(隱花植物)이나 화본과(禾本科) 식물처럼, 우리가 선택한다고 믿는 특성들을 이미 소유하고 있다. 그러나 우리는 부차적인 생각들만을 포착할 뿐, 그것들을 필연적으로 태동시키고 우리가 필요한 순간에 드러내는 최초의 원인(유대족, 프랑스 가문, 등)은 지각하지 못한다. 또한 아마, 우리를 지탱시켜 주는 사념들도, 우리를 죽음으로 이끌어가는 질병도, 콩과 식물의 꽃 형태가 씨앗의 모양을 닮듯, 숙고의 결과처럼 보이거나 신중하지 못한 건강관리의 결과처럼 보이되, 실은 우리의 가문에 기인할지도 모른다.

같은 종류의 식물을 심었으되 꽃들이 각각 다른 시기에 피는 묘판과 같은 발백 해변에 나타난 늙은 부인들 속에서, 나는 장차 나의 소녀 친구들이 더러는 단단한 씨앗들로, 더러는 물렁물렁한 덩이 줄기로 변해 있을 모습을 보았다. 하지만 그것이 중요했겠는가? 그때는 꽃이 피는 계절이었다. 그리하여 빌르빠리지 부인이 소풍을 나가자고 청할 때마다, 나는 그럴 여가를 낼 수 없다는 핑계를 대곤 하였다. 엘스띠르도 나의 새로 사귄 소녀 친구들이 나와 동행할 수 있을 때에만 방문하였다. 일찍이 동씨에르로 쌩-루를 보러 가겠노라 그에게 약속하였건만, 단 하루 오후도 그 일에 할애하지 못하였다. 사교적인 모임이나 진지한 대화, 심지어 다정한 한담이라도, 만약 그것들이 소녀들과의 외출을 대신하는 일이 생겼다면, 그것이 나에게는 점심을 먹어야 할 시각에 우리에게 음식을 가져다주지 않고 사진첩을 보여주는 것과 같은 것으로 여겨졌을 것이다. 우리가 평소 즐겁게 어울린다고 믿는 신사들이나 젊은이들, 늙은 혹은 중년의 여인들이 우리에게, 밋밋하고 알맹이 없는 표면에 존재하는 피상적인 인물들로 여겨지는 것은, 우리가 그들을 오직 시각이라는 축소된 수단으로만 지각하기 때문이지만, 그 시각적 지각 작용이 소녀들에게로 향할 때에는, 그것이 마치 다른 감각기관들의 대행자 같아져, 그 감각기관들이 그 대리자를 통해 후각적 특질과 촉각적 특질과 미각적 특질 등 서로 뒤섞여 있는 다양한 특질들을 찾아 나서며, 그렇게 하여 손과 입술의 도움 없이도 그 특질들을 맛보고, 더 나아가, 전치(轉置) 기술 덕분에 그리고 욕망이 가지고 있는 탁월한 종합 능력 덕분에, 볼이나 젖가슴의 색깔 밑에 만지기와 맛보기와 금지된 접촉 행위 등을 복원시킬 수 있어, 그것들이 장미원에서 꿀벌들처럼 꿀을 모을 때 혹은 포도원에서 눈으로 포도송이들을 먹을 때 그러듯, 그 소녀들에게도 꿀처럼 달콤한 농도를 부여한다.

비가 내리면, 쏟아지는 소나기를 맞으면서 비옷 차림으로 자전거를 타고 달리곤 하던 알베르띤느인지라 그녀가 궂은 날씨를 두려워할 리 없었지만, 우리들이 카지노에서 하루를 보내곤 하였고, 그러한 날 내가 그곳에 가지 않기란 불가능했다. 나는 그곳에 결코 발을 들여놓지 않는 앙브르싹 집안 딸들에 대해 심한 경멸감을 품었다. 그러면서 나의 소녀 친구들이 춤 선생을 상대로 못된 장난 하는 것을 기꺼이 도왔다. 우리들은 보통 경영주의, 혹은 책임자의 권한이라도 가지고 있는 듯 나서는 몇몇 고용원들의, 훈계 섞인 질책을 받곤 하였는데, 나의 소녀 친구들이(그러한 측면 때문에 내가 첫날에는 그토록 격정적인 계집아이인 줄로 믿었지만, 그와는 반대로, 가냘프고, 이지적이며, 특히 그해에는 병세가 심했던 앙드레 마저도, 자기의 건강 상태보다는, 모든 것을 휩쓸어 가 환자건 건강한 사람이건 몽땅 쾌활함과 뒤섞는 그 연령대의 정령에 복종하였다) 현관으로부터 연회장까지 가려면, 노래를 부르면서, 아직 문예의 유형이 분화되지 않아 하나의 영웅전 속에서 신학적 교훈에다 농경법 원칙을 섞던 고대 문인들[388]의 방식대로, 그 초기 청춘 시절에다 모든 예술을 혼융시키면서, 반드시 달음박질을 하였고, 모든 의자들을 뛰어넘었고, 우아한 팔 동작으로 몸의 균형을 유지하면서 서로에게로 미끄러져 가곤 했기 때문이다.

첫날 내가 보기에 가장 매정한 것 같았던 그 앙드레가 알베르띤느보다 비교도 되지 않으리 만큼 더 섬세하고 더 다정하며 더 세련되었으며, 맏언니의 너그럽고 포근한 애정을 그녀에게 보이곤 하였다. 카지노에서도, 그녀는 내 옆에 와서 앉았으며, 알베르띤느와는 반대로, 왈츠 한 번 추자는 제안이 들어와도 그것을 사양할 뿐만 아니라, 내가 몸이 피곤하다고 할 경우, 카지노에 가는 것을 포기하고 호텔로 나를 보러 오는 편을 택하곤 하였다. 그녀는, 나에 대한 우정도, 알베르띤느에 대한 우정도, 심정과 관련된 것들에 관한 가장 감미로운 통찰력을 입증해 주는 어조로 표현하였으며, 그것은 아마 그녀의 병색 짙은 건강 상태에 기인하였을 것이다. 그녀는, 즐거운 놀이가 제공하는 유혹 앞에서 그녀처럼 단호하게 나와 정다운 이야기 나누는 편을 택하지 못하고 천진스러운 격렬함으로 자신을 주체하지 못하던 알베르띤느의 어린애 같은 행동을 감싸려는 듯, 항상 명랑한 미소를 짓곤 하였다.

우리들 모두 함께 있을 때 골프장에서 개최되는 간식 모임 시각이 다가오면, 알베르띤느가 준비를 마친 다음 앙드레에게 다가와 재촉하였다. "그래, 앙드레, 어서 갈 준비 안 하고 무얼 기다리는 거야? 골프장 간식 모임에 가는 것 너도 잘 알지." — "싫어, 나는 여기에서 그와 이야기나 하겠어." 앙드레가 나를 가리키면서 그렇게 대답하곤 하였다. — "하지만 너도 알다시피 뒤리으 부인이 너를 초대하였어." 나와 함께 남겠다는 앙드레의 의도가 마치 자신이 초대되었다는 사실을 모르는 데에만 기인한다는 듯, 알베르띤느가 정색을 하며 말하였다. — "이봐요, 꼬마 아가씨, 그토록 바보처럼 굴지 말아요." 그럴 때마다 앙드레가 하던 대답이었다. 함께 있자고 제안할까 두려워서인지, 알베르띤느가 더 이상 고집하지 않았다. 그러더니, 스스로를 조금씩 죽어 가도록 기꺼이 내버려 두는 환자에게 말하듯, 머리를 좌우로 흔들면서 대꾸하였다. "네 생각대로 하려무나. 나는 급히 도망쳐야겠어. 네 시계가 늦다고 생각하기 때문이야." 그러고 나서 발이 목덜미에 닿도록 달음박질을 하였다. "아이가 매력적이긴 하지만 종잡을 수가 없어요." 애무하며 동시에 심판하는 듯한 미소로 자기의 친구를 감싸면서 앙드레가 말하였다. 그러한 오락 취향에 있어 알베르띤느가 초기의 질베르뜨와 유사한 무엇을 가지고 있었다면, 그것은 우리가 연속적으로 사랑하는 여인들 사이에 하나의 유사성이 존재한다는 뜻이며, 그러한 유사성은, 비록 그것이 변화한다 해도, 우리 기질의 부동성에 기인하는 바, 우리와 상반되면서 동시에 우리에게 보완적인, 즉 우리의 감각을 충족시키고 동시에 우리의 심정에 고통을 주는, 그러한 특질을 구비하지 못한 여인들을 배제하면서 연인을 선택하는 주체가 우리의 기질이기 때문이다. 우리가 선택한 그 여인들은 우리 기질의 산물로서, 우리 감수성의 영상이고 전도된 투영체이며 음화(陰畵)이다. 그리하여 하나의 소설가는, 자기가 쓰는 작품 주인공의 생애에 걸쳐, 자기가 겪은 연속적인 사랑들과 거의 정확히 닮은 사랑들을 그릴 수도 있으며, 그렇게 함으로써 자신을 모방하는 것이 아니라 새롭게 창조하는 듯한 인상을 주는 바, 새로운 진실을 드러내게끔 되어 있는 반복적 사랑보다는 인위적으로 도입하는 새로운 사랑의 힘이 약하기 때문이다. 또한 그는 연정에 빠진 그 주인공의 성격 속에, 우리가 새로운 지역이나 삶의 다른 영역에 도달함에 따라 스스로를 드러내는 변화의 징후를 표시해야 할 것이다. 그리고 아마, 소설 속 다른 인물들의 여러 성격을 묘사하면서, 주인공이 사랑하는 여인에게 그 성격들 중 단 하나라도 부여하기를 삼간다면, 하나의 진실을 더 추가하여 표현하게 될 것이다. 우리가 무심히 바라볼 수 있는 사람들의 성격은 하나의 대상으로 식별할 수 있으되, 우리의 삶 자체와 혼융되어 이제 곧 우리가 우리 자신으로부터 분리시키지 않을 존재, 그 존재를 움직이는 각종 동인(動因)들에 대하여 근심스러운 그리고 항상 다시 손질하는 추측에 우리가 사로잡히기를 멈추지 않게 된 그러한 존재의 성격을, 우리가 무슨 수로 포착한단 말인가? 우리가 사랑하는 여인에 대한 궁금증은 우리의 지성 저 너머에서 불현 듯 도약하듯 내닫는지라 그 여인의 성격을 항상 앞지른다. 우리가 비록 여인의 성격 곁에서 멈추어 그것을 관찰할 수 있다 해도, 우리는 그러기를 원치 않을 것이다. 우리의 근심 가득한 추적 대상은, 피어나는 살의 독특성을 만들어내는 피부 표면의 미세한 마늘모꼴들의 다양한 조합과 유사한, 성격상의 특징들보다 훨씬 더 본질적이며 우리에게 중요하다. 우리의 직관이라는 방사선은 그 성격적 특징들을 투과하지만, 그것이 우리들에게 가져다주는 영상들은 특정 얼굴의 영상이 아니며, 그것들은 고작 일개 해골의 음울하고 비통한 보편성을 표현할 뿐이다.

　앙드레는 매우 부유한 반면 알베르띤느는 가난하며 고아였던지라, 앙드레가 그녀로 하여금 자기가 누리는 호사를 함께 나누게 하는 후한 인심을 베풀곤 하였다. 지젤에 대한 그녀의 감정은 내가 생각하였던 그런 것은 아니었다. 빠리로 돌아간 그 여학생의 소식을 얼마 아니 되어 우리들이 알게 되었고, 지젤이 자기의 여행과 빠리에 도착한 소식을, 다른 친구들에게 일일이 아직 편지 쓰지 못한 점을 사과하면서, 작은 소녀 집단에게 알리는 편지를 알베르띤느가 받아 우리들에게 보여주었을 때, 나는 지젤과 영영 불화한 줄로 믿고 있던 앙드레가 다음과 같이 말하는 것을 듣고 깜짝 놀랐다. "나는 내일 그녀에게 편지를 쓰겠어요. 내가 그녀의 편지를 기다리다가는 오랫동안 기다려야 하는 일이 생길 거예요. 아이가 워낙 소홀한 성격이라서." 그러더니 나에게로 고개를 돌리며 이렇게 덧붙였다. "물론 당신은 그 아이가 매우 괄목할 만하다고 여기시지 않겠지만, 매우 착한 소녀이고 게다가 저는 그녀에 대하여 진정 커다란 애정을 가지고 있어요." 나는 앙드레가 누구와 불화해도 그것이 오래 지속되지 않는다는 결론을 내렸다.

비가 내리는 날들을 제외하고는 우리들이 자전거로 해안 절벽 위나 내륙 전원 지역에 가기로 되어 있었기 때문에, 출발하기 한 시간 전부터 나는 맵시를 내려 하였고, 프랑수와즈가 필요한 것들을 제대로 준비해 놓지 않았을 경우 내가 투덜거리곤 하였다. 그런데 빠리에서도, 자존심이 충족되었을 때에는 소박하고 겸허하며 매력적인 그녀가, 혹시 어떤 지적을 받았을 경우, 나이로 인해 구부러지기 시작한 자기의 허리를 거만하고 분기 가득한 기세로 뻣뻣이 세우곤 하였다. 자존심이 그녀가 살아가게 해주는 커다란 원동력이었던지라, 프랑수와즈의 만족감과 좋은 심기는 그녀에게 부과된 일의 어려움과 정비례하였다. 그녀가 발백에서 해야 할 일들이라는 것이 어찌나 쉬웠던지, 그녀는 항상 불만스러운 기색을 드러냈고, 나의 소녀 친구들을 만나러 갈 순간, 모자에 솔질이 되어 있지 않거나 넥타이가 정돈되어 있지 않다고 내가 불평을 하면, 그녀의 그러한 불만이 백배로 증대되면서, 오만하게 빈정거리는 기색이 그것과 합세하곤 하였다. 아무 일도 아니라는 듯 그토록 많은 노고를 묵묵히 감당하는 그녀이건만, 웃옷 하나가 제자리에 놓여 있지 않다는 지극히 단순한 지적에는, 그것이 '먼지에 노출되지 않도록 밀폐된 곳에 보관하기 위하여' 자기가 얼마나 정성을 쏟았는지 모른다고 허풍을 떨 뿐만 아니라, 자기가 하는 일에 대하여 장황한 찬사를 늘어놓으면서, 발백에서의 생활을 휴가라 할 수 없다고 탄식하는가 하면, 그러한 생활을 영위할 사람은 자기 이외에 다시 없을 것이라 하였다. "도대체 어떻게 자기의 물건들을 이렇게 내버려 두는지 이해할 수가 없어요. 나 말고 다른 어떤 여자가 이런 난장판 속에서 견딜 수 있는지 한 번 찾아 보세요. 마귀 녀석조차도 이런 속에서는 자기의 라틴어를 잃어버릴 거예요."[389] 혹은 이글거리는 시선을 나에게 던지면서 여왕의 낯을 하는 것으로 만족하며 침묵을 지키다가, 나의 방에서 나가며 문을 닫기 무섭게 그 침묵을 깨뜨렸고, 그러면 무대 위로 오르기 전에 무대장치 뒤에서 들리는 극중 인물의 대사 첫 마디처럼 불분명한, 그러나 내가 짐작하기에 무례한, 언사가 복도에 울려 퍼지곤 하였다. 게다가, 그렇게 내가 나의 소녀 친구들과 떠날 준비를 할 때, 아무것도 결여된 것 없고 프랑수와즈의 기분이 좋을 경우에도, 그녀가 참을 수 없는 거조를 드러내곤 하였다. 그 소녀들에 대하여 이야기하고 싶은 욕구에 이끌려 내가 그녀들에 대하여 전에 한 농담들을 이용하여, 만약 사실이었다면 내가 자기보다 더 잘 알았을 그러나 사실이 아니었던 것을 가지고, 자기가 나에게 그것을 폭로하는 듯한 기색을 보이곤 하였기 때문인데, 실은 프랑수와즈가 나의 농담을 오해하여 생긴 일이다. 그녀 또한 다른 모든 사람들처럼 자기 고유의 성격을 가지고 있었으며, 누구의 것이든 그 성격이란 곧은 길을 닮는 법이 결코 없는지라, 그 특이하고 불가피한 굴곡들에 우리가 놀라고, 다른 이들은 그것들을 알아차리지 못하는지라 그것들을 지나는 것이 몹시 괴롭다. 내가 프랑수와즈와 이야기를 하다가 '제자리에 놓이지 않은 모자'나 '앙드레 혹은 알베르띤느'라는 이름에 봉착할 때마다, 방향이 어처구니없게 바뀐 길로 그녀에 의해 이끌려들 수밖에 없었고, 그로 인해 내가 소녀들과 약속한 시각에 맞춰 가지 못하곤 하였다. 소녀들과 함께 절벽 위에서 간식으로 먹으려고, 내가 체서 치즈와 상추를 곁들인 쌘드위치를 만들어달라고 하거나 파이를 사다달라고 할 때에도 같은 일이 벌어졌고, 그럴 때마다 프랑수와즈가 이렇게 말하곤 하였다. "그녀들이 탐욕스럽지 않다면 비용을 번갈아 지불해야 할 거예요." 그러한 말을 하는 순간에는, 시골의 이악스러움과 상스러움의 유전적 특성이 그녀와 합세한 것 같았고, 그리하여 누가 보더라도 그녀가, 고인이 된 을랄리의 영혼이 엘루와 성자에게로 돌아가기보다는 내 소녀 친구들의 매력적인 몸뚱이로 우아하게 환생한 것으로 믿는다고 하였을 것이다.[390] 그렇게 규탄하는 소리를 들을 때마다 나는 노기가 치밀어 프랑수와즈의 성격을 구성하고 있던 그 촌스럽고 친숙한 길의 어느 지점에 가 부딪히는 것 같았고, 그 길로 더 이상 나아갈 수 없을 것처럼 보였으되, 다행히 그것이 오래 지속되지는 않았다. 그런 다음, 나의 웃옷을 다시 찾고 쌘드위치가 준비되어, 내가 알베르띤느와 앙드레와 로즈몽드를 (그리고 때로는 다른 소녀들도) 만나러 갔고, 우리들은 걸어서 혹은 자전거를 타고 떠나곤 하였다.

전에는 내가 궂은 날에 그러한 산책길에 나서는 편을 택하였을 것이다. 그 시절에는 내가 발백에서 '킴메로이인들의 나라'를 다시 발견하려 하였던지라, 청명한 날들을, 그곳에는 존재하지 말아야 할 것으로, 즉 안개로 가려진 그 태곳적 지역에 난입한 해수욕객들의 상스러운 여름으로 여기곤 하였다. 하지만 이제는, 일찍이 내가 멸시하고 나의 시야에서 멀리 치워버리고 싶었던 모든 것들을, 예를 들어 태양빛이 남기는 효과들뿐만 아니라 심지어 요트 경기나 경마까지도, 지난날 오직 폭풍우 몰아치는 바다만을 원하던 것과 같은 이유로 열렬히 찾아 나서게 되었으며, 그 이유란, 그 모든 것들이 대등하게 미학적 개념에 연관되어 있다는 점이었다. 그러한 점을 깨달은 것은 다음과 같은 계기 덕분이었다. 나의 소녀 친구들과 함께 우리가 가끔 엘스띠르를 방문하였고, 소녀들이 자기의 화실에 왔을 때 그가 특별히 즐겨 보여주던 것은, 요트를 조정하는 예쁜 여인들을 보고 그린 애벌그림들이나 발백 인근에 있는 경마장에서 연필로 급히 그린 초벌그림이었다. 나는 처음 엘스띠르에게, 그곳에서 개최되던 경마에 가고 싶지 않았노라고 조심스럽게 고백하였다. 그러자 그가 이렇게 말하였다. "잘못 생각하신 거예요, 얼마나 아름답고 신기한데요. 우선, 모든 시선들이 집중되어 있으되, 유마장(留馬場) 앞에서, 눈부신 비단 기수복을 입고 침울하다 못해 서글픈 기색으로, 경둥거리는 말과 한 몸이 되어 고삐로 말을 통제하는 그 특이한 존재, 즉 기수를 보시오. 그의 능란한 기술적인 동작들을 부각시키고, 경마장 위에 그의 옷과 말들의 털 색깔이 만들어놓는 반짝이는 흔적을 보여주는 것이 얼마나 흥미롭겠어요! 다른 곳에서는 볼 수 없는 그 숱한 그늘과 반사광의 놀라운 효과 가득한 경마장의 반짝이는 광막함 속에서 일어나는 모든 것들의 변형이 얼마나 신기한가요! 그곳에서는 여인들이 어찌도 그리 예쁠 수 있는지! 첫 경마 대회가 특히 매혹적이었는데, 뼈까지 스며드는 물의 차가움이 태양에까지 이르는 것이 느껴지던, 거의 홀랜드적인[391] 촉촉한 빛 속에 극도로 우아한 여인들이 있었어요. 의심할 나위 없이 바다의 습기에 기인했을 그러한 빛 속에, 마차를 타고 도착하거나 각자 쌍안경을 눈에 대고 있는, 그러한 여인들을 내가 일찍이 본 적이 없어요. 아! 내가 얼마나 그 빛을 재현하고 싶었던가! 그리하여 나는 작업에 임하고 싶은 미친 듯한 욕망에 사로잡힌 채 그 경마장에서 돌아왔어요." 그러더니 경마보다도 요트 경주에 대해서 그가 더욱 열광하였고, 따라서 나는 요트 경주가, 다시 말해 화려하게 차려입은 여인들이 바다 경마장의 청록색 햇빛 속에 잠긴 채 참석하는 스포츠 사교 모임이, 베로네세나 까르빠쵸 같은 이들이 그토록 그리기 좋아하던 축제들이 그들에게 그러했듯, 현대의 예술가들에게도 못지않게 흥미로운 모티프일 수 있음을 깨달았다. 나의 그러한 견해를 듣고 엘스띠르가 말하였다. "당신의 그러한 비교는, 그들이 그림을 그리던 도시[392] 때문에 그만큼 더 정확합니다. 그 축제들이 어떤 면에서는 수상 축제였으니까요. 다만 그 시절 소형 선박들의 아름다움은 대개의 경우 그것들의 묵직함과 복잡성에 있었습니다. 여기에서처럼 그 옛 축제에서도 수상 창시합이 벌어지곤 했는데, 까르빠쵸가「성녀 우르슐라의 전설」[393]이라는 작품 속에 그린 장면과 비슷한 것으로, 흔히 외교 사절들을 영접하기 위해서 그러한 축제를 준비하곤 하였습니다. 선박들은 건축물처럼 건조되어 우람했는데, 그리하여 그것들이 진홍색 새틴과 페르시아산 융단을 깐 시렁다리를 다른 선박에 대어 정박한 다음, 버찌색 비단이나 초록색 다마스쿠스산 천으로 지은 옷 입은 여인들을, 진주를 박았거나 성긴 레이스로 장식하고 흰색 안감이 보이도록 튼 검은색 소매 달린 옷차림으로 구경하려고 상체를 밖으로 구부리는 여인들이 있던, 색깔 다양한 대리석을 상감한 선미(船尾) 관망대 가까이에 내려놓을 때면, 그 선박들이 마치 베네치아 한가운데에 있는 작은 베네치아들처럼 보였고, 수륙양용 선박과 흡사했습니다. 어디에서 육지가 끝나고 어디에서 바다가 시작되는지, 어느 것이 아직 궁전인지 혹은 이미 화물선이나 쾌속 범선이나 전투형 대형 범선이나 뷔쌍또르[394]인지 더 이상 알 수 없었습니다." 알베르띤느는 엘스띠르가 우리에게 묘사해 주던 치장품들의 세부 사항들에, 호사스러움의 그 영상들에, 열렬한 관심을 가지고 귀를 기울였다. "오! 이야기해 주신 그 레이스를 보고 싶어요. 베네치아의 레이스는 정말 예뻐요. 그리고 베네치아에도 정말 가보고 싶어요!" 그녀가 큰 소리로 말하였다. ─ "아마 머지않아 옛날 그곳에서 사람들이 몸에 걸치고 다니던 경이로운 천들을 감상하실 수 있을 거예요." 엘스띠르가 그녀에게 말하였다. "그것들을 베네치아 화가들의 화폭 속이나, 아주 드물게 교회당들의 보물들 속에서나 볼 수 있었고, 때로는 경매장에도 하나 모습을 보인 것이 있다 해요. 하지만 소문에 의하면 포르뚜니라는 베네치아의 예술가[395]가 그것들의 제조 비법을 찾아내었고, 따라서 단 몇 해 지나지 않아, 옛날 베네치아가 그곳 세습 귀족 부인들을 위하여 동방풍 도안으로 장식하였던 것에 못지않게 화려한 비단을 걸치고 여인들이 나다닐 수 있을 것이며, 특히 그런 차림으로 집에 머물 수 있을 거예요. 하지만 내가 그것을 정말 좋아할지, 혹시 오늘날의 여인들이 입기에는, 비록 요트 위에서 뽐내기 위해서라 할지라도, 조금 지나치게 시대착오적인 의상이 아닐지 모르겠어요. 왜냐하면, 우리의 현대적인 유람선에 대해서 다시 말하거니와, 그것이 베네치아가 '아드리아 해의 여왕'이었던 시절의 것과는 전혀 판판이니까요. 요트와, 요트 설비와, 요트 타는 사람의 복장 등이 가지고 있는 가장 큰 매력은 선상 생활이 가지고 있는 단순성이며, 내가 바다를 그토록 좋아하는 것도 그 때문이에요. 솔직히 말해, 나는 베로네세나 까르빠쵸 시대의 양식들보다 오늘날의 양식을 더 좋아해요. 우리의 요트들에서 발견할 수 있는 진정 예쁜 점은—그리고 특히 중간 크기의 요트들을 말하는 거예요, 나는 거대한, 화물선 같은 요트는 좋아하지 않아요, 모자의 경우처럼 지켜야 할 치수가 있어요—푸르스름한 안개 낀 날에 흐릿한 크림질을 띠는, 평범하고 단순하고 창백하고 회색인 그 무엇이에요. 요트의 선실은 작은 까페 같아야 해요. 요트에 탄 여인들의 치장 역시 마찬가지예요. 진정 우아한 것은, 면포와 한랭사(寒冷紗)와 북경 비단과 즈크 등으로 이루어진, 가볍고 희며 평범한, 그리하여 햇볕을 받으면 바다의 푸름 위에 흰 범선 못지않은 눈부신 백색을 만들어내는 치장물들이에요. 의상을 제대로 갖출 줄 아는 여인들은 극히 드물어요. 물론 몇몇은 경이로울 정도이지만. 요트 경기에서 레아 아가씨가 작은 모자와 작고 흰 양산을 갖추었는데, 그 모습이 매혹적이었어요. 그 작은 양산을 얻기 위해서라면 거금도 아끼지 않겠어요." 나는 그 작은 양산이 어떤 점에서 다른 양산들과 그토록 다른지 알고 싶었으나, 알베르띤느는 다른 이유로, 아마 여성적인 멋을 위하여, 그것을 나보다 더 알고 싶어 하였을 것이다. 그러나 프랑수와즈가 쑤플레 과자에 대하여 말하면서 '손놀림에 달렸다'고 하였듯이, 차이라는 것은 마름질에 있었다. "중국 양산처럼 아주 작고 동그랬어요." 엘스띠르가 말하였다. 내가 몇몇 여인들이 들고 다니던 양산들을 예로 들면서, 그러한 것들이냐고 물었다. 엘스띠르는 그것들 모두 형편없다고 하였다. 까다롭고 세련된 취향의 소유자였던 그는 진정 아무것도 아닌 것을 기준 삼아, 여인들 중 4분의 3이 가지고 다니되 자기에게 혐오감을 주는 것과 자기를 매혹하는 예쁜 것을 구분하였으며, 사치스러운 것을 접하면 모든 정신적 능력이 고갈되는 나와는 반대로, 그 예쁜 것이, '못지않게 예쁜 것들을 만들어내려는 노력의 일환으로' 그림을 그리고 싶은 욕망을 그의 내면에 유발시키곤 하였다.
 "보시오, 저 꼬마 아가씨는 벌써 그 모자와 양산이 어떤 것이었는지 이해하였어요." 선망의 눈빛을 반짝이고 있던 알베르띤느를 가리키며 엘스띠르가 나에게 말하였다. — "제가 부자여서 요트 하나를 가지게 되었으면 좋겠어요." 그녀가 화가에게 말하였다. "그러면 요트를 꾸밀 때 선생님께 조언을 청할 수 있을 거예요. 제가 멋진 여행을 할 수 있을 거예요! 카우즈[396]에서 개최되는 요트 경기에 갈 수 있다면 얼마나 멋있을까요! 그리고 자동차도 갖고 싶어요! 자동차를 타기 위해 입는 여자들의 의상도 예쁘다고 생각하세요?" — "아니오, 그렇지 않아요." 엘스띠르가 대꾸하였다. "하지만 그럴 날이 올 것이오. 더구나 이렇다 할 여성복 디자이너가 별로 없어요. 레이스를 지나치게 사용하긴 해도 깔로가 그런대로 괜찮고, 두쎄, 쉐뤼, 그리고 빠깽 정도가 눈에 띄는 디자이너들이지요.[397] 나머지는 모두 그야말로 끔찍해요." — "그런데, 깔로가 디자인한 의상과 일반 디자이너들의 작품 간에 엄청난 차이가 있나요?" 내가 알베르띤느에게 물었다. — "물론 엄청나요, 나의 꼬마 신사양반." 그녀가 대꾸하였다. "오! 죄송해요. 다만, 애석하게도, 다른 곳에서는 삼백 프랑 하는 것이 그들의 의상실에서는 이천 프랑이나 해요. 하지만, 모르는 사람들이 보기에는 같은 것 같지만, 물건이 같지 않아요." — "옳은 말이에요." 엘스띠르가 그녀의 말에 응수하였다. "물론 그렇다 해서 랭스의 주교좌 대교회당에 있는 조각상과 쌩-오귀스땡 교회당에 있는 조각상 간의 차이만큼 그 차이가 깊고 크다고까지는 할 수 없지만요.[398] 그리고 참, 교회당 이야기가 나왔으니 생각 나거니와," 그 이야기가, 나의 소녀 친구들이 참석하지 않았고, 또 그녀들의 관심을 전혀 끌지 못하였을, 우리 두 사람이 나눈 대화와 관련되었던지라, 특별히 나를 쳐다보며 그가 말을 이었다. "제가 일전에, 발백의 교회당이 거대한 절벽 혹은 이 고장의 돌더미인 듯 당신에게 말씀드렸습니다만, 반대로 이 절벽들을 자세히 보세요." 수채화 한 폭을 가리키며 그가 말하였다. "이곳에서 아주 가까운 크르니에[399]에서 초벌 그림을 그려 두었다가 완성한 것인데, 힘차게 그러면서도 섬세하게 절단된 암석들이 얼마나 교회당을 연상시키는지 잘 보세요." 정말 거대한 분홍색 아치 형태를 이루고 있었다. 그러나 몹시 뜨거운 날 그렸던지라 암석들이 열기로 인해 먼지로 변해 기화된 것 같았고, 열기는 화폭 전반에 걸쳐 바다를 반쯤 들이마셔 기체 상태로 만들어놓았다. 빛이 현실 세계를 파괴해 버린 듯한 그러한 날에는, 현실의 사물들이 어둑하고 투명한 존재들 속에 농축되어 있었고, 그 존재들이 빛과 선명한 대조를 이루면서 더욱 생생하고 친근한 생명의 인상을 주었으니, 그 존재들이란 곧 그늘이었다. 시원함을 갈망한 나머지, 그 존재들의 대부분은 화염 이글거리는 난바다를 버리고 태양이 닿을 수 없는 암석들 발치로 피신하였고, 나머지 다른 것들은 돌고래들처럼 수면 위로 서서히 유영하면서 한가하게 떠도는 쪽배들의 옆구리에 바짝 붙어, 창백한 물 위에다, 푸른색으로 반짝이는 자기들의 몸뚱이로 선체를 넓혀주고 있었다. 그날의 열기를 나로 하여금 유난히 생생하게 느끼도록 하여, 내가 크르니에에 가보지 못한 것이 애석하다고 탄성을 지르게 한 것은 아마, 그 존재들에 의해 나에게 전달된 시원함에 대한 갈망이었을 것이다. 알베르띤느와 앙드레는 내가 그곳에 백 번은 갔을 것이라고 힘주어 말하였다. 정말 그랬다면, 그곳 풍경이 언젠가는 나의 내면에 아름다움에 대한 갈증을—내가 그때까지 발백의 해안 절벽들에서 찾으려 했던 자연적인 아름다움이 아닌 건축적 아름다움에 대한 갈증을—불러일으킬 것이라는 것을 알기는커녕 짐작조차 하지 못한 채 갔을 것임에 틀림없다. 특히, 폭풍우의 왕국을 보기 위하여 발벡으로 떠났건만, 빌르빠리지 부인과 함께 마차를 타고 소풍을 하면서, 나무들 사이로 그림 속 풍경처럼 보일 뿐, 충분히 사실적이고 충분히 액상이며 충분히 생생하여 자기의 거대한 물 덩이들을 사납게 던지는 듯한 충분한 인상을 주는 대양은 멀리서밖에 바라보지 못한 내가, 그리고 대양이 겨울철의 안개 염포(殮布) 아래에서만 부동 상태인 것을 보고 싶었던 내가, 이제 농도와 색깔을 상실하여 희뿌연 수증기에 불과한 바다에 대한 몽상을 펼치리라고는 거의 믿을 수 없었을 것이다. 그러나 엘스띠르가, 열기에 의해 마비된 그 쪽배들 속에서 몽상에 잠겨 있던 이들처럼 바다의 매력을 어찌나 깊이 음미하였던지, 결국 지각조차 되지 않는 썰물과 행복한 순간의 박동을 가져다 자기의 화포 위에 고정시키는데 성공하였고, 따라서 그 마법처럼 경이로운 그림을 보노라면, 자신의 순간적이고 잠든 듯한 우아함 속으로 도망쳐 버린 한낮을 다시 만나기 위하여 온 세상을 쏘다닐 생각만 할 수밖에 없었다.

그리하여—엘스띠르의 화실을 방문하기 전에는, 특히 바레주[400] 산 얇은 모직이나 한랭사로 지은 드레스 차림의 젊은 여인 하나가 아메리카 합중국 깃발 꽂은 요트에 탄 모습을 그린 그의 해양화 한 폭을 보기 전에는(그 여인이 흰색 한랭사로 지은 드레스와 깃발의 정신적 '복제품'을 나의 상상 속에 새겨주었고, 그러자 나의 상상은 그러한 것들을 일찍이 단 한 번도 본 적이 없다는 듯, 바다 근처에 나타난 백색 한랭사로 지은 드레스와 깃발들을 당장 보고 싶은 충족될 수 없을 듯한 욕망을 품었다), 바다 앞에 설 때마다 항상, 전경에 보이는 해수욕객들뿐만 아니라 해변의 의상처럼 지나치게 흰 요트들을 비롯해, 그 안개와 폭풍우 잦은 해안을 보편적

여름의 진부한 모습으로 덮여, 음악에서 흔히 휴지부(休止符)라 칭하는 것의 등가물로 그 해안에 단순한 멈춤을 표시하는 눈부신 여름날들에 이르기까지, 인류의 출현 이전부터 지금과 여일한 자신의 신비한 생명을 펼치고 있으며 까마득한 태고로부터 존재하는 물결을 내가 응시하고 있다는 확신을 갖는데 방해가 되는 모든 것들을 나의 시야에서 축출하려고 내가 항상 노력해 왔다면[401]— 그의 해양화 한 폭을 보고 난 직후에는, 치명적인 사고로 변하여 아름다움의 세계 속에서는 더 이상 자리를 얻을 수 없는 것이, 전과 달리 이제는 궂은 날씨로 바뀌었고, 그리하여 나를 그토록 열광시킨 것을 현실 속에서 다시 발견하러 가고 싶은 욕망을 강렬하게 느끼면서, 나는 절벽 위에서 엘스띠르의 화폭 속에 있는 것과 똑같은 그림자들을 내려다보기에 적합한 맑은 날씨가 유지되기를 희원하였다.

그곳으로 가는 동안 내내 나는—자연을 인간 출현 이전의 생명체로, 그리고 나로 하여금 만국박람회장이나 의상 전시회장에서 따분함 때문에 하품하게 하였던 진부한 산업적 제품들과 적대관계에 있는 것으로 여겼던지라, 바다를, 그것이 처음 대지와 분리되던 시기에 아직도 머물러 있는 태고의 바다로, 혹은 적어도 고대 그리스의 첫 몇 세기와 동시대인 바다로(그리하여 블록이 귀하게 여기던 '르꽁뜨 옹의' 다음 구절들을 내가 굳게 믿으며 읊조리게 하였던) 상상하려던 나머지, 바다에서 기선이 떠 있지 않은 부분만 보려고 노력하던 시절에 그랬던 것처럼—말에 눈가리개 씌워 주듯 두 손으로 나의 눈 양쪽을 가리우는 짓은 더 이상 하지 않았다.

왕들은 떠났노라, 충각(衝角) 단 전함을 타고,

폭풍우 사나운 바다 위로, 아!
영웅적인 헬라스의 장발 전사들 데리고.[402]

나는 여성용 모자 만드는 여인들을 더 이상 무시할 수 없게 되었던 바, 엘스띠르가 나에게 말하기를, 완성된 모자의 매듭들이나 깃털들에 그녀들이 가하는 마지막 구김질, 그 최후의 애무에 드러나는 섬세한 동작이 기수들의 동작에 못지않게(그 말이 알베르띤느를 매혹하였다), 그림으로 재현하고 싶을 만큼 그의 관심을 끈다고 하였기 때문이다. 하지만 여성용 모자 만드는 여인들을 보려면 내가 빠리에 돌아갈 때까지 기다려야 했고, 경마와 요트 경기를 보기 위해서는 다음 해에나 그것들이 개최되는 발벡에 다시 올 때까지 기다려야 했다. 백색 한랭사로 지은 드레스 입은 여인들을 태운 요트도 더 이상 구경할 수 없었다.

우리들이 자주 블록의 누이들과 마주쳤고, 그녀들의 부친 댁에서 내가 식사를 한 이후부터는 그럴 때마다 인사를 하지 않을 수 없었다. 나의 소녀 친구들은 그녀들과 아는 사이가 아니었다. "우리 집에서는 내가 이스라엘[403]의 후예들과 노는 것을 허락하지 않아요." 알베르띤느가 말하였다. 그녀가 한 말의 처음 부분을 듣지 못하였다 해도, '이즈라엘'이라고 하는 대신[404] '이쓰라엘'이라고 한 발음법이, 신심 깊은 가정들 출신인 그 중산층 소녀들이 선택 받은 백성에게 호의를 품고 있지 않으며, 유대인들이 예수교도들의 자식들을 학살하였으리라 쉽게 믿고 있음을 보여주기에 충분했을 것이다. "게다가 당신의 그 친구 여자 아이들은 행동방식이 더러워요." 앙드레가 미소를 지으면서 나에게 말하였고, 그 미소는 그녀들이 나의 친구가 아님을 잘 안다는 뜻을 담고 있었다. "그 종족과 관련된 모든 것이 그렇듯." 알베르띤느가 경험 풍부한 사람의 격언적인 어조로 응답하였다. 사실 블록의 누이들은 지나치게 차려입었으면서 동시에 반쯤 벗은 상태였고, 그 기색 또한 따분하고 뻔뻔스럽고 과시하는 듯하고 불결하여, 사람들에게 좋은 인상은 주지 못하였다. 게다가 그녀들의 사촌들 중 하나가, 나이 겨우 열다섯이건만, 레아 아가씨를 찬미한다고 드러내놓고 떠들어, 카지노에 모였던 사람들이 충격을 받았는데, 블록의 아버지는 레아의 배우 자질을 크게 평가하였지만, 그녀의 취향이 특히 신사분들에게로는 향하지 않는다는 사실이[405] 잘 알려져 있었다.

우리들이 발백 인근의 농가 식당에서 간식을 먹는 날들도 있었다. 에꼬르, 마리-떼레즈, 크롸 데를랑, 바가뗄, 깔리포르니, 마리-앙뚜와네뜨 등이 그러한 식당들이었다. 소녀들이 골라잡은 것은 마리-앙뚜와네뜨였다.

그러나 때로는 농가 식당에 가는 대신 우리들이 절벽 정상에까지 올라갔고, 그곳에 도착하여 풀밭에 앉은 다음, 가지고 간 쌘드위치와 과자 꾸러미들을 풀었다. 나의 소녀 친구들은 쌘드위치를 좋아하였고, 내가 설탕으로 고딕 문양 넣은 초콜릿 과자나 살구 파이만 먹는 것을 보고 놀랐다. 체셔 치즈와 상추 곁들인 쌘드위치, 그 무지하고 낯선 식품에 대해서는 내가 아무 할 말이 없었기 때문이다.[406] 반면 과자들은 아는 것이 많았고 파이들은 수다스러웠다. 과자들 속에는 크림의 무미건조함이 있었고, 살구 파이 속에는 과일들의 신선함이 있었는데, 그 신선함이 꽁브레와 질베르뜨에 대해서 꽁브레의 질베르뜨뿐만 아니라 간식 모임을 마련해 나로 하여금 그 과일들을 다시 만나게 해준 빠리의 질베르뜨에 대해서도, 많은 것을 알고 있었다. 과자와 파이는 『천일야화』의 일화들이 그려진 과자 접시들을 나에게 상기시켜 주었는데, 프랑수와즈가 어떤 날에는 「알라딘 혹은 마술 램프」 이야기가 그려진 접시를, 다른 날에는 「알리바바」, 「깨어 있으되 꿈꾸는 사람」, 「자기의 모든 재산을 가지고 바스라에서 출항하는 해양인 심바드」 등 이야기가 그려진 접시들을 가져올 때마다, 그 '이야기들'이 레오니 숙모님의 무료함을 달래드리곤 하였다. 내가 그 접시들을 다시 보고 싶었지만, 할머니께서는 그것들이 어찌 되었는지 모르겠다고 하셨으며, 여하튼 그것들이 그 고장에서 구입한 볼품없는 접시들이라고 믿으셨다. 하지만 그것이 무슨 상관이랴! 어두운 교회당 속의 가물거리는 보석들로 이루어진 그림 유리창들처럼, 황혼 짙은 내 침실 속에서 어른거리던 환등기의 투영체처럼, 지방 철도의 역이나 철로 앞에 보이던 미나리아재비꽃이나 페르시아 라일락들처럼, 전형적인 시골 노부인의 거처인 내 외대고모님의 어둑한 거처에 있던 옛 중국산 도자기들처럼, 그 접시들의 알록달록한 문양들은 샹빼뉴 지방 고유의 회색빛 어린 꽁브레에 깊숙이 박혀 있었다.

절벽 위에 사지를 펴고 누우면, 내 앞에 보이는 것은 풀밭뿐이었고, 그 위로는 예수교도들의 천문학이 말하는 일곱 하늘이 아니라[407] 단 두 하늘만이 포개어져 있었으며, 그 하나는 색이 더 짙었고—바다였다—높이 있던 다른 하나는 더 창백했다. 우리가 그곳에서 간식을 즐겼고, 혹시 내가 나의 소녀 친구들 중 한두 사람 마음에 들 작은 기념품을 함께 가지고 간 경우에는, 기쁨이 어찌나 급작스럽게 그녀들의 맑고 뽀얀 얼굴을 가득 채웠던지 얼굴이 순식간에 빨개졌고, 그녀들의 입이 기쁨을 주체하지 못하여 그것이 빠져나가게 내버려 두면서 웃음을 터뜨렸다. 그녀들이 내 주위에 모여 있었고, 그리하여 서로 멀리 떨어져 있지 않던 얼굴들 사이를 떼어 놓고 있던 대기가, 장미의 숲 사이로 자신이 다니기 위하여 정원사가 만들어놓은 것과 같은 창천의 오솔길들을 열고 있었다.

간식을 다 먹은 후에는 우리가, 전에는 내가 따분하게 여겼을, 그리고 심지어 '라 뚜르, 조심해!' 혹은 '누가 먼저 웃을까?' 등과 같은, 유치한 놀이를 시작하였고, 그 순간에는 그러나 내가 그 놀이들을 하나의 제국과도 바꾸지 않았을 것이니, 그 소녀들의 얼굴을 아직도 붉게 물들이고 있었으되 나로부터는 벌써 내 나이에도 불구하고 벗어나 있던 젊음의 여명이, 그녀들 앞에 있는 모든 것들을 환하게 비추면서, 몇몇 원초주의 화가들이 그린 화폭 속에서처럼, 그녀들의 일상 중 가장 하찮은 것들조차 황금빛 배경 위에 부각시키고 있었기 때문이다. 소녀들의 얼굴들 대부분은 여명의 어렴풋한 불그레함 속에 뒤섞여 있었고, 그곳으로부터 진정한 용모들은 아직 솟아오르지 않았다. 매력적인 색깔 하나만 보일 뿐, 몇 해 후면 또렷한 용모로 나타날 것이 그 색깔 밑에서 아직은 감지되지 않았다. 그날 잠시 나타난 용모에는 결정적인 것이 전혀 없었고, 그 가문의 고인이 된 어떤 이와의 일시적인 유사성일 수밖에 없었으며, 자연이 그 용모에 아마 추모적인 예의를 표하였을 것이다. 더 이상 기다릴 것이 없게 되는 순간, 뜻밖의 일을 더 이상 약속하지 않는 부동성 속에 몸뚱이가 응고되는 순간, 한여름인데 벌써 나무에 말라버린 잎들 나타나듯 아직 얼굴 젊건만 머리카락이 빠지거나 희어지는 것을 보면서 모든 희망을 잃는 순간, 그러한 순간이 어찌나 신속히 닥치는지, 그 눈부신 젊음의 아침이 어찌나 짧은지, 우리는 아주 젊은 소녀들만을, 그 살이 진귀한 반죽처럼 아직도 숙성중인 그러한 소녀들만을 좋아하게 된다. 그녀들은, 그녀들을 지배하는 일시적인 인상에 의해 매 순간 어떤 형태로 빚어질 수 있는 연성(延性) 큰 질료의 일렁이는 덩어리이다. 그녀들 각개가, 쾌활과 청춘의 진지함과 상냥함과 놀람을 표상하는, 그리고 솔직하며 완벽하나 순식간에 사라지는 표현에 의해 빛어진 작은 조각상이라 할 만하다. 그러한 유연성이, 하나의 소녀가 우리에게 표하는 친절한 정중함에 커다란 다양성과 매력을 부여한다. 물론 그 친절한 정중함이 성숙한 여인에게도 불가결하지만, 우리에게 호감을 가지고 있지 않거나 호감을 느끼되 그것을 드러내지 않는 여인의 정중함에는 따분하게 획일적인 무엇이 있다. 하지만 그 친절함 자체도, 일정 나이가 지난 후 부터는, 생존 투쟁이 경직시켜 영영 투쟁적이거나 얼빠진 모습으로 변화시킨 얼굴에, 더 이상 나긋나긋한 유동성을 가져다주지 못한다. 어떤 얼굴은—아내를 남편에게 종속시키는 지속적인 복종의 관성으로 말미암아—한 여인의 것이기보다는 병사의 얼굴 같고, 또 어떤 얼굴은, 아이들을 위하여 어머니가 날마다 감수하는 희생에 의해 조각된 듯, 어느 사도의 얼굴 같다. 그리고 또 어떤 얼굴은, 긴 세월 동안 온갖 역경과 폭풍우를 겪었던지라, 늙은 뱃사람의 얼굴 같아, 그 사람의 의복만이 그 사람이 여인임을 말해 준다. 또한 물론, 한 여인이 우리에 대하여 가지고 있는 관심이, 우리가 그녀를 사랑할 경우, 우리가 그녀 곁에서 보내는 시각들 위에 새로운 매력들을 뿌릴 수 있음은 분명하다. 하지만 그녀는 우리에게 연속적으로 다르게 보이는 여인은 아니다. 그녀의 쾌활함은 변하지 않는 얼굴 표면에 머물러 있다. 반면 청춘은 완전한 응고 이전의 상태인지라, 그로 인해 우리가 소녀들 곁에서는, 끊임없이 변하고 불안정한 대조를 이루면서 온갖 형태들이 펼치는 광경에 기인한 시원함과 원기를 느끼며, 그 광경은 우리가 바다 앞에서 응시할 수 있는 자연의 원초적 질료들이 수행하는 항구적인 재창조를 연상시킨다.

  내 소녀 친구들의 '고리 찾기'[408] 놀이나 '수수께끼'를 위하여 내가 선뜻 포기하였을 것은 어떤 사교적 오후 연회나 빌르빠리지 부인과의 소풍만이 아니었다. 로베르 드 쌩-루가 여러 차례에 걸쳐 사람을 보내어 나에게 전언케 하기를, 내가 자기를 보러 동씨에르에 가지 않는지라 이십사 시간 동안의 외출 허락을 요청하였고, 그 시간을 발백에 와서 보내겠노라 하였다. 그럴 때마다 나는 그에게 편지를 보내어 그러지 말라고 하였으며, 바로 그날 발백 근처에 할머니와 반드시 참석해야 할 집안 일이 있다고 양해를 구하곤 하였다. 내가 내세운 집안 일이 무엇인지, 그리고 어떤 사람들이 할머니의 역할을 맡았는지, 자기의 숙모를 통하여 실상을 알았다면, 그가 나를 좋지 않은 사람으로 여겼을 것이 틀림없다. 하지만 내가 사교적 기쁨뿐만 아니라 우정의 기쁨까지도 그 정원[409]에서 온종일을 보내는 기쁨을 위해 희생한 것이 아마 잘못은 아니었을 것이다. 자신만을 위하여 살 가능성을 가지고 있는 이들은— 그들이 바로 예술가들이며, 나는 이미 오래전부터 예술가이기는 영 틀렸다고 생각한 것이 사실이다—그렇게 살아야 할 의무도 가지고 있는데, 우정이란 것이 그들에게는 그 의무를 피하게 하는 면제 증명서이며 자신의 포기이다. 우정을 표현하는 방법인 대화조차도, 우리에게 획득해야 할 것은 전혀 주지 못하는 일종의 피상적인 횡설수설에 불과하다. 우리가 평생 동안 한담을 계속하면서 텅 빈 순간들이나 채우는 잡담을 끊임없이 반복할 수 있는 반면, 예술적 창조의 고독한 작업 속에서는 사유의 진행이 심층부를 향하며, 그 방향만이 우리가 진실이라는 결과를 얻기 위하여 전진할 수 있을—더 많은 괴로움이 수반되는 것은 사실이지만—우리에게 닫혀 있지 않은 유일한 방향이다. 게다가 우정이란, 단지 대화처럼 효능이 결여되어 있을 뿐만 아니라, 치명적으로 해롭기까지 하다. 왜냐하면, 우리들 중 그 성장 법칙이 순전히 내면적인 이들이, 자신들의 심층부에서 새로운 발견을 위한 여행을 줄기차게 계속하는 대신, 자기들의 친구들 곁에서는, 즉 자신의 표면에 남아 서성거리면서는, 따분하다는 인상을 느끼지 않을 수 없는데, 그러다가 다시 홀로 있게 되면, 우정은 그러한 우리들을 설득하여 그러한 인상을 교정하라 하고, 우리의 친구가 한 말을 감동적으로 회상하라 하며, 그 말을 귀한 도움으로 여기라 하지만, 우리가 실은 석재를 밖에서 덧붙여 쌓을 수 있는 건물들과 같은 존재가 아니라, 줄기의 다음 마디와 상층부의 가지와 잎들을 자신들의 수액에서 이끌어내는 나무들과 같은 존재이기 때문이다. 쌩-루처럼 선량하고 이지적이며 인기있는 존재의 사랑과 찬사를 받는 것에 내가 자랑스러워했을 때, 내가 나의 의무로 여겨 명료하게 밝혀야 했을 나 자신이 받은 모호한 인상들이 아니라 내 친구가 한 말에 나의 지성을 적응시켜, 나 자신에게 그 말을 반복함으로써—아니 그보다는, 우리의 내면에 살며 우리가 즐겨 떠맡기는 사유라는 노역을 대행하는, 우리 아닌 다른 존재로 하여금 나에게 그 말을 반복하게 함으로써—그 말에서, 내가 진정 홀로일 때 묵묵히 추적하던, 그러나 로베르에게도 나에게도 나의 삶에도 더 큰 가치를 줄 수 있을, 그러한 아름다움과는 전혀 다른 아름다움을 발견하려 노력하였을 때, 나는 나 자신에게 거짓말을 하고 있었을 뿐만 아니라, 내가 진정으로 커질 수 있고 행복해질 수 있는 방향으로의 성장을 중단시키고 있었다. 그러한 친구에서 비롯된 아름다움 속에서는, 내가 고독으로부터 안온하게 보호 받으며, 나 자신을 그를 위하여 희생하고자 하는 고결한 열망에 사로잡힌 듯, 한 마디로, 나 자신을 실현할[410] 능력이 없는 듯 보였다. 반면, 그 소녀들 곁에 있을 때에는, 내가 맛보던 즐거움이 비록 이기적이었다 해도, 그것이 적어도, 우리가 어찌 해 볼 수 없을 상태로 홀로는 아니라는 믿음을 애써 우리에게 주려 하고, 더 나아가, 우리가 누구와 한담할 때에는, 말하는 존재가 더 이상 우리가 아님은 물론, 그 순간에는 우리가, 어느 누구와도 다른 우리의 자아보다 오히려 다른 이들과 닮으려 한다는 사실을 시인하지 못하게 방해하는, 그러한 거짓에는 기초하지 않았다. 그 소녀들과 나 사이에 오가던 말들에는 별 내용이 없었을 뿐만 아니라, 나의 긴 침묵으로 인해 자주 끊겼다. 하지만, 그녀들이 나에게 말을 할 때, 내가 그것에 귀를 기울이면서, 그녀들을 바라보거나 그녀들 각개의 음성에서 색채 화려한 화폭 하나씩을 발견하는 것에 못지않은 기쁨 느끼는 것을, 그것이 막지는 못하였다. 나는 그녀들의 지저귐에 귀를 기울이면서 황홀경에 잠겼다. 식별하고 분별하는 것을 사랑이 돕는다. 새를 좋아하는 사람은 어느 숲에 들어서는 순간 각 새들 특유의 지저귐을 즉시 분별하지만, 일반인들은 모든 지저귐들을 혼동한다. 소녀 애호가는 인간의 음성이 새들의 지저귐보다 더 다양함을 안다. 인간의 음성 각각은 음 가장 풍부한 악기보다도 더 많은 음을 보유하고 있다. 그리고 하나의 음성이 음들을 집합시키는 조합 방법은 성격들의 무한한 다양성만큼이나 무궁무진하다. 내가 나의 소녀 친구들 중 하나와 한담을 나눌 때, 나는 그녀의 개성을 담은 유일한 고유의 화폭이, 그녀 얼굴의 윤곽선 못지않게 그녀의 억양에 의해서도 능란하게 그려져 나에게 저항할 수 없을 만큼 폭군적으로 주어졌음을, 그리고 하나의 독특한 실체를 두 공연이 각자 자기의 방식대로 해석하고 있음을 간파하였다. 물론 음성의 선들이, 얼굴의 윤곽선들이 그렇듯, 아직 결정적으로 고정되지는 않았지만, 얼굴이 장차 변할 것처럼, 음성 또한 털갈이[411]를 하게 되어 있었다. 아이들에게는 젖 소화를 돕는 액체 분비샘이 있으나 어른이 되면 그것이 사라지듯이, 소녀들의 지저귐 속에는 성숙한 여인들에게는 더 이상 없는 음조들이 있었다. 그리하여 더 다양한 소리

내는 그 악기를, 그녀들은 벨리니의 작은 천사 음악가들[412]만큼이나 열심히 또 열렬히 입술로 연주하였는데, 그 근면과 열광이 젊음 고유의 특성이기도 하다. 자기보다 나이 아래인 소녀들이 찬탄하는 기색으로 듣다 못하여 참을 수 없는 재채기처럼 격렬한 폭소를 터뜨리게 한 신소리들을 알베르띤느가 권위 가득한 어조로 늘어놓을 때나, 앙드레가 그녀들의 놀이보다도 오히려 더 아이들 장난 같은 학교 공부에 대해 이야기하면서 유치한 엄숙함이 돋보이게 할 때처럼, 가장 단순하고 하찮은 것들에게 매력을 부여하던, 열광적인 신념 가득한 그 어조를, 세월이 더 흐르면 그 소녀들이 상실하게 되어 있었으며, 그녀들이 재잘거리던 말들은, 시가 아직 음악과 엄밀히 구분되지 않았던 옛 그리스 시절에 다양한 음으로 낭송되던 스트로페처럼,[413] 조화를 이루지 못하였다. 그럼에도 불구하고 그 소녀들의 음성은, 그 어린 인물들이 삶에 대하여 가지고 있던 편견을 벌써 선명하게 드러내고 있었으며, 그 편견이 어찌나 개성 뚜렷했던지, 혹시 그녀들 중 하나에 대하여 다음과 같은 말들을 하였다면, 그것은 지나치게 일반적인 말을 남용하는 격이 되었을 것이다. "그녀는 모든 것을 농담으로 넘겨버려." "그녀는 항상 단정적이야." "그녀는 기회주의적으로 멈칫거려." 우리의 얼굴 모습은 습관으로 인해 굳어진 동작들에 불과하다. 자연은, 폼페이의 참화처럼 혹은 넘파의 변신처럼,[414] 우리들을 습관적인 동작에 고정시켰다. 마찬가지로 우리들 각자의 어조는 우리의 생활철학을, 즉 우리 각개가 사물들에 대하여 생각하는 것을 내포하고 있다. 의심할 나위 없이, 그 얼굴 모습들이 그 소녀들만의 것은 아니었을 것이다. 그 모습들은 그녀들의 부모들 모습이기도 했다. 하나의 개체는 자신보다 더 보편적인 무엇 속에 잠겨 있다. 그렇다면, 부모들이 얼굴 모습과 음성에 나타나는 습관적인 동작만 제공하는 것이 아니라, 거의 어조만큼이나 무의식적이고 깊은 곳에 뿌리내린지라 삶에 대한 하나의 관점을 드러내는, 특정 화법이나 자주 사용하는 구절들도 자식들에게 제공한다. 일반적인 소녀들의 경우에 대하여 말하자면, 그녀들이 일정 나이가 되기 전에는, 대개의 경우 그녀들이 성숙한 여인이 되기 전에는, 그러한 표현들 중 부모들이 그녀들에게 주지 않는 것들이 있다. 그러한 표현들은 따로 떼어 간직한다. 그리하여, 예를 들자면, 혹시 누가 엘스띠르의 친구 하나가 그린 화폭들에 대하여 이야기를 꺼냈을 때, 아직 머리를 땋아 등에 늘어뜨린 소녀였던 앙드레는, 자기의 모친이나 결혼한 언니가 하던 다음과 같은 말을 자기 뜻대로 입에 담을 수 없었다. "사람 자체는 매력적인 것 같아요." 그러나 빨레-루와얄[415]에 가도 좋다는 허락과 함께 그러한 말을 할 수 있는 날이 오게 되어 있었다. 그런데 알베르띤느는 첫 영성체(領聖體) 직후부터 벌써, 자기 숙모의 어느 친구처럼 이러한 말도 하였다. "나라면 그것이 무시무시하게 빼어나다고 말하겠어요." 또한 그녀에게는 사람들이 일찍부터, 누가 자기에게 한 말을 다시 한 번 반복하게 하는 버릇을 선물하였는데, 그것은 자기가 관심을 표하는 척하고 자기 나름대로의 견해를 정리하는 척하기 위함이었다. 혹시 어떤 사람이 어느 화가의 그림 솜씨가 훌륭하다거나 그의 집이 예쁘다고 하면, 그녀는 이렇게 대꾸하였다. "아! 그의 그림 솜씨가 훌륭해요? 아! 그의 집이 예뻐요?" 또한 가정에서 그렇게 물려받은 것보다도 더욱 보편적인 것은, 그녀들이 자기들의 음성을 이끌어내게 해주었을 뿐만 아니라 그녀들의 어조까지 매혹시킨, 그녀들의 출신 지방이 그녀들에게 떠안긴 풍미 가득한 향토적 질료였다. 앙드레가 낮은음 하나를 건조하게 뜯을 때조차도, 그녀는 자기의 음성 악기가 가지고 있는 뻬리고르[416] 지방 특유의 현(絃)으로 하여금, 노래하는 듯한, 그리고 뿐만 아니라 그녀 용모에 감도는 남부 지역 특유의 순결함과 완벽한 조화를 이루는 소리를 내게 하지 않을 수 없었다. 그리고 로즈몽드의 끊임없는 장난기 섞인 말에는, 그녀에게 무슨 일이 있든 상관없이, 그녀의 노르[417] 지방 특유의 얼굴과 음성을 구성하고 있는 질료가 그 지방의 억양으로 화답하였다. 한 소녀의 억양을 만들어내는 그녀의 출신 지방과 그녀의 기질 사이에, 아름다운 대화가 이어지는 것이 포착되었다. 틀림없는 대화였지 불화는 아니었다. 어떠한 불화도 그 소녀와 그녀의 고향을 갈라놓을 수는 없을 것이다. 그녀가 곧 그녀의 고장이다. 하지만 그러한 향토적 자재들을 이용하는 이의 재능에 힘찬 활력을 주는 그 자재들의 반응이 작품의 개성을 감소시키지는 않으며, 따라서 그것들을 이용하는 이가 건축가이건, 고급 가구 세공인이건 혹은 음악가이건, 그가 예를 들어 쌍리스 지역의 맷돌용 규석(硅石)이나 스트라스부르 지역의 적색 사암(沙巖)을 이용할 수밖에 없었다든가, 물푸레나무 특유의 옹이들이 주는 효과를 잘 살렸다든가, 작곡하는 과정에서 플루트나 비올라가 가지고 있는 음원(音原)의 가능성과 한계를 고려하였기 때문에, 그 반응이 예술가의 개성이 가지고 있는 가장 미묘한 모습을 덜 치밀하게 반영하는 것은 아니다.

우리가 나눈 이야기 그토록 적건만, 내가 그러한 사실을 깨달았다! 빌르빠리지 부인이나 쌩-루와 만났다가 헤어질 때에는, 내가 항상 피곤해져 있었으니, 그들에게 말로 표현한 기쁨이 내가 실제로 느낀 것보다 훨씬 컸을 것이나, 반면 소녀들 사이에 누워 내가 느낀 기쁨의 충일함은 우리가 나눈 말의 초라함이나 빈약함을 무한히 능가하였고, 그 찰랑거림이 싱싱한 장미꽃들의 발치에 와서 잦아드는 행복의 물결이 나의 부동 상태와 침묵 위로 범람하였다.

화원이나 과수원에서 온종일 휴식을 취하는 어느 회복기 환자의 안온한 한가함을 구성하는 수천의 하찮은 것들 속으로 꽃들과 과일의 냄새가 스며들되, 나의 시선이 그 소녀들에게서 찾아 결국 그 달콤함이 나와 일체가 되곤 하던, 그 색깔과 향이 나에게 스며들던 것만큼은 깊숙하지 못할 것이다. 포도가 태양 아래에서 그렇게 당(糖)을 축적한다. 또한 그토록 단순한 놀이들 역시, 그것들의 느릿한 연속성으로, 해변에 누워 소금기 섞인 대기를 호흡하고 피부를 그을리는 일 이외에 아무것도 하지 않는 사람에게처럼, 나에게 긴장 완화와 흡족해하는 미소와 나의 눈까지 부시게 하는 막연한 찬연함을 가져다주었다.

때로는 이런 혹은 저런 소녀의 다정한 관심이 나의 내면에 격렬한 파문을 일으켜, 그것이 한동안 다른 소녀들에 대한 나의 욕망을 멀찌감치 밀쳐버리기도 하였다. 어느 날 알베르띤느가 말하였다. "누가 연필 가지고 있지?" 앙드레가 그녀에게 그것을 주었고, 로즈몽드는 종이 한 장을 건넸다. 그러자 알베르띤느가 그녀들에게 말하였다. "나의 착한 꼬마 여인들, 내가 쓰는 것을 보면 아니 되요." 종이를 자기의 무릎 위에 올려놓고 한 자 한 자 무엇을 열심히 쓰더니, 그녀가 쪽지를 나에게 건네면서 말하였다. "누가 보지 않도록 조심해요." 쪽지를 펴보니 다음과 같은 단어들이 적혀 있었다. "당신을 좋아해요."

"하지만 멍청한 소리 긁적거리는 대신, 오늘 아침에 받은 지젤의 편지를 너희들에게 보여주어야겠어." 격렬하고 심각한 기색으로 앙드레와 로즈몽드를 바라보며 그녀가 소리쳤다. "그것이 우리에게 유익할 수도 있는데, 호주머니 속에 처박아 두고 있었다니, 내가 미쳤어!" 지젤은 학업 수료증을 얻기 위하여 자기가 쓴 답안을 친구에게 보내어, 다른 친구들도 볼 수 있게 해야 한다고 생각하였던 모양이다. 지젤이 둘 중 하나를 선택해야 했던 문제들은, 알베르띤느가 걱정하던 것보다 훨씬 더 어려웠다. 그 문제들 중 하나는 이러했다. "『아달리야』가 성공을 거두지 못한 것에 대하여 쏘포클레스가 저승에서 라씬느에게 보내는 위로의 편지를 써보시오." 다른 문제는 이러했다. "『에스테르』의 첫 공연 직후, 라화이예뜨 부인이 참관하지 못한 사실을 아쉬워하며 쎄비녜 부인이 그녀에게 보냈을 편지를 써보시오." 그런데 지젤이, 시험관들까지 감동시켰을 열정에 이끌려, 두 문제 중 더 어려운 첫 번째 문제를 택하였고, 어찌나 괄목할 만한 답안을 작성하였던지, 14점을 받고 심사위원들의 칭찬까지 곁들여졌다고 하였다.[418] 그녀가 에스빠냐어 시험을 망치지 않았다면 '매우 우수' 평가도 받을 수 있었다고 하였다. 지젤이 알베르띤느에게 보낸 답안지의 복사본을 알베르띤느가 즉시 우리들에게 읽어주었다. 왜냐하면, 그녀 역시 같은 시험을 치르게 되어 있었던지라, 모든 소녀들 중 가장 실력 뛰어나 자기에게 좋은 '도관들'을 제공할 수 있었던 앙드레의 견해를 몹시 갈망하고 있었기 때문이다. "그녀는 운이 좋았어. 여기에서 그녀의 프랑스어 선생님이 그녀로 하여금 곡괭이로 쪼도록 하던 바로 그 주제였어." 알베르띤느의 말이었다. 지젤이 쓴, 쏘포클레스가 라씬느에게 보냈을 편지는 이렇게 시작되었다. "나의 다정한 벗이여, 당신과의 개인적인 교분 맺는 명예를 누리지 못하였음에도 당신에게 글월 드리게 된 점 용서하시오. 그러나 당신의 새로운 비극 『아달리야』가, 당신이 나의 보잘것없는 작품들을 완벽하게 연구하셨음을 보여주지 않습니까? 당신은 주인공들이나 극중 주요 인물들만을 위해 대사를 운문으로 쓰지 않고, 합창대의 대사 역시 운문으로, 그것도 매력적인 운문으로—아첨하는 뜻 없이 드리는 이 말씀 허락해 주시기 바랍니다—쓰셨으며, 흔히 말하듯 그리스 비극의 장점 중 하나인 합창대의 출현이 프랑스에서는 진정 새로운 것이라고 합니다.[419] 게다가 당신의 그토록 유연하고 치밀하고 매혹적이고 세련되고 섬세한 재능이 완벽의 경지에 도달해, 찬사를 아끼지 않는 바입니다. 아달리야와 예호야다는 당신의 경쟁자인 꼬르네이유도 더 훌륭하게 주조해낼 수 없었을 것입니다. 성격들은 힘차고 줄거리는 탄탄합니다. 사랑을 그 원동력으로 삼지 않은 비극의 전형이며, 그 점에 대하여 저의 가장 진실한 찬사를 보내는 바입니다.[420] 가장 널리 알려진 규범들이 항상 가장 진실한 것은 아닙니다. 그 예로 다음 구절들을 인용해 드립니다.

　　이 정염(情炎)의 예민한 묘사가
　　심정에 이르는 가장 확실한 길이니.[421]

 당신은 당신의 작품 속 합창대에 넘쳐 흐르는 종교적 감정이 사람들을 감동시키는데 부족함이 없음을 보여주셨습니다.[422] 대중은 혼란에 빠질 수 있었겠으나, 진정한 감식가들은 당신의 손을 들어줄 것입니다. 나의 동료시여, 당신에게 나의 모든 축하의 뜻을 전하며, 아울러 나의 각별한 정도 함께 보냅니다."
 그 편지를 낭독하는 동안 알베르띤느의 두 눈이 유난히 반짝이기를 멈추지 않았다. "이것을 어디에서 베꼈음에 틀림없어." 그녀가 언성을 높였다. "지젤이 이러한 답안을 분만할 수 있으리라고는 믿어지지 않아. 그리고 그녀가 인용한 시구들을 보아요! 도대체 어디에서 슬쩍해 온 것일까?" 소녀들 중 가장 연상이고 실력 탄탄한 앙드레가, 알베르띤느의 질문을 받고, 우선 지젤이 작성하였다는 답안에 대하여 약간 빈정거리면서 한 마디 한 다음, 겉보기에 가벼웠으나 진지함 역력한 기색으로 같은 서한문을 다시 꾸미는 동안 내내, 물론 대상은 바뀌었지만, 알베르띤느의 찬탄이, 그녀가 어찌나 앙드레의 말에 열중하였던지, 그녀의 '두 눈으로 하여금 머리통에서 불쑥 튀어나오게 하기를' 멈추지 않았다. 앙드레가 알베르띤느에게 말하였다. "지젤의 답안지도 나쁘지는 않지만, 내가 너라면, 그래서 나에게 같은 주제가 주어진다면, 자주 출제되는 것이라 그럴 수도 있지만, 나는 그런 식으로는 하지 않을 거야. 내가 생각하는 방법은 이래. 우선 내가 지젤이었다면, 나는 그렇게 단번에 뛰어들지 않고, 별지에다 글의 틀을 그려보는 것부터 시작하였을 거야. 첫 줄에는 문제를 제기하고 그 주제에 대한 설명을 놓은 다음, 전개 과정에 포함시킬 일반적인 생각들을 정리하고, 마지막에 평가와 문체 및 결론 등을 배치할 거야. 그렇게 하면, 그 요약문의 도움을 받아, 방향을 잃지 않아. 주제를 설명하는 부분부터 띠띤느, 아니 서한문이니까 이야기를 시작하는 부분부터, 지젤은 실수를 저질렀어. 쏘포클레스가 17세기의 인물에게 편지를 쓰는 것이니, '나의 다정한 벗'이라고는 하지 말았어야 해." ㅡ "맞아, 그가 '나의 친애하는 라씬느' 라고 쓰도록 했어야지. 그것이 훨씬 나았겠어." 알베르띤느가 격렬한 어조로 말하였다. ㅡ "아니야," 앙드레가 조금 빈정대는 어조로 대꾸하였다. "그녀가 '공이시여'라고 했어야 해. 마찬가지로, 편지를 마무리하면서도 대략 이거 비슷한 말을 찾아내었더라면 좋았을 거야. '감히 아뢰옵거니와, 공이시여(‘귀공이시여'까지는 괜찮아), 당신의 종이라는 명예를 나에게 허락하는 존경심을 이 서한에 표하는 것을 너그럽게 가납하소서.' 그리고 지젤은, 합창대가 『아달리야』에 처음 나타난 새로운 것이라 하고 있어. 그녀가 『에스테르』와 별로 알려지지 않은 다른 두 비극 작품이 있음을 잊고 있는데, 특히 그 두 다른 작품은 시험관인 교수가 금년에 상세히 분석하였던 것들이라, 그 두 작품을 인용만 하여도, 그것들이 시험관의 다다[423]이니까 틀림없이 합격이야. 그 두 작품이란 로베르 가르니에의 『유대 여인들』과 몽크레띠앵의 『하만』이야."[424] 앙드레가 두 작품의 제목을 제시하면서 호의 어린 우월감을 감추지 못하였는데, 그것이 상당히 우아한 미소로 표출되었다. 알베르띤느가 더 이상 견디지 못하고 소리쳤다. "앙드레, 너 정말 놀라워! 그 두 제목 나에게 적어 줄 거지? 나에게 그것들이 걸린다면, 구술시험에서라도, 내가 그 두 작품을 인용하여 시험관을 놀라게 해줄 거야." 하지만 그 이후, 알베르띤느가 적어 두기 위하여 앙드레에게 두 작품의 제목을 물을 때마다, 그토록 유식한 그녀의 친구는, 잊었다고 하면서 그것을 다시 말해 주지 않았다. "그리고, 저승에 있는 쏘포클레스가 모든 것을 훤히 알고 있었을 거야." 자기보다 유치한 동료들에 대한 감지되지 않을 만큼 가벼운 경멸 감도는 어조로, 하지만 자기에게로 향한 찬탄에 만족스러워 하는 기색으로, 자기가 답안을 작성할 경우 도입하였을 법한 방법에, 드러난 것보다 더 큰 중요성을 부여하면서 앙드레가 말을 계속하였다. "따라서 『아달리야』가 공연된 것이 '대중' 앞이 아니라 태양 같은 왕[425]과 몇몇 특전 받은 궁정인들이었다는 사실을 쏘포클레스가 당연히 알고 있었을 거야. 감식가들의 평가에 대한 지젤의 언급이 상당히 괜찮지만, 보충해야 할 여지가 있어. 쏘포클레스가 그녀의 글에서 불멸의 존재가 되었으니 예언 능력도 구비하였을 것이고, 따라서 볼떼르에 의하면 『아달리야』가 '라씬느의 걸작일 뿐만 아니라 인간 정신의 걸작'[426]으로 간주될 것이라는 예언도 할 수 있었을 거야." 알베르띤느는 단 한 마디도 놓치지 않고 그녀의 말을 들이마시듯 하였다. 그녀의 눈동자에 불이 붙은 듯했다. 그리고 다시 놀이를 시작하자는 로즈몽드의 제안을 몹시 분개한 듯한 기세로 물리쳤다. "그리고," 앙드레가 여전히 초연하고 방약무인하며 약간 빈정거리는 듯하되 확신에 찬 어조로 다시 말을 이었다. "만약 지젤이 먼저 자기가 전개할 일반적인 생각들을 침착하게 기록해 두었다면, 그녀도 아마 내가 하였을 일을 생각하였을 것인데, 내가 답안을 작성하였다면, 쏘포클레스의 합창과 라씬느의 합창에 각각 영감을 준 종교적 감정들 간의 차이를 드러내 보여주었을 거야. 나였다면 쏘포클레스로 하여금, 그리고 비극의 합창에 스며 있는 것과 같은 종교적 감정이 라씬느의 합창에도 비록 스며 있다 하더라도, 그것들이 같은 신들과 연관되지는 않았다는 점을 지적하게 하였을 거야. 예호야다의 신은 쏘포클레스의 신과 아무 관계도 없어. 그러면 본론을 상술한 끝에 다음과 같은 결론에 자연스럽게 이르게 되어 있어. '신앙이 다르다는 것이 무슨 문제란 말인가?' 쏘포클레스는 그 점을 강조하는 데 주저할 거야. 그가 혹시 라씬느의 신념에 상처를 줄까 저어하여, 그 점에 관하여는, 뽀르-루와얄[427]에서 그를 가르치던 선생들에 대한 몇 마디 말을 곁들여, 자기 경쟁자의 승화된 시적 재능을 축하하는 편을 택할 거야."

알베르띤느는, 찬탄과 관심에 달아올라, 굵은 땀을 마구 흘렸다. 앙드레는 암컷 댄디의 미소 띤 냉정함을 고수하고 있었다. "유명한 평론가들의 몇몇 견해를 인용하는 것도 나쁘지는 않을 것 같아." 다시 놀이를 시작하기 전에 그녀가 말하였다. ─"그래, 사람들이 나에게 그런 말을 하였어." 알베르띤느가 대꾸하였다. "가장 추천할 만한 견해가 쌩뜨-뵈브와 메를레의 것들이라고들 하지, 그렇지 않아?" ─"너의 말이 전적으로 틀리지는 않아." 알베르띤느의 거듭된 간청에도 불구하고 다른 두 사람의 이름 적어주기를 거절하던 앙드레가 말하였다. "메를레와 쌩뜨-뵈브의 견해도 괜찮지. 그러나 특히 델뚜르와 가스끄-데포쎄를 인용해야 할 거야."[428]

나는 그동안, 알베르띤느가 '당신을 좋아해요'라고 써서 나에게 건네준 쪽지에 대한 생각에 잠겨 있었다. 그리고 한 시간 후, 나에게는 너무 가파른 길을 따라 발백 쪽으로 내려가면서, 내가 그녀와 더불어 아마 소설처럼 파란만장한 일들을 겪게 될 수도 있으리라 생각하였다.

소녀들 중 하나가 방문하였을 경우를 제외하고는 어느 누가 나를 보고자 해도 절대 나를 깨우지 말라고 내가 호텔 측에 내린 지시나, 그녀들을 기다리는 동안(그녀들 중 어느 누가 오기로 되어 있었건) 계속되던 가슴의 두근거림, 그리고 그 무렵, 나에게 면도를 해줄 이발사를 찾지 못하여 추해진 몰골로 알베르띤느나 로즈몽드나 혹은 앙드레 앞에 나타나게 되어 치밀던 광증 같은 노기 등, 일반적으로 우리가 연정에 사로잡혔음을 깨닫게 해주는 그러한 징후들에 의해 특색 뚜렷해지는 우리의 심적인 상태는, 즉 그녀들 중 하나에게로 향하여 번갈아 태동하던 나의 그러한 심적인 상태는, 의심할 나위 없이, 존재가, 혹은 (그렇게 말할 수 있을지 모르지만) 개체가, 서로 다른 유기체 속에 나뉘어져 있는 식충류 동물의 삶이 인간의 삶과 다른 것만큼이나, 우리가 흔히 사랑이라고 부르는 것과는 달랐다. 하지만 박물지는 그러한 기관들로 이루어진 동물이 관찰됨을 우리에게 알려주며, 우리 자신의 삶 역시, 그것이 벌써 조금만 경험을 쌓아도, 우리가 짐작조차 하지 못하던 지난날의 삶, 그리고 우리가 곧 버릴 것을 각오하더라도 거쳐야 할 그 삶의 실체를 시인하는 바, 여러 소녀들에게로 동시에 분배된 연정에 사로잡힌 나의 심적인 상태가 그러했다. 분배되었다고? 그보다는 차라리 미분(未分)된 연정이라 해야 할 것이니, 이 세상의 나머지 모든 것들과는 다르며 나에게 감미로웠던 것, 다음 날 그것을 다시 대할 수 있으리라는 희망이 내 삶의 가장 큰 기쁨이 될 만큼 나에게 소중해지기 시작하였던 그것, 그것은 나의 상상력을 그토록 자극하던 알베르띤느와 로즈몽드와 앙드레의 얼굴들이 모델들처럼 놓여 있던 풀밭 위에서, 바람 잘 통하던 그 시각에, 절벽 위에서 보낸 그 오후 동안 내가 포착한 그 소녀 무리 전체였으며, 그러면서도 그녀들 중 어느 소녀로 말미암아 내가 그 장소들을 그토록 소중하게 여기게 되었는지, 내가 그녀들 중 어느 소녀를 가장 사랑하고 싶었는지는 나 자신도 알 수 없었을 것이다. 사랑의 초기에는, 그것이 끝날 때처럼, 우리가 그 사랑의 대상에만 전적으로 매달려 있는 것이 아니라, 그보다는, 그 사랑을 태동시킬 사랑하고 싶은 욕망이(그리고 후에는 사랑이 남긴 추억이 그러듯), 어느 것에게로 다가가더라도 낯선 느낌 받지 않을 만큼 상호간에 상당히 협조적이며 호환성 큰 매력들—때로는 단지 자연의, 식도락의, 거처의 매력들에 불과하지만—분포해 있는 영역에서 게걸스럽게 배회할 뿐이다. 게다가 그녀들 앞에서 내가 아직은 습관에 의해 무감각해지지 않았던지라, 그녀들과 함께 있을 때마다, 그녀들을 보면서 깊은 경악감에 사로잡힐 기능이 나에게 남아 있었다.

의심할 여지없이, 어떤 면에서는 상대방이 그 순간에는 자신의 새로운 측면을 우리에게 보여준다는 사실에 그 놀라움이 기인한다. 그러나 각 존재의 복합성이 아무리 크더라도, 우리가 그 사람의 곁을 떠나기 무섭게 그 윤곽선들 중 대부분은 사라지고 겨우 몇몇만 우리에게 남으며, 그것은 우리들 추억의 인위적 단순성 속에서 기억 작용이 그 사람을 고유한 존재로 보이게 하고 과장하며 우리에게 강렬한 인상을 준 특성들만을 골라서 간직했기 때문인데, 그러한 현상은 하나의 습작이 키 커보이던 여인의 얼굴을 기이하리만큼 무한정 길게 그려놓는다든가 혹은 볼 분홍색이고 금발로 보았던 여인을 「분홍색과 황금색의 조화」[429]라는 작품으로 변화시켜 놓았을 경우, 그 실제의 여인이 다시 우리들 가까이에 나타나는 순간, 우리가 잊었던 그리고 그녀에게 균형을 부여하는 모든 특질들이 자신들의 혼란스러운 복합성 속에서 높이를 낮추거나 분홍색을 흐릿하게 변화시키는 등, 우리가 기대하던 것을 다른 특징들로 대체하면서 우리에게 밀려들 때와도 비슷한 현상이며, 그 순간 우리들은 처음에 그 특징들을 분명히 보았다는 사실을 비로소 기억해내며, 우리들이 그것들을 다시 보리라는 기대를 그토록 전혀 하지 않았다는 사실 앞에서 어리둥절한다. 우리들은 추억 속에 잠겨 공작새를 맞으러 갔는데, 우리 앞에 나타난 것은 고작 작약새[430] 한 마리뿐이다. 또한 그 불가피한 놀라움만 있는 것은 아니다. 그러한 놀라움 옆에, 추억이 미적으로 간소화시킨 것과 현실 사이의 차이뿐만 아니라, 우리가 마지막으로 본 존재와 오늘 우리 앞에 다른 각도에서 나타나면서 우리에게 새로운 면모를 드러내는 존재 사이의 차이에 기인한, 또 다른 놀라움이 있다. 인간의 얼굴은 진정 어느 동방 신통계보(神統系譜) 속 신의 얼굴과 같으며, 그 신의 얼굴은 서로 다른 년들에 병치되어 우리가 동시에 볼 수 없는 무수한 얼굴들로 이루어진 하나의 송이이다.[431]

그러나 대개의 경우 우리의 놀라움은 특히 다시 만난 사람이 같은 모습을 보인다는 바로 그 사실에 기인한다. 우리가 아닌 것에 의해 우리에게 제공된 모든 것을 재창조하기 위해서는—그것이 어떤 과일의 맛이라 할지라도—어찌나 큰 노력이 필요한지, 우리는 인상을 받기 무섭게 자신도 모르게 추억의 비탈길을 따라 내려가고, 그리하여 그러한 사실을 깨닫지 못한 채, 아주 짧은 시간 내에, 우리가 느낀 것으로부터 매우 멀리 가 있게 된다. 그리하여 매번의 새로운 만남은 우리가 실제로 본 것 곁으로 우리를 다시 이끌어가는 일종의 정정 작업이다. 우리가 벌써 그것을 더 이상 기억해내지 못하기 때문이니, 흔히들 어떤 사람을 기억한다고 하지만 그것이 실은 망각하는 것이다. 그러나 우리가 아직 볼 수 있는 능력을 가지고 있는 한,[432] 망각하였던 모습이 우리 앞에 나타나는 순간, 우리는 그것을 알아보고, 휘어진 선을 곧게 펼 수밖에 없었던지라, 그렇게, 해변의 아름다운 소녀들과 날마다 만나는 것이 나의 건강에 이롭고 나를 유연하게 만들어주도록 한 그 끊임없고 풍요로운 놀라움은, 여러 발견들로, 즉 어렴풋한 추억으로도 이루어져 있었다.[433] 그러한 현상에다, 나에게 있어서 그녀들이 갖는 의미가(내가 일찍이 믿던 것과는 결코 완전히 일치하지 않았던, 그리하여 다음 모임에 대한 기대가 그 이전의 기대를 더 이상 닮지 않고 마지막 대화의 아직 진동 멈추지 않은 추억만을 닮게 해주던) 일깨워 놓은 심한 동요를 추가한다면, 그녀들과 함께하던 매번의 산책이 내 사념의 방향을, 나 홀로 있던 호텔 방에서 내가 안정된 머리로 설정할 수 있었을 것과는 전혀 다른 엉뚱한 쪽으로 격렬하게 바꾸어 놓았다는 사실을 누구나 이해할 수 있을 것이다. 하지만 나를 뒤흔들어 놓은 다음 내 속에서 오랫동안 울려 퍼지던 말들로 인해 벌통처럼 윙윙거리는 상태로 돌아올 때에는, 그러한 방향이 이미 망각되어 파괴된 상태에 있었다. 어떤 사람이건, 우리가 보기를 멈추면 즉시 파괴되며, 그 사람의 다음 출현은, 종전의 모든 것들과는 아니더라도 최소한 그 직전의 것과는 다른, 하나의 새로운 창조이다. 그러한 창조에 나타날 수 있는 다양성이 최소한 둘은 되기 때문이다. 강렬한 눈빛이나 과감한 기색 등을 우리의 기억 속에 간직하였을 경우, 우리가 다음에 그 사람과 다시 조우할 때 우리를 불가피하게 놀라움에 빠지게 하는 것은, 즉 우리에게 거의 전적으로 충격을 주는 주체는, 이전의 추억 속에서 우리에 의해 간과되었던, 거의 초췌한 모습이나 일종의 꿈꾸는 듯한 부드러움이다. 우리의 추억을 새로 출현한 현실과 대조하는 과정에서 우리의 환멸이나 놀라움을 야기하고, 우리의 기억이 틀렸다고 통보하면서 현실을 정정하는 가필 작업처럼 우리 앞에 나타나는 것은 그러한 현상이다. 한편, 지난번에 간과되었던 얼굴의 모습은, 그리고 바로 그러한 연유로, 이번에는 가장 인상적이고 가장 현실적이며 가장 크게 정정된 모습으로 변해, 우리의 몽상과 추억의 대상이 될 것이다. 그리하여 우리가 다시 보기를 열망하게 될 것은, 초췌하고 둥근 얼굴의 옆모습과 온화하고 꿈꾸는 듯한 표정일 것이다. 그러면 또다시 다음번에는, 날카로운 눈과 오똑한 코와 꼭 다문 입술에 서린 강인한 의지가, 우리의 욕망과 그 욕망에 상응한다고 믿던 대상 간의 편차를 좁히러 나타날 것이다. 물론, 순전히 육체적이며 나의 소녀 친구들 곁에서 매번 다시 느끼던 첫 인상에 대한 나의 변함없는 애착은, 그녀들의 얼굴 모습에만 관련된 것이 아니었으니, 이미 이야기한 바와 같이 내가, 아마 더 충격적일 수 있을 그녀들의 음성에도(왜냐하면 음성이란, 얼굴처럼 모두 같은 독특하고 관능적인 표면만을 제공하는 것이 아니라, 그것 자체가 절망적인 입맞춤의 현기증 일으키는, 도달할 수 없는 심연에 속하는지라), 각 소녀가 연주에 전념하고 오직 그녀만의 것인 작은 악기의 고유음과 유사한 그녀들의 음성에도, 매우 민감했으니 말이다. 어떤 음성을 잊었다가 그것을 다시 듣고 그 정체를 알아볼 때마다, 하나의 억양에 의해 부각된 그 음성의 신비하고 깊은 선에 내가 놀라곤 하였다. 그리하여 그녀들과 매번 다시 만날 때마다 완벽한 정확성에 이르기 위하여 내가 착수해야 했던 정정작업은, 도안가뿐만 아니라 피아노 조율사나 성악 교사의 작업이기도 했다.

그 소녀들에 의해 나의 내면에 파급된 다양한 감정적 파동들이, 저마다 다른 파동의 확산을 견제하려 하던 소녀들의 저항 덕분에 약화되어 얼마 전부터 형성한 조화로운 응집력에 대해 말하거니와, 그러한 조화가 어느 날 오후, 우리가 '고리 찾기 놀이'를 하던 중, 알베르띤느 쪽으로 집중된 파동으로 인해 깨져 버렸다. 그것은 절벽 위의 작은 숲 속에서였다. 소녀들 동아리에는 속해 있지 않았으나 그날 사람의 수가 많아야 했기 때문에 데려온 낯선 소녀 둘 사이에 놓인 내가, 알베르띤느 옆에 있던 어느 젊은이를 부러운 마음으로 바라보면서, 내가 만약 그의 자리를 차지하였더라면, 아마 영영 다시 오지 않을지도 모를, 그리고 숱한 일들을 초래할지도 모를 그 몇 분이 흐르는 동안, 내가 내 소녀 친구의 손을 만질 수 있으리라는 생각에 잠겼다. 알베르띤느의 손과 접촉한다는 것만도, 그 접촉이 틀림없이 초래할 결과들은 차지하고라도, 나에게는 감미로울 것 같았다. 물론 그녀의 손보다 더 아름다운 손을 내가 일찍이 본 적 없다는 뜻은 아니다. 그녀 친구들 동아리 내에서도, 앙드레의 가늘고 매우 섬세한 손들은, 그 소녀의 명령에 순종하면서도 독립적인 특이한 생명 같은 것을 가지고 있었으며, 그것들이 자주 게으르게, 긴 꿈에 잠긴 듯, 지골(指骨)의 급작스러운 기지개와 함께 고아한 그레이하운드들처럼[434] 그녀 앞으로 길게 뻗곤 하였으며, 그러한 동작들 때문에 엘스띠르가 그녀의 손들을 여러 차례 습작품으로 그리기도 하였다. 그리고 모닥불 앞에서 앙드레가 자신의 손을 덥히고 있는 모습을 그린 어느 습작품 속에서는, 그 손들이 조명을 받아, 가을날의 두 나뭇잎처럼 황금빛 반투명성을 띠기도 하였다. 그러나 더 통통한 알베르띤느의 손은, 그것을 잡은 다른 손이 가하는 압력에 잠시 순응하다 문득 저항함으로써 매우 특이한 느낌을 주곤 하였다. 알베르띤느의 손을 압착하면서 느끼는 육감적인 부드러움은, 그녀 피부의 가벼운 보라색 감도는 분홍빛 색조와 조화를 이루는 것 같았다. 그러한 압착에서 느끼는 부드러움은, 연정에 들뜬 웅얼거림이나 비명처럼 외설스럽게 들리는 그녀의 웃음소리가 그렇듯, 우리로 하여금 그 소녀 속으로, 그녀의 감각기관 깊숙한 속으로 침투하게 하였다. 그녀는, 손을 잡는 것만으로도 그 쾌락이 어찌나 큰지, 처음 만나는 젊은 남녀들이 악수 나누는 것을 허용된 행위로 간주하는 문명에 우리가 고마워하게 만드는 여인들 중의 하나였다. 만약 예절의 인위적인 관습이 악수를 다른 행동으로 대체하여 그것을 금지시켰다면, 내가 아마, 그녀의 볼이 간직하고 있을 맛에 대한 호기심 못지 않게 강렬한 호기심을 느끼면서, 알베르띤느의 만질 수 없는 손을 날마다 응시하였을 것이다. 그러나 고리 찾기 놀이에서 내가 그녀 옆에 앉아 그녀의 손을 오랫동안 잡고 있으면서 맛볼 그 쾌락에서, 그 쾌락만을 염두에 두었던 것은 아니다. 이제까지 소심함 때문에 침묵하고 있던 숱한 고백과 밝히고 싶었던 뜻을 그녀의 손에 가하는 압력에 위탁할 수 있지 않았겠는가! 그녀 또한, 나의 그러한 뜻을 수락한다는 자기의 마음을, 이번에는 나의 손을 꼭 쥐면서 얼마나 수월하게 표현할 수 있었겠는가! 얼마나 멋진 공모이며, 관능적 쾌락으로 향한 얼마나 결정적인 첫 걸음이었겠는가! 나의 사랑이, 그녀를 처음 만난 이후 그때까지 이룩한 것보다 더 큰 진척을, 그렇게 그녀 옆에서 보낸 단 몇 분 동안에 이룰 수 있는 순간이었다. 그러한 순간이 얼마 지속되지 않고 곧 끝날 것이고―그 유치한 놀이를 오래 계속하지는 않을 것이니―그 순간이 한 번 지나가면 후회막급일 것이라 느낀 나는, 더 이상 수수방관하지 않았다. 나는 고리가 내 손에 전해졌을 때 일부러 그것이 발각되게 내버려 두었고, 둘러앉은 아이들 중앙에 일단 술래가 되어 서 있게 되자, 손에서 손으로 전해지는 고리를 못 본 척하면서, 그것이 알베르띤느 옆자리에 앉은 젊은이의 손에 도달할 순간을 기다리며 그것에서 눈을 떼지 않았는데, 그동안 알베르띤느의 얼굴은, 한껏 크게 웃는 바람에, 또 그 놀이가 주던 활기와 즐거움으로 인하여, 빨갛게 달아올랐다. "우리가 바로 예쁜 숲 속에 들어와 있군요." 오직 나에게로만 향하고 있으며, 마치 우리 두 사람만이 그 놀이에서 한 걸음 벗어나 그것에 대하여 시적인 논평을 할 수 있을 만큼 현명하다는 듯, 놀이에 열중이던 아이들을 넘어 나에게로 오는 듯한 시선에 미소를 감돌게 하면서, 앙드레가 나에게 말하였다. 그녀는 내키지 않음에도 불구하고 노래까지 불러 기지의 섬세함을 발휘하였다. "이곳으로 지나갔어요. / 부인들, 숲 속의 흰족제비. / 이곳으로 지나갔어요. / 예쁜 숲의 흰족제비."[435] 그녀는, 트리아농[436]에 가면 루이 16세 시절풍의 연회를 베풀지 않고는 못 배기거나, 어떤 곳을 기려 지은 노래를 그러한 환경에서 부르게 하는 것이 매력적이라 여기는 사람들과 같았다. 나는 반대로, 나에게 만약 그 놀이에 대해 생각할 여유가 있었다면, 그녀의 노랫말이 그렇게 놀이로 실현되는 것에서 아무 매력도 느끼지 못함을 슬퍼하였을 것이다. 그러나 나의 넋은 엉뚱한 곳에 가 있었다. 놀이에 열중이던 소녀들과 젊은이들이, 내가 멍청한 기색으로 서 있기만 하고 고리를 붙잡으려 하지 않는 것을 보고 놀라기 시작하였다. 나는 그녀가 눈치채지 못할, 그리고 혹시 눈치를 챘다면 신경질을 냈을, 잔꾀를 써서 그녀 옆 사람의 손에서 고리를 낚아채면 뜻하지 않게 나의 옆자리에 앉게 될, 그토록 아름답고 그토록 태평스러우며 그토록 명랑한 알베르띤느를 바라보고 있었다. 놀이의 열기가 최고조에 달했을 때, 알베르띤느의 긴 머리채가 반쯤 풀어져 곱슬곱슬한 머리 타래들이 그녀의 볼 위로 늘어졌고, 머리카락들이 건조한 갈색이었던지라 볼의 분홍빛 살색이 더욱 돋보였다. "당신의 머리채는, 라우라 디안띠[437]나 엘레오노르 드 기옌느[438] 그리고 샤또브리앙이 그토록 사랑하던 엘레오노르의 후손[439] 등 여인들의 머리타래 같아요. 당신의 머리채를 항상 조금 늘어지게 하는 것이 좋겠어요." 나는 그녀의 귀에 그렇게 속삭이면서 그녀에게 다가가는 구실로 삼았다. 문득 고리가 알베르띤느 옆에 있던 젊은이에게로 넘어갔다. 내가 달려들어 그의 두 손을 우악스럽게 잡아 편 다음 고리를 빼앗았고, 그리하여 그는 나 대신 원 한가운데로 갈 수밖에 없었으며 나는 그가 차지하고 있던 알베르띤느의 옆자리로 갔다. 바로 몇 순간 전까지만 해도 나는, 고리를 꿴 줄을 따라 미끄러져 알베르띤느의 손과 수시로 마주치던 그 젊은이의 손을 보면서 그를 무척 부러워하였다. 그런데 이제 나의 차례가 도래하자, 그러한 접촉을 시도하기에는 너무 소심하고 그것을 한껏 음미하기에는 격정이 너무 심하여, 나는 심장의 빠르고 고통스러운 박동 이외의 그 아무것도 느끼지 못하였다. 어느 순간 알베르띤느가, 마치 고리가 자기에게 있다는 듯, 자기의 통통하고 발그레한 얼굴을 공모자의 기색을 띠면서 나에게로 숙였고, 그것은 흰족제비[440]를 속여, 고리가 실제로 지나가고 있던 쪽을 바라보지 못하도록 하기 위함이었다. 나는 알베르띤느의 시선이 그러한 계략을 암시함을 즉시 이해하였으나, 비록 놀이의 필요에 의해 순전히 위장된 것이기는 하나, 그녀와 나 사이에 존재하지 않던, 하지만 그 순간 이후에는 실제 그럴 수 있을 것처럼 보였고 나에게는 신성하리만큼 감미로웠을, 어떤 비밀 내지 어떤 내통의 영상이 그녀의 눈을 그렇게 스치는 것을 보며 심하게 동요되었다. 그러한 생각이 나를 열광시키고 있는데, 마침 알베르띤느의 손이 나의 손에 가벼운 압력을 가하고, 그녀의 애무하는 듯한 손가락이 나의 손가락 밑으로 미끄러져 들어오는 것이 느껴졌고, 그녀가 동시에 다른 사람들의 눈에 띄지 않게 하려 애를 쓰면서 나에게 눈짓을 하는 것이 보였다. 그 순간까지는 전혀 보이지 않던 일단의 희망들이 단번에 명료하게 구체화되었다. '자기가 나를 매우 좋아한다는 사실을 나로 하여금 느끼도록 하기 위하여 이 놀이를 이용하는구나.' 나는 그렇게 생각하면서 기쁨의 절정에 도달하였으나, 알베르띤느가 미친 듯이 화를 내며 나에게 한 다음 말을 듣는 순간, 나는 다시 그 기쁨의 정상에서 추락하였다. "이봐요, 어서 고리를 받아요. 벌써 한 시간 전부터 그것을 당신에게 건네주려 하고 있는데." 슬픔에 넋을 잃은 나는 줄을 놓아버렸고, 흰족제비가 고리를 발견하였고, 그것에게로 달려들었고, 나는 다시, 절망감에 사로잡힌 채, 내 주위를 미친 듯이 계속 돌고 있던 원무를 물끄러미 바라보면서, 모든 소녀들이 비웃으며 부르는 소리에 답하기 위하여, 전혀 내키지 않건만 웃을 수밖에 없는 처지로 원 한가운데에 놓였는데, 알베르띤느가 종알거리기를 멈추지 않았다. "한눈을 팔려거든, 그래서 다른 사람이 지도록 만들려거든, 놀이에 참가하지 말아야지. 앙드레, 다음번에는 그를 더 이상 초대하지 말아, 만약 그러면 나는 오지 않겠어." 그 놀이를 시시하게 여기며 「예쁜 숲」[441]이라는 노래를 부르던—로즈몽드가 모방 습관에 이끌려 그 뜻도 모르는 채 그 노래를 따라 불렀다—앙드레가, 나로 하여금 알베르띤느의 나무람을 잠시 잊도록 해주기 위하여 나에게 말하였다. "당신이 그토록 보고 싶다고 하시던 그 크르니에가 여기에서 두어 걸음밖에 아니 되는 곳에 있어요. 저 철부지 소녀들이 여덟 살짜리 아이들 놀이에 빠져 있는 동안, 제가 예쁜 오솔길을 따라 당신을 그곳으로 인도하겠어요." 앙드레가 나를 항상 지극히 친절하게 대하였던지라, 나는 그녀와 함께 걷는 도중에 알베르띤느에 대하여 이야기하면서, 알베르띤느로 하여금 나를 좋아하도록 하기에 적합해 보이던 모든 것들을 그녀에게 허심탄회 늘어놓았다. 그녀가 내 말에 대답하기를, 자기도 알베르띤느를 매우 좋아하며 또 매력적이라고 여긴다 하였다. 그러면서도 자기의 친구에 대한 나의 칭찬이 즐겁지는 않은 기색이었다. 문득, 오솔길의 움푹 들어간 어느 지점에서, 어린 시절의 달콤한 추억에 가슴 뭉클해진 내가 걸음을 멈추었다. 오솔길로 불쑥 나와 있던, 가장자리가 톱니 같고 번쩍이는 잎들을 보고 내가 산사나무 덤불을 알아보았으며, 애석하게도 봄철이 끝난 이후 꽃들은 지고 없었다. 먼 옛날이 되어버린 마리아의 달(오월)과 일요일 오후, 믿음들, 망각한 오류들을 감쌌던 바로 그 대기가 내 주위를 감돌았다. 나는 그 대기를 붙잡고 싶었다. 내가 잠시 멈추어 섰고, 그러자 앙드레가 그 매력적인 예지력을 발휘하여, 내가 그 관목의 잎들과 잠시 정담을 나누도록 내버려 두었다. 내가 잎들에게, 덤벙거리고 교태 가득하지만 경건하며 항상 명랑한 소녀들 같던 그 꽃들의 소식을 물었다. "그 아가씨들은 이미 오래전에 떠났어요." 잎들이 나에게 말하였다. 그리고 아마, 꽃들의 절친한 친구라고 하면서도 내가 그것들의 습성을 별로 모르는 것 같다고 생각하였을 것이다. 또한, 절친한 친구라고 하면서, 또 약속을 어기고, 그토록 여러 해 동안 그것들을 다시 만나지 못하였느냐고 묻고 싶었을 것이다. 하지만 질베르뜨가 소녀에 대한 나의 첫사랑이었듯이, 그것들은 꽃으로 향한 나의 첫 사랑이었다. "그래요, 나도 알아요, 그 꽃들이 유월 중순이면 떠나지요, 하지만 여기에서 그들이 머물던 곳을 보니 기쁘군요." 내가 대답하였다. "내가 병석에 누웠을 때, 그들이 나의 어머니를 따라 꽁브레의 내 침실에도 왔었어요. 그리고 마리아의 달 토요일 저녁에 우리가 다시 만났어요. 여기에서도 마리아의 달에 그들이 교회당에 갈 수 있나요?"—"오! 물론이에요! 게다가, 이곳에서 가장 가까운 교구인 쌩-드니-뒤-데제르 교회당에서 그 아가씨들이 오는 것을 매우 중요시해요."—"그렇다면 이제 그들을 보려면?"—"오! 다음해 오 월이 되기까지는 불가능해요."—"하지만 그들이 다시 오리라고 확신할 수 있을까요?"—"매년 어김없이 오니까요."—"하지만 내가 이곳을 다시 찾을 수 있을지 모르겠어요."—"물론 그러실 거예요! 그 아가씨들이 하도 명랑하여, 찬송을 부를 때를 제외하고는 웃음을 중단하는 법이 없는지라, 결코 길을 잘못 접어드실 리 없으며, 이 오솔길 끝에서 이미 그 아가씨들의 향기를 느껴 아실 수 있을 거예요."

나는 다시 앙드레와 합류하여 알베르띤느 칭찬하기를 계속하였다. 내가 하도 강조하였던지라, 그녀가 나의 칭찬을 알베르띤느에게 전하지 않기란 불가능할 것 같았다. 하지만 그 이후, 알베르띤느가 나의 칭찬을 전해 들었다는 말은 단 한 번도 듣지 못하였다. 하지만 앙드레는 알베르띤느보다 훨씬 더 심정에 관련된 것들을 깊이 이해하였으며, 친절함에 있어 세련되었고, 그리하여, 상대에게 가장 능란하게 기쁨을 줄 수 있을 시선과 말과 행동을 찾아내는 것, 상대의 마음을 아프게 할 지적을 하지 않는 것, 어떤 슬픈 남자 친구나 여자 친구 곁에 머물러, 자기가 경박한 즐거움보다는 그렇게 어울리는 편을 택한다는 것을 보여주기 위하여, 어떤 놀이나 심지어 오후 연회나 가든 파티조차(그것이 희생이라는 기색을 보이지 않으면서) 희생시키는 것, 그러한 것들이 그녀의 습관적인 섬세함이었다. 하지만 누구든 그녀를 조금만 더 깊이 알았다면, 그녀가, 두려움 느끼기를 원치 않는, 그래서 그 용맹이 각별히 칭송받을만한, 겁쟁이와 다름없었다고 말하였을 것이며, 그녀의 천성 깊숙한 곳에, 그녀가 매 순간 윤리적 기품과 다정다감함과 스스로를 좋은 친구로 보이려 하는 고아한 의지 등을 통해 표출하던, 그 선량함이 전혀 없다고 하였을 것이다. 알베르띤느와 나 사이의 개연성 큰 사랑에 대하여 그녀가 하던 매력적인 이야기를 듣고 있노라면, 그 사랑이 실현되도록 하기 위하여 그녀가 어떠한 노고도 마다하지 않을 것처럼 보였다. 그런데, 아마 우연한 일이었겠지만, 나를 알베르띤느에게 결합시킬 수 있었을 수단을, 그녀에게 있던 정말 아무것도 아닌 하찮은 수단을, 그녀가 단 한 번도 동원하지 않았으며, 따라서 알베르띤느의 사랑을 받으려는 나의 노력이, 그것을 방해하려는 그녀의 간계를 촉발하지는 않았다 하더라도, 최소한 그녀의 내면에, 물론 깊숙이 감추어진, 그리고 아마 그녀 자신의 섬세한 성정과 갈등을 일으켰을, 일종의 노여움을 일깨우지 않았을지, 나는 어떠한 단언도 할 수 없을 것 같다. 앙드레가 수천의 기교를 동원하여 친절을 표현할 수 있었던 반면, 알베르띤느는 도저히 그럴 수 없었을 것이로되, 훗날 내가 알베르띤느의 깊고 진정한 선량함을 확신한 것만큼은 앙드레의 선량함을 확신할 수 없었다. 알베르띤느의 발랄한 경솔함을 항상 다정한 너그러움으로 대하면서, 앙드레는 자신의 마음을 우정 가득한 말과 미소로 표현할 뿐만 아니라, 행동 또한 진정한 친구의 행동이었다. 나는 그녀가 날마다, 그 가난한 친구로 하여금 자기의 사치품을 이용하게 하고 행복하게 해주기 위하여, 어떠한 사심도 없이, 군주의 마음을 사로잡기 원하는 궁정인보다도 더 큰 노고를 감수하는 것을 목격하였다. 혹시 어떤 사람이 그녀 앞에서 알베르띤느의 가난을 딱하게 여기는 말을 할 때에는, 슬프고 감미로운 말로 다정함을 표현하는 그녀의 모습이 진정 매력적이었으며, 알베르띤느를 위해서는 부유한 친구를 위해서보다 수천 배의 노고를 감당하였다. 그러나, 알베르띤느가 아마 사람들이 이야기하는 것만큼은 가난하지 않을 것이라고 누가 주장할 경우에는, 겨우 감지될 만큼 엷은 그늘이 앙드레의 이마와 눈을 가렸고 그녀의 기분이 상한 것 같아 보이곤 했다. 그리고 어떤 사람이 한 걸음 더 나아가, 여하튼 알베르띤느의 결혼이 주위에서들 생각하는 것만큼은 어렵지 않을 것이라고 하면, 그녀가 즉시 강하게 반박하면서 맹렬한 기세로 이렇게 말하곤 하였다. "애석하게도 어려워요, 그녀는 결혼할 수 없을 거예요! 제가 잘 알아요, 그것 때문에 제 마음이 상당히 아파요!" 심지어 나와 관련된 일에서도, 어떤 사람이 나에 대하여 하였을 별로 유쾌하지 못한 이야기를 나에게 그대로 전하지 않았을 사람은 그 소녀들 중 오직 그녀뿐이었으며, 더 나아가, 그러한 이야기를 내가 꺼내는 경우에도, 그녀는 그 말을 믿지 않는 척하거나 그 말이 나에게 상처를 주지 않도록 할 만한 설명을 덧붙이곤 하였는데, 그러한 특질들을 통틀어 흔히 기민함이라고 일컫는다. 그러한 기민함은, 우리가 결투에 임할 경우, 우리를 치하하는 한편, 강요되지 않았음에도 우리가 입증해 보인 용기가 우리의 눈에 더 크게 보이도록 해주기 위하여, 그런 도전에는 응할 필요조차 없었다는 말을 덧붙이는 사람들의 속성이다. 그러한 사람들은, 같은 경우에 다음과 같이 말하는 사람들과 정면으로 상반되는 이들이다. "결투하시는 것이 몹시 괴로우셨겠지만, 다른 한편으로 생각해 보면 그러한 모욕을 감내하실 수도 없었으리니, 다른 방도가 없었을 것입니다." 그러나 매사에는 긍정적인 측면과 부정적인 측면이 병존하는 법, 다른 이들이 우리에 대하여 늘어놓은 험담을 우리에게 그대로 전하면서 우리의 일부 친구들이 느끼는 즐거움이(혹은 무심함이), 우리에게 그러한 말을 전함과 동시에 우리를 속 빈 허수아비인 양 바늘과 칼로 마구 찔러대는 순간, 그들이 우리의 입장을 거의 헤아리지 않음을 입증한다면, 반대로,

우리의 행위에 대하여 사람들이 하는 말을 듣고, 우리에게 불쾌감을 줄 수 있을 것이나 혹은 그러한 말이 자기들의 내면에 태동시킨 견해를 항상 감출 줄 아는 기술은, 다른 부류에 속하는 그 친구들이, 즉 기민함 가득한 친구들이, 매우 엉큼함을 입증한다. 그러한 친구들이 다른 이들의 말을 듣고 우리에 대하여 실제로 부정적인 견해를 품지 않는다면, 그리고 다른 이들의 말이 우리에게처럼 그들에게도 괴로움을 준다면, 그러한 엉큼함도 나쁠 것은 없다. 나는 앙드레의 경우가 그렇다고 생각하였으며, 그러면서도 확신은 하지 못하였다.

우리들은 작은 숲에서 나와, 사람들이 별로 다니지 않는 그물망처럼 얽힌 길을 따라 걸었고, 앙드레가 능숙하게 진로를 찾았다. "보세요," 그녀가 문득 나에게 말하였다. "당신이 그토록 보고 싶어 하시던 크르니에가 여기 있어요. 게다가 운이 좋으시군요. 오늘 날씨와 빛이 엘스띠르의 수채화 속에 있는 것과 같아요." 그러나 나는 아직도, 고리 찾기 놀이 도중에 그 감미로운 희망의 절정에서 추락한 것에 너무나 슬퍼하고 있었다. 그리하여, 그러한 일만 없었다면 틀림없이 느꼈을 커다란 기쁨, 그 기쁨을 전혀 느끼지 못한 채, 나의 발 아래쪽 암석들 밑에, 열기를 피하여 웅크려 숨어 있던, 엘스띠르가 집요하게 엿보다가 불시에 포착하여, 레오나르도의 화폭에 있는 것 못지않게 아름다운 얼음처럼 투명하게 색채 어두운 덧칠[442] 밑에 잡아둔 바다의 여신들, 빛이 조금만 동요해도 돌 밑으로 미끄러져 들어가 어느 구멍 속에 숨을 준비가 되어 있고, 햇살의 위협이 지나가면 바위나 해초 곁으로 서둘러 돌아오는, 그 은밀하게 숨어 있는, 그러면서도 날렵하고 조용한 경이로운 '그늘들',[443] 그렇게 돌아와, 절벽과 색 바랜 태양을 분쇄하여 가루로 만들어버리는 태양[444] 아래에서, 바위나 해초가 잠드는 것을 돌보는 듯한, 자기들의 끈적거리는 몸뚱이와 까만 눈의 주의 깊은 시선을 수면에 드러내는, 그 움직임 없으되 날렵한 수호자들을 문득 발견하였다.

우리는 돌아가기 위하여 다른 소녀들과 합류하였다. 나는 이제 내가 알베르띤느를 사랑하고 있음을 분명히 알고 있었다. 하지만 그 사실을 그녀에게 알릴 생각은 하지 않았다. 그것은, 샹젤리제에서 놀던 시절 이후, 나의 사랑이 연속적으로 집착하던 대상들이 거의 변함 없었던 반면, 사랑에 대하여 내가 가지고 있던 개념은 변하였기 때문이었다. 우선, 내가 사랑하는 여인에게 나의 연정을 고백 혹은 선언하는 것이, 내가 보기에는 더 이상 중요하거나 필요한 의례로 여겨지지 않았고, 게다가 사랑조차 하나의 객관적 실체가 아니라 단순한 주관적 쾌락으로 보였다. 또한 그 쾌락에 대하여 말하거니와, 내가 그것을 느낀다는 사실을 알베르띤느가 모를 경우, 그것을 유지시키는데 필요한 것을 그녀가 더 선선히 허락할 것이라고 막연히 생각하였다.

발백으로 돌아오는 동안, 다른 소녀들로부터 발산되던 빛 속에 잠겨 있던 알베르띤느의 영상만이 나의 눈을 사로잡지는 않았다. 하지만, 낮 동안에는 형태 비교적 더 특이하고 고정된 흰 구름의 작은 덩이에 불과하던 달이, 해가 지기 무섭게 자기의 모든 위력을 발휘하듯, 내가 호텔에 돌아오자, 나의 가슴속에서 떠올라 빛을 발하기 시작한 것은 알베르띤느의 영상뿐이었다. 나의 침실이 문득 새로워 보였다. 물론 그 방이, 첫날 저녁의 적대적인 방이 더 이상 아닌 지는 오래 되었다. 우리는 우리를 둘러싸고 있는 거처를 지칠 줄 모르고 변모시키는지라, 습관이 우리들로 하여금 느끼기를 면하게 해줌에 따라, 우리는 우리의 불편함을 객관화하는 색깔과 크기와 냄새 속에 있는 해로운 요소들을 제거한다. 그것은 더 이상, 나를 괴롭힐 만큼은 물론 아니고 나에게 즐거움을 줄 만큼도 나의 감수성에 충분히 강하게 작용하는 방이 아니었고, 맑은 날들이 그 중간 높이에서 빛에 젖은 창천이 아롱거리게 하던, 그리고 열의 발산물처럼 촉지할 수 없고 희며 수면에 반사되다 순식간에 사라지는 돛이 뒤덮고 있던 수영장과 유사한 맑은 날들의 저수조[445]도, 그림 같은 저녁들의 순전히 미학적인 침실도[446] 아니었으며, 내가 하도 오래전부터 머물렀던지라 이제는 더 이상 새삼스럽게 나의 눈에 띄지도 않게 된 방이었다. 그런데 이제 내가 다시 그 방 위로 눈길을 던지기 시작하였다. 그러나 이번에는 사랑의 관점이라는 이기적 관점에서였다. 나는 비스듬히 놓인 아름다운 거울과 유리창 갖춘 우아한 서가들이, 알베르띤느가 나를 보러 올 경우, 그녀로 하여금 나에 대하여 좋은 견해를 갖도록 해줄 것이라 생각하였다. 나의 방 또한, 내가 해변이나 리브벨로 도망치듯 달려가기 전에 잠시 들르는 경유지인 대신, 실재하며 귀한 것으로 다시 변모하여 새로워졌으니, 내가 그 방에 있던 비품들 하나하나를 알베르띤느의 눈으로 바라보고 음미하였기 때문이다.

고리 찾기 놀이를 하던 날로부터 며칠 후, 우리들 자신도 의식하지 못한 채 너무 멀리까지 산책을 계속하였다가, 다행히 멘느빌에서, 우리들을 저녁 식사 시간까지 발백에 데려다 줄, 흔히 '통'이라고들 부르는 이인승 무개 이륜마차 두 대를 발견하였을 때, 알베르띤느에게로 향한 나의 연정이 이미 강렬했던지라, 결과적으로 내가 로즈몽드와 앙드레에게 나와 같은 마차를 타자고 먼저 차례대로 제안하면서도 알베르띤느에게는 단 한 차례도 제안하지 않다가, 로즈몽드와 앙드레에게 우선적으로 권하는 척하면서도, 모든 사람들이 그 시각이나 여정 및 외투 등 부차적인 이유를 내세워, 마치 나의 뜻과 다름에도 불구하고, 내가 알베르띤느와 동승하는 것이 가장 합리적이라는 결론을 내리도록 유도하였으며, 나는 싫든 좋든 알베르띤느와 동승하는 것을 감수하는 척하였다. 불행하게도 사랑이란 그 대상의 완전한 흡수를 지향하는 법, 어떠한 대상도 대화만으로는 먹을 수 없는지라, 그렇게 함께 돌아오는 동안 알베르띤느가 나에게 최대한 친절했어도 헛일, 내가 그녀를 그녀의 집에 내려놓았을 때, 비록 내가 행복한 상태이긴 했으나, 나는 출발하던 때보다 더 심한 시장기를 느꼈으며, 우리가 함께 보낸 순간들을, 그 자체로는 별 중요성이 없는, 장차 뒤따를 순간들의 서곡쯤으로밖에 여기지 않았다. 하지만 그렇게 함께 돌아오는 것에, 우리가 다시는 맛볼 수 없는 최초의 매력은 있었다. 그 이전에 나는 알베르띤느에게 아무것도 요구하지 않았다. 따라서 내가 갈망하던 것을 그녀가 상상할 수는 있었겠으나 그것을 확신할 수 없어, 내가 구체적인 목적이 없는 관계를 지향한다고 추측하였을 것이며, 그러한 관계에서 그녀는 소설적인 것의 전형인, 그리고 기대되는 뜻밖의 일들 풍성한, 막연한 감미로움을 발견하였을 것임에 틀림없다.

 그다음 주에는 내가 알베르띤느를 만나려는 시도를 거의 보이지 않았다. 그리고 앙드레를 더 좋아하는 척하였다. 사랑이 시작되면, 누구든 자기가 사랑하는 여인이 사랑할 수 있을 미지의 남자로 남기를 원하지만, 그 여인을 더욱 갈망하며, 특히 그녀의 몸보다는 그녀의 관심을, 즉 그녀의 마음을 더 갈망한다. 우리에게 무관심한 여인에게 보내는 편지 속에 심술궂은 말 한 마디를 넌지시 끼워 넣으면, 그녀가 우리에게 좀 더 다정하기를 요청하지 않을 수 없고, 그러면 사랑이, 추호도 오류를 범하지 않는 기술에 입각하여, 일단 휩쓸려들면 그 속에서는 사랑하지 않을 수도 사랑받지 않을 수도 없는 톱니장치를, 교차적인 운동으로 우리를 위하여 조여준다. 나는 다른 소녀들이 어떤 오후 연회에 참석하는 몇 시간을, 그녀가 기꺼이 그 연회를 포기할 것임을 잘 아는지라, 그리고 내키지 않더라도, 윤리적 우아함을 보이기 위하여, 혹은 다른 소녀들에게 또 자신에게, 자기가 비교적 사교적인 즐거움을 중시한다는 인상을 주지 않기 위하여서라도 나를 위하여 그 연회를 포기할 것임을 잘 아는지라, 앙드레와 함께 보내곤 하였다. 그렇게 나는 매일 저녁나절 앙드레를 독차지할 방안을 찾아냈으나, 그러면서도 알베르띤느에게 질투심을 야기시키겠다는 생각은 추호도 없었으며, 오직 나의 매력이 그녀의 눈에 돋보이게 할, 혹은 최소한, 내가 사랑하는 사람이 그녀이지 앙드레가 아니라는 사실이 그녀에게 알려져 나의 매력이 상실되는 일만은 없도록 할 궁리에만 몰두하였다. 그리하여, 그러한 나의 사랑을 앙드레에게도 발설하지 않았으니, 혹시 그녀가 알베르띤느에게 그 이야기를 하지 않을까 염려되었기 때문이다. 내가 앙드레와 함께 알베르띤느에 대해 이야기할 때에는 냉랭함으로 나를 위장하였으나, 그녀가 아마 그녀의 표면적인 고지식함에 내가 속은 것만큼은 나의 그러한 냉랭함에 속지 않았을 것이다. 그녀는 알베르띤느에 대한 나의 무관심을 믿는 척하였고, 알베르띤느와 내가 완벽하게 결합하기를 갈망하는 척하였다. 하지만 아마 나의 무관심을 믿지도, 우리의 접합을 원하지도 않았을지 모른다. 앙드레에게 그녀의 친구에 대해 별 관심이 없는 투로 이야기를 하는 동안에도, 나는 오직 한 가지 일에만 골몰하고 있었으니, 그것은, 발백 근처에서 며칠 머물 예정인지라 알베르띤느가 머지않아 찾아뵙고 함께 사십팔 시간쯤 보낼 예정인, 봉땅 부인과 관계를 맺는 일이었다. 물론 나는 그러한 열망을 앙드레에게 내색하지 않았고, 그리하여 알베르띤느의 집안에 대한 이야기를 할 때에는 가장 소홀한 기색을 보였다. 앙드레의 명시적인 대꾸에는 나의 진실성을 추호도 의심하는 기색이 나타나지 않았다. 그런데, 그 무렵 어느 날, 그녀가 도대체 왜 나에게 다음과 같은 말을 하였단 말인가? "제가 '마침' 알베르띤느의 숙모님을 뵈었어요." 물론 그녀가 나에게 다음과 같이 말하지는 않았다. "우연히 던지신 말씀 속에서, 당신이 알베르띤느의 숙모님과 관계 맺으실 생각만 하신다는 사실을 짐작하였어요." 그러나 나에게 감추는 것이 더 예의에 합당하다고 여긴 앙드레의 뇌리에 있던 그러한 생각에 관련된 것은 '마침'이라는 그 단어 같았다. 그것은, 비록 논리적이고 합리적이며 듣는 이의 이해를 돕기 위하여 직접적으로 도출된 형태는 띠지 않았으되, 전화 속에서 전류로 변했던 인간의 언어가 상대방에게 이해되기 위하여 다시 언어 형태로 환원되듯, 듣는 이에게 진정한 의미를 가지고 도달하는, 이를테면 특정 시선이나 몸짓 등과 같은 부류에 속하는 단어였다. 내가 봉땅 부인에게 관심을 가지고 있으리라는 생각을 앙드레의 뇌리에서 아예 지워버리기 위하여, 나는 그녀 이야기를 건성으로 하였을 뿐만 아니라, 나의 말에 악의까지 곁들였으며, 그리하여 내가 전에 그 미친 여자를 만난 적이 있고, 그러한 일이 다시 도래하지 않기를 바란다고 하였다. 그런데 반대로, 나는 어떤 수단을 동원해서라도, 그녀를 만나려 하였다.

나는 그에게 청을 넣었다는 말을 아무에게도 하지 않은 채, 엘스띠르가 그녀에게 내 이야기를 하여 그녀와 내가 만날 수 있도록 해주는 호의를 얻으려 애를 썼다. 그가 나에게 그러겠노라 약속하였으나, 내가 그녀 만나기를 원한다는 것에 몹시 놀라는 기색이었다. 그녀가 경멸스럽고 간계에 능하며 탐욕스러운 것에 못지않게 무미건조한 여인이라는 것이 그의 생각이었기 때문이다. 내가 봉땅 부인을 만나면 앙드레가 조만간 그 사실을 알게 될 것이라고 생각한 나는, 그녀에게 미리 알리는 것이 나으리라고 판단하였다. 그리하여 그녀에게 말하였다. "가장 피하려고 하는 일들이 곧 도저히 피할 수 없는 일들이에요. 이 세상의 그 무엇도 저에게는 봉땅 부인을 다시 만나는 것만큼은 따분하지 않을 것이나, 제가 그 일을 피할 수 없게 되었어요. 엘스띠르가 저를 그녀와 함께 초대하기로 되어 있어요." — "그런 일이 있을 것이라는 점을 저는 단 한순간도 의심하지 않았어요." 앙드레가 씁쓸해진 어조로 소리쳤고, 그러는 동안, 불만 때문에 커지고 변질된 그녀의 시선이 보이지 않는 어떤 것을 응시하였다. 앙드레의 그 말이 다음과 같이 요약될 수 있는 생각의 가장 질서정연한 진술은 구성하지 못하였다. "저는 당신이 알베르띤느를 사랑한다는 것과 그녀의 집안사람들에게 접근하기 위하여 모든 수단을 동원하고 계심을 잘 알아요." 그 말은, 앙드레가 고집스럽게 지키려 하던 침묵을 내가 폭발시켜 그것에서 생긴 파편들로서, 그러한 생각을 재구성할 수 있는 형체 없는 편린들이었다. 그녀가 앞서 하였던 '마침'이라는 단어처럼, 그 말들은 암시적인 의미밖에 가지고 있지 않았다. 다시 말해, 그 말들은, 우리에게 (직설적인 단언이 아닌) 어떤 사람에 대한 존경이나 불신을 고취하여, 그와 우리 사이에 불화를 조성하는 그러한 말들 중에 속하였다.

내가 알베르띤느의 집안에 관심이 없다고 하였을 때 앙드레가 나의 말을 믿지 않았으니, 그것은 내가 알베르띤느를 사랑한다고 생각하였음을 뜻한다. 따라서 아마 그녀가 그로 인해 행복하지 못했을 것이다.

그녀의 친구와 내가 만날 때마다 그녀는 보통 국외자로서 우리와 함께 있곤 하였다. 하지만 내가 알베르띤느와 단둘이서만 만나게 되어 있던 날들도 있었는데, 내가 열에 들떠 기다리던, 그러나 결정적인 아무것도 나에게 가져다주지 못한, 내가 기다리던 중대한 날이 되지 못하여 역할을 다음 날로 미루었으나 역시 그것을 이행하지 못한 날들이었으며, 그렇게 하루 하루가, 그 물마루들이 즉시 다른 물마루들로 대체되는 파도처럼, 차례 차례 무너지고 있었다.

우리가 고리 찾기 놀이를 하던 날로부터 약 한 달 후 어느 날, 누가 나에게 말하기를, 알베르띤느가 봉땅 부인 댁에 가서 사십팔 시간을 보내기 위하여 다음 날 아침에 떠나게 되어 있고, 새벽에 기차를 타야 하는지라, 그녀를 유숙시켜 주고 있던 친구들에게 폐를 끼치지 않고 첫 기차를 타려면, 그랜드-호텔에 와서 숙박을 하고 새벽에 합승 마차를 이용해 역까지 가야한다고 하였다. 내가 앙드레에게 그 이야기를 하였다. "저는 그런 이야기를 절대 믿지 않아요." 앙드레가 불만스러운 기색으로 내 말에 대꾸하였다. "여하튼 그런다 해도 당신에게는 아무 소용없어요. 그녀가 홀로 호텔에 온다면 당신을 만나려 하지 않을 것임을 제가 확신하니까요. 또한 그것이 예법에 맞지도 않아요." 그녀가 얼마 전부터 부쩍 자주 즐겨 사용하던 '예법에 맞는'이라는 형용사에 '관례적'이라는 의미를 부여하며 그렇게 덧붙였다. "당신에게 이런 말 하는 것은, 제가 알베르띤느의 생각을 알기 때문이에요. 당신이 그녀를 만나건 말건 그것이 저와 무슨 상관이겠어요? 저에게는 이러나저러나 마찬가지예요."

옥따브가 우리들에게로 다가오더니, 전날 골프를 치며 몇 타를 기록하였는지 앙드레에게 스스럼없이 이야기해 주었고, 곧이어 수녀가 묵주 매만지듯 자기의 디아볼로를 조작하며 산책하던 알베르띤느도 우리와 합류하였다. 그 놀이 덕분에 그녀는 몇 시간 동안이라도 무료함을 느끼지 않을 수 있었다. 그녀가 우리들 곁으로 다가오는 순간, 최근에 내가 그녀를 뇌리에 떠올리면서 누락시켰던 장난기 가득한 그녀의 코끝이 내 눈앞에 선명히 나타났다. 물론 그것이 처음은 아니지만, 그녀의 검은 머리채 밑에서 수직을 이루고 있던 이마가 나에게 간직되어 있던 그녀의 흐릿한 영상과 상반된 대조를 이루었고, 그 순간 이마의 백색이 나의 눈을 강하게 파고들었다. 그렇게, 추억의 먼지 속에서 나오면서, 알베르띤느가 내 앞에서 재구성되고 있었다.

골프는 고독한 즐거움에 빠지는 습관을 가져다준다. 디아볼로 놀이가 주는 즐거움 또한 틀림없이 홀로 맛본다. 하지만 우리와 합류한 후에도 알베르띤느는, 친구들이 자신을 방문하였음에도 뜨개질을 계속하는 마님처럼, 우리와 이런 저런 이야기를 나누면서도 디아볼로 놀이를 계속하였다.

"빌르빠리지 부인이 당신의 아버지에게 항의 서한을 보낸 모양이에요." 알베르띤느가 옥따브에게 말하였다(그 순간 나는 '모양이에요'라는 말 뒤에서 들려오는 알베르띤느 특유의 어투를 포착하였다. 또한 내가 그 어투를 잊고 있었다는 사실을 확인할 때마다, 나는 거의 동시에, 그 어투 뒤에서 벌써 알베르띤느의 단호하고 프랑스적인 안색도 언뜻 포착하였던 사실도 상기하곤 하였다. 내가 비록 장님이었다 해도, 그녀의 코끝에서와 마찬가지로 그녀의 어투에서, 그녀의 활기차고 조금 촌스러운 몇몇 특질들을 알아챌 수 있었을 것이다. 그녀의 어투와 코끝이 대등하여 서로 보완할 수 있었을 것이며, 따라서 그녀의 음성은 흔히들 말하는 미래의 전송 사진이 실현할 그러한 음성 같았다. 즉, 음성 속에 가시적인 영상이 또렷하게 드러나곤 하였다). "그녀가 당신의 아버지에게 뿐만 아니라 발백의 시장에게도 서한을 보내어, 자기의 얼굴로 디아볼로가 날아든 일이 있다면서, 방파제 위에서의 디아볼로 놀이를 금지시켜 달라고 하였던 모양이에요."[447)

"그래요, 저도 그 항의 서한 이야기를 들었어요. 우스꽝스러운 일이에요. 그렇잖아도 이곳에 오락거리가 별로 없는데."

앙드레는 두 사람의 대화에 끼어들지 않았다. 그녀가, 알베르띤느도 옥따브도 마찬가지였지만, 빌르빠리지 부인을 몰랐기 때문이다. 하지만 앙드레도 한마디 하였다. "그 부인이 왜 말썽을 부리는지 모르겠어요. 연노하신 깡브르메르 부인의 얼굴에도 디아볼로가 날아든 적 있지만 그녀는 아무 불평 하지 않았어요." — "제가 당신에게 그 차이를 설명해 드리겠어요." 옥따브가 성냥개비 하나를 그으면서 엄숙하게 대꾸하였다. "깡브르메르 부인은 상류 사교계 부인이시고, 빌르빠리지 부인은 일개 출세주의자이기 때문이지요. 오늘 오후에 골프 치러 가실 건가요?" 그런 다음 그가 우리들 곁을 떠났고, 곧 이어 앙드레도 그랬다. 나와 알베르띤느 두 사람만 남았다. "보세요, 저의 머리를 당신이 좋아하시는 모양으로 만들었어요, 저의 머리 타래를 보세요." 그녀가 나에게 말하였다. "모든 사람들이 이 머리 모양을 보고 비웃지만, 제가 누구를 위하여 그랬는지는 아무도 몰라요. 숙모님도 틀림없이 저를 놀리실 거예요. 하지만 숙모님에게도 이유는 말씀드리지 않을 거예요." 내가 자주 옆에서 보던 알베르띤느의 볼은 창백했으나, 그날 그렇게 옆에서 본 볼은, 그것에 조명을 가한 듯 화색이 돌게 하고, 부분적으로 햇빛을 받은 돌들이 분홍빛 화강석처럼 보이고 기쁨을 발산하는 특정 겨울날 아침나절에서 발견되는 광채를 볼에 제공하는, 맑은 혈액에 촉촉이 젖어 있었다. 그 순간 알베르띤느의 볼이 나에게 주던 기쁨 역시 강렬했으나, 그것이 나를 산책하고 싶은 욕망이 아닌 다른 욕망, 즉 입맞춤의 욕망으로 이끌어갔다. 내가 그녀에게, 누가 나에게 이야기해 준 계획이 사실이냐고 물었다. "그래요, 오늘 밤, 당신의 호텔에서 잘 거예요." 그녀가 나에게 말하였다. "그리고 감기 기운이 조금 있어서 저녁 식사 시각 이전에 잠자리에 들려고 해요. 저의 침대 곁에서 제가 저녁 먹는 것 보셔도 좋아요. 그다음 당신이 원하시는 놀이 해요. 내일 아침 당신이 역에 오시면 무척 좋겠지만, 사람들 눈에 우습게 보일까 두려워요. 현명한 앙드레의 눈에는 그렇게 보이지 않겠지만, 혹시 역에 나올 다른 사람들의 눈에는 그럴 거예요. 그리하여 누가 저의 숙모님에게 그 이야기를 하면 귀찮아질 거예요. 하지만 오늘 저녁 시간은 우리 단둘이 함께 보낼 수 있을 거예요. 그것만은 저의 숙모님도 전혀 모르시게 될 거예요. 앙드레에게 작별 인사를 해야겠어요. 그러면 곧 다시 만나요. 우리 둘만의 긴 시간을 가질 수 있도록, 가능하면 일찍 오세요." 그녀가 미소를 지으면서 그렇게 덧붙였다. 그 말을 듣는 순간, 나는 내가 질베르뜨를 사랑하던 시절 훨씬 이전의 시절, 즉 사랑이라는 것이 객관적일 뿐만 아니라 가시적으로 구현될 수 있는 실체처럼 보이던 그 시절로, 나 자신도 모르게 거슬러 올라갔다. 내가 샹젤리제에서 만나던 질베르뜨가 나 홀로 있기 무섭게 나의 내면에서 즉시 다시 발견하던 질베르뜨와 전혀 별개였던 반면, 내가 날마다 만나고, 부르주와적 편견 가득하며, 자기의 숙모와 격의 없이 지내는 실재하는 알베르띤느 속에, 내가 아직 그녀와 사귀기 전에 방파제 위에서 나를 은밀히 바라보았다고 여겨지던, 혹은 내가 자기로부터 멀어져가는 동안 나를 바라보면서 내키지 않는 기색으로 돌아가는 듯했던, 즉 나의 상상 속 알베르띤느가 문득 구현되었다.

할머니와 함께 저녁 식사를 하러 갔을 때, 나는 할머니께서 전혀 모르시는 비밀이 나를 가득 채우고 있음을 느꼈다. 마찬가지로, 알베르띤느의 경우 역시, 그녀의 친구들은 그녀와 함께 있으면서도, 그녀와 나 사이에 일어난 새로운 일을 알지 못할 것이며, 자기 질녀의 이마에 입을 맞추면서도 봉땅 부인 또한, 그녀와 자기의 질녀 사이에, 그리고 모든 사람들에게 감추어진 목적 즉 나의 마음에 들고자 하는 목적을 가진 자기 질녀의 머리 매무새 속에, 내가 (자기의 질녀와 함께 같은 사람들과 인척관계에 있고, 상복도 함께 입으며, 방문할 친척들도 같았기 때문에 그녀를 그토록 부러워하였건만, 문득 알베르띤느에게 그녀보다 더 중요한 인물로 변한 내가) 있다는 사실을 까맣게 모를 것이다. 자기의 숙모 곁에 있으면서도 그녀가 이제 나를 생각할 것이다. 잠시 후 어떤 일이 생길지, 나는 선명히 예측할 수조차 없었다. 여하튼 그랜드-호텔과 저녁 시간이 더 이상 텅 빈 것처럼 보이지 않았고, 그것들이 나의 행복을 내포하고 있었다. 알베르띤느가 투숙한 계곡 쪽 방으로 올라가기 위하여, 내가 초인종을 눌러 리프트를 불렀다. 승강기의 간이의자 위에 잠시 걸터앉는 것과 같은 하찮은 동작들조차 나에게는 감미로웠으니, 그것들이 나의 심정과 직접적인 관계가 있었기 때문이다. 승강기를 끌어올리는 견인장치와 걸어서 올라가야 할 계단들 속에서 내가 발견한 것은, 내 기쁨이 질료로 변하여 생긴 톱니바퀴와 계단들뿐이었다. 그 분홍색 몸뚱이의 진귀한 실체가 감추어져 있던 방에 도달하기 위해서는 복도에서 두세 걸음만 더 가면 족했다. 그 방은, 그 속에서 비록 감미로운 행위들이 전개되더라도, 특유의 확고부동함을 견지하고, 아무 영문 모르는 채 그 앞을 지나는 사람이 보기에는 고집스럽게 침묵을 지키는 증인들이고 양심적인 지기(知己)들이며 쾌락을 위임 받은 난공불락의 수탁자(受託者)들인 다른 방들과 유사하다는 듯한 기색을 간직하고 있는, 그러한 방이었다. 층계참으로부터 알베르띤느의 방까지 가는데 필요한 그리고 이제는 아무도 멈추게 할 수 없던 그 몇 걸음을, 나는 마치 내가 새로운 질료 속에 잠긴 듯, 앞으로 나아가면서 내가 얼마간의 행복을 천천히 옮겨 놓은 듯, 환희에 젖은 채 신중하게, 그리고 아울러 절대 권력이라는 미지의 감정과 태초부터 나에게 귀속되었을 유산 속으로 드디어 들어간다는 감정에 휩싸인 채 옮겨 놓았다. 그리고 문득, 내가 의혹을 품었던 것은 잘못이라는 생각이 뇌리를 스쳤다. 그녀가 분명, 자기가 침상에 오른 후에 오라고 하였다. 더 이상 의심의 여지가 없었다. 나는 기쁨에 발을 굴렀고, 마침 내 앞에 나타난 프랑수와즈를 거의 넘어뜨릴 만큼 격렬하게 밀친 다음, 눈을 형형하게 번득이면서, 나의 연인이 기다리고 있던 방으로 돌진하였다. 들어가 보니 알베르띤느가 침대에 누워 있었다. 침대 때문인지 혹은 감기 때문인지 혹은 식사 직후였기 때문인지 모르겠으나, 상기되어 더 붉어진 듯한 그녀 얼굴의 균형을, 목이 훤하게 드러나도록 입은 그녀의 하얀 잠옷이 바꾸어 놓았고, 나는 몇 시간 전 방파제 위에서 내 곁에 있던 그리고 드디어 그 맛을 알게 된 색깔들을 뇌리에 떠올렸다. 그녀의 볼 위로는, 나를 기쁘게 해주기 위하여 그녀가 완전히 풀어 헤친 검고 곱슬곱슬한 머리채가, 위로부터 아래쪽으로 늘어져 있었다. 그녀가 미소를 지으며 나를 빤히 바라보았다. 그녀 옆 창문을 통해 보이는 계곡에는 달빛이 어리어 있었다. 알베르띤느의 드러난 목과 지나치게 발그레한 볼의 모습이 나를 어찌나 심한 도취경 속으로 몰아넣었던지 (다시 말해 세계의 현실을 나를 위해 자연 속에 놓지 않고 내가 제어하기 어려운 감각의 급류 속에 놓았던지), 그것들이 나의 존재 속에서 구르고 있던 광대하고 파괴될 수 없는 생명과 그것에 비하면 연약하기 그지없는 우주의 생명 간에 존재하던 균형을 무너뜨렸다. 창문을 통해 계곡 옆으로 보이던 바다, 젖가슴처럼 부푼 멘느빌 초입의 절벽들, 달이 아직 천정점(天頂

點)에 이르지 않은 하늘, 그 모든 것들이, 자기들의 민감한 표면으로 다른 많은 짐들을, 심지어 이 세상의 모든 산들까지도 떠받들 준비가 되어 있던, 내구력 강하며 나의 눈꺼풀 사이에서 한껏 팽창된 내 눈동자의 구체(球體)들에게는, 깃털보다도 더 가벼워 보였다. 시계(視界)의 영역 전체도 내 안구(眼球)의 궤도면(軌道面)을 채우지 못하였다. 또한 자연이 나에게 몽땅 가져다줄 수 있을 생명력조차도 나에게는 지극히 보잘것없을 듯 보였고, 나의 흉곽을 한껏 부풀리고 있던 광대한 흡입 기운에게는 바다의 숨결조차 너무나 짧아 보였을 것이다. 내가 알베르띤느를 포옹하기 위하여 그녀에게로 상체를 숙였다. 그 순간 죽음이 나를 덮치게 되어 있었다 할지라도 그것이 나에게는 아무렇지도 않게, 아니, 그것이 불가능해 보였을 것이니, 생명이 나의 밖이 아니라 나의 속에 있었기 때문이다. 그리하여 그 순간에 어떤 철인이, 내가 비록 먼 훗날이지만 결국 죽어야 하고, 자연의 영원한 힘은 그 이후에도 존속할 것이며, 그 힘의 신성한 발밑에 있는 나는 한낱 먼지에 불과하다고 하면서, 내가 사라진 후에도 둥그스름하게 불룩한 그곳의 절벽들과 그 바다와 그 달빛과 그 하늘은 여전히 남을 것이라고 하였다면, 내가 그 철인을 딱하게 여겨 미소를 지었을 것이다.[448] 그것이 어찌 가능할 수 있었겠는가? 즉, 세계가 어찌 나보다 더 오래 존속할 수 있었겠는가? 내가 세계 속에 흔적 없이 묻혀 있었던 것이 아니라, 세계가 나의 속에, 도저히 채워질 수 없는 나의 속에, 그곳에 다른 숱한 보화들을 쌓아 두어야 함을 느끼고 내가 하늘과 바다와 절벽들 따위는 그 한 구석에 귀찮은 듯 던져 놓곤 하던 그 나의 속에 갇혀 있었으니 말이다.[449] "그만해요, 그러지 않으면 초인종을 누르겠어요." 자기를 포옹하려고 덮치듯 달려드는 나를 보고 알베르띤느가 소리쳤다. 하지만 나는, 자기의 숙모가 알지 못하도록 조처를 취한 후, 한 처녀가 한 젊은이로 하여금 은밀히 자신의 침실로 오게 한 것이 아무 짓도 하지 않기 위해서는 아니며, 또한 과감성이 기회를 이용할 줄 아는 이들에게 성공을 가져다주는 법이라고 생각하였다. 열광한 상태에서 보니, 야등(夜燈)의 불빛을 받은 듯 내면의 불꽃에 의해 상기된 알베르띤느의 둥근 얼굴이 어찌나 돋보이던지, 한 자리에 멈추었으되 현기증 일으키는 소용돌이 속에 휩쓸린, 미켈란젤로가 그린 얼굴들처럼,[450] 그것이 달아오른 구체(球體) 모양으로 빙글빙글 돌고 있는 것 같았다. 나는 바야흐로 그 미지의 장밋빛 과일이 함유하고 있던 향기와 맛을 음미할 찰나에 있었다. 문득 다급하고 길게 뻗어가는 듯하며 날카로운 소리가 들렸다. 알베르띤느가 힘껏 초인종을 누른 것이다.

나는 알베르띤느에게로 향하던 나의 연정이 육체적 소유 가망성에 토대를 두었다고는 일찍이 생각하지 않았다. 그렇건만, 그러한 육체적 소유가 불가능하며, 해변에서 알베르띤느를 처음 보았을 때 그녀가 자유분방하리라 믿어 의심치 않았으나 그 이후 그녀에 대한 이러저러한 추측들을 거쳐 그녀가 전적으로 정숙하리라는 결정적인 확신을 갖게 된 결과가 그날 저녁의 경험으로부터 초래된 것처럼 보였을 때, 그리고, 자기의 숙모님 댁에서 돌아와 한 주일쯤 후 그녀가 나에게 '당신을 용서하며, 당신에게 괴로움 드린 것이 유감이지만, 차후로는 절대 다시 그러지 마세요'라고 하였을 때, 블록이 나에게 모든 여인들을 수중에 넣을 수 있다는 말을 하였을 때와는 반대로, 또한 내가 마치 살아 있는 젊은 여인 대신 밀랍 인형과 상관하기라도 한 듯, 그녀의 삶 속으로 침투하고, 그녀가 유년 시절을 보낸 고장까지 그녀를 따라가며, 그녀에 이끌려 스포츠를 즐기는 생활에 입문하는 것 등, 그녀에 대한 열망이 차츰 약화되는 현상이 발생하였으며, 아울러 이러저러한 주제에 대하여 그녀가 가지고 있을 생각에 대한 나의 지적인 호기심 또한 그녀를 포옹할 수 있으리라는 믿음과 함께 소멸되었다. 육체적 소유 가망성에 의해 영양 공급 받기를 멈추기 무섭게, 나의 몽상들도, 그 가망성과는 그것들이 무관하다고 내가 믿고 있었건만, 그녀 곁을 떠나 버렸다. 그 이후부터는 나의 몽상들이 다시 자유로워져, 알베르띤느의 친구들 중 이 소녀 혹은 저 소녀에게로─내가 어떤 소녀에게서 특정한 날에 발견하는 매력에 따라, 특히 그녀로부터 사랑 받을 가능성과 기회에 따라─옮겨 다녔으며, 그 첫 대상이 앙드레였다. 하지만 알베르띤느가 존재하지 않았다면, 그 이후 앙드레가 나에게 베풀던 친절에서 내가 점점 더 자주 취하기 시작하던 즐거움을 얻을 수 없었을 것이다. 알베르띤느는 내가 자기를 상대로 겪은 실패에 대하여 아무에게도 이야기하지 않았다. 그녀는, 젊음이 겨우 피어나기 시작할 무렵부터 아름다움 덕분에, 특히, 상당히 신비로운 상태로 남아 있고 그 원천이 아마 자연으로부터 혜택을 덜 받은 이들이 갈증을 풀러 오는 생명력의 보호구역에 있는 애교와 매력 덕분에─자기들의 가문에서나 친구들 사이에서나 사교계에서나─더 아름답고 더 부유한 여인들보다 항상 더 큰 호감을 얻는 예쁜 아가씨들 중 하나였다. 또한 그녀는, 사랑할 나이가 되기 전에 그리고 그 나이에 이르면 더욱더, 그들이 요구하는 것 이상으로 그리고 심지어 그들이 줄 수 있는 것 이상으로, 사람들로부터 사랑을 요구 받는 존재들의 부류에 속해 있었다. 알베르띤느에게는 어린 시절부터 그녀 앞에서 항상 감탄을 금치 못하던 어린 친구들 네댓 명이 있었고, 그녀들 중에, 모든 면에서 그녀보다 월등했고 또 그러한 사실을 잘 알던 앙드레가 있었다 (또한 아마 자신도 모르게 사람들의 마음을 끌어당기는 그러한 힘이 그 작은 집단의 형성에 이바지하였고 그 근원이 되었을 것이다). 그러한 인력이 상당히 멀리까지, 비교적 화려한 계층에까지 작용하여, 그러한 사람들 집에서 느리고 장중한 빠도바풍 춤을 추는 무도회가 열리면, 출신 더 나은 아가씨보다 오히려 알베르띤느를 초대하곤 하였다. 그 결과, 훗날 결혼을 한다 해도 지참금 한푼 준비된 것 없고, 과일 속 벌레처럼 부정직하고 그녀를 떨쳐 버릴 생각만 한다고 알려진 봉땅 씨에게 얹혀 구차하게 살건만, 그럼에도 불구하고, 물론 쌩-루 같은 사람이 보기에는 우아하지 못하더라도, 로즈몽드의 어머니나 앙드레의 어머니처럼 매우 부유하나 사교계를 모르는 여인들에게는 엄청난 무엇처럼 보이는 사람들에 의해, 저녁 식사에 초대될 뿐만 아니라 집으로까지 초청되곤 하였다. 그리하여 알베르띤느는 매년, 프랑스 중앙은행 이사이며 어느 철도 회사 대표이사인 사람의 집에서 몇 주 동안을 머물기도 하였다. 그 금융인의 아내는 중요 인사들을 집에 초대하면서도 그러한 날에 대해서 앙드레의 모친에게는 단 한 마디 언급도 없었으며, 앙드레의 모친은 그것이 자기에 대한 결례라고 생각하면서도, 그 집에서 일어나는 일들에 대해 첨예한 관심을 늦추지 않았다. 또한, 스스로 여행할 방안도 없고 숙모라는 사람이 거들떠보지도 않는 소녀에게 해변 휴양지를 제공하는 것도 하나의 선행이라고 하면서, 매년 앙드레로 하여금 알베르띤느를 자기네 별장에 초대하게 하였다. 하지만 중앙은행 이사와 그의 처가, 자기와 자기의 딸에 의해 알베르띤느가 곰살궂은 대접을 받는다는 사실을 알고, 자기네 두 모녀에 대하여 호의적인 견해를 갖게 되리라는 희망에 이끌려 앙드레의 모친이 그랬던 것은 아마 아닐 것이다. 또한, 알베르띤느가 착하고 솜씨 능란하지만, 자기가 그 집에 초대 받게 주선한다든가, 최소한 자기의 딸이라도 그 금융인의 가든 파티에 초대될 수 있게 하리라 기대하였던 것은 더욱 아니다. 하지만 저녁 식사 때마다, 겉으로는 멸시하거나 무관심한 척하면서도, 알베르띤느가 그들의 성에 머무는 동안 있었던 일들과, 그녀도 먼발치로 혹은 이름을 들어 아는, 그곳에 초대된 사람들에 관한 이야기를 하면 매우 황홀해하였다. 그 사람들에 관해 알베르띤느에게, 오만하고 별 관심 없는 듯한 기색으로 마지못해 이런저런 것을 묻는 동안에도, 자기가 그들을 그런 식으로밖에 모른다는 사념이(그녀는 그렇게 아는 것을 가리켜 '전부터' 안다고 하였다) 앙드레의 모친에게 한 가닥 우수를 가져다주었으며, 그녀가 만약 자기의 저택 집사에게 다음과 같은 말을 함으로써 스스로를 추스르고 자신을 '삶의 현실' 속에 되돌려 놓지 않았다면, 그녀가 자신의 사회적 중요도에 대한 확신을 잃고 불안해하였을 것이다. "주방장에게 완두콩이 충분히 무르지 않았다고 말해 주세요." 그러한 말을 한 다음에야 그녀가 평온을 되찾았다. 또한 그 순간 그녀는, 자기의 딸 앙드레가, 가문이 출중함은 물론 주방장 하나와 마부 둘은 거느릴 수 있을 만큼 충분히 부유한 청년을 남편으로 맞게 해야겠다고 스스로에게 다짐하곤 하였다. 현실적이고 실질적인 진실, 그것이 신분이라는 것이다. 그러나 알베르띤느가 중앙은행 이사의 성에서 이러저러한 귀부인과 함께 저녁 식사를 하였으며, 그 귀부인이, 오는 겨울에 그녀를 자기의 집에 초대하기까지 하였다는 사실이, 앙드레의 모친이 보기에는, 알베르띤느에 대한 연민 및 그녀의 불운한 처지가 촉발시킨 멸시(봉땅 씨가 변절하여—그가 심지어 파나마 운하 사건[451]에도 연루되었다는 소문도 떠돌았다—정부측과 손을 잡았다는 사실 때문에 더욱 중대된) 등과 연관된 특별한 배려로 여겨졌다. 하지만 그럼에도 불구하고, 앙드레의 모친은, 진실에 대한 사랑에 이끌려, 알베르띤느가 하층민 출신이라고 믿는 듯한 기색을 드러내는 이들에게 벼락같이 소리치기를 서슴지 않았다. "무슨 소리예요, 최상류층 사람들이에요, 'n'자 하나만 사용하는 씨모네 가문 사람들이에요." 물론, 모든 일들이 그렇게 진행되고, 금전이 그토록 중요한 역할을 하며, 자신의 우아함이 돋보이게 하기 위해서 누구를 초청하되 그에게 결혼까지는 제안하지 않는 그 사회적 계층의 속성상, 그녀가 누리고 있었으되 그녀의 가난을 보정(補正)해 준다고는 아무도 생각하지 않던 그토록 각별한 배려가, 알베르띤느에게 '괜찮다'고 할 만한 결혼을 보장해 줄 만한 어떤 유익한 결과도 가져다 줄 수 없을 것 같았다. 그러나, 결혼으로 이어질 가망이 전혀 없는 알베르띤느의 그러한 '성공' 그 자체마저도, 알베르띤느가 중앙은행 이사 부인이나 자기들이 잘 알지 못하는 앙드레의 모친에 의해 '집안의 아이'처럼 초대 받는 것을 보고 미친 듯 격앙된, 몇몇 못된 어머니들의 질투심을 자극하였다. 그리하여 그 못된 어머니들은, 자기들과 두 부인을 모두 알고 지내던 자기네 친구들에게, 그 두 부인이 사실을 알게 된다면, 즉 알베르띤느가 두 부인 중 하나에게(또 반대로 다른 부인에게도) 다른 부인이 친밀하게 대하며 경솔히 받아들여 그녀로 하여금 자기의 집에서 발견하게 한 모든 것들을, 공개될 경우 당사자에게는 몹시 불쾌할 수 있을 수천의 소소한 비밀들을, 세세히 이야기한다는 사실을 두 부인이 안다면, 그 두 부인이 몹시 분개할 것이라는 말을 흘리곤 하였다. 그 시샘꾼 여인들이 그러한 말을 흘린 것은, 그 말이 알베르띤느의 두 후견인 부인들에게 전해져, 알베르띤느와 두 부인 사이에 불화가 생기도록 하기 위함이었다. 하지만 전해진 그 말들이, 흔히 그렇듯, 어떠한 성공도 거두지 못하였다. 그러한 말들 속에서, 발설한 사람의 악의가 두드러지게 느껴졌고, 결과적으로 발설자에 대한 경멸감만 증대시켰다. 앙드레의 모친이 알베르띤느를 바라보던 시각은 너무나 확고하여, 그녀에 대한 견해가 바뀔 수 없었다. 그녀가 알베르띤느를 '불운한' 사람으로 여겼으되, 또한 천성 뛰어나고 다른 이들을 기쁘게 해줄 방안만을 궁리하는 사람이라고 생각하였다.

알베르띤느가 얻은 그러한 종류의 인기가 하등의 실질적인 결과를 내포하지 못한 듯 보였다면, 그것이 반면 그녀에게, 사람들이 언제나 환영하는지라 구태여 나설 필요가 없는 이들의 독특한 성격을(유사한 이유로 인해 사회의 정반대쪽 끝에 있는 우아한 여인들에게도 있는 성격이다) 새겨 주었으며, 그 성격이란, 자기들이 거둔 성공을 과시하기보다 감추는 편을 택하는 이들의 성격이다. 그녀는 어떤 사람에 대하여 결코 이렇게 말하는 법이 없었다. "그는 저를 만나고 싶어해요." 또한 모든 이들에 대하여 매우 호의적으로, 그리고 다른 이들을 찾아 다닌 것이 자기인 듯이 말하였다. 혹시 어떤 사람이, 불과 몇 분 전에 자기를 만나주지 않는다고 그녀의 정면에서 그녀를 심하게 비난하던 어느 젊은이에 대해 이야기를 하여도, 그러한 사실을 공표하듯 떠들거나 젊은이를 비난하는 대신, 그녀는 오히려 그 젊은이를 칭찬하였다. "정말 친절한 청년이에요!" 그녀가 하도 사람들의 마음에 들어, 그것으로 인하여 괴로워하기도 하였는데, 천성적으로 다른 이들에게 기쁨 주기를 좋아하던 그녀가, 불가피하게 어떤 이들에게는 괴로움의 원인이 되었기 때문이다. 그녀가 사람들에게 호감 주기를 어찌나 좋아하였던지, 공리주의자들이나 성공한 이들 특유의 거짓말을 하기에까지 이르기도 하였다. 많은 사람들 속에 배아(胚芽) 상태로 있는 그러한 유형의 거짓은, 하나의 행위를 가지고, 그것 덕분에, 단 한 사람에게만 기쁨을 주는 것으로는 만족하지 못한다는 특징을 가지고 있다. 예를 들어, 알베르띤느의 숙모가 만약 어느 재미없는 오후 연회에 자기의 질녀를 데리고 가고자 하였다면, 알베르띤느로서는, 함께 그곳에 가 자기의 숙모에게 기쁨을 드린 것에서 윤리적인 이익을 취한 것으로 충분하다고 생각할 수 있었을 것이다. 하지만 그 집 주인들의 친절한 영접을 받자, 그녀는 자기가 하도 오래전부터 그들 뵙기를 갈망하였던지라, 이번 기회에 함께 가는 것을 허락해 주십사 숙모님께 간청 드렸노라고 말하는 편을 택하였다. 그것만으로는 아직 부족했다. 그 연회에 깊은 슬픔을 지닌 그녀의 친구도 마침 참석하였다. 그녀를 보자 알베르띤느가 말하였다. "나는 너를 홀로 내버려 두고 싶지 않았어. 네가 나를 곁에 두면 그것이 너에게 도움이 될 것이라고 생각하였어. 네가 원한다면 이 연회는 내버려 두고 다른 곳으로 가자. 네가 원하는 대로 따르겠어. 나는 무엇보다도 네가 덜 슬퍼하는 모습을 보고 싶어." (그 말 또한 사실이었다.) 하지만 때로는 허구적인 목적이 실제의 목적을 파괴해 버리는 경우도 있었다. 자기 친구들 중 하나를 위하여 알베르띤느가 어느 부인에게 도움을 청하러 간 일이 있다. 그러나, 선량하고 동정심 많은 그 부인 댁에 도착하자, 그 아가씨께서, 단 하나의 행동을 복합적인 용도에 사용한다는 자신의 원칙에 자기도 모르게 복종하여, 그 부인을 다시 만남으로써 자기가 맛볼 수 있으리라고 직감한 기쁨만을 위하여 온 척하는 것이 더 다정해 보일 것이라 생각하였다. 그 부인은 알베르띤느가 순수한 우정에 이끌려 먼 걸음을 한 것에 무한히 감동하였다. 거의 감격하다시피 하는 부인의 모습을 보자 알베르띤느가 더욱 그녀를 좋아하게 되었다. 그다음에 생긴 일은 이러했다. 애초 그 부인 댁에 도착하면서 거짓으로 내세웠던 순수한 우정의 기쁨을 그녀가 어찌나 강렬하게 느꼈던지, 그녀는 자기가 만약 친구를 위하여 도움을 요청할 경우, 자신이 진정 느낀 감정을 그 부인께서 의심하시지 않을까 저어하게 되었다. 그 부인께서 알베르띤느가 그 일 때문에 왔다고 생각하실 것이고, 또 그것이 사실이었으나, 자기를 만나면서 그녀가 사심 없는 기쁨을 느끼지 않았으리라 결론 내리실 수 있었으니, 그것은 사실이 아니었다. 그리하여, 어떤 여인으로부터 특별한 호의 얻을 희망을 품고 그녀를 다정하게 대하다가, 그 다정함의 고결한 성격을 지키기 위하여 연정을 고백하지 못하고 돌아서는 남자들처럼, 알베르띤느가 부인께 도움을 청하지 못하고 발길을 돌렸다. 다른 경우들에 있어서는, 진정한 목적이 부차적이고 즉석에서 고안된 목적 때문에 희생되었다고는 할 수 없으되, 진정한 목적이 부차적인 목적과 하도 상반되어, 알베르띤느가 천명한 목적에 감동하였던 사람이, 그녀의 다른 목적을 알게 될 경우, 감동하였던 사람이 느끼던 기쁨이 가장 깊은 괴로움으로 즉시 바뀌었을 것이다. 훨씬 뒤에 이어지는 이야기가 그러한 부류의 모순들에 대한 이해를 더 수월하게 해줄 것이다.[452] 성격이 전혀 다른 사건들 중에서 예를 하나 들어, 삶이 우리에게 제공하는 지극히 다양한 상황 속에서 그러한 모순들이 매우 빈번하게 발생한다는 점을 우선 지적해 두자. 어느 남편이, 자기의 부대가 주둔하고 있던 도시에 사랑하는 여인을 데려다 놓았다. 빠리에 남아 있던 그의 아내가 어렴풋이 그 사실을 알게 되어 몹시 슬퍼하면서, 질투심 가득한 편지들을 남편에게 보냈다. 그런데 그가 사랑하던 여인이 빠리에 가서 하루를 보내야 할 일이 생겼다. 자기와 함께 빠리에 가자는 여인의 간청에 견디지 못하여, 그가 이십사 시간 동안의 짧은 휴가를 얻었다. 하지만 심성 착한 사람이었던지라, 아내에게 슬픔 안겨 준 것이 괴로워, 아내의 집으로 가서 진실한 눈물 몇 방울을 흘리면서 말하기를, 그녀의 편지를 받고 미칠 것 같아, 달려와 그녀를 위로하고 포옹할 방법을 찾아내었노라고 하였다. 그렇게 단 한 번의 나들이로, 그는 자기의 정부와 아내에게 동시에 사랑을 입증해 보였다. 그러나 만약 그의 아내가, 남편이 빠리에 온 진정한 이유를 알게 된다면, 그 배은망덕한 남편이 거짓말로 자기를 괴롭힌 것 이상으로 여하튼 자기를 행복하게 해주지 않는 한, 그녀의 기쁨은 틀림없이 고통스러운 슬픔으로 바뀔 것이다. 그러한 다수 목적을 노리는 조직적 방법을 가장 빈번히 사용하는 것으로 여겨지던 사람들 중에 노르뿌와 씨가 있었다. 그는 가끔 불화한 두 친구 사이에서 중재자 역할 맡기를 기꺼이 수락하였고, 그로 인하여 가장 호의적인 사람이라는 평을 받았다. 하지만 그는 자기에게 중재를 요청하러 온 사람에게 도움 주는 기색을 나타내는 것만으로는 만족하지 못하고, 그 사람의 다른 쪽 당사자에게 중재안을 제시하면서, 그것이 상대방의 요청에 따른 것이 아니라 자신이 그를 위하여 마련한 것처럼 말하였으며, 그의 말을 들은 사람은, 자기 앞에 있는 인물이 '모든 사람들 중 남을 가장 잘 도와주는' 바로 그 사람이라는 생각에 젖어 있었던지라, 아주 쉽게 설득 당하곤 하였다. 그러한 식으로, 양다리를 걸치면서, 주식 시장의 용어를 빌리자면, 증권 중개인들이 고객들의 주문을 무시하고 주식을 임의로 매매하듯, 그는 자신의 영향력이 결코 어떠한 위험에도 처하지 않게 하였으며, 따라서 그가 다른 이들에게 주는 도움들이, 그의 신용 중 한 부분의 양도분이 아니라 오히려 성과급을 이루었다. 또한 다른 한편으로는, 그가 베푼 도움이 이중의 효과를 거둔 것으로 보였던지라, 하나의 도움을 베풀 때마다 그가 진정 도움을 줄 수 있는 친구라는 명성이 그만큼 더 드높아졌을 뿐만 아니라, 그의 모든 중재가, 검으로 물 찌르듯 빗나가지 않는, 실효성 보장된 도움이라는 명성도 아울러 높아졌으며, 그러한 사실이 쌍방 당사자들이 그에게 표하던 사의에 의해 입증되곤 하였다. 친절 속에 있던 그러한 이중성이(그리고 모든 인간 속에 있는 그 반증적 특성들과 함께) 노르뿌와 씨의 성격을 구성하는 중요한 부분이었다. 그리하여 외무성에서 그가, 상당히 고지식하신 우리 아버지에게 도움을 드리는 것처럼 아버지가 믿으시도록 하면서, 아버지를 이용하곤 하였다.

자신이 원하는 것 이상으로 사람들의 호감을 샀고, 따라서 자기의 성공에 대해 나팔을 불어댈 필요를 느끼지 않았던지라, 자기의 침대 옆에서 자기와 나 사이에 일어났던 일에 대하여, 못생긴 여자였다면 온 세상에 알리고 싶어 하였을 그 일에 대하여, 알베르띤느는 침묵을 지켰다. 또한 나로서는, 그 사건 당시 그녀가 보인 태도를 도저히 납득할 수 없었다. 그녀가 완벽하게 정숙하리라는 가정을(나는 처음 내가 자기를 포옹하고 자기의 몸을 수중에 넣는 것을 거부하던 그 맹렬함이 그 정숙함에 기인하리라 여겼으나, 내가 생각하고 있던 그녀의 근본적인 선량함과 정직성에는 그러한 맹렬함이 불가결하지는 않았다) 나는 여러 차례에 걸쳐 끊임없이 다시 생각하며 그것에 수정을 가하였다. 그러한 가정이 내가 알베르띤느를 처음 보던 날 수립하였던 가정과는 너무나 상반된 것이었다! 게다가, 나에게는 모두 다정함의 표현이었던 그녀의 다양한 여러 행위들이(때로는 앙드레에게로 향한 나의 편애 때문에 질투심에 사로잡히고, 불안해하고, 놀라고, 애무하는 다정함 등) 사방에서, 나의 손아귀에서 빠져나가기 위하여 초인종의 줄을 당길 때 드러냈던 그녀의 격렬한 동작을 에워싸면서 선명히 부각되었다. 그러면 도대체 왜 자기의 침대 곁에서 저녁 시간을 보내라고 하면서 나를 불렀단 말인가? 왜 항상 애정의 언어를 나에게 건넸단 말인가? 남자 친구를 만나려는 그 갈망과, 그 사람이 자기의 여자 친구를 더 좋아하지 않을까 하는 두려움과, 그 사람의 마음에 들려고 하는 의도와, 그가 자기의 곁에서 저녁 시간 보낸 사실을 다른 사람들은 감쪽같이 모를 것이라고 소설 속의 인물처럼 말하던 그 어투 등이, 그 남자에게 그토록 단순한 즐거움을 거절한다면, 그리고 자기에게는 그것이 즐거움일 수 없다면, 도대체 무엇을 의미한단 말인가? 하지만 나는 알베르띤느의 정숙함이 그토록 극단적일 것이라고는 믿을 수 없었고, 따라서 그녀의 격렬함이, 나의 마음을 사로잡는데 필요한 것과 관련된 일에서, 예를 들어, 자기의 몸에서 발산된다고 믿어 그것이 나에게 거슬리지 않을까 두려워하던 불쾌한 체취에 기인하지 않았을까, 혹은, 육체적 사랑의 실상을 모르는 나머지, 나의 신경성 허약함이 입맞춤을 통해 자기에게 전염되지 않을까 하는 두려움에 기인하지 않았을까 하는 등의 질문을 나 자신에게 던지기에 이르렀다.

그녀는 나에게 그 즐거움을 허락할 수 없었던 것에 틀림없이 애석함을 느꼈을 것이며, 그리하여, 우리의 친절에 감동하면서도 그것에 상응할만한 것으로는 보답하기 싫어 우리를 위하여 다른 호의를 베풀려고 하는 이들의—짧은 논평 하나 써주면 몹시 기뻐할 소설가를 그러한 글 써 주는 대신 저녁 식사에 초대하는 평론가, 혹은 귀족 흉내 내는 젊은이와 함께 극장에 가지 않고 자기가 사용하지 않는 날에 그 젊은이에게 자기의 칸막이 좌석을 빌려주는 공작 부인 등이 그러한 사람들이다—고결한 사악함을 발휘하여, 나에게 작은 황금빛 연필 하나를 주었다. 최소한의 것만 베풀거나 아무것도 할 수 없는 이들은 그렇게 가책감 때문에 무엇이건 베풀지 않을 수 없는 모양이다! 나는 알베르띤느에게 말하기를, 그녀가 나에게 연필을 주어서 무척 기쁘지만, 그녀가 호텔에 와서 자던 날 저녁에 내가 그녀를 포옹하도록 허락하였다면 느꼈을 기쁨만큼은 크지 못하다고 하였다. "그랬다면 내가 얼마나 행복했겠어요! 그런다고 당신에게 무슨 일이 생길 수 있었겠어요? 저는 당신이 그것을 거절하는 것에 놀랐어요." – "저를 놀라게 하는 것은, 저의 그러한 태도를 당신이 놀랍다고 여긴다는 사실이에요." 그녀의 대꾸였다. "도대체 당신이 어떤 여자 아이들과 사귀셨기에 저의 행동에 놀라시는지, 저는 의아하게 생각할 뿐이에요." – "당신에게 노여움을 안겨 드려 정말 유감입니다만, 지금 다시 생각해 보아도, 그것이 저의 잘못이라고는 여겨지지 않아요. 그러한 일들은 하등 중요하지 않다는 것이 저의 견해이며, 그토록 수월하게 기쁨을 줄 수 있는 젊은 아가씨가 그러는 것에 동의하지 않는다는 사실을 이해할 수 없어요." 그런 다음, 여배우 레아의 친구라는 소녀를 그녀와 그녀의 친구들이 얼마나 모질게 비난하였는지를 상기하면서, 그녀의 윤리적 관념을 반이나마 충족시켜 주기 위하여 다시 덧붙였다. "하지만 젊은 아가씨가 무슨 짓이든 할 수 있으며 부도덕한 것이란 없다는 뜻이 아닙니다. 예를 들어 전에 당신과 당신의 친구들이 이야기하시던, 발백에 사는 소녀와 어느 여배우 간에 존재하리라는 관계에 대해서만은 저도 혐오스럽게 생각하며, 그것이 어찌나 혐오스러워 보이는지, 아마 그 관계라는 것은 소녀의 적들이 꾸며낸 이야기일 뿐 사실이 아니라고 생각합니다. 저에게는 그것이 있을 법하지 않은, 불가능한 일처럼 보입니다. 하지만, 제가 당신의 친구라고 하시니, 친구가 자기를 포옹하게 내버려 두고 또 그 이상이라도 허락…" – "당신이 저의 친구인 것은 맞아요. 그러나 당신을 알기 전에도 다른 친구들이 있었고 많은 젊은이들과 사귀었으며, 저에 대한 그들의 우정 또한 당신의 우정에 못지않았어요. 하지만 감히 그러한 짓을 시도하였을 사람은 없었어요. 자기들이 받을 따귀 세례를 알고 있었던 거예요. 게다가 그들은 아예 그러한 것은 생각조차 하지 않았고, 좋은 동료로서 흔쾌히, 다정하게 악수를 나누었을 뿐이에요. 서로 포옹한다는 따위의 말은 입에 올리지도 않았을 것이지만, 그렇다 해서 친분이 적었던 것은 아니에요. 보세요, 당신이 저의 우정을 중요하게 여기신다면, 당신은 자신이 행운아라고 생각하셔도 좋아요. 당신을 용서하다니, 제가 당신을 정말 좋아하는 모양이에요. 하지만 저는 당신이 저를 하찮게 여기신다는 것을 확신해요. 당신의 마음에 드는 사람이 앙드레라고 솔직히 고백하세요. 사실 당신이 옳아요. 그 아이가 저보다 훨씬 친절하고, 게다가 그 아이는 고혹적이에요! 아! 남자들이란!" 최근에 내가 느낀 환멸에도 불구하고, 그토록 솔직한 그녀의 말이 나로 하여금 그녀를 높이 평가하도록 하면서 나의 내면에 무척 포근한 인상을 야기시켰다. 그리고 아마 그러한 인상이 훗날 나에게 크고 어려운 결과들을 안겨 주었을 것이니, 알베르띤느에게로 향한 나의 사랑 한가운데에 항상 끈덕지게 존속하게 되어 있던 거의 가족적인 감정, 그 심리적 핵이 형성되기 시작한 것이, 그 인상으로 말미암았으니 말이다. 그러한 감정은 가장 큰 괴로움들의 원인이 될 수 있다. 왜냐하면, 우리가 한 여인으로 인해 진정 고통스러워하려면 그녀를 완전히 신뢰하던 시절이 있어야 하기 때문이다. 그 무렵에는 아직 윤리적인 존경심이나 우정의 배아가 마치 하나의 대접석(待接石)[453]처럼 나의 영혼 한가운데에 머물러 있었다. 그 배아가 그렇게, 성장하지 않고, 나의 첫 발벡 체류 기간 마지막 몇 주 동안은 말할 것도 없이 다음 해에도 그랬듯, 무기력한 상태에 머물렀다면, 나의 행복에 독자적으로는 어떤 해도 끼치지 못하였을 것이다. 그것은, 여하튼 축출하는 것이 더 신중했을 것이로되, 낯선 영혼 한가운데에 있어 나약하고 고립무원인 상태인지라 일시적으로는 해롭지 않다고 여겨, 괴롭히지 않고 내버려 두는 손님들 중 하나처럼 나의 내면에 머물러 있었다.

　나의 몽상들은, 이제 다시 알베르띤느의 친구들 중 이 소녀 저 소녀에게로 자유롭게 옮겨 다닐 수 있게 되어 우선 앙드레에게로 향하였고, 나에게 보여준 그녀의 친절이 알베르띤느에게 알려질 것이라는 사실을 내가 확신하지 못하였다면, 그것이 아마 나를 덜 감동시켰을 것이다. 물론, 내가 오래전부터 짐짓 꾸며 드러내던 앙드레에 대한 편향적인 태도가, 나에게―그녀와의 한담이나 다정한 고백 습관 형태로―그녀에 대한 준비된 사랑의 충분한 동기 같은 것을 제공하였고, 그 사랑에 추가되어야 할, 그리고 이제 다시 자유로워진 나의 심정이 보충해 줄 수 있었을, 진정한 감정만이 결여되어 있었던 것은 확실했다. 그러나 내가 앙드레를 진정으로 사랑하기에는 그녀가 지나치게 이지적이었고 신경질적이었으며 병약한 등, 나와 너무나 비슷했다. 이제 알베르띤느가 텅 빈 사람처럼 보였다면, 반면 앙드레는 내가 너무 잘 아는 무엇으로 가득 채워져 있었다. 첫날 해변에서 그녀를 보면서 나는 그녀가 어느 경륜 선수의 정부일 것이며 스포츠에 도취된 여자일 것이라 믿었는데, 앙드레가 나에게 말하기를, 자기가 스포츠에 손을 대기 시작한 것은, 의사의 지시에 따라, 자기의 신경쇠약증과 영양실조를 치유하기 위해서였으며, 자기에게 가장 즐거운 시간은 조지 엘리엇의 어느 소설을 번역할 때라고 하였다.[454] 앙드레의 실체에 대한 최초의 오해에 기인된 나의 환멸이 실제로 나에게는 어떤 중요성도 없었다. 하지만 그 오류는, 연정을 태동시키되 그 연정이 더 이상 변경될 수 없을 때에나 오류임이 확인되는지라, 결국 괴로움의 원인으로 변하는 오류들의 부류에 속하는 것들 중 하나였다. 그러한 오류들은(내가 앙드레와 관련해 저지른 것들과 다를 수 있고 심지어 정반대일 수도 있을), 특히 앙드레의 경우, 처음 만난 상대에게 환상을 주기 위하여, 실제로는 그렇지 않지만 우리가 원하는 인간 유형의 모습과 태도들을 충분히 갖춘다는 데서 기인하는 경우가 빈번하다. 착한 사람들이건 심보 못된 사람들이건, 외양이나 가식이나 모방이나 찬양 받고 싶은 욕망에 모두들 사이비 언행을 추가한다. 외면상의 선량함 혹은 너그러움만큼이나 검증을 견디지 못하는 냉소주의나 잔인함도 있다. 자선 행위로 유명해진 사람 속에서 우리가 허풍꾼 수전노를 발견하는 경우가 잦듯이, 편견 가득하고 정숙한 아가씨의 성적 문란함에 대한 요란한 규탄은,[455] 우리로 하여금 그녀 속에 메쌀리나[456] 하나가 있으리라 추측하게 한다. 내가 일찍이 앙드레 속에서 싱싱하고 원시적인 여자를 발견한 줄로 믿었건만, 그녀는 건강을 찾아다니는 존재에 불과했고, 그녀가 아마 건강하리라고 믿던 많은 사람들 속에서 발견하였다고 생각하였을 건강 또한, 안색 붉고 백색플란넬 상의 입은 뚱뚱한 관절염 환자가 반드시 헤라클레스라는 법 없듯이, 그 실체가 없었을 것이다. 그런데, 건강한 듯 보여서 우리가 사랑하게 된 사람이, 혹성들이 다른 천체로부터 빛을 빌리듯 혹은 특정 물체들이 전류가 자기들을 통과하게 하는 역할만 수행하듯, 실제로는 건강을 다른 이들로부터 받기만 하는 환자들 중 하나에 불과하다는 사실이 우리의 행복과 무관하지 않게 되는 특이한 상황들이 있다.

하지만 여하튼 상관없었으니, 앙드레가 비록 병약했어도, 로즈몽드와 지젤처럼, 아니 그녀들보다 더 가까운, 알베르띤느의 친구였고, 그녀와 삶을 공유하였고, 그녀의 행동을 모방하였던지라, 내가 첫날에는 앙드레와 알베르띤느를 구별하지 못할 정도였으니 말이다. 바다를 배경으로 삼아 부각되던 것이 가장 큰 매력이었던, 꽃자루 긴 장미꽃 같은 소녀들 사이에는, 내가 아직 그녀들을 모르던 시기, 그리고 그녀들 중 어느 소녀가 나타나도, 그 출현이,

작은 무리가 멀리 있지 않음을 나에게 알리면서 그토록 큰 감동을 안겨 주던 그 시기와 마찬가지로, 조금도 변함없는 불가분성이 지배하고 있었다. 아직도 여전히 그녀들 중 하나의 모습이 나에게 기쁨을 주었고, 그 기쁨 속에는, 그것이 어떤 비율로였는지는 내가 단언할 수 없었을지라도, 다른 소녀들이 그녀를 가까이에서 뒤따르는 것을 혹은 조금 후에 그녀와 합류하는 것을 보는 기쁨, 그리고 그녀들이 당일에는 오지 않더라도 그녀들에 대해 그 소녀와 이야기하는 기쁨, 아울러 내가 해변에 갔었다는 사실이 그녀들에게 알려지리라는 것을 아는 기쁨 등이 혼합되곤 하였다.

그것은 더 이상 초기에 내가 느끼던 단순한 매력이 아니라, 모든 소녀들 사이에서 멈칫거리고 있던 약하지만 진정한 사랑의 욕구였으니, 소녀들 각개가 그처럼 서로의 자연스러운 대체물이었기 때문이다. 나의 가장 큰 슬픔은 그 소녀들 중 내가 전부터 선호하던 소녀에 의해 버림받는 것이 아니라, 버림받기 직전에 선택한 소녀로부터 즉시 버림받는 것이었을 것이니, 모든 소녀들 사이에서 불분명하게 부유하던 슬픔과 몽상의 총화를 내가 그 소녀에게 이제 막 집중시켰을 것이기 때문이다. 그러한 경우에도 역시, 나를 버린 그 소녀로 말미암아 내가 무의식적으로 아쉬워했을 대상은, 나를 더 이상 어떤 특별한 매력 지닌 사람으로 바라보지 않을, 하지만 대중의 온갖 호의를 누리다가 그들로부터 외면당하면 스스로를 달래지 못하는 정치인이나 배우가 대중에 대하여 품고 있던 것과 같은 집단에 대한 사랑을 나로부터 헌정 받은, 그녀의 친구들이었을 것이다. 나는 심지어, 알베르띤느로부터 일찍이 얻지 못한 호의들조차, 저녁나절에 헤어지는 순간 나에게 모호한 말 한마디나 시선 하나를 던진 이런 혹은 저런 소녀에게서 문득 기대하게 되었고, 나의 욕망이 단 하루 동안이나마 그 소녀에게로 향하게 된 것은 그러한 말과 시선 덕분이었다.

그 유동적인 얼굴들 위에서, 비록 유연하고 불확실한 초상이 아직 더 변할 수밖에 없다 하더라도, 분별이 가능할 만큼 모습들의 상대적인 고정 작업이 이미 시작되었던지라, 나의 욕망이 그만큼 더 게걸스럽게 그녀들 사이에서 방황하였다. 그 얼굴들 사이에 존재하던 상이함에 모습들의 길이와 넓이의 일정한 차이들이 상응할 리 없었지만, 소녀들의 모습들은, 아무리 서로 다르게 보여도, 아마 거의 포개질 수 있었을 것이다. 하지만 우리가 얼굴들을 인지하는 작용은 수학적으로 이루어지지 않는다. 우선 그 인지 작용은 얼굴 부위들을 측정하는 것으로 시작되지 않으니, 그것이 출발점으로 삼는 것은 표정과 전체적인 조화이다. 예를 들어 앙드레의 경우, 그녀의 부드러운 두 눈의 섬세함이, 쌍둥이 시선의 두 가닥 미소 속에서 먼저 둘로 갈라졌던 세련된 의지가 단 하나의 선을 따라 지속되도록 하기 위하여 그어졌을 법한, 단 하나의 곡선 못지않게 가느다란 오똑한 콧날과 합류하는 것처럼 보였다. 바람이 모래 위에 밭고랑처럼 그어 놓는 선만큼이나 부드럽고 깊은, 못지않게 섬세한 선 하나가 그녀의 머릿결 속에 그어져 있었다. 그리고 그 선은 유전적인 것임이 분명했으니, 그녀 모친의 머리가 이미 하얗건만, 쌓인 눈이 지표면의 기복에 따라 불룩하기도 하고 움푹 들어가기도 한 것처럼, 한 쪽에는 불룩하고 다른 쪽에는 주저앉은 머릿결에 가늘고 유연한 선이 그어져 있었으니 말이다. 물론, 윤곽선 섬세한 앙드레의 코에 비하면, 로즈몽드의 코는 튼튼한 토대 위에 세워진 높은 탑처럼 넓은 표면을 드러내는 것 같았다. 그러나, 지극히 작은 것이 구분해 놓는 것들 사이에 엄청난 상이점들이 있으리라고 믿게 하는데 표정이면 족하다 해서—즉 지극히 작은 것 홀로 절대적으로 독특한 표정을, 하나의 개성을, 만들어낼 수 있다 해서—그 소녀들의 얼굴들을 서로 환치할 수 없는 것처럼 보이게 하였던 것이, 윤곽선의 지극히 작은 요소와 표정의 독특성만은 아니었다. 내 소녀 친구들의 얼굴들 사이에는 그 이외에도 안색이 더 깊은 경계선을 그어 놓았으며, 그것은, 가령 제라늄 한 송이를 햇볕 어린 해변에서, 그리고 동백꽃 한 송이를 밤에, 차례로 바라보았다면 맛보았을 것과 같은 유형의 즐거움을, 로즈몽드와(유황빛 감도는 분홍색이 범람하건만 그 위로 그녀의 눈에서 발산되는 연초록빛이 여전히 반발하던) 앙드레(하얀 볼이 그녀의 검은 머리채에서 그토록 근엄한 기품을 제공 받던) 앞에서 내가 차례로 맛보았을 만큼, 안색이 각 얼굴에 제공하던 상반된 색조의 다양한 아름다움에 의해 그어진 것이 아니라, 그보다는 특히, 윤곽선들의 무한히 작은 상이점들이 색깔이라는 새로운 요소에 의해 터무니없이 커지고 표면의 관계들이 완전히 변화되었기 때문이며, 그 새로운 요소가 색들을 분배하는 역할뿐만 아니라 위대한 생성자 혹은 적어도 변경자 역할까지 수행하였기 때문이다. 그리하여, 아마 별로 다르지 않을 모양으로 축조되었을 얼굴들이, 분홍빛 발산하는 적갈색 머리채의 빛을 받았느냐 혹은 흐릿한 창백함 발산하는 백색 빛을 받았느냐에 따라, 한낮에 보면 때로는 종이를 둥글게 오려낸 것들에 불과하지만, 박스트[457]와 같은 사람의 탁월한 재능이, 무대의 담홍색이나 달빛 조명을 이용하여 그것이 마치 어느 궁궐 정면 벽인 양, 그것에 터키석이 단단히 박히게 하거나 어느 정원에서처럼 벵골 장미가 하늘거리며 피어나도록 하는 러시아 발레단의 소품들처럼, 길게 늘어나기도 하고 넓어지기도 하여 전혀 다른 것으로 변하기도 하였다. 그렇게, 얼굴들과 친숙해지면서 우리가 그것들을 측정하지만, 그것은 화가로서이지 토지 측량사로서가 아니다.

그러한 측면에서는 알베르띤느의 얼굴 또한 그녀 친구들의 얼굴과 다르지 않았다. 어떤 날에는 야위고, 생기 없고, 침울하고, 보라색 투명함이 두 눈 깊숙한 곳에 비스듬히 어려, 마치 추방당한 여인의 슬픔에 젖어 있는 것 같았다. 다른 날에는 더욱 미끈해진 안면이 나의 욕망을 광택제 칠한 듯한 표피에 끈끈이로 붙잡아 두어, 그것이 그 너머로 가는 것을 막았다. 그러나 내가 문득 그녀를 측면에서 바라보는 경우에는 달랐으니, 표면이 백색 밀랍처럼 뿌연 두 볼에 투과되어 나타난 것은 분홍색이었고, 그것이 볼에 입맞추고 싶은, 그리고 그렇게 숨어 있던 색조에 도달하고 싶은 격렬한 욕구를 불러 일으키곤 하였다. 어떤 때에는 행복이 그 볼들을 어찌나 유동적인 빛으로 적시는지, 엷은 액상(液狀)으로 변한 피부가, 그녀의 눈과 색은 다르나 그 질료는 다르지 않은, 자신의 밑에 숨겨져 있던 시선 같은 것을 통과시키곤 하였고, 또 어떤 때에는, 가끔, 아무 생각 없이, 작은 갈색 점들이 흩어져 있고 유난히 푸르게 보이는 얼룩 둘만이 부유하고 있는 그녀의 안면을 바라보노라면, 그것이 마치 방울새의 알[458] 하나로, 혹은, 더 잦은 현상이었지만, 오직 두 부분만 조각하고 윤을 낸 유백색 마노석으로 만들어진 듯했고, 그 갈색 돌의 한가운데서 두 눈이 하늘색 호랑나비의 투명한 날개처럼 반짝이곤 하였는데, 눈 속에서는 살이 거울로 변하는지라, 그것이 몸의 나머지 다른 부분들보다 더 쉽게 우리가 영혼에 접근할 수 있게 해주리라는 환상을 준다. 그러나 가장 빈번한 경우는, 그녀의 혈색이 좋을수록 그녀가 더욱 활기에 넘쳐, 때로는 하얀 안면에서 오직 코끝만이 분홍색을 띠어, 함께 어울려 장난하고 싶은 충동을 일으키게 하는 앙큼한 작은 암코양이의 코처럼 섬세했고, 때로는 그녀의 두 볼에 어찌나 윤기가 도는지, 그것을 바라보는 시선이, 마치 세밀화의 에나멜 위에서 그러듯, 볼의 분홍색 에나멜 위에서 미끄러질 지경이었고, 그의 검은 머리채가 겹쳐 이루어진 뚜껑이 살짝 벌려지면서 그 분홍색을 더욱 은은하고 내밀한 것처럼 보이게 하는가 하면, 볼의 색깔이 씨클라맨의 보라색 감도는 분홍색에 이를 뿐만 아니라, 심지어, 그녀가 충혈되거나 신열이 심할 때에는, 나의 욕망이 그녀의 가장 육감적인 것으로 향하게 하고 그녀의 시선에 더욱 패륜적이고 건전하지 못한 것이 나타나게 하는, 병약한 체질이라는 사념을 떠올리게 하면서, 거의 검은색에 가까운 붉은색 장미꽃들의 어두운 진주홍에까지 이르렀으며, 그리하여 그 각각의 알베르띤느는, 그 색깔과 형태와 성격 등이 무대 각광(脚光)의 무수히 다양한 조작에 의해 변환되는 무희가 무대 위에 나타날 때마다 매번 그렇듯, 항상 서로 달랐다. 내가 훗날 알베르띤느를 생각할 때마다, 뇌리에 떠올린 알베르띤느의 모습에 따라 나 자신이 질투꾼, 무심한 사람, 음탕한 사람, 우수에 잠긴 사람, 맹렬히 노한 사람 등, 소생한 추억의 우연에 의해서 뿐만 아니라, 같은 추억이라 할지라도, 내가 그것을 평가하는 방법에 따라 다르게 개입된 믿음의 힘에 의해서도 재창조된 그 다양한 인물로 되돌가곤 하던 습관을 얻은 것은, 그 시절 내가 그녀 속에서 발견하여 응시하던 존재들이 아마 그토록 다양했기 때문이었을 것이다. 우리는 그러한 믿음으로부터 도저히 벗어날 수 없는 바, 그것이 거의 항상 우리 자신도 모르는 사이에 우리의 영혼을 가득 채우되, 그것이 우리의 행복을 위해서는 우리 앞에 있는 사람 자체보다 더 중요하리니, 우리가 그 사람을 보는 것은 그러한 믿음을 통해서이고, 그 사람에게 일시적이나마 위대함을 부여하는 주체도 그 믿음이기 때문이다. 정확히 말하기 위해서는, 차후 알베르띤느를 생각하게 될 일련의 나 각각에게 서로 다른 이름을 부여해야 할 것이며, 더구나 끊임없이 다른 모습으로 나타나던, 그리고 또 하나의 다른 님파[459]였던 그녀의 배경 막 역할을 하며 그녀를 부각시켰던 '바다들'처럼—단지 편의상 내가 '바다'라고 부르지만—나의 앞에 나타나던, 그러나 단 한번도 같은 모습이 아니었던, 그 각각의 알베르띤느들에게는 다른 이름들을 부여해야 할 것이다. 그러나 특히—어떤 이야기를 하는 사람이 특정일에 특정한 날씨를 부여하는 것과 같은 방식으로, 그러나 그보다 훨씬 더 유용하게—내가 알베르띤느를 만나던 특정일에 나의 영혼을 지배하여 그날의 분위기를 조성하고, 날마다 새로운 면모를 드러내지만, 겨우 보일 정도이되 자신의 밀도와 유동성과 분산과 덧없음으로 뭇 사물들의 색깔을 변화시키는 구름떼(어느 저녁나절 자기와 함께 잠시 머물러 있던, 그리고 멀리 사라지자 그 영상들이 나에게 문득 더 아름다워 보였던, 그 소녀들에게 나를 소개하지 않음으로써 엘스띠르가 산산이 찢어버린, 그러나 며칠 후, 내가 그녀들과 교분을 맺었을 때, 그녀들의 화려함을 자신의 너울로 덮고, 그녀들과 나의 눈 사이로 끼어들면서 다시 형성된, 비르길리우스의 레우코테아와 유사한[460] 구름떼이다)[461]에 의존하는 바다들처럼, 사람들의 새로운 면모를 만들어내는 나의 믿음에는 내가 항상 그녀의 이름을 부여해야 할 것이다.

의심할 나위 없이, 그녀들 모두의 얼굴들이, 그것들을 어떻게 읽어야 할지 그 방법이 어느 정도까지는 그녀들이 한 말들에 의해 나에게 시사된 이후, 나에게는 크게 변화된 의미를 가지게 되었고, 나의 질문들로 그녀들의 말을 내가 유발시켰을 뿐만 아니라, 실험하는 이가 반증거리들에게 자기의 가설을 증명해 주기 요구하듯 그 말들을 다양하게 변화시켰던 만큼, 나는 그녀들의 말에 하나의 큰 가치를 부여할 수 있었다. 또한 여하튼, 멀리서는 아름답고 신비로워 보이는 사물들과 인물들에게로 충분히 접근하여,

신비도 아름다움도 없음을 확인하고 깨닫는 것 역시 존재적 문제를 해결하는 방법들 중 하나이며, 우리가 선택할 수 있는 건강 관리법들 중 하나이기도 하되 아마 적극적으로 권할 만하지는 않지만, 그것은 우리가 삶을 영위하는데 뿐만 아니라, 아울러—그 방법이 우리에게, 우리가 최고의 것들에 도달하였고 그 최고의 것들도 별것이 아니라는 점을 확신시켜 주면서, 아무것도 아쉬워하지 않도록 해주는지라—죽음을 조용히 받아들이는데 필요한 얼마간의 평온을 우리에게 가져다준다.

나는 그 소녀들의 뇌수 깊숙한 곳에 순결에 대한 반감이나 그날 그날의 가벼운 사랑에 대한 취향 대신 완고한 원칙들을 심어주었고, 그 원칙들이 아마 비록 꺾일 소지도 있었겠으나, 중산층 소녀들을 이제까지 일체의 탈선으로부터 보호해 주었을 것이다. 그런데, 비록 작은 일에 있어서도 우리가 처음부터 잘못 짚을 경우, 그리하여 추측이나 기억의 오류가 우리로 하여금 악의적인 험담의 장본인이나 어떤 물건을 분실한 장소를 엉뚱한 방향에서 찾게 할 경우, 우리가 우리의 오류를 깨닫는다 해도, 그것을 진실 아닌 또 다른 하나의 오류로 대체하는 일이 생길 수 있다. 나는 그녀들의 생활방식과 내가 그녀들을 상대로 취해야 할 몸가짐 등과 관련하여, 그녀들과 친숙하게 이야기를 나누는 동안 그녀들의 얼굴에서 읽어 두었던 '천진난만함'이란 단어로부터 모든 결론을 이끌어내곤 하였다. 그러나 아마, 너무 신속한 해독 과정에 유발된 오류로 인하여, 내가 그 단어를 그녀들의 얼굴에서 아마 경솔하게 읽어냈을 것이고, 그 단어가 그 얼굴들에 없었던 것은, 내가 베르마의 공연을 최초로 관람하였던 그 오후 공연 프로그램 속에 쥘르 훼리의 이름이 없었던 것에 못지않았을 것이며, 그럼에도 불구하고 나는, 공연을 관람한 날 저녁에, 쥘르 훼리가 그날의 개막극 대본을 썼

다고, 또한 그것은 추호도 의심의 여지가 없다고, 노르뿌와 씨에게 주장하였다.⁴⁶²⁾

어떤 사람과 관련된 추억으로부터, 우리의 일상적인 관계에 즉각적인 효용성을 제공하지 못하는 것은 우리의 지성이 몽땅 축출하는 데(비록—아니 더구나—그 관계에, 항상 충족되지 않아 훗날에도 존속할 약간의 사랑이 스며들었음에도), 나의 소녀 친구들 중 어느 소녀의 얼굴이든, 내가 그녀에게서 마지막으로 발견한 얼굴이 어찌 유일한 얼굴 아닐 수 있었겠는가? 우리의 지성은 지난 날들로 이루어진 사슬이 풀려 도망치도록 내버려 둔 채 그 끄트머리만 굳세게 잡고 있는데, 그 마지막 고리가, 이미 어둠 속으로 사라진 고리들과 전혀 다른 금속으로 주조된 경우 빈번하며, 우리가 인생의 여정을 따라 나아가는 동안, 우리의 지성은 우리가 현재 처한 고장만을 현실로 간주한다. 이미 그토록 멀리 가버린 나의 최초 인상들은, 날마다 계속되는 자기들의 일그러짐을 막아줄 구원자를 나의 기억력 속에서는 발견할 수 없었고, 그리하여 나는 그 소녀들과 어울려 잡담하고 간식을 즐기고 놀이를 하며 그 긴 시간을 보내는 동안, 그녀들이 마치 어느 벽화 속에서처럼 바다를 배경으로 행렬을 이루었던 바로 그 무자비하고 육감적인 소녀들이라는 사실은 회상하지 못하였다.

지리학자들과 고고학자들은 우리들을 정확하게 칼립소의 섬으로 인도하고 미노스의 궁전을 정확히 짚어 발굴한다. 그러는 경우, 다만 칼립소는 하나의 여인에 불과하고, 미노스는 신성함 전혀 없는 일개 왕이었음이 드러난다.⁴⁶³⁾ 심지어, 그러면서 역사학이 그 실존하였던 인물들의 전형적인 특질이었노라고 우리에게 알려주는 장점들과 단점들까지도, 우리가 일찍이 같은 이름 가졌던 전설적인 인물들에게 부여하였던 것들과는 대개 크게 다르다. 내가 초기에 쌓아올렸던 우아한 해양 신화도 그렇게 자취를 감추어버렸다. 그러나 우리가 도저히 접근할 수 없으리라 생각하였고 열망하였던 것과 친숙해져, 적어도 몇 차례나마 함께 시간을 보내는 일이 우리에게 닥치는 것이 전적으로 하찮은 일만은 아니다. 우리가 초면에 불쾌하게 여긴 사람들과의 관계에서는, 심지어 우리가 결국 그들 곁에서 맛보기에 이른 인위적인 즐거움이 한창일 때에도, 그들이 성공적으로 감춘 단점에서 비롯된 불순한 취미가 여전히 끈질기게 존속한다. 그러나 알베르띤느 및 그녀의 친구들과 내가 맺었던 그러한 관계들 속에서는, 최초의 진정한 기쁨이 특이한 향기를 남겼고, 그것은 햇볕 아래에서 익지 않은 포도 등 강제로 촉성(促成) 재배한 과일에는 어떠한 인위적 기술로도 함유시킬 수 없는 향기이다. 잠시나마 그녀들이 나에게는 초자연적인 존재들이었던지라, 그녀들이 아직도, 나도 모르는 사이에, 내가 그녀들과 맺었던 지극히 평범한 관계들에 다소간의 경이로움을 부여하거나, 혹은 그보다는, 그러한 관계들에 일체의 진부함이 끼어들지 못하게 보호해 주었다. 첫날에는 다른 세계에서 발산된 광선들처럼 나의 시선과 교차하였으나 이제는 나를 알아보고 미소 짓게 된 그 눈들의 의미를, 나의 욕망이 어찌나 게걸스럽게 탐색하였던지, 이제는 절벽 위 풀밭에 아무렇게나 널브러져 뒹굴며 나에게 스스럼없이 쌘드위치를 건네거나 자기들끼리 수수께끼 놀이를 하는 그 소녀들의 살빛 표면에, 나의 욕망이 색깔과 향기를 어찌나 풍부하게 또 세밀하게 배치하였던지, 내가 오후에 그녀들 곁에 누워 있는 동안이면—현대 생활 속에서 고대의 위대함을 찾으려다 발톱 깎는 어느 여인에게 「가시 뽑는 사람」[464]의 고아함을 부여하는 화가들처럼, 혹은 루벤스 같은 이들이 그랬듯이, 신화적 풍경을 그리기 위해서 평소 알고 지내던 여인들을 여신들로 둔갑시키는

⁴⁶⁵⁾ 화가들처럼—내 주위 풀밭에 널려 있던 그토록 다양한 유형의 갈색 및 황금색 몸뚱이들을, 내가 마치 헤라클레스나 텔레마코스처럼 넘파들에게 둘러싸여 놀고 있기라도 한 듯, 나는 일상적 체험이 초라한 내용물로 가득 채웠을 그 몸뚱이들을 비우지 않은 채 (하지만 그녀들의 천상계 신분도 구태여 상기하지 않고), 자주 그 몸뚱이들을 응시하곤 하였다.

그런 다음 연주회가 끝났고, 궂은 날씨가 닥쳤고, 제비들처럼 모두 함께는 아니었지만 같은 주에, 나의 소녀 친구들도 발백을 떠났다. 알베르띤느가 제일 먼저 불쑥 떠났는데, 할 일도 파적거리도 없는 빠리로 그녀가 왜 별안간 돌아갔는지, 당시에도, 후에도, 그녀의 친구들 중 아무도, 그 곡절을 이해하지 못하였다. "그녀는 끽소리 없이 떠났어요." 우리도 그렇게 끝내기를 바랐을 프랑수와즈가 웅얼거렸다. 호텔 종업원들의 수가 부쩍 줄었고 나머지는 아직 남은 얼마 아니 되는 고객들 때문에 자리를 지키고 있는 형편이건만, 그녀는 우리들이 종업원들의 처지를 배려하지 않는다고, 또한 '돈을 낭비할' 수밖에 없는 지배인에 대해서도 그런다고 하였다. 벌써 오래전부터 거의 모든 손님들이 떠나, 호텔이 곧 문을 닫게 되어 있었던 것은 사실이며, 따라서 그 어느 때보다도 쾌적했다. 물론 지배인의 견해는 그렇지 않았다. 새 프록코트를 입고, 이발사가 어찌나 정성스럽게 다듬었는지 살의 분량에 비해 화장품을 세 배는 발라 생기 없어진 얼굴에, 끊임없이 넥타이를 바꾸어 매던(그렇게 멋을 부리는 비용이 난방을 제대로 하고 고용인들을 확보하는 것보다 저렴했으니, 자선단체에 더 이상 일만 프랑을 기부할 수 없지만 아직도, 자기에게 전보를 가져다주는 전보 배달부에게 팁 오 프랑으로 관대한 체하는 사람처럼) 지배인은, 입구에 급사 하나 보이지 않고 추워서 몸이 얼 지경인 휴게실들을 따라 복도를 걸음 수로 측량하듯 성큼성큼 오가곤 하였다. 그는 허공을 눈으로 샅샅이 뒤지면서, 지난 휴가철에 호황을 누리지 못한 호텔 구석구석에서 느껴지는 궁색함이 일시적일 뿐이라는 인상을 자기의 개인적인 치장으로 부각시키려 하는 듯했고, 그러한 그의 모습은, 옛날 자기의 궁궐이 있던 폐허에 돌아와 배회하는 어느 군주의 망령 같아 보였다. 그는 특히, 손님이 없어 다음 해 봄까지 운행을 중단하기로 한 지방 철도 회사의 결정에 불만을 터뜨렸다. "특히 이곳에 부족한 것은 교통 수단이에요." 지난 휴가철에 적자를 내었음에도 불구하고, 그는 향후 여러 해에 걸쳐 대규모 사업계획을 세우고 있었다. 또한 그래도[466] 어떤 아름다운 표현들이 호텔 산업에 적용되어 사용되고 그것을 더 멋지게 보이도록 하는 효과를 유발할 경우에는, 그가 그러한 표현들을 정확히 기억할 수 있었던지라 다음과 같이 말하였다. "식당에 좋은 부대가 있었음에도 제가 충분한 지원을 받지 못하였습니다. 그러나 제복 입은 종업원들은 조금 불완전합니다. 하지만 내년에는 제가 어떤 군대를 조직할 수 있는지 아시게 될 것입니다." 한편 B.C.B(발백-깡-발백) 노선의 운행 중단으로 인하여, 우편물을 찾으러 사람을 보내거나 손님을 모셔다 드려야 할 경우, 그는 작은 짐수레를 사용할 수밖에 없었다. 나는 자주 마부에게 옆자리에 앉게 해 달라고 요청하였으며, 꽁브레에서 어느 해 겨울에 그랬던 것처럼, 어떠한 날씨에도 그렇게 산책을 할 수 있었다.

하지만 때로는 빗발이 후려치듯 세차서, 그리고 카지노도 문을 닫았던지라, 할머니와 나는, 바람이 심할 때 배 밑바닥에 머물 듯, 이미 거의 텅 빈 거실에 갇혀 있었고, 그러면 긴 항해가 계속될 때처럼, 렌느 지방 법원장이나 깡의 변호사 협회장[467] 그리고 어느 미국 부인과 그녀의 딸들처럼, 가까이에서 인사조차 나누지 않고 석달을 함께 지낸 사람들이 우리들에게로 다가와 대화를 시도하였고, 시간이 덜 길게 여겨지도록 할 방법을 고안해 내었고, 각자의 재능을 드러냈고, 차를 마시거나, 함께 음악을 연주하거나, 특정 시각에 모여 우리에게 즐거움을 주는 진정한 비법을 가지고 있는 파적거리들을 함께 꾸미자고 우리에게 권하여(즐거움이라야 기껏 우리의 무료한 시간을 보내는데 도움이 되는 정도의 것이었지만), 결국 그곳 체류 끝 무렵에 우정을 맺었고, 다음 날, 그들의 연이은 떠남이 그 우정을 중단시켰다. 나는 심지어 앞서 이야기한 그 부유한 젊은이 및 그의 두 귀족 친구들, 그리고 며칠간의 여가를 얻어 그곳에 다시 온 여배우 등과도 교분을 맺었다. 하지만 그 작은 집단은, 젊은이의 귀족 친구 하나가 빠리로 돌아간지라, 세 사람만으로 형성되어 있었다. 그들이 나에게 자신들이 즐겨 찾는 음식점에 함께 가자고 하였다. 나는 내가 그 초청을 수락하지 않았다면 그들이 상당히 만족스러워했을 것이라 생각한다. 하지만 그들의 초청이 더할 나위없이 친절했고, 그 초청이 실제로는 부유한 청년으로부터의 것이었음에도 불구하고—나머지 두 사람 역시 그 청년의 손님들에 불과했으니—청년과 동행한 귀족 친구 모리스 드 보데몽 후작이 유서 깊은 가문 출신이었던지라, 여배우가 나에게 음식점에 함께 가고 싶지 않느냐고 물으면서, 나의 환심을 사기 위하여 다음과 같이 말하였다.

"모리스에게 아주 큰 기쁨이 될 거예요."

그리고 호텔 로비에서 그들 세 사람을 만났을 때, 부유한 젊은이는 뒤로 물러서고 나에게 다음과 같이 말한 사람은 보데몽 씨였다.

"저희들과 함께 식사해 주시는 기쁨을 저희들에게 베푸시지 않겠습니까?"

요컨대 내가 발백에서 얻은 것은 극히 적었고, 그러한 사실이 나에게 그곳에 다시 오고 싶은 열망을 품게 하였다. 그곳에 체류한 기간이 나에게는 너무 짧아 보였다. 아예 그곳에 정착할 작정이냐고 묻는 편지를 보낸 친구들의 견해는 그렇지 않았다. 그런데, 편지 겉봉에 그들이 발백이라는 지명을 쓸 수밖에 없다는 사실을 깨닫는 순간, 그리고 내 방의 창문이 들판이나 어느 길 쪽을 향하지 않고 드넓은 바다를 향하고 있는지라, 밤이면 그 소음이 나에게 들려오고, 내가 잠들기 전에 나의 잠을 마치 조각배인 양 그 소음에 맡기곤 하였다는 사실을 깨닫는 순간, 나는 물결과의 그러한 뒤섞임이, 낮에 배운 것을 잠든 동안에 이해하게 해주는 것과 같은 방식으로, 물결들의 매력을 나의 내면으로 침투시켜 주리라는 환상에 사로잡혔다.

다음 해에는 나에게 더 좋은 방들을 주겠노라 지배인이 약속하였으나, 이제 나는 안으로 들어서도 더 이상 베띠베루 냄새 느끼지 못하는 내 방이 좋았고, 그 방에 들어서면 전에는 그토록 어렵게 자신의 키를 높여야 했던 나의 사념 또한 이제 어찌나 정확하게 방의 크기를 가늠해 두었던지, 천장 낮은 빠리의 내 방에서 잠자리에 들려면, 나의 사념으로 하여금 반대 방향으로의 치료를 받게 할 수밖에 없었다.

벽난로도 난방 장치도 없는 그 호텔에 더 머물기에는 추위와 습기가 너무 몸을 파고드는지라, 정말 발백을 떠나야 했다. 나는 그렇게 보낸 마지막 주간들은 거의 즉시 망각하였다. 내가 발백을 회상할 때마다 거의 변함없이 나의 눈에 보이던 것은, 그 아름다운 계절에, 아침마다, 오후에 내가 알베르띤느 및 그녀의 친구들과 소풍을 나가야 했기 때문에, 의사의 지시에 따라 할머니께서 나로 하여금 억지로 침실의 어둠 속에 누워 있게 하시던 순간들이었다. 지배인 또한 그러한 시각에는, 나의 방이 있는 층에서는 일체의 소음을 금하라는 지시를 내렸고, 그러한 지시가 제대로 이행되고 있는지 여부를 직접 확인하기도 하였다. 너무 강한 햇빛 때문에, 나는 첫날 저녁 나에게 그토록 적대적이었던 그 커다란 보라색 커튼을, 되도록 오랫동안 닫아 두곤 하였다. 그러나, 그 틈으로 빛이 들어오지 못하도록, 프랑수와즈만이 풀 수 있는 방법으로 그것들을 매일 저녁 그녀가 핀으로 접합시켜 놓았음에도 불구하고, 또한 그녀가, 두꺼운 붉은색 무명천으로 마름질한 탁자 보자기나 침대보 및 여기저기에서 모아온 천 조각들을 커튼에 덧붙였음에도 불구하고, 그것들을 정확하게 접합시키지 못하였던지라, 침실의 어둠이 완벽하지 못했고, 천 조각들 사이로 들어온 빛이 융단 위에 아네모네의 진주홍색 꽃잎들처럼 흩뿌려졌고, 나는 그곳으로 가서 나의 맨발을 잠시나마 그 위에 얹고 싶은 욕구를 억제하지 못하였다. 또한 그러한 순간에는, 부분적으로 빛을 받은, 창문 맞은편 벽 위에서, 아무 받침대 없으되 수직으로 놓인 황금빛 원기둥 하나가, 사막에서 이스라엘의 자식들을 인도하던 빛나는 원기둥처럼[468] 천천히 이동하곤 하였다. 내가 다시 침대에 누웠고, 그렇게 꼼짝도 하지 않고 오직 상상으로만 모든 즐거움들을, 즉 각종 놀이와 해수욕과 산보 등 아침나절의 햇볕이 나에게 권하던 것들의 즐거움을 맛볼 수밖에 없었던지라, 기쁨이 나의 심장으로 하여금, 작동이 최고조에 이르렀으되 움직이지 않아 같은 자리에서 회전하면서 추진력을 방출해 버리는 동력장치인 양, 요란스럽게 고동치게 하였다.

  나는 나의 소녀 친구들이 방파제 위에 있음을 알았으나, 그녀들이 바다의 균일하지 않은 구릉들 앞으로 지나가는 것을, 그리고 바다 저쪽 멀리 그 푸르스름한 물결 봉우리들 위에 이딸리아의 촌락들처럼[469] 올라앉은, 그리고 잠시 비치는 햇빛으로 인해 그 세세한 부분까지 드러낸, 작은 도시 리브벨이 가끔 나타나곤 하는 것을 볼 수 없었다. 나의 소녀 친구들이 보이지는 않았으나(프랑수와즈가 '신문인들'이라고 부르던 신문팔이들의 고함이, 그리고 부드럽게 부서지는 파도 소리에 바닷새들 식으로 구두점을 찍는 해수욕객들과 놀고 있던 아이들의 고함이, 나의 망루에까지 도달하는 동안), 나는 그녀들이 와 있음을 알아채곤 하였고, 나의 귓전까지 올라오던 부드러운 물결 속에 네레이스들의 웃음처럼 감싸인 그녀들의 웃음소리를 듣곤 하였다. "우리들은 혹시 당신이 내려오시려나 하는 생각에 유심히 바라보았어요. 그러나 당신의 방 덧창은 연주회가 시작될 때에도 닫혀 있었어요." 저녁나절이면 알베르띤느가 나에게 하던 말이다. 오전 열 시가 되면 실제로 연주회가 나의 방 창문 바로 밑에서 폭발하듯 시작되곤 하였다. 바다가 만조일 때에는, 바이올린의 선율을 자기의 크리스탈 소용돌이로 감싸고 자기의 거품을 해저 음악의 간헐적인 반향 위로 분출시키는 듯 보이는, 주조되어 지속적인 형태를 띤 물결 한 줄기가, 악기들의 음과 음 사이로 미끄러져 들어오곤 하였다. 나는, 기상하여 옷을 차려입는 데 필요한 물건들을 아직도 나에게 가져오지 않아 조바심하곤 하였다. 정오를 알리는 종소리가 들리면 프랑수와즈가 드디어 나타나곤 하였다. 또한, 폭풍우에 시달리고 안개 속에 숨겨져 있으리라고 상상하였던지라 내가 일찍이 그토록 보고 싶어 하던 그 발백에서, 여러 달 동안 연속하여 맑은 날씨가 어찌나 찬연하고 한결같았던지, 그녀가 와서 나의 방 창문을 열 때마다, 나는 외벽 귀퉁이에 접혀진 채 걸려 있고, 여름의 징표로서는 생기 없는 모조 에나멜의 침울한 색깔만큼이나 감동적이지 못한 변함없는 색깔을 띤, 항상 여일한 햇볕 자락을 어김없이 발견하리라 기대할 수 있었다. 그리고 프랑수와즈가 창문 상단부에서 핀들을 제거하고 덧대었던 천들을 떼어낸 다음 커튼들을 양쪽으로 당겨 활짝 여는 동안에는, 그렇게 내 앞에 드러난 여름날이, 우리의 그 늙은 하녀가 방부 처리 하고 황금 옷을 입혀 사람들 앞에 보이기 전에 모든 천들을 조심스럽게 벗겼을 뿐인 수천 년 전의 화려한 미라와 다름없이, 죽은 그리고 아득한 태고의 것으로 보이곤 하였다.

옮긴이 주

2부 고장들의 명칭—고장

1) 제1부에서 질베르뜨와 스완이 나누던 대화는 '건설성 장관 비서실장'에 관한 이야기였고, 그 가족이 주인공의 삶에 끼칠 영향이란, 그 비서실장의 질녀 알베르띤느와 주인공 간의 괴로운 사랑을 가리킨다.
2) 예전에는 기차역들이 대개 도시의 외곽에 있었기 때문이다.
3) 기차역을 '역한 냄새 가득한 동굴'에 비유한 것이 조금 의외이나, 주인공이 이야기하고 있는 쌩-라자르 역은, 전후 문맥으로 보아 예수의 시신이 묻혔던 바위 무덤, 즉 부활이라는 신비의 현장이었던 그 동굴에 비유된 듯하다. 하지만 프루스트의 그 비유가, '너무나 역한 냄새 풍기어 새들조차 그 위로 날지 못하는', 쿠메에 있던 씨뷜라의 동물(『아이네이스』, 제6권)을 연상시키기도 한다.
4) 베로네세(빠올로 깔리아리, 1528~1588)의 「골고다 언덕」이라는 작품에 보이는, 번개에 의해 갈라진 먹구름을 연상시키는 언급이다. 그러나 만떼냐의 작품들 중에는, 「성모의 죽음」이나 「올리브 동산에서 기도하는 구세주」 등 화폭에 그려진 하늘이 조금 불안해 보이는 것이 고작이다.
5) 주인공의 '몸뚱이'가 새로운 거처 특히 낯선 '방'에 적응하는 괴로운 과정은 작품의 허두(「스완 댁 쪽으로」, 〈꽁브레〉)에 상세히 묘사되어 있다.
6) 프루스트의 글에서 자주 발견되는 반어적 빈정거림이다. 의사가 원하는 것은, 구태여 발백 해변이 아니더라도, 어느 해변에서나 취할 수 있는 즐거움이다.
7) 쎄비녜 부인이 1671년 6월 28일, 자기의 딸(그리냥 부인)에게 보낸 편지에서 사용한 표현이라 한다(une chienne de carrossée). 직역하면 '암캐와 같은 마차 한 대분 (사람들)'이 되겠으나 누그러뜨려 옮긴다.
8) 외조모의 두 자매를 가리키며, 작품 허두에서는(「스완 댁 쪽으로」) 그 두 사람이 각각 쎌린느와 홀로라였다.
9) 르그랑댕의 누이가 발백 인근 지방 귀족인 깡브르메르 후작과 혼인하여 얻은 이름이다.

10) 처음에는 참사회 교회당(l'église collégiale)이었다가 주교좌 교회당(cathédrale)으로 승격된 '노트르-담프 드 쌩-로'(쌩-로는 망슈의 도청 소재지이다)가 축조되기 시작한 것은 13세기 말이라고 한다.
11) 프루스트가 러스킨(1819~1900)의 작품에 관심을 갖기 시작하여 『아미앵의 성서』를 프랑스어로 번역하기 시작한 것은 그의 나이 28세(1899년) 때라고 한다.
12) 주인공의 모친이 아들을 가리켜 자주 사용하던 애칭이다.
13) 쎄비녜 부인이 1671년 2월 9일 자기의 딸 그리냥 부인에게 보낸 편지에 다음과 같은 구절이 있다고 한다. "나는 지도 한 장을 눈 앞에 펼쳐 놓고 있으며, 네가 유숙할 곳들이 모두 훤하게 보인다."
14) 샤르댕의 「햇볕 가리개 챙을 쓴 자화상」이나 「샤르댕 부인의 초상화」, 그리고 휘슬러의 「장미색과 회색의 야상곡」(일명 「모익스 부인의 초상화」)을 염두에 둔 언급일 듯하다. 위의 초상화들 속에서는 모자 전면의 부풀린 리본 혹은 매듭 리본이 두드러지게 드러나 있다.
15) 화가였던 쟝 부르디숑이라는 사람이 1508년에 그려 인쇄한 『안느 드 브르따뉴의 성무일도서』를 가리킨다. 한편 안느 드 브르따뉴(1476~1514)는 브르따뉴의 마지막 세습 영주였던 프랑수와 2세의 딸로(그의 사후 브르따뉴가 프랑스 왕국에 병합되었다), 1491년에 프랑스 국왕 샤를르 8세와 결혼하였다가, 1498년에 왕이 서거한 후, 1499년에 루이 12세와 재혼하였으며, 그녀의 딸 끌로드 드 프랑스가 프랑수와 1세와 결혼하였다. 브르따뉴에 대한 그녀의 사랑과 신의가 각별했다고 전하며, 오늘날까지도 브르따뉴 사람들의 가슴에 그러한 면모가 새겨져 있다 하는데, 프랑수와즈의 경건하고 충직한 측면을 부각시키기 위한 비유일 듯하다.
16) 기원전 267년과 256년에 로마 공화국의 집정관이었던 마르쿠스 아틸리우스 레굴루스(?~B.C 250경)는, 제1차 포에니 전쟁 중 포로가 되어 카르타고에 억류되어 있다가, 카르타고 측이 제시한 포로 석방금 및 평화협정 조건을 가지고 로마로 돌아왔는데, 협상에 성공하지 못하면 스스로 카르타고로 돌아가겠노라 카르타고 측에 약속하였다. 하지만 그는 협상 조건들을 받아들이지 말라고 원로원을 설득한 다음, 약속대로 카르타고로 돌아가 혹독한 고문에 목숨을 잃었다고 한다. 그가 협상을 결렬시키고 카르타고를 향해 떠나던 순간의 심정을 상상한 언급일 듯하다.
17) 쎄비녜 부인이 1671년 2월 9일에 딸에게 쓴 편지의 구절은 이러하다. "네가

나에게 진정한 기쁨을 안겨 주려 한다면… 나에게는 없는 너의 용기를 동원하거라." 주인공의 모친이 상황에 맞게 변형시켜 인용한 것이다.
18) 주인공의 아버지가 에스빠냐로 떠나기 전까지 일이 바빠 외무성을 벗어날 수 없어 빠리 근교에 집을 한 채 빌렸다는 앞서의 언급도 이해할 수 없지만, 외무성은 빠리 중심부(빠리 7구 오르세 강변로)에 있는데 도대체 무슨 이유로 빠리 서쪽 쌩-끌루 읍지역에 있는 별장을 빌렸단 말인가? 또한 그 지역의 어느 동네인 듯한 몽트르뚜라는 지명을 왜 괄호(《 》)로 부각시켰는가? 주인공이 보지 못할 엄마가 간 곳이 '모든 것을 보여준다'는 뜻을 가진 곳(montrer tout, montretout)이라니, 그러한 이야기가 일종의 농담조로 들리며 동시에 지극히 조심스러운 고백처럼 여겨지기도 한다.
19) 주인공의 할머니가 나타내는 영별의 전조들 중 최초의 것이다.
20) 몹시 취한 사람의 억양과 시선에서 발견되는 현상이다.
21) 원문은 '내가 그것을 펼쳤고, 그동안(que j'ouvris, pendant…)'으로 되어 있는데, 다음에 이어지는 동작들에 비추어 보면 성립되지 않는 말이다. 따라서 'que je tenais(sans ouvrir), pendant…'으로 고쳐서 옮긴다. 물론 주인공이 잔뜩 취해 있던 상태라 자신이 할머니로부터 책을 받아 '펼쳤다'고 착각하였을 수도 있고, 그러한 사실까지 작가가 보여주려 하였는지는 모른다. 그러나 작가의 작은 불찰의 결과로 보는 것이 더 타당할 듯하다.
22) 허구적 인물이며 작품이라고 한다.
23) 마지막 구절은 쎄비녜 부인이 자기의 사촌 꿀랑주 씨에게 보낸 편지(1671년 7월 22일) 속에 있다.
24) 그리냥 부인의 딸이며, 따라서 쎄비녜 부인의 외손녀이다.
25) 배(梨)의 일종이며, 그 나무에서 향료를 추출한다고 한다.
26) 씨미안느 후작 부인이 1734~1735년 간에 에리꾸르 및 꼬몽이라는 사람들에게 보낸 편지들 속에 있는 구절들이라 한다.
27) '인물들을 인지 순서에 따라' 우리들에게 보여주는 대표적인 예들은 『백치』(미슈낀, 로고진 등)와 『죄와 벌』(라스꼴리꼬프 등)에서 발견된다. 그러나 빅또르 위고의 『레 미제라블』(쟝 발장) 혹은 메리메의 『까르멘』(돈 호세)이나 『꼴롬바』(오르소) 등에서도 발견되는 현상이다.
28) 쎄비녜 부인이 딸인 그리냥 부인에게 보낸 편지(1680년 6월 12일)에서 발췌하여 작가가 약간 변형시킨 것이며, 작은따옴표 속에 있는 부분은 작가가 이탤릭

체로 부각시킨 것이다. 그 부분의 묘사에서는 인물들의 사회적 성격(씨또파 수도사, 베네딕투스파 수도사 등) 대신 외양적 특징(흰 수도사, 검은 수도사 등)만 제시되었으며, 한 걸음 더 나아가, 인물들과 사물들이 나란히 혹은 평등하게 뒤섞여 있는데, 그러한 현상은 프루스트가 플로베르의 『감정 교육』 허두에서 발견한(〈플로베르의 문체에 대하여, 1920년, N. R. F〉, 인물들 못지않게 생명을 가진 사물들(쎈느 강 선착장에 사람들과 뒤섞여 있는 온갖 물건들, 강 양안을 따라가며 높낮이가 끊임없이 변하는 구릉, 그곳의 나무들, 경사면의 목초지들…)의 움직임에서도 볼 수 있다. 하지만 사물에 대한 문인의 그러한 시각은 이미 로베르 웨이스의 『브루트 이야기(Roman de Brut)』(1155)에서도 발견된다.

29) 이미 마들렌느 일화 및 마르땡빌의 종각들을 비롯하여 주인공이 꽁브레의 산책길에서 조우한 사물들과 관련된 일화들에서 보았듯이, 우리가 받은 인상의 근저까지 내려가야 한다는 주인공의 '의무감'은, 일종의 라이트모티프처럼, 『잃어버린 시절』 전편에 점철되어 있다. 그것이 주인공에게는 진정한 예술가의 의무이며, 조금 앞서 그가 '윤리적 열망' 운운한 것은 그러한 인식의 표현이다.

30) 깽뻬를레(Quimperlé)의 '-뻬를레'가 '진주로 장식된' 혹은 '진주 모양의'라는 의미를 가지고 있으며, 뽕-아뱅(Pont-aven)이라는 읍이 '화가들의 도시'라고 불리울 만큼, 고갱을 비롯한 많은 화가들이 그곳에 머물렀던지라 주인공의 뇌리에 그러한 영상들이 형성된 듯하다. 그러나 깽뻬를레라는 명칭의 경우, 그것이 '진주'와는 아무 상관이 없다. 여러 강의 합류지점을 뜻하는 브르따뉴어 켐페르(Kemper)와 그 도시를 관류하는 하천 엘레(Ellé)의 합성어일 뿐이다.

31) 주인공과 그의 할머니가 거의 도달한 곳은 노르망디 해안지역인데, 빠리에서 그곳으로 향하던 중 어느 지점에서 기차를 잘못 타야 자동적으로 낭뜨를 거쳐 보르도에 이른단 말인가? 오늘날의 프랑스 철도 노선을 뇌리에 떠올린다 해도 결코 일어날 수 없는 일이다. 주인공은 아마, 프랑수와즈를 태운 기차가 계속 서쪽을 향해 가다가, 휘니스떼르 해안에 이르러 다시 남쪽을 향해 달릴 것이라 상상하였던 모양이다. 앞서 깽뻬를레와 뽕-아뱅을 뇌리에 떠올린 것과 무관하지 않은 상상이다.

32) 물론 열거한 지명에 그러한 것들을 가리키는 말이 들어있는 것은 아니다. 순전히 주인공의 느낌일 것이다.

33) '삐종-볼르'는 '비둘기가 난다'는 뜻이며, 아이들의 놀이 자체를 가리킨다. 아이들 중 하나가 '비둘기-난다, 꿩-난다, 종달새-난다, 개구리-난다…' 등처럼, 사물의 명칭 다음에 난다(vole, 볼르)를 붙여 빠르게 나열하는 동안, 나머지 아이들은 실제로 날 수 있는 사물들의 경우에만 손가락을 세워 보여야 한다.
34) 호텔에 투숙하여 다른 투숙객들의 금품을 훔치는 좀도둑들을 가리킨다.
35) 프랑스에서는 '호화로운 호텔'이라는 의미로 사용되는 영어이다. 프랑스인들은 '빨라쓰'라고 발음한다(palace).
36) 단떼가 지옥의 제2권역에 내려가 목격한 미노스의 모습을 연상시키는 언급이다. "그곳에 미노스가 버티고 서 있다. /…/ 그는 입구에서 잘못들을 가늠한다. / 이 말은, 운수 사나운 영혼이 그의 앞에 불려오면, / 모든 것을 고백하며, 그 감식관, 그 죄악의 전문가는, / 지옥의 어느 곳에 그를 배치할 것인가를 판단한다는 뜻이다."(『신성한 희극』,「지옥」편, 제5장).
37) 단떼가 베아뜨리체의 안내를 받아 낙원의 변경에 도달하여 느끼던 두려움을 연상시키는 구절이다(『신성한 희극』,「낙원」편, 제1장).
38) Duguay-Trouin(René, 1673~1736). 루이 14세가 잉글랜드와 홀랜드를 상대로 전쟁을 수행하던 시절, 그 두 전쟁 상대국의 무수한 상선들을 나포한 사람이라고 한다. 그의 조각상이 실제로 쌩-말로에 있다고 하는데(그의 고향이다), 주인공이 그의 조각상을 보고 즐거워한 것은, 호텔에서 발견한 이악스러운 상혼에 대한 반발 때문이었을 것이다. 게다가 뒤게-트루앵은, 정부의 허가를 얻은 일종의 해적선(흔히 사략선이라 한다. corsaire)을 지휘하던 사람 아닌가!
39) '우둔한 사람'이라는 뜻이다. 그리스 중부 지역 보이오티아는 숱한 신화들의 발상지이며(헤라클레스와 디오니소스 등도 그곳에서 태어났다고 한다), 헤시오도스, 핀다로스, 플루타르코스 등이 그 지역 출신이건만, 옛 아테네 사람들은 보이오티아 사람들을 가리켜 '우둔하고 상스럽다'고 하였다 한다.
40) 'les arrets de Sa Majesté la Mode'를 직역한 것이다. 매우 냉소적으로 들리는 말이다.
41) 'la nef commerciale'을 옮긴 것이다. 어떤 이들에게는 매우 불경스럽게 들릴 수 있는 말이다. 호텔의 로비를 가리킨다.
42) 교회당의 그림 유리창들을 가리킨다. 역시 매우 불경스럽게 보일 수 있는 언급이다.
43) 교회당이나 신전(당)들이 가지고 있는 공통점이다.

44) 물론 '리프트' (승강기)라고들 부르던 승강기 담당 직원을 가리킨다.
45) 자신이 루마니아 출신(d'origine roumaine)이라고 말하기 위하여 매니저가 루마니아적 독특성(d'originalité roumaine)라고 하였던 모양이다. '그가 비록 루마니아 출신이지만 모나꼬 국적을 취득하였다'는 말이다.
46) 주인공에게는, 자신과의 '관계 하에' 존재를 획득한 모든 것들이, 그의 상상력과 몽상을 고갈시키는 일종의 화(禍)로, 그것들이 따라서, 프로메테우스는 거절하였지만 에피메테우스가 수락한 제우스의 선물, 즉 아름다운 판도라가 가지고 온 상자에서 쏟아져 나온 온갖 재난(불행)에 비유된 듯하다.
47) Jean Balue(1421~1491). 루이 11세 조정의 수상으로 반역 혐의를 받아, 목재와 철로 짠 우리에 11년 동안 갇혀 있었다고 한다.
48) 기즈 공작(1550~1588)은 1588년 12월, 국왕 앙리 3세가 소집한 비상 신민회의(Etats généraux)에 참석하였다가 암살당하였는데, 그 장면을 그린 뽈 들라로슈(1797~1856)의 화폭(「기즈 공작의 암살」, 1834)에서 발견되는 특색들(넓고 천장 높은 방, 응고된 핏빛을 연상시키는 짙고 어두운 자주색 벽과 커튼들, 침대 옆에 외롭게 쓰러져 있는 시신, 그 시신에게 등을 돌린 채 구수회의 중인 암살자들 등)이 프루스트의 언급과 상당히 일치한다.
49) 토마스 쿡(1808~1892)이라는 사람이 1841년에 최초로 단체 관광객들을 모집하였다고 한다.
50) 원전에는 '방을 가로질러 세워 놓은'이라고 되어 있는 것을 '한구석을 비스듬히 막고 있는'으로 수정하여 옮긴다. 그러한 가구 배치가 있을 수 없을 뿐만 아니라, 작품 허두(「스완 댁 쪽으로」, 〈꽁브레〉)에서 이미 '한 구석'을 막고 있는 것으로 묘사된 바 있다.
51) 우리나라의 사전들이 '쇠풀'이라고 옮기는 'vétiver(Chrysopogon zizanioides)'를 그 타밀어 형태대로 적는다.
52) 앞에서 언급한 뽈 들라로슈의 화폭(「기즈 공작의 암살」)에 처절하게 감돌고 있는 피살자(공작)의 심정이다.
53) 프루스트의 모친이 편지에서 자주 사용하던 호칭이다. "나의 늑대", "나의 가엾은 늑대", "늑대" 등으로 시작되는 편지들이 많다. '늑대' 대신 '양배추'라는 호칭을 사용한 판본들(쟝 미이, 따디에)도 있으나, 이 번역본에서는 '늑대'를 취한다. '양배추'는 일반적으로 귀염둥이를 가리키는데, 주인공의 예민하되 게걸스러운 모습과는 어울리지 않을 듯하다.

54) 중세 화풍과는 달리 종교화에서도 풍경이(배경이) 상당한 비중을 갖게된 13~15세기 무렵 이딸리아 화가들(치마부에, 두치오, 리뽀 멤미, 죠반니 디 빠올로 등, 흔히 원초주의 화가들이라 한다)의 작품들 중에서, 주인공이 언급한 빙하들(즉 만년설이다)이 배경에 멀리 보이는 화폭들은 특히 죠반니 디 빠올로의「겸허한 성처녀」(1435년 경),「점성술사들의 경배」(1462년 경),「단떼와 베아뜨리체」(1440년 경) 등이다.
55) 'au milieu du reste du monde'를 옮긴 것이다. '다른 사람들의 한가운데'라 옮길 수도 있겠으나, 어떻게 옮기든 의미가 모호하기는 마찬가지이다.
56) 큰 산맥 아래 지역에 굼실거리면서 펼쳐지는 구릉지를 연상시키는, 그리고 해변으로 규칙적으로 밀려오는 잔물결들을 가리킬 듯하다.
57) 키타라는 고대 그리스에서 사용하던 악기로, 살을 발라먹은 다음에 남은 가자미의 가시들이, 공명상자 위에 팽팽하게 고정시킨 현들을 연상시킨 모양이다. 오늘날에도 게르마니아, 슬로베니아, 스위스, 프랑스 등 일부 지역에서 민속악 연주에 사용되며, 프랑스어로는 씨따르(cithare), 독일어로는 '치터(Zither)'라고 한다.
58) 보들레르의 〈항구〉(『빠리의 우울』)라는 '산문시'에 이러한 구절이 있다. "더 이상 호기심도 야심도 없는 이에게는, 전망대 속에 누워서 혹은 '부두 위에' 팔꿈치를 괴고, 떠나는 사람들과 돌아오는 사람들, 아직도 무엇을 희원할 힘과 여행하거나 부자가 될 열망을 가지고 있는 사람들의, 그 모든 움직임을 관조하는 신비하고 귀족적인 일종의 즐거움이 있다." 한편 〈가을의 노래〉(『악의 꽃』) 제5연에는 다음과 같은 구절이 있다. "그리하여, 그 무엇도, 당신의 사랑도, '규방'도, 화롯가도 / 나에게는 '바다 위에서 빛나는 태양'만 못하오."
59) 프랑스식 표기는 블랑딘느(Blandine)이며, 177년에 순교하였는데, 리옹의 원형 경기장에서 그녀를 사자에게 내맡겼건만 짐승이 그녀에게 아무 해도 끼치지 않았다고 한다.
60) 제3공화국(1870~1940) 초기의 왕당파(군주제 옹호파)들을 가리킨다.
61) 아름다운 해안(Rivebelle)과 황금 연안(Costedor)이라는 뜻을 가지고 있는 '리브벨'과 '꼬뜨도르'는 실재하는 지명이 아니며, 소년 주인공이 그곳에는 아직 여름이 남아 있을 것이라 상상한 것은, 그 명칭들에 내포된 의미 때문일 듯하다.
62) 알랑쏭은 남부 노르망디의 농경지로 유명한 '오른느(Orne)'의 중심도시다. 그

러한 도시에서 삶은 계란과 샐러드를 함께 먹는 것이 천하게 여겨지다니 우스운 일이다. 주인공이 빠리의 '상류층'에서 발견한 우스꽝스러운 측면을 그 시골에서도 발견한 듯하다.

63) 앞에서 오스땐더(벨기에 북해 연안의 항구)가 언급된 것으로 보아 벨기에의 국왕일 듯하다.

64) baccara. 19세기 중엽부터 프랑스에서 시작되어 유행하기 시작한 카드놀이인데, '바까라'의 어원은 밝혀지지 않았다고 한다.

65) 풀떼기 속에 빠져 사는 사람, 즉 몹시 가난한 사람이라는 뜻이다.

66) 주인공이 처음 호텔에 도착한 것은 저녁나절이었다. 주인공의 단순한 혼동일까 혹은 의도적인 혼동일까?

67) Odéon. 19세기 중엽부터 프랑스 제2국립극장의 지위를 누렸다.

68) 그들 주위에 있는 사람들의 삶에 관심을 가져 스스로를 분산시키는 것으로부터 보호해 주었다는 말일 듯하다.

69) 전등들을 가리킨다. 전등이 처음 일상생활에 등장하였던 시절에 그것을 바라보던 이들의 뇌리에 형성되었을 법한 영상이다.

70) ichtyologie humaine를 직역한 것이다. 사람들의 유형을 물고기들 구분하듯 분류한다는 뜻일 것이다.

71) 늙은 여인을 가리킬 듯하다.

72) 왜 문득 '쎄르비아 귀부인'을 등장시켰을까?

73) 게르망뜨 가문과 다소간의 친분이 있는 가문이다.

74) 페르시아의 군주는 물론, 페르시아 사람이라는 사실 자체가 프랑스인들에게는 호기심의 대상이었던 모양이다. 몽떼스끼유가 『페르시아인의 편지』에서 해학적으로 묘사한, 빠리 사람들이 페르시아 청년 앞에서 나타내던 반응을 연상시키는 언급이다.

75) Ranavalo. 라나발로나(Ranavalona)의 오기라고 한다. 마다가스카르의 마지막 군주(재위 1883~1897)였으며, 그 나라를 병탄한 프랑스인들에 의해 퇴위당한 후, 레위니옹(일명 부르봉, 마다가스카르 동쪽에 있는 섬)으로, 그리고 다시 알제리아로 유배되었다고 한다.

76) 레옹스-레이노와 이뽈리뜨-르바는 각각 엔지니어와 건축가였다고 한다.

77) 바이런, 로슈슈아르, 그라몽 등은 모두 귀족 출신의 인물들이다. '대중적이고 상스러운 로슈슈아르 로'라 한 것은, 그 거리에 술집들과 대중적인 극장들이

많았기 때문일 듯하다.
78) 귀족 가문의 명칭 앞에 붙이던 '드(de)'를 가리킨다.
79) 후작 부인(르네 드 깡브르메르)은 르그랑댕의 누이이며 평민 출신이다. 그녀의 작위는 브르따뉴의 한미한 귀족 깡브르메르 후작과의 혼인 덕분에 얻은 것이다.
80) 라씬느의 『에스테르』 제2막 7장에서 아무 수정 없이 인용한 구절이다. 그러나 「에스테르서」, (『구약』) 제5장에서는 물론, 라씬느의 『에스테르』 2막 혹은 3막(4장)에서도 아하수헤로스의 '빈정거림'을 느끼기는 어렵다.
81) bésigue. 카드놀이의 일종으로, 19세기 전반부터 프랑스에서 유행하였으며, 샤를르 베지그(Charles Bézigue)라는 사람이 고안하였다고 한다.
82) 발백 인근에 있는 깡브르메르 가문의 영지(저택)를 가리킨다.
83) 디나르(Dinard)는 브르따뉴 북쪽 연안(쌩-말로 근처)에, 비아리츠(Biaritz)는 프랑스 서남단 랑드 지방 대서양 연안(바이욘느 근처)에, 깐느(Cannes)는 프랑스 동남단 지중해 연안(니쓰 근처)에 있는 휴양 도시이다.
84) 주인공의 할머니와 빌르빠리지 부인이 마주치는 다분히 희극적인 장면은 몰리에르의 작품에서 뿐만 아니라 여느 희극에서도 발견될 수 있음직하다. 그러나 고대 그리스 비극이나 라씬느의 비극 작품들에 등장하는 합창(코로스, 코루스)을 몰리에르의 작품에서는 찾아볼 수 없다.
85) 쎄비녜 부인이 1689년 7월 30일 자기의 딸에게 보낸 편지에서, 반느(Vannes)의 주교가 마련한 만찬을 두고 한 말이라고 한다.
86) 프루스트의 미완성 논설문 〈샤르댕과 렘브란트〉의 한 구절을 연상시키는 구절이다. '불결한 순간'은 'moment sordide'를 옮긴 것으로, 식사 직후 아직 치우지 않은 식탁의 모습이 적나라하게 드러나는 순간을, 가령 샤르댕의 〈과일들과 짐승들〉이라는 화폭이 포착한, '구역질을 일으킬 수도 있을' 순간을 가리킨다(〈샤르댕과 렘브란트〉라는 논설문은 1954년에 처음으로 〈휘가로〉지가 발표하였다).
87) 작품의 허두에서부터 주인공은 발백이 '땅의 끝(finibus terræ)'이라는 몽상을 간직하고 있었다.
88) Cimmériens. 흑해 북쪽 연안에 실존하였던 종족이나, 호메로스의 「오뒷세이아」에서 저승으로 들어가는 지역으로 묘사된 이후부터 태곳적 종족의 상징이 되었을 법하다.

89) 'vaste poisson'을 직역한 것이다. 넙치류를 가리키나 'vaste'라는 말의 의미 (광막하고 거대한)를 살리기 위하여 '광어'라는 번역어를 취한다. 샤르댕이 1728년에 그린 「가오리」라는 화폭에서 볼 수 있는 괴물 같은 물고기를 연상시킨다.
90) 이상한 언급이다. '다수의 척추'를 가진 물고기가 있단 말인가? 앞서 가자미를 두고 언급한 '무수한 가시들'을 가리키는 듯하다.
91) 오스트리아 황제 프란츠-요셉의 외아들 루돌프(1858~1889)가 자기의 사냥터 별장에서 연인과 함께 총상을 입고 사망한 채로 발견되었는데, 오랫동안 그 사건을 두고 자살이다 혹은 타살이다 하는 상반된 견해들이 분분했다고 한다.
92) 프랑스 대혁명 이후 세습 귀족들이 겪어야 했던 가긍스러운 처지를 함축하고 있는 해학적인 언급이다.
93) 자신의 딸 그리냐 부인에게 보낸(1671년 2월 11일) 편지 중 한 구절인데, 프루스트와 그의 모친 사이에 오간 편지들 속에서도 자주 발견되는 정서이다.
94) 쎄비녜 부인이 만년에(1694년) 사위의 영지인 그리냐(프랑스 남동쪽 론느 강 하구)에서 자기의 사촌 꿀랑주 후작(1633~1716)에게 보낸 편지에 다음과 같은 구절이 있다고 한다. "우리가 혹시 이상한 변덕에 사로잡혀 저질 참외를 구하고 싶으면, 우리는 그것을 빠리에서 보내도록 할 수밖에 없을 거예요. 여기에는 그것이 없어요." 즉, 호텔에 저질 과일이 있으니 그럴 필요 없다는 말이다.
95) 주인공의 이 부연 설명은 사실과 합치하지 않을 듯하다. 그가 그 노부인을 '날마다' 먼발치에서나마 본 것은 차치하더라도, 그녀와 할머니가 서로를 알아보고도 못한 척하였다는 언급이 있지 않았던가? 작가의 뇌리를 지배하던 주제들로 인해 빚어진 실수일 듯하다.
96) 어느 날 플라톤이 자기가 쓴 대화편 『뤼시스(우정에 대하여)』를 낭독하자, 그것을 들은 쏘크라테스가 이렇게 말하였다고 한다. "맙소사, 내가 하지도 않은 말을 저 젊은이가 나의 입을 빌려 많이도 하는구나!" 사실 플라톤의 대화편들을 읽노라면 그러한 감회를 느끼지 않을 수 없으며, 실제로 쏘크라테스가 하지도 않은 많은 말들을 플라톤이 자기의 책에 인용하였다는 견해가 이미 그의 생존 시에도 널리 퍼졌던 모양이다. 한편 요한이 예수의 말을 크게 변형시켰다는 설은 일부 신학자들의 주장일 듯하다. 실존하였는지도 모르는 이의 말일 터이니, 그것의 변형 여부를 어찌 가늠할 수 있겠는가?
97) 잔존하는 윤곽을 예술가에 의해 '번역' 되는 징후들(signes)로 간주해야 한다

는 뜻일 듯하다.
98) 주인공은, 게르망뜨 공작 부인이, 옛날이야기의 주인공인 쥬느비에브 드 브라방의 직계 후손일 것이라고 오랜 세월 동안 믿고 있었다.
99) '마른 덩굴'은 'au bois desséché'를 옮긴 것이다. 프랑스어 자체가 부자연스러울 뿐만 아니라, 포도를 그러한 상태로 바구니에 담았을 가능성도 희박하다. 또한 '군청색 배(梨)'가 실제로 존재하는지 모르겠다. 게다가 오얏을, 풍만한 여인의 몸뚱이 같은 바다에, 혹은 바구니를 내포(內浦)에 비유한 것 역시 은유적 필연성이 부족하다. 이 묘사에서 느껴지는 것은 실물이 아니라 어떤 화폭 같다.
100) Algeciras. 에스빠냐 최남단 안달루시아 지방에 있는 도시로, 1906년 그곳에서 개최된 국제회의에서 모로코에 대한 프랑스의 특별 권한이 승인되었다고 한다.
101) '띠치아노의 제자'란 곧 엘 그레꼬(El Greco '그리스 사람'이라는 뜻이며, 그의 본명 또한 '도메니코스 테오토코폴로스'라는 그리스식 이름이다)를 가리키며, 오늘날에도 똘레도에 그의 작품들을 소장하고 있는 미술관(〈엘 그레꼬 미술관〉)이 있다. 크레타의 북쪽 연안 헤라클리온(크노쏘스 인근)에서 1541년에 출생한 그가 이딸리아에서 활동하다가 에스빠냐에 온 것은 1577년이며, 똘레도에 정착한 이후에 그의 독특한 화풍이 정립되었다고 한다. '그의 작품을 그곳에서만 볼 수 있다'고 한 언급은, 똘레도라는 도시가 그레꼬의 화풍에 끼친 그러한 영향을 염두에 둔 말일 듯하다.
102) 귀스따프 모로의 1895년도 작품인 「유피테르와 쎄멜레」를 가리킬 듯하다.
103) 빌르빠리지 부인이 노르뿌와 씨의 젊은 시절 연인이었다는 암시가 이미 있었다(「소녀」, 제1부, 로마에 파견되었던 시절의 노르뿌와).
104) canaille를 어원(개)대로 옮긴다.
105) 누가 한 말인지 명시되지 않았다. 바로 앞의 대화는 여인들끼리 주고 받은 것이지만, 이 부분은 법원장이 한 말일 듯하다.
106) Baronne d'Ange. 알렉상드르 뒤마(아들)의 희극인 『화류계』의 주인공 쉬잔느(Suzanne)가, 화류계의 구렁텅이를 벗어나려고 자신에게 부여한 거짓 작위라고 한다.
107) 마뛰랭 레니에(1573~1613)의 『풍자』에 등장하는 뚜쟁이의 이름이 마세뜨(Macette)라고 한다. 한편 마뛰랭 레니에가 고대 로마의 호라티우스나 유베날

리스 등의 영향을 받았을 것이라는 견해가 있으나, 그를 브랑톰(1538~1614, 『여인 열전』), 뷔씨-라뷔땡(1618~1693, 『갈리아인들의 사랑』), 샤를르 쏘렐(1600경~1670경, 『프랑시옹의 우스꽝스러운 행적』), 베르벨(1556~1626, 『출세 방법』) 등은 물론, 뻬리에나 라블레 혹은 몰리에르 등, 16~17세기 프랑스 풍자 문예의 거대한 흐름 중 한 가닥으로 봄이 타당할 듯하다.

108) 귀족 사회에서.

109) 원전에는 마르꾸빌 로르궤이으즈(Marcouville l'Orgueilleuse) 형태로 되어 있으나, 지명들이 일반적으로 갖는 마르꾸빌-로르궤이으즈(Marcouville-l'Orgueilleuse) 형태로 바꾸어 표기한다. '오만한 마르꾸빌'이라는 의미를 가지고 있으니, '아름다운 해변'이라는 뜻을 지닌 리브렐과는, 귀족 계층과 부르주와 계층 간에 존재하는 대칭관계를 가질 수 있다.

110) 창문을 통해 들어온 빛이 실내에 있는 사물의 특정 부분들(빛으로 인해 사라진 구석, 융단, 탁자…등)을 부각시키는, 따스하고 안온한 공간이며, 베르메르의 「연주회」, 「천문학자」, 「진주 목걸이를 건 여인」, 「룻 연주하는 여인」, 「지리학자」, 「음악 교습」, 〈창가에서 독서하는 여인〉 등 화폭들을 연상시키는 묘사이다. 그 모든 화폭에 여일하게 등장하는 것은 소박한 '융단'이다.

111) 네레우스와 도리스 사이에서 태어난 바다의 님파들이며 오케아노스(대양)의 외손녀들이다. 대개의 경우 바다의 물결을 인격화하고 있으며, 아킬레우스의 모친 테티스 및 포세이돈의 아내 암피트리테 등도 그녀들 중 하나이다.

112) 대문자(Mers)로 표기한 것으로 보아, 네레이스들(Néréides)을 가리키는 듯하다.

113) 네레이스들 중 하나로 오직 헤시오도스의 『신통계보』에만 그 이름이 등장하고, 그 책에서는 '미소 짓기 좋아하는' 글로코노메로 묘사되어 있다. 한편, 그 작품을 번역한 르꽁뜨 드 릴르는 그녀를 가리켜 '쾌활한 글로코노메'라 하였다(『신통계보』, 알퐁스 르메르, 빠리, 1816, p.11).

114) 로댕이 조각한 「갈라테아」 및 「나이아스」 등을 연상시키는 언급이다. 그의 「다나이스」나 「신의 손」 등도 같은 기법으로 조각한 작품들이다.

115) Le Bec. 갑(岬, 곶)이라는 뜻이다.

116) narthex. 교회당 정문의 현관이되 신도석(nef)에 포함된 공간을 가리킨다. 앞에서 홀을 가리켜 '상업적 신도석'이라 하였기 때문에 그 단어를 사용한 듯하다. 또한 작가는 narthex를 가리켜 교회당(église)이라 하였으나 예배소

(chapelle)로 고쳐 옮긴다.
117) 라씬느가 맹뜨농 부인의 요청에 따라 「에스테르」와 「아달리야」를 썼고, 맹뜨농 부인이 가난한 귀족의 딸들을 위해 세운 쌩-씨르(Saint-Cyr) 학교 학생들에게 그 작품들을 공연케 하였다고 한다. 각각 「에스테르서」와 「열왕기 하」에서 이야기를 취하여 쓴 작품들이다.
118) 꽃 한 송이에 암술은 하나뿐이니, 배나무 꽃이나 오얏나무 꽃처럼 산형을 이루며 피는 사과나무 꽃의 특징을 염두에 둔 언급일 듯하나, 그러한 꽃송이가 한 그루에 하나씩만 달렸단 말인가?
119) 마차를 타고 지나가면서 본 들판의 사과나무 잎들 사이에 있는, 꽃잎 막 떨어진 직후의 꽃술이 보일 리 없으니, 주인공의 상상 속에만 있는 '암술'일 것이다. 그러나 또한 한여름 휴가철이니, 그 암술들 자리에 이미 상당히 자란 열매들이 달려 있지 않겠는가? 여하튼 이 문장은 전적으로 주인공의 몽상만을 — 계절이나 대상의 실체는 염두에 두지 않고 — 묘사하고 있는 듯하다. 이 작품에서 자주 발견되는 현상이다.
120) 『오레스테이아』는 아이스퀼로스의 유명한 삼부작 비극이다. 인용된 구절은 르꽁뜨 드 릴르의 작품 『에리뉘에스들』에서 인용한 것이라 한다(1873년 초연). 그러나 『오레스테이아』의 제3부가 「에우메니스들」(에리뉘에스의 별칭이다)이니, 전적으로 잘못된 인용은 아니다.
121) Hellas. 고대에는 그리스의 한 지역을 지칭하던 말이었으나 오늘날에는 그리스를 지칭하는 공식 명칭이다.
122) Cresus. 리디아의 마지막 왕(재위 B.C 561경~547경)으로, 우연히 발견된 크뤼소로아스 강의 사금 덕분에 엄청난 부를 누린 왕으로 유명하다. 빌르빠리지 부인이 그에 비유한 '사람'은 예술품 투기꾼을 가리킬 듯하다.
123) 예수회(Compagnie de Jésus, 예수 동아리)가 16세기에 이니고 로뻬스 데 로욜라(1491~1556, 바스꼬 지방 출신의 귀족이었다)에 의해 창립된 이후 가톨릭 세계에서 세력을 확장해 가던 중, 유럽 각국의 정치에 깊이 관여하게 되었고, 그로 인하여 심한 반발에 부딪쳐 뽀르뚜갈이나 프랑스는 물론 심지어 에스빠냐에서조차 그 집단이 해체되었으나(1767년), '새로운 동아리'가 1814년에 교황 피우스 7세에 의해 다시 결성되어, 19세기 내내 유럽 대부분의 국가에서 벌어지던 보수와 진보 세력들 간의 갈등에 휘말리게 되었다.
124) 오늘날의 또스까나 지방과 대략 일치하는 지역을 가리키던 라틴어이며, 그

지역을 다스리던 사람들을 라틴어로는 에트루스키(Etrusci)라 칭하였다. 헤로도토스에 의하면(『역사』) 에트루리아인들이 그 지역에 정착한 것은 기원전 1300년 경이고, 그들이 리디아로부터 이주하였으며, 이미 기원전 7세기에 라티움 지역을 점령하여 도시를 세웠다고 한다. 그러나, 로마의 도시 건설이나 각종 기예에 큰 영향을 주었을 법한 그 사람들(그들이 로마에 의해 완전히 병탄된 것은 B. C 350년 경이다)의 역사나 언어(아직도 그들의 언어는 해독되지 않았다고 한다)가 고대 이집트의 역사나 언어보다도 오히려 더 전설의 상태로 남아 있는 현상은 매우 기이하다.

125) 몰레, 퐁딴느, (…) 다뤼 등은 모두 18세기 말부터 19세기 말에 걸쳐 실존하였던 인물들이다.

126) 프루스트가 『쌩뜨-뵈브 논박』 등 많은 논설문에서 소위 실증주의적 평론이라고 하는 것에 대하여 거듭 가한 비판의 핵심이다. 한 문인의 작품 자체보다는 그의 사생활 혹은 사회적 행태에 관심을 집중하는, 즉 문인의 '내밀한 자아'를 포착하려 하는 대신 가시적 현상들에만 매달리는 평론 관행에 대한 그의 격렬한 비판(오스카 와일드도 궤를 같이하고 있다)은, 『잃어버린 시절을 찾아서』라는 작품이 내포하고 있는 주제들 중 가장 본질적인 것이다.

127) 꽁브레의 땅송빌 언덕길에서는 '게으르게 뒤처진 수레국화'로 묘사되었다(「스완 댁 쪽으로」 〈꽁브레〉). '길들여진 꽃들'이란 '고분고분해진 꽃들' 즉, 촌지역 소녀들을 가리킬 듯하다.

128) 단정적인 어투가 부자연스러워 보이나, 그대로 옮긴다(…m'avaient déjà oublié).

129) 기원전 1100년 경에 파괴된 것으로 추정되는 멜로스의 폐허에서 1820년에 발굴된 베누스 조각상(「멜로스의 베누스」, 루브르 박물관)을 연상시키는 언급이다.

130) '쿠피도의 화살', 즉 연정을 불러일으키는 화살일 듯하다.

131) 그 누구의 경우도 마찬가지겠으나, 주인공이 작품 여기저기에서 이야기하고 있는, 사람에 대한 욕망은, 그 본질이 '신비한 실체' 혹은 '진리'에 대한 열망과 다르지 않다. 다시 말해, 한 여인에게로 향한 욕망이 '예술적 진실'(보편적 진리)로 향한 열망과 동일시된다. 그러니 그 열망을 어찌 부나 세속적 명예 따위에 대한 욕망에 비할 수 있겠느냐는, 일종의 은근한 반문이다.

132) 베르고뜨가 베르메르의 「델프트 풍경」을 바라보면서 강박 증세 드러내듯 중

얼거리던 그 '노란 벽의 작은 자락'(「갇힌 여인」)을 연상시키는 묘사이다.
133) '마들렌느' 일화에서도 주인공이 사용한 표현이다. 하지만 그 모색의 순간에 '창조'라는 개념이 어떻게 뇌리에 떠올랐을까? 사리의 필연적인 순서로는 느껴지지 않는다. 즉, 부자연스럽다.
134) 『잃어버린 시절을 찾아서』라는 작품 자체에서 선명히 드러나는 구조적 특징이기도 하다.
135) Norne(Norn). 스칸디나비아 신화체계에서 각 개인의 운명을 주재하는 존재로, 그리스 신화 속의 모이라(Moira)나 로마 신화 속의 파르카(Parca)와 유사한 역할을 맡고 있다.
136) 물론 세속적인 삶을 가리킨다.
137) 그 신비를 규명하려는 본격적인 노력을 시작한 날, 즉 드디어 작품을 쓰기 시작한 날을 가리킬 듯하다.
138) 아이스퀼로스의 『암벽에 묶인 프로메테우스』에서는 오케아니스들(오케아노스와 테티스 사이에서 태어난 바다의 뉨파들)이 합창단(코러스)을 구성하며, 폭군 제우스에 항거하다가 그 비참한 처지에 놓인 프로메테우스의 운명을 한탄하는 노래를 부른다.
139) 샤또브리앙의 『아딸라』에서 읽을 수 있는 구절은 이러하다. "이윽고 달이 우수의 그 위대한 비밀을 숲 속에 뿌렸다."(아딸라와 샥따스가 도피하던 중에 만난 숲속 경관이다).
140) 비니의 시집 『운명』 중 〈목동의 집〉 마지막 구절의 일부이다.
141) 빅또르 위고의 『세기들의 전설』 중 〈잠든 보아스〉의 한 구절이다. 『구약』의 「룻기」 3~4장에 기술된 룻과 보아스의 혼인 이야기이다.
142) 교황 피우스 8세를 선출한 추기경들의 선거회의가 열린 것은 1829년 3월 말이며, 샤를르 10세 조정의 재상이었던 뽈리냑 대공에게 샤또브리앙이 우편으로 사직서를 보낸 것은 1829년 8월이라고 한다.
143) 블라까 공작(1771~1839)은 루이 18세의 왕실 비서였고, 1815년부터 1830년까지 나뽈리 주재 대사를 역임하였으며, 1830년에 샤를르 10세를 따라 망명길에 올랐다고 한다.
144) 샤또브리앙의 『아딸라』, 『순교자들』, 『나췌즈』, 『무덤 저 너머의 회고록』 등 거의 모든 작품에 등장하는 달빛 어린 풍경들을 염두에 둔, 조금은 빈정거리는 듯한 해학적인 일화이다.

145) 『어느 사형수의 마지막 날』은 물론, 『빠리의 노트르-담므』, 『웃는 남자』, 『93년』, 『레 미제라블』 등, 그의 어느 작품에서나 발견되는 한 측면이다. 그것이 '타산적인 관용'이나 '거래'였는지는, 비록 첫 인상이 그렇다 하더라도, 그의 모든 작품들을 총체적으로 정밀하게 분석한 후에나 결론을 내릴 수 있을 듯하다. 여하튼 그의 대부분 어조에서 유치한 선동성을 느낄 수 있는 것은 사실이며, 후에(「되찾은 시절」) 주인공이 바레스나 에밀 졸라 등 소위 민중문학 옹호자들에게 가할 비판의 맹아가 빌르빠리지 부인의 이 언급에서 느껴진다.
146) 프랑스의 마지막 왕 루이-필립의 둘째 아들 루이-샤를르-필립 도를레앙(1814~1896)을 가리킨다고 한다.
147) 쎄자르 바가르(1639~1709). 낭씨 출신의 조각가였다고 한다. '위대한 카이사르(쎄자르)'라는 별명으로 호칭되었으며, 빠리의 몇몇 특정 저택들을 장식하였다고 한다.
148) 쎄바스띠아니 장군(1772~1851)은 코르시카 북동부 라 뽀르따에서 어느 재단사의 아들로 태어나, 프랑스 대혁명 이후 육군 소위로 군문에 들어간 후, 나뽈레옹 1세의 막하에서 숱한 전공을 세워, 프랑스 대원수 및 외무성 장관을 역임한 사람이다. 따라서 그가 이렇다 할 가문 출신이라고는 할 수 없다.
149) 쎄바스띠아니 장군의 딸이며 1824년에 샤를르 드 슈와죌-쁘랄랭 공작(1805~1847)과 결혼한 화니 쎄바스띠아니 델라 뽀르따 공작 부인(1807~1847)을 가리킨다. 공작과의 사이에 아이 열을 두었으나, 1847년에 남편에 의해 살해당하였고, 공작 또한 자살하였는데, 빌르빠리지 부인이 이야기를 시작하면서 '가엾은 공작 부인'이라고 한 것은 그 사실 때문일 듯하다.
150) 왕정복고 이후, 프랑스의 세습 귀족들이 자기네들의 황제였던 나뽈레옹 보나빠르뜨를(심지어 그를 코르시카식 이름인 '부오나빠르떼'로 지칭하기도 하였다) 포함하여, 그에게서 작위를 받은 모든 신흥 귀족들에 대하여 가지고 있던 편견을 가리킨다. 앞에서 빌르빠리지 부인이 언급한 '지난 시대'는 그러한 시기를 가리킨다.
151) 슈와죌-쁘랄랭 가문은 오뜨-마른느 지방 백작들로부터 시작하여, 12세기 이후 프랑스 대원수 다섯, 추기경 하나, 주교 둘, 그리고 많은 정치가를 배출하였다. 바씨니(Bassigny)는 오뜨-마른느 지방의 한 지역이다. 한편 루이 르 그로(Louis le Gros)는 까뻬 왕조 제5대 왕인 루이 6세(재위, 1108~1377)의 별명이며, 직역하면 '뚱보 루이'인데, 그가 폭음과 폭식을 즐겼고 성품 온후하여 붙여

진 별명이라고 한다. 또한 게르망뜨 가문은 그의 친형인 알동스 드 게르망뜨에서 시작되었으며, 따라서 게르망뜨 가문이 까뻬 왕조의 지파라는 것이 샤를뤼스의 주장이다(「소돔과 고모라」).

152) 몰레(1781~1855)는 프랑스의 정치가이며, 알프레드 드 비니가 프랑스 한림원 회원이 되는데 도움을 주면서도 그가 시인이라는 사실 조차도 몰랐다고 한다. 한편 로메니(1815~1878)는 프랑스 문예 연구가이며 한림원 회원으로, 일련의 작가들 전기를 남겼다고 한다.

153) '보쎄르쟝 부인'은, 이미 앞에서 언급한 바와 같이, 허구적인 인물이다. 조제프 주베르(1754~1824)는 샤또브리앙이 '라 퐁뗀느의 영혼을 가진 플라톤'이라고 칭한, 직관적인 혜안으로 깨달음을 얻은 현자로 알려졌으되, '친구들의 칭찬'에 무심하지 않았다고 한다. 쎄비녜 부인과 유사한 성향을 가진 인물인 듯하다. 한편 고위 공무원이었던 크시멘스 두당(1800~1872)은 무절제와 방종과 극단주의를 최대의 적으로 여겼고, 정치가였던 레뮈자 백작(1797~1875)은, 편향되지 않은 절충주의와 온건함을 추구한 철학자이기도 했다고 한다.

154) 내면의 고뇌로 인해 몸부림치는 인간의 상징처럼 알려진 인물들이며, 20세기 초반에, 우리나라를 비롯한 세계 여러 나라에서 소위 '시인'이라는 탈을 쓴 직업적 '고뇌꾼들'이 쏟아져 나오게 한 장본인들이기도 한다.

155) Saumur. 18세기에 창설된 기병대 사관학교로 유명하며, 오늘날에도 기갑 병과 군사학교가 있다. 한편 동씨에르(Doncières)는, 플랑드르 지방을 연상시키는, 이 작품에서 꽁브레, 빠리, 발백, 베네치아 등과 함께 중요한 무대를 구성하는 허구적 도시이다.

156) 옮긴이 주 54) 참조.

157) 마르상뜨 부인(마리)을 가리킨다. 그녀는 게르망뜨 공작 바쟁(Basin) 및 샤를뤼스 남작(빨라메드, 메메) 등과 남매지간이고, 빌르빠리지 부인은 그 세 사람의 고모이다.

158) 작가가 사용한 영어이다. 19세기 초에는 '스포츠 애호가'라는 뜻으로 사용되었으나, 훗날에는 경마에 빠진 사람을 가리켰다. 후자의 뜻일 듯하다.

159) 'modernisme'이라는, 본질(entité)이 없는 단어를, 통용되는대로 옮긴 것이다. 프루스트가 이러한 단어를 사용한 것은 조금 의외이다. 현대주의(근대주의)라는 말이나 요즈음에 흔히들 사용하는 '포스트모더니즘'이라는 말이 하나의 개념으로 성립될 수 있는지 모르겠다.

160) 프루동(Pierre Joseph Proudhon, 1809~1865). 무정부주의(anarchisme)의 비조이며 공제(共濟)주의 및 노동조합의 창시자로 알려진 프랑스의 사회주의자이다. 혁명적인 사람이었으되, 칼 마르크스 같은 사람으로부터는 '노동과 자본 사이에서 부유물처럼 갈팡질팡하는' 보수주의자라는 평을 받았다고 한다. 한편, 쌩-루가 니체 연구에 몰두하였다는 언급은, 특히 『인간적인, 너무나 인간적인』, 『우상들의 황혼』, 『에케 호모(이 사람이다)』, 『짜라투스트라는 이렇게 말하였다』 등, 니체의 말년 작품들 및 그의 비관적 시각은 물론, 쌩-루의 애틋하고 고적한 모습의 일단을 보여주는 듯하다. 여하튼, 프루동과 니체의 공통점은, 두 사람 모두 흔쾌히 이해 받지 못한 고적한 지성인들이라는 점이다.

161) 바그너가 4부작 『니벨룽엔의 반지』를 비롯한 『탄호이저』, 『로헨그린』, 『뉘른베르크의 거장들』, 『유령선』, 『파르시팔』 등 웅장하고 요란한 작품들로, 당대 유럽의 많은 지식인들과 예술가들을 비롯한 상류층으로부터 환호를 받은 반면, 오펜바하(1819~1880)는 『저승에 간 오르페우스』, 『아름다운 헬레네』, 『빠리 생활』, 『고적대장(鼓笛隊長)의 딸』 등 대중적 희가극들을 주로 작곡한 사실을 염두에 둔 언급이다. 쌩-루가 오펜바하의 작품을 열렬히 좋아한 자기 부친의 취향에 경멸감을 품었다는 사실은, 그가 프루동과 니체 같은 고적한 지성인들의 작품을 탐독하였다는 점과 모순된다. 예나 지금이나, 또 어느 곳에서나 발견되는, 지적・예술적 유행에 휩쓸려든 사람들에게 던지는 프루스트의 은근한 해학적 조롱일 듯하다.

162) 보옐디으(1755~1834)는 『바그다드의 칼리파』, 『하얀 귀부인』 등 희가극을 남긴 작곡가이며, 라비슈(1815~1888)는 『이딸리아의 밀짚모자』, 『뻬리쏭 씨의 여행』, 『삼천만 명의 검투사들』 등, 가벼운 희극 작품들을 남긴 극작가이다. 한편, '상징'과 '모호함' 그리고 '추상적인 것'을 꺼리던 것은 프루스트의 일관된 시각이며, 그러한 경향이 『쟝 쌍떼이유』에서는 더욱 직설적인 언어로 표출되어 있다.

163) 스스로 지식인이라고 믿는, 오늘날에도 프랑스나 우리나라 등 곳곳에서 발견되는, 어설픈 사람들의 우스꽝스러운 언사이다. 오펜바하의 희가극 『아름다운 헬레나』가 많은 사람들에게 웃음을 선사하던 것이 왜 재앙이란 말인가? 라블레나 몰리에르의 출현이 재앙이었다는 말인가? 또한 프랑스어로 그저 'Anneau(반지)' 라고 하면 될 것을 구태여 '링(Der Ring des Nibelungen, 니벨룽엔의 반지)' 이라는 외국어를 왜 사용한단 말인가? 게다가 '유통기한 지난 작

품들'이란 또 무슨 말인가? 로베르가 사용한 'perimées'라는 말을 아무리 양보하여 이해한다 해도 '구식 작품들'이라는 뜻으로밖에 들리지 않는다. 과장과 외국어 남용 및 부정확한 개념, 그것들이 어설픈 지식인들의 언사를 특징짓는 웃지 못할 희극적 징후들이다. 주인공이 쌩-루의 언사에 가혹하게 부각시킨 그러한 징후들은, 앞으로 묘사할 상류층 사람들의 단면을 넌지시 보여주는 전주곡일 뿐이다.

164) 옛 귀족들이나 왕족들이 무사계급이었다는 사실과 그들의 주요 도락이 사냥이었다는 사실을 동시에 암시하는 말이다. '위대한 사냥꾼'이라는 말에서는, 짐승만 사냥하지 않고 사람도 사냥하였다는 해학적인 암시도 느껴진다.

165) '부에 대한 멸시'는 기사도의 핵심적인 덕목이었고, 따라서 부의 축적은 평민 혹은 하층민의 일이었다.

166) '천민'의 가장 확연한 징표이다.

167) 정상적인 프랑스어 발음대로 표기하면 이러하다. "디 동, 아브라함, 쒜 뷔 쟈꼽(이봐, 아브라함, 내가 야곱을 보았어)." 시골 사람들이나 외국인들의 발음을(때로는 특이한 어법을) 그대로 표기하여 그들의 특징을 드러내는 예가 프루스트의 작품에서도 가끔 보이는데, 그러한 예는 특히 모빠상의 많은 단편들 속에서 프러시아인들이나 영국인들의 발음 및 노르망디 촌사람들의 발음과 어법을 그대로 표기하면서 자주 나타난다. 또한 이미 12~13세기의 작품(『여우 이야기』)이나 17세기 초의 『프랑시옹』에서도 사용되었던, 해학의 한 형태이다.

168) rue d'Aboukir. 빠리 제2구역에 있는 길이며, 유대인들이 많이 살았다고 한다.

169) Université populaire. 노동자들의 자녀들에게 기술 교육을 시키기 위하여 19세기 말에 세워졌던 사립 성인 교육기관이라고 한다.

170) 주인공이 '아미앵의 조각상'에 부여한 특질들은, 「스완 댁 쪽으로」편에 묘사된 쌩-앙드레-데-샹 교회당 정문 앞의 '성녀상'이나, 러스킨이 『아미앵의 성서』에 묘사해 놓은 '진정한 아미앵의 여인'과 같은 '귀엽고, 자그마하고, 말괄량이의 미소 머금고, 퇴폐적인 마돈나'를 연상시킨다.

171) 끊임없는 잡담으로 주위에 있는 이들을 피곤하게 하는 사람을 가리킨다.

172) Stones of Venaïce. 러스킨(1819~1900)의 1851~1853년 무렵 저서인 『베네치아의 돌들(Stones of Venice)』을 가리킨다. 프루스트가 1900년에 베네치아를 방문할 때 휴대하였던 책이라고 한다.

173) 블록이 'belles madames'이라고 하였는데, 어법은 물론 기초 어형에도 어긋난다. 당연히 'belles dames'라 해야 하고, 'madames'이라는 복수 형태는 성립되지 않는다.
174) lord(원의는 주인이라는 뜻이다)를 옮긴 것이다. 러스킨은 평민이었다.
175) '교양의 결여' 혹은 '못된 버릇'을 가리킨다.
176) 바르베 도르비이의 작품들에 등장하는 예호엘(『신들린 여인』), 데뚜슈(『데뚜슈 기사』), 싸비니(『죄악 속에서의 행복』), 라빌라(『돈 후안의 가장 아름다운 사랑』) 등 인물들을 연상시키는 언급이다. 한편, 그 인물들과 『진홍색 커튼』의 브라싸르, 『레아』의 레지날드 등을 대할 때 여인들이 드러내는 반응은, 프루스트의 작품에서 중추적 이정표 역할을 수행하는 일화들(마들렌느 과자, 마르땡빌의 종각, 샹젤리제 공원 화장실의 곰팡이 냄새, 위디메닐의 세 그루 노목, 구두끈, 풀먹인 냅킨, 그르지 못한 포석들, 『유기아 프랑수와』의 표지 등)에 나타나는 비등성 이상흥분상태와 유사하다.
177) 바르베 도르비이의 많은 작품들 속에 감도는 느낌이다.
178) 케르(Kèr)는 '죽음의 여신'이나 '죽음' 그 자체, 더 나아가 죽음에 이어지는 온갖 '재앙'을 가리키며, 호메로스를 비롯하여 헤시오더스, 아이스퀼로스, 쏘포클레스, 에우리피데스 등의 여러 작품에 주로 등장한다. 하이데스는 크로노스의 아들로 저승을 지배하는 신이며, 기원전 5세기 경부터는 플루톤(부를 가져다 주는 신)이라는 이름으로 지칭되기도 하였다.
179) 헬라스(그리스)의 신들이 신앙의 대상이라는 지위를 상실한 것은 이미 호메로스와 헤시오더스의 문예 작품들 속에서이니, '헬레니즘적 신앙'이 블록에게는 '순전히 문학적인 것에 불과했다'는 주인공의 말이 조금 이상하게 들린다. 그 신들이 단순한 문예적 소재(자제)로 전락한 것이 2500년 내지 3000년 전 일이니 말이다.
180) Samuel Bernard(1651~1739). 루이 14세와 루이 15세에게 많은 돈을 빌려주곤 하던 금융가라고 한다.
181) '레위'를 프랑스어로는 레비(Lévi, Lévy)라 표기하며, 예수의 모친 마리아가 레위 가계(家系)의 딸이라고 한다.
182) 『일리아스』나 『오뒷세이아』의 초반부를 연상시키는 어투이다. '아레스'는 전쟁의 신이고 '암피트리테'는 포세이돈의 아내이다. '므니에'는 20세기 초에 유명한 요트 '아리안느'를 소유하고 있던 사람이라고 한다(삐에르 끌라락, 앙

드레 훼레, 1954, 『잃어버린 시절』, 제3권, 〈색인〉).

183) 소위 고답파(Parnassiens)라고 하던 문인들을 가리킨다. 앞서 블록이 주인공과 쌩-루에게 한, 호메로스의 어투를 연상시키는 그 말은, 르꽁뜨-드-릴의 작품 『태고의 노래 Poèmes antiques』를 모방한 듯하다. 한편 에레디아(호세 마리아 데, 1842~1905)는 꾸바 출신 문인으로, 프랑스 고답파에서 르꽁뜨-드-릴의 뒤를 이은 사람이다.

184) '수에즈운하 건설회사'를 설립한 사람은 훼르디낭 드 레셉쓰 자작(vicomte de Lesseps, 1805~1894)이었고, 운하는 1869년에 개통되었다.

185) podestà. 라틴어 포테스타스(권력)에서 온 말로, 옛 이딸리아의 한 지방이나 도시를 통치하던 절대권자를 가리키는 이딸리아어이다.

186) princes de l'Eglise. 추기경, 대주교, 주교 등을 가리킨다. 세속화된 교회의 한 측면에 대한 가벼운 빈정거림이 느껴지는 표현이다.

187) 빨라메드(Palamède)는 고대 그리스 신화에 착상 기발하고 창의성 풍부한 존재로 등장하며, 아킬레우스, 아이아스, 헤라클레스 등과 함께 가장 현명하고 지혜로웠다는 켄타우로스(반인 반마의 존재) 케이론(Keiron, Chiron)의 제자였고 메넬라오스와 사촌지간이었다는 '팔라메데스'의 프랑스식 호칭이다. 이 작품에서는 팔라메데스의 그러한 측면들이 빨라메드(즉 샤를뤼스 남자)에게 부여되는 경우가 빈번하다. 그러니 '진정한 고대의 이름'이라는 말이 타당해 보인다.

188) '비올라 다 감바'는 15세기에, '비올라 다모레'는 17세기에 각각 나타났다가, 18세기와 19세기에 차츰 자취를 감추었다고 한다. 첼로와 바이올린 등으로 대체되었다고 한다.

189) 빠리 백작은 국왕 루이-필립의 장손이다.

190) vicuña. 안데스 산록에 서식하는 야생 야마(llama)를 가리키는 뻬루 원주민어라고 한다.

191) rose mousseuse를 옮긴 것이다. 직역하면 '거품장미'이다. 꽃받침과 꽃자루가 솜털로 덮여 있는 장미꽃이며, 많은 꽃잎들로 이루어져, 일백 꽃잎 장미(rosa centifolia)라고도 불리운다. '이끼 장미'로 옮기는 사전들도 있다.

192) 부드럽게 무두질하여 뒤집은 가죽으로, 주로 장갑 만드는데 사용된다고 한다.

193) Passavant. passer(이동하다)와 avant(앞으로)이 합쳐진 말로, '전진!' 쯤의

뜻이다.

194) Combraysis. 프루스트가 라틴어 비슷한 형태로 만든 단어일 듯하다. '꽁브레 사람들'이나 '꽁브레 지역'을 의미할 듯하다.

195) 오비디우스가 지은 『변신(Metamorphoseis)』은, 태초의 대혼돈기로부터 율리우스 카이사르가 '승천'하기까지 이어지던, 신들과 인간들의 다양한 변신(짐승이나 식물로)을 이야기한 책이다.

196) 까리에르(E. Carrière, 1849~1906). 사회주의적 이념을 열렬히 옹호하던 화가라고 한다. 쌩-루의 언급이, 그가 그린「탁자에 팔꿈치를 괴고 있는 여인」(1893)을 암시할 것이라 추측하는 이들도 있다.

197) 바쟁 드 게르망뜨(꽁작)와 샤를뤼스 남작이 쌩-루의 외숙부들이니, 바쟁의 부친은 당연히 쌩-루의 외조부가 된다. 그런데 모든 판본에는 grand-oncle(종조부, 외종조부)로 되어 있으니 이상한 일이다. 외조부(grand-père)로 수정하여 옮긴다.

198) 두까또(ducato)와 그란데사(grandeza) 모두 프랑스의 뒤쉐(duché, 공작령, 공작 작위)와 같은 뜻이다.

199) 몽모랑씨(Montmorency) 가문은, 까뻬 왕조 초기(12세기)부터 발루와 왕조를 거쳐 부르봉 왕조가 시작될 때까지(17세기 초), 프랑스 왕국의 군권을 장악하였던 가문이다. 한편 주인공은 게르망뜨 가문이 '샤를르마뉴 이전부터 영광을 누려온 가문'이라고 상상하곤 하였는데, 샤를뤼스가 몽모랑씨 가문보다 자기의 가문이 더 유구하다고 생각하는 것이, 주인공의 그러한 상상과 연관되어 있는 듯하다.

200) 이 작품에서는, 샤를뤼스와 그 두 가문 사이에 어떠한 관계가 성립되는지, 명시되지 않았다.

201)「되찾은 시절」말미에서, '민중 예술'이라는 것과 연관하여, 대혁명 시절에 바또 혹은 라 뚜르 등의 작품들을 '애국심(공민정신)'에 이끌려 경멸하였다는 이들에게 던진 주인공의 언급을 연상시키는, 프루스트의 여일한 시각이다. "민중예술이라는 이념이 애국예술이라는 이념처럼 혹시 위험스럽지 않았을지는 모르되, 내가 보기에는 우스꽝스러웠다…" (「되찾은 시절」).

202) 우리의 주변에서 수십 년 전부터 목격되는 파렴치한, 그리고 웃지 못할, 일련의 희극들이다.

203) '노래'를 뜻하는 그리스어(ôdé)이며, 고대 로마인들은 오다(oda)라 하였고,

프랑스인들은 '격조 높은 노래 가사'라는 뜻으로 오드(ode, 16세기)라 하였다. 그러나 롱사르(1524~1585)나 (뒤)벨레(1522~1560) 등이 스스로 '오드'라 칭한 짧은 글들이 실제로 가창되었는지는 모르겠다.

204) 라 브뤼에르(1645~1696)가 1684년부터 부르봉 공작(1668~1710)에게 역사, 지리, 프랑스 정치 체제, 철학 등을 가르쳤다고 한다. 한편 루이 14세로부터 세손이었던 부르고뉴 공작(1682~1712, 루이 15세의 부친)의 교육을 위임 받은 훼늘롱은, 자기의 제자를 위하여 『텔레마코스의 모험』과 『우화』를 지은 것으로 유명하다.

205) 라 퐁멘느, 『우화』, 제8권, 11장, 〈두 친구〉. '모노모토파'는 아프리카 동남쪽 연안 지역에 있던 왕국이라고 한다.

206) 역시 라 퐁멘느의 우화집 제9권, 11장에 있는 〈두 마리 비둘기〉라는 이야기이다. 샤를뤼스가 인용한 구절은, 세상 구경을 하러 떠나겠다고 하는 비둘기를 만류하면서 다른 비둘기가 하는 말이다.

207) 쎄비녜 부인이, 딸인 그리냥 부인에게 보낸 편지의 한 구절이라 한다. (1671년 2월 18일)

208) 1689년 1월 10일에 보낸 편지라 한다.

209) 그리냥 부인에게 보낸 편지(1675년 5월 29일).

210) 라 브뤼에르, 『성격』, 〈심정에 대하여〉. 원문은 이러하다. "사랑하는 이들과 함께 있는 것, 그것이면 족하니, 몽상하고, 그들에게 말을 건네고, 아무 말 하지 않고, 그들 생각을 하고, 더 무관한 일들을 생각하되, 그들 곁에만 있으면, 모든 것이 마찬가지니라."

211) 니농(Ninon), 샤를로뜨 드 공드랑(Charlotte de Gondran) 등 정부들과 어울리며, 자기의 아내(서한집을 남긴)와 자식들을 등한시하다가, 결국 결투 중에 목숨을 잃은 쎄비녜 후작(1623~1651)을 가리킬 듯하다.

212) 안드로마케에게로 향한 퓌로스의 연정, 퓌로스에게로 향한 헤르미오네의 연정, 헤르미오네에게로 향한 오레스테스의 연정 등(『안드로마케』)과, 히폴뤼토스에게로 향한 화이드라의 연정(『화이드라』)을 가리키는데, 그 연정들의 공통점은, 그것들이 지극히 필연적이고 절박하건만, 거의 숙명과도 같은 신의(안드로마케의 헥토르에 대한)나 금기(남편의 전실 자식을 사랑하는 화이드라의 경우)에 부딪혀 그 연정들이 낙태될 수밖에 없다는 것이다. 샤를뤼스가 신에 대한 신비주의자의 사랑을 들먹이고 있으나, 그가 진정 라씬느에 의해 묘사된 연

정과 나란히 놓고 싶었던 것은 동성애일 것이다.
213) 어조로 보아 '멜로드라마'쯤의 뜻으로 사용한 단어일 듯하다. 비극(트라고디아)을 격조 높은 문예(포이에시스)로 간주한 반면 희극(코모디아)은 저급한 문예로 간주하던, 옛 그리스인들의 시각이 느껴지는 언급이다.
214) '위고'라고 해야 더 자연스럽다. 부자연스러울 만큼 격의 없는 어투이다. 급진적 '진보'를 외치던 이들의 언어적 잔재이다.
215) 경멸의 감정을 표현하였다는 뜻일까?
216) Lenôtre(Le Nôtre, 1613~1700). 루이 14세 시절에 베르사유 궁 정원을 설계한 사람이다. 튈르리 정원 또한 그가 재설계하였다고 한다.
217) 스코틀랜드의 여왕 메리 스튜어트 1세(1542~1587)는 프랑스에서 자랐다고 한다.
218) '트리아농'은 베르사이유 궁 경내에 있는 두 별궁(전각 및 부대시설)을 가리키며, 그 둘을 각각 그랑 트리아농(Grand Trianon, 큰 트리아농)과 쁘띠 트리아농(Petit Trianon, 작은 트리아농)이라고 부른다('트리아농'은 원래 베르사이유 궁 가까이에 있던 마을 이름이었으며, 그 명칭의 뜻은 '사시나무 심은 곳, tremblae'이다). 쁘띠 트리아농은 가브리엘(1698~1782)에 의해 지어졌으며(1762~1768), 그곳을 각별히 좋아하던 왕비 마리-앙뚜와네뜨가 1783년, 건축가 리샤르 미끄와 화가 위베르 로베르로 하여금, 그 앞에 잉글랜드풍 정원을 꾸미게 한 다음, 그 정원에 아모(Hameau, 작은 마을)라는 명칭을 부여하였다고 한다.
219) 지배인의 이름 '에메(Aimé)'에 '사랑 받는 이'라는 의미가 있음을 염두에 둔 말일 듯하다.
220) '호된 나무람'을 가리킨다.
221) 샤를뤼스가 시각을 혼동하였단 말인가? 주인공이 카지노 앞에서 그를 처음 보았을 때 발견한 '미친 사람'의 기색을 입증하는 언사일 듯하다.
222) ⟨L'espoir en Dieu⟩. 에피쿠로스, 루크레티우스, 스피노자 등의 영향을 받은 흔적이 감지되는 뮈쎄(알프레드, 1818~1857)의 1835년 작품이다.
223) 서양 문예사에서 호메로스와 비르길리우스를 흔히 존경의 뜻을 담아 노인이라 칭하는데, 르꽁뜨(드 릴르, 1818~1894)에 친근감과 존경심이 담긴 호칭 'père(노인, 옹)'를 붙인 것은 특히 그의 1852년에 출간한 『태고의 노래(Poèmes antiques)』 때문일 듯하다.

224) 뮈쎄가 1835년에 지었다는 〈노래, Chanson〉의 제1연 1~2절이다. 쥬에까(Zuecca)는 베네치아 석호(潟湖)에 있는 섬들 중 하나인 지우-데까(Giudecca)의 축약형이며, 쌩-블레즈는 그 섬에 있는 공원인데, 뮈쎄와 죠르주 쌍드가 함께 그곳에서 산책한 적이 있다고 한다.
225) 뮈쎄의 1844년 작품인 〈이딸리아에서 돌아오시는 나의 형님에게〉에서 발췌해 놓은 구절들이다. 첫 세 구절은 그 작품의 제20연 1~4행을 옮긴 것이고, 마지막 구절은 제11연의 2~3행이다. 그 두 부분이 의미상 서로 연결되지 않는다. 한편 '위대한 법률학자들'이란, 빠도바 대학이 13세기에 법학 연구로 명성을 떨친 사실을 암시하는 듯하고, 뽈렌따(polenta)는 잡곡으로 쑨 이딸리아 죽을 가리킨다. 또한 '아가씨'는 또빠뗄(toppatelle)을 옮긴 것인데, 그 말은 '두건 달린 남루한 옷 입은 여직공'을 가리킨다고 한다.
226) 뮈쎄의「5월의 밤」,「8월의 밤」,「10월의 밤」,「12월의 밤」등을 가리킨다.
227)「12월의 밤」, 제14연, 3~6행(1835년 발표). 리도(lido)는 '해안선'을 뜻하는 보통명사인데, 특히 베네치아 시가 들어선 석호(라구나 Laguna)와 아드리아해 사이에 길게(약 12킬로미터) 뻗어 있는 사주(沙洲, 모래톱)를 가리키는 고유명사(Lido)로도 사용된다. 그곳이 '끔찍하다'고 한 것은 뮈쎄와 쌍드 간에 있었던 고통스러운 사연 때문일 듯하다.
228) Mme Cornuel. 쌩-시몽의『회고록』에 단 한 번 등장하는 인물이며(1694년 편), 마레 구역(중세부터 귀족들의 저택이 많던, 오늘날의 빠리 제3구 및 제4구에 해당)에 살던 평민 여인이라고 한다. 쑤비즈(Soubise)라는 귀족이, 자기의 아들과 세력가의 딸 사이에 혼인이 성립되었다고 하자, 그녀가 이렇게 말하였다고 한다. "호! 나리, 60년이나 80년 후에 이루어질, 성대하고 멋진 혼례군요!"
229) 앞 문장과의 의미적 연결이 명확치 않다. 그대로 옮긴다.
230) 의미가 상당히 모호한 문장이다.
231) 블록과 그의 누이가 하는 말의 어투는『일리아스』나『오뒷세이아』에서 흔히 발견된다.
232) peplos. 얇고 가벼운 천으로 지어 화려하게 수놓은, 길고 품 넉넉한 옛 그리스 여인들의 외투이다. 앞서 언급된 페플론(peplon)의 다른 표기이다.
233) 프랑스의 마지막 왕 루이-필립의 넷째 아들인 오말 공작(1822~1897)의 여러 초상화에서 발견되는 복색의 특징이다. 알제리 전쟁에 참가하였던 그의 모습

이 여러 화폭에서 발견되며, 비스듬히 쓴 군모와 몸에 꼭 맞게 입은 군복 상의가 두드러지게 눈에 띈다.

234) 뮈라(요아킴, 1767~1815)가 1805년에 프랑스 제국 대공 작위를 받았으니, 그의 부인이나 딸들 모두 대공녀로 간주될 수 있을 것이다. 또한 그가 나뽈리 왕국의 국왕으로 봉해졌으니, 그의 아내 역시 왕비로 호칭될 수 있었을 것이다. 뿐만 아니라 그의 손자 조제프-요아킴-나뽈레옹 뮈라와 결혼한(1851년) 바그람 대공녀 역시 '나뽈리 왕비'라 호칭되었다고 한다. 따라서 '뮈라 대공녀'라고만 하면 어느 대공녀인지 알 수 없다는 말이다.

235) Gramont-Caderousse(1808~1865?) 명문이었던 그라몽 집안의 후예로, 문란한 생활을 영위하다가, 많은 재산을 어느 의사와 여배우에게 물려주고 동방으로 가서 생을 마친 사람이라고 한다.

236) Le Radical. 1871년에 창간되었던 좌익 성향의 신문이라고 한다.

237) 루와얄 로 클럽(le cercle de la rue Royale)은 죠키 클럽에서 분파되었고 정통왕조지지파(légitimistes) 청년들로 구성되어 1916년까지 존속되었던 보수적 클럽이었다고 한다. 쌩-루가(그는 진보적 성향 강한 청년이다) 얼굴을 붉힌 것은, 자기의 질문이 혹시 상대를 얕보는, 즉 보수적 인물로 간주하는, 말이 되지 않을까 미리 무안해하는 징후이기도 하지만, 자기의 가문에서 그 클럽을 멸시하기 때문이기도 했을 것이다.

238) Cercle des Ganaches. '얼간이들의 클럽'이라는 뜻이다. 허구적인 명칭일 듯하다.

239) 빌리에 드 릴-아당(1838~1889)을 가리킨다. 신비주의적 이상주의자로 알려져 있으며 단편집 『잔혹한 이야기들(Contes cruels)』과 희곡 『악셀(Axel)』로 유명하다.

240) 까뛸 멘데스(Catulle Mendès, 1841~1909)를 가리킨다. 오페라 대본 작가였다고 한다. 특히 바그너의 작품들을 열렬히 옹호하였다고 한다.

241) 카미쏘 드 봉꾸르(Chamisso de Boncourt, 1781~1838). 프랑스 출신의 프러시아 문인이라고 한다. 그의 작품 『뻬에르 슐레밀의 경이로운 이야기』(1814)의 주인공 슐레밀이 자신의 그림자를 마귀에게 팔았고, '슐레밀'은 동부 유럽 지역 히브리어로 '운수 사나운 사람'을 뜻한다고 한다.

242) "(…comme pour dire que dans ces conditions) j'étais excusable." 전후 문맥이 통하지 않는 이 부분에서, 'j'étais'를 'elle etait'로 수정하여 옮긴다. 모든 판

본에 'j'étais'로 되어 있고, 편집을 담당하였던 프루스트 전문가들(끌라락, 쟝미이, 따디에 등 교수들) 중 아무도 그 부분에 대하여 언급하는 이 없으니 매우 이상한 일이다.

243) 주인공의 할아버지는 어떤 사람의 성씨만 들어도 그가 유대인임을 즉시 간파한다(「스완 댁 쪽으로」).

244) 니씸(Nissim)이라는 이름은 유대인들 사이에 흔히 사용된다.

245) 기원전 713년부터 707년 사이에 사르곤 2세(재위 B.C 721~705)에 의해 건설되었던 아씨리아의 수도이다. 현재의 이라크에 있는 그 유적지가 19세기 중엽부터 발굴되기 시작하여, 무수한 저부조들 및 환조(丸彫)들이 발견되었으며, 그 유물들 덕분에 아씨리아 왕들의 역사가 밝혀졌다고 한다.

246) 수사(소우사, 백합꽃이라는 뜻)는 페르시아만 북쪽에 있던 옛 페르시아 황제들의 하계 휴양지였다고 한다. 마르셀 디을라푸와(1844~1920)가 자기의 부인(Jane Dieulafoy, 1851~1916)과 함께 수사에서 다리우스 황제의 궁을 발굴하였고, 사자 사냥 장면을 그린 벽화의 편린들을 그의 부인이 재구성하였다고 한다(현재 루브르 박물관 소장).

247) Meschorès. 알자스 지방의 도이칠란트어와 히브리어의 혼합형으로, '농장의 하인'을 가리킨다고 한다.

248) 프루스트는 『구약』의 무대가 되는 지역을 통틀어 동방(Orient)이라는 말로 지칭한다(「소돔과 고모라」). 즉, 유대인적 측면이라는 뜻이다.

249) 베르고뜨를 가리킨다. 그에게 '그럴 듯한 허울이 없다'고 한 니씸 베르나르 씨의 말에 대한 반박이다.

250) 코르사바드에서 가져왔다는 조각상들 속에 새겨진 사르곤 2세를 가리킬 듯하다.

251) 『오뒷세이아』에서 호메로스나 여신 아테나가 오뒷세우스를 가리켜 자주 사용하는 수식어는 '술책, 미봉책, 계략에 능한' 혹은 '신중한' 등이다. 그러나 미봉책이나 계략 등의 어원적 의미는 모두 '거짓말'이다.

252) 니씸 베르나르 씨가 나열한 세 사람은 모두 19세기의 풍자극 작가들이고, 블록 씨가 언급한 세 사람은 모두 17세기 극작가들이며, 그의 아들이 말한 플라우투스(B. C 254~184)는 로마의 희극 작가, 메난드로스(B. C 342경~292경)는 그리스의 희극 작가, 칼리다싸(B. C 5~6세기)는 인도의 풍자극 작가이다.

253) 'potache'를 어원적 의미대로 옮긴다. 중등학교 학생들이 쓰던 모자를 뜻하

며, '중등학교 학생'을 가리킨다.

254) 꼬끌랭 형제(꽁스땅 및 동생 에르네스뜨)가 19세기 후반에 프랑스 희극계에서 명성을 떨친 배우들이지만, 블록 씨의 말이 구체적으로 어떤 사건을 암시하는지 모르겠다.

255) labadens. 라비슈의 희극에 등장하는 하숙집 주인의 이름(Labadens)에서 유래한 보통명사로, 중등학교나 하숙집에서 사귄 친구들을 가리킨다고 한다.

256) 블록의 어투는 특히 호메로스의 『오뒷세이아』에서 자주 발견된다. '제피로스'는 동풍을, '보레아스'는 북풍을, '에오스'는 여명(새벽 녘)을 가리킨다.

257) la gare de Point-du-Jour. 19세기 중반에 부설된 빠리 외곽 환상선(Ceinture, '허리띠'라는 뜻이다) 철도역의 하나로, 빠리 서남쪽 쎈느 강 우안 쌩-끌루 관문 근처에 있던 역이다. 또한, 당시 빠리의 '중앙 역'은 오늘날의 리용 역을 가리킬 듯하다.

258) 빠리 백작의 딸이며 오를레앙 공작 필립의 누이였으며, 1886년에 뽀르뚜갈의 왕 까를로스 1세(재위, 1889~1908)와 결혼한, 오를레앙 대공녀 마리-아멜리(Marie-Amélie)를 가리킨다고 한다. 까를로스 1세가 1908년에 시해될 때, 그녀가 현장에 있었으며, 그 사건 후 두 해 남짓하여 왕정이 무너지고 뽀르뚜갈에 공화제가 들어섰다고 한다(1910년). 프랑수와즈의 '무례한' 언사가 그 사건과 연관되지 않았나 모르겠다.

259) 그의 외대고모, 즉 빌르빠리지 후작 부인을 가리킨다.

260) 무지하고 멍청한 사람을 뜻한다. '잉어처럼 무지하고 멍청하다'는 표현이 상용된다.

261) 매춘적 성향을 가진 여자를 가리킨다.

262) valérianate. 해열제나 진경제(鎭痙劑)로 사용된다고 한다.

263) Kodak(Eastman Kodak Company). 1881년에 설립된 사진 관련 기자재 생산 회사(미국)이며, 여기에서는 그 회사 제품 사진기를 가리킨다.

264) 단떼 가브리엘 로쎄띠(1828~1882)의 「에케 안킬라 도미니」라는 화폭을 가리키는 듯하다. '이 몸은 주님의 하녀입니다'라는 뜻이며, 「루가」의 한 구절(1장 38절)을 그대로 옮겨 놓은 것이다. 그 화폭에서 마리아에게 수태 소식을 전하러 온 천사의 손에 백합 한줄기가 들려 있는 것을 볼 수 있다. 하지만 프루스트가 이야기하고 있는 여배우의 모습은 〈베누스 베르티코르디아〉(변덕스러운, 마음 잘 변하는, 베누스)라는 화폭 속의 여인을 더 닮았다.

265) 여인이 남자에게 몸을 허락하는 행위를 가리킨다.
266) 할머니와 관련된 이 일화는, 프루스트의 작품에서 가장 비통한 가책감을 술회한 몇몇 일화들 중 하나이며, 이미 「스완 대 쪽으로」 편에서 이야기한 '잠자리에서의 비극'에서도 가볍게 암시된 슬픈 영별(죽음)의 전조를 내포하고 있다.
267) roi Mage를 직역한 것이다. 아기 예수에게 경배 드리러 왔었다는 점성술사들을 가리킨다. 그들을 '왕'이라 칭하기 시작한 것은 후세의 일인 듯하다. 우리나라에서 '동방 박사'라 칭하는 그 인물들이다.
268) peri. 원의는 '날개 달린 존재'이다. 페르시아(아랍) 신화에 등장하는 요정이나 정령을 가리킨다.
269) 앞에서 주인공은 소녀들의 눈을 '동그란 운모 조각'에 비유한 바 있다. '편린들'이란, 운모를 형성하고 있는 육각형의 미세한 조각들을 염두에 둔 표현일 듯하다.
270) 코린트식 건축물의 원주 상단과 지붕 사이에 있는 띠 모양의 벽을 가리키며, 중국인들이 '첨벽'이라고 옮기는 'frise'를 그 번역어대로 옮긴 것이다. 한편 '아티케'는 그리스의 동남쪽 끝에 있는 반도이며, 그 중심도시는 아테네이다.
271) 이 부분까지는 서술이 과거형으로 진행되다가, '생울타리'를 부연 설명하는 '절벽 위의 정원…장미숲'은 모두 현재형으로 서술되었다. 이야기의 본류에서 벗어난 묘사이지만, 그리하여 어느 화폭(누구의 어느 화폭인지는 미처 확인하지 못하였다) 묘사하듯 작가가 아마 무의식 중에 현재형을 취하였을지 모르겠으나, 문장의 전체적 맥락에 합당치 않아 과거형으로 고쳐 옮긴다.
272) 일부 식물학자들이 '로사 펜실바니카(rosa pensilvanica)'라는 명칭으로 분류하는 북아메리카 동부 지역산 장미를 가리킨다고 한다.
273) 일차적인 의미는 방부제 따위를 표본에 주사한다는 뜻일 듯하고, 여기에서는 '이해력 깊은 관심'을 그에게 쏟았다는 말일 듯하다.
274) 개체로 전체를 가리키는 어법은, 구태여 라씬느의 작품에서 예를 찾지 않아도, 또한 프랑스어에서 뿐만 아니라, 흔히 발견되는 현상이다.
275) 렘브란트의 1632년도 작품인「명상에 잠긴 철학자」라는 화폭을 연상시키는 언급이다.
276) 어느 화폭을 암시하는지 확인하지 못하였다.
277) 웨일스 대공 작위는 대개의 경우 대영제국의 황태자를 의미하였다.

278) 모호한 어법이다. '휴식'은 '무의식 상태'를 가리킬 듯하고, 깨어난 후 제일 먼저 그 성씨가 뇌리에 떠오르는 현상을 강조하기 위한 부연적 언급으로 보인다.
279) 삐사넬로(1395경~1455경)가, 초상화를 그림에 있어, 정확하고 선명한 선과 빛의 각도에 따라 변하는 표면의 영롱한 광채를 중시했다고 하며, 특히 짐승들과 의복을 그린 뛰어난 습작품들을 남겼다고 한다. 프루스트의 이 글을 삐사넬로가 1434년 경에 그린 습작품 「헤엄치고 있는 암컷 오리」와 연관시키는 이도 있다(에릭 카펠리스, 『프루스트의 작품 속 회화』).
280) 에밀 갈레(1846~1904). 프루스트와 그의 친구 몽떼스끼우 백작이, 유리 및 고급 목제 가구 세공사였던 갈레의 작품들을 좋아하였다고 한다.
281) 유리창 위에 반사된 상태를 가리킨다.
282) 일본의 어느 판화를 암시하는지 짐작할 수 없으되, 이 언급을 접하는 순간 뇌리에 떠오르는 작품들은 끌로드 모네의 「트루빌 항구」(1870)와 「인상, 떠오르는 태양」(1872) 등이다.
283) 휘슬러의 「레이디 미욱스의 초상」(1881)에 붙인 부제이다. 하지만 그러한 부제는 여기에서 묘사하고 있는 풍경에도, 그리고 그 풍경이 연상시키는 휘슬러의 다른 작품 「오팔빛 황혼, 트루빌」(1865)에도 붙여질 수 있을 듯하다.
284) 휘슬러(1834~1903)가 미국에서 태어나 유럽 여러 곳을 전전하였지만, 런던의 첼시(템스 강 좌안) 구역에서 가장 오랫동안 거주하였다고 한다. 한편 그와 로쎄띠가 인상주의 화풍에 큰 영향을 끼쳤다고 하며, 프루스트의 작품 속 화가 엘스띠르(Elstir) 또한 그를 연상시킨다. 그의 독특하고 새로운 시각으로 인해, 그의 벗 오스카 와일드와 함께 19세기 말 서유럽에서 가장 유명했던 예술가라고 한다.
285) 프랑스 주재 도이칠란트 대사관의 무관 슈바르츠코펜에게 군사 기밀을 넘겼다는 혐의를 받은 드레퓌스(1859~1935) 대위는, 프랑스 국방성 참모부에 근무하던 인물이다.
286) 드레퓌스 대위가 체포되어 최초로 재판에 회부된 것은 1894년이며, 그의 결백을 주장하던 이들과 그 반대의 입장을 표명하던 이들 간의 분규가 계속되어, 1898년과 1899년에 재심이 속개되었고, 1906년에 이르러서야 종전의 판결이 파기되었으며, 그의 무죄가 밝혀진 것은 1930년에 이르러서이다.
287) 「성처녀의 혼례 행렬」(1304~1306, 빠도바, 스크로베니 교회당, 일명 아레나

교회당 벽화 중)이라는 화폭에서 볼 수 있으며, 성처녀의 뒤에 행렬을 이루고 있는, 죠또의 인물들에게서 흔히 발견되는 영악스러운 시선을 가지고 있는 처녀들을 염두에 둔 언급일 듯하다.

288) 뽀르뚜갈의 뽀르또 지역에서 생산되는 적포도주의 일종으로, 일반 적포도주보다 감미가 훨씬 짙으나 알코올 함유량이 많아, 특히 맥주 등 다른 종류의 술과 섞어 마실 경우 취기가 급속히 상승한다.

289) 1803년에 주조하기 시작한 금화를 가리키며, 1루이는 20프랑에 해당하였다.

290) 지롱드 강 하구 좌안 지역에 있는 읍(보르도 북쪽 약 50킬로미터 지점)으로, 소금기 많은 목초지에서 기른 양의 고기로 유명하다.

291) 감자를 길이 6~7cm, 직경 3~4cm 크기로 저미거나 깎아서 삶거나 찐 다음 조미한 것이다.

292) 식탁에 둘러앉는 것이, 혼령을 불러 말을 시키는데 사용된다는 교령 원탁 앞에 앉는 것과 같은 효과를 낸다는 뜻일 듯하다. 즉, 무엇을 먹거나 마시는 행위가 초혼(招魂) 의식과 유사하다는 뜻이며, 그 대표적인 예가 '마들렌느' 일화이다(「스완 댁 쪽으로」). 물론 그로 인해 말문이 열린 '문인'이 하는 말의 질이나 수준은 별개의 문제이다.

293) 마들렌느 과자 부스러기 섞인 차 한 모금이 주인공의 입천장에 닿자 그의 내면에 비동성 희열이 발생하던 순간과 다름없는 순간이다. 그 순간은 곧 초월의 순간(시간과 공간과 존재들간의 구분조차 사라지는)인지라 '표면적일 뿐인 모순'이라 하였을 것이다. 한편 작품의 말미(「되찾은 시절」)에서는, 주인공과 같은 존재를 가리켜 세월의 질서(순서)로부터 해방되어 '죽음'이라는 말조차 무의미하게 여기는 존재라 하고 있다. "…세월의 밖에 처해 있으니, 그가 미래의 무엇을 두려워할 수 있겠는가?"

294) 현상만이 존재한다는 이론인데, 현상이란 '공간과 시간 속에 나타나는 경험 가능한 대상'을 가리킨다. 하지만 현상주의를 주장하는 이들이 말하는 '경험'은 주관적인 경험이며, 따라서 그들은 객관적 대상을 인정하지 않고, 심지어 실체가 존재하지 않는다고 생각한다고 한다. 한편 '주관적 이상주의'에 의하면, 자아(自我)가 비자아(非自我, 자아와 구별되는 외부 대상)를 잉태시킨다고 하는데, 프루스트는 '주관적 이상주의'와 '순수현상주의'를 아무 부가적 언급 없이 병치하였지만, 역자가 동의어처럼('즉') 옮긴다.

295) à défaut de(…이 없어서, …대신 등)라는 기이한 언급을 완곡하게 옮긴 것이

다. 또한 '교분을 맺었다'는 표현 역시 connaître(상관하다)를 완곡하게 옮긴 것이다.
296) d'Orléans. 어떤 인물인지 밝히지 않았으나, 오를레앙 왕가에 속하는 어느 인물일 듯하며, 따라서 '공'이라는 호칭을 병기한다.
297) '뿔이 돋게 한다' 혹은 '뻐꾸기가 되게 한다', 즉 '오쟁이를 지게 한다'는 뜻과 같다. 단, 이 두 표현은 남자들에게만 적용되었으나, '꼬리를 달아준다'는 표현은 남녀 모두에게 적용되었다고 한다.
298) '동방의 옛날이야기'는 물론 『천일야화』를 가리킨다. 특히 자신이 무슨 잘못을 저질렀는지도 모르는 상태에서 '몽둥이질을 당하고 온갖 형벌을 감수하는 인물'은, 프루스트에게 '마들렌 일화'의 원형을 제공하였을 것으로 보이는 〈누레딘 알리와 베드레딘 하싼 이야기〉의 주인공 하싼을 가리킬 듯하다.
299) '…sur un cadran superficiellement figuré…'라는 표현 속에 있는 부사 superficiellement을 옮긴 것이다. 부자연스럽게 들리는 말이지만, 작가의 뜻을 감안하여 그 어원적 의미대로 옮긴다('피상적'이라는 의미로 사용되는 것이 일반적인데, 작가는 그러한 추상적 의미까지 동시에 내포시키려 한 것 같다.)
300) 약간 자조적인 뜻으로 사용된 말이다. '항상 그 타령인…' 쯤의 뜻이다.
301) 테바이의 무너진 성벽을 다시 쌓을 때, 암피온이 뤼라를 연주하자 돌들이 스스로 움직여 원래의 자리로 되돌아가 성이 옛 모습을 되찾게 되었다고 한다. 암피온은 자기와 형제지간이었던 제토스와 함께 테바이를 다스렸다는 전설적인 왕이다(『오뒷세이아』, 11장).
302) '철학'은 '철학자들'을 가리킬 듯하다. 한편 '자유 행위'와 '필연적 행위'는 각각 actes libres와 actes nécessaires를 옮긴 것인데, 두 경우 모두 '현상'으로 읽어도 무방할 듯하다. actes를 현동(現動) 혹은 현실태(現實態)로 옮기는 이들도 있으나, 그러한 어휘들의 개념 또한 '현상'이라는 넓은 개념 속에 포함될 듯하다. 뭇 존재태 즉 존재 현상이 곧 '행위' 아닌가?
303) 옮긴이가 덧붙인 말이다.
304) 하찮은 사물 속에 잠재태로 간직되어 있다가 어느 순간 비등성 유열이나 기타 형태의 격정을 동반하며 나타나는 추억의 부활 현상을 이야기하고 있는 것이다. 이 언급은 '마들렌 일화'나 '위디메닐의 세 그루 노목 일화'를 다시 요약 설명하고 있을 뿐이다. 어떤 실존 체험이, 그 질료적 충격이, '스물네 시간' 동안 혹은 수십 년 혹은 수세기 동안 망각 상태에 놓여 질 수도 있겠으나, 그것

이 부활하는 순간에 발생하는 '격정' 혹은 재회의 감격은 여일하다는 말이다.
305) 불완전한 문장이지만 유추해 옮긴다.
306) 원전에는 현재형으로 되어 있으나 과거형으로 옮긴다.
307) 'sporades'를 옮긴 것이다. 보통명사가 아니며, 에게 해에 '산재해' 있는 섬들을 가리키는 지명이다(스포라데스 Sporades). 하지만 고대 천문학자들이 성좌를 이루지 못한 별들을 가리킬 때 그 말을 사용하였음은 물론 석산호의 세포들이 총총한 별 모양을 하고 있다는 점과 그녀들의 이동이 거침없다는 점에 착안하였다. 앞에서는 그녀들의 집단이 혜성에 비유되었다.
308) 사물을 사진처럼 있는 그대로 그린 화폭을 우수한 작품이라고 여기니…
309) 끌로드 모네의 「인상, 떠오르는 태양(Impression, soleil levant)」(1872)을 연상시키는 제목이다. 그 화폭 또한 바다 위로 떠오르는 붉은 해가 던지는 인상을 포착한 것이다.
310) 프루스트가 여러 글에 피력한 예술가의 이상적인 생활 방식이다.
311) 원문은 단정적인 어투이나 유보적인 어투로 옮긴다.
312) 윌리엄 호가스(1697~1764)는 사회적 위선과 관습을 풍자하는 많은 작품을 남겼다고 한다. 그가 「제프리스 가족」이라는 작품도 그렸다고 하나(변호사 제프리스와 그의 아내 및 네 아이의 모습이다), 그 화폭에서는 프루스트가 묘사하고 있는 기괴한 여인상이 발견되지 않는다. 프루스트가 혹시 「맥주의 거리와 진의 골목」(1751)이라는 호가스의 연작 풍자화를 뇌리에 떠올리지 않았는지 모르겠다.
313) 원전에는 '저녁(soir)'으로 되어 있으나, 다음 문장에는 '오후(après-midi)'라 하였고, 또 할머니와 방파제를 따라 산책하였다는 내용을 감안하여, '오후'로 수정하여 옮긴다.
314) 도대체 어떤 소녀란 말인가? 너무나 느닷없는 언급이라 이 문장이 상당히 모호해 보일 수도 있다. 주인공은 훨씬 훗날, 소녀들 중 하나인 알베르띤느를 빠리에 있는 자기의 집에 데려다 놓고 함께 기거하던 시절에 가졌던 회상 체험을 술회하고 있는 것이다(「갇힌 여인」 및 「탈주하는 여인」).
315) 싸블레(Sablé-sur-Sarthe) 읍에서 처음 만들기 시작한 과자(비스킷)라고 한다.
316) éclair. 속에 초콜릿 혹은 커피 크림을 넣은 길쭉하고 작은 과자.
317) 탈레스나 아낙사고라스를 비롯한 옛 학자들이 천문을 살필 때 그 모습이 초

연했다는 일반적인 견해를 염두에 둔 언급일 듯하다.
318) 샹젤리제에서 질베르뜨와 함께 놀던 시절을, 특히 화장실에서 곰팡이 냄새가 꽁브레에 있던 아돌프 종조부의 집무실 추억을 되살려 준 그 날을 가리킬 듯하다.
319) 마들렌느 섞인 차의 맛이 수행한 기능과 같다(「스완 댁 쪽으로」).
320) 『오뒷세이아』에도 등장하는 킴메로이인들의 나라는 흑해 북쪽 연안에 있다고들 생각하였으며, 트리스탄과 이즈의 전설에 등장하는 마크 왕은 잉글랜드의 서남쪽 콘월 지방의 왕이었다고 한다. 그리고 브로셀리앙드 숲은 아더 왕의 참모였던 마법사 메를랭과 그가 사랑했던 제자 비비안느(크레띠앵 드 트르와 나 기타 많은 이들의 작품에 등장하는 호수의 귀부인, 즉 랑슬로의 양모이며 연인)가 괴로운 사랑을 나누던, 오늘날에도 같은 이름으로 불리우는 브르따뉴 지방의 숲이다. 주인공이 처음 발백이라는 이름을 들었을 때에는 그곳이 태고의 모습을 간직한 줄로 믿었던지라, 그곳에 들어선 건축물들을 '싸구려 상품 보따리'라는 역정 섞인 말로 가리킨 것이다.
321) créateur를 전후 문맥을 고려하여 옮긴 것이다. 일반적으로는 '독창적인 작가'나 '창작자'를 뜻하는 단어이다.
322) poésie를 그 원의대로(아리스토텔레스적 의미대로, poiesis) 옮긴다.
323) poétiquement을 옮긴 것이다. '시적으로 본다'는 말이 어떤 구체적 의미를 가질 수 있을까?
324) 명료하지 못한 이 문장을 옮기면서 역자가 추가한 말이다.
325) circonvenir(속이다, 농락하다)를 그 단어의 어원적 의미(포위하다)로 사용한 듯하나, 의미는 여전히 모호하다.
326) 수레를 끌고 도섭장을 통해 냇물을 건너온 말을 가리킬 듯하다. '말' 대신 '마차'라는 단어를 사용한 것은, '거대한 선박'을 그것에 비유하기 위해서였던 것 같다.
327) 이상 주인공이 엘스띠르의 화폭을 길게 묘사한 글에서는, 까르빠쵸, 윌리엄 터너, 에두아르 마네, 끌로드 모네 등의 작품들에서 발견되는 숱한 특징들을 연상시키는 요소들이 뒤섞여 있다. 이 소설에서 자주 발견되는 현상이지만, 여러 문명권의 잔영이 은은히 드러나는 『구약』의 특징(짜깁기)을 방불케 한다.
328) 조나단 스위프트(1667~1745)의 『걸리버 여행기』에 이야기된 소인국이 릴리퍼트(Lilliput)인데, 그곳의 미립자 인간들이 생전 처음 보는 거대한 인간 앞에

서 보이는 위축되지 않고 과감한 거조를 가리킬 듯하다. 거대한 암벽 밑에 한 가롭게 떠 있는, 기껏 나비 정도 크기의 범선이 절벽의 거대함과 대조되는 현상을 가리킨다.

329) '메트로놈의 추선'은 'fil à plomb de la pesanteur'를 의역한 것이다.

330) 존 러스킨의 『아미앵의 성서』라는 책 제목을 연상시키는 언급이다. 프루스트가 프랑스어로 번역한 작품이다.

331) Saint-André-des-Champs. 꽁브레 인근에 있는 허구적인 교회당이다.(「스완 댁 쪽으로」)

332) 세례 요한의 모친이다.

333) 르동(1840~1916)의 작품들 중 종교적 주제를 다룬 것들이 상당수 있으며, 그 또한 '목격된 사실'보다는 '느낀 사실' 속에 진실한 예술이 있다고 하였다 한다.

334) 솔로몬이 죽은 후 유다 및 베냐민 부족들에 의해 오늘날의 예루살렘을 중심으로 해서 세워졌던(B.C 930년경) 왕국으로, 바빌론의 나부코도노소르 2세에 의해 멸망된(B.C 597년 경) 이후에는 그 지역이 유다이아(그리스어, 라틴어)라고 불리게 되었다. 흔히 '유대인' 혹은 '유대교'라고 하는 말 중 '유대'는 유다이아(Judæa)가 변형된 것이다.

335) 모쉐가 시나이 산에 올라가 있는 동안 히브리인들이 모쉐의 아우 아하론에게 강청하여, 이집트인들이 숭배하는 황소 아피스를 본따 만들게 하였다는 황금 송아지를 가리킬 듯하다(「출애굽기」 32장).

336) 아브라함이 나이 100세에 얻은 아들 이사악을 야훼의 뜻에 따라 번제에 바치고자 할 때, 천사가 나타나 그를 만류하고 대신 숫양을 희생물로 바쳤다는 전설을 염두에 둔 언급일 듯하다(「창세기」 22장).

337) 포티파르(보디발)는 야콥의 아들 요셉을 노예로 사서 자기의 집 집사로 삼은 파라오의 경호대장이다. 그의 처가 요셉을 유혹하려 하다가 실패하자, 그가 자기를 겁간하려 하였다고 남편에게 참소하였다고 한다(「창세기」, 39장).

338) 피부에 생긴 작은 갈색 사마귀나 점이며, 그것으로 인해 주위의 하얀 피부가 더욱 돋보인다 하여 붙여진 이름이다(grain de beauté).

339) 그 집에 있는 물건들에서 아이가 느끼는 친밀감에(질베르뜨의 집에서 주인공이 느낀 것과 같은) 입각해, 물건들에게 인격을 부여한 모양이다. 부자연스러워 보이는 표현이지만 직역한다.

340) 몽모랑씨 가문은 12세기 초부터 17세기 전반까지 지속적으로 세력을 누려온 귀족 가문이다.
341) '주제'를 꾸미는 부가절이지만 괄호 안에 넣어 옮긴다. 프랑스어로도 당연히 두 문장으로 나누어 써야 할, 매우 이상한 문장이다. 주인공이「되찾은 시절」말미에 인용한 공꾸르의 문장들을 연상시키는 문장 구조이다.
342) Théâtre des Variétés. 1807년에 세워져 특히 제2제정 시절에 큰 성공을 거둔 극장이라고 한다. 주로 가벼운 희극류를 공연하였다고 하며, '바리에떼'는 '잡다한 흥행물(버라이어티)'을 뜻한다.
343) 조금 느닷없는 언급이다. 그녀의 '조각상 같은 아름다움'과 관련된 영상일 듯하다. 혹은 어떤 문인의 글이나(샤또브리앙 등) 희가극에서 차용한 것일지도 모르겠다.
344) 앞에서 말한 '자재들'의 일부일 뿐이지만 원전(modèles)대로 옮긴다.
345) 브르따뉴 휘니스떼르 서안에 있는 라 곶(pointe du Raz)의 절벽 밑에는 모래밭이 없고, 화강암 절벽이 깊고 물결 거센 바다로부터 치솟아 있다.
346) 끌리뚜르(Clitourps)는 남부 노르망디 망슈 반도 끝에 있는 작은 마을로, 그 지명의 어원적 의미는 '절벽에 있는 마을'이다. 반면 네옴므(Nehomme)는 프랑스 지명 사전에서도 찾아볼 수 없는 바, 허구적인 지명일 듯하다.
347) 이상 길게 묘사된「까르끄뛰이 항구」라는 화폭 및 그곳 절벽은, 끌로드 모네 및 많은 인상주의파 화가들이 즐겨 그렸다는 북부 노르망디에 있는 쁘띠뜨-달(Petites-Dalles)이라는 해변 마을과 그 마을 곁에 있는 분홍색 띤 암벽을 연상시킨다. 특히「까르끄뛰이 항구」를 묘사한 프루스트의 글은 모네의 1880년 작품인「쁘띠뜨-달 절벽」이라는 화폭의 여러 특질을 함축하고 있다. 한편 어떤 이들은(따디에, 쟝 미이 등) 까르끄뛰이를 묘사한 프루스트의 글이 뺀마르(Penmarch)에서 영감을 얻었을 것이라 하지만, 뺀마르(역시 휘니스떼르에 있다)는 그 지명이 의미하듯(말의 머리) 육지가 일종의 반도처럼 바다로 삐쭉 나와 있을 뿐, 그곳의 지표면과 해수면의 고도 간에는 별 차이가 없다. 즉, 그곳에는 절벽이 없다.
348) 메피스토펠레스가 파우스트 앞에 처음 출현하는 양상이 괴테의 작품(제3장면, 〈연구실〉)에서는 그리 충격적이지 않다.
349) '의지'란 만유에 편재하며 지성이나 감성보다 더 근본적인 동인(動因)일 수 있는, 내밀한 질료적 의지를 뜻할 듯하다. 지성과 감성 및 의지에 관한 프루스

트의 이 언급이 언뜻 모호해 보일 수 있으며, 쇼펜하우어의 『의지와 표상으로서의 세계』라는 책을 연상시키기도 한다.
350) 빠올로 베로네세(1528~1588)가 그린 여인들의 얼굴 특색은, 그 윤곽이 거의 원형에 가깝도록 둥글고 살집이 좋다. 또한 그러한 윤곽이 프루스트의 모친 사진에서 느낄 수 있는 용모적 특색도 연상시킨다.
351) 역자가 추가한 언급이다.
352) 1870년경 프랑스에서 인상주의 유파에 앞서 시작된 자연주의 유파에 속해 있던 화가들의 관심대상은 특히 농촌과 노동자들이었다고 한다. 한편, 몽마르트르 언덕 발치에 있는 삐갈 광장과 그 주변 지역은, 19세기 말부터 많은 화가들과 문인들이 활동하거나 드나들었고, 까페와 선술집 등이 급속도로 들어서면서 환락가로 알려졌었다.
353) '추억들'과 '인상들'은 우리가 느낀 '기쁨들'의 추억 즉 인상을 가리킬 듯하다.
354) 자라면서 구불구불해진 느릅나무(orme tortillard)처럼 굴곡이 많은 지역 철로를 가리킨다.
355) 부대 명칭 같으나, 그러한 명칭을 사용한 기병대가 그 시절에 있었을 리 만무하다. 단두대 위에서 참수당한 왕의 이름을 부대 명칭으로 사용하였겠는가?
356) 프루스트가 1895년 경에 쓴 것으로 추정되고, 1954년 5월에 〈휘가로〉지에 처음으로 발표된 그의 논설문 〈샤르댕과 렘브란트〉를 연상시키는 문장이다. 한편 '죽은 자연'은, 죽은 듯 보이는 모든 사물이 실은 죽지 않았음을 강조하는 반어법으로 사용한 natures mortes를 직역한 것으로, 우리나라에서는 흔히 '정물'로 의역한다. 하지만 그 말은 프루스트의 세계관을 가장 웅변적으로 요약하고 있는지라, 그 반어법의 효과를 살려 직역하는 것이 마땅하다. 그의 작품 속에서는 고혹적인 이성의 몸매나 마들렌느 과자의 부스러기 하나가 모두 평등한 생명체 아닌가!
357) 옮긴이 주 349) 참조. '의지'는 내밀한 본능(instinct intime)으로 읽을 수도 있을 듯하다.
358) 조금 느닷없어 보이는 언급이다. 라 퐁뗀느의 다음 구절을 그대로 옮겨 놓았기 때문인 듯하다. "대리석 한 덩이가 하도 아름다워, / 어느 조각가가 그것을 선뜻 샀다. / 나의 정이 이것으로 무엇을 만들까? / 이것이 신이 될까, 탁자가 될까, 혹은 대야가 될까?"(『우화』 9권 6장 〈조각가와 유피테르의 조각상〉)

359) 깽뻬를레와 뽕-아밴(연음 시켜 읽으면 '뽕따밴'이다) 모두 휘니스떼르 도(道)의 꼬르누아이유 지역에 있으며, 특히 뽕-아밴은 19세기 말에 고갱을 비롯한 많은 화가들이 그곳에서 활동한 것으로 유명하다. 한편 깽뻬를레에 있는 교회당들에서는, 꼬르누아이유 지역의 다른 교회당들에서와 마찬가지로, '페르시아풍' 혹은 동방풍이라 할 수 있을 법한 많은 조각품들이 발견된다.
360) 전차를 뜻하는 영어 'tramway'의 축약형이다.
361) bécane. 자전거를 가리키는 속어이다.
362) 알베르띤느가 그에게 하는 말로 보아 그가 손에 골프채(club, crosse)를 들고 있어야 마땅한데 라켓들(raquettes)이라 하였다. 그대로 옮긴다.
363) 어조로 보아서는 자기의 기록이 더 좋았다는 듯한 말인데, 5타나 뒤진 기록 아닌가? 골프의 경기 규칙이 19세기 초엽에 이미 확립되었는데, 옥따브의 말이 모호하게 들린다. 프루스트가 골프 경기 규칙을 잘 몰랐던 것 같다.
364) 제1차 빠리 만국 박람회는 1855년에 개최되었고, 그 이후 1867년, 1878년, 1889년, 1900년에 개최되었으며, 특히 1900년 박람회를 계기로 최초의 지하철(뱅쎈느 관문-마이요 관문)이 개통되었고 관람객 수가 5800만에 달했다고 한다.
365) électeurs를 옮긴 것이다. '조합원들'을 가리킬 듯하다.
366) '불평'을 '오순도순 이야기한다'는 말이 부자연스러워 보일 수도 있으나, 전적으로 잘못된 말이라 할 수도 없다.
367) 혼인한다(épouser)는 말의 어원적 의미는 육체적으로 결합한다는 뜻이다. 결혼(mariage) 또한 마찬가지이다.
368) 교양 없고 무지하며 거친 사람을 가리킨다.
369) '쌩-루-앙-브레'라는 성 앞에 '드(de)'를 붙인 것이 몹시 부자연스럽게 들린다. 귀족과의 친분을 과시하려는 의도가 엿보인다.
370) 볼떼르의 본명(프랑수와 마리 아루에, 1694~1778)이다.
371) 볼떼르의 글이 아니라 꼬르네이유(1606~1684)의 비극『폴뤼에욱토스』의 한 구절이다. 로마 제국 원로원 의원이며 아르메니아의 총독인 휄리키오의 딸 파울리나의 남편 폴뤼에욱토스가 예수교로 개종하였고, 그러한 사실을 파울리나의 지밀시녀 스트라토니케가 파울리나에게 고하면서, 폴뤼에욱토스가 자기네의(즉 로마 제국의) 신들을 배신하였으니, 아내까지 배신하였을 것이라 고하자(파울리나는 로마인이나 그녀의 남편은 아르메니아의 토속 귀족이다), 그래도

그에게로 향하는 자기의 사랑은 변함 없다는 뜻으로 파울리나가 하는 말이다. 블록이 '우스꽝스럽다'고 한 것은 그러한 사랑을 염두에 두었기 때문일 듯하다 (『폴뤼에욱토스』 3막 2장).

372) 새해 인사를 할 때에는 '그것'이라는 대명사 대신 한 해(une année)라는 말을 사용하는 것이 예절에 합당한 어법이다.

373) 허튼 말장난.

374) 독서 내지 문예 연구에 관한 프루스트의 핵심적 시각이다. 그에 의하면, 우리가 어떤 책을 읽는다는 것은 그 책을(그 '확대경'을) 통하여 우리 자신을 읽는 행위이다.

375) 이 문장의 마지막 부분이 판본에 따라 약간의 차이를 보인다. 프루스트 자신이 멈칫거리며 수차례에 걸쳐 수정한 탓일 듯하다. 모든 판본들이 공통적으로 취한 형태는 이러하다. "…말을 길들이는 것만큼이나 어렵고 꿀벌을 기르거나 장미를 가꾸는 것만큼이나 '휴식을 주는'(쟝 미이, 따디에. 끌라락, '재미있는') 일처럼 보였다." 그러나 꿀벌을 기르거나 장미를 가꾸는 일 또한, 말을 길들이는 일처럼, 우리와의 소통이 어려운 존재들을 상대하는 어려운(쉽지 않은, malaisé) 일이며, 이 문장 전체에서 프루스트가 부각시키려 하던 것이 그 점이다. 따라서 프루스트로 하여금 머뭇거리게 하였고, 또 지엽적일 수 있는 두 형용어(reposant, passionnant)는 생략하고 옮긴다.

376) 모든 판본에 '법원장'으로 되어 있으나 바로잡아 옮긴다.

377) Cavalleria Rusticana. '촌스러운 기병대'라는 뜻이다. 삐에뜨로 마스까니라는 사람이 작곡한 단막극이며, 1890년 로마에서 초연되었다고 한다. 프랑스 지식인들이 베르디나 뿌치니 등 이딸리아 작곡가들의 작품들에 냉담하던 시절인 1892년, 빠리 오뻬라-꼬믹 극장에서 공연되었다고 한다.

378) 프랑스 제3공화국 시절에, 특히 1880년 경부터 1905년 경까지, 비종교적인 모든 공공건물에서 십자가를 지속적으로 철거하였다고 한다.

379) 주인공의 외조부와 베르뒤랭 씨의 부친 사이에 어떤 교분이 있었다는 듯한 언급이, 「스완 댁 쪽으로」 편 〈스완의 어떤 사랑〉에 잠시 보였다.

380) music-hall. 19세기 후반부터 가벼운 흥행물을 공연하던 장소를 가리켰다고 한다.

381) 『까발레리아 루스띠까나』라는 대중적 작품에 열광하는 것이 곧 음악을 모른다는 징표라는 뜻으로 한 말이다. 프루스트가 이론적 모순을 드러낸 것일까 혹

은 지식인들이나 평론가들의 편견에 대한 빈정거림일까?

382) 의미가 조금 모호한 문장이다. 상류층 사람들을 안다는 것이 하나의 능력이란 말인가? 큰일에 능한 사람이 작은 일에는 반드시 무능하다는 말이 성립되는가?

383) break. 마부의 좌석이 전면에 높직이 있고, 뒤에 긴 좌석 둘이 세로로 배치된, 잉글랜드식 사륜 무개 마차라고 한다.

384) 죠또가 1305년부터 1310년에 걸쳐 빠도바의 아레나 광장에 있는 스크로베니 예배당에 그린 우의적인 벽화들 중 하나이다. 우상숭배(이돌라트리아) 외에 자비(카리타스), 질투(인비디아), 정의(유스티티아), 불의(인유스티티아) 등도 함께 그려져 있다. 한편 스크로베니 예배당은 그것이 있는 광장의 이름(아레나)으로 불리우기도 한다.

385) diabolo. '마귀'를 뜻하는 이딸리아어 'diavolo'에서 유래한 명칭이다.

386) 몰리에르의 『인간 혐오자』(1666)에 등장하는, 상반된 성격을 가진 두 친구이다. 성격 침울한 젊은 귀족 알쎄스뜨(Alceste)는 온갖 거짓이 판치는 사회에 살면서 진실을 최고의 가치로 여기고, 다른 사람들도 그러기를 요구한다. 반면 그의 친구 필랭뜨는 인간적인 단점들을 너그럽게 수용하거나 용서한다. 그러나 필랭뜨가 세상을 대하는 태도를 놓고, 어떤 이들은 관용이라 하고 어떤 이들은 비굴함이라고 하여, 숱한 논쟁을 불러 일으킬 수 있다.

387) Gaulois. 1868년에 창간되어 보나빠르뜨파를 지지하다가, 1882년부터는 정통 왕당파 편에 섰던 일간지라고 한다. 1922년에 〈휘가로〉지와 합병되었다고 한다.

388) 헤시오도스(B.C 8세기~7세기)의 『노동과 나날들』을 연상시키는 언급이다. 그러나 그 작품 속에서 프로메테우스와 판도라의 신화가 이야기되고 있지만 『일리아스』나 『오뒷세이아』, 『아이네이스』 등과 같은 영웅전들과는 판이하게 다른 잔잔한 교훈적 작품이다. '영웅전'은 주인공이 사용한 'poème épique'를 원의대로 옮긴 것인데, 『노동과 나날들』을 과연 '에포포이아'라 칭할 수 있을지 의문이다. 또한 비유가 적절한지 모르겠다.

389) '자기의 라틴어를 잃는다'는 표현이 일반적으로는 '모든 정성과 비용을 헛되이 바친다'는 뜻도 가지고 있다.

390) 욀랄리(Eulalie)는 레오니 숙모님을 자주 방문하여, 숙모님의 말벗이 되어 드리곤 하던 못생긴 노처녀이며, 숙모님이 그녀에게 몇 푼씩 주실 때마다 프랑수

와즈는 마치 거금이 그녀에게로 건너가기라도 하는 듯 아까워한다(「스완 댁 쪽으로」, 〈꽁브레〉). '이악스러움'이란 프랑수와즈의 그러한 측면을 가리킨다. 한편 '올랄리'라는 이름은, 4세기 경 에스빠냐(바르셀로나)에서 순교하였다는 성녀 에울랄리아(Sancta Eulalia)에서 온 것인데, 그 성녀가 프랑스 부르고뉴 지방에서 엘루와 성자(saint Eloi)로 둔갑하였다고 한다(꽁브레 주임사제의 설명이다. 「스완 댁 쪽으로」).

391) 홀랜드 화가들의 작품 속에서 느껴지는, 습기 머금은 빛을 가리킬까?

392) 베네치아를 가리킨다.

393) 전설적인 잉글랜드의 공주 우르슬라가, 시녀 1만 1천 명과 함께 로마 순례 여행길에 올랐다가 돌아오는 길에, 쾰른에서 훈족에 의해 학살당하였다는 이야기를 까르빠쵸가 일련의 그림으로 형상화 하였다고 한다. 총 9폭으로 이루어진 그 작품 중, 엘스띠르가 묘사하고 있는 것은 1495년에 완성된 「두 약혼자의 만남과 순례지로의 출발」이라는 화폭일 듯하다.

394) Bucentaure. 함포 80문을 장착하였던 프랑스 전함으로, 1805년 뜨라팔가르 곶(에스빠냐 남서부) 앞에서 잉글랜드 해군과 교전할 때 프랑스-에스빠냐 연합함대의 사령선(司令船)이었다고 한다.

395) 에스빠냐의 화가 마리아노 포르뚜니(1838~1874)의 아들 마리아노 포르뚜니 이 마드라소(1871~1949)가, 1907년 베네치아에 피륙 및 융단 공장을 세웠으며, 특히 옛 의상들을 부활시키는 데 노력을 쏟았다고 한다. 까르빠쵸의 「성녀 우르슐라의 전설」이라는 작품 속 의상들도 그에게 큰 영향을 끼쳤다고 한다.

396) Cowes. 잉글랜드 남쪽 와이트(Wigt) 섬 북단에 있는 항구도시로, 그곳에서 개최되는 요트 경기가 유명하다고 한다.

397) Callot, Doucet, Cheruit, Paquin, 모두 실존하였던, 그리고 19세기 후반부터 20세기 초까지 명성을 누리던 여성복 디자이너들이라고 한다.

398) 빠리에 1860~1871년 간에 세워진 쌩-오귀스땡 교회당 앞에는 쟌느 다르끄의 조각상이 세워진 반면, 랭스의 주교좌 대교회당은 그 정문(서쪽) 입구에 조각된 수태 고지를 받은 마리아 상으로 유명하다. 보는 사람에 따라서, 쟌느와 마리아 사이에 도저히 건너뛸 수 없는 간극이 있다 하지 않겠는가!

399) Creuniers. 트루빌 근처의 해변 마을인 듯하다.

400) Barèges. 북부 피레네 지역에 있는 작은 읍이다. 그 고장에서 생산되는 얇은 모직을 가리켜 바레주(barège)라고도 한다.

401) 원전에는 부속절의 형태를 띠고 있으나 삽입절의 형태로 고쳐 옮긴다. 프루스트의 복잡하게 이어지는 시각 및 사유체계의 특징을 보여주는 대표적인 예들 중 하나이다.

402) 『일리아스』 및 에우리피데스의 비극 『헤카베』와 『트로이아의 여인들』로부터 영감을 받아 썼다는 르꽁뜨 드 릴르의 『에리뉘에스들』(1873년 초연)에서, 아가멤논의 전령 탈튀비오스가 하는 말이다.

403) 신과 씨름을 한(천사와 싸움을 한) 후에 얻었다는 야콥의 별명이다(「창세기」 32장. '야콥의 후예들'은 유대인들을 가리킨다.)

404) 프랑스어 규범에 입각한 발음은 '이스라엘'이다.

405) 여배우 레아(Mlle Léa)에 대한 언급이 조금 느닷없기는 하나, 그녀가 질베르뜨 및 알베르띤느와 맺은 관계로 인해, 주인공이 겪는 괴로움의 원인이 되기도 한다. 여기에서의 언급은, 그녀에게 동성애적 경향이 있다는 말이다.

406) 그것들이 어떤 추억도 불러일으키지 못하였다는, 즉 아무 감흥도 느끼게 해 주지 못하였다는 말일 듯하다.

407) 유대교, 예수교, 마호멧교 등은 물론 메소포타미아 문명권에서 수천년 전부터, 지구를 층층이 둘러싸고 있다고 믿던 일곱 하늘을 가리킨다. 지구로부터 가장 먼 일곱 번째 하늘에 신(알라)이 있다고 믿었다 한다.

408) furet(흰족제비)의 어원적 의미(도둑)대로 옮기면 도둑잡기이다. 둘러앉은 사람들 가운데 서 있는 사람이, 사람들의 손에서 손으로 은밀히 신속하게 전달되는 물건(보통 고리이다)이 누구의 수중에 있는지를 알아맞히는 아이들의 놀이이다. 그 물건의 이동 양태를 흰족제비의 행동에 비유한 명칭일 듯하다. 단순히 '흰족제비놀이'라 해도 무방할 듯하다.

409) 소녀들을 가리킨다. 애초 프루스트가 '소녀들로 이루어진 장미원'이라고 했다가 '정원'으로 바꾸었다고 한다.

410) 자신을 실현한다(se réaliser)는 말은, 자신의 내면에 잠재태로 존재하는 것을 작품의 형태로 구현한다는 뜻이다.

411) 새끼 새가 자라면서 털갈이 하는 것을 가리키며, 사람의 경우 사춘기에 나타나는 음색의 변화를 가리킨다.

412) 죠반니 벨리니(1430~1516)의 3부작 「마돈나」 중, 「천사들과 함께 음악을 연주하는 마리아」라는 화폭에 그려진, 어린 소녀 모습을 한 천사들을 가리킬 듯하다.

413) 옛 그리스의 노래들 중 하나인 오데(ôdé)를 구성하던 한 부분이다. (스트로페, 안티스트로페, 에포도스)
414) 폼페이 유적지에는 베수비오 화산 폭발 당시 매몰되었던 사람들의 유해가 돌로 변한 모습으로 남아 있는데, 그들의 최후 동작을 생생하게 드러내고 있다. 한편 '넘파의 변신'은, 제우스나 기타 신들에 쫓기던 넘파들이 나무나 기타 다른 물체로 문득 변신하였다는, 그리스 신화 속의 이야기를 가리킬 듯하다.
415) '왕궁'이라는 뜻이고(루브르 궁 뒤에 있다), 세자 시절의 루이 14세를 비롯해 많은 종친들이 그곳에 기거하였다. 19세기에 그곳에 극장, 식당, 까페, 상점, 도박장, 심지어 매춘굴까지 들어서, 환락의 장소로 변한 적이 있었다. 아마 그러한 사실을 염두에 둔 언급일 듯하다.
416) Périgord. 프랑스 서남부 지역이다.
417) Nord. '북쪽'이라는 뜻이며, 현재의 노르 도 및 빠-드-깔레 도를 아우르는 프랑스 서북 지방이다.
418) 20점 만점에 14점을 받았다는 말이다. 매우 우수한 성적이다.
419) 고대 그리스 비극에서, 전개될 사건을 소개하고 논평까지도 하던, 극중 인물처럼 무대에 등장하던 합창대(단)를 '코로스'라 하였으며, 그것의 역할이 쏘포클레스의 작품들 속에서는 축소되었다. 한편 그러한 '코로스'를 라씬느가 그의 마지막 두 작품 『에스테르』와 『아달리야』에 도입하였다. 종교적 장중함을 증대시키기 위함이었을 것이다. 쏘포클레스의 입을 빌린 이 언급에서 가벼운 빈정거림이 느껴진다. 2000여 년 전의 쏘포클레스보다 라씬느가, 인본주의적인 측면에서는 퇴보하였다는 말이다. '진정 새로운 것'이라는 말은 심한 야유일 수도 있다. 한편, 라씬느의 모든 작품들 중에서 『에스테르』와 『아달리야』는, 절대권력과 종교의 요청에 의해 만들어진 예외적인 작품들로 간주해야 할 듯하다.
420) 부왈로가 중세 종교극의 특징들 중 하나로 지적한 점이다. 거의 야유에 가까운 말이다. (『문예론』, Art poétique」)
421) 부왈로, 『문예론』, 제3장. 비극에는 반드시 사랑이 등장해야 한다는 그의 주장이다.
422) 심한 야유이다.
423) dada. 마부가 말을 왼쪽으로 몰 때 디아(dia)!라고 소리치는데, 그것이 변하여 '다다'가 되었고, 입버릇처럼 하는 말을 가리킨다.

424) 『유대 여인들』은 로베르 가르니에(1544~1590)의 1583년도 작품인데, 그것과 몽크레띠앵(1575~1621)의 『하만』(1601년) 모두, 라씬느의 『에스테르』처럼 유대인들의 고초를 다룬 작품이라고 한다. 한편 프랑스에서 비극에 처음으로 '합창'을 도입한 사람은 에띠엔느 죠델이며, 그의 『포로가 된 클레오파트라』(1553년)가 그 예라고 한다.

425) 프랑스인들이 루이 14세를 그렇게 불렀다(Roi-Soleil).

426) 볼떼르가 그의 『루이 14세의 세기』(32장)을 비롯해 여러 글에서 그러한 말을 하였다고 한다. 이해하기 어려운 언급이며, 프루스트의 빈정거림이 느껴지는 대목이다.

427) 뽀르-루와얄(Port-Royal) 수도원에(얀센파 수도원이었던 시절에) 부설되었던 학교를 가리키며, 라씬느가 그 학교 출신이다.

428) 메를레, 델뚜르, 가스끄-데포쎄 모두, 19세기 후반에 실존했던, 그리고 프랑스 문학이나 라씬느의 작품에 관한 저서를 남긴, 고등학교 프랑스어 선생들이었다고 한다.

429) 샤르댕과 모네 등처럼 엘스띠르의 모델이 되었음직한 화가들 중의 하나인 휘슬러가 그린 작품들의 제목들을 연상시킨다(「회색과 초록색의 조화」, 「황금색과 밤색의 조화」, 「살색과 분홍색의 조화」 등).

430) pivoine. 목과 가슴 부분이 작약꽃처럼 붉어, 되새(Fringillidae, bouvreuil pivoine)를 민간에서 그렇게 부른다.

431) 동방의 그 많은 신통계보들(힌두교, 유대교, 페르시아, 이집트, 페니키아… 등) 중 어느것을 가리키는지 모호하며, '신'을 대문자(Dieu)로 표기하여 더욱 짐작하기 어렵다.

432) "그리고, 습관이 우리의 눈을 멀게 하기 전에는". 작가의 초고에 있던 언급이다.

433) '발견'과 '어렴풋한 추억'을 같은 것으로 간주하고 있다. '처음 듣는 곡이지만 아름답다'는 말은 엄밀한 의미에서 성립되지 않는다는, 프루스트의 일관된 생각의 단면이다. 아름다움을 느낌은 곧 감격함이고, 감격은 반가움의 징후이다. 그러한 면에서는 '놀라움' 또한 감격의 한 유형이다. '우리가 무엇을 새로 배운다는 말은 그것을 회상해낸다'는 뜻이라 한 플라톤의 주장(『공화국』)도 연상시키는 말이다.

434) 특히 그레이하운드의 길고 매끄러운 주둥이와 머리를 가리킬 듯하며, 많은

화폭에 등장하는 그 개의 모습을 염두에 둔 언급일 듯하다.
435) 〈흰족제비 달려가네〉라는 노래이다. '고리찾기 놀이'라 옮긴 그 놀이의 명칭이 '흰족제비'라는데 착안해 앙드레가 그 노래를 부른 모양이다.
436) 루이 16세의 왕비 마리 앙뚜와네뜨가 유난히 좋아하던 작은 트리아농(petit Trianon:베르사이유 성의 별궁)을 가리킬 듯하다.
437) Laura Dianti. 띠치아노의 작품 「화장하는 여인」(1515년) 속 인물이 훼라라 공작(1476~1534)의 정부 라우라 디안띠로 알려졌다고 한다.
438) 흔히 '알리에노르 다끼멘느'로 알려진 여인으로(1122~1204), 프랑스 국왕 루이 7세와 결혼하였다가, 훗날 잉글랜드의 옥좌에 오른 앙리 쁠랑따주네(헨리 2세)와 재혼하였다. 그녀 역시 아름다운 머리채로 유명했다고 한다.
439) 샤또브리앙이 사랑했던 뀌스띤느 후작 부인을 가리키며, 그녀가 성왕 루이(9세)의 왕비 마르그리뜨 드 프로방스처럼 머리채 실하고 아름다운 것으로 유명했다고 한다. 또한 그녀는 마르그리뜨 드 프로방스의 후예이지, 엘레오노르의 후예가 아니라고 한다.
440) furet. 놀이의 '술래'를 가리킨다. 유럽에서는 옛날부터 흰족제비를 훈련시켜, 땅 속 통로에 숨어 있는 토끼를 밖으로 몰아내게 하였다고 한다. 토끼 사냥에서 흰족제비가 맡던 역할을 놀이에 적용한 것이다.
441) 통용되는 제목은 〈흰족제비 달려가네〉이다.
442) 레오나르도 다 빈치의 「리사 부인(모날리사)」 등 몇몇 인물화들에서 발견되는 짙은(어두운) 배경색을 가리키는 것일까?
443) '환영'이나 '망령'으로도 읽을 수 있을 듯하다.
444) 끌로드 모네가 그린 「루앙 대교회당」이라는 화폭을 연상시키는 언급이다.
445) la cuve des beaux jours를 옮긴 것이다. la cuve는 '양조통'이나 '빨래통' 등, 나무나 돌로 만든 큰 통을 가리키는데, 이어지는 묘사를 참작하여 '저수조'로 옮긴다. 어느 말로 옮겨도 선뜻 이해되지 않는 비유이다.
446) la chambre purement esthétique des soirs picturaux를 직역한 것이다. 역시 이해하기 어려운 모호한 언급이다.
447) '디아볼로'는 두 막대기 끝에 맨 굵은 실 위에서 회전하며 균형을 유지하는 팽이(모양이 다양하다)를 가리킨다. 회전 속도가 일정한 수준을 초과하면 그것이 허공으로 튕겨져 날아갈 수도 있다. 그것에 마귀(디아볼로)라는 명칭이 부여된 것은 20세기 초이며, 그것이 회전하며 내는 기이한 소리 때문에 그 명

칭이 붙었다고 한다.
448) '철인'은 물론 쎄네카나 마르쿠스 아우렐리우스 같은 스토아 철인들을 연상시킬 수도 있을 듯하나, 주인공으로 하여금 연민의 미소를 짓게 한 이들은, 스토아 철인들의 인식을 왜곡시켜 슬그머니 자기들의 주장에 포함시킨 고금의 숱한 설교사들일 듯하다.
449) 이미 마들렌느 일화(「스완 댁 쪽으로」)에서 암시된 세계관이며, 이 작품의 근간을 이루는 주제이다.
450) 미켈란젤로의 1530년대 후반의 초벌 그림으로 알려진 「아홉 파수꾼과 함께 부활하는 구세주」를 가리킬 듯하다.
451) 파나마 운하 건설을 추진하던 회사가 파산하자, 투자자들을 보상해 주는 과정에서, 회사측이 의회 및 정부 인사들을 매수하는 일이 벌어졌다고 한다(1882년).
452) 「갇힌 여인」과 「탈주하는 여인」에 펼쳐질 괴로운 이야기들을 예고하는 것이다.
453) 어떤 건물에 이어질 건물의 신축 작업을 위하여 돌출된 상태로 남겨둔 연결용 석재를 가리키는 pierre d'attente를 중국인들의 번역어대로 적는다. 직역하면 '기다리는 돌'이니, 원의에 가까운 번역어라 할 수 있다. 영국인들은 석재의 돌출 형태에 주목하여 toothing stone(치아돌)이라 옮기며, 우리나라의 일부 사전들이 대치석(待齒石)이라 옮긴 것은 영국인들과 같은 시각 때문일 듯하다.
454) 조지 엘리엇(1819~1880)의 유년 시절 추억을 술회한 『플로스 강변의 방앗간』(1860)을 읽고 프루스트가 눈물을 흘렸다고 한다.
455) forfanterie de vice를 문맥에 맞춰 의역한다. forfanterie de vertu라 해야 자연스러우나, 작가의 작은 실수일 듯하다.
456) 클라우디우스 1세의 황후(?~48)로, 그 음탕함으로 인해 전설의 반열에 오른 여인이다.
457) 레오 박스트(1866~1924)는 러시아의 화가로, 특히 발레 무대 장식가로도 유명했다고 한다.
458) 방울새의 알은, 엷은 청회색에 가까운 유백색 껍질 한쪽 단면에 갈색 점들이 성기게 흩어져 있는, 많은 멧새들의 알과 유사한 특징을 가지고 있다.
459) 넘파들의 대표적인 속성들 중 하나는 변신에 능하다는 것이다.
460) 비르길리우스가 레우코테아를 그녀가 네레이스로 변한 후의 이름인 이노

(Ino)로 언급한 적은 있으나(「아이네이스」, 제5권), 그것은 그녀의 아들 팔레몬에 관한 이야기이다. 프루스트가 말하고 있는 '구름떼'가 '망상'이라는 뜻으로도 읽힐 수 있는 바, '레우코테아'가 갈매기 형태로 변신하여, 칼립소 섬 오귀기아를 떠난 이후 뗏목을 타고 표류하던 오뒷세우스 앞에 나타나, 그가 구출될 수 있다는 말을 하였으나 오뒷세우스는 그 말 또한 신들의 속임수가 아닐까 생각한다(『오뒷세이아』, 제5장). 프루스트가 비르길리우스와 호메로스를 혼동하였던 것 같다. 두 책의 제5장(제5권)에 공히 그녀의 이름이 등장하는 것이 그러한 개연성을 높여준다.

461) 종속절에 등장하는 '구름떼'라는 단어에 부가된 설명인데, 주절의 길이보다 몇 배나 길게 쓴 종속절의 종속절이다. 문장 구조의 기이함을 완화시키기 위하여 괄호로 묶어 옮긴다.

462) 쥘르 훼리(1832~1893)는 프랑스 문부상 및 수상을 역임한 정치가이니, '개막극' 대본을 썼을 리 만무하다. 한편 가브리엘 훼리(1846~?)라는 극작가는 있었다고 한다.

463) 칼립소 섬은 '오귀기아'라는 명칭으로 『오뒷세이아』에 언급되어 있으나, 그 섬이 지중해 서쪽 끝에 혹은 이오니아해에 있다는 서로 상반된 설들이 있다. 따라서 어느 지리학자도 우리를 그곳으로 안내할 수는 없을 것이다. 반면 호메로스가 '미노스 왕의 위대한 도시'라고 언급한 전설적인 도시 크노쏘스는 그 실체가 확인되었고, 1900년에 그곳에서 궁전이 발굴되었다.

464) 고대 그리스의 청동 조각상이라고 한다.

465) 루벤스의 1639년 작품인 「미의 세 여신」을 연상시키는 언급이다. 누구든 그 작품을 보면, 루벤스가 그 신화를 만들어낸 이들을(이 소설의 주인공과 같은 유형이다) 냉소적으로 풍자하고 있음을 느낄 수 있을 것이다.

466) '평소에는 정확한 프랑스어를 구사하지 못해도'라는 뜻이다. 바로 직전에 그는 '교통 수단'이라는 말을 하기 위하여 moyens de communication 대신 moyens de commotion(충격)이라 하였다.

467) '깡 지방 법원장'과 '쉐르부르 변호사 협회장'일 것이다. 작가의 혼동일 듯 하다.

468) 「출애굽기」, 11장, 12장.

469) 이딸리아에서 뿐만 아니라, 에스빠냐 등 지중해 연안 지역에서는, 마을이 새의 둥지처럼 동산 꼭대기에 자리를 잡고 있는 것을 흔히 볼 수 있다.